Dinheiro Sujo

Do autor:

Dinheiro Sujo

O Último Tiro

Destino: Inferno

Alerta Final

LEE CHILD

Dinheiro Sujo

2ª edição

Tradução
Heitor Pitombo

BERTRAND BRASIL

Título original: *Killing Floor*

Capa: Raul Fernandes

Editoração: DFL

2013
Impresso no Brasil
Printed in Brazil

CIP-Brasil. Catalogação na fonte
Sindicato Nacional dos Editores de Livros, RJ.

C464d Child, Lee, 1954-
2ª ed. Dinheiro sujo/Lee Child; tradução Heitor Pitombo. – 2ª ed. – Rio de Janeiro: Bertrand Brasil, 2013.
476p.

Tradução de: Killing floor
ISBN 978-85-286-1224-0

1. Romance americano. I. Pitombo, Heitor. II. Título.

06-3919 CDD - 813
CDU - 821.111(73)-3

EDITORA BERTRAND BRASIL LTDA.
Rua Argentina, 171 – 2º andar – São Cristóvão
20921-380 – Rio de Janeiro – RJ
Tel.: (0xx21) 2585-2070 – Fax: (0xx21) 2585-2087

Atendimento e venda direta ao leitor:
mdireto@record.com.br ou (0xx21) 2585-2002

Meu agente em Londres é Darley Anderson; meus editores são David Highfill em Nova York e Marianne Velmans em Londres. Eles trabalharam duro para que este escritor pudesse ter alguns momentos de descanso. Este livro é dedicado aos três, em consideração a todos os seus esforços, que foram muito além do mero dever.

1

FUI PRESO NA CANTINA DO ENO. AO MEIO-DIA. Estava comendo ovos e tomando café. Era um café da manhã atrasado, não um almoço. Eu estava molhado e cansado depois de uma longa caminhada debaixo de chuva pesada. Seguindo pela estrada até os confins da cidade.

A cantina era pequena, porém limpa e iluminada. Havia sido recém-inaugurada e fora construída para ficar parecida com um vagão de trem. E era apertada, com um longo balcão para servir almoços de um lado e uma cozinha meio jogada nos fundos. Havia mesas e cadeiras enfileiradas e encostadas na parede oposta, além de uma porta imitando a cabine central.

Eu estava sentado numa delas, perto da janela, lendo o jornal que alguém abandonou e que falava sobre a campanha de um presidente no qual não votei na última eleição e não votarei desta vez. Lá fora a chuva havia parado, mas a vidraça ainda estava cheia de gotas cintilantes. Vi os carros da polícia parando no terreno de cascalhos. Eles vinham em alta velocidade e fizeram barulho ao parar. Os giroscópios piscavam e disparavam. Luzes vermelhas e azuis que refletiam nas gotas de chuva da minha janela. As portas de ambos se abriram e os policiais saltaram. Dois de cada carro, fortemente armados. Dois revólveres, duas espingardas. Armamento pesado. Um revólver e uma espingarda correram para os fundos. Os outros homens investiram na direção da porta.

Fiquei sentado, observando-os. Sabia quem estava na cantina. Um cozinheiro nos fundos. Duas garçonetes. Dois velhos. E eu. Essa operação era para me pegar. Estava na cidade há menos de meia hora. Os outros cinco provavelmente passaram suas vidas inteiras aqui. Qualquer problema com um deles faria com que um sargento acanhado entrasse procurando subterfúgios, cheio de desculpas para dar. Iria resmungar. E pediria para que o acompanhassem até a delegacia. Por isso aquele armamento pesado e a investida não visavam a nenhum dos clientes. Eram para mim. Enfiei um pedaço de ovo na boca e coloquei uma nota de cinco embaixo do prato. Dobrei o jornal abandonado e o coloquei no bolso do meu casaco. Mantive as mãos em cima da mesa e esvaziei minha xícara.

O sujeito com o revólver ficou na porta. Agachou-se, segurou a arma com as duas mãos e apontou. Para a minha cabeça. O outro cara, que estava com a espingarda, se aproximou. Eram rapazes magros e elegantes. Limpos e asseados. E agiram como reza o manual. O que apontava o revólver para mim e ficou na porta me tinha ao alcance com um certo grau de precisão. A espingarda mais próxima poderia estourar meus miolos, espalhando-os por toda a janela. Fazer o contrário seria um erro. O revólver poderia errar o alvo num confronto direto e um tiro de longe da espingarda na porta poderia tanto matar o policial que veio me deter quanto o velho que estava na mesa atrás da minha. Até agora, estavam fazendo tudo certo. Não havia dúvida. Eles tinham a vantagem. Também não havia dúvida quanto a isso. O banco apertado onde eu estava sentado me encurralou. Percebia que estava muito bem cercado para fazer qualquer coisa. Estendi as mãos sobre a mesa. O policial com a espingarda se aproximou.

— Parado! Polícia! — gritou.

Ele gritava o mais alto que podia. Descarregando sua tensão e tentando me deixar apavorado. Tudo de acordo com o manual. Muito barulho e fúria para amolecer o alvo. Levantei as mãos. O sujeito com o revólver começou a se afastar da porta. E o outro, o da espingarda, se aproximou ainda mais. Perto demais. Seu primeiro erro. Se eu quisesse, poderia dar o bote e levantar o cano da espingarda. Uma rajada na direção do teto, uma cotovelada no rosto do policial, e a espingarda poderia ser minha. O cara do revólver havia encurtado a distância e não correria o risco de atingir o seu parceiro. As coisas poderiam acabar mal para os dois. Mas simplesmente fiquei ali, com as mãos levantadas. O sujeito com a espingarda ainda estava gritando e pulando.

— Aqui no chão! — berrou.

Escorreguei lentamente para fora da mesa e estendi os pulsos para o policial com o revólver. Não iria deitar no chão. Não para esses garotos da roça. Nem se trouxessem todo o Departamento de Polícia armado de morteiros.

O cara com o revólver era sargento. Estava muito calmo. A espingarda ficou apontada na minha direção enquanto o tal sargento punha sua arma no coldre, tirava as algemas do cinto e as apertava em torno dos meus pulsos. A equipe de apoio veio pela cozinha. Os dois contornaram o balcão de refeições. Posicionaram-se atrás de mim e me revistaram. Completamente. Vi o sargento perceber o balançar de suas cabeças. Nada de armas.

Cada um dos sujeitos que antes davam cobertura segurou um dos meus cotovelos. A espingarda ainda estava apontada para mim. O sargento foi na frente. Era um homem branco, firme e forte. Magro e bronzeado. Da minha idade. O crachá plástico de identificação acima do bolso da camisa dizia “Baker”. Ele levantou os olhos na minha direção.

— Você está sendo preso por assassinato — anunciou. — Tem o direito de permanecer em silêncio. Tudo que disser poderá ser usado como prova contra si mesmo. Você possui o direito de ser representado por um advogado. Caso não tenha condições de contratar um, o estado da Geórgia lhe indicará um dos seus, gratuitamente. Fui claro?

Foi uma bela interpretação da Lei de Miranda. Ele falou com clareza. Não queria ter que ler tudo num cartão. Falou como se soubesse o que significava tudo aquilo e o porquê de ser tão importante. Para ele e para mim. Não respondi nada.

— Você entendeu os seus direitos? — repetiu.

Mais uma vez nada respondi. A longa experiência havia me ensinado que o silêncio absoluto era a melhor estratégia. Qualquer coisa que eu dissesse poderia ser mal ouvida. Mal entendida. Mal interpretada. Poderia fazer com que eu fosse condenado. Com que eu fosse morto. O silêncio desconcertava o oficial que me prendia. A lei o obriga a dizer que o silêncio é o seu direito, mas detesta quando alguém exerce tal direito. Mesmo assim fiquei calado.

— Você entendeu os seus direitos? — perguntou novamente o sujeito chamado Baker. — Você fala inglês?

Ele estava calmo. Eu não disse nada. O sujeito permanecia sereno. Possuía a tranqüilidade de um homem cujo momento de perigo havia passado. Iria simplesmente me levar para a delegacia, e depois eu passaria a ser problema de outra pessoa. E olhou em volta para cada um dos seus três colegas.

— Ok, registrem a ocorrência, ele não disse nada — resmungou. — Vamos embora.

Fui conduzido para fora. Na porta, formamos uma única fila. Na frente ia Baker. Depois o sujeito com a espingarda, andando de costas, ainda com o longo cano negro apontado para mim. No seu crachá estava escrito "Stevenson". Também se tratava de um homem branco, de estatura média, em boa forma. Sua arma parecia um cano de esgoto. Apontado para o meu intestino. Atrás de mim estavam os dois caras que deram cobertura. Fui empurrado na direção da porta com uma mão espalmada nas minhas costas.

Lá fora, no terreno de cascalhos, o calor havia aumentado. Deve ter chovido a noite toda e na maior parte da manhã. Agora o sol estava a pino, enquanto uma névoa brotava do chão. Normalmente este seria um lugar quente e empoeirado. Hoje estava enevoado e com aquele aroma maravilhoso e forte de calçada molhada sob o sol quente de meio-dia. Levantei-me na direção do astro-rei e respirei fundo enquanto os policiais se reagrupavam. Um deles segurava cada um dos meus cotovelos na curta caminhada até os dois automóveis. Stevenson ainda estava em alerta com a arma na mão. Quando alcançou o primeiro carro, deu um passo para trás, enquanto Baker abria a porta traseira. Minha cabeça foi abaixada à força. Fui empurrado para dentro do veículo com a ajuda do quadril do sujeito que segurava o meu braço esquerdo. Boa manobra. Numa cidade como esta, longe de tudo, isso claramente era resultado de muito treinamento e não de muita experiência.

Fiquei sozinho no banco traseiro. Uma divisória feita com um vidro grosso me separava de quem estava na frente. As portas dianteiras ainda estavam abertas. Baker e Stevenson entraram. Baker dirigiu. Stevenson virou de costas para que eu ficasse sob observação. Ninguém falava. O carro de apoio nos seguia. Ambos os automóveis eram novos. Faziam pouco barulho e eram fáceis de conduzir. Limpos e arrojados por dentro. Nenhum sinal inerente de pessoas desesperadas e imbecis andando por onde eu estava andando.

Olhei para fora da janela. Geórgia. Vi uma terra fértil. Uma terra úmida, abundante e vermelha. Fileiras longas e alinhadas de arbustos nos campos. Amendoins, talvez. Mesmo assim são valiosas para quem plantava. Ou para o dono das terras. Será que as pessoas eram donas da sua própria terra por aqui? Ou será que as terras pertenciam a grandes corporações? Eu não sabia.

A viagem até o centro da cidade foi curta. Os pneus do carro cantavam sobre o piso liso e molhado. Depois de cerca de três quilômetros, vi dois prédios altos, novos, com amplas paisagens à vista. A delegacia e o corpo de bombeiros. As duas construções pairavam juntas e isoladas por trás de um enorme gramado com uma estátua no meio, no extremo norte da cidade. Arquitetura municipal encantadora, obtida com orçamentos generosos. As ruas eram de um piso liso, e as calçadas, de blocos vermelhos. A quase trezentos metros para o sul pude ver uma torre branca de igreja, que me ofuscava a visão, atrás de um pequeno amontoado de prédios. Avistei mastros de bandeira, toldos listrados, pintura enrugada, gramados verdejantes. Tudo revigorado pela chuva pesada. Cenário agora enevoado e de algum modo intenso no meio do calor. Uma comunidade próspera. Construída, imaginei, com a renda farta gerada pelas fazendas e os altos impostos cobrados dos trabalhadores que viajavam todo dia para seus empregos em Atlanta.

Stevenson ainda me encarava enquanto o carro parava e dava uma guinada para se aproximar da delegacia. Uma estrada que se abria num amplo semicírculo. Li numa placa baixa feita de alvenaria: Chefatura de Polícia de Margrave. Pensei: será que eu deveria me preocupar? Estava detido. Numa cidade onde jamais havia estado antes. Aparentemente por assassinato. Mas sabia de duas coisas. Primeira, eles não podiam provar que algo acontecera quando não havia acontecido. E segunda, eu não havia matado ninguém.

Não naquela cidade e, pelo menos, por enquanto.

2

PARAMOS NA PORTA DE UM PRÉDIO COMPRIDO E baixo. Baker saiu do carro e olhou para cima e para baixo ao longo da fachada. Os sujeitos da retaguarda estavam a postos. Stevenson deu a volta por trás do carro. Posicionou-se em frente a Baker. Apontou a espingarda para mim. Essa era uma boa equipe. Baker abriu a porta para que eu saísse.

— Ok, vamos, vamos — disse ele. Quase um sussurro.

Ele andava altivo, esquadrinhando a área. Rodopiei lentamente e saí do carro me contorcendo. As algemas não ajudavam. Estava mais quente ainda. Dei um passo à frente e fiquei esperando. Os caras da retaguarda estavam atrás de mim. Na minha frente havia a entrada da delegacia. E uma comprida placa de madeira onde estavam gravados os dizeres CHEFATURA DE POLÍCIA DA CIDADE DE MARGRAVE. Logo abaixo da placa havia portas de vidro espelhado. Baker abriu uma delas, que ficou presa por limitadores de borracha. Os outros policiais me empurraram para dentro. E a porta se fechou atrás de mim.

Lá dentro estava frio de novo. Tudo era branco e cromado. As luzes eram fluorescentes. O ambiente parecia o de um banco ou de uma companhia de seguros. E havia um carpete. Além de um sargento em pé atrás de um longo balcão na recepção. Pelo aspecto do local, ele devia ter dito: "Como posso ajudá-lo, senhor?" Mas não disse nada. Só ficou olhando para mim. Atrás dele havia um enorme espaço aberto e vazio. Uma mulher uniformizada, de cabelos escuros, estava sentada atrás de uma mesa grande e baixa, fazendo alguma espécie de registro de dados no teclado. E agora estava olhando para mim. Fiquei ali em pé, com um policial segurando cada um dos meus cotovelos. Stevenson estava encostado no balcão da recepção. Sua espingarda continuava apontada para mim. Baker também estava por perto, olhando na minha direção. O sargento no balcão e a mulher de uniforme também me fitavam. Resolvi encará-los.

Depois disso, fui levado para a esquerda. Deixaram-me parado em frente a uma porta. Baker a abriu e fui empurrado para dentro de uma sala. Era uma sala de interrogatório. Não havia janelas. Uma mesa branca e três cadeiras. Um tapete. No canto superior, uma câmera. O ar no recinto estava ajustado no frio máximo. Eu ainda estava molhado da chuva.

Fiquei ali em pé e Baker enfiou a mão em todos os meus bolsos. Meus pertences formaram uma pequena pilha em cima da mesa. Um rolo de dinheiro. Algumas moedas. Recibos, bilhetes, anotações. Baker checou o jornal e deixou-o no meu bolso. Olhou para o meu relógio e o deixou no meu pulso. Não estava interessado nesse tipo de coisa. Tudo o mais foi enfiado num enorme saco do tipo Ziplock. Um saco feito para pessoas que traziam mais coisas nos bolsos do que eu carregava. O saco tinha impressa uma etiqueta branca. Nela, Stevenson escreveu um número qualquer.

Baker me mandou sentar. Nisso, todos deixaram o recinto, e Stevenson levou o saco com as minhas coisas. Saíram, fecharam a porta, e deu para ouvir o barulho da tranca se fechando. Era um som pesado de algo bem lubrificado. O som da precisão. O som de uma grande tranca de aço. Soava como uma tranca que iria me manter preso.

Imaginei que eles fossem me deixar isolado por um tempo. Normalmente as coisas são assim. O isolamento faz com que brote uma ânsia de falar. Que logo pode se tornar uma ânsia de confessar. Uma prisão truculenta seguida por uma hora de isolamento é uma boa estratégia.

Mas imaginei errado. Eles não haviam planejado uma hora de isolamento. Talvez tenha sido o segundo pequeno erro tático dos caras. Baker abriu a porta e entrou novamente. Trazia café numa xícara de plástico. Depois fez um sinal para a mulher uniformizada que estava dentro da sala. Aquela que eu vira em sua mesa na sala do pelotão. A tranca pesada se fechou logo atrás. A policial trazia uma maleta de metal e colocou-a em cima da mesa. Depois de abri-la, tirou dali uma comprida tábua negra com números brancos de plástico afixados.

Ela passou-a para mim com aquela simpatia rude e uma expressão de pena típica de uma assistente de dentista. Peguei-a e olhei para baixo, a fim de me certificar de que estava no lugar certo, logo abaixo do queixo. A mulher tirou uma câmera meio vagabunda da maleta e se sentou na minha frente. Apoiou os cotovelos na mesa para que a máquina não tremesse. Sentada na minha frente. Com os seios apoiados na beirada da mesa. Era uma mulher atraente. Cabelos escuros, belos olhos. Encarei-a e sorri. Ela apertou o botão da câmera, e o flash espocou. Antes dela me pedir eu já havia me virado de lado na cadeira para o perfil. Segurei a placa com o número na altura do ombro e olhei para a parede. A câmera disparou e o flash acendeu novamente. Virei de novo e segurei o número. Com as duas mãos, por causa das algemas. Ela o tirou das minhas mãos com um sorriso e um beicinho de quem diz: sim, é desagradável, porém necessário. Como se fosse uma assistente de dentista.

Depois ela tirou o equipamento para colher impressões digitais. Um cartão com dez espaços em branco, já identificado com um número. Os espaços para o polegar sempre são muito pequenos. Esse cartão possuía uma face oposta com dois quadrados para as impressões das palmas. As algemas tornaram o processo meio difícil. Baker não se ofereceu para tirá-las. A mulher sujou minhas mãos de tinta. Seus dedos eram frios e macios. Não havia aliança. Depois de tudo, ela me passou um chumaço de pano. A tinta saiu com muita facilidade. Uma espécie de novidade que eu ainda não conhecia.

A mulher tirou o filme da câmera e o colocou em cima da mesa, junto com o cartão de impressões. Pôs a máquina de volta na maleta. Baker bateu na porta. A tranca abriu novamente. A mulher pegou suas coisas. Ninguém abriu a boca. A mulher deixou o recinto. Baker ficou lá comigo. O sujeito bateu a porta, que se fechou com o mesmo estalido lubrificado. Depois, o policial se recostou na porta e olhou na minha direção.

— Meu chefe está vindo para a cidade — anunciou. — Você terá que falar com ele. Temos um problema aqui. As coisas precisam ser esclarecidas.

Eu, por minha vez, não lhe disse nada. Falar comigo não iria esclarecer nada para ninguém. Mas o policial estava agindo de maneira civilizada. Respeitosamente. Por isso fiz um teste. Estendi minhas mãos em sua direção. Um pedido silencioso para que ele tirasse as algemas. Baker ficou quieto por um instante, depois tirou a chave e as abriu. Colocou-as de volta no bolso. Olhou para mim. Olhei de volta e deixei meus braços caírem. Não expressei qualquer gratidão. Nem esfreguei os pulsos com pesar. Não queria ter nenhum tipo de relacionamento com o cara. Mas falei.

— Ok — afirmei. — Vamos ao encontro do seu chefe.

Era a primeira vez que eu falava desde que pedira o café da manhã. Agora era Baker que parecia grato. Bateu duas vezes na porta, que foi destravada pelo lado de fora. Ele a abriu e sinalizou para que eu saísse. Stevenson estava esperando com as costas voltadas para a ampla sala do pelotão. Ele já não carregava mais a espingarda. A equipe de cobertura também havia sumido. As coisas estavam ficando mais calmas. Os dois entraram em formação, um de cada lado. Baker me segurou levemente pelo cotovelo. Andamos para a lateral da sala do pelotão e saímos por uma porta nos fundos. Stevenson a abriu e adentramos um grande escritório. Havia muito pau-rosa para todo lado.

Um sujeito gordo se sentou numa mesa grande feita da mesma madeira. Atrás dele havia duas grandes bandeiras. Uma era a bandeira americana com uma franja dourada, à esquerda, e a outra, à direita, era o que eu imaginava ser a do estado da Geórgia. Na parede, entre as bandeiras, havia um relógio pendurado. Era um daqueles velhos e redondos dos grandes com uma moldura de mogno. Parecia que havia passado por décadas de polimento. Imaginei que poderia ser o relógio de uma delegacia antiga qualquer que eles haviam demolido para construir a atual. Supus que o arquiteto o houvesse usado para dar um toque histórico ao novo prédio. Ele indicava que eram quase doze e trinta.

O sujeito gordo na mesa grande olhou para mim assim que fui empurrado em sua direção. Percebi que seu olhar era vago, como se estivesse tentando me enquadrar. Até que me encarou novamente, desta vez com mais firmeza. Depois, me fitou com um ar de escárnio e falou ofegante, quando na verdade queria gritar, embora estivesse incapacitado devido a problemas pulmonares:

— Senta esse rabo na cadeira e mantenha essa boca imunda fechada — disse ele.

Aquele gorducho me surpreendeu. Tinha pinta de ser um verdadeiro babaca. Era o oposto das pessoas que eu vira até agora. Baker e sua equipe de detenção cumpriram com a sua obrigação. De forma profissional e eficiente. A mulher que tirou as minhas impressões digitais agira de forma decente. Mas esse chefe de polícia balofo era um desperdício de espaço. Tinha o cabelo ralo e sujo. Suava apesar do ar gelado. Sua pele possuía manchas cinzentas e vermelhas por causa da massa corporal inadequada e exagerada. Sua pressão ia nas alturas. Suas artérias eram duras como rochas. Ele não parecia ser nem um pouco competente.

— Meu nome é Morrison — disse, ofegante. Como se eu estivesse ligando. — Sou o chefe do Departamento de Polícia daqui de Margrave.

E você é um maldito assassino e um intruso. Veio aqui para a minha cidade e aprontou na propriedade privada do Sr. Kliner. Agora, terá que fazer uma confissão completa na frente dos meus melhores detetives.

De repente, ele parou e olhou para mim. Como se ainda estivesse tentando me enquadrar. Ou como se estivesse esperando uma resposta. Não obteve nenhuma. Por isso, apontou seu dedo gordo na minha direção.

— E logo irá para a cadeia — continuou. — E depois para a cadeira elétrica. E em seguida irei te jogar numa vala pequena e suja, onde só mendigos são enterrados.

Ele ergueu o corpanzil da cadeira e desviou o olhar para longe de onde eu estava.

— Resolverei isso sozinho — afirmou. — Mas sou um homem ocupado.

O sujeito saiu gingando de trás da mesa. Eu estava em pé entre ela e a porta. No que se aproximava, andando de um lado para outro, acabou parando. Seu nariz gordo estava quase no mesmo nível do botão do meio do meu casaco. Ainda me olhava como se estivesse intrigado com alguma coisa.

— Já vi essa sua fuça antes — disse ele. — Onde foi mesmo?

Ele olhou para Baker e depois para Stevenson. Como se estivesse esperando que ambos reparassem no que estava dizendo e em quando estava dizendo.

— Já vi esse cara antes — insistiu.

Ele bateu a porta do escritório e eu fiquei esperando com os dois tiras até o chefão entrar. Era um sujeito negro, alto e bem conservado, apesar de estar ficando grisalho e careca. O suficiente para lhe conceder um ar respeitável. Era ágil e seguro. Bem-vestido, trajava um terno de *tweed* dos antigos. Colete de fustão. Sapatos bem engraxados. Esse cara tinha o aspecto que um chefe deveria ter. Fez um sinal para que Baker e Stevenson saíssem do local. E fechou a porta. Sentou-se à mesa e fez com que eu me sentasse na cadeira em frente.

Abriu a gaveta, que fez um ruído, e tirou dali um gravador. Ergueu-o, levantando o braço, para que pudesse desembaraçar os fios. Plugou o fio na tomada, assim como o microfone. Colocou uma fita. Apertou o botão de gravar e ligou o microfone com a unha. Parou a fita e a rebobinou. Apertou o "play". Ouviu o som oco da sua unha. Balançou a cabeça. Rebobinou novamente a fita e apertou o botão de gravar. Sentei e fiquei observando-o.

Por um momento tudo ficou em silêncio. Havia apenas um zumbido, o ar, as luzes e o computador. E o gravador chiando lentamente. Dava para ouvir o tiquetaque lento do velho relógio. Era um som paciente, como se estivesse preparado para fazer tiquetaque por toda a eternidade, não importando o que eu optasse por fazer. Até que o sujeito se sentou novamente em sua cadeira e me encarou. E levantou os dedos de um jeito que só as pessoas altas e elegantes conseguem.

— Certo — disse ele. — Tenho algumas perguntas, tudo bem?

A voz era profunda. Como o estrondo de um trovão. Não tinha sotaque sulista. Ele parecia e soava como um banqueiro de Boston, exceto pelo fato de ser negro.

— Meu nome é Finlay. Minha patente é de capitão. Sou chefe do Departamento de Investigação. Acredito que você tenha tomado ciência dos seus direitos. Ainda não confirmou que os entendeu. Antes de prosseguirmos, preciso importuná-lo com essa questão preliminar.

Não era um banqueiro de Boston. Estava mais para um daqueles caras que se formam em Harvard.

— Entendi os meus direitos — afirmei.

Ele balançou a cabeça.

— Bom. Fico feliz com isso. Onde está o seu advogado?

— Não preciso de advogado.

— Você está sendo acusado de assassinato. Precisa de um advogado. Iremos providenciar um. Gratuitamente. Quer que o façamos sem que você nada tenha a gastar?

— Não, não preciso de advogado — insisti.

O sujeito chamado Finlay me encarou longamente.

— Ok. Mas você terá que assinar uma isenção. Você foi orientado para que arrumasse um advogado e iríamos providenciá-lo livre de ônus, mas você não quer um, e está certo disso.

— Ok — concordei.

Ele tirou um formulário de outra gaveta e olhou para o relógio, a fim de conferir data e horário. E fez o papel deslizar até onde eu estava. Uma cruz grande e impressa marcava a linha onde eu devia assinar. O sujeito me passou uma caneta. Assinei e devolvi o papel. Finlay o examinou e o colocou numa pasta amarela.

— Não consigo ler a sua assinatura. Por isso, para registro, começaremos com o seu nome, endereço e data de nascimento.

Mais uma vez se fez silêncio. Olhei para ele. Vi que era um obstinado. Provavelmente tinha quarenta e cinco anos. Não se chega a chefe dos detetives numa jurisdição da Geórgia com quarenta e cinco anos e sendo negro se não for uma pessoa obstinada. Não há mais por que enrolá-lo. Respirei fundo.

— Meu nome é Jack Reacher — afirmei. — Não possuo nenhum outro nome no meio. Também não tenho endereço.

Ele anotou. Não havia muito o que escrever. Também lhe disse minha data de nascimento.

— Ok, Sr. Reacher — disse Finlay. — Como já lhe falei, temos muitas perguntas. Dei uma olhada nos seus pertences. Você não carregava nenhuma espécie de documento de identidade. Nenhuma carteira de motorista, nenhum cartão de crédito, nada. Você diz que não tem endereço. Então me pergunto: quem é você?

Ele não esperava que pudesse vir alguma espécie de comentário sobre isso da minha parte.

— Quem era o sujeito de cabeça raspada? — perguntou.

Não respondi. Estava olhando para o grande relógio, esperando o ponteiro dos minutos se mover.

— Diga-me o que aconteceu — insistiu.

Não tinha a menor idéia do que havia acontecido. Idéia alguma. Algo havia acontecido com alguém, mas não comigo. Fiquei ali sentado. E nada respondi.

— O que é Pluribus? — perguntou Finlay.

Olhei para ele e dei de ombros.

— O lema dos Estados Unidos? — perguntei. — E Pluribus Unum? Adotado em 1776 pelo segundo Congresso Continental, certo?

Ele simplesmente resmungou. Continuei olhando fixamente na sua direção. Imaginei que aquele fosse o tipo de sujeito que poderia responder uma pergunta.

— O que houve? — perguntei.

Novo silêncio. Ele se virou para me encarar. Pude perceber que o sujeito pensava se devia responder e como.

— O que houve? — perguntei novamente.

Ele recostou na cadeira e esticou os dedos.

— Você sabe o que houve. Homicídio. Com alguns requintes perturbadores. A vítima foi encontrada hoje de manhã no armazém Kliner. Que fica na extremidade norte da estrada que corta o município, perto do trevo. Uma testemunha relatou que viu um homem se afastando do local. Logo depois das oito da manhã. A descrição que obtivemos foi a de um homem branco, muito alto, usando um sobretudo longo e negro, com cabelo claro, sem chapéu e sem bagagem.

Novamente se fez silêncio. Sou branco. Sou muito alto. Meu cabelo é claro. Estava ali sentado usando um sobretudo longo e negro. Não possuía chapéu. Ou mala. Fiquei andando pela estrada do condado durante quase quatro horas naquela manhã. Das oito até cerca de onze e quarenta e cinco.

— Qual o tamanho da estrada que corta o condado? — perguntei. — Da rodovia até aqui?

Finlay pensou na questão.

— Talvez uns vinte e poucos quilômetros, creio.

— Certo — afirmei. — Andei ao longo de todo o caminho, da rodovia até o centro da cidade. Vinte e poucos quilômetros, talvez. Um monte de gente deve ter me visto. Isso não quer dizer que fiz algo a alguém.

Ele não respondeu. E eu estava ficando curioso em relação à situação.

— Essa não é a sua área? — perguntei. — Daqui até a rodovia?

— Sim — disse ele. — A questão da jurisdição está clara. Não há saída por lá, Sr. Reacher. Os confins da cidade se estendem por mais de vinte quilômetros até a rodovia. O armazém lá é problema meu, não há dúvida quanto a isso.

Ele esperou. Acenei positivamente. E o sujeito continuou:

— Kliner construiu tudo há cinco anos. Já ouviu falar dele?

Balancei a cabeça.

— Como eu poderia ter ouvido falar dele? Nunca estive aqui antes.

— Ele é bastante conhecido por aqui — afirmou Finlay. — As atividades que ocorrem no armazém nos rendem muitos impostos, são muito boas para nós. Muita receita e muitos benefícios para a cidade, sem causar muita confusão pelo fato de ser longe, certo? Por isso tentamos tomar conta dele. Mas agora virou cenário de um homicídio, e você tem explicações a nos dar.

O cara estava fazendo o seu trabalho, mas estava fazendo com que eu perdesse o meu tempo.

— Ok, Finlay — retruquei. — Farei uma declaração descrevendo, nos mínimos detalhes, cada coisa que fiz desde que transpus os malditos confins desta cidade até ser arrastado para cá no meio da droga do meu café da manhã. Se você conseguir extrair alguma coisa do que vou dizer, lhe darei uma bosta de medalha. Porque tudo que fiz foi colocar um pé na frente do outro durante quase quatro horas debaixo de chuva, enquanto percorria os seus malditos e preciosos vinte e poucos quilômetros.

Esse foi o discurso mais longo que fiz nos últimos seis meses. Finlay se sentou e ficou olhando para mim. Observei-o se empenhando, seja qual fosse o dilema básico de detetive que ele pudesse ter. Seus instintos lhe diziam que talvez eu não fosse o homem que procurava. Mas eu estava ali sentado, bem na sua frente. O que um detetive deveria fazer? Deixei o sujeito ponderar. Tentei escolher o momento exato para dar uma cutucada na direção certa. Ia dizer alguma coisa sobre o verdadeiro criminoso que ainda estava solto enquanto ele perdia tempo ali comigo. Isso alimentaria a sua insegurança. Mas ele tomou a iniciativa. Na direção errada.

— Nada de declarações — disse ele. — Eu faço as perguntas e você as responde. Você é Jack "sei lá do quê" Reacher. Não tem endereço. Nenhuma identidade. O que você é, um vagabundo?

Suspirei. Hoje é sexta-feira. O grande relógio mostrava que faltava menos da metade do tempo transcorrido para aquilo acabar. Aquele tal de Finlay iria fazer com que eu vivesse uma situação bem desagradável. Assim, iria passar o fim de semana dentro de uma cela. Provavelmente sairia na segunda-feira.

— Não sou um vagabundo, Finlay — afirmei. — Sou um sem-teto. A diferença é grande.

Ele balançou a cabeça, lentamente.

— Não tente dar uma de esperto comigo, Reacher. Você está bem fodido. Coisas ruins aconteceram por lá. Nossa testemunha o viu deixando a cena do crime. Você é um estranho sem identidade e sem histórico. Por isso não dê uma de malandro.

Ele ainda estava fazendo apenas o seu trabalho, mas continuava fazendo com que eu jogasse o meu tempo fora.

— Eu não estava deixando cena de homicídio nenhuma. Só caminhava por uma maldita estrada. Há uma diferença, não? Pessoas que deixam cenas de crime correm e se escondem. Não ficam andando no meio da estrada. Qual é o problema de ficar andando pela estrada? As pessoas fazem isso o tempo todo, não é?

Finlay se inclinou para a frente e balançou a cabeça.

— Não — disse ele. — Ninguém chegou a andar por toda a extensão daquela estrada desde a invenção do automóvel. Então, por que você não tem endereço? De onde você vem? Responda às perguntas. Vamos acabar com isso.

— Ok, Finlay, vamos acabar logo. Não tenho endereço porque não moro em lugar nenhum. Talvez um dia eu vá viver em algum lugar, passe a ter um endereço e lhe mande um cartão-postal para que possa colocá-lo no seu maldito caderninho de endereços, já que parece estar muito preocupado com isso.

Finlay me encarou e reviu suas opções. Optou por ser paciente. Paciente, porém obstinado. Como se ninguém pudesse fazer com que ele desviasse do seu intento.

— De onde você é? — perguntou. — Qual foi o seu último endereço?

— O que você quer dizer exatamente quando me pergunta de onde sou?

Seus lábios se apertavam. Eu também estava fazendo com que ele ficasse mal-humorado. Mas o sujeito se manteve paciente. E amarrou a paciência a um frio sarcasmo.

— Ok — disse ele. — Você não entendeu a minha pergunta. Por isso permita que eu seja claro. O que quero saber é onde você nasceu ou onde viveu a maior parte da sua vida, o lugar que considera instintivamente como predominante num contexto social ou cultural.

Simplesmente o encarei.

— Vou lhe dar um exemplo — prosseguiu o detetive. — Eu nasci em Boston, fui educado em Boston e subseqüentemente trabalhei durante vinte anos em Boston. Por isso diria, e acho que você concordaria, que vim de Boston.

Eu estava certo. Um tipinho de Harvard. Um sujeito formado em Harvard perdendo a paciência.

— Ok — afirmei. — Você fez as perguntas. Vou respondê-las. Mas deixe lhe dizer uma coisa. Não sou quem você procura. Na segunda-feira você saberá que não sou o seu homem. Por isso faça um favor a si próprio. Não pare de procurar.

Finlay se esforçava para não sorrir. Acenava pesadamente com a cabeça.

— Agradeço pelo seu conselho — disse ele. — E pela preocupação com a minha carreira.

— De nada — retruquei.

— Prossiga.

— Tudo bem. De acordo com a sua definição caprichada, não venho de lugar nenhum. Venho de um lugar chamado exército. Nasci numa base das Forças Armadas americanas em Berlim Ocidental. Meu pai era fuzileiro naval e minha mãe uma civil francesa que ele conheceu na Holanda. Ambos se casaram na Coréia.

Finlay acenou com a cabeça. E fez uma anotação.

— Eu fui um jovem militar — continuei. — Mostre-me uma lista de bases norte-americanas por todo o mundo que esta será uma lista dos lugares onde vivi. Meus estudos no ensino médio se deram em duas dúzias de países diferentes, e passei quatro anos na academia militar de West Point.

— Prossiga — disse Finlay.

— Fiquei no exército. Polícia militar. Servi e vivi em cada uma dessas bases mais uma vez. E então, Finlay, depois de trinta e seis anos sendo, a princípio, filho de oficial, para depois me tornar um oficial por conta própria, de repente não houve mais necessidade de um grande exército, pois os soviéticos dançaram. Viva! Ganhamos os dividendos da paz. O que para você significa que seus impostos serão gastos com outra coisa, para mim quis dizer que eu era um ex-policial militar de trinta e seis anos, desempregado, que seria chamado de vagabundo por civis convencidos que não valem nada e que não sobreviveriam cinco minutos no mundo em que vivi.

Ele pensou por um instante. Não estava impressionado.

— Prossiga — repetiu o detetive.

Dei de ombros.

— Por isso, neste instante, estou apenas me divertindo — afirmei. — Talvez no fim das contas eu encontre algo para fazer, talvez não. Talvez me acomode em algum lugar, talvez não. Mas, no momento, não estou atrás de nada disso.

Ele acenou com a cabeça. E fez mais algumas anotações.

— Quando foi que você deixou o exército? — perguntou.

— Há seis meses. Em abril.

— Você chegou a trabalhar desde então?

— Está brincando? Quando foi a última vez que você saiu para procurar emprego?

— Em abril — imitou-me. — Há seis meses. Consegui este emprego.

— Bem, bom para você, Finlay — afirmei.

Não consegui pensar em mais nada para dizer. Finlay me encarou por um instante.

— Do que você tem vivido? — perguntou. — Com que patente você ficou?

— Major. Eles pagam uma indenização quando mandam alguém embora. Ainda tenho boa parte da grana. Estou tentando fazer com que ela dure, entende?

Fez-se longo silêncio. Finlay batia com a ponta errada da caneta num ritmo cadenciado.

— Então... vamos falar das últimas vinte e quatro horas — disse ele.

Suspirei. Sabia que teria problemas pela frente.

— Subi no ônibus. Saltei na estrada do condado. Oito horas da manhã de hoje. Entrei na cidade a pé, cheguei naquele restaurante, pedi o café da manhã e, quando estava comendo, seus homens chegaram e me prenderam.

— Você tem negócios para resolver por aqui? — perguntou.

Balancei a cabeça.

— Estou sem trabalho. Não tenho negócios em lugar nenhum.

Ele escreveu aquilo.

— Onde foi que você entrou no ônibus? — indagou.

— Em Tampa. Parti à meia-noite.

— Tampa, na Flórida? — perguntou.

Acenei com a cabeça. Ele abriu outra gaveta, fazendo barulho. Puxou uma tabela com os horários dos ônibus. Abriu-a e passou o dedo longo e negro pela página. Esse cara era muito caxias. E olhou na minha direção.

— Trata-se de um ônibus expresso — disse ele. — Segue direto para Atlanta, rumo ao norte. Chega lá às nove horas da manhã. Não pára aqui às oito.

Balancei a cabeça.

— Pedi para que o motorista parasse — afirmei. — Ele disse que não podia, mas o fez. Parou especialmente para me deixar sair.

— Você já esteve por aqui antes?

Balancei a cabeça novamente.

— Tem família por aqui? — perguntou.

— Não por aqui.

— Tem família em algum lugar?

— Um irmão que vive em Washington. Trabalha para o Departamento do Tesouro.

— Você possui algum amigo aqui na Geórgia?

— Não.

Finlay anotou tudo. E então se fez longo silêncio. Eu sabia exatamente qual seria a próxima pergunta.

— Então, por quê? Por que você desceu de um ônibus numa parada que não estava prevista e andou mais de vinte quilômetros debaixo de chuva na direção de um lugar para o qual não tinha absolutamente a menor razão de ir?

Essa pergunta era de matar. Finlay a fez de bate-pronto. Qualquer promotor faria o mesmo. E eu não tinha resposta alguma para lhe dar.

— O que posso lhe dizer? — perguntei. — Foi uma decisão arbitrária. Eu estava inquieto. Tinha que saltar em algum lugar, não é?

— Mas por que aqui?

— Não sei. O cara que estava sentado do meu lado tinha um mapa, e por isso escolhi este lugar. Queria descer numa das estradas principais. Achava que poderia ficar dando voltas na direção do golfo, mais para oeste.

— Você escolheu este lugar ao acaso? — perguntou Finlay. — Não me venha com essa merda. Como você poderia ter escolhido este lugar por acaso? É só um nome. Apenas um ponto no mapa. Você devia ter um motivo.

Acenei com a cabeça.

— Achei que devia vir atrás de Blind Blake — respondi.

— Quem diabos é Blind Blake?

Vi que ele avaliava o enredo da mesma forma que um computador avalia jogadas num tabuleiro de xadrez. Será que Blind Blake era meu amigo, meu inimigo, meu cúmplice, conspirador, mentor, credor, devedor ou a minha próxima vítima?

— Blind Blake era um guitarrista — afirmei. — Morreu há sessenta anos, talvez assassinado. Meu irmão comprou um disco dele, e um texto na contracapa dizia que isso havia acontecido em Margrave. Escreveu-me falando sobre isso. Disse que esteve aqui umas duas vezes na primavera para fazer alguma espécie de trabalho. Achei que devia vir até aqui para checar a história.

Finlay parecia estupefato. Aquilo deve ter lhe soado como algo muito sem consistência. Também me teria soado como algo sem consistência caso eu estivesse no seu lugar.

— Você veio até aqui atrás de um guitarrista? — perguntou. — Um guitarrista que morreu há sessenta anos? Por quê? Você é guitarrista?

— Não.

— Como foi que o seu irmão lhe escreveu? Você não tem endereço.

— Ele escreveu para a minha unidade. Minha correspondência é enviada para o banco no qual a minha indenização está aplicada. Eles me avisam das cartas quando eu ligo para pedir que ponham dinheiro na minha conta.

Ele balançou a cabeça. E fez uma anotação.

— O ônibus da meia-noite que sai de Tampa, certo? — indagou.

Acenei com a cabeça, positivamente.

— Você ainda está com a sua passagem?

— Está no saco com os meus pertences, creio. Lembro-me de Baker colocando todas as porcarias que eu tinha no bolso dentro do saco. E de Stevenson o etiquetando.

— Será que o motorista do ônibus se lembraria?

— Talvez. Foi uma parada especial. Tive que lhe pedir para saltar.

Comecei a me sentir como uma espécie de espectador. A situação ficou um tanto perdida. Meu trabalho não era tão diferente do de Finlay. Estava com a estranha sensação de que o consultava para saber detalhes sobre o caso de uma outra pessoa. Como se fôssemos colegas discutindo um problema difícil.

— Por que você não está trabalhando? — perguntou Finlay.

Dei de ombros. Tentei explicar:

— Porque não quero trabalhar. Já trabalhei durante treze anos, e isso não me levou a nada. Sinto como se tivesse feito o jogo deles, por isso quero que todos vão para o inferno. Agora vou tentar fazer as coisas do meu jeito.

Finlay se sentou e me encarou.

— Você teve algum problema no exército?

— Nenhum maior do que você teve em Boston.

Ele ficou surpreso.

— O que você quer dizer com isso?

— Você passou vinte anos em Boston. Foi isso que me disse, Finlay. Então por que veio para este fim de mundo? Você devia estar recebendo a sua pensão, saindo para pescar. Em Cape Cod ou em qualquer outro lugar. Que história é essa?

— Isso só interessa a mim, Sr. Reacher. Responda às minhas perguntas.

Dei de ombros.

— Pergunte ao exército.

— Eu o farei. Pode estar certo disso. Você foi dispensado de forma honrosa?

— Será que eles me indenizariam se eu não tivesse sido?

— Por que devo acreditar que lhe deram algum centavo? Você vive como um vagabundo. Dispensa honrosa? Sim ou não?

— Sim, é claro.

Ele fez outra anotação. E pensou por algum tempo.

— Como você se sentiu por estar sendo dispensado?

Pensei um pouco também. E dei de ombros em sua direção.

— Não senti nada de mais. Senti-me como alguém que estava no exército e que depois não estava mais.

— Ficou amargurado? Magoado?

— Não. Será que eu devia?

— Nenhum problema mesmo? — perguntou, como se tivesse que haver alguma coisa por trás disso.

Senti que tinha que lhe dar alguma espécie de resposta. Mas não conseguia pensar em nada. Servi desde o dia em que nasci. E agora estava fora. E era ótimo não ter mais compromisso com as Forças Armadas. Sentia-me livre. Como se tivesse sentido uma pequena dor de cabeça ao longo de toda a minha vida. Sem notá-la até o momento em que desapareceu. Meu único problema era ganhar a vida. Fazê-lo sem desistir da liberdade não era uma tarefa fácil. Eu não ganhava um centavo há seis meses. Esse era o meu único problema. Mas não ia contar para Finlay. Ele veria isso como um motivo para me culpar. Pensaria que eu havia decidido bancar o meu estilo de vida errante roubando as pessoas. Em armazéns. E, depois, matando-as.

— Acho que é difícil lidar com a transição. Especialmente porque eu vivi esse tipo de vida desde que era menino.

Finlay concordou positivamente com a cabeça. Levou a minha resposta em consideração.

— Por que você em especial? — perguntou. — Você deu baixa de livre e espontânea vontade?

— Nunca faço nada por conta própria. É a regra básica do soldado.

Outro silêncio.

— Você se especializou? — perguntou Finlay. — No serviço?

— Tarefas gerais, inicialmente. O sistema é esse. Depois fiquei encarregado da segurança de segredos de Estado por cinco anos. Até que, nos últimos seis anos, fui encarregado de uma outra coisa.

Deixei que ele perguntasse.

— De quê? — perguntou.

— Investigação de homicídios.

Finlay se inclinou para trás. Resmungando. Fez novamente aquele gesto com os dedos levantados. Encarou-me e respirou fundo. Sentou-se, chegando para a frente. E apontou um dedo na minha direção.

— Certo — disse ele. — Vou checar você. Temos as suas impressões digitais. Elas devem estar arquivadas no exército. Obteremos os seus dados de registro. Todos eles. Todos os detalhes. Vamos checar com a empresa de ônibus. Checar a sua passagem. Encontrar o motorista e os passageiros. Se o que você diz estiver certo, logo saberemos. E, se for verdade, pode ser que o ajude a sair dessa situação enrolada. Obviamente, certos detalhes de *timing* e metodologia irão resolver a questão. E até agora ainda não estão claros.

Ele fez uma pausa e expirou novamente. Olhou bem na minha direção.

— Entrementes, sou um homem cauteloso — afirmou. — Em face do que temos, você está em maus lençóis. É um errante. Um vagabundo. Não tem endereço, nem história. Seu relato pode ser papo furado. Você pode ser um fugitivo. Pode ter assassinado um monte de gente em uma dúzia de estados. Simplesmente não sei. Você não pode esperar que, na incerteza, eu o considere inocente. No momento, por que eu deveria ter alguma dúvida? Você vai ficar aqui trancado até que tenhamos certeza, ok?

Era o que eu esperava. Exatamente o que eu teria dito. Mas simplesmente o encarei e balancei a cabeça.

— Um sujeito precavido? — indaguei. — Disso tenho toda a certeza.

Ele olhou novamente na minha direção.

— Se eu estiver errado, pago seu almoço na segunda-feira. Na Cantina do Eno, para compensar o que fizemos hoje.

Balancei a cabeça novamente.

— Não estou querendo fazer amigos por aqui.

Finlay simplesmente deu de ombros. E desligou o gravador. Rebobinou e tirou a fita. Escreveu algo nela. Tocou o botão do interfone que havia na grande mesa de pau-rosa. Pediu para Baker entrar novamente. Fiquei esperando. Ainda estava sentindo frio. Mas eu havia finalmente secado. A chuva caíra do céu da Geórgia e me deixara encharcado. Agora ela havia sido sugada novamente pelo ar seco do escritório. Um desumidificador a aspirara e fizera com que ela sumisse pelo duto.

Baker bateu na porta e entrou. Finlay pediu para que ele me conduzisse até as celas. E depois acenou na minha direção. Era um gesto que dizia o seguinte: se, por acaso, você não for o sujeito que procuro, lembre-se de que eu estava apenas fazendo o meu trabalho. Acenei de volta. O meu gesto dizia: enquanto você está tirando o seu da reta, tem um assassino andando por aí.

O bloco das celas era apenas uma ampla alcova afastada da sala ampla do pelotão onde os funcionários da delegacia trabalhavam. Era dividido em três celas separadas por barras verticais. A parede frontal era só de barras. As portas das celas estavam ligadas umas nas outras por dobradiças. O metal possuía um fabuloso brilho opaco. Parecia titânio. Todas as celas eram acarpetadas. Mas estavam totalmente vazias. Não havia mobília alguma nem leito preso à parede. Apenas uma versão mais sofisticada dos cercados que as pessoas estão acostumadas a ver por aí.

— Não há acomodações para passar a noite aqui? — perguntei a Baker.

— De jeito nenhum — respondeu ele. — Você será levado para a penitenciária do estado mais tarde. O ônibus chega às seis. E o trará de volta na segunda-feira.

Ele fechou o portão com um estrondo e virou a chave. Ouvi ferrolhos entrando dentro de trancas, movendo-se por meio de aros. Elétricos. Tirei o jornal do bolso. Tirei o meu casaco e o enrolei. Deitei no chão e coloquei o casaco embaixo da minha cabeça.

Agora eu estava verdadeiramente irritado. Iria passar o fim de semana na prisão. Não ficaria numa cela dentro da delegacia. Não que eu tivesse outros planos. Mas conhecia as prisões para civis. Vários desertores acabam em prisões para civis. Por um ou outro motivo. O sistema notifica o exército. Policiais militares são enviados para trazê-los de volta. Por isso já vi prisões civis. Elas não me deixavam nada entusiasmado. Deitei furioso, ouvindo o zumbido que vinha da sala do pelotão.

Telefones tocavam. Os teclados soavam. O ritmo aumentava e diminuía. Oficiais se moviam de um lado para outro, falando em voz baixa.

Então tentei terminar de ler o jornal que havia pego emprestado. Estava cheio de bobagens sobre o presidente e sua campanha para a reeleição. O coroa estava em Pensacola, na Costa do Golfo. Ele visava equilibrar o orçamento antes que os cabelos dos seus netos ficassem brancos. Cortava coisas como um peão atravessando a mata com um facão para cortar cana. Lá em Pensacola, quem estava pagando o pato era a guarda costeira. Eles vinham tocando um projeto nos últimos doze meses. Formaram um escudo ao longo da costa da Flórida, todos os dias ao longo de um ano, cercando e vasculhando todo o tráfego marítimo que não lhes cheirasse bem. Tal feito fora anunciado com uma enorme fanfarra. E seu sucesso fora além de todas as expectativas. Eles apreenderam todo tipo de coisa. Drogas, em grande parte, assim como armas e imigrantes ilegais vindos do Haiti e de Cuba. Com o passar dos meses e ao longo de milhares de milhas além dos limites, dava para ver que a interdição estava reduzindo a incidência de crimes por todo o país. Um grande sucesso.

No entanto, a operação estava sendo cancelada. Era muito cara. O orçamento da guarda costeira estava com um sério déficit. O presidente disse que não poderia aumentá-lo. Na verdade, teria que cortá-lo. A economia estava uma baderna. Não havia nada que ele pudesse fazer. Por isso, a iniciativa de interdição seria cancelada sete dias depois. O presidente estava tentando enfrentar a situação como um estadista. Os manda-chuvas que defendiam o cumprimento das leis estavam furiosos, pois acreditavam que a prevenção era melhor do que a cura. O pessoal das internas de Washington estava feliz, pois cinqüenta centavos para espancar tiras eram muito mais visíveis do que dois dólares gastos no oceano a duas mil milhas dos eleitores. Argumentações voavam de um lado para outro. E, nas fotografias borradas, o presidente estava apenas sorrindo como um estadista, dizendo que não havia nada que pudesse fazer. Parei de ler, pois estava ficando ainda mais furioso.

Para me acalmar, comecei a cantarolar dentro da minha cabeça. O refrão de *Smokestack Lightning*. A versão de Howlin' Wolf tem um belo grito sufocado no final do primeiro verso. Dizem que é preciso andar de trem por um tempo para entender o blues da estrada. Estão errados. Para entender o blues da estrada é preciso estar preso em algum lugar. Como uma cela, por exemplo. Ou no exército. Algum lugar onde você esteja aprisionado. Um lugar onde a luz de uma chaminé se pareça com um farol distante de liberdade impossível. Fiquei ali deitado com o meu casaco servindo de travesseiro e ouvi a música tocando na cabeça. No final da terceira repetição do refrão, adormeci.

Acordei novamente quando Baker começou a chutar as barras. Elas faziam um som surdo e ressoante ao mesmo tempo. Como um sino fúnebre. Baker estava ali em pé com Finlay ao seu lado. Os dois olharam para baixo na minha direção. Permaneci no chão. Sentia-me confortável no lugar onde estava.

— Onde você disse que estava à meia-noite? — perguntou Finlay.

— Pegando o ônibus em Tampa — respondi.

— Temos uma nova testemunha. Ela o viu no armazém. Na noite passada. De bobeira. À meia-noite.

— Isso é um absurdo, Finlay. Impossível. Quem diabos é essa nova testemunha?

— A testemunha é o chefe Morrison. O chefe de polícia. Ele afirma ter certeza de que já o viu antes. Agora se lembra de onde.

3

AINDA ALGEMADO, ELES ME LEVARAM DE volta para o escritório de pau-rosa. Finlay sentou-se à grande mesa, em frente às bandeiras, embaixo do velho relógio. Baker se sentou numa cadeira na ponta da mesa. Sentei-me em frente a Finlay. Ele tirou o gravador da gaveta. Esticou e desembaraçou os fios. Posicionou o microfone. Testou-o com a unha. Rebobinou a fita. Tudo pronto.

— As últimas vinte e quatro horas, Reacher — disse ele. — Com detalhes.

Os dois policiais davam risinhos de entusiasmo reprimido. Um caso trivial havia subitamente se tornado algo muito maior. A emoção da vitória estava começando a se apoderar de ambos. Reconheci os sinais.

— Estava em Tampa na noite passada — afirmei. — Entrei no ônibus à meia-noite. Testemunhas podem confirmar isso. Desci às oito horas hoje de manhã, no cruzamento da rodovia com a estrada do condado. Se o chefe Morrison diz que me viu à meia-noite, ele só pode estar enganado. Nessa hora eu estava a mais de seiscentos quilômetros daqui. Não tenho mais nada para dizer. É só checar.

Finlay me encarou. E depois acenou para Baker, que por sua vez abriu uma pasta de couro.

— A vítima não foi identificada — disse Baker. — Nenhum documento de identidade. Nenhuma carteira. Nenhuma marca característica. Homem, branco, cerca de quarenta anos, muito alto, cabeça raspada. O corpo foi encontrado por lá às oito da manhã, jogado no chão, encostado na cerca, perto do portão principal. Estava parcialmente coberto com papelão. Conseguimos tirar as impressões digitais do corpo. Resultado negativo. Não confere com nada que temos no banco de dados.

— Quem era ele, Reacher? — perguntou Finlay.

Baker esperava alguma espécie de reação da minha parte. Não a obteve. Fiquei apenas ali sentado, ouvindo o tiquetaque sutil do velho relógio. Minhas mãos ficaram se movendo lentamente até por volta de duas e meia. Não falei nada. Baker ficou mexendo no arquivo e tirou uma outra ficha. Encarou-me novamente e prosseguiu:

— A vítima levou dois tiros na cabeça. Talvez tenha sido uma automática de pequeno calibre com silenciador. O primeiro tiro foi à queima-roupa, na têmpora esquerda; o segundo foi um tiro de contato atrás do ouvido esquerdo. Obviamente eram balas de ponta macia, pois os ferimentos de saída arrancaram o rosto do sujeito. A chuva lavou a pólvora, mas as marcas de queimadura sugerem o silenciador. O tiro fatal deve ter sido o primeiro. Não havia balas no crânio. Não foram encontradas cápsulas.

— Onde está a arma, Reacher? — perguntou Finlay.

Olhei para ele e fiz uma careta. Não abri a boca.

— A vítima morreu entre onze e meia e uma da madrugada da noite passada — acrescentou Baker. — O corpo não estava lá às onze e meia quando o vigia noturno largou o posto. Ele pode confirmar isso. Foi encontrado quando o porteiro do dia chegou para abrir o portão. Eram cerca de oito horas. Ele o viu deixando a cena e telefonou.

— Quem era ele, Reacher? — perguntou Finlay novamente.

Ignorei-o e olhei para Baker.

— Por que antes de uma da manhã? — perguntei-lhe.

— A chuva pesada de ontem à noite começou à uma da manhã. A calçada sob o corpo estava totalmente seca. Portanto, o corpo tombou antes de uma da manhã, quando a chuva começou. O laudo médico disse que a vítima morreu à meia-noite.

Acenei positivamente. E sorri para ambos. A hora da morte iria livrar a minha cara.

— Diga-nos o que aconteceu depois — disse Finlay, calmamente.

Dei de ombros em sua direção.

— Diga-me você — retruquei. — Eu não estava lá. Estava em Tampa à meia-noite.

Baker inclinou-se para a frente e puxou outra folha de dentro do arquivo.

— O que aconteceu em seguida foi que você começou a agir de um jeito muito estranho — afirmou ele. — Enlouqueceu.

Balancei a cabeça enquanto o fitava.

— Eu não estava lá à meia-noite — repeti. — Estava embarcando no ônibus em Tampa. Não há nada de esquisito nisso.

Os dois tiras não reagiram. Pareciam bastante severos.

— Seu primeiro tiro o matou — disse Baker. — Depois você o acertou novamente, e em seguida ficou furioso e começou a chutar o corpo sem parar. Há inúmeras lesões *post-mortem*. Você atirou nele e depois tentou arrastá-lo aos chutes. Bicou todo o corpo do sujeito. Estava num frenesi. Depois se acalmou e tentou esconder o corpo embaixo do papelão.

Fiquei calado durante um bom tempo.

— Lesões *post-mortem*? — perguntei.

Baker acenou positivamente.

— Um ataque de fúria — respondeu ele. — O sujeito parece que foi atropelado por um caminhão. Cada um dos ossos de seu corpo está esmagado. Mas o médico disse que tudo aconteceu depois que o cara já estava morto. Você é um tipo estranho, Reacher, disso tenho certeza.

— Quem era ele? — perguntou Finlay pela terceira vez.

Eu apenas olhei em sua direção. Baker estava certo. As coisas haviam ficado estranhas. Muito estranhas. Ter um frenesi homicida é bastante ruim. Mas um frenesi *post-mortem* é ainda pior. Eu já dera de cara com isso algumas vezes. Não queria mais correr esse risco. Mas, do jeito que me descreveram a cena do crime, nada fazia sentido.

— Como você conheceu o sujeito? — perguntou Finlay.

Continuei encarando-o simplesmente. Nada respondi.

— O que quer dizer Pluribus? — perguntou ele.

Dei de ombros. Permaneci quieto.

— Quem era ele, Reacher? — perguntou Finlay novamente.

— Eu não estava lá — respondi. — Não sei de nada.

Finlay ficou em silêncio.

— Qual é o seu número de telefone? — perguntou subitamente o investigador.

Olhei para o sujeito como se ele fosse doido.

— Finlay, de que diabos você está falando? — perguntei. — Não tenho telefone nenhum. Você não ouviu? Não tenho nenhuma espécie de moradia.

— Estou me referindo ao seu celular.

— Que celular? Não tenho celular.

Um medo se abateu sobre mim. Eles me viam como um assassino. Um mercenário esquisito e sem raízes que tinha um celular e andava de um lugar para outro matando pessoas. Chutando cadáveres até que ficassem em pedaços. Entrando em contato com uma organização secreta para saber qual seria o meu próximo alvo. Viajando pelo país.

Finlay se inclinou para a frente. Fez com que uma folha deslizasse na minha direção. Era um pedaço de papel de computador. Não era velho. Havia uma camada de graxa brilhante nele. O tom de pátina se devia ao fato dele ter ficado um mês dentro de um bolso. Trazia impresso um cabeçalho sublinhado onde se lia: Pluribus. Debaixo do título havia um número de telefone. Olhei para o papel. Não o toquei. Não queria nenhuma confusão com impressões digitais.

— Este é o seu número? — perguntou Finlay.

— Não tenho telefone — repeti. — Eu não estava aqui na noite passada. Quanto mais você me incomoda, mais tempo está perdendo, Finlay.

— É um número de celular — disse ele. — Disso nós sabemos. De uma operadora de Atlanta. Mas só poderemos rastrear esse número na segunda-feira. Por isso estamos perguntando. Você devia cooperar, Reacher.

Olhei novamente para o pedaço de papel.

— Onde estava isso? — perguntei-lhe.

Finlay considerou a pergunta. E decidiu respondê-la:

— No sapato da sua vítima. Dobrado e escondido.

Fiquei sentado em silêncio por um bom tempo. Estava ficando preocupado. Sentia-me como um personagem de livro infantil que caíra dentro de um buraco. Que se vê num mundo estranho onde tudo é diferente e esquisito. Como em Alice no País das Maravilhas. Ela não caiu num buraco? Ou será que desceu do ônibus no lugar errado?

Eu estava numa sala luxuosa e opulenta. Havia visto escritórios piores em bancos suíços. Estava na companhia de dois policiais. Inteligentes e profissionais. Os dois provavelmente tinham mais de trinta anos de experiência. Era um departamento maduro e competente. Formado por um *staff* apropriado e bem montado. Tinha um ponto fraco pelo fato do babaca do Morrison ser o cabeça, mas era uma organização tão boa quanto as que tenho visto por aí. Mas estavam todos desaparecendo rumo a um beco sem saída o mais rápido que podiam. Pareciam convencidos de que a Terra era plana. De que o vasto céu da Geórgia era uma concha que se encaixava firmemente no topo. Eu era o único que sabia que a Terra era redonda.

— Duas coisas — afirmei. — O cara leva um tiro na cabeça à queima-roupa, disparado por uma automática munida de silenciador.

O primeiro tiro o derruba. O segundo é para garantir. As cápsulas sumiram. O que isso lhes diz profissionalmente falando?

Finlay não responde. Seu suspeito principal estava discutindo o caso com ele como se fosse um colega de profissão. Como investigador, ele não deveria permitir isso. Tinha que fazer com que eu calasse a boca. Mas queria me ouvir. Dava para ver que ele promovia um embate interior. Estava totalmente calmo, mas sua mente se agitava como gatinhos dentro de um saco.

— Prossiga — acabou dizendo, num tom sóbrio, como se eu fosse lhe passar uma informação relevante.

— Isso foi uma execução, Finlay — concluí. — Não foi um roubo ou uma briga. Foi um ataque frio e calculado. Sem deixar evidências. Feito por um sujeito esperto que depois ficou rastejando pelo terreno com uma lanterna atrás de duas cápsulas de pequeno calibre.

— Prossiga — repetiu Finlay.

— Foi um tiro de curta distância dado na têmpora esquerda. Pode ser que a vítima estivesse dentro de um carro. O atirador conversou com ela através da janela e levantou a arma. *Bang*. E se inclinou para dar o segundo tiro. Depois, pegou as cápsulas das balas e foi embora.

— Foi embora? — perguntou Finlay. — E quanto ao resto das coisas que aconteceram? Você está sugerindo que havia um segundo homem?

Balancei a cabeça.

— Havia três homens — afirmei. — Isso está claro, certo?

— Por que três? — perguntou ele.

— No mínimo dois, correto? Como foi que a vítima saiu e foi parar nos armazéns? Ela dirigiu, não foi mesmo? Longe demais para uma caminhada. E onde está o seu carro agora? O atirador também não andou até lá. Por isso, na prática, o mínimo seria uma equipe de duas pessoas. Elas foram até lá juntas e dirigiram separadamente, uma no carro da vítima.

— Mas? — perguntou Finlay.

— Mas as evidências, de fato, apontam para, no mínimo, três. Reflita bem. Isso é a chave de tudo. Um sujeito que usa uma automática de pequeno calibre com silenciador para dar um tiro limpo e certeiro na cabeça e um outro só de garantia não é do tipo que depois perde a cabeça e fica chutando um cadáver, correto? E um camarada que entra em tal estado de delírio não se acalma de repente e esconde o corpo debaixo de um pedaço de papelão. Você está procurando três coisas completamente distintas, Finlay. Por isso há três homens envolvidos.

Finlay deu de ombros na minha direção.

— Dois, talvez — disse ele. — O atirador poderia ter limpado a cena do crime depois.

— De jeito nenhum — afirmei. — Ele não teria esperado. Não gostava daquele tipo de frenesi. Aquilo o deixava sem graça. E o deixava preocupado, pois acrescentava visibilidade e perigo à coisa como um todo. Um sujeito como esse, se tivesse limpado a cena do crime depois, teria feito tudo certo. Não teria deixado o corpo onde o primeiro que aparecesse fosse encontrá-lo. Por isso você está atrás de três homens.

Finlay pensou profundamente.

— E daí? — perguntou ele.

— Qual deles você acha que eu sou? — perguntei. — O atirador, o maníaco ou o idiota que escondeu o corpo?

Finlay e Baker olharam um para o outro. Não me deram resposta.

— Seja quem for, o que vocês estão dizendo? — perguntei-lhes. — Eu dirijo até lá com os meus dois colegas, damos uma surra no tal sujeito à meia-noite, meus amigos pegam o carro, se mandam, e eu opto por ficar lá? Por que eu faria isso? Nada a ver, Finlay.

Ficou em silêncio. Estava pensando.

— Não tenho dois colegas — prossegui. — Nem carro. Por isso, o melhor que você pode fazer é dizer que a vítima andou até lá, e eu também. Encontrei-a e, muito cuidadosamente, atirei nela que nem um profissional, depois recuperei minhas cápsulas, peguei sua carteira e esvaziei seus bolsos, mas me esqueci de procurar seus sapatos. Depois, guardei minha arma, silenciador, lanterna, celular, cápsulas, carteira e tudo o mais. Em seguida, mudei completamente a minha personalidade e fiquei despedaçando o cadáver com chutes que nem um maníaco. Por fim, mudei completamente de personalidade outra vez e fiz uma tentativa inútil de esconder o corpo. Depois, esperei oito horas no meio da chuva e em seguida fui andando na direção da cidade. Isso é o melhor que vocês podem fazer. Que merda, Finlay. Tem cabimento eu ficar esperando oito horas, debaixo de chuva, até o dia amanhecer, para fugir da cena de um homicídio?

Ele ficou me olhando por um bom tempo.

– Não, não tem — afirmou ele.

Um cara como Finlay não diz uma coisa dessas, a não ser que esteja se esforçando. Ele parecia se sentir ridículo. Estava na merda e sabia disso. Mas tinha um problema grave para resolver com a nova evidência plantada pelo seu chefe. Não dava para ir até ele e dizer: você está ficando maluco, Morrison. Não era efetivamente possível procurar uma alternativa se seu chefe lhe havia servido um suspeito numa bandeja. Ele podia se valer do meu álibi. Podia mesmo. Ninguém iria criticá-lo por ser radical. Depois, poderia começar tudo de novo na segunda-feira. Portanto, sentia-se na maior roubada porque iria desperdiçar setenta e duas horas. E podia antever um baita problema. Teria que contar para o seu chefe que, de fato, eu não poderia estar lá à meia-noite. Seria forçado a, educadamente, persuadir o sujeito a se retratar. Isso era algo difícil para se fazer quando se é um subordinado que só está no novo cargo há seis meses. E quando a pessoa com a qual você está lidando é um completo idiota. E é o seu chefe. Dificuldades o cercavam por todo lado e o sujeito sentia-se em petição de miséria por causa disso. Então, sentou-se ali e começou a respirar pesadamente. Estava em apuros. Era hora de tentar ajudá-lo.

— O número de telefone — afirmei. — Você o identificou como celular?

— Pelo código — respondeu ele. — Em vez de um código de área, ele possui um prefixo que acessa a rede móvel.

— Ok. Mas você não pode identificar a quem ele pertence porque não possui diretórios reversos para celulares e a companhia não irá lhe dizer nada, certo?

— Vão querer um mandado.

— Mas você precisa saber de quem é esse número, não é?

— Você conhece alguma maneira de fazer isso sem se valer de um mandado?

— Talvez. Por que você não dá uma ligada e vê quem atende?

Eles não haviam pensado nisso. Fez-se silêncio de novo. Os dois estavam sem graça. Não queriam olhar um para o outro. Ou para mim. Simplesmente ficaram em silêncio.

Baker tirou o corpo fora. Deixou a responsabilidade para Finlay. Juntou os arquivos e fez um gesto de quem iria se afastar para estudá-los. O detetive acenou com a cabeça e o liberou. Baker se levantou e saiu. Fechou a porta calmamente. Finlay abriu a boca. E fechou-a. Precisava livrar a cara. E como.

— É um celular — decretou. — Se eu telefonar, não vou poder dizer a quem pertence ou onde está.

— Ouça, Finlay. Estou me lixando para quem é o dono desse celular. Só me importo com quem não é. Entendeu? Esse telefone não é meu. Por isso, ligue logo para que o fulano em Atlanta ou a fulana em Charleston atenda. Daí você saberá que não é meu.

Finlay me encarou. Batendo com os dedos na mesa. E continuou em silêncio.

— Você sabe como fazer isso — insisti. — Digite o número, conte uma história boba sobre uma falha técnica ou uma conta não paga, algum erro do computador, e faça com que a pessoa confirme nome e endereço. Faça isso, Finlay, você supostamente é um detetive.

Ele se inclinou para a frente, na direção de onde havia deixado o número. Puxou o pedaço de papel com seus dedos longos e negros. Virou-o para que pudesse ler o que estava escrito e pegou o telefone. Discou o número. Apertou o botão do viva-voz. O barulho do telefone chamando preencheu o vazio. Não era um tom longo e sonoro como o de um telefone residencial. Era um som alto, urgente e eletrônico. Que logo parou. A ligação foi atendida.

— Paul Hubble — disse uma voz. — Como posso ajudá-lo?

Um sotaque sulista. Um estilo confiante. Acostumado com telefones.

— Sr. Hubble? — disse Finlay. Ele olhava para a sua mesa enquanto escrevia o nome do sujeito. — Boa-tarde. Aqui é da companhia telefônica, Divisão de Aparelhos Móveis. Gerente de Engenharia. Fomos informados de que o seu número está com um problema.

— Problema? — perguntou a voz. — Para mim parece que está tudo bem. Não reclamei de problema algum.

— Poderia falar um pouco mais alto? — pediu Finlay. — Pode estar havendo um problema na hora de fazer contato com o senhor. Meu medidor de força do sinal está conectado neste exato instante, e, de fato, as leituras dão conta de que ele está muito baixo.

— Posso ouvi-lo perfeitamente — retrucou a voz.

— Alô? — insistiu o detetive. — Sua voz está sumindo, Sr. Hubble. Alô? Ficaria muito grato se pudesse saber qual é a localização geográfica exata do seu telefone neste instante, senhor, em relação às nossas estações de transmissão.

— Estou na minha casa.

— Ok — Finlay pegou novamente a caneta. — O senhor poderia me confirmar o seu endereço exato.

— Você não tem o meu endereço? — perguntou o sujeito num tom jocoso, de homem para homem. — Parece que vocês me mandam uma conta todo mês.

Finlay olhou para mim. Eu estava sorrindo. Ele fez uma careta.

— Estou no Departamento de Engenharia neste instante, senhor — inventou. Também num tom jocoso. Eram apenas dois sujeitos normais em guerra contra a tecnologia. — Os detalhes sobre os clientes estão num outro departamento. Eu poderia acessar tais dados, mas levaria um minuto, o senhor sabe como é. Além do mais, precisa mesmo ficar falando enquanto este medidor está conectado, para que eu possa ter uma leitura exata, correto? Se não for incômodo, poderia recitar o seu endereço, a não ser que possua um poema favorito ou coisa parecida.

O fone de estanho ecoou uma risada do sujeito chamado Hubble.

— Ok, lá vai, testando, testando — disse a voz. — Aqui é Paul Hubble, direto de sua casa, que fica no número 25 da Beckman Drive, repetindo, zero-dois-cinco da Beckman Drive, bem aqui na boa e velha Margrave, M-A-R-G-R-A-V-E, no estado da Geórgia, Estados Unidos. Como está a força do meu sinal?

Finlay não respondeu. Ele parecia estar muito preocupado.

— Alô? — disse a voz. — Você ainda está aí?

— Sim, Sr. Hubble — respondeu o detetive. — Estou bem aqui. Não estou encontrando mais problema algum, senhor. Foi apenas um alarme falso, creio. Obrigado pela sua ajuda.

— Ok — retrucou o sujeito chamado Hubble. — De nada.

A ligação caiu e o sinal de ocupado preencheu a sala do pelotão. Finlay colocou o fone de volta no gancho. Inclinou-se para trás e ficou olhando para o teto. E ficou falando sozinho:

— Merda — disse ele. — Bem aqui na cidade. Quem diabos é esse Paul Hubble?

— Você não conhece o cara? — perguntei.

O detetive me fitou. Um pouco pesaroso. Como se tivesse esquecido que eu estava lá.

— Só estou aqui há seis meses. Não conheço todo mundo.

Ele se inclinou para a frente e apertou o botão do interfone na mesa de pau-rosa. Chamou Baker de volta.

— Já ouviu falar de um sujeito chamado Hubble? — perguntou-lhe Finlay. — Paul Hubble, mora aqui na cidade, no número 25 da Beckman Drive?

— Paul Hubble? — respondeu Baker. — Claro. Ele mora aqui, como você diz, desde que nasceu. Homem de família. Stevenson o conhece, são parentes por afinidade ou coisa parecida. Mantêm uma relação amigável, creio. Jogam boliche juntos. Hubble é funcionário de um banco. É um sujeito do mercado financeiro, sabe, um executivo graúdo, trabalha em Atlanta. Num grande banco. Eu o vejo por aí de vez em quando.

Finlay o encarou.

— É ele o sujeito que está na outra ponta deste número.

— Hubble? — afirmou Baker. — Bem aqui em Margrave? Isso é uma baita de uma informação.

Finlay se voltou novamente para mim.

— Suponho que você vá dizer que nunca ouviu falar desse cara? — perguntou ele.

— Nunca ouvi falar — respondi.

Ele me olhou fixa e brevemente. Então se voltou para Baker.

— É melhor você sair e trazer esse tal de Hubble até aqui. Beckman Drive, 25. Só Deus sabe se ele tem alguma coisa a ver com tudo isso, mas precisamos interrogá-lo. Vá com calma com o cara, provavelmente se trata de um cidadão respeitável.

Ele me encarou novamente e saiu da sala. Batendo a pesada porta. Baker deu um passo à frente e desligou o gravador. Conduziu-me para fora do escritório. De volta para a cela. Adentrei-a. Ele me acompanhou e tirou as algemas. Prendeu-as de novo no cinto. Deu um passo para trás e fechou a porta. Acionou a tranca. As cavilhas eletrônicas, de um jeito cortante, voltaram para o lugar.

— Ei, Baker — gritei.

Ele se virou e voltou. Seu olhar era firme. E nada amigável.

— Gostaria de algo para comer. E de um café.

— Você irá se alimentar na penitenciária. O ônibus chega às seis.

Ele se afastou. Tinha que sair para pegar o tal do Hubble. Iria arrastar os pés em sua direção, pedindo desculpas. Convidaria o sujeito para ir à delegacia, onde Finlay o trataria com gentileza. Enquanto eu ficava numa cela, Finlay iria perguntar educadamente para Hubble por que seu número de telefone fora encontrado no sapato de um homem morto.

Meu casaco ainda estava amarfanhado no chão da cela. Peguei-o, sacudi-o e o vesti. Estava sentindo frio novamente. Enfiei as mãos nos bolsos. Apoiei-me nas barras da cela e tentei ler o jornal novamente, só para passar o tempo. Mas eu não estava conseguindo absorver nada. Pensava num sujeito que havia visto o seu parceiro atirando na cabeça de alguém. Que havia pego o corpo contraído do cara e que ficou chutando-o pelo chão. Que havia usado força e fúria suficientes para quebrar todos os ossos mortos e inertes. Fiquei ali em pé pensando em coisas que achava que haviam cessado de vez na minha vida. Coisas nas quais não queria pensar mais. Por isso deixei o jornal no carpete e tentei pensar em outra coisa.

Descobri que, se me apoiasse no canto frontal e mais distante da cela, daria para ver toda a área da delegacia. Poderia ver o balcão da recepção e o que havia além das portas de vidro. Lá fora, o sol da tarde dava pinta de estar quente e radiante. Parecia que eu estava novamente num lugarejo seco e empoeirado. A chuva pesada havia se mudado para um outro lugar. Aqui dentro o ambiente era frio e fluorescente. O sargento do balcão estava sentado num banquinho. Trabalhava no seu teclado. Provavelmente preenchendo fichas. Dava para ver o que havia atrás do seu balcão. Embaixo, havia compartimentos projetados para não serem vistos da frente. Continham papéis e pastas de papelão. Havia prateleiras com frascos de gás lacrimogêneo. Uma espingarda. Botões que acionavam alarmes. Atrás do sargento, a mulher uniformizada que havia me fichado estava ocupada. Trabalhando no computador. A sala estava quieta, mas zumbia com uma energia de investigação.

4

AS PESSOAS GASTAM MILHARES DE DÓLARES em aparelhagem de som. Às vezes, dezenas de milhares. Há uma indústria de ponta bem aqui nos Estados Unidos que constrói equipamentos com uma qualidade inacreditável. Amplificadores que custam mais do que uma casa. Alto-falantes mais altos do que eu. Cabos mais grossos do que uma mangueira de jardim. Alguns caras do exército possuem aparelhos como esses. Ouvi falar sobre o que são capazes de fazer em bases por todo o mundo. São todos maravilhosos. Mas estavam desperdiçando o seu dinheiro. Porque o melhor equipamento de som do mundo é gratuito. Está dentro da sua cabeça. Soa tão bem quanto você quiser. O mais alto que desejar.

Estava eu recostado no meu canto, tocando uma canção de Bobby Bland dentro da cabeça. Uma antiga, das minhas favoritas. Botei-a para tocar a todo o volume. *Further On Up the Road*. Bobby Bland a canta em sol maior. Esse tom dá à música um clima estranho, radiante e animado. Extrai a coisa dolorosa e malévola que há na letra. Faz com que ela se torne um lamento, um vaticínio, um consolo. Faz com que o blues cumpra a sua missão. O tom relaxado de sol maior a enche de algo que beira a doçura. Sem crueldades.

Até que vi o chefe de polícia gordo se aproximando. Morrison, no seu caminho que passa ao lado das celas, seguindo na direção da sala do pelotão. Bem na hora do começo do terceiro verso. Baixo o tom para mi bemol. Uma tonalidade misteriosa e perigosa. A verdadeira escala do blues. Deletei o afável Bobby Bland. Precisava de uma voz mais forte. Algo bem mais cruel. Musical, mas com uma estridência de quem vive fumando e bebendo uísque. Talvez Wild Child Butler. Alguém com quem você não vá querer mexer. Aumento um pouco mais o volume dentro da minha cabeça, bem na parte que fala de colher o que se planta, mais além ao longo da estrada.

Morrison estava mentindo em relação ao que disse sobre a noite passada. Não estive lá à meia-noite. Durante algum tempo, fiquei me preparando para aceitar a possibilidade de um erro. Talvez ele tivesse visto alguém que se parecia comigo. Mas isso lhe dava o benefício da dúvida. Naquele instante eu queria acertar seu rosto com meu antebraço. Arrebentar aquele nariz gordo e fazer com que o sangue se espalhasse para todo lado. Fechei os olhos. Wild Child Butler e eu nos prometemos que isso iria acontecer. Mais além, ao longo da estrada.

Abri os olhos e pus outra música para tocar dentro da minha cabeça. A policial que cuidava das impressões digitais estava em pé na minha frente, do outro lado das barras. E voltava do local onde havia café.

— Você quer uma xícara de café? — perguntou ela.

— Claro — respondi. — Ótimo. Sem creme e sem açúcar.

Ela largou a sua própria xícara em cima da mesa mais próxima e foi até onde estava a máquina. Encheu uma xícara e voltou. Era uma bela mulher. Tinha cerca de trinta anos, morena e não muito alta. Mas dizer que ela tinha estatura média seria uma injustiça. A moça possuía uma certa vitalidade. Passou-me vivacidade com muita empatia naquela primeira sala onde fui interrogado. Um verdadeiro alvoroço profissional. Mas agora ela parecia estar agindo extra-oficialmente. Provavelmente. Quem sabe estava agindo em desacordo com as determinações do seu chefe obeso de não levar café para o homem condenado. Aquilo me fez gostar da moça.

Ela passou a xícara por entre as barras. De perto, parecia ótima. Cheirava bem. Não me lembrava disso. Lembro-me de ter pensado nela como se fosse a secretária de um dentista. Se todas as assistentes de dentistas fossem tão bonitas, eu teria tratado dos meus dentes com mais freqüência. Peguei a xícara. Fiquei feliz com o gesto. Estava com sede e adoro café. É só me dar uma chance que eu bebo café que nem um alcoólatra bebe vodca. Tomei um gole. Estava bom. Levantei a xícara de isopor como se estivesse fazendo um brinde.

— Obrigado — agradeci.

— De nada — retrucou a moça, sorrindo tanto com a boca quanto com o olhar. Sorri de volta. Seus olhos eram como um raio de sol de boas-vindas no meio de uma tarde podre.

— Então você acha que eu sou inocente? — perguntei-lhe.

Ela pegou sua xícara no lugar onde a havia deixado.

— Você acha que eu não trago café para os suspeitos?

— Talvez você nem fale com eles.

— Sei que você não é culpado de muita coisa.

— Como pode afirmar isso? Será porque meus olhos não são muito juntos?

— Não, bobo. Porque ainda não tivemos nenhuma resposta de Washington.

Sua risada era demais. Queria olhar para o seu crachá no bolso da camisa. Mas não queria que ela pensasse que eu estava olhando para os seus seios. Lembro-me deles apoiados na ponta da mesa quando ela tirou a minha foto. Olhei. Belos seios. Seu nome era Roscoe. Ela olhou em volta rapidamente e se aproximou mais das barras. Tomei um gole de café.

— Mandei suas impressões para Washington pelo computador — disse ela. — Isso foi às 12h36. Eles têm um grande banco de dados por lá, sabe, o FBI? Há milhões de impressões digitais no computador deles. Todas as que são mandadas para lá são devidamente checadas. Há uma ordem de prioridade. Eles, antes de mais nada, comparam as suas impressões com as dos dez mais procurados, depois com as dos cem mais, e então com as dos mil mais, entende? Se você estivesse perto do topo, sabe, ativo e envolvido num caso sem solução, já teríamos sido informados imediatamente. É automático. Eles não querem que nenhum peixe grande passe despercebido. Por isso o sistema os identifica na mesma hora. Mas você já está aqui há quase três horas e não soubemos de nada. Por isso, pode-se dizer que você não está fichado por nada muito grave.

O sargento no balcão estava nos olhando. Com um ar de reprovação. Ela tinha que sair dali. Tomei o resto do café e lhe devolvi a xícara por entre as barras.

— Não estou fichado por nenhuma razão — afirmei.

— Não mesmo. Você não parece ter nenhum desvio comportamental.

— Não?

— Dá para ver num estalo. — Ela sorriu. — Você tem belos olhos.

A moça piscou e se afastou. Jogou as xícaras no lixo e seguiu para a sua mesa de trabalho. Sentou-se. Tudo que eu podia ver era a parte de trás da sua cabeça. Fui para o meu canto e me recostei nas barras. Vinha sendo um viajante solitário ao longo dos últimos seis meses. E aprendera algo. Assim como Blanche naquele velho filme, um viajante depende da bondade dos estranhos. Não de algo específico ou material. Levanta o moral. Olhei para a nuca de Roscoe e sorri. Gostei dela.

Baker já estava sumido há mais ou menos vinte minutos. Tempo bastante para voltar da casa de Hubble, onde quer que ela fosse. Imaginei que desse para ir e voltar de lá andando em vinte minutos. Esta era uma cidade pequena, certo? Um ponto no mapa. Para mim, era possível ir e voltar andando de qualquer lugar em vinte minutos. Plantando bananeira.

Embora os confins da cidade fossem bastante esquisitos. Dependendo da parte da cidade em que Hubble morasse, fosse no centro ou em algum outro lugar na periferia. De acordo com a minha experiência, você está numa cidade mesmo se estiver uns vinte quilômetros afastado. Se esses vinte quilômetros se estendessem para todas as direções, então Margrave talvez fosse tão grande quanto Nova York.

Baker dissera que Hubble era um homem de família. Um cara do mercado que trabalhava em Atlanta. Isso quer dizer que há uma casa de família em algum lugar perto do centro da cidade. Perto de escolas e amigos para as crianças. Perto de lojas e de um clube campestre para a sua esposa. Um lugar onde é fácil seguir de carro pela estrada do condado até a estrada estadual. Uma viagem tranqüila de ida e volta para casa pela rodovia até o escritório na cidade grande. O endereço soava como um endereço urbano normal. O número 25 da Beckman Drive. Não muito próxima da rua principal. Talvez a Beckman Drive começasse no centro da cidade e terminasse na zona rural. Hubble trabalhava no mercado financeiro. Provavelmente era rico. Provavelmente tinha uma casa grande e branca dentro de um terreno enorme. Cheia de árvores frondosas. Quem sabe uma piscina. Digamos que tivesse uns dezesseis mil metros quadrados. Um terreno que possui tal área tem cerca de cento e trinta metros de comprimento. As casas nos lados direito e esquerdo da rua colocam o número 25 a doze terrenos de distância da cidade. Cerca de um quilômetro e meio, talvez.

Do lado de lá das portas grandes e espelhadas, o sol estava se pondo junto com o cair da tarde. A luz era mais vermelha. As sombras eram mais longas. Percebi a viatura de Baker dar uma guinada e irromper pela pista. Nada de giroscópios. Ele circundou lentamente o semicírculo e foi diminuindo a marcha até parar. Até pisar no freio de uma vez. A extensão do automóvel tapou a vista que eu tinha através das portas espelhadas. Baker saltou para o outro lado e saiu do meu campo de visão enquanto passava por trás do carro. Logo, ele reapareceu e se aproximou da porta do passageiro. Abriu-a como se fosse um chofer. Parecia estar todo torto, ao mesmo tempo em que usava uma linguagem corporal conflitante. Em parte era deferente, pois ali estava um investidor de Atlanta. Em parte amistoso, pois se tratava do colega de boliche do seu parceiro. E em parte agia como oficial, pois aquele era o homem cujo número de telefone estava escondido no sapato do cadáver.

Paul Hubble saiu do carro. Baker bateu a porta. Hubble ficou esperando. Baker passou por ele e abriu a grande porta envidraçada da delegacia. Esta bateu contra o limitador de borracha. Hubble adentrou o recinto.

Tratava-se de um homem branco e alto. O sujeito parecia ter saído de uma página de revista. Um anúncio. Do tipo que usa uma foto granulada de uma cédula em movimento. Tinha trinta e poucos anos. Estava em boa forma, mas não era forte. Cabelo cor-de-areia, desgrenhado, jogado para trás o suficiente para mostrar uma fronte inteligente. Apenas o bastante para dizer: sim, fui um almofadinha, mas, espera aí, agora sou um homem. Usava óculos redondos com aros dourados. E tinha queixo quadrado. Um bronzeado decente. Dentes muito brancos. Vários deles estavam à mostra enquanto o sujeito sorria para o sargento do balcão.

Ele usava uma camisa pólo surrada com um pequeno logotipo e calças de algodão desbotadas. É o tipo de roupa que parece velha quando você a compra por quinhentas pratas. Vestia uma suéter branca e grossa que caía pelas costas. As mangas estavam amarradas na frente de um jeito frouxo. Não dava para eu ver seus pés porque a recepção estava no caminho. Estava certo de que ele usava sapatos esporte marrons. Apostei com convicção comigo mesmo que ele os calçava sem meias. Esse era o tipo de homem que chafurdava no sonho *yuppie* como um porco na lama.

O sujeito estava numa certa agitação. Colocou as mãos em cima do balcão para depois se virar e deixá-las cair para os lados. Pude ver antebraços amarelados e o brilho de um pesado relógio de ouro. Dava para antever que agiria valendo-se das regras de conduta de um cara rico e amistoso. Visitando a delegacia como um presidente em campanha visitaria uma fábrica. Mas ele estava perturbado. Ansioso. Eu não sabia o que Baker lhe havia dito. O quanto lhe havia revelado. Provavelmente nada. Um bom sargento como Baker deixaria o que havia de mais explosivo para Finlay. Por tudo isso Hubble não sabia por que estava aqui. Mas sabia de alguma coisa. Fui algo parecido com um policial durante treze anos e era capaz de sentir o cheiro de um homem preocupado a quilômetros de distância. Hubble era um homem preocupado.

Permaneci recostado nas barras sem me mexer. Baker fez um sinal na direção de Hubble para que o acompanhasse até o outro lado da sala do pelotão. Até a mesa de pau-rosa que ficava nos fundos. Assim que Hubble contornou a ponta do balcão vi seus pés. Sapatos do tipo esporte marrons. Sem meias. Os dois homens andaram até ficar fora do alcance da minha visão e entraram no escritório. A porta se fechou. O sargento que ficava no balcão deixou o seu posto e saiu para estacionar o automóvel de Baker.

Ele voltou com Finlay ao seu lado. Este foi direto para os fundos, na direção do escritório de pau-rosa onde o tal Hubble o esperava. Ignorou-me ao cruzar o salão. Abriu a porta do escritório e entrou. Fiquei no meu canto, esperando Baker sair. Ele não podia ficar lá dentro. Não enquanto o colega de boliche do seu parceiro começava a orbitar de uma investigação de homicídio. Isso não seria ético. De jeito nenhum. Finlay parecia ser um sujeito que dava muito valor à ética. Qualquer cara com um terno de algodão como aquele, um colete de fustão e uma educação em Harvard teria que prezar muito a ética. Depois de alguns instantes, a porta se abriu e Baker saiu. Adentrou o enorme salão e foi até sua mesa.

— Ei, Baker — gritei. Ele virou e veio até as celas. Ficou em pé em frente às barras. Onde Roscoe havia ficado.

— Preciso ir ao banheiro — falei. — Ou será que vou ter que esperar chegar a hora de ir para a casa grande a fim de que possa fazer isso também?

Ele abriu a boca e sorriu. Com má vontade, mas sorriu. O sujeito tinha um dente de ouro no fundo da boca. Isso lhe dava um ar desleixado mas um pouco mais humano. Baker gritou alguma coisa para o camarada que ficava no balcão. Provavelmente era um código para determinado procedimento. Tirou as chaves do bolso e ativou a trava elétrica. Os pinos saltaram para trás. Por um instante me perguntei o que aconteceria se houvesse uma queda de energia. Será que seria possível destravar essas portas sem eletricidade? Eu esperava que sim. Provavelmente caíam muitos temporais por aqui que provocavam quedas de energia.

Ele empurrou a pesada porta para dentro. Andamos até os fundos do salão. No canto oposto ao do escritório de pau-rosa. Havia um saguão. Ao lado havia dois banheiros. Baker passou por mim e empurrou a porta do masculino.

Eles sabiam que eu não era o sujeito que procuravam. Não estavam tomando precauções especiais. Não estavam tendo nenhum cuidado. Lá no saguão, eu poderia ter derrubado Baker e tomado o seu revólver. Não haveria problema. Poderia tirar sua arma do cinto antes dele cair no chão. Poderia abrir meu caminho a bala até chegar numa viatura e sair da delegacia. Estavam todos estacionados bem na frente. Com as chaves na ignição, certamente. Poderia já estar a caminho de Atlanta antes que eles fossem capazes de organizar uma barreira eficaz. Dessa forma, já teria desaparecido. Sem problema. Mas simplesmente entrei no banheiro.

— Não tranque a porta — disse Baker.

Não tranquei. Os caras estavam me subestimando muito. Já lhes dissera que eu fora um policial militar. Talvez tenham acreditado em mim, talvez não. Talvez aquilo não significasse muito para eles. Mas devia. Um policial militar lida com infratores militares. Esses transgressores são oficiais em serviço. Altamente treinados em armas, sabotagem, combate a mão desarmada. Patrulheiros, boinas-verdes, fuzileiros navais. Não apenas assassinos. Assassinos treinados. Extremamente bem treinados, à custa de vultosos gastos públicos. Portanto, os policiais militares são muito bem treinados. São melhores no uso de armas. Melhores ainda sem elas. Baker parecia ignorar tudo isso. Não havia pensado nisso. Caso contrário, estaria com duas espingardas apontadas para mim durante a minha ida ao banheiro. Se achasse que eu era o homem que procuravam.

Levantei o zíper e voltei para o saguão. Baker estava esperando. Voltamos andando para a área das celas. Voltei para a minha. Recostei-me no meu canto. Baker puxou o portão pesado e o fechou. Acionou a tranca elétrica com sua chave. Os ferrolhos se encaixaram. E então se afastou rumo ao salão.

Fez-se um profundo silêncio durante os vinte minutos seguintes. Baker trabalhava numa das mesas. Da mesma forma que Roscoe. O sargento do balcão estava sentado em seu banquinho. Finlay estava no escritório maior com Hubble. Havia um relógio moderno em cima das portas da frente. Não tão elegante quanto a antigüidade que havia no escritório, mas seu tiquetaque era igualmente lento. Silêncio. Quatro e meia. Inclinei-me contra as barras de titânio e esperei. Silêncio. Quinze para as cinco.

O tempo recomeçou pouco antes das cinco horas. Ouvi uma comoção vinda do grande escritório de pau-rosa nos fundos. Gritos, berros, coisas batendo. Alguém estava ficando realmente agitado. Uma campainha soou na mesa de Baker e o interfone foi acionado. Ouvi a voz de Finlay. Estressada. Pedindo para que Baker entrasse. Este se levantou e foi até lá andando. Bateu na porta e entrou.

A grande porta espelhada na entrada da delegacia se abriu e o sujeito obeso entrou. Chefe Morrison. Seguiu direto para o escritório de pau-rosa. Baker saiu na mesma hora quando seu superior entrou e voltou correndo para o balcão da recepção. Sussurrou uma frase longa e entusiasmada para o sargento. Roscoe se juntou a eles. Começou uma confusão. As notícias eram quentes. Não dava para ouvi-las. Eu estava muito longe.

O interfone na mesa de Baker tocou novamente, o que fez com que ele voltasse para o escritório. A grande porta da frente se abriu novamente. O sol da tarde ardia no céu. Stevenson adentrou a delegacia. Era a primeira vez que eu o via desde a minha prisão. Parecia que a agitação estava chamando a atenção de todo mundo.

Stevenson falou com o sargento no balcão. E ficou agitado. O colega colocou a mão no braço de Stevenson. Este a retirou para que pudesse correr na direção do escritório de pau-rosa. Desviou das mesas como se fosse um jogador de rúgbi. Ao chegar, a porta do escritório se abriu. E uma multidão saiu de dentro. Chefe Morrison. Finlay. E Baker, segurando Hubble pelo cotovelo. Com uma pegada leve, porém eficiente, a mesma que usara comigo. Stevenson encarou Hubble e depois segurou Finlay pelo braço. E o puxou de volta para o escritório. Morrison girou seu corpanzil suado e os acompanhou. A porta bateu. Baker levou Hubble até onde eu estava.

Hubble parecia um cara diferente. Era grisalho e suava. O bronzeado havia sumido. Aparentava ser menor. Parecia alguém que havia soltado o ar do pulmão e o esvaziado completamente. Estava curvado como um homem consumido pela dor. Seus olhos por trás dos aros dourados estavam pálidos e observavam tudo com pânico e medo. Hubble ficou em pé, tremendo, enquanto Baker abria a cela ao lado da minha. Não se moveu. Estava tremendo. Baker pegou o seu braço e o conduziu para dentro. Fechou o portão e o trancou. Os ferrolhos elétricos se encaixaram. Baker voltou andando para o escritório de pau-rosa.

Hubble ficou em pé no mesmo lugar em que Baker o havia deixado. Com o olhar vazio voltado para o nada. Depois, começou a andar lentamente para trás até chegar na parede traseira da cela. Imprensou as costas contra a parede e deslizou até ficar sentado no chão. Deixou a cabeça cair sobre os joelhos. E as mãos caírem no chão. Dava para ouvir o seu polegar tremendo e batendo no carpete de náilon. Roscoe o fitava da mesa. O sargento na recepção o olhava atravessado. Estavam vendo um homem desmoronando.

Ouvi vozes se erguendo no escritório de pau-rosa nos fundos. O teor da discussão. A batida da palma da mão na mesa. A porta se abriu e Stevenson saiu ao lado do chefe Morrison. Stevenson parecia furioso. Andava a passos largos pela lateral da sala do pelotão. Seu pescoço estava rígido de fúria. E os olhos estavam fixos nas portas dianteiras. O sujeito ignorava o obeso chefe de polícia. E passou direto pelo balcão de recepção, saindo pela porta pesada, rumo à tarde radiante. Morrison o seguiu.

Baker saiu do escritório e andou na direção da minha cela. Não falou nada. Apenas abriu a porta e gesticulou para que eu saísse. Encolhi-me dentro do casaco, apertando-o, e deixei o jornal com as fotos grandes do presidente em Pensacola no chão da cela. Saí e acompanhei Baker até o escritório de pau-rosa.

Finlay estava à mesa. O gravador também. Os fios estavam puxados. O ar estava frio e parado. Finlay parecia atormentado. Sua gravata estava puxada para baixo. Ele deu uma grande baforada de ar com um sibilar pesaroso. Sentei-me na cadeira e Finlay acenou para Baker sair da sala. A porta se fechou suavemente.

— Temos um caso aqui, Sr. Reacher — disse Finlay. — Um caso sério.

Ele acabou se perdendo num silêncio de quem estava distraído. Faltava menos de meia hora para o ônibus da prisão chegar. E eu estava com muita pressa de chegar a algumas conclusões. Finlay levantou os olhos e se concentrou novamente. Começou a falar com rapidez, a sintaxe elegante de Harvard sob pressão:

— Trouxemos esse tal de Hubble, certo? — afirmou ele. — Você talvez o tenha visto. Homem de negócios, de Atlanta, ok? Usava uma roupa Calvin Klein que custa uns mil dólares. Rolex de ouro. Um sujeito muito ansioso. A princípio, pensei que ele estava apenas incomodado. Assim que comecei a falar ele reconheceu a minha voz. Da ligação que recebeu em seu celular. Acusou-me de conduta fraudulenta. Falou que eu não devia ter fingido que era funcionário da companhia telefônica. Ele tem razão, é claro.

Outra pausa silenciosa. Ele estava num embate interno com o seu problema ético.

— Vamos, Finlay, prossiga — insisti. Eu tinha menos de meia hora.

— Ok, então ele se mostrou ansioso e incomodado — disse o detetive. — Perguntei a ele se conhecia você. Jack Reacher, ex-soldado do exército. Disse que não. Nunca ouvira falar de você. Acreditei nele, que logo começou a relaxar. Como se tudo tivesse a ver com um sujeito qualquer chamado Jack Reacher. Ele nunca tinha ouvido falar de ninguém chamado Jack Reacher, e por isso estava ali a troco de nada. Bacana, não?

— Prossiga — pedi.

— Depois quis saber se ele conhecia um sujeito alto de cabeça raspada. E perguntei a ele sobre Pluribus. Ora, meu Deus! Foi como se alguém tivesse enfiado alguma coisa no seu rabo. Ele ficou imóvel que nem uma pedra. Como se tivesse ficado chocado. Totalmente rígido. E nada respondeu. Então eu lhe disse que sabíamos que o sujeito alto estava morto. Assassinado a tiros. Bem, isso foi como outra cravada. Ele praticamente caiu da cadeira.

— Continue — incitei-o. Faltavam vinte e cinco minutos para o ônibus da prisão chegar.

— Ele ficou tremendo sem parar. Depois lhe contei que sabíamos do número de telefone no sapato. Seu número num pedaço de papel onde se lia a palavra "Pluribus" logo acima. Outra cravada.

Ele parou novamente. E ficou batendo nos bolsos, um de cada vez.

— O sujeito não iria dizer nada — prosseguiu. — Nem uma palavra. Estava rígido por causa do choque. Com o rosto todo enrugado. Achei que estivesse tendo um ataque do coração. Sua boca se abria e se fechava como a de um peixe. Mas ele não estava falando. Então lhe disse que sabíamos de um cadáver que havia sido golpeado. Perguntei a ele quem mais estava envolvido. Também lhe contei que sabíamos que o corpo havia sido escondido debaixo do papelão. O cara não disse uma única palavra. Só ficou olhando em volta. Depois de um tempo, percebi que ele estava pensando sem parar. Tentando decidir o que iria me dizer. Simplesmente ficou em silêncio, pensando loucamente, talvez por uns quarenta minutos. A fita ficou correndo o tempo todo. E gravou esses quarenta minutos de silêncio.

Finlay parou novamente. Desta vez para criar um efeito dramático. E olhou para mim.

— Então ele confessou. E afirmou que foi ele sim que atirou. O sujeito confessou, entende? Está na fita.

— Prossiga.

— Perguntei se ele queria um advogado. O cara disse que não e ficou repetindo que havia assassinado o sujeito. Depois disso, eu lhe disse quais eram os seus direitos, em alto e bom som, em meio à gravação. Depois pensei comigo mesmo que talvez ele fosse maluco ou coisa parecida, sabe? Por isso quis saber qual era o sujeito que ele havia assassinado. Respondeu que havia sido o de cabeça raspada. Depois perguntei como foi. Ele disse que atirou em sua cabeça. Em seguida, perguntei quando. Ele disse que foi na noite passada, por volta da meia-noite. E depois eu quis saber quem havia chutado o corpo. Quem era o meliante? O que significava Pluribus? Ele não respondeu nada. Ficou mais uma vez petrificado de medo. E se recusou a dizer qualquer palavra que fosse. Eu disse que não tinha certeza de que ele havia feito alguma coisa. O cara pulou e me agarrou. Gritou: "Eu confesso, eu confesso, eu atirei nele, eu atirei nele". Joguei-o para trás. E, enfim, o sujeito se acalmou.

Finlay se sentou. Colocou as mãos atrás da cabeça. Olhou para mim com uma pergunta em mente. Hubble era o atirador? Não dava para acreditar. Por causa de sua agitação. Sujeitos que atiram em alguém com uma velha pistola, durante uma briga ou quando perdem a calma, e dão um tiro no peito de alguém de qualquer maneira ficam agitados depois. Sujeitos que põem duas balas na cabeça de alguém com um silenciador e depois recolhem as cápsulas fazem parte de uma espécie diferente. Não ficam agitados depois. Simplesmente saem andando e se esquecem de tudo. Hubble não foi o atirador. O fato dele ter ficado dançando na frente do balcão da recepção contradiz tudo. Mas eu simplesmente dei de ombros e sorri.

— Ok — afirmei. — Agora você pode me deixar ir embora, certo?

Finlay olhou para mim e balançou a cabeça.

— Errado — disse o delegado. — Não acredito nele. Há três sujeitos envolvidos na história. Você mesmo me convenceu disso. Qual deles então Hubble alega ser? Não creio que seja o maníaco. Não vejo nele força suficiente para isso. Também não acredito que seja o curinga. E definitivamente não é o atirador, pelo amor de Deus. Um cara como esse não consegue atirar nem em alvo de parque de diversões.

Acenei com a cabeça. Como se fosse o parceiro de Finlay. Trabalhando em cima de um problema.

— Tenho que deixar o cara em cana por enquanto — justificou o delegado. — Não tenho opção. Ele confessou e me deu uns dois detalhes plausíveis. Mas isso, definitivamente, não basta para segurá-lo.

Balancei a cabeça novamente. Sentia que havia algo mais por vir.

— Vá em frente — pedi. Com resignação.

Finlay olhou para mim. De um jeito franco e aberto.

— Ele nem sequer estava lá à meia-noite. Estava numa festa de aniversário na casa de um casal amigo. Coisa de família. Não muito longe de casa. Chegou lá por volta das oito da noite passada. Foi a pé com a esposa. Só saiu depois das duas da madrugada. Umas vinte e tantas pessoas o viram chegando, metade o viu saindo. Pegou uma carona com o cunhado de sua cunhada. Só a aceitou porque estava caindo uma chuva torrencial.

— Prossiga, Finlay. Conte mais.

— O cunhado da sua cunhada? Que o levou para casa, no meio da chuva, às duas da manhã? Guarda Stevenson.

5

FINLAY SE RECOSTOU EM SUA CADEIRA. SEUS braços longos estavam dobrados por trás da cabeça. Tratava-se de um homem alto e elegante. Fora educado em Boston. Civilizado. Experimentado. E estava me mandando para a cadeia por algo que eu não tinha feito. Levantou-se ereto. E jogou suas mãos sobre a mesa com as palmas para cima.

— Lamento, Reacher — disse para mim.

— Você lamenta? — retruquei. — Está prendendo dois sujeitos que não deviam ir para a cadeia e diz que lamenta?

O delegado deu de ombros. Parecia infeliz com tudo aquilo.

— É assim que o chefe Morrison quer as coisas — afirmou. — Ele acredita que tudo está resolvido. E está fechando a delegacia durante o fim de semana. Ele é o chefe, não é?

— Você só pode estar brincando. Ele é um babaca. Está chamando Stevenson de mentiroso. Seu próprio subordinado.

— Não exatamente. — Finlay deu de ombros. — Está dizendo que talvez se trate de uma conspiração. Talvez Hubble não tenha literalmente estado por lá, mas recrutou você para fazer o serviço. Uma conspiração, certo? Ele supõe que a confissão tenha sido exagerada porque talvez Hubble tenha medo de você e tema apontar o dedo em sua direção. Morrison acredita que você estava a caminho da casa de Hubble para ser pago quando o capturamos. Crê que foi por isso que você passou oito horas esperando. E imagina que seja por esse motivo que Hubble estava em casa hoje. Não foi ao trabalho porque estava esperando para pagar o que lhe devia.

Fiquei em silêncio. Estava preocupado. O chefe Morrison era perigoso. Sua teoria era plausível. Até Finlay checar tudo. Se é que ele o fez.

— Portanto, Reacher, lamento muito. Você e Hubble ficarão presos até segunda-feira. Sei que irão superar isso. Lá em Warburton. É um lugar ruim, mas a penitenciária é boa. Pior se fossem para lá cumprir uma pena mais longa. Muito pior. Enquanto isso, voltarei a trabalhar no caso antes de segunda-feira. Vou pedir para a oficial Roscoe vir no sábado e no domingo. Estou falando daquela beldade que fica lá fora. Ela é boa, é a nossa melhor funcionária. Se o que diz é verdade, você estará livre e limpo na segunda, ok?

Encarei-o. Eu estava ficando furioso.

— Não, Finlay, não está nada bom. Você sabe que não fiz porra nenhuma. Sabe que não fui eu. Só está se borrando de medo por causa desse gordo escroto do Morrison. Portanto, irei para a cadeia porque você não passa de um covarde que não tem moral nenhuma.

Ele agüentou bem o tranco. Seu rosto negro ficou ainda mais escuro devido ao rubor. O sujeito ficou quieto e sentado por um bom tempo. Respirei fundo e o encarei. Meu olhar penetrante foi diminuindo de intensidade enquanto eu ia ficando mais calmo. Até que recuperei meu autocontrole. Era a hora dele me encarar.

— Duas coisas, Reacher — disse, articulando as palavras com precisão. — Primeiro, caso se faça necessário, cuidarei do chefe Morrison na segunda-feira. Segundo, não sou covarde. Você não me conhece direito. Nada sabe sobre mim.

Devolvi o olhar. Eram seis horas. O ônibus estava para chegar.

— Sei mais do que pensa — retruquei. — Sei que você é um pós-graduando de Harvard, é divorciado e parou de fumar em abril.

Finlay ficou estupefato. Baker bateu e entrou para dizer que o ônibus da prisão havia chegado. Finlay se levantou e ficou dando voltas em torno da mesa. Disse para Baker que ele mesmo iria me levar. Baker voltou para pegar Hubble.

— Como você sabe disso? — perguntou-me o detetive.

Ele ficou intrigado. Estava perdendo o jogo.

— Fácil — respondi. — Você é um cara esperto, certo? Educado em Boston, como me disse. Mas, quando tinha idade para entrar na faculdade, Harvard não estava aceitando muitos alunos negros. Você é esperto, mas não é nenhum cientista espacial, e por isso imagino que tenha feito o primeiro ano na Universidade de Boston, certo?

— Certo — admitiu.

— E depois fez a pós-graduação em Harvard. Você foi bem em Boston, a vida seguiu seu curso e acabou levando-o para Harvard. Seu discurso é de quem andou por lá. Percebi isso imediatamente. Conseguiu um Ph.D em criminologia?

— Sim — repetiu. — Criminologia.

— E depois conseguiu este emprego em abril. Você me disse isso. Recebe uma pensão da polícia de Boston, porque já trabalhou os seus vinte anos. Por isso veio para cá com grana para gastar. Mas veio sem mulher nenhuma, pois, se o tivesse feito, ela teria gasto parte desse dinheiro em roupas novas para o marido. Provavelmente detestaria esse negócio feio de lã que você está usando. Teria jogado esse paletó fora e o vestido com um traje bem sulista para que começasse vida nova com o pé direito. Mas você ainda está usando aquele terno velho e horrível. Por isso a mulher se foi. Deve ter morrido ou se divorciado, uma coisa ou outra. Parece que adivinhei.

Ele acenou com a cabeça, pasmo.

— E o lance de fumar foi fácil — continuei. — Você estava estressado e começou a bater nos seus bolsos, procurando cigarros. Isso significa que você parou de fumar recentemente. É fácil supor que largou o hábito em abril, imagino; vida nova, trabalho novo e nada de cigarros. Imaginou que poderia parar agora e afastar a iminência do câncer.

Finlay me encarou. Com um certo ressentimento.

— Muito bem, Reacher. Dedução elementar, certo?

Dei de ombros. Não disse nada.

— Então deduza quem fez o serviço no armazém — sugeriu ele.

— Não estou nem aí para quem fez nem quem seja, onde quer que tenha sido. Esse problema é seu, não meu. E você deu a sugestão errada, Finlay. Primeiro precisa descobrir quem era o sujeito, certo?

— Você conhece alguma maneira de fazer isso, espertalhão? Sem identidade, sem rosto e sem que se tenha obtido nada das impressões, você não acha que Hubble fará tudo para nos enganar?

— Cheque as impressões novamente. Estou falando sério, Finlay. Peça para Roscoe fazer isso.

— Por quê?

— Há algo errado aqui.

— Algo o quê?

— Cheque-as novamente, está bem? Você vai fazer isso?

Ele simplesmente resmungou. Não disse sim nem não. Abri a porta do escritório e saí. Roscoe havia ido embora. Não havia ninguém lá, a não ser Baker e Hubble na área das celas. Dava para ver o sargento do balcão lá fora através dos portões da entrada. Ele estava escrevendo alguma coisa na prancheta que estava nas mãos do motorista do ônibus da prisão. E mais atrás dava para ver o próprio ônibus. Estava estacionado na pista semicircular. E preenchia todo o campo de visão que havia atrás da entrada envidraçada. Era um ônibus escolar pintado de cinza-claro. Nele estava escrito: DEPARTAMENTO CORRECIONAL DO ESTADO DA

GEÓRGIA. A inscrição ocupava toda a extensão do ônibus sob a fileira de janelas. Abaixo da inscrição havia uma espécie de viga. As janelas possuíam barras soldadas.

Finlay saiu do escritório atrás de mim. Segurou meu cotovelo e me conduziu até onde Baker estava. Este segurava três algemas penduradas no polegar. Estavam pintadas num tom brilhante e alaranjado. A pintura estava descascando. E o aço era visível. Baker colocou uma em cada um dos meus pulsos, separadamente. Abriu a cela de Hubble e fez um sinal para que o assustado bancário saísse. Hubble estava pálido e estupefato, mas saiu. Baker pegou a algema que estava pendurada no meu pulso esquerdo e prendeu-a no direito de Hubble. E colocou o terceiro par nos pulsos do sujeito. Estávamos prontos para ir.

— Fique com o relógio dele, Baker — sugeri. — Vai acabar perdendo-o na cadeia.

Ele acenou positivamente. Entendeu o que eu queria dizer. Um cara como Hubble tinha muito o que perder na prisão. Baker tirou o pesado Rolex do pulso do cara. A pulseira não saía por cima da algema, e aí o policial teve que dar um jeito tirando a algema e recolocando-a. O motorista abriu a porta e olhou para dentro. Um homem com horário a cumprir. Baker largou o relógio de Hubble na mesa mais próxima. Exatamente onde a minha amiga Roscoe havia colocado sua xícara de café.

— Ok, cambada, vamos pegar a estrada — anunciou Baker.

Ele nos conduziu até os portões. Saímos e seguimos sob uma faixa quente e ofuscante de luz solar. Juntos e algemados. Andar era esquisito. Antes de atravessar a rua para pegar o ônibus, Hubble parou. Estendeu o pescoço e olhou em volta cuidadosamente. Estava sendo mais cauteloso do que Baker ou o motorista da prisão. Talvez estivesse com medo de que um vizinho o avistasse. Mas não havia ninguém por perto. Estávamos a cerca de trezentos metros do norte da cidade. Dava para ver a torre da igreja ao longe. Andamos na direção do ônibus atravessando o calor do fim de tarde. Minha bochecha direita pinicava com a luz do sol que já estava quase se pondo.

O motorista empurrou a porta do ônibus para dentro. Hubble subiu os degraus de lado, arrastando os pés. Segui-o. Virei de forma desajeitada numa passagem. O ônibus estava vazio. O motorista conduziu Hubble até o seu lugar. Cobriu a janela com uma tela de vinil. Fui puxado para o seu lado. O motorista se ajoelhou no assento em frente e prendeu a face externa dos nossos pulsos à argola cromada que pendia do teto. Sacudiu as nossas três algemas, uma de cada vez. Queria saber se estavam seguras. Não o culpei. Eu já havia feito a mesma coisa. Não existia nada pior do que dirigir com prisioneiros soltos atrás de você.

O motorista foi até o seu assento. Deu partida no motor, que emitiu um ruído alto de diesel sendo bombeado. O ônibus começou a trepidar. O ar estava quente. Sufocante. Não havia ar condicionado. Nenhuma das janelas abria. Dava para sentir o cheiro de combustível. As engrenagens batiam e rangiam enquanto o ônibus partia. Olhei para a minha direita. Não havia ninguém dando adeus.

Seguimos rumo ao norte, para longe do terreno da polícia, de costas para a cidade, seguindo para a rodovia. Passamos pela Cantina do Eno depois de quase um quilômetro. O restaurante estava vazio. Ninguém estava a fim de jantar cedo. Continuamos seguindo rumo ao norte por um bom tempo. Depois fizemos uma curva fechada para a esquerda, saindo da estrada do condado e tocando para oeste por uma via que rasgava o campo. O ônibus passou a seguir fazendo barulho. Fileiras intermináveis de arbustos batiam de leve. Com sulcos de terra vermelha intermináveis no meio do caminho. À minha frente, o sol se punha. Era uma bola vermelha e gigante caindo dentro do mato. O motorista estava com o enorme quebra-sol abaixado. Nele estavam impressas as instruções do fabricante sobre como guiar o ônibus.

Hubble se balançava e pulava do meu lado. Não disse uma palavra. Chegou até a cair e ficar com o rosto rente ao chão. Seu braço esquerdo ficou levantado, pois as algemas estavam presas à argola cromada que estava na nossa frente. Seu braço direito jazia inerte entre nós. O sujeito ainda estava com sua suéter cara cobrindo os ombros. No lugar onde estava o Rolex havia uma faixa de pele branca. Sua energia vital havia sido praticamente sugada. Ele estava tomado por um medo paralisante.

Ficamos pulando e balançando durante grande parte do período de mais de uma hora que passamos desbravando aquela ampla paisagem. Um pequeno grupo de árvores vislumbrou à minha direita. Depois disso, deu para ver uma estrutura ao longe. Estava isolada no meio de uns mil acres de gleba de terra cultivada. Contra o sol vermelho que se punha, parecia uma saliência do inferno. Algo que havia brotado à força da crosta da terra. Era um complexo de prédios. Parecia uma fábrica de produtos químicos ou uma usina nuclear. Casamatas maciças de concreto com aléias de metal cintilantes. Havia tubulações ali e acolá cuspindo nuvens de fumaça. Tudo cercado com grades entremeadas por torres. Enquanto íamos nos aproximando, dava para ver as luzes em arcos voltaicos e o arame farpado. Holofotes e rifles nas torres. Camadas de cercas separadas com barro vermelho capinado. Hubble não olhou para cima. Não o cutuquei. Aquilo ali não era nenhum reino encantado.

O ônibus foi diminuindo de velocidade enquanto nos aproximávamos. A grade mais externa estava a cerca de cem jardas para fora, formando um perímetro gigante. Era uma grade considerável. Possuía quatro metros e meio de altura, adornada ao longo de toda a sua extensão com pares de holofotes de sódio. Um de cada par estava posicionado na parte interna, por toda uma extensão de cem metros de terra capinada. Um dos pares havia sido colocado por sobre a gleba em volta. Todos estavam acesos. O complexo inteiro luzia por causa da luz amarela de sódio. O brilho era mais intenso à medida que nos aproximávamos. A luz amarela dava à terra vermelha um medonho tom marrom-claro.

O ônibus foi sacudindo até frear. O motor indolente do veículo começou a vibrar. O pouco de ventilação que havia nele desapareceu. Estava abafado. Hubble finalmente olhou para cima. Observou tudo atentamente através dos seus óculos de aros dourados. Olhou em volta e para fora da janela. E suspirou. Era um suspiro de abatimento e desespero. O que fez com que sua cabeça pendesse.

O motorista estava esperando por um sinal do guarda do primeiro portão. Este falava num rádio. O motorista acionou o motor e engatou uma primeira. O guarda sinalizou, usando o rádio como um bastão, acenando para que entrássemos. O ônibus seguiu em frente, rangendo, para dentro de uma gaiola. Passamos ao lado de um quadro longo e baixo que estava preso ao meio-fio: UNIDADE CORRECIONAL DE WARBURTON, Departamento Correcional do Estado da Geórgia. Atrás de nós um portão se fechou. Estávamos presos numa gaiola de arame farpado. O teto também era de arame. Na outra ponta, um portão se abriu. O ônibus seguiu em sua direção.

Percorremos os cem metros até a cerca seguinte. Havia outro pátio gradeado. O ônibus entrou, ficou esperando e saiu dali. Seguimos direto para o coração da prisão. Paramos defronte a um *bunker* de concreto. A área de recepção. O barulho do motor reverberava pelo concreto que nos cercava. Ele então cessou e a vibração e o ruído foram morrendo até o silêncio total. O motorista saiu do seu lugar e andou pela passagem entre os bancos, inclinado para a frente, arrastando-se. Sacou as chaves e abriu as algemas que nos prendiam ao banco da frente.

— Ok, rapazes, vamos — disse ele sorrindo. — É hora da festa.

Levantamos e descemos do ônibus a passos de tartaruga. Meu braço esquerdo era puxado para trás por Hubble. O motorista nos parou na frente. Removeu os três pares de algemas e os jogou numa caixa que ficava ao lado da sua cabine. Puxou uma alavanca, e a porta se abriu. Saímos do ônibus. Uma outra porta se abriu mais à frente, até que um guarda saiu. Chamou-nos. O sujeito estava comendo uma rosquinha e falou com a boca cheia. Um bigode de açúcar cobria-lhe o lábio. Era um sujeito bastante despreocupado. Atravessamos a porta e adentramos uma pequena câmara de concreto. O lugar era imundo. Cadeiras de pinho cercavam uma mesa pintada. Um outro guarda estava sentado à tal mesa, lendo algo preso a uma prancheta meio surrada.

— Podem se sentar — disse ele. Sentamos. O sujeito se levantou. Seu parceiro, o da rosquinha, trancou a porta de fora e se juntou a nós.

— O negócio é o seguinte — anunciou o cara da prancheta. — Vocês são Reacher e Hubble. Vindos de Margrave. Não estão sendo acusados de crime algum. Estão sob custódia enquanto a investigação está pendente. Nenhum de vocês está sob fiança. Ouviram o que eu disse? Não são acusados de crime algum. Isso é o mais importante. Livra vocês de um monte de merda que é imposta a quem vem para cá, entendido? Nada de uniformes, processos, ou seja, porra nenhuma, entenderam? O andar superior possui ótimas acomodações.

— Isso — completou o cara da rosquinha. — Quer dizer, se fossem criminosos sentenciados, estaríamos esmurrando, batendo e cutucando vocês, que teriam que usar uniforme. Seriam jogados no andar dos condenados com os outros animais, para que ficássemos sentados vendo toda a confusão, correto?

— Exatamente — acrescentou o seu parceiro. — Então, o que estamos dizendo é o seguinte. Não estamos aqui para atrapalhar a vida de vocês, e por isso não atrapalhem a nossa, entendido? Esta maldita penitenciária não tem funcionários suficientes. O governador mandou embora metade do pessoal, ok? Tivemos que nos adequar ao orçamento e ao que poderia dar prejuízo. Por isso não temos homens o bastante para fazer o trabalho do jeito que devia ser feito. Estamos tentando resolver tudo com metade da equipe a cada turno, correto? Então, o que estou dizendo é que vamos jogar vocês lá dentro e não vamos querer vê-los novamente até os tirarmos na segunda-feira. Nada de brigas, entendido? Não temos homens suficientes para brigar. Não temos homens para brigar no andar dos condenados, quanto mais no dos que estão simplesmente detidos, compreendido? Você, Hubble, entendeu?

Hubble levantou os olhos em sua direção e acenou sem fazer qualquer expressão. Não disse nada.

— Reacher? — perguntou o cara com a prancheta. — Entendeu?

— Claro — respondi. Eu havia entendido. Aquele sujeito sofria com a falta de pessoal. Estava tendo problemas de orçamento. Enquanto seus colegas amargavam o desemprego.

— Bom — retrucou o funcionário da prisão —, então o negócio é o seguinte. Nós dois aqui seremos dispensados às sete da noite. Daqui a cerca de um minuto. Não vamos ficar aqui até tarde só por causa de vocês. Não queremos, e, além do mais, o sindicato não deixaria mesmo. Ambos receberão uma refeição e depois ficarão trancados aqui embaixo até que haja homens para levá-los lá para cima. Não haverá ninguém até as luzes se apagarem, talvez às dez da noite, ok? Mas de qualquer maneira não haverá guardas para mudá-los de lugar quando as luzes se apagarem, correto? O sindicato não deixaria. Por isso Spivey virá pessoalmente pegá-los. Ele é o assistente do diretor do presídio. Será o manda-chuva hoje à noite. Por volta das dez horas, ok? Se não gostarem, não falem comigo, dirijam-se ao diretor, entendido?

O comedor de rosquinhas saiu pelo corredor e voltou algum tempo depois com uma bandeja. Nela havia pratos cobertos, copos de papel e uma garrafa térmica. Ele colocou a bandeja em cima da mesa e os dois sumiram pelo corredor. Trancaram a porta por fora. O ambiente ficou silencioso como uma tumba.

Comemos. Peixe e arroz. Comida de sexta-feira. Café na garrafa térmica. Hubble não falou. Deixou a maior parte do café para mim. Ponto para Hubble. Coloquei os restos na bandeja e depois a coloquei no chão. Ainda havia três horas para queimar. Inclinei minha cadeira para trás e pus os pés em cima da mesa. Não era uma posição muito confortável, mas era a melhor na qual daria para ficar. Era uma noite quente. Setembro na Geórgia.

Olhei por alto para Hubble sem manifestar curiosidade. O sujeito ainda estava em silêncio. Nunca o ouvira falar, exceto no viva-voz de Finlay. Ele se voltou na minha direção. Seu rosto espelhava medo e abatimento. Olhou para mim como se eu fosse uma criatura de outro mundo. Encarava-me como se o estivesse deixando preocupado. Depois virou o rosto para longe.

Talvez eu não fosse voltar para o Golfo. Mas o ano estava muito perto do fim para seguir rumo ao norte. Estava muito frio por lá. Quem sabe não seria uma boa desviar para a direita, na direção das ilhas. Jamaica, talvez. Há boa música por lá. Uma cabana no meio da praia. Sobreviver ao inverno numa cabana de praia na Jamaica. Fumar meio quilo de maconha por semana. Fazer tudo o que o pessoal da Jamaica faz. Talvez um quilo por semana com alguém para dividir a cabana. Roscoe me vinha à mente constantemente. A camisa do seu uniforme se encrespava de um jeito fabuloso. Era uma camisa azul toda enrugada. Jamais havia visto uma camisa cair tão bem numa outra pessoa. Mas numa praia da Jamaica, ao sol, ela não iria precisar de camisa alguma. Não creio que isso resultaria em alguma espécie de problema de grandes proporções.

Foi sua piscadela que mexeu comigo. Ela pegou a minha xícara de café. Disse que eu tinha belos olhos. E piscou. Aquilo tinha que significar alguma coisa, não? Já havia ouvido falar dessa coisa do olhar antes. Uma garota inglesa, com a qual passei bons momentos por um tempo, gostava dos meus olhos. Dizia isso o tempo todo. Eles são azuis. Da mesma forma, houve gente que disse que ambos lembravam um iceberg no meio do Ártico. Se me concentrar, posso fazer com que parem de piscar. Isso dá ao olhar um efeito intimidador. Conveniente. Mas a piscadela de Roscoe havia sido a melhor parte do dia. A única parte do dia, de fato, tirando os ovos mexidos da Cantina do Eno, que não eram maus. Daria para encontrar ovos em qualquer lugar. Mas eu sentiria a falta de Roscoe. Fiquei flutuando durante o anoitecer vazio.

Não muito tempo depois das dez, a porta do corredor foi aberta. Um homem uniformizado entrou. Carregava uma prancheta. E uma espingarda. Examinei-o da cabeça aos pés. Era um filho do Sul. Um homem gordo e pesado. Tinha a pele ruborizada, uma barriga grande e dura, e um pescoço largo. Olhos pequenos. Um uniforme engordurado e apertado que lutava para contê-lo. Provavelmente havia nascido bem ali na fazenda que confiscaram para construir a prisão. Spivey, incomodado com a falta de pessoal, conduz ele mesmo os hóspedes temporários pelos corredores. Com uma espingarda em suas mãos grandes de fazendeiro.

Ele examinou sua prancheta.

— Qual de vocês é o Hubble? — perguntou.

Ele tinha uma voz aguda. Não tinha nada a ver com seu corpanzil. Hubble levantou a mão rapidamente, como se ainda fosse um menino do primário. Os pequenos olhos de Spivey o examinaram. De cima a baixo. Como os olhos de uma cobra. O sujeito resmungou e sinalizou com sua prancheta. Entramos em forma e saímos dali. Hubble estava branco e condescendente. Como alguém exausto que havia cavalgado o dia inteiro.

— Virem para a esquerda e sigam a linha vermelha — disse Spivey.

Ele acenou com a espingarda para a esquerda. Havia uma linha vermelha pintada na parede, na altura da cintura. Era uma faixa de incêndio. Imaginei que ela fosse nos levar para fora, mas estávamos indo na direção errada. Para dentro da prisão e não para fora dela. Seguimos a linha vermelha em meio a corredores, subindo lances de escadas e virando nos cantos. Primeiro Hubble, depois eu. E em seguida Spivey. Estava muito escuro. Só havia as luzes turvas de emergência. Spivey pediu para que parássemos numa plataforma. E abriu uma trava eletrônica com sua chave. Uma tranca que iria acionar a porta de incêndio quando o alarme tocasse.

— Não quero ouvir conversa — disse ele. — As regras aqui exigem que se faça o mais absoluto silêncio a cada vez que as luzes se apagarem. A cela fica no final do corredor, à direita.

Seguimos porta adentro. O odor podre da prisão me abateu. Os vapores noturnos de incontáveis homens deprimidos. Era um breu quase total. Uma luz noturna brilhava vagamente. Sentia mais do que via fileiras de celas. Ouvia o murmúrio de sons noturnos. Respirando e roncando. Resmungando e se lamuriando. Spivey nos conduziu até o final do corredor. Apontou para uma cela vazia. Entramos. Spivey bateu a porta da cela às nossas costas. Trancada automaticamente. E o sujeito se afastou.

A cela era muito escura. Dava para ver pouco mais do que um beliche, uma pia e um mictório. Não havia muito espaço no chão. Tirei meu casaco e o joguei na parte de cima do beliche. Estendi-me e refiz a cama, botando o travesseiro longe das barras. Gostava mais da cama assim. O lençol e o cobertor estavam puídos, mas pareciam limpos o suficiente.

Hubble se sentou calmamente na cama de baixo. Usei o mictório e lavei o rosto na pia. E me joguei na cama de cima. Tirei os sapatos. Deixei-os ao pé da cama. Queria saber onde estavam. Sapatos podem ser roubados, e esses eram dos bons. Eu os comprara há muitos anos em Oxford, na Inglaterra. Numa cidade universitária perto da base aérea onde eu estava servindo. Eram sapatos grandes e pesados, com solas firmes e uma fivela grossa.

A cama era pequena demais para mim, mas quase todas também eram. Fiquei ali deitado no escuro, ouvindo a prisão que não dormia. Depois, fechei os olhos e flutuei de volta à Jamaica com Roscoe. Devo ter adormecido ali com ela, pois logo pressenti que o sábado havia chegado. Eu ainda estava na prisão. E um dia ainda pior estava começando.

6

FUI ACORDADO PELAS LUZES BRILHANTES QUE bateram na minha cara. A prisão não tinha janelas. O dia e a noite eram criados pela eletricidade. Às sete horas o prédio era subitamente banhado de luz. Nada de alvoradas ou crepúsculos. Apenas interruptores que eram desligados às sete.

A luminosidade não melhorou em nada a cela. A parede da frente era formada por barras. Metade dela se abriria para fora usando uma dobradiça que formava uma porta. As duas camas empilhadas ocupavam quase metade da largura e a maior parte do comprimento. Na parede dos fundos havia uma pia de metal e um mictório de aço. As paredes eram de alvenaria. Delas emanavam tanto concreto quanto velhos tijolos. Tudo coberto com uma pintura pesada e grosseira. As paredes pareciam ser exageradamente espessas. Como as de uma masmorra.

Acima da minha cabeça havia um teto baixo de concreto. A cela não se parecia com uma sala limitada por paredes, chão e teto. Parecia mais um bloco sólido de alvenaria com um pequeno espaço escavado de má vontade.

Lá fora, o murmúrio da noite agitada foi substituído pelo fragor do dia. Tudo era metal, tijolos e concreto. Os ruídos eram amplificados e ecoavam por toda parte. Soavam como se eu estivesse no inferno. Através das barras eu não conseguia ver nada. Em frente à nossa cela havia uma parede vazia. Deitado na cama eu não tinha ângulo para enxergar o corredor até o final. Joguei a coberta para o lado e encontrei meus sapatos. Calcei-os e prendi as fivelas. Deitei novamente. Hubble estava sentado na cama de baixo. Seus sapatos marrons estavam plantados no chão de concreto. Fiquei me perguntando se ele ficara assim a noite toda ou se havia dormido.

Quem vi em seguida foi um faxineiro. Ele aparecia e desaparecia do lado de fora da nossa cela. Era um sujeito bastante idoso com uma vassoura. Um homem velho e negro com uma mecha de cabelo branco que nem a neve. Curvado por causa da idade. Frágil e mirrado como um pássaro velho. Seu uniforme laranja da prisão estava quase branco de tanto lavado. Ele devia ter cerca de oitenta anos de idade. Devia estar cumprindo uma pena de sessenta anos. Quem sabe tinha roubado uma galinha durante a Depressão. E ainda estava pagando sua dívida para com a sociedade.

Ele largou a vassoura de qualquer jeito pelo corredor. A coluna forçava seu rosto a ficar paralelo ao solo. O velho virou a cabeça de um lado para outro como faz um nadador para respirar. Avistou a mim e a Hubble e parou. Apoiou-se em sua vassoura e balançou a cabeça. Deu uma espécie de risada pensativa. E balançou a cabeça novamente. Estava rindo para valer. Era um riso compreensivo e encantado. Como se, finalmente, depois de todos aqueles anos, houvesse sido agraciado com a visão de algo fabuloso. Como um unicórnio ou uma sereia. Ele ficou tentando falar, levantando a mão como se suas palavras exigissem alguma ênfase. Mas, a cada tentativa, ele começava a rir novamente e precisava agarrar a vassoura. Não o apressei. Eu podia esperar. Tinha todo o fim de semana. E ele tinha o resto da vida.

— Bem, realmente — disse ele com um sorriso. O sujeito não tinha dentes. — Bem, realmente.

Olhei-o da cabeça aos pés.

— Bem realmente o quê, vovô? — perguntei e devolvi o sorriso.

Ele estava se acabando de tanto rir. Aquilo ia demorar um pouco.

— Realmente — respondeu o faxineiro, agora com a gargalhada sob controle —, estou nesta espelunca desde que o cão de Deus era um filhote, sim senhor. Desde que Adão era um meninote. Mas estou vendo algo aqui que nunca vi. Não, senhor, não em todos esses anos.

— O que você nunca viu, meu velho?

— Bem, estou aqui há muitos e muitos anos e nunca vi ninguém nessa cela usando roupas como as suas, camarada.

— Você não gosta das minhas roupas? — perguntei. Surpreso.

— Não disse isso, senhor. Não disse que não gosto das suas roupas. Gosto muito delas, por sinal. São roupas muito bonitas, sim senhor, realmente muito bonitas.

— O que você está querendo dizer?

O velho ria sozinho.

— Não estou me referindo à qualidade das roupas. Não senhor, não é disso que estou falando. É do fato de você as estar usando em vez do uniforme laranja. Nunca vi isso antes e, como já disse, estou aqui desde que a Terra esfriou, desde que os dinossauros disseram basta. Agora já vi de tudo, realmente vi, sim senhor.

— Mas os caras no andar dos detidos não precisam usar o uniforme.

— Sim, realmente, isso com certeza é verdade — disse o velho. — É fato, com certeza.

— Os guardas é que disseram — confirmei.

— Eles o diriam — concordou. — Porque essas são as regras, e os guardas conhecem as regras, sim senhor, eles sabem, pois são eles que as fazem.

— Então qual é o problema, meu velho?

— Bem, como já disse, você não está usando o uniforme laranja.

Estávamos andando em círculos.

— Mas eu não tenho que usá-lo.

Ele estava espantado. Os olhos aguçados de pássaro ficaram presos em mim.

— Não? Por que isso, meu chapa? Diga-me.

— Porque não o usamos no andar dos detidos. Você acabou de concordar com isso, certo?

Fez-se um silêncio. Tanto eu quanto ele captamos a mensagem, simultaneamente.

— Você acha que este é o andar dos detidos? — perguntou ele.

— Este aqui não é o andar dos detidos? — perguntei-lhe quase ao mesmo tempo.

O velho fez uma pequena pausa. Pegou sua vassoura e saiu por onde veio, ficando logo fora de alcance. O mais rápido que podia. Gritando, incrédulo.

— Aqui não é o andar dos detidos, amigo — disse o idoso aos berros. — Os detidos ficam no último andar. O sexto. Este aqui é o terceiro. Você está no terceiro andar, cara. Este é para os condenados à prisão perpétua. Para pessoas notadamente perigosas, cara. Nem mesmo é para a população em geral. É para o que há de pior, cara. Sim, realmente, vocês estão no lugar errado. E estão em grandes apuros, podem crer. Vão receber visitas. Eles virão examinar vocês. Vou sair daqui.

Avaliar. A longa experiência me ensinou a avaliar e calcular. Quando o inesperado vem na sua direção, não perca tempo. Não tente descobrir como ou por que isso aconteceu. Não recrimine. Não tente descobrir de quem é a culpa. Não faça estratégias para evitar que o mesmo erro seja cometido numa próxima oportunidade. Tudo isso se faz depois. Se você sobreviver. Antes de tudo, deve-se avaliar. Analisar a situação. Identificar os aspectos negativos. Estimar quais são os positivos. Elaborar um plano que esteja de acordo. Faça tudo isso e você acabará tendo uma chance melhor de passar para as outras etapas.

Não estávamos nas celas dos detidos no sexto andar. Não onde prisioneiros não sentenciados deveriam estar. Estávamos entre os mais perigosos que cumpriam prisão perpétua, no terceiro. Não havia aspecto positivo algum nisso. Os negativos eram inúmeros. Éramos calouros no andar dos condenados. Não iríamos sobreviver sem status. Não tínhamos status. Seriamos desafiados. Fariam com que aceitássemos nossa posição na última escala da hierarquia social. Estávamos vivendo um fim de semana desagradável. Potencialmente letal.

Lembrei-me de um sujeito do exército, um desertor. Era um jovem, nada mau como recruta, mas que se ausentou sem permissão porque era um fanático religioso. Teve problemas em Washington para demonstrar sua fé. Acabou sendo jogado numa cela, no meio de maus elementos, como os que estão neste andar. Morreu na primeira noite. Sodomizado. Aproximadamente cinqüenta vezes. Na autópsia, encontraram meio litro de sêmen no seu bucho. Um garoto sem nenhum status. Na escala mais baixa da hierarquia social. Disponível para todos que estavam acima dele.

Avaliar. Eu poderia recorrer a uma parte do meu treinamento pesado. E à experiência. Não havia sido adquirida para ser usada na vida dentro da prisão, mas podia ajudar. Já fui submetido a muita péssima educação. Não só no exército. Isso me leva de volta à infância. Entre a graduação e a faculdade, filhos de militar como eu acabam indo parar em vinte, trinta escolas diferentes. Algumas em bases, a maior parte na vizinhança local. Em lugares onde a vida é bastante difícil. Filipinas, Coréia, Islândia, Alemanha, Escócia, Japão, Vietnã. Em todas as partes do mundo. Eu era um aluno novo no primeiro dia em cada nova escola. Sem nenhum status. Foram vários primeiros dias. Eu aprendi rapidamente o que devia fazer para ganhar algum status. Em pátios de colégio quentes e arenosos, secos e frios, eu e meu irmão havíamos nos valido da força bruta em direções opostas. Havíamos obtido status.

Então, no serviço militar propriamente dito, tal brutalidade foi refinada. Fui treinado por especialistas. Sujeitos cujo treinamento vinha dos tempos da Segunda Guerra Mundial, da Coréia, do Vietnã. Pessoas que sobreviveram a situações que eu só havia lido em livros. Ensinaram-me métodos, detalhes, truques. Acima de tudo me ensinaram a ter atitude. Eles me fizeram entender que as inibições iriam me matar. Bata rápido e com força. Mate com o primeiro golpe. Obtenha a sua retaliação antes de tudo. Trapaceie. Os cavalheiros que se comportaram decentemente não estavam mais lá para treinar ninguém. Já estavam mortos.

Às sete e meia ouvi o som de pancadas irregulares ao longo da fileira de barras. O dispositivo eletrônico trancou as celas na hora exata. A nossa ficou com uma abertura de dois centímetros. Hubble estava sentado e imóvel. Ainda em silêncio. Eu não tinha plano algum. A melhor opção seria encontrar um guarda. Explicar tudo e ser transferido. Mas não esperava que fosse encontrar um guarda. Em andares como esse eles não ficavam sozinhos fazendo ronda. Andavam em pares, possivelmente em grupos de três ou quatro. A prisão estava com um contingente limitado de funcionários. Isso havia ficado claro na noite passada. Era improvável que houvesse homens suficientes para que cada andar tivesse pequenos pelotões. Provavelmente eu ficaria o dia inteiro sem ver um guarda sequer. Eles poderiam estar esperando numa sala qualquer com o resto dos funcionários da prisão. E operariam como um esquadrão de impacto para atender a emergências. E, se eu visse um guarda, o que diria? Que não devia estar aqui? Eles devem ouvir esse tipo de coisa o dia inteiro. Iriam perguntar quem me colocou aqui? Eu responderia que foi o Spivey, o manda-chuva. Eles retrucariam dizendo que tudo bem. Então o único plano era não ter plano. Esperar para ver. Reagir de acordo. Objetivo: sobreviver até segunda-feira.

Dava para ouvir o rangido enquanto os outros internos puxavam suas portas para trás e destrancavam as celas. Pude ouvir o movimento e conversas travadas aos berros enquanto eles saíam para começar um outro dia sem graça. Esperei.

Não precisei esperar muito. Do ângulo apertado que tinha da cama, a uma cabeça de distância da porta, vi nossos vizinhos do lado caminhando para fora. Eles se fundiam num pequeno agrupamento. Estavam todos vestidos do mesmo jeito. Uniforme laranja da prisão. Bandanas vermelhas amarradas com nós apertados em torno de cabeças raspadas. Sujeitos enormes de pele escura. Obviamente eram fisiculturistas. Alguns haviam arrancado as mangas de suas camisetas, sugerindo que não havia vestimenta disponível capaz de conter sua massa volumosa. Eles podiam estar certos. Era uma visão impressionante.

O sujeito mais próximo estava usando óculos de sol opacos. Daqueles que escurecem à luz do sol. Halogênio prateado. O sujeito provavelmente vira o sol pela última vez nos anos 70. Pode nunca mais voltar a vê-lo novamente. Portanto, as sombras eram redundantes, mas os óculos caíam bem. Assim como os músculos. Como as bandanas e as camisetas rasgadas. Tudo fachada. Esperei.

O cara dos óculos de sol nos avistou. Seu olhar surpreso rapidamente assumiu uma expressão de entusiasmo. Ele alertou o maior do grupo batendo em seu braço. Este deu meia-volta. Olhou perplexo. E depois sorriu. Esperei. O grupo de homens se amontoou do lado de fora da nossa cela. Olhou em seu interior. O grandalhão abriu o portão, que passou de mão em mão enquanto fazia um arco. Até se abrir completamente.

— Vejam só o que nos mandaram — disse o homenzarrão. — Sabem o que eles nos mandaram?

— O que nos mandaram? — perguntou o dos óculos.

— Mandaram carne fresca — respondeu o líder da matilha.

— É isso aí, camarada — acrescentou o seu colega. — Carne fresquinha.

— Carne fresca para todo mundo — concluiu o gigante.

Ele sorriu. Olhou para sua gangue e todos sorriram de volta. Trocaram cumprimentos. Esperei. O grandalhão deu meio passo para dentro da nossa cela. Era enorme. Era quatro ou cinco centímetros mais baixo do que eu, mas provavelmente tinha o dobro do peso. Preencheu todo o vão da porta com seu corpanzil. Seus olhos pesados se voltaram para mim e depois para Hubble.

— Ei, branquelo, vem cá — disse ele, dirigindo-se para Hubble.

Dava para sentir o pânico do meu companheiro de cela. Ele nem se moveu.

— Vem cá, branquelo — repetiu o sujeito. Calmamente.

Hubble se levantou. Deu meio passo na direção do homem que estava na porta. O brutamontes estava olhando com aquela expressão de fúria que visa congelar um oponente com sua ferocidade.

— Isto aqui é território dos vermelhos, cara — disse o monstro. Explicando a cor das bandanas. — O que um branco azedo está fazendo no território dos vermelhos?

Hubble não respondeu nada.

— Cadê a taxa de permanência, mermão? — perguntou o gigante. — Tipo aquela que existe nos hotéis da Flórida. Você tem que pagar a taxa. Me dá a sua suéter, branquelo.

Hubble estava petrificado de medo.

— A sua suéter, branquelo — repetiu ele. Calmamente.

Hubble desenrolou sua cara suéter branca da cintura e a entregou para o miserável. Este a pegou e a jogou para trás sem olhar.

— Agora os óculos de sol, garotão.

Hubble lançou um olhar de desespero na minha direção. E tirou seus óculos dourados. Entregou-os. O grandalhão o pegou e o largou no chão. Esmagou-o com seu sapato. Pisoteou-o. As lentes se partiram e se estilhaçaram. O camarada arrastou o pé para trás e levou junto os destroços, que foram parar no corredor. Os outros caras, um de cada vez, também pisaram nos estilhaços.

— Bom garoto — disse o chefão. — Pagou a taxa.

Hubble estava tremendo.

— Agora se aproxima, branquelo.

Hubble se arrastou para mais perto.

— Pertinho, branco azedo — insistiu o brutamontes.

Hubble se arrastou um pouco mais. Até ficar a poucos centímetros dele. Estava tremendo.

— De joelhos, branquelo — ordenou o valentão.

Hubble se ajoelhou.

— Abra o meu zíper, bichona.

Meu companheiro de cela não fez nada. Estava totalmente em pânico.

— Abra o meu zíper — repetiu o sujeito. — E com os dentes.

Hubble ofegou de medo e repulsa e pulou para trás. Arrastou-se até os fundos da cela. Tentou se esconder atrás do mictório. Estava praticamente o abraçando.

Era hora de intervir. Não por Hubble. Não sentia nada por ele. Mas tinha que intervir por minha causa. A performance desprezível de Hubble poderia manchar a minha reputação. Seríamos vistos como parceiros. A rendição de Hubble iria desqualificar a ambos. No jogo do status.

— Volta aqui, branquelo, você não gostou de mim? — gritou o grandalhão para Hubble.

Respirei fundo longamente e em silêncio. Deslizei os pés pela lateral do beliche e pousei de leve na frente do brutamontes. Ele olhou para mim. Eu devolvi o olhar, calmamente.

— Você está na minha casa, gorducho — anunciei. — Mas vou te dar o direito de escolher.

— Escolher o quê? — perguntou ele. Pasmo. Surpreso.

— Escolher estratégias de retirada, gorducho.

— Como é que é?

— É o seguinte. Você terá que ir embora. Isso é certo. A escolha que terá que fazer diz respeito a como irá sair daqui. Pode tanto sair daqui de fininho como ser carregado dentro de uma tina por esses outros balofos que estão aí atrás.

— Ah, é?

— Com certeza. Vou contar até três, ok? Por isso é melhor fazer logo uma opção, entendido?

Ele me encarou.

— Um — contei. Não obtive resposta.

— Dois — contei. Não obtive resposta.

E então trapaceei. Em vez de contar até três, dei uma cabeçada no rosto do sujeito. Tomei impulso com as pernas, tirei os pés do chão e, jogando a cabeça para a frente, atingi seu nariz com toda a minha força.

O golpe foi dado com perfeição. A testa transcreve um arco perfeito sob todos os pontos de vista e é muito forte. A parte frontal do crânio é muito densa. O meu possui uma saliência que é dura que nem concreto. A cabeça humana é muito pesada. Todos os tipos de músculo no pescoço e nas costas a equilibram. É como ser atingido no rosto com uma bola de boliche. É sempre uma surpresa. As pessoas esperam um soco ou um chute. Uma cabeçada nas fuças é sempre inesperada. Ela vem do nada.

Devo ter aberto uma gruta no rosto do infeliz. Acho que reduzi seu nariz a polpa e quebrei ambos os malares. Fiz com que o seu pequeno cérebro sacudisse para valer. Suas pernas se dobraram e ele caiu no chão como se fosse uma marionete que teve as cordas cortadas. Seu crânio rachou ao encontrar o piso de concreto.

Olhei na direção do bando que acompanhava o sujeito. Eles estavam ocupados reavaliando o meu status.

— Quem é o próximo? — perguntei. — Isso agora virou Las Vegas, é dobrar a aposta ou sair do jogo. Esse cara vai para o hospital e vai passar seis semanas com uma máscara de ferro. O próximo que se engraçar vai passar doze semanas no hospital, ficou claro? Com os dois braços quebrados, certo? E então, quem é o próximo?

Não ouvi ninguém responder. Apontei para o sujeito com os óculos de sol.

— Devolve a suéter aí, gorducho — ordenei.

Ele se agachou e pegou a suéter. Passou-a para mim. Inclinei-me para a frente e a peguei. Não queria me aproximar muito. Peguei a suéter e joguei-a no leito de Hubble.

— Agora os óculos — afirmei.

Ele se agachou e recolheu os destroços dourados e retorcidos. E os passou para mim. Eu os devolvi.

— Estão quebrados, gorducho — reclamei. — Quero os seus.

Fez-se uma longa pausa. O sujeito olhou para mim. E eu para ele. Sem piscar. Ele tirou seus óculos e me deu. Coloquei-os no bolso.

— Agora tirem esta carcaça daqui — ordenei.

Os homens com seus uniformes laranja ajeitaram os membros adormecidos e arrastaram o grandalhão para longe. Subi de volta no beliche. Estava estremecido por causa do fluxo de adrenalina. Meu estômago estava tremendo enquanto eu palpitava. Minha circulação estava paralisada. Sentia-me muito mal. Mas não tão mal quanto estaria se não tivesse feito o que fiz. Eles teriam acabado com Hubble e depois partiriam para cima de mim.

Não tomei café da manhã. Estava sem apetite. Simplesmente fiquei deitado no beliche até me sentir melhor. Hubble se sentou em sua cama. Ele estava se remexendo de um lado para outro. Ainda não havia aberto a boca. Depois de um tempo, escorreguei até o chão. Fui me lavar na pia. Algumas pessoas andavam até o vão da porta e olhavam em seu interior. E saíam de fininho. As notícias já haviam se espalhado. O novato que estava na cela no fim do corredor havia mandado um dos vermelhos para o hospital. Todos vieram checar. Eu era uma celebridade.

Hubble parou de se sacudir e olhou para mim. Abriu a boca e a fechou novamente. E a abriu uma segunda vez.

— Não agüento mais isso — disse ele.

Eram as primeiras palavras que eu o ouvia dizer desde os gracejos cheios de confiança no viva-voz. Sua voz era baixa, mas sua frase era precisa. Não era um lamento ou uma reclamação, mas a afirmação de um fato. Ele não estava mais agüentando. Olhei em sua direção. Ponderei durante um bom tempo sobre o que o sujeito havia dito.

— Então por que você está aqui? — perguntei. — O que fez?

— Não fiz nada — respondeu num tom vago.

— Você confessou ter feito algo que não fez. Pediu para que isso acontecesse.

— Não — afirmou Hubble. — Fiz o que disse ter feito. Fiz e contei para o detetive.

— Bobagem, Hubble. Você nem estava lá. Estava na festa. O sujeito que o levou em casa era um policial, pelo amor de Deus. Você não fez nada e sabe disso, todos sabem disso. Não venha com essa merda pra cima de mim.

Hubble olhou para o chão. Pensou por um instante.

— Não posso explicar. Não posso dizer nada. Só preciso saber o que vai acontecer.

Olhei para ele novamente.

— O que acontecerá em seguida? — afirmei. — Você ficará aqui até segunda-feira de manhã e depois voltará para Margrave. Daí, creio que vão deixá-lo ir embora.

— Será? — perguntou ele, como se estivesse num embate consigo mesmo.

— Você nem sequer estava lá — repeti. — Eles sabem disso. Podem querer vir a saber por que você confessou quando não fez nada. E vão querer saber por que o sujeito tinha o seu número de telefone.

— E se eu não puder lhes dizer?

— Não pode ou não vai?

— Não posso lhes contar. Não posso dizer nada para ninguém.

Ele olhou para longe e estremeceu. Estava muito apavorado.

— Mas não posso ficar aqui — acrescentou. — Não dá para agüentar isso.

Hubble era um homem de negócios. Eles distribuem seus números de telefone como se fossem confete. Falam com todos que encontram sobre limites de crédito ou países onde os impostos são menores. Qualquer coisa para que um sujeito transfira os dólares que suou para ganhar do jeito que eles querem. Mas o número de telefone em questão estava impresso numa folha de impressora amassada. Não estava num cartão comercial. E escondido num sapato, não enfiado dentro de uma carteira. O medo transbordava do sujeito como se fosse o som de uma banda que tocava ao fundo.

— Por que você não pode contar nada? — perguntei-lhe.

— Porque não posso. — E não disse mais nada.

De repente me cansei. Há vinte e quatro horas eu saltara de um ônibus, perto de um trevo, e andara por uma estrada nova. Caminhara alegremente em meio à chuva morna da manhã. Evitando pessoas, evitando qualquer tipo de envolvimento. Sem malas, sem querer confusão.

Liberdade. Não queria que ela fosse interrompida por Hubble, por Finlay ou por um sujeito alto que levou um tiro em sua cabeça raspada. Não queria nada disso. Só desejava um pouco de paz e tranqüilidade e ir atrás de Blind Blake. Queria encontrar algum coroa com uns oitenta anos de idade e que pudesse me lembrar de tê-lo encontrado em algum bar. Devia estar conversando com aquele velho que estava fazendo faxina na prisão, não com Hubble. *Yuppie* babaca.

Ele estava completamente imerso em seus pensamentos. Dava para ver o que Finlay quis dizer. Nunca vira ninguém que ficasse pensando de maneira tão visível. Sua boca trabalhava sem emitir som algum enquanto ele mexia os dedos nervosamente. Como se estivesse checando aspectos positivos e negativos. Pesando as coisas. Fiquei só o observando. Vi quando ele tomou sua decisão. Foi quando se virou e me encarou.

— Preciso de alguns conselhos — pediu Hubble. — Estou com um problema.

Ri na cara do sujeito.

— Ora, que surpresa. Jamais poderia ter imaginado. Achava que você tinha vindo para cá porque estava de saco cheio de ficar jogando golfe nos fins de semana.

— Preciso de ajuda.

— Você já teve toda a ajuda possível. Se não fosse por minha causa, você agora estaria curvado sobre a sua cama, enquanto uma fila de sujeitos espumando e cheios de tesão se formaria na nossa porta. E até agora o senhor ainda não disse nada que se assemelhasse a um obrigado.

Ele baixou os olhos por um instante. E balançou a cabeça.

— Desculpe — disse o bancário. — Sou muito grato. Pode acreditar que sou. Você salvou a minha vida. Tomou conta dela. É por isso que precisa me dizer o que devo fazer. Estou sendo ameaçado.

Deixei a revelação no ar por um instante.

— Sei disso. Está bastante óbvio.

— Bem, não sou só eu. Minha família também está correndo perigo.

Ele estava me envolvendo. Olhei em sua direção. O sujeito começou a pensar novamente. Sua boca estava trabalhando. Seus dedos batiam.

Os olhos se moviam para a esquerda e para a direita. Como se aqui houvesse um monte de razões e ali um outro monte. Qual deles era maior?

— Você tem família? — perguntou.

— Não — respondi. O que mais eu poderia dizer? Meus pais estavam mortos. Não tinha a menor idéia de onde estava o meu irmão. Por isso eu não tinha família. E nem ao menos sabia se queria ter uma. Talvez sim, talvez não.

— Estou casado há dez anos — afirmou Hubble. — Completamos no mês passado. Fizemos uma grande festa. Tenho dois filhos. O garoto tem nove, e a menina, sete anos de idade. Ótima esposa, ótimos filhos. Amo-os loucamente.

Ele falava sério. Dava para ver. E fez uma longa pausa. Seus olhos se encheram de lágrimas enquanto pensava na família. Perguntava a si mesmo como diabos acabara vindo parar aqui sem eles. Não era o primeiro cara que ficava nesta cela com tais questionamentos. E não seria o último.

— Temos uma bela casa — prosseguiu. — Bem na Beckman Drive. Compramos há cinco anos. Custou caro, mas valeu a pena. Você conhece a Beckman?

— Não — respondi. Ele estava com medo de ir ao ponto. Daqui a pouco iria me falar sobre o papel de parede do lavabo do andar de baixo. E agora estava planejando pagar o tratamento dentário da filha. Deixei-o falar. Papo de carceragem.

— De qualquer maneira — disse ele, enfim —, tudo agora está caindo por terra.

Ele se sentou com sua calça de algodão e sua camisa pólo. Havia pego a suéter branca e a colocara sobre os ombros novamente. Sem os óculos, Hubble parecia mais velho, mais inexpressivo. Pessoas que usam óculos sempre parecem desconcentradas e vulneráveis sem eles. Largadas. Com se tivessem arrancado uma camada da pele. Hubble parecia um homem velho e cansado. Uma de suas pernas estava jogada para a frente. Dava para ver o feitio da sola do seu sapato.

O que ele chamou de ameaça? Algum tipo de exposição ou de perturbação? Algo que poderia acabar com a vida perfeita que ele descrevera na Beckmam Drive? Talvez quem estivesse envolvida em alguma coisa fosse sua esposa. Quem sabe o sujeito não estivesse acobertando tudo para que ela não ficasse exposta. Talvez a dona estivesse tendo um caso com o defunto careca. Podia ser um monte de coisas. Qualquer coisa. E ainda havia a possibilidade de que sua família estivesse sendo ameaçada por uma desgraça, falência, um estigma qualquer, ou com o cancelamento das carteirinhas de sócio do clube campestre. Eu estava dando voltas. Não vivia no mundo de Hubble. Não partilhava do seu manancial de referências. Vira-o tremendo de medo. Mas não tinha idéia do que era necessário para fazer com que um sujeito como ele ficasse apavorado. Ou de quão pouco era preciso para isso. Quando o vi pela primeira vez na delegacia, ontem, ele parecia perturbado e agitado. Desde então, de tempos em tempos, ficava trêmulo, paralisado ou com um olhar amedrontado. Às vezes resignado e apático. Claramente com medo de alguma coisa. Encostei-me na parede da cela e esperei que ele me explicasse por quê.

— Eles estão nos ameaçando — repetiu. — Se souberem que eu contei para alguém o que está acontecendo, eles irão invadir a nossa casa. Reunir todos nós. No meu quarto. Disseram que vão me pregar na parede e arrancar as minhas bolas. E farão com que a minha esposa as coma. E depois cortarão as nossas gargantas. Falaram que obrigarão as crianças a verem tudo e, depois que estivermos mortos, farão coisas com elas das quais jamais saberemos.

7

— ENTÃO, O QUE DEVO FAZER? — PERGUNTOU-ME Hubble. — O que você faria?

Ele estava olhando bem na minha direção. Esperando uma resposta. O que eu faria? Se alguém me ameaçasse dessa maneira, acabaria morrendo nas minhas mãos. Eu dilaceraria qualquer um que se atrevesse a tal. Podia ser na mesma hora ou então dias, meses ou anos depois. Eu caçaria implacavelmente o desgraçado e acabaria com a sua raça. Mas Hubble não seria capaz disso. Ele tinha uma família. Três reféns esperando para serem pegos. Três reféns já capturados. Capturados assim que a ameaça foi feita.

— O que devo fazer? — perguntou ele novamente.

Senti-me pressionado. Tinha que dizer alguma coisa. E minha testa doía. Ela estava moída por causa do impacto forte com o rosto do tal líder vermelho. Encostei-me na beirada do beliche. Pensei por um instante. Saí com a única resposta possível. Mas não era a que Hubble queria ouvir.

— Não há nada que você possa fazer — afirmei. — Disseram para você manter a boca calada, portanto faça isso. Não conte para ninguém o que está acontecendo. Jamais.

Ele olhou para os seus pés. E sua cabeça caiu sobre as mãos. O sujeito soltou um gemido que expressava a mais abjeta desgraça. Como se estivesse imerso na mais profunda decepção.

— Tenho que contar para alguém — disse ele. — Tenho que sair dessa, estou falando sério, tenho que sair. Tenho que contar para alguém.

Balancei a cabeça na sua direção.

— Você não pode fazer isso — retruquei. — Eles mandaram você ficar calado. Por isso não diga nada. Desse jeito você fica vivo. Você e a sua família.

Ele levantou os olhos. E estremeceu.

— Algo de enormes proporções está acontecendo — afirmou. – Tenho que dar um jeito de acabar com isso.

Balancei a cabeça novamente. Se algo muito grande estava acontecendo e envolvia pessoas que se valiam de ameaças como essas, então ele jamais teria condições de atrapalhar os planos de seus oponentes. Estava a bordo e iria continuar a bordo. Sorri friamente em sua direção e balancei a cabeça pela terceira vez. Hubble acenou como se tivesse entendido. Como se tivesse finalmente aceitado a situação. E voltou a tremer e olhar para a parede. Seus olhos estavam abertos. Vermelhos e nus sem os aros dourados. Ficou sentado em silêncio por um bom tempo.

Não consegui entender a confissão. Ele devia ter ficado com a boca calada. Devia ter negado qualquer envolvimento com o defunto. Devia ter dito que não tinha a menor idéia da razão do seu número de telefone estar num papel no sapato do sujeito. Devia ter dito que não tinha a menor idéia do que significava Pluribus. Dessa forma poderia simplesmente ter voltado para casa.

— Hubble? — perguntei. — Por que você confessou?

Ele olhou para cima. Esperou um bom tempo antes de responder.

— Não posso dizer. Estaria lhe contando mais do que devo.

— Eu já sei mais do que devo. Finlay perguntou sobre o defunto, sobre Pluribus, e você reagiu violentamente. Por isso sei que existe uma ligação entre você, o sujeito que morreu e seja lá o que quer dizer Pluribus.

Ele me encarou. Seu olhar parecia vago.

— Finlay é aquele detetive negro?

— Sim. Finlay. Chefe dos detetives.

— Ele é novo. Nunca o vi antes. Era sempre Gray. Estava no cargo há anos, desde que eu era um garoto. Só há um detetive, não sei por que dizem que o sujeito é chefe dos detetives quando só existe um. Só há oito pessoas em todo o Departamento de Polícia. O chefe Morrison, que já está lá há três anos, o cara do balcão, quatro homens uniformizados, uma mulher e o detetive, Gray. Só que agora é Finlay. O novo homem. E é negro, o primeiro que já tivemos. Gray se suicidou, sabia? Enforcou-se numa viga da sua garagem. Acho que foi em fevereiro.

Deixei ele falar. Papo de carceragem. Isso faz com que o tempo passe mais rápido. É para isso que ele serve. Hubble era bom nisso. Mas ainda queria que ele respondesse à minha pergunta. Minha testa doía e eu queria banhá-la em água fria. Queria ficar andando a esmo por um tempo. Queria comer. Queria tomar café. Esperei sem prestar atenção enquanto Hubble discorria sobre a história de Margrave. De repente ele parou.

— O que você estava me perguntando?

— Por que você confessou que matou o sujeito? — repeti.

Ele olhou em volta. E depois olhou bem na minha direção.

— Há uma ligação. Isso é tudo que posso dizer agora. O detetive mencionou o sujeito e usou a palavra "Pluribus", o que me fez dar um pulo. Fiquei espantado. Não podia acreditar que ele sabia da conexão. Então percebi que ele não sabia de nada e que eu havia acabado de entregar tudo quando fiquei assustado. Está vendo? Eu me entreguei. Acho que estraguei tudo. Contei o segredo. E não devia ter feito isso, por causa da ameaça.

Ele foi diminuindo o tom de voz até ficar quieto. Um eco do medo e do pânico que sentira na sala de Finlay estava de volta. Hubble levantou os olhos novamente. E respirou fundo.

— Fiquei apavorado — continuou. — Mas então o detetive me disse que o cara estava assassinado. Havia levado um tiro. Fiquei morrendo de medo porque, se o haviam assassinado, poderiam me matar também. Não dá para lhe explicar exatamente o porquê. Mas há uma ligação, como você conseguiu perceber. Se eles pegaram especificamente esse cara, será que isso quer dizer que vão me pegar também? Ou não? Eu tinha que refletir bem. Nem mesmo tinha noção de quem havia matado o sujeito. Mas então o detetive me falou da violência. Ele comentou isso com você?

Acenei positivamente.

— Você está falando dos ferimentos? — perguntei. — Pareceu algo bastante desagradável.

— Com certeza. E prova que foi quem eu pensava. Por isso fiquei realmente apavorado. E pensei: será que estavam atrás de mim também? Ou não? Simplesmente não sei. Fiquei aterrorizado. Fiquei pensando nisso sem parar. Tal pensamento ficou dando voltas e mais voltas dentro da minha cabeça. O detetive estava ficando maluco. Eu, por minha vez, não disse nada, porque estava pensando. Parecia que haviam se passado horas. Fiquei apavorado, entende?

Ele voltou a ficar em silêncio. Tais pensamentos voltaram a percorrer sua cabeça novamente. Provavelmente pela milésima vez. Enquanto ele tentava descobrir se havia tomado a decisão certa.

— De repente percebi o que devia fazer — disse ele. — Havia três problemas. Se eles estivessem atrás de mim também, eu teria que evitá-los. Esconder-me, percebe? Para me proteger. Mas, se não estavam atrás de mim, então eu teria que ficar em silêncio, certo? Para proteger minha mulher e meus filhos. E, se for pensar nos caras, aquele cara em especial sentia necessidade de matar. Três problemas. Por isso confessei.

Não acompanhei o seu raciocínio. Aquilo não fazia muito sentido do jeito que ele estava me explicando. Olhei com cara de quem não havia entendido nada.

— Três problemas distintos, entendeu? — insistiu. — Decidi então que seria preso. Dessa forma ficaria em segurança caso estivessem atrás de mim. Porque não podem me pegar aqui dentro, certo? Aqueles assassinos estão lá fora, e eu aqui dentro. O problema número um está resolvido. Mas também percebi, e esta é a parte complicada, que, se não estivessem de fato atrás de mim, por que então eu não provocava a minha prisão e ficava de boca fechada? Eles iriam pensar que eu havia sido preso por engano ou coisa parecida, e veriam que não estou falando nada. Veriam, ok? Isso prova que estou seguro. É como se fosse uma demonstração de que estou seguro. Uma espécie de prova. Uma prova de fogo, digamos. Com isso o problema número dois fica resolvido. E ao dizer que fui eu que de fato matei o sujeito, isso meio que me coloca definitivamente do lado deles. Como se fosse uma declaração de lealdade, certo? Achei que os caras poderiam ficar gratos por eu ter colocado a fonte de calor na direção errada por um tempo. Isso resolve o problema número três.

Encarei o infeliz. Não é de espantar que ele tenha ficado de bico calado e pensado alucinadamente nos quarenta minutos em que ficou com Finlay. Três pássaros e uma só pedra. Era nisso que ele vinha mirando.

A parte em que ele prova que pode ser confiável a ponto de não revelar o que sabe estava perfeita. Fossem quem fossem, eles notariam isso. Uma temporada na cadeia sem abrir a boca era um rito de passagem. Uma medalha de honra. Contava muito. Pensou certo, Hubble.

Infelizmente, o resto do que ele disse era muito fraco em termos de argumentação. Eles não podiam alcançá-lo aqui? O cara só podia estar brincando. Não havia lugar melhor para detonar alguém do que a prisão. Você sabe onde o sujeito está e tem todo o tempo de que precisar. Um monte de gente que pode fazer o serviço. Um monte de oportunidades.

Baratas até. Quanto custaria apagar alguém no meio da rua? Mil dólares, dois mil? Além do risco. Lá dentro, podia custar um pacote de cigarros. Além de não haver risco algum. Até porque ninguém iria notar. Não, a prisão não era um lugar seguro para se esconder. Pensou errado, Hubble. E percebi outra falha também.

— O que você vai fazer na segunda-feira? — perguntei. — Estará em casa, fazendo as coisas que costuma fazer. Estará andando por Margrave, Atlanta ou seja lá por onde costume circular. Se eles estiverem atrás de você, será que não o alcançarão?

Ele começou a pensar novamente. Remoendo tudo loucamente. Hubble não havia previsto as coisas desse jeito antes. Ontem à tarde, fora um pânico cego. Lidar com o presente não era um mau princípio. Tirando o fato de que logo o futuro viria e seria necessário lidar com ele também.

— Estou esperando pelo melhor — afirmou. — Eu meio que senti que, se quisessem me pegar, poderiam deixar as coisas esfriarem depois de um tempo. Sou muito útil para eles. Espero que pensem nisso. No momento, o que temos é uma situação bastante tensa. Mas as coisas vão ficar mais tranqüilas em breve. Posso muito bem resolver tudo. Se me pegarem, me pegaram. Não ligo para mais nada. É com a minha família que estou preocupado.

Ele parou e deu de ombros. Suspirou. Não era um mau sujeito. Não havia planejado se tornar um grande criminoso. Aquilo virara o seu calcanhar-de-aquiles. Absorveu-o tão sutilmente que ele mal havia notado. Até que quis que tal estigma desaparecesse. Se o cara tivesse muita sorte, eles não quebrariam todos os seus ossos depois da sua morte.

— Quanto a sua esposa sabe? — perguntei.

Ele levantou o rosto. Havia uma expressão de horror em seu rosto.

— Nada — respondeu. — Nem desconfia. Não lhe contei nada. Nada mesmo. Não podia. O segredo é todo meu. Ninguém mais sabe dessa história.

— Você terá que lhe contar alguma coisa. Ela com certeza notou que você não está em casa, limpando a piscina ou fazendo o que quer que costuma fazer no fim de semana.

Só estava tentando deixar as coisas menos pesadas, mas não deu certo. Hubble continuou quieto. Seus olhos se encheram de lágrimas novamente ao pensar no seu quintal iluminado pelo sol do começo do outono. Sua esposa, quem sabe, estaria demonstrando grande afeição pelo roseiral. Seus filhos correndo e gritando. Talvez eles tivessem um cachorro. E uma garagem para três carros com sedãs europeus esperando para ser lavados. Uma cesta de basquete em cima da porta central esperando que o garoto de nove anos de idade crescesse e ficasse forte o bastante para bater a bola pesada. Uma bandeira sobre a varanda. Folhas que caíram prematuramente esperando para ser varridas. A vida familiar num sábado. Mas não neste sábado. Não para este sujeito.

— Talvez ela vá pensar que foi tudo um engano — disse ele. — Talvez tenham lhe contado, não sei. Conhecemos um dos policiais, Dwight Stevenson. Meu irmão casou com a irmã de sua esposa. Não sei o que ele pode ter lhe dito. Creio que terei que lidar com isso na segunda-feira. Vou dizer que foi alguma espécie de engano. Ela irá acreditar. Todo mundo sabe que erros são cometidos.

Ele estava pensando em voz alta.

— Hubble? — perguntei. — O que o sujeito alto fez para merecer levar um tiro na cabeça?

Ele se levantou e encostou na parede. Apoiou o pé na beira do mictório de aço. Olhou para mim. Não ia responder. Hora da grande pergunta.

— E quanto a você? — acrescentei. — O que você fez a eles para merecer um tiro na cabeça?

Essa ele também não iria responder. O silêncio em nossa cela era terrível. Deixei que ele se prolongasse por um tempo. Não conseguia pensar em mais nada para dizer. Hubble bateu com o sapato na latrina de metal. Num ritmo de matraca. Parecia com um *riff* do Bo Diddley.

— Já ouviu falar de Blind Blake? — perguntei a ele.

O sujeito parou de bater e olhou para cima.

— Quem? — retrucou, confuso.

— Deixa pra lá. Vou atrás de um banheiro. Preciso colocar uma toalha molhada na minha cabeça. Está doendo.

— Não é de se surpreender. Vou com você.

Ele estava ansioso demais para ficar sozinho. Era compreensível. Eu seria seu guarda-costas durante o fim de semana. Não que eu tivesse outros planos.

Andamos pelo corredor da carceragem até uma espécie de área aberta no final. Vi a porta de incêndio que Spivey usara na noite anterior. Havia uma entrada no meio dos ladrilhos. Acima dela era possível ver um relógio. Era quase meio-dia. Relógios em prisões são bizarros. Por que contar horas e minutos quando as pessoas pensam em anos e décadas?

A entrada estava apinhada de gente. Fui me metendo no meio com Hubble atrás. O vão dava numa ampla sala quadrada e ladrilhada. Com um cheiro forte de desinfetante. Numa das paredes estava o vão da porta. À esquerda dava para ver uma fileira de boxes com chuveiros. Abertos. Nos fundos havia uma fileira de sanitários em cubículos. Abertos na frente, com divisórias na altura da cintura. À direita via-se uma fileira de pias. Tudo muito comunitário. Nada de mais caso você tenha passado a vida toda no exército, mas Hubble não estava satisfeito. Não era o tipo de coisa com a qual ele estava acostumado.

Tudo era de aço. Tudo que normalmente seria de porcelana era de aço inoxidável. Por questões de segurança. Uma pia de porcelana destruída dava uns bons cacos. Um caco de bom tamanho pode ser uma boa arma. Pelo mesmo motivo, os espelhos em cima das pias eram placas de metal polido. Eram um pouco embaçados, mas serviam bem para o seu fim. Era possível ver seu reflexo neles, mas não dava para quebrá-los e apunhalar alguém com um fragmento.

Fui na direção de uma das pias e abri a água fria. Peguei um chumaço de toalhas de papel no suporte de parede e as umedeci. No mesmo instante as pus sobre a minha testa machucada. Hubble ficou andando em volta sem fazer nada. Fiquei com as toalhas durante um bom tempo e depois peguei mais algumas. A água corria pelo meu pescoço. Aquilo caiu bem. Não havia nenhum dano de verdade. Nada de carne, apenas pele sobre osso duro. Não havia nada que pudesse ser machucado, e o que quer que fosse era impossível de ser quebrado. Era uma curvatura perfeita, a mais forte da natureza. É por isso que eu evito bater em qualquer coisa com as mãos. Elas são muito frágeis. Todos os tipos de ossos pequenos e tendões estão lá. Um soco forte o bastante para derrubar aquele garoto vermelho teria arrebentado a minha mão. Eu teria que me juntar a ele no hospital. Não havia muito sentido nisso.

Sequei meu rosto e inclinei-me para mais perto do espelho de aço a fim de ver o estrago. Nada mau. Penteei o cabelo com os dedos. Enquanto me curvava sobre a pia deu para sentir os óculos escuros no bolso. Os óculos do tal vermelho. O espólio da vitória. Tirei-os e os experimentei. Fiquei olhando para o meu reflexo distorcido.

Enquanto eu estava à toa em frente ao espelho de metal, pude ver o começo de uma espécie de comoção acontecendo atrás de mim. Ouvi um breve aviso de Hubble e me virei. Os óculos refletiam a luz brilhante. Cinco caras brancos arrastavam todos que estavam em seu caminho enquanto adentravam o recinto. Tinham cara de motoqueiros. Usavam o uniforme laranja, é claro, com as mangas arrancadas, mas com adereços de couro preto. Quepes, cintos, luvas abertas onde deveriam estar os dedos. Barbas grandes. Todos os cinco eram homens grandes e pesados, com banhas duras que eram quase músculos — quase. Todos os cinco possuíam tatuagens grosseiras nos braços e nos rostos. Suásticas. Nas faces, debaixo dos olhos e nas testas. A Irmandade Ariana. Uma gangue que era o mais puro lixo branco da prisão.

Tão logo os cinco adentraram o banheiro, os outros ocupantes caíram fora na mesma hora. Aqueles que não entenderam a mensagem eram agarrados e arremessados na direção da porta. Jogados para fora, no meio do corredor. Até mesmo os caras que estavam nus e ensaboados debaixo das duchas. Em poucos segundos, o pequeno banheiro estava vazio. Tirando os cinco motoqueiros, Hubble e eu. Os cinco grandalhões nos cercaram. Eram caras realmente enormes. As suásticas em seus rostos estavam desbotadas. Pintadas mal e porcamente.

Supus que eles tivessem vindo me recrutar. De algum modo queriam se aproveitar do fato de que eu havia nocauteado um dos vermelhos. Reivindicar minha fama bizarra para a sua causa. Transformá-la num trunfo para a irmandade. Mas eu estava errado. Minha suposição estava totalmente furada. Por isso, fiquei vendido. O sujeito no meio dos cinco estava olhando de um lado para outro entre mim e Hubble. Seus olhos se moviam sem parar. E acabaram se fixando em mim.

— Ok, é ele — disse o cara. Olhando bem na minha direção.

Duas coisas aconteceram. Os dois motoqueiros das pontas agarraram Hubble e o levaram até a porta. E o líder da gangue acertou um soco em cheio bem no meu rosto. Só reparei nisso depois. Desviei para a esquerda e ele acertou um segundo no meu ombro. O golpe me fez rodar. E logo alguém me agarrou por trás, pelo pescoço. Eram duas mãos enormes na minha garganta. Estrangulando-me. O manda-chuva se preparou para dar outro soco na boca do meu estômago. Se me pegasse de jeito, eu seria um homem morto. Sabia bem disso. Por isso me inclinei para trás e chutei. Acertei as bolas do sujeito como se estivesse tentando chutar uma bola de futebol para fora do estádio. O meu pisante de Oxford o triturou pra valer. A pancada o atingiu como se fosse uma marreta.

Meus ombros se curvaram enquanto eu erguia o pescoço para resistir ao estrangulamento. Ele estava apertando com força. E eu perdendo a batalha. Por isso levantei as mãos e quebrei seus dedos mínimos. Ouvi as articulações se partindo por sobre os urros nos meus ouvidos. E depois quebrei seus dedos anulares. Mais estilhaços. Como se estivesse destrinchando uma galinha. Ele me largou.

O terceiro sujeito me atacou. Ele era uma montanha sólida de banha. Coberto de nacos pesados de carne. Como se fosse uma armadura. Não havia ponto onde eu pudesse atingi-lo. Ele me esmurrava com golpes curtos no braço e no peito. Eu estava encurralado entre duas pias. A montanha de banha me pressionava. Não havia lugar onde pudesse acertá-lo. Exceto seus olhos. Enfiei o polegar em um de seus globos oculares. Enganchei as pontas dos meus dedos no seu ouvido e apertei. Minha unha empurrava sua retina para o lado. Cravei ainda mais o polegar. Seu globo ocular estava quase para fora. Ele gritava e puxava o meu pulso. Continuei segurando.

O líder estava apoiado num dos joelhos. Chutei seu rosto com força. Errei. No entanto, acertei sua garganta. Esmaguei sua laringe. Ele caiu de novo. Tentei pegar o outro olho do sujeito. Errei. Continuei forçando o meu polegar. Como se estivesse apertando um bife sangrento. Ele caiu. Consegui tirar as costas da parede. O sujeito com os dedos quebrados correu na direção da porta. O que estava com o olho para fora ficou rolando no chão. Gritando. O líder estava sufocando por causa da laringe destruída.

Fui pego por trás novamente. Virei-me. Era um dos vermelhos. Dois, aliás. Fiquei tonto. Agora eu ia desmaiar. Mas eles simplesmente me pegaram e me arrastaram até a porta. As sirenes estavam tocando.

— Sai daqui, cara — gritaram os vermelhos em meio às sirenes. — Isso aqui é nosso. Fomos nós que fizemos. Entendeu? Foram os vermelhos que fizeram isso. Vamos assumir a responsabilidade, meu camarada.

Eles me jogaram no meio da multidão lá fora. Entendi. Iriam dizer que foram eles os responsáveis. Não porque quisessem impedir que eu levasse a culpa. Porque queriam reivindicar o crédito pelo massacre. Pelo triunfo.

Vi Hubble pulando no meio da multidão. Vi guardas. Vi centenas de homens. E vi Spivey. Peguei Hubble e voltamos correndo para a cela. As sirenes estavam berrando. Guardas trombavam nos presos enquanto saíam por uma porta. Dava para ver espingardas e cassetetes. E ouvir o ressoar das botas. Gritos e berros. Sirenes. Corremos para a cela. Caímos em seu interior. Eu estava tonto e ofegante. Havia levado uma surra. As sirenes estavam ficando mais fracas. Não dava para falar. Joguei água no rosto. Os óculos escuros haviam sumido. Deviam ter caído.

Ouvi gritos na porta. Virei-me e vi Spivey. Gritava para que saíssemos. O sujeito entrou esbaforido na cela. Peguei meu casaco que estava em cima do beliche. Spivey pegou Hubble pelo cotovelo. Depois me agarrou e nos empurrou para fora dali. Gritava para que corrêssemos. As sirenes estavam tocando. Conduziu-nos até a porta de emergência de onde os guardas haviam saído. Empurrou-nos e fez com que subíssemos as escadas. Subimos cada vez mais. Meus pulmões estavam pedindo arrego. Havia uma porta no topo da escada, pintada com um enorme número seis. Adentramos por ela fazendo um estrondo. Ele nos guiou em meio a uma fileira de celas. Empurrou-nos para dentro de uma que estava vazia e fechou a porta de ferro. Ela bateu e trancou. Spivey saiu. Caí em cima da cama num só baque, com os olhos fechados.

Quando os abri novamente, Hubble estava sentado numa cama, olhando para mim. Estávamos numa grande cela. Provavelmente com o dobro do tamanho da outra. Duas camas separadas, uma de cada lado. Uma pia, uma privada. Uma parede de barras. Tudo era mais brilhante e limpo. E estava tudo muito calmo. O ar cheirava melhor. Aquele era o andar dos detidos. O sexto andar. Era nele que deveríamos ter estado o tempo todo.

— O que diabos aconteceu com você lá dentro? — perguntou Hubble.

Simplesmente dei de ombros. Um carrinho com uma refeição apareceu do lado de fora da cela. Foi trazido por um homem branco e idoso. Não era um guarda e sim uma espécie de assistente. Parecia mais um velho garçom de transatlântico. E passou uma bandeja por entre uma fenda retangular no meio das barras. Com pratos cobertos, xícaras de papel e uma garrafa térmica. Comemos sentados em nossas camas. Bebi todo o café. E depois percorri a cela. Sacudi a porta. Estava trancada. O sexto andar era calmo e tranqüilo. Uma cela grande e limpa. Camas separadas. Um espelho. Toalhas. Sentia-me bem melhor ali.

Hubble colocou o que sobrou da refeição na bandeja e a empurrou para fora, por debaixo da porta, no corredor. Deitou em sua cama. Colocou as mãos por baixo da cabeça. Olhou para o teto. Ficou fazendo hora. Eu fiz o mesmo. Mas estava entretido com pensamentos. Porque os caras, definitivamente, nos submeteram a um processo de seleção. Avaliaram a mim e ao meu colega e me escolheram. Com certeza me escolheram. E depois tentaram me estrangular.

Eles teriam me matado. Exceto por uma coisa. O cara com as mãos em volta do meu pescoço havia cometido um erro. Ele me pegara por trás, o que era uma vantagem, e tinha força e tamanho suficientes. Mas não chegou a dobrar os dedos. A melhor maneira de enforcar alguém é colocar os polegares na nuca da vítima e os outros dedos dobrados na frente do pescoço. E é muito melhor usar a pressão das articulações, não a dos dedos. O sujeito deixou os dedos soltos e esticados. Por isso consegui pegá-los e quebrá-los. Seu erro salvou minha vida. Não tenho dúvida quanto a isso.

Assim que ele foi neutralizado, ficaram dois contra um. E eu jamais teria problema com esse tipo de vantagem.

Mas ainda assim aquela foi uma tentativa clara de acabar comigo. Eles vieram, me escolheram e tentaram me matar. E Spivey, por acaso, estava do lado de fora do banheiro. Ele havia armado tudo. E contratou a Irmandade Ariana para me detonar. Ordenara o ataque e ficou esperando, pronto para entrar em cena e me encontrar morto.

E havia planejado tudo ontem, antes das dez da noite. Isso estava claro. Foi por essa razão que nos deixou no andar errado. No terceiro, não no sexto. Num andar para condenados, não no dos detidos. Todos sabiam que devíamos ter ficado no andar dos detidos. Os dois guardas que vimos na recepção na noite passada estavam totalmente avisados quanto a isso. Estava escrito em suas pranchetas malconservadas. Mas, às dez horas, Spivey nos deixou no terceiro andar, onde ele sabia que eu poderia morrer. Mandou os arianos me atacarem ao meio-dia do dia seguinte. E estava esperando do lado de fora do banheiro na mesma hora, pronto para irromper subitamente. Pronto para ver meu corpo estendido nos ladrilhos.

Mas então seu plano foi por água abaixo. Eu não fui morto. Os arianos foram derrotados. Os vermelhos entraram em cena para tirar proveito da situação. A desordem estava instalada. Um tumulto começava. Spivey entrou em pânico. Apertou os botões de alarme e chamou os pelotões de choque. Tirou-nos correndo daquele andar, levou-nos para o sexto, e ficamos aqui. De acordo com toda a papelada, foi no sexto andar que permanecemos o tempo todo.

Foi uma bela retirada. Fez com que eu ficasse imune a qualquer tipo de contusão enquanto durasse a investigação. Spivey optou pela retirada, pois ela indicava que nunca estivemos lá. O sujeito tinha dois capangas com ferimentos graves nas mãos, quem sabe até um homem morto. Imagino que o chefão da gangue deva ter sufocado até a morte. Spivey deve saber que fui o responsável por isso. Mas não podia dizer nada agora. Pois, de acordo com ele, eu nunca estive lá.

Deitei na cama e fiquei olhando para o teto de concreto. Respirei suavemente. O plano era claro. Não havia dúvida alguma quanto ao que Spivey estava planejando. A retirada foi coerente. Um plano abortado com uma bela opção de fuga. Mas por quê? Não dava para entender. Digamos que o estranho tivesse dobrado os dedos. Eles teriam me pego. Eu estaria morto. Jogado no chão do banheiro com minha língua grande e inchada para fora. Spivey teria entrado em cena e me encontrado. Por quê? O que passava pela cabeça de Spivey? O que ele tinha contra mim? Eu nunca o vira antes. Jamais estive perto dele ou de sua maldita prisão. Por que diabos tinha que organizar um plano meticuloso para me matar? Eu não sabia nem por onde começar a pensar.

8

HUBBLE DORMIU POR ALGUM TEMPO NA cama oposta à minha. Até que se mexeu e se levantou. Ficou se contorcendo. Por um instante parecia desorientado, até se lembrar de onde estava. Tentou ver que horas seu relógio marcava, mas só viu uma faixa de pele branca onde devia estar um pesado Rolex. Levou as mãos ao nariz e se lembrou de que havia perdido os óculos. Suspirou e deixou a cabeça cair para trás sobre o travesseiro listrado da prisão. Que sujeito infeliz.

Dava para entender o seu medo. Ele também parecia derrotado. Como se tivesse jogado dados e perdido. Como se estivesse certo de que algo iria acontecer e não aconteceu, o que fez com que voltasse a ficar em desespero.

Então eu também comecei a entender tudo.

— O cara que morreu estava tentando ajudar você, não? — perguntei.

A pergunta o assustou.

— Não posso lhe contar isso, ou posso? — respondeu.

— Preciso saber. Talvez você tenha se aproximado do sujeito em busca de ajuda. Talvez tenha conversado com ele. Talvez tenha sido por causa disso que ele foi morto. Talvez tenha chegado a hora de você começar a contar as coisas para mim. O que pode fazer com que eu seja morto também.

Hubble acenou com a cabeça e ficou se remexendo de um lado para outro em sua cama. Respirou fundo. Olhando bem na minha direção.

— Ele era um investigador — afirmou. — Eu o trouxe até aqui porque queria que tudo isso parasse. Não quero mais me envolver. Não sou criminoso. Estou morrendo de medo de tudo e quero sair fora. Ele iria me tirar dessa e acabar com toda a farsa. Mas, não sei por quê, acabou vacilando; agora está morto e jamais vou conseguir sair dessa roubada. Se descobrirem que fui eu que o trouxe até aqui, eles irão me matar. E, se não me matarem, provavelmente acabarei ficando uns mil anos na cadeia, pois agora toda essa merda está bem exposta e muito perigosa.

— Quem era o cara? — perguntei.

— Ele não tinha nome. Apenas um código de contato. Dizia que era mais seguro agir dessa maneira. Não acredito que o pegaram. Ele parecia ser um sujeito capaz. Para falar a verdade, você me lembra muito ele. Também parece ser bastante competente.

— O que ele estava fazendo lá no armazém?

Hubble deu de ombros e balançou a cabeça.

— Não entendi o que houve. Coloquei-o em contato com outro sujeito e ele iria encontrá-lo por lá, mas será que não deviam atirar nos dois? Não entendo por que só pegaram um deles.

— Quem era o outro sujeito com o qual ele estava se encontrando?

Ele parou e balançou a cabeça mais uma vez.

— Já falei demais. Devo estar maluco. Eles vão me matar.

— Quem está por trás de tudo isso? — insisti.

— Você não ouviu? Não vou dizer mais nenhuma palavra.

— Não quero nomes. É coisa grande?

— Enorme. O maior lance do qual você já ouviu falar.

— Quantas pessoas estão envolvidas?

Ele deu de ombros e pensou um pouco. Contou de cabeça.

— Dez. Sem contar comigo.

Olhei para ele e também dei de ombros.

— Dez pessoas. Não me parece grande coisa.

— Bem, há gente contratada para dar apoio. Estão por perto quando são necessários. O que quero dizer é que há um núcleo de dez pessoas por aqui. Dez pessoas que sabem de tudo, sem contar comigo. É um negócio muito fechado, mas, pode acreditar, é coisa grande.

— E quanto ao sujeito que você enviou para encontrar o investigador? Ele é uma das dez pessoas?

Hubble balançou a cabeça.

— Também não estou contando com ele.

— Então há você, ele e mais dez? Uma espécie de grande jogada.

Ele acenou com a cabeça de um jeito carrancudo.

— A maior coisa da qual você já ouviu falar — repetiu ele.

— E no momento está tudo muito exposto? Por quê? Por causa do que esse tal investigador andou descobrindo?

Hubble balançou a cabeça novamente. E estremecia como se minhas perguntas o estivessem ferindo.

— Não — respondeu. — Por outro motivo completamente diferente. É como se uma janela de vulnerabilidade estivesse completamente escancarada. Está tudo desnudo. O negócio já foi muito arriscado e as coisas estão piorando a cada instante. Mas agora tanto faz. Se a atravessarmos, ninguém irá saber de nada. Mas, se não o fizermos, será o maior escândalo do qual você já ouviu falar, pode acreditar. De qualquer jeito, podemos escapar por pouco.

Olhei para ele. Hubble não me parecia o tipo de sujeito que poderia provocar o maior escândalo do qual eu já ouvi falar.

— Quanto tempo essa vulnerabilidade irá durar? — perguntei.

— Está quase acabando. Talvez mais uma semana. Aposto que será na próxima semana. No domingo que vem. Talvez eu viva para ver isso.

— Então quer dizer que no domingo que vem você não estará mais vulnerável? Por que não? O que irá acontecer no próximo domingo?

Ele balançou a cabeça e virou o rosto. Era como se não pudesse me ver e eu não estivesse lá fazendo perguntas.

— O que quer dizer Pluribus? — perguntei.

Hubble não respondeu. Só ficou sacudindo a cabeça. Seus olhos estavam fechados de tanto medo.

— Isso é um código ou coisa parecida? — insisti.

Ele não estava me ouvindo. A conversa havia terminado. Desisti e voltamos ao mais profundo silêncio. Isso me caiu muito bem. Não queria saber de mais nada. No final das contas, não queria saber de nada. O fato de estar de fora e de conhecer os envolvimentos de Hubble não parecia ser uma combinação muito inteligente. Não fez muito bem para o tal sujeito de cabeça raspada. Não estava interessado em partilhar do mesmo destino, ou seja, morrer no portão de um armazém, parcialmente escondido debaixo de uma velha folha de papelão, com dois buracos na cabeça e todos os meus ossos esmigalhados. Só queria fazer o tempo passar até segunda-feira e depois me mandar. Até o domingo seguinte eu planejava já estar, de fato, bem longe daqui.

— Ok, Hubble. Chega de perguntas.

Ele deu de ombros e acenou com a cabeça. Ficou um bom tempo sentado em silêncio. E depois começou a falar, calmamente, com a voz cheia de resignação:

— Obrigado. Melhor assim.

Fiquei rolando no colchão estreito tentando flutuar para alguma espécie de limbo. Mas Hubble estava inquieto. Ele se agitava, se virava e dava suspiros contidos. Estava prestes a me deixar irritado novamente. Virei-me para encará-lo.

— Desculpe — disse ele. — Estou muito nervoso. Iria me fazer muito bem conversar com alguém. Eu enlouqueceria se tivesse que ficar aqui sozinho. Será que não podemos falar de outra coisa? E quanto a você? Fale-me sobre a sua vida. Quem é você, Reacher?

Dei de ombros enquanto me voltava em sua direção.

— Não sou ninguém. Só um sujeito de passagem. Na segunda-feira já estarei longe.

— Ninguém é ninguém. Todos nós temos uma história. Conte-me a sua.

Então fiquei falando por um tempo, deitado na minha cama, repassando os acontecimentos dos últimos seis meses. Ele se deitou e ficou olhando para o teto de concreto, ouvindo, tentando desviar sua mente dos problemas. Contei-lhe sobre quando deixei o Pentágono. Washington, Baltimore, Filadélfia, Nova York, Boston, Pittsburgh, Detroit, Chicago. Museus, concertos, hotéis baratos, bares, ônibus e trens. Solidão. Viajando pela região onde nasci como se fosse um turista qualquer. Vendo a maior parte das coisas pela primeira vez na vida. Olhando para a história que eu aprendera em salas de aula empoeiradas a meio mundo de distância. Observando os grandes acontecimentos que haviam moldado a nação. Campos de batalha, fábricas, declarações, revoluções. Procurando pelas coisas pequenas. Locais de nascimento, clubes, estradas, lendas. As coisas grandes e pequenas que supostamente deveriam representar um lar. Eu havia encontrado algumas delas.

Falei para Hubble sobre as longas viagens em meio a planícies e deltas intermináveis no caminho que vai de Chicago a Nova Orleans. Sobre quando percorri calmamente a Costa do Golfo até Tampa. Até pegar o ônibus que me levaria para o Norte na direção de Atlanta. A decisão maluca de saltar perto de Margrave. A longa caminhada que fiz no meio da chuva ontem de manhã. Atrás de uma fantasia. Seguindo um incerto bilhete do meu irmão dizendo que ele esteve em um lugarejo qualquer onde Blind Blake pode ter morrido há cerca de sessenta anos. Enquanto lhe falava sobre isso, me senti um grande idiota. Hubble estava brigando com um pesadelo enquanto eu fazia uma peregrinação sem sentido. Mas ele entendeu meu anseio.

— Fiz isso uma vez — lembrou. — Na nossa lua-de-mel. Fomos para a Europa. Paramos em Nova York e eu passei metade do dia procurando o Edifício Dakota, sabe, onde John Lennon foi assassinado. Depois disso, passamos três dias na Inglaterra, andando por Liverpool, procurando o Cavern Club. Onde os Beatles surgiram para o mundo. Não consegui encontrá-lo, acho que foi demolido.

Ficamos conversando por mais algumas horas. Falamos sobre viagens durante grande parte do tempo. Ele havia feito um monte delas junto com a esposa. Aproveitaram bastante. Estiveram em várias partes do mundo: Europa, México, Caribe. Percorreram todos os Estados Unidos e o Canadá. Divertiram-se muito.

— Você nunca se sente solitário? — perguntou. — Viajando sozinho o tempo todo?

Respondi que não, que gostava de andar por aí por conta própria. Disse a ele que gostava da solidão, do anonimato. Invisibilidade.

— O que você quer dizer com invisibilidade? — insistiu Hubble. Ele parecia interessado.

— Viajo pelas estradas. Sempre pelas estradas. Ando um pouco e entro num ônibus. Às vezes trens. Sempre pago tudo em dinheiro vivo. Desse jeito, nunca deixo provas impressas pelo caminho. Nada de transações com cartões de crédito, nem listas de passageiros. Nada. Ninguém pode me rastrear. Nunca digo o meu nome para ninguém. Se fico num hotel, pago em dinheiro e invento um codinome.

— Por quê? Quem diabos está atrás de você?

— Ninguém. Só faço isso para me divertir um pouco. Gosto do anonimato. Sinto-me como se estivesse burlando o sistema. E, no momento, estou verdadeiramente de saco cheio de paradigmas.

Vi que ele estava voltando a afundar em pensamentos. Ficou meditando durante um bom tempo. Dava para vê-lo murchando enquanto lutava contra problemas que não iam embora. Dava para ver seu pânico indo e vindo como a maré.

— Então me diga o que devo fazer em relação a Finlay — pediu ele. — Quando me perguntar sobre a confissão, direi que estava estressado por causa de uma situação profissional qualquer. Uma concorrência, ameaças contra a minha família. Direi também que não sei nada sobre o homem que morreu e nada em relação ao número de telefone. Negarei tudo. E depois tentarei acalmar as coisas. O que você acha?

Achei que parecia um plano verdadeiramente tolo.

— Diga-me uma coisa — pedi. — Não precisa me dar mais nenhum detalhe. Você exerce alguma função que seja útil para eles? Ou é apenas uma espécie de espectador?

Ele pôs os dedos na cabeça e pensou por um instante.

— Sim, exerço tal função — respondeu Hubble. — Crucial até.

— E se você não estivesse lá para executá-la? — perguntei. — Será que teriam que recrutar uma outra pessoa?

— Sim, teriam. E seria um tanto difícil fazer isso, dadas as especificidades da função.

Ele analisava suas chances de permanecer vivo como se estivesse avaliando uma operação de crédito no seu escritório.

— Ok — concluí. — Seu plano é o melhor que você pode ter. Vá em frente.

Não conseguia ver o que mais ele poderia fazer. O sujeito era uma pequena engrenagem numa espécie de grande operação. Mas uma engrenagem fundamental. E ninguém estraga uma grande operação sem motivo aparente. Com isso seu futuro estava, de fato, definido. Se chegassem a supor que fora ele que trouxera o investigador de fora, isso poderia significar a sua morte. Mas, se nunca descobrissem isso, ele estaria totalmente seguro. Simples assim. Concluí que ele tinha boas chances, devido a uma argumentação bastante convincente.

Hubble havia confessado por que achava que a prisão era uma espécie de santuário seguro onde não poderiam encontrá-lo. Isso era parte do pensamento que estava por trás de tudo. Era um mau pensamento. Ele estava errado. Não estava seguro contra ataque nenhum, muito pelo contrário. Poderiam tê-lo pego se assim o quisessem. Mas o outro lado dessa moeda era que ele não havia sido atacado. Pelo que aconteceu, quem foi fui eu. Não Hubble. Por isso, concluí que havia evidências de que, com ele, estava tudo bem. Ninguém estava à sua caça, pois, se quisessem matá-lo, poderiam fazê-lo agora ou já o teriam feito. Mas não o fizeram. Muito embora aparentemente estivessem no momento muito ansiosos por causa de alguma espécie de risco temporário. Isso parecia uma prova. Comecei a pensar que tudo estava bem.

— Sim, Hubble — repeti. — Vá em frente, é o melhor que você pode fazer.

A cela permaneceu trancada o dia inteiro. O andar estava silencioso. Deitamos em nossas camas e passamos o resto da tarde divagando. Não falamos mais. Já havíamos botado tudo para fora. Eu estava cansado e lamentava não ter trazido aquele jornal da delegacia de Margrave comigo. Poderia lê-lo inteiro novamente. Tudo sobre o que o presidente estava fazendo para cortar despesas com a prevenção ao crime a fim de que pudesse ser reeleito. Economizar um dólar para que pudesse gastar dez em prisões como esta.

Quando já eram quase sete horas, o velho assistente veio com o jantar. Comemos. Ele retornou e pegou a bandeja de volta. Ficamos divagando em meio à noite vazia. Às dez, a força foi desligada e ficamos na escuridão. A noite havia caído. Fiquei com os sapatos nos pés e dormi levemente. Apenas no caso de Spivey ter mais algum plano para mim.

Às sete da manhã as luzes voltaram. Era domingo. Acordei cansado, mas forcei a barra para levantar e fazer um pouco de alongamento, a fim de aliviar o meu corpo dolorido. Hubble estava desperto, porém em silêncio. Ficou me observando vagamente enquanto eu fazia meus exercícios. Ainda divagando. O café da manhã chegou antes das oito. O mesmo sujeito idoso arrastando o carrinho com a refeição. Devorei o desjejum e tomei o café. Enquanto terminava de beber, a tranca soou e a porta foi acionada. Eu a abri, saí e esbarrei num guarda que vinha em nossa direção.

— Hoje é o seu dia de sorte — disse o guarda. — Vocês estão indo embora.

— Nós? — perguntei.

— Vocês dois. Reacher e Hubble, soltos por ordem da delegacia de Margrave. Estejam prontos em cinco minutos, tá legal?

Voltei para a cela. Hubble estava tenso. Não havia tomado o café da manhã. Parecia mais preocupado do que nunca.

— Estou com medo — disse ele.

— Você vai ficar bem.

— Será? Assim que eu sair daqui eles terão como me pegar.

Balancei a cabeça.

— Teria sido mais fácil para eles pegá-lo aqui dentro. Acredite em mim, se quisessem matá-lo, você já estaria morto. Você está livre de suspeitas, Hubble.

Ele acenou positivamente para si mesmo e se sentou. Peguei meu casaco e ficamos em pé do lado de fora da cela, esperando. O guarda voltou cinco minutos depois. Ele nos conduziu por um corredor e atravessamos dois portões que estavam trancados. Colocou-nos num elevador que havia nos fundos. Deu um passo à frente e usou sua chave para nos fazer descer. E deu um passo para trás assim que as portas começaram a se fechar.

— Até logo — despediu-se o sujeito. — Vejam se não voltam.

O elevador nos levou até um saguão. Depois saímos e fomos dar num pátio quente de concreto. A porta da prisão bateu nas nossas costas. Eu estava em pé, com a cara virada para o sol, e respirava o ar do lado de fora. Devia estar parecido com um daqueles sujeitos de filmes velhos e cafonas que são soltos depois de passar um ano na solitária.

Havia dois carros estacionados no pátio. Um era um sedã grande e negro, um Bentley inglês, fabricado há, quem sabe, vinte anos, mas com cara de novo. Havia uma loura em seu interior, e imaginei que fosse a esposa de Hubble, pois ele correu para seus braços como se fosse a coisa mais doce que já tinha visto na vida. No outro carro estava a oficial Roscoe.

Ela saiu e veio na minha direção. Estava maravilhosa. Sem uniforme. Usava um jeans e uma camiseta leve de algodão. E uma jaqueta de couro. Um rosto calmo e inteligente. Cabelo macio e escuro. Olhos grandes. Eu a havia achado bela na sexta-feira. Estava certo.

— Olá, Roscoe — saudei-a.

— Oi, Reacher — disse ela, e sorriu.

Sua voz era maravilhosa. Seu sorriso era demais. Fiquei olhando-a enquanto me detinha no seu rosto, o que durou um bom tempo. À nossa frente, os Hubble seguiram no Bentley e acenaram. Acenei de volta e fiquei me perguntando como as coisas iriam ficar para eles. Eu provavelmente jamais iria saber, a não ser que não dessem sorte e eu acabasse lendo alguma coisa sobre ambos num jornal qualquer.

Roscoe e eu entramos no carro. Não era realmente seu, como ela bem explicou, mas um veículo não emplacado que estava usando e que pertencia à delegacia. Um Chevy que parecia ter saído da fábrica, grande, arrojado e silencioso. Ela deixou o motor e o ar condicionado ligados. Por essa razão o interior do automóvel estava frio. Saímos do pátio de concreto e desviamos a fim de atravessar as gaiolas de arame para veículos. Assim que saímos da última gaiola, Roscoe virou o volante e começamos a voar pela estrada. A frente do carro se ergueu e a traseira arriou sobre a suspensão macia. Nem sequer olhei para trás. Fiquei apenas sentado onde estava, sentindo-me bem. Sair da prisão é uma das boas sensações da vida. Assim como não saber o que o futuro reserva. Assim como viajar silenciosamente por uma estrada ensolarada com uma bela mulher ao volante.

— E então, o que houve? — perguntei, um quilômetro depois. — Diga-me.

A moça me contou uma história sem fazer rodeios. Eles haviam começado a trabalhar no meu álibi na noite de sexta-feira. Ela e Finlay. Numa sala escura da delegacia. Com duas luzes acesas em cima da mesa. Blocos de papel. Xícaras de café. Catálogos telefônicos. Ambos com fones no ouvido, mastigando lápis. Vozes baixas. Investigações meticulosas. Uma cena na qual eu já me vira umas mil vezes.

Eles ligaram para Tampa e Atlanta e, por volta da meia-noite, haviam entrado em contato com um passageiro do meu ônibus e com o bilheteiro do guichê da estação rodoviária de Tampa. Ambos se lembraram de mim. E depois também encontraram o motorista. Ele confirmou que havia parado no trevo de Margrave para me deixar, às oito da manhã de sexta-feira. À meia-noite, meu álibi parecia tão sólido quanto uma rocha, como eu disse que seria.

No sábado de manhã, chegou um longo fax do Pentágono com a minha folha de serviços prestados. Treze anos da minha vida reduzidos a uns poucos rolos de fax. Parecia a vida de uma outra pessoa, mas dava sustentação à minha história. Finlay ficara impressionado com o relato. Depois, minhas impressões digitais voltaram do banco de dados do FBI. Elas haviam sido identificadas pelo incansável computador às duas e meia da madrugada. Exército dos Estados Unidos, impressas por ocasião da convocação para o serviço militar, há treze anos. Meu álibi era sólido, e meu passado havia sido checado.

— Finlay ficou satisfeito — disse-me Roscoe. — Você é quem diz que é, e à meia-noite de quinta-feira estava a mais de seiscentos quilômetros daqui. Isso está claro. Ele ligou novamente para o médico-legista para ver se havia uma outra posição quanto à hora da morte. Mas não, meia-noite ainda era uma dedução precisa.

Balancei a cabeça. Finlay era um cara muito cauteloso.

— E quanto ao morto? — perguntei. — Você tirou suas impressões novamente?

Ela se concentrou para ultrapassar um caminhão. Era o primeiro veículo que víamos em quinze minutos. Depois, a beldade olhou para o lado e acenou com a cabeça.

— Finlay me disse que você queria que eu fizesse isso — disse ela. — Por quê?

— Elas voltaram rápido demais para um resultado negativo — afirmei.

— Rápido demais?

— Você me disse que havia um sistema de pirâmide, correto? Os dez primeiros, depois os cem primeiros, os mil primeiros, descendo cada vez mais, não é?

Ela acenou novamente com a cabeça.

— Então me tome como exemplo — sugeri. — Estou no banco de dados, mas estou quase na base da pirâmide. Você acabou de dizer que demorou quatorze horas para que o sistema me encontrasse, certo?

— Certo — disse ela. — Mandei suas impressões ao meio-dia e meia, mais ou menos, na hora do almoço, e elas foram checadas às duas e meia da manhã.

— Ok — afirmei. — Catorze horas. Então, se leva todo esse tempo para chegar quase à base da pirâmide, vai levar mais ainda para se chegar lá embaixo. Isso é lógico, não?

— Certo — concordou Roscoe.

— Mas o que aconteceu com esse cara que morreu? Se o corpo foi encontrado às oito horas, quando foi que as impressões entraram? Oito e meia, no mínimo. Mas Baker estava me dizendo que ainda não a haviam identificado enquanto falavam comigo às duas e meia. Lembro-me da hora, pois estava olhando para o relógio. Foram apenas seis horas. Se levou quatorze horas para descobrir que eu não estava lá, como o sistema poderia levar apenas seis horas para dizer que o defunto não estava?

— Meu Deus. Você tem razão. Baker deve ter se atrapalhado. Finlay pegou as impressões e Baker as enviou. Ele deve ter se confundido na hora de escaneá-las. É necessário ter cuidado, ou elas acabam não sendo transmitidas com clareza. Se o scan não é claro, o banco de dados tenta decifrá-lo e depois ele volta como ilegível. Baker deve ter pensado que isso significava um resultado nulo. Os códigos são semelhantes. De qualquer maneira, eu as enviei novamente. Logo teremos uma posição.

Seguíamos para leste enquanto Roscoe me contava que havia pressionado Finlay ontem à tarde para que me tirasse de Warburton imediatamente. Finlay resmungara e concordara, mas havia um problema. Eles teriam que esperar até hoje, pois ontem à tarde a prisão de Warburton acabara de ser fechada. Haviam dito a Finlay que houve uma certa confusão num dos banheiros. Um condenado estava morto, um havia perdido um olho, uma rebelião em grande escala havia começado, e gangues brancas e negras estavam em guerra.

Fiquei ali sentado ao lado de Roscoe, vendo o horizonte se descortinando. Eu havia assassinado um homem e deixado outro cego. Agora teria que enfrentar meus sentimentos. Mas não sentia muita coisa. Nada, na verdade. Nada de culpa ou remorso. Nada. Sentia-me como se tivesse perseguido duas baratas e pisado em ambas dentro daquele banheiro. Mas, pelo menos, baratas eram criaturas racionais e evoluídas. Aqueles arianos no banheiro eram piores do que vermes. Eu havia chutado um deles bem no pescoço, que sufocou com a laringe esmagada. Grandes merdas. Foi ele que começou, não foi? Atacar-me foi como abrir uma porta proibida. O que o esperava do outro lado era problema dele. O risco era seu. Se ele não gostou, não deveria ter empurrado a maldita porta. Dei de ombros e esqueci tudo. E olhei para Roscoe.

— Obrigado — agradeci. — Estou falando sério. Você trabalhou duro para me ajudar a sair.

Ela recusou minhas desculpas com um rubor e um gesto sutil e continuou a dirigir. Eu estava começando a gostar muito da moça. Mas provavelmente não o suficiente para me impedir de dar o fora da Geórgia o mais rápido possível. Talvez eu ficasse mais uma ou duas horas e depois pedisse a ela para que me levasse até uma estação rodoviária qualquer.

— Quero levar você para almoçar — anunciei. — É uma espécie de agradecimento.

Roscoe ficou pensando nisso durante uns quinhentos metros e depois sorriu para mim.

— Ok — respondeu.

Ela deu uma guinada para a direita sobre a estrada do condado e acelerou para o sul, rumo a Margrave. Passou pelo novo e luminoso estabelecimento do Eno e seguiu rumo ao centro da cidade.

9

FIZ COM QUE ELA DESSE UMA PARADA NA DELEgacia e trouxesse o saco plástico onde fora colocado o meu dinheiro. Depois seguimos e ela me largou no centro de Margrave. Combinei de encontrá-la na delegacia em poucas horas. Fiquei em pé na calçada, debaixo do sol ardente e matinal do domingo, e acenei, deixando-a ir embora. Sentia-me muito melhor assim. Podia me movimentar novamente. Iria checar a história de Blind Blake, levar Roscoe para almoçar e depois me mandar da Geórgia para nunca mais voltar.

Por isso passei algum tempo passeando e olhando a cidade, fazendo as coisas que deveria ter feito na tarde de sexta-feira. Não era um lugar lá muito grande. A velha estrada do condado percorria toda a sua extensão, de norte a sul, e por cerca de quatro quarteirões era identificada como rua principal. Aqueles quatro quarteirões possuíam pequenas lojas e escritórios, um de frente para o outro ao longo da extensão da via, separados por pequenas ruelas que davam nos fundos dos prédios. Vi um pequeno armazém, uma barbearia, uma alfaiataria, um consultório médico, o escritório de um advogado e a sala de um dentista. Atrás dos prédios comerciais havia uma área verde cercada por estacas brancas e árvores ornamentais. Na rua, as lojas e escritórios possuíam toldos que cobriam as calçadas. Havia bancos nas calçadas, só que estavam vazios. O lugar, num todo, estava deserto. Domingo de manhã, a quilômetros de qualquer parte.

A rua principal seguia para o norte, reta como a aresta de um dado, cruzando algumas centenas de metros de verde até a delegacia e os bombeiros, e daria na Cantina do Eno se eu avançasse mais uns oitocentos metros. Mais alguns quilômetros depois havia a curva à esquerda para Warburton, onde estava a prisão. Ao norte daquele cruzamento, não havia nada na estrada até os armazéns e o trevo da rodovia, a vinte e dois quilômetros vazios de onde estou.

Nos confins da cidade, ao sul, dava para ver uma pequena campina com uma estátua de bronze e uma rua residencial que seguia para oeste. Estava passeando por lá e vi uma discreta placa verde onde se lia: BECKMAN DRIVE. A rua de Hubble. Não dava para ver nada a distância, pois logo à frente ela se abria para a esquerda e para a direita, contornando uma ampla praça gramada com uma grande igreja branca de madeira no centro. A igreja era contornada por cerejeiras, e a relva estava cercada de carros pintados com cores suaves e estacionados em filas organizadas. Dava para ouvir o som do órgão e das pessoas cantando.

A estátua na praça era em homenagem a Caspar Teale, que fizera uma coisa ou outra há cerca de cem anos. Mais ou menos em frente à Beckman Drive, do outro lado, havia uma outra rua residencial, que seguia para leste, com uma loja de conveniência na esquina. E era só. Não era uma grande cidade. Não acontecia muita coisa por lá. Demorei menos de trinta minutos para explorar tudo que o lugar tinha para oferecer.

Era a cidade mais imaculada que eu já havia visto. Era incrível. Cada prédio era novinho em folha ou havia sido restaurado recentemente. As ruas eram lisas que nem vidro e as calçadas, planas e limpas. Nada de buracos, frestas ou calombos. Os pequenos escritórios e lojas pareciam que eram repintados toda semana. Os gramados, plantas e árvores eram cortados com perfeição. A estátua de bronze do velho Caspar Teale parecia que era lambida todo dia até ficar limpa. A pintura da igreja era tão brilhante que fazia os meus olhos arderem. As bandeiras tremulavam para todo lado, com um branco que cintilava e um azul e um vermelho que ardiam à luz do sol. O lugar no todo era tão asséptico que podia deixar qualquer um nervoso caso deixasse uma impressão digital sujando uma parede qualquer.

A loja de conveniência na esquina a sudoeste estava vendendo o tipo de coisa que servia como um bom pretexto para estar aberta num domingo de manhã. Aberta, mas não movimentada. Não havia ninguém lá dentro, exceto o sujeito atrás da caixa registradora. Mas ele tinha café. Sentei-me em um dos bancos no pequeno balcão, pedi uma caneca grande e comprei o jornal.

A foto do presidente ainda estampava a primeira página do jornal. Agora ele estava na Califórnia. Explicava para empreiteiros militares por que seus vencimentos vinham diminuindo cada vez mais depois de cinqüenta anos gloriosos. O choque que veio depois do seu anúncio relativo à guarda costeira de Pensacola ainda estava ressoando. Os barcos voltaram para seus portos no sábado à noite. Não sairiam novamente sem novas verbas. Os editorialistas estavam revoltados.

Parei de ler e levantei os olhos quando ouvi a porta se abrir. Uma mulher entrou. Sentou num banco que ficava na ponta oposta do balcão. Tinha mais idade do que eu, devia ter uns quarenta anos. O cabelo era escuro, bem ralo, e estava usando um traje preto bem sofisticado. Sua pele era muito branca. Tão clara que quase brilhava. Movia-se numa espécie de tensão nervosa. Dava para ver que os tendões de seus pulsos eram finos que nem barbantes. E dava também para perceber que havia uma tensão pavorosa em seu rosto. O sujeito do balcão foi até onde a freguesa estava e ela pediu café num tom de voz tão baixo que mal dava para ouvi-la, muito embora estivesse bem próxima a mim e num ambiente silencioso.

Ela não ficou por muito tempo. Bebeu metade do seu café, enquanto ficava o tempo todo olhando para a janela. Eis que então uma enorme picape negra parou em frente e a fez estremecer. Era uma picape que parecia saída da fábrica de tão nova e, obviamente, jamais havia carregado nada que valesse a pena carregar. Vislumbrei o motorista enquanto ele se esticava para levantar a tranca da porta. Era uma pinta meio braba. Bem alto. Ombros largos e pescoço troncudo. Cabelos escuros. Pêlos negros ao longo dos braços longos com músculos salientes. Talvez tivesse uns trinta anos. A mulher pálida escorregou do seu banco como se fosse um fantasma e se levantou. Engoliu em seco. Enquanto ela abria a porta da loja, pude ouvir o ronco de um motor grande trabalhando. A mulher entrou na picape, mas o automóvel não saiu do lugar. Ficou ali no meio-fio. Girei no meu banco e encarei o sujeito.

— Quem é ela? — perguntei ao balconista.

O sujeito me olhou como se eu fosse de outro planeta.

— Aquela é a Sra. Kliner. Você não conhece os Kliner?

— Já ouvi falar deles. Sou novo na cidade. Os Kliner são donos dos armazéns perto da rodovia, certo?

— Isso. E de muito mais coisas. O Sr. Kliner é poderoso por aqui.

— É mesmo?

— Claro. Já ouviu falar da fundação?

Balancei a cabeça. Terminei de tomar o meu café e devolvi a caneca para que fosse enchida de novo.

— Kliner criou a Fundação Kliner. Ela trouxe vários tipos de benefícios para a cidade. Veio para cá há cinco anos; desde então, todo dia parece que é Natal.

Acenei com a cabeça.

— Está tudo bem com a Sra. Kliner? — perguntei.

Ele acenou positivamente enquanto enchia a minha caneca.

— Ela é doente. Muito doente. Viu como está pálida? Está sempre com um ar abatido. É uma mulher muito doente. Pode ser que tenha tuberculose. Já vi a tuberculose fazer isso com algumas pessoas. Ela era uma mulher muito atraente, mas agora parece que foi criada dentro de um closet, não é? Uma mulher muito doente, com certeza.

— Quem é o sujeito na picape?

— Seu enteado. Um filho que Kliner teve com a primeira esposa. A Sra. Kliner é a segunda. Ouvi dizer que ela não se dá muito bem com o garoto.

Ele acenou para mim de um jeito que se usa para encerrar conversas casuais. Saiu de perto para limpar uma máquina cromada qualquer que ficava atrás da outra ponta do balcão. A picape preta ainda estava parada lá fora. Concordei com o sujeito que a mulher parecia com algo que havia sido criado dentro de um closet. Parecia uma espécie rara de orquídea privada de luz e cuidado. Mas não concordei no que dizia respeito a ela estar doente. Não achei que tivesse tuberculose. Para mim, ela sofria de outro mal. Algo que eu já vira uma ou duas vezes. Achei que estava sofrendo do mais puro terror. Eu só não sabia de quê. E não queria saber. O problema não era meu. Levantei-me e deixei uma nota de cinco no balcão. O sujeito me deu o troco todo em moedas, pois não tinha nenhuma nota. A picape ainda estava lá, estacionada no meio-fio. O motorista estava curvado para a frente, com o peito colado no volante, olhando para o lado onde estava sua madrasta, bem na minha direção.

Havia um espelho na minha frente, atrás do balcão. Eu parecia exatamente com um sujeito que havia passado uma noite inteira viajando de ônibus e depois ficou dois dias preso. Precisava tomar um banho antes de levar Roscoe para almoçar. O balconista viu que eu estava olhando.

— Experimente dar um pulo na barbearia.

— Num domingo? — perguntei.

O sujeito deu de ombros.

— Eles estão sempre lá. Aquilo nunca fecha de verdade. Mas também nunca está aberto pra valer.

Acenei e saí porta afora. Vi uma pequena multidão deixando a igreja, conversando no gramado e entrando em seus carros. O resto da cidade ainda estava deserto. Mas a picape preta continuava no meio-fio, bem em frente à loja de conveniência. O motorista ainda olhava para mim.

Andei para o norte, na direção do sol, e a picape começou a me acompanhar lentamente, no mesmo ritmo do meu caminhar. O sujeito ainda estava curvado para a frente, olhando para o lado. Acelerei um pouco o passo e a caminhonete aumentou um pouco a velocidade. Então parei onde estava e ele me ultrapassou. Fiquei parado. O sujeito, evidentemente, concluiu que dar marcha a ré não era o mais indicado. Pegou embalo e sumiu dali com um ronco do motor. Dei de ombros e segui em frente. Cheguei na barbearia. Abaixei-me para passar por baixo do toldo listrado e tentei abrir a porta. Já estava aberta. Entrei.

Como tudo em Margrave, a barbearia parecia espetacular. Brilhava com suas cadeiras e acessórios carinhosamente lustrados e conservados. Tinha o tipo de equipamento que todo mundo parou de usar há trinta anos. E que agora todos queriam de volta. Tem gente que paga uma fortuna por coisas assim porque elas recriam o estilo que as pessoas querem que a América tenha. O jeito que acham que ela costumava ter. Certamente é o jeito que eu achava que nosso país deveria ter. Quando me sentava num pátio de colégio qualquer em Manilha ou Munique, imaginava gramados verdejantes, árvores, bandeiras e uma barbearia toda cintilante e cromada como esta.

O estabelecimento era administrado por dois idosos negros. Ambos estavam ali de bobeira. Não exatamente abertos para fregueses, nem tampouco fechados. Mas tudo indicava que iriam me atender. Eu estava lá e eles também, por que não? Acho que o meu caso parecia urgente. Pedi o que queria. Um barbear, um corte de cabelo, uma toalha quente e um lustre nos sapatos. Havia primeiras páginas de jornal emolduradas e espalhadas pelas paredes. Grandes manchetes. A morte de Roosevelt, o fim da guerra, os assassinatos de JFK e Martin Luther King. Um velho rádio de mesa, com uma caixa feita de mogno, emitia ao longe um som surdo. O jornal de domingo estava dobrado em cima de um assento perto da janela.

Os coroas misturaram espuma de sabão numa tigela, amolaram uma navalha e molharam um pincel de barbear. Cobriram-me de toalhas e começaram a trabalhar. Um deles me barbeava com a velha lâmina amolada. O outro ficou ali em volta sem fazer muita coisa. Imaginei que ele talvez fosse entrar em ação depois. O sujeito mais ocupado começou a falar pelos cotovelos, como é normal com os barbeiros. Contou-me a história do seu negócio. Os dois eram amigos desde a infância. Sempre viveram ali em Margrave. Começaram a carreira bem antes da Segunda Guerra. Foram aprendizes em Atlanta. Abriram uma loja juntos quando ainda eram garotos. Mudaram-se para lá quando a antiga vizinhança foi arrasada. Ele me contou a história do condado vista pelos olhos de um barbeiro. Listou as personalidades que sentaram e não sentaram naquelas velhas cadeiras. Falou-me sobre todo tipo de gente.

— Fale-me então sobre os Kliner — sugeri.

O sujeito era bem tagarela, mas aquela pergunta o emudeceu. Ele parou de trabalhar e pensou um pouco.

— Não posso ajudá-lo na sua curiosidade. Esse é um assunto que prefiro não falar aqui. Seria melhor se você me perguntasse sobre qualquer outra pessoa.

Dei de ombros sob aquele monte de toalhas.

— Ok — resignei-me. — Já ouviu falar de Blind Blake?

— Dele eu já ouvi falar, com certeza. Desse sujeito podemos falar, sem problemas.

— Ótimo. Então, o que você pode me dizer?

— Ele vinha aqui, de vez em quando, há muito tempo. Nasceu em Jacksonville, na Flórida, dizem, bem na fronteira de um estado com outro. Costumava viajar por aí, você sabe, né. Vinha para cá, ia para Atlanta e seguia para o norte, rumo a Chicago, para depois descer tudo de novo. Voltava para Atlanta, para cá e para casa. As coisas naquele tempo eram muito diferentes, como você bem deve saber. Não havia rodovias e nem automóveis, pelo menos para um homem negro e pobre e seus amigos. Só dava para andar ou viajar em veículos que transportavam carga.

— Você chegou a ouvi-lo tocar? — perguntei.

Ele parou de trabalhar e olhou para mim.

— Olha, tenho setenta e quatro anos de idade — disse ele. — Essas coisas aconteciam quando eu era moleque. Estamos falando de Blind Blake, não é mesmo? Caras como esse tocavam em bares. Nunca estive em bar nenhum quando era pequeno, se é que você me entende. Teria levado muitas chicotadas se o tivesse feito. Você devia falar com o meu parceiro aqui. Ele é bem mais velho do que eu. Pode tê-lo ouvido tocar, só que pode não se lembrar, pois já não se lembra de muita coisa. Nem mesmo do que comeu no café da manhã. Quer ver? Ei, amigo velho, o que você comeu no café da manhã?

O outro sujeito se aproximou com um rangido e se inclinou sobre a mesma pia que eu usava. Era um homem velho e muito acabado, da mesma cor do rádio de mogno.

— Não sei o que comi no café da manhã — afirmou. — Nem mesmo sei se fiz essa refeição. Mas ouça com atenção. Posso ser idoso, mas a verdade é que os velhos se lembram muito bem das coisas. Não de fatos recentes e sim dos antigos. Você precisa ter em mente que a sua memória é como uma caixa velha. Uma vez que ela está cheia de velharias, não há como colocar novidades em seu interior. Não mesmo, entende? Por isso não me lembro de nenhum fato recente, pois a minha caixa está cheia de lembranças de um passado distante. Entende mesmo o que estou dizendo?

— Claro que entendo — respondi. — Sendo assim, você o ouviu tocar há muito tempo?

— Quem?

Olhei novamente para ambos. Não tinha certeza se aquilo era uma espécie de rotina ensaiada.

— Blind Blake — repeti. — Você já o ouviu tocar?

— Não, nunca o ouvi tocar — respondeu o velho. — Mas minha irmã sim. Tenho uma irmã que tem mais de noventa anos, algo em torno disso. Ainda está viva. Ela costumava cantar por aí, e chegou a cantar com o velho Blind Blake muitas vezes.

— Sério? — retruquei. — Eles cantaram juntos?

— Com certeza. Ela cantou com todo mundo que andava por estas bandas. Você deve se lembrar de que esta velha cidade fica do lado direito da grande estrada que vai para Atlanta. A antiga estrada do condado costumava seguir para o sul e ia até a Flórida. Era a única rota que atravessava a Geórgia de norte a sul. É claro que agora você tem a rodovia que vai para lá direto, sem fazer paradas, tem aviões e tudo o mais. Não se dá mais importância para Margrave, ninguém mais passa por aqui.

— Então Blind Blake veio para estas bandas? — insisti. — E sua irmã cantou com ele?

— Todo mundo costumava vir para cá. A zona norte da cidade tinha um monte de bares e pensões para atender a quem nos visitava. Era nesta mesma área, onde hoje há todos esses belos jardins que vão daqui até o corpo de bombeiros, que ficavam os bares e as pensões. Todos foram demolidos ou caíram sozinhos. Durante um bom tempo isso aqui não foi rota de passagem coisa nenhuma. Naquela época, era um tipo de cidade completamente diferente. Rios de pessoas iam e vinham, o tempo todo. Trabalhadores, o pessoal do campo, caixeiros-viajantes, lutadores, vagabundos, motoristas de caminhão, músicos. Todos os tipos de caras costumavam parar aqui para tocar, e minha irmã estava sempre a postos para cantar com todo mundo.

— Será que ela se lembra de Blind Blake?

— Claro que sim. Ela o tinha como o ser vivo mais brilhante que já existiu. Dizia que ele costumava tocar de um jeito muito atraente. De fato, era muito atraente.

— O que aconteceu com ele? Você sabe?

O velho pensou bastante. Ficou sondando suas lembranças desvanecidas. Balançou sua cabeça grisalha umas duas vezes. Depois pegou uma toalha molhada que estava dentro de uma estufa e a colocou sobre o meu rosto. Começou a cortar o meu cabelo. Acabou balançando a cabeça com alguma coisa em mente.

— Não posso afirmar com precisão — disse ele. — Ele ia e vinha pela estrada, de tempos em tempos. Lembro-me muito bem disso. Três ou quatro anos depois, o cara sumiu. Fiquei em Atlanta por um tempo, não estava aqui para saber. Ouvi dizer que alguém o havia assassinado, talvez tenha sido aqui em Margrave, talvez não. Uma grande confusão fez com que ele acabasse morrendo de forma trágica.

Fiquei sentado ouvindo o velho rádio por um tempo. Depois lhes dei uma nota de vinte tirada do meu maço de notas e saí apressado para a rua principal. Segui para o norte. Era quase meio-dia e o sol estava de rachar. Quente demais para um mês de setembro. Não havia mais ninguém andando. A negrura do asfalto me esquentava. Blind Blake andara por esta estrada, quem sabe sob o mesmo sol de meio-dia. No tempo em que aqueles velhos barbeiros eram garotos, esta devia ser a via principal que seguia rumo ao norte na direção de Atlanta, Chicago, empregos, esperança, dinheiro. O calor do meio-dia não teria impedido ninguém de chegar ao seu destino. Mas agora a estrada era apenas um caminho plano e asfaltado que não ia para parte alguma.

Levei alguns minutos naquele calor para chegar até a delegacia. Andei no meio daquela relva macia, passando por uma outra estátua de bronze, e abri a porta pesada de vidro. E adentrei aquele ambiente refrigerado. Roscoe esperava por mim, encostada no balcão da recepção. Atrás dela, na sala do pelotão, dava para ver Stevenson falando em tom de urgência no telefone. Roscoe estava pálida e parecia bastante preocupada.

— Encontramos outro corpo — disse ela.

— Onde? — perguntei.

— Perto do armazém novamente. Desta vez foi do outro lado da estrada, embaixo do trevo, no ponto onde ele é elevado.

— Quem o encontrou?

— Finlay. Ele estava passando por lá hoje de manhã, fuçando a área, procurando alguma pista que pudesse nos ajudar a identificar o primeiro. Qualquer coisa ajuda, certo? Tudo que ele encontrou foi outro cadáver.

— Você sabe quem é esse outro?

Ela balançou a cabeça.

— Não foi identificado. Assim como o primeiro.

— Onde está Finlay agora?

— Foi pegar Hubble. Ele acha que Hubble pode saber de alguma coisa.

Acenei positivamente com a cabeça.

— Há quanto tempo esse outro cadáver já está lá?

— Dois ou três dias, talvez. Finlay acha que pode ter havido um duplo homicídio na noite de quinta-feira.

Acenei novamente. Hubble sabia de alguma coisa. Aquele era o sujeito que ele havia enviado para se encontrar com o investigador alto de cabeça raspada. Só não sabia como o cara havia conseguido escapar. Mas, na verdade, não escapara.

Ouvi um carro lá fora no estacionamento e depois vi a porta grande de vidro se entreabrir. Finlay enfiou a cabeça pela fresta.

— Necrotério, Roscoe — disse ele. — Você também, Reacher.

Ambos o seguimos até lá fora, no meio do calor. E entramos no sedã não emplacado de Roscoe. Deixamos o carro de Finlay onde ele o havia estacionado. Roscoe foi dirigindo. Sentei-me no banco de trás. Finlay ficou na frente, de lado, para que pudesse conversar com os dois ao mesmo tempo. Roscoe saiu cautelosamente do estacionamento da polícia e seguiu para o sul.

— Não consigo encontrar Hubble — disse Finlay. Olhando para mim. — Não há ninguém em casa. Ele lhe disse alguma coisa sobre estar indo para outro lugar?

— Não — respondi. — Nem uma palavra. Mal nos falamos durante o fim de semana.

Finlay resmungou na minha direção.

— Preciso descobrir o que ele sabe. Esse negócio é sério e ele está sabendo de alguma coisa, disso eu tenho certeza. O que o sujeito lhe contou, Reacher?

Não respondi. Ainda não sabia de que lado eu estava. Do lado de Finlay, provavelmente, mas, se o detetive começasse a topar com as coisas nas quais Hubble estava envolvido, o bancário e sua família iriam acabar morrendo. Não estava certo disso. Por isso decidi que continuaria a agir de forma imparcial e, logo que pudesse, daria o fora daqui. Não queria me envolver.

— Experimentou ligar para o celular dele? — perguntei.

Finlay resmungou e balançou a cabeça.

— Está desligado. Uma gravação atendeu e me disse isso.

— Ele apareceu para pegar seu relógio de volta?

— Seu o quê?

— Seu relógio. Ele deixou um Rolex que vale dez mil dólares com Baker na sexta-feira. Quando Baker estava nos algemando para a viagem até Warburton. Ele veio pegá-lo?

— Não. Ninguém me falou nada.

— Ok. Então o sujeito deve ter assuntos mais urgentes para resolver em algum lugar. Nem mesmo um babaca como Hubble esqueceria um relógio que vale dez mil dólares, correto?

— Que assuntos mais urgentes? O que ele lhe disse?

— Não me disse nada. Como já lhe contei, nós mal nos falamos.

Finlay me encarou de onde estava, no banco da frente.

— Não me confunda, Reacher. Até conseguir pegar Hubble, vou manter você aqui e encher o seu saco até descobrir o que ele lhe contou. E não tente me fazer crer que ele ficou de boca fechada o fim de semana inteiro, pois sujeitos como ele nunca agem assim. Você sabe disso e eu também, por isso não tente me enganar, ok?

Simplesmente dei de ombros. Ele não tinha a intenção de me prender novamente. Talvez eu conseguisse pegar um ônibus perto do necrotério. Teria que desistir do almoço com Roscoe. Que pena.

— E então, qual é a história desse aí? — perguntei.

— Quase a mesma do outro — explicou Finlay. — Parece que os dois assassinatos ocorreram ao mesmo tempo. Levou um tiro à queima-roupa, provavelmente com a mesma arma. Este, no entanto, não foi chutado depois, mas, provavelmente, ambas as mortes fizeram parte do mesmo incidente.

— Você não sabe quem é o sujeito?

— Seu nome é Sherman. Além disso, não tenho idéia de quem se trata.

— Fale mais — pedi como que por hábito. Finlay pensou por um instante. Vi que ele estava resolvendo se iria responder. Como se fôssemos parceiros.

— Homem branco não identificado. Tudo igual ao outro cadáver, sem identidade, carteira ou marcas distintas. Mas este último tinha um relógio de ouro no pulso, com a frase "Para Sherman, com amor, Judy" gravada no verso. Tinha trinta a trinta e cinco anos. É difícil dizer, porque ele passou três noites deitado e seu corpo foi devorado por pequenos animais, entende? Seus lábios sumiram, assim como os olhos, mas a mão direita estava dobrada debaixo do corpo e praticamente intacta. Por isso, consegui boas impressões digitais. Nós as enviamos há uma hora e virá algo disso, se tivermos sorte.

— Ferimentos a bala? — perguntei.

Finlay acenou positivamente com a cabeça.

— Parece que foram feitos com a mesma arma. De pequeno calibre, balas de ponta macia. Parece que o primeiro tiro apenas o feriu e permitiu que ele fugisse correndo. Ele foi atingido mais umas duas vezes, mas conseguiu se esconder debaixo da estrada. Desabou por lá e sangrou até morrer. Não foi chutado porque não conseguiram encontrá-lo. Para mim foi isso que aconteceu.

Pensei naquilo. Havia andado por ali às oito horas da manhã de sexta-feira. Bem no meio dos dois corpos.

— Você acha que ele se chama Sherman? — perguntei.

— Seu nome estava no relógio.

— O relógio podia não ser dele. O sujeito poderia tê-lo roubado. Poderia tê-lo herdado, comprado numa casa de penhores, encontrado na rua.

Finlay apenas resmungou novamente. Devíamos estar a mais de quinze quilômetros de Margrave. Roscoe dirigia em alta velocidade pela velha estrada do condado. Até que freou e entrou numa bifurcação à esquerda que levava direto ao horizonte distante.

— Para onde diabos estamos indo? — perguntei.

— Para o hospital do condado — respondeu Finlay. — Fica em Yellow Springs. A segunda cidade daqui até o sul. Não falta muito para chegar.

Continuamos dirigindo. Yellow Springs se tornou um borrão no horizonte, no meio do mormaço. O hospital do condado ficava bem no começo do perímetro urbano, que fica mais ou menos afastado do resto da cidade. Foi erguido naquela área quando as doenças eram infecciosas e as pessoas doentes ficavam isoladas. Era um grande hospital, um conjunto de prédios largos e baixos que se espalhavam por cerca de oito mil metros quadrados. Roscoe diminuiu a velocidade e dobrou na pista de entrada. Passamos por cima de quebra-molas e seguimos com alguma dificuldade na direção de um bloco de prédios agrupados e isolados nos fundos. O necrotério era um longo galpão com uma grande porta giratória que ficava sempre aberta. Paramos em frente à tal porta e deixamos o carro no pátio. Olhamos um para o outro e entramos.

Um sujeito da equipe de autópsia nos recebeu e nos levou até um escritório. Sentou-se atrás de uma mesa de metal e fez um gesto para que Finlay e Roscoe sentassem em uns banquinhos sem encosto. Encostei-me num balcão, entre um computador e um aparelho de fax. Não eram instalações erguidas com muita verba. Haviam sido equipadas há alguns anos com equipamentos baratos. Tudo estava gasto, desarrumado, e as máquinas tinham alguns defeitos. Muito diferente da delegacia lá em Margrave. O cara sentado à mesa parecia cansado. Não era velho nem novo, talvez sua idade batesse com a de Finlay. Usava um jaleco branco. Parecia ser o tipo de sujeito cujo julgamento não era merecedor de muito crédito. Ele não se apresentou. Apenas se certificou de que todos sabíamos quem ele era e qual era a sua missão.

— Em que posso ajudá-los, amigos? — perguntou.

Ele olhou para nós três. Ficou esperando. Até olharmos de volta.

— Foi o mesmo incidente? — questionou Finlay. Seu linguajar de ex-aluno de Harvard não se adequava àquele ambiente miserável. O legista deu de ombros.

— Só estou com o segundo corpo há uma hora. Mas, sim, diria que se trata do mesmo incidente. Estou quase certo de que foi usada a mesma arma. Parece que ambos foram atingidos por balas de ponta macia de pequeno calibre. As balas eram lentas, parece que a arma tinha um silenciador.

— Pequeno calibre? — espantei-me. — De quanto?

O doutor voltou seu olhar cansado na minha direção.

— Não sou especialista em armas de fogo. Mas apostaria numa .22. Diria que estamos olhando para cápsulas de balas com ponta macia e de calibre .22. Veja a cabeça do primeiro sujeito, por exemplo. Duas feridas pequenas e irregulares de entrada e duas enormes de saída, características de uma bala com ponta macia.

Concordei com a cabeça. Isso é o que uma bala desse tipo faz. Ela entra e penetra horizontalmente. Torna-se uma gota de chumbo com mais ou menos uns dez quilos atravessando tudo quanto é tecido que estiver na sua frente. Abre um baita de um rombo de saída. E uma bela e lenta .22 de ponta macia faz todo o sentido com um silenciador. Não há por que usar um silenciador a não ser que seja com uma velocidade de boca subsônica. Caso contrário, a bala fará o seu próprio estrondo sônico até atingir o alvo, como um pequeno avião de combate.

— Ok — afirmei. — Eles foram mortos onde foram encontrados?

— Não há dúvida quanto a isso — respondeu o médico. — A hipóstase é clara em ambos os corpos.

Ele olhou para mim. Queria que eu lhe perguntasse o que queria dizer hipóstase. Sabia o que significava o termo, mas fui cortês. Por isso o encarei como se estivesse confuso.

— Hipóstase *post-mortem* — afirmou. — Lividez. Quando você morre, sua circulação pára, certo? O coração não bate mais. Seu sangue obedece à lei da gravidade. Ele se acomoda no fundo do seu corpo, dentro dos vasos mais profundos disponíveis, normalmente os capilares finos que irrigam a pele o mais perto possível do chão ou de onde quer que você tenha caído. Os glóbulos vermelhos se assentam primeiro. E mancham a pele de vermelho. Depois coagulam, e a mancha se fixa, como numa fotografia. Depois de algumas horas, as manchas se tornam permanentes. As manchas da primeira vítima são completamente condizentes com a sua posição no átrio do armazém. Ele levou um tiro, caiu morto, foi chutado numa espécie de frenesi de loucura durante alguns minutos e depois ficou ali deitado por mais ou menos oito horas. Não há dúvida quanto a isso.

— O que você tem a dizer sobre essa sucessão de chutes? — perguntou Finlay.

O doutor balançou a cabeça e deu de ombros.

— Nunca vi nada parecido — respondeu ele. — De vez em quando leio sobre coisas assim nos jornais. É uma espécie de psicopatia, obviamente. Não há como explicar esse tipo de conduta. Não fez a menor diferença para o morto. Não o feriu, pois ele já havia passado dessa para a melhor. Por isso deve ter sido de algum modo gratificante para o chutador. Uma fúria inacreditável, uma força tremenda. Os ferimentos são repugnantes.

— E quanto ao segundo sujeito? — perguntou novamente Finlay.

— Correu para salvar a pele. O primeiro tiro o atingiu à queima-roupa nas costas, mas isso não foi o suficiente para derrubá-lo e permitiu que ele corresse. Levou mais dois no caminho. Um no pescoço e o tiro fatal na coxa. A artéria femoral explodiu. Só conseguiu seguir até a parte elevada da estrada para depois cair duro e sangrar até a morte. Não há dúvida quanto a isso. Se não tivesse chovido a noite toda na quinta-feira, tenho certeza de que você veria a trilha de sangue no asfalto. Deve haver cerca de um galão e meio em algum lugar por aí, pois com certeza não estava mais dentro do corpo do sujeito.

Ficamos no mais profundo silêncio. Fiquei pensando na fuga desesperada da segunda vítima pelo asfalto. Tentando se proteger enquanto as balas rasgavam a sua carne. Jogando-se debaixo do declive da rodovia e morrendo em meio à luta desordenada dos pequenos animais noturnos.

— Ok — afirmou Finlay. — Então podemos deduzir, com segurança, que as duas vítimas estavam juntas. O atirador estava num grupo de três, os surpreende, atira duas vezes na cabeça do primeiro, o segundo foge e é atingido três vezes enquanto corre, certo?

— Você está supondo que foram três assaltantes? — perguntou o médico.

Finlay acenou com a cabeça na minha direção. A teoria era minha, por isso tive que explicá-la.

— Três personalidades distintas e bem definidas — afirmei. — Um atirador competente, um maníaco desvairado e um sujeito que não tinha competência para ocultar cadáveres.

O doutor acenou lentamente com a cabeça.

— Vou acreditar nessa versão — disse ele. — O primeiro sujeito foi atingido à queima-roupa; será que por causa disso podemos supor que ele conhecia os assaltantes e permitiu que se aproximassem?

Finlay acenou positivamente.

— As coisas só podiam transcorrer dessa maneira — concluiu o detetive. — Cinco caras se encontraram. Três deles atacaram os outros dois.

— Será que sabemos quem são os assaltantes? — perguntou o médico.

— Nós mal sabemos quem eram as vítimas — acrescentou Roscoe.

— Você tem alguma teoria sobre elas? — perguntou Finlay para o doutor.

— Não sobre o segundo sujeito, além do nome em seu relógio. Só o coloquei na minha mesa há uma hora.

— Então você possui teorias sobre o primeiro? — insistiu o investigador.

O médico começou a fazer algumas anotações em sua mesa quando o telefone tocou. Ele atendeu e passou-o para Finlay.

— É para você — disse ele. Finlay se curvou mais à frente e pegou a ligação. Ficou apenas ouvindo por algum tempo.

— Ok — disse ele por fim. — Imprima tudo e mande por fax para cá, por favor.

Depois disso, o detetive devolveu o fone para o médico e se sentou novamente no banco. Um sorriso começava a brotar em seu rosto.

— Era Stevenson, falando da delegacia. Finalmente conseguimos identificar as impressões da primeira vítima. Parece que fizemos a coisa certa quando as mandamos mais uma vez para serem identificadas. Stevenson irá mandá-las para nós daqui a um minuto. Por isso nos dê mais informações, a fim de que possamos encaixar todas as peças.

O sujeito cansado de jaleco branco deu de ombros e pegou um pedaço de papel.

— O primeiro cara? Não tenho muita coisa para acrescentar. O corpo estava num estado deplorável. Era alto, estava em boa forma e tinha a cabeça raspada. O mais notável é o trabalho que ele fez nos dentes. Parece que andou visitando dentistas em todos os lugares nos quais esteve. Alguns deles certamente eram americanos, outros só pareciam e os demais eram estrangeiros.

Perto do meu quadril, o fax começou a apitar e zumbir. Um pedaço de papel fino começou a ser absorvido pela máquina.

— O que podemos supor? — perguntou Finlay. — Que o sujeito era americano? Ou um americano que morava fora do país ou coisa parecida?

O fino pedaço de papel começou a sair da máquina cheio de palavras. Logo o aparelho de fax parou de trabalhar e ficou em silêncio. Peguei o papel e o examinei atentamente. Depois, reli todo o texto impresso duas vezes. Gelei. Uma paralisia de congelar os ossos se apoderou de mim, de modo que eu não conseguia me mexer. Simplesmente não podia acreditar no que estava vendo naquele pedaço de fax. O céu caiu sobre minha cabeça. Olhei para o médico e falei:

— Ele cresceu fora do país — afirmei. — Tratou dos dentes em todos os lugares onde esteve. Quebrou o braço direito quando tinha oito anos de idade e o engessou na Alemanha. Extraiu as amígdalas num hospital em Seul.

O médico levantou os olhos e me encarou.

— Eles conseguiram deduzir tudo isso a partir das impressões digitais? — perguntou ele.

Balancei a cabeça.

— O cara era o meu irmão.

10

UMA VEZ VI UM FILME SOBRE EXPEDIÇÕES NO congelado Ártico. Você estava andando sobre uma sólida geleira. De repente o gelo começava a se erguer e se despedaçar. Uma espécie de força inimaginável na massa flutuante. Uma geografia completamente nova vinha à tona à força. Escarpas maciças onde o terreno era plano. Enormes desfiladeiros às suas costas. Um novo lago à sua frente. O mundo inteiro mudando num segundo. Era assim que eu estava me sentindo. Fiquei ali sentado e paralisado com o choque, entre o aparelho de fax e o terminal de computador, e me sentia como um sujeito que morava no Ártico, cujo mundo muda completamente num único instante.

Eles me conduziram até a câmara gelada nos fundos para fazer um reconhecimento formal do corpo. Seu rosto estava crivado de balas e todos os seus ossos estavam quebrados, mas mesmo assim reconheci a cicatriz em forma de estrela no pescoço. Ele a adquirira quando estávamos brincando com uma garrafa quebrada, há vinte e nove anos. Depois, me levaram para a delegacia em Margrave. Finlay foi dirigindo. Roscoe ficou sentada do meu lado no banco de trás, segurando a minha mão o tempo todo. Foi apenas uma viagem de vinte minutos, mas nesse tempo eu vivenciei duas existências. A dele e a minha.

Meu irmão Joe. Dois anos mais velho que eu. Ele nasceu numa base no Extremo Oriente, bem no final da era Eisenhower. Algum tempo depois eu nasci numa base européia, bem no começo da era Kennedy. Depois, crescemos juntos enquanto viajávamos pelo mundo, dentro daquela transitoriedade que as famílias em serviço criam para si próprias. A vida era mudar de casa em intervalos aleatórios e imprevisíveis. A coisa era tão estranha que eu me sentia esquisito quando ficava mais de um semestre num único lugar. Várias vezes passamos anos sem ver um inverno. Éramos removidos da Europa no começo do outono, descíamos para algum trecho do Pacífico e o verão acabava surgindo de novo.

Nossos amigos viviam sumindo. Uma determinada unidade era enviada para um lugar qualquer e um bando de crianças desaparecia. Às vezes víamos todos eles novamente meses depois num lugar diferente. Muitos deles jamais voltamos a ver. Ninguém dizia "oi" ou "tchau". Você estava lá ou não estava.

Então, assim que eu e Joe ficamos mais velhos, começamos a nos mudar com mais freqüência. O Vietnã obrigava o exército a fazer com que o pessoal circulasse pelo mundo com cada vez mais velocidade. A vida se tornou simplesmente uma sucessão de bases nebulosas. Jamais fomos donos de nada. Só nos era permitido carregar uma mala cada um nos aviões que nos transportavam.

Ficamos juntos nessa vida errante e indistinta por dezesseis anos. Joe era a única coisa constante na minha existência. E eu o amava como a um irmão. Tal frase tem um significado muito preciso. Muitos desses ditados por aí os têm. Como quando as pessoas dizem que dormiram que nem um bebê. Isso quer dizer que elas dormiram bem? Ou significa que acordaram a cada dez minutos, gritando? Eu amava Joe como a um irmão, o que queria dizer um monte de coisas na nossa família.

A verdade era que eu nunca soube com precisão se o amava ou não. E ele, da mesma forma, jamais teve certeza se me amava ou não. Apenas dois anos nos separavam, mas ele nasceu nos anos 50, e eu nos 60. Isso parecia fazer com que nossas diferenças fossem bem maiores do que dois anos. E como qualquer dupla de irmãos com dois anos de diferença enchíamos o saco um do outro. Brigávamos, disputávamos e esperávamos, emburrados, o tempo passar para que pudéssemos crescer e sair daquele jugo. Na maior parte desses dezesseis anos não sabíamos se nos amávamos ou nos odiávamos.

Mas tínhamos algo que as famílias militares normalmente têm. Nossa família era a nossa unidade. Os homens nas bases aprendiam a ser totalmente leais para com suas unidades. Era a coisa mais fundamental em suas vidas. Os garotos os imitavam. Traduziam aquela mesma lealdade intensa para as suas famílias. Por isso, você podia odiar o seu irmão de tempos em tempos, mas não deixava ninguém mexer com ele. Isso era o que tínhamos, Joe e eu. Tínhamos essa lealdade incondicional. Ficávamos de costas um para o outro a cada novo pátio de escola e abríamos caminho a socos e pontapés para juntos nos livrarmos dos problemas. Ele tomava conta de mim e eu tomava conta dele, como fazem os irmãos. Durante dezesseis anos. Não foi uma infância muito normal, mas era a única que eu tinha. E Joe era simplesmente o começo e o fim dela. E agora alguém o havia assassinado. Fiquei ali no banco de trás do Chevy da polícia ouvindo uma voz suave na minha cabeça me perguntando o que diabos iria fazer em relação àquilo.

Finlay atravessou Margrave dirigindo e estacionou em frente à delegacia. Bem no meio-fio, diante das enormes portas de entrada envidraçadas. Ele e Roscoe saíram do carro e ficaram esperando por mim, da mesma forma que Baker e Stevenson haviam feito quarenta e oito horas antes. Saí e me juntei a eles no calor do meio-dia. Ficamos ali parados por um instante, até que Finlay empurrou a porta pesada e entramos. Atravessamos a sala do pelotão até chegarmos ao grande escritório de pau-rosa.

Finlay se sentou à mesa. Sentei-me na mesma cadeira que usei na sexta-feira. Roscoe puxou outra e a colocou do meu lado. Finlay abriu a gaveta com um estampido. E de dentro tirou o gravador. Fez os testes de praxe no microfone com a unha. Depois se sentou calmamente e olhou para mim.

— Lamento muito pelo seu irmão — afirmou.

Acenei com a cabeça. Não falei nada.

— Temo que tenha que lhe fazer uma série de perguntas — continuou o detetive.

Acenei novamente. Entendi a sua posição. Já havia estado inúmeras vezes em seu lugar.

— Quem era o parente mais próximo dele? — perguntou Finlay.

— Eu. A não ser que tenha se casado sem me dizer nada.

— Você acha que ele poderia ter feito isso?

— Não éramos tão próximos. Mas duvido.

— Seus pais estão mortos?

Concordei com a cabeça. Finlay também. Anotou o meu nome como sendo o parente mais próximo.

— Qual era o nome todo dele?

— Joe Reacher. Sem nenhum sobrenome no meio.

— Isso é um diminutivo de Joseph?

— Não. Era apenas Joe. Da mesma forma que o meu nome é Jack. Tínhamos um pai que gostava de nomes simples.

— Ok. Mais velho ou mais novo?

— Mais velho. — Disse para ele a data de nascimento de Joe. — Dois anos mais velho que eu.

— Então ele tinha trinta e oito?

Concordei com um sinal de cabeça. Baker dissera que a vítima tinha mais ou menos quarenta anos. Talvez Joe não estivesse muito conservado.

— Você tem o endereço atual dele?

Balancei a cabeça.

— Não. Ele morava em alguma parte de Washington. Como já disse, não éramos tão próximos.

— Ok. Quando o viu pela última vez?

— Há cerca de vinte minutos. No necrotério.

Finlay acenou delicadamente.

— E antes disso?

— Há sete anos. No enterro da nossa mãe.

— Você tem alguma foto dele?

— Você viu as coisas que havia no saco em que guardava os meus pertences. Não tenho fotos de nada.

Ele concordou mais uma vez com a cabeça. Ficou em silêncio. Estava achando a situação difícil.

— Você poderia descrevê-lo para mim?

— Antes de levar um monte de tiros na fuça?

— Pode ajudar, você sabe. Precisamos descobrir quem o viu por aí, quando e onde.

Acenei positivamente.

— Ele se parecia comigo, acho. Talvez fosse uns dois dedos mais alto, uns quatro quilos mais magro.

— Então ele tinha uns dois metros, mais ou menos?

— Isso. E cerca de noventa quilos, provavelmente.

Finlay anotou tudo.

— Ele tinha raspado a cabeça?

— Não. Pelo menos na última vez quando o vi. Ele tinha cabelo como qualquer um.

— Há sete anos, certo?

Dei de ombros.

— Em que ele trabalhava?

— Da última vez que soube, ele estava no Departamento do Tesouro. Fazendo o quê, não sei.

— Qual era a formação dele? Ele também serviu no exército?

Acenei positivamente.

— Inteligência Militar. Saiu depois de um tempo e foi trabalhar para o governo.

— Ele escreveu para você dizendo que esteve por aqui, certo?

— Mencionou a história do Blind Blake. Não me disse o que o trouxe até aqui. Mas não deve ser difícil descobrir.

Finlay acenou com a cabeça.

— Faremos algumas ligações amanhã de manhã. Você não tem mesmo nenhuma idéia do que poderia tê-lo trazido para cá?

Balancei a cabeça. Não tinha a menor idéia do que poderia tê-lo feito vir aqui. Mas tinha certeza de que Hubble sabia. Joe era o investigador alto de cabeça raspada cujo nome era um código. Hubble o havia trazido para cá e sabia exatamente o porquê. A primeira coisa a fazer era procurar Hubble e interrogá-lo.

— Você disse que não conseguiu encontrar Hubble? — perguntei para Finlay.

— Não consegui encontrá-lo em lugar nenhum. Ele não está em sua residência da Beckman Drive e ninguém o viu pela cidade. Hubble sabe o que está havendo, não é?

Simplesmente dei de ombros. Sentia-me como se quisesse guardar algumas cartas na manga. Se eu teria que apertar Hubble para que falasse sobre algo de que não estava muito a fim de falar, então iria querer fazê-lo a sós. Não gostaria que Finlay, particularmente, ficasse perto de mim enquanto eu estivesse fazendo isso. Ele poderia achar que eu o estaria apertando muito. E, definitivamente, não queria ter que ficar vendo nada por trás dos ombros de Finlay. Não queria deixar para ele a missão de apertar o sujeito. Poderia achar que ele não o estava apertando o suficiente. De qualquer maneira, falaria mais rápido comigo do que com um policial. Já estava prestes a fazê-lo. Por isso, o que Hubble sabia continuaria sendo um segredo meu. Pelo menos por enquanto.

— Não tenho a menor idéia do que Hubble sabe — afirmei. — É você que alega que ele perdeu a calma.

Finlay resmungou novamente e olhou para mim do outro lado da mesa. Dava para ver que novas idéias iam se encadeando em sua mente. Eu sabia muito bem quais eram elas. Já estava esperando que viessem à tona. Há uma regra prática em relação a homicídios. Ela se baseia em muitas estatísticas e muita experiência. A tal regra diz o seguinte: quando você tem um homem morto, primeiro investigue sua família. Grande parte dos homicídios é praticada por parentes. Maridos, esposas, filhos. E irmãos. Essa era a teoria. Finlay já a havia visto na prática umas cem vezes nos seus vinte anos em Boston. E agora dava para vê-lo tentando aplicá-la mentalmente aqui em Margrave. Eu precisava intervir. Não queria que ele ficasse pensando nisso. Não queria perder mais tempo da minha vida preso dentro de uma cela. Imaginava que poderia precisar desse tempo para outra coisa.

— Você está satisfeito com o meu álibi, correto? — perguntei.

Ele percebeu aonde eu queria chegar. Como se fôssemos parceiros num caso difícil. E me sorriu brevemente.

— Ele funcionou. Você estava em Tampa quando tudo isso aconteceu.

— Ok — relaxei. — E o chefe Morrison, está satisfeito?

— Ele não sabe de nada. Não está atendendo o telefone.

— Não quero mais ser vítima de nenhum erro conveniente. Aquele gordo retardado disse que me viu lá. Quero que ele saiba que esse tipo de coisa não vai colar mais.

Finlay acenou positivamente. Pegou o telefone que estava em sua mesa e discou um número. Ouvi a campainha tocando de leve. Tocou por um bom tempo, e só parou quando Finlay o colocou de volta no gancho.

— Não está em casa — disse o investigador. — Hoje é domingo, não é?

Depois disso ele tirou seu caderno de telefones de uma gaveta. Abriu-o na letra "H". Procurou o número de Hubble na Beckman Drive. Discou e obteve o mesmo resultado. O telefone tocou por um bom tempo, e deu para ver que não havia ninguém em casa. Depois tentou o celular. Uma voz eletrônica começou a lhe dizer que o telefone estava desligado. O detetive colocou no gancho antes da mensagem terminar.

— Vou trazer Hubble para cá assim que o encontrar — disse Finlay. — Ele sabe de coisas que devia nos contar. Até lá, não há muito que eu possa fazer.

Dei de ombros. Ele tinha razão. Era uma trilha mal demarcada. A única faísca que Finlay tinha era o pânico que Hubble havia demonstrado na sexta-feira.

— O que você vai fazer, Reacher?

— Vou pensar nisso.

Finlay olhou bem na minha direção. Não era um olhar hostil, mas muito sério, como se ele estivesse tentando comunicar uma ordem e uma solicitação com um ar frio e austero.

— Deixe-me cuidar disso, ok? — disse ele. — Você irá se sentir muito mal e vai querer ver a justiça ser feita, mas não quero saber de justiça com as próprias mãos por aqui, certo? Isso é assunto da polícia. Você é um civil. Deixe-me cuidar disso, ok?

Dei de ombros e concordei com a cabeça. Levantei-me e olhei para os dois.

— Vou dar uma caminhada — anunciei.

Deixei os dois lá dentro e caminhei pela sala do pelotão. Empurrei para fora as portas envidraçadas e saí no meio da tarde quente. Vagueei pelo estacionamento e atravessei o amplo gramado em frente até chegar na estátua de bronze. Era um outro tributo a Caspar Teale, quem diabos quer que tenha sido. Era o mesmo sujeito que estava na praça da igreja ao sul da cidade. Recostei-me no metal quente da lateral e fiquei pensando.

Os Estados Unidos são um país gigantesco. Milhões de quilômetros quadrados. Trezentos milhões de habitantes. Não via Joe há sete anos, e ele também não me viu no mesmo período. Mesmo assim acabamos indo parar exatamente no mesmo lugarejo, com oito horas de diferença. Eu havia andado cerca de cinqüenta metros de onde o seu corpo estava estendido. Isso era uma baita de uma coincidência. Era quase inacreditável. Por isso Finlay estava me fazendo um grande favor tratando tal fato como uma coincidência. Ele devia estar tentando acabar com o meu álibi. Talvez já estivesse tentando. Talvez já estivesse falando com Tampa pelo telefone, checando tudo novamente.

Mas ele não encontraria nada, pois tratava-se de uma coincidência. Não havia sentido repassar tudo mais e mais vezes. Eu só estava em Margrave por causa de uma fantasia maluca de última hora. Se tivesse demorado um minuto a mais olhando para o mapa do sujeito, o ônibus teria passado do trevo e eu acabaria esquecendo tudo relativo a Margrave. Teria seguido para Atlanta e jamais saberia nada sobre Joe. Poderia levar mais sete anos para a notícia chegar a mim. Por isso não fazia sentido ficar tão agitado por causa da coincidência. A única coisa com a qual eu tinha que me importar era com o que diabos iria fazer.

Eu tinha mais ou menos quatro anos de idade quando comecei a entender esse negócio de lealdade. De repente percebi que deveria zelar por Joe da mesma forma como ele zelava por mim. Depois de um tempo, isso se tornou um hábito, algo automático. Olhar em volta para checar se ele estava bem não saía da minha cabeça. Por várias vezes eu chegava no pátio do novo colégio e via um bando de garotos tentando tirar onda com o calouro alto e magrelo. Andava a passos largos no intuito de empurrá-los para trás e dar uns tapas em algumas cabeças. Depois, voltava para onde estavam os meus colegas, a fim de jogar bola ou fazer o que quer que eu estivesse fazendo. Dever cumprido, como se fosse uma rotina. Foi de fato uma rotina que durou doze anos, desde quando eu tinha quatro anos até a hora em que Joe finalmente saiu de casa. Todo esse tempo fazendo isso deve ter deixado leves rastros na minha mente, pois, posteriormente, a seguinte pergunta nunca mais parou de ecoar: onde está Joe? Tão logo ele cresceu e se mandou, já não me importava muito o seu paradeiro. Mas sempre estive a par daquela velha rotina que ecoava levemente. Bem no fundo, eu sempre tive a consciência de que deveria zelar por ele, caso minha presença fosse necessária.

Mas agora ele estava morto. E não estava em parte alguma. Recostei-me na estátua em frente à delegacia e fiquei ouvindo uma pequena voz dentro da minha cabeça dizendo: você devia fazer alguma coisa em relação a isso.

A porta da delegacia se abriu. Olhei de soslaio no meio daquele calor e vi Roscoe saindo. O sol estava atrás dela e iluminava seu cabelo como se formasse uma auréola. A moça olhou em volta e me viu encostado na estátua no meio da relva. Começou a vir na minha direção. Afastei-me do bronze quente.

— Tudo bem? — perguntou ela.

— Legal.

— Tem certeza?

— Não estou despedaçado. Talvez devesse estar, mas não estou. Para ser honesto, só estou um pouco estarrecido.

Era verdade. Não estava sentindo muita coisa. Talvez fosse algum tipo estranho de reação, mas era assim que eu me sentia. Não fazia sentido negar.

— Ok — disse Roscoe. — Será que posso lhe dar uma carona para algum lugar?

Talvez Finlay a tivesse enviado para ficar na minha cola, mas eu não estava disposto a fazer nenhum tipo de objeção. Ela estava demais ali sob o sol. Percebi que, quanto mais a via, mais ia gostando dela.

— Você quer me mostrar onde Hubble mora? — perguntei.

Deu para ver que ela estava pensando.

— Será que não devíamos deixar isso para o Finlay?

— Só quero ver se ele já voltou para casa. Não irei incomodá-lo. Se o sujeito estiver por lá, ligaremos imediatamente para Finlay. Pode ser?

— Pode. — Ela deu de ombros e sorriu. — Vamos.

Andamos novamente sobre o gramado e entramos no Chevy da polícia. Ela deu partida no carro e saiu do estacionamento. Virou para a esquerda e seguiu para o sul, atravessando aquela cidadezinha perfeita. Era um belo dia de setembro. O sol cintilante fazia tudo parecer uma alucinação. As calçadas de tijolos estavam brilhando e a pintura branca atordoava a visão. O lugar todo estava tranqüilo e aquecido sob o calor domingueiro. E deserto.

Roscoe pegou a direita, contornando a praça, e fez a curva para entrar na Beckman Drive. Deu uma volta em torno da praça que tinha a igreja no meio. Os carros haviam sumido e o local estava silencioso. O culto havia terminado. A Beckman se alargava e se tornava uma ampla rua residencial margeada por árvores e que subia uma leve colina. Parecia ser uma rua de gente rica. Arejada, radiante e cheia de sombras. É o que os corretores de imóveis dizem quando falam sobre uma locação. Eu não conseguia ver as casas. Elas estavam erguidas no fundo dos terrenos, bem atrás de anteparos e gramados enormes, árvores gigantescas, cercas vivas altas. As ruelas estavam fora do alcance da visão. De vez em quando eu vislumbrava um pórtico branco ou um telhado vermelho. Quanto mais penetrávamos na rua, maiores eram os terrenos. Centenas de metros separavam as caixas de correio. Árvores maduras e enormes. Um tipo de lugar onde as coisas eram bem uniformes. Mas era um lugar onde havia histórias escondidas por trás das imponentes fachadas. No caso de Hubble, uma história de desespero que fez com que ele resolvesse procurar o meu irmão. Uma história que fez com que o meu irmão fosse morto.

Roscoe diminuiu a velocidade na altura de uma caixa de correio branca e virou à esquerda na entrada para carros do número 25. A casa de Hubble ficava a cerca de um quilômetro e meio da cidade, à esquerda, com os fundos virados para o sol da tarde. Era a última casa da rua. Mais à frente, um jardim de pessegueiros se estendia no meio do mormaço. Seguimos lentamente por uma entrada sinuosa que contornava jardins em declive. A casa não era o que eu havia imaginado. Pensara que se tratava de uma casa grande e branca normal, porém maior. Mas aquilo era muito mais esplêndido. Era um palácio. Enorme. Cada detalhe era luxuoso. Pistas de cascalho em profusão, um gramado enorme que mais parecia de veludo, árvores enormes e raras, tudo brilhante e salpicado sob o sol ardente. Mas não havia o menor sinal do Bentley escuro que eu tinha visto na saída da prisão. Parecia não haver ninguém em casa.

Roscoe parou em frente à porta principal e saímos do carro. Estava tudo silencioso. Não dava para ouvir nada, a não ser o zumbido pesado do calor da tarde. Tocamos a campainha e batemos na porta. Nada. Demos de ombros e andamos por uma relva que se estendia pela lateral da propriedade. Havia acres e mais acres de grama e o brilho de um tipo especial de flor que cercava um jardim-de-inverno. Depois deu para ver um pátio amplo e um longo gramado que descia e dava numa piscina gigante. A água era azul e brilhante sob o sol. Dava para sentir o cheiro do cloro suspenso no ar quente.

— Que casa! — exclamou Roscoe.

Acenei positivamente. Estava me perguntando se meu irmão estivera lá.

— Tem um carro se aproximando — alertou-me a moça.

Voltamos para a entrada da casa a tempo de ver o Bentley freando. A loura que eu vira dirigindo o carro que foi até a prisão saiu de dentro. E vinha com duas crianças. Um casal. Era a família de Hubble. Ele os amava loucamente. Mas não estava junto com os três.

A loura parecia conhecer Roscoe. As duas se cumprimentaram e Roscoe me apresentou. Ela apertou a minha mão e disse que seu nome era Charlene, mas que eu podia chamá-la de Charlie. Era uma mulher com ar sofisticado, alta, magra, belos ossos, bem-vestida e elegante. Mas havia marcas de expressão que corriam pelo seu rosto como se fossem defeitos. O suficiente para me deixar parecido com ela. A Sra. Hubble continuou segurando a minha mão e sorriu, mas era um sorriso tenso.

— Temo que este não tenha sido o melhor fim de semana da minha vida — disse ela. — Mas parece que lhe devo toda a minha gratidão, Sr. Reacher. Meu marido me contou que o senhor salvou a vida dele na prisão.

Ela disse isso com uma frieza de gelar. Mas tal frieza não se dirigia a mim. Visava a qualquer circunstância que a estava forçando a usar as palavras "marido" e "prisão" na mesma frase.

— Não há de quê — respondi. — Onde ele está?

— Cuidando de alguns negócios. Irá voltar mais tarde. Estou esperando.

Acenei com a cabeça. Esse era o plano de Hubble. Ele havia me dito que iria contar uma história qualquer para a esposa e depois tentaria resolver as coisas. Fiquei me perguntando se Charlie queria falar sobre isso, mas as crianças estavam em silêncio ao seu lado e dava para ver que ela não iria conversar nada na frente delas. Por isso dei um sorriso. Imaginei que os dois pequenos fossem ficar tímidos e correr para algum lugar, como normalmente as crianças fazem comigo, mas elas simplesmente sorriram de volta.

— Este é Ben — disse Charlie. — E esta aqui é Lucy.

Eram crianças adoráveis. A menina tinha bochechas rechonchudas. E não possuía os dentes da frente. Seu cabelo era louro e estava amarrado num rabo-de-cavalo. O menino não era muito maior do que a irmãzinha. Tinha o corpo frágil e o rosto sério. Não era um desordeiro, como muitos garotos. Formavam um belo par. Quietos e educados. Ambos apertaram a minha mão e depois voltaram para o lado da mãe. Olhei para os três e pude ver a nuvem terrível que pairava sobre eles. Se Hubble não tivesse cuidado, poderia provocar as suas mortes, como causou a do meu irmão.

— Vocês querem entrar para tomar um pouco de chá gelado? — convidou-nos Charlie.

Ela ficou parada, com a cabeça levantada, como se estivesse esperando uma resposta. Talvez estivesse com uns trinta anos de idade, assim como Roscoe. Mas tinha modos de mulher rica. Há uns cinqüenta ou cem anos, ela teria sido a dona de uma grande fazenda.

— Ok — respondi. — Obrigado.

As crianças correram para brincar em algum lugar e Charlie nos conduziu porta adentro. Na verdade, eu não estava a fim de beber chá gelado nenhum, mas queria estar por perto no caso de Hubble voltar. Queria tê-lo à minha disposição durante cinco minutos. E lhe fazer algumas perguntas urgentes antes que Finlay viesse com a Lei de Miranda.

Era uma casa fabulosa. Enorme. Lindamente mobiliada. Clara e arejada. Tons pastel em creme e amarelo radiantes. Flores. Charlie nos levou até o jardim-de-inverno que havíamos visto do lado de fora. Parecia algo que só se vê em revistas. Roscoe a acompanhou até a cozinha para ajudá-la a preparar o chá. Fiquei sozinho na sala. Isso me deixou inquieto. Não estava acostumado com casas. Tinha trinta e seis anos de idade e nunca havia morado numa casa. Vários alojamentos e um terrível dormitório devassado no Hudson quando estava no Pontal. Era lá que eu vivia. Sentei-me como um alienígena feioso numa almofada florida de um sofá de vime e esperei. Apreensivo, estarrecido, naquela zona morta entre a ação e a reação.

As duas mulheres voltaram com o chá. Charlie estava carregando uma bandeja de prata. Era uma bela mulher, mas não era nada em comparação com Roscoe. Roscoe tinha um brilho nos olhos que deixava Charlie quase invisível.

Então algo aconteceu. Roscoe se sentou do meu lado no sofá de vime. Enquanto se sentava, ela empurrou minha perna para o lado. Era algo casual, mas muito íntimo e familiar. Subitamente, uma terminação nervosa dormente em meu interior foi acionada e gritou: ela gosta de você também. Foi a maneira dela tocar na minha perna.

Voltei atrás e comecei a ver tudo sob aquela nova luz. Seu jeito de tirar as impressões digitais e as fotografias. De me trazer café. Seu sorriso e sua piscadela. Sua risada. O fato de ter trabalhado na sexta e no sábado à noite para que pudesse me tirar de Warburton. De ter ido me pegar de carro. De segurar a minha mão depois que vi o corpo detonado do meu irmão. E de ter me dado uma carona até aqui. Ela gostava de mim também.

De repente fiquei feliz por ter saltado daquele maldito ônibus. Feliz por ter tomado aquela decisão maluca de última hora. De repente relaxei. Senti-me melhor. A voz suave na minha cabeça se calou. Naquele instante não havia mais nada que eu pudesse fazer. Falaria com Hubble quando ele aparecesse. Até lá, ficaria sentado num sofá com uma mulher amiga e bonita, de cabelos escuros, que usava uma delicada blusa de algodão. O problema iria começar em breve. Sempre é assim.

Charlie Hubble se sentou na nossa frente e começou a servir o chá gelado que estava na jarra. O cheiro de limão e demais condimentos se espalhou pelo ar. Ela chamou minha atenção e deu o mesmo sorriso forçado que dera antes.

— Normalmente, a essa altura, eu estaria lhe perguntando se está gostando da sua estadia conosco em Margrave — disse a anfitriã, olhando para mim, forçando um sorriso.

Não dava para pensar numa resposta para aquilo. Simplesmente deu de ombros. Estava claro que Charlie não sabia de nada. Ela achava que seu marido havia sido preso por causa de algum tipo de erro. Não porque havia se metido numa espécie de apuro que provocara o assassinato de duas pessoas. Uma delas era o irmão do estranho para quem estava sorrindo. Roscoe retomou a conversa e as duas começaram a fazer o tempo passar. Fiquei ali sentado tomando chá e esperando por Hubble. Ele não apareceu. Até que a conversa começou a definhar e tivemos que ir embora. Charlie estava impaciente porque tinha coisas para fazer. Roscoe colocou a mão sobre o meu braço. Seu toque me queimou como eletricidade.

— Vamos embora — disse ela. — Posso lhe dar uma carona até a cidade.

Senti-me mal por não estar ficando para esperar Hubble. Senti-me desleal para com Joe. Mas queria muito ficar a sós com Roscoe. Estava ardendo por dentro. Talvez fosse alguma espécie de tristeza que estivesse intensificando essa sensação. Queria deixar os problemas de Joe para amanhã. Disse para mim mesmo que não tinha escolha. Hubble não havia aparecido. Não havia mais nada que eu pudesse fazer. Por isso voltamos juntos para o Chevy e seguimos pela pista sinuosa. Descemos a Beckman. As construções começaram a assomar do meio da rua em diante. Demos a volta em torno da igreja. A praça com a estátua do velho Caspar Teale estava à frente.

— Reacher? — disse Roscoe. — Você vai ficar aqui por um tempo, não vai? Até resolvermos essa história do seu irmão?

— Acho que sim — respondi.

— Onde você vai ficar?

— Não sei.

Ela parou no meio-fio, perto da grama. Havia um olhar carinhoso em seu rosto.

— Quero que venha para a minha casa.

Senti-me como se tivesse perdido a cabeça, mas estava ardendo por dentro, e então a puxei para mais perto de mim e nos beijamos. Aquele fabuloso primeiro beijo. Uma boca, um cabelo, um gosto e um cheiro novos e pouco familiares. Ela me beijou longamente, com sofreguidão, enquanto nos abraçávamos com força. Paramos para pegar fôlego umas duas vezes antes dela pegar o carro e dirigir até sua casa.

Roscoe seguiu a todo vapor, por uns quatrocentos metros, pela rua que se abria logo à frente da Beckman Drive. Vi uma nódoa verde ao sol enquanto entrávamos na pista que dava em sua casa. Os pneus cantaram assim que paramos. Nós meio que caímos para fora e corremos na direção da porta. Ela usou sua chave e entramos. A porta se fechou e, antes que eu pudesse ouvir o barulho do trinco, ela estava nos meus braços novamente. Nos beijamos e fomos tropeçando pela sua sala de estar. Ela tinha uns trinta centímetros a menos que eu e seus pés não tocavam o chão.

Arrancamos as roupas um do outro como se estivessem em chamas. Ela era linda. Firme, forte e com formas encantadoras. Sua pele parecia de seda. Roscoe me puxou para o chão em meio a faixas quentes de luz solar que vinham da janela. Foi uma loucura. Estávamos rolando e nada poderia nos deter. Era como o fim do mundo. Estremecemos até pararmos e ficarmos ali ofegantes. Estávamos encharcados de suor. Totalmente fatigados.

Ficamos ali enganchados e carinhosos um com o outro. Até que ela se desvencilhou de mim e me puxou para cima. Nos beijamos novamente enquanto cambaleávamos até o seu quarto. Ela puxou os lençóis da cama e caímos no colchão. Nos agarramos e caímos num profundo estupor de fim de tarde. Eu estava arrasado. Sentia meus ossos e tendões como se fossem de borracha. Deitei naquela cama pouco familiar e viajei por um lugar muito além do relaxamento. Eu estava flutuando. O calor e o peso de Roscoe se aconchegaram ao meu lado. Eu respirava no meio do seu cabelo. Nossas mãos estavam acariciando, preguiçosamente, contornos pouco familiares.

Ela me perguntou se eu queria ir para um motel. Ou ficar ali do seu lado. Ri e lhe disse que a única maneira de se livrar de mim agora seria pegando uma espingarda na delegacia para me afugentar. E acrescentei que mesmo isso poderia não dar certo. Ela deu uma risadinha e me apertou com mais força para perto de si.

— Jamais pegaria uma espingarda — sussurrou. — Pegaria sim um par de algemas. Para acorrentá-lo à cama e deixá-lo aqui para sempre.

Tiramos uma soneca durante a tarde. Liguei para a casa de Hubble às sete da noite. Ele ainda não tinha voltado. Deixei o número de Roscoe com Charlie e lhe pedi para dizer ao seu marido que me ligasse logo que chegasse. Depois disso, passamos o resto da noite despreocupados. E adormecemos rapidamente à meia-noite. Hubble não ligou.

Na segunda-feira de manhã mal percebi que Roscoe havia levantado para trabalhar. Ouvi o chuveiro e sei que ela me beijou carinhosamente; e depois que ela saiu, a casa voltou a ficar silenciosa. Quando acordei, já passava das nove. O telefone não tocou. Tudo bem. Precisava mesmo de algum tempo num ambiente tranqüilo para pensar. Tinha decisões a tomar. Alonguei-me na cama quente de Roscoe e comecei a responder à pergunta que aquela voz suave dentro da minha cabeça me fazia novamente.

O que eu faria em relação a Joe? Minha resposta veio muito facilmente. Sabia que viria assim. Sabia que estava esperando desde que fiquei pela primeira vez em pé ao lado do corpo dilacerado de Joe no necrotério. Era uma resposta simples. Eu iria ajudá-lo. Iria terminar o seu trabalho. Seja lá o que fosse. Usando todos os meios necessários.

Não dava para antever grandes dificuldades. Hubble era o único elo que eu tinha com tudo aquilo, mas era o único do qual eu precisava. Ele iria cooperar. Dependera de Joe para ajudá-lo. Agora dependeria de mim. E me daria o que eu precisava. Seus superiores ficariam vulneráveis durante uma semana. O que ele havia dito? Uma janela escancarada deixando tudo à mostra até domingo? Eu usaria isso para acabar com eles. Já estava decidido. Não poderia fazê-lo de outra maneira. Não deixaria tudo a cargo de Finlay. Ele não iria entender todos esses anos de história. Finlay não aprovaria o tipo de castigo que seria necessário infligir. Não tinha como entender a verdade simples que eu aprendi aos quatro anos de idade: não mexa com o meu irmão. Por isso o problema era meu. Era algo entre mim e Joe. Era um dever.

Fiquei ali na cama quente de Roscoe fazendo planos. Seria um processo simples. O mais simples que se poderia imaginar. Pegar Hubble não seria difícil. Sabia onde ele morava. Sabia qual era o seu número de telefone. Alonguei-me, sorri e comecei a ficar impaciente. Saí da cama e encontrei o café. Havia um bilhete debaixo do bule. Dizia: *Quer almoçar no Eno comigo? Às onze horas? Deixe Hubble para Finlay, ok?* O bilhete estava assinado com um monte de beijos e um pequeno desenho que mostrava um par de algemas. Li e sorri com o desenho, mas não iria deixar Hubble para Finlay. De jeito nenhum. Hubble era assunto meu. Por isso peguei o número novamente e liguei para a Beckman Drive. Não havia ninguém em casa.

Servi-me de uma grande caneca de café e percorri a sala de estar. O sol lá fora estava ofuscante. Outro dia quente. Andei pela casa. Era um lugar pequeno. Uma sala de estar, uma cozinha que servia como sala de jantar, dois quartos, um banheiro e um lavabo. Tudo muito novo e limpo. Decorado de uma maneira simples e bacana. Exatamente o que eu esperaria de Roscoe. Um estilo simples e bacana. Um pouco da arte indígena dos navajo, uns tapetes pequenos e chamativos, paredes brancas. Ela deve ter ido ao Novo México e gostado do que viu.

O ambiente era calmo e silencioso. Um aparelho de som, alguns discos e fitas mais doces e melódicas do que os uivos e zumbidos que eu chamo de música. Peguei mais café em sua cozinha. Saí pelos fundos. Lá havia um pequeno jardim, um gramado limpo e bem-tratado e algumas sempre-vivas recém-plantadas. Fiquei em pé no meio do sol, bebericando o meu café.

Depois entrei novamente e tentei ligar para Hubble mais uma vez. Nada. Tomei um banho e me vesti. Roscoe tinha um pequeno boxe e sabonetes femininos à disposição. Encontrei uma toalha num closet e um pente numa *nécessaire*. Nada de giletes. Coloquei minhas roupas e lavei a caneca na qual tomei café. Tentei ligar para Hubble novamente do telefone da cozinha. Deixei tocar por um bom tempo. Ninguém em casa. Pensei em pegar uma carona até lá com Roscoe depois do almoço. Isso não podia esperar. Tranquei de novo a porta dos fundos e saí pela da frente.

Eram mais ou menos dez e meia da manhã. De lá até a Cantina do Eno eu percorreria uns dois quilômetros. Uma suave caminhada de meia hora sob o sol. Já estava bem quente. Devia estar perto de uns trinta graus. Como é sensacional a temperatura de outono sob o sol. Andei os dois quilômetros até a rua principal, subindo uma colina leve e sinuosa. Todo o cenário era lindamente decorado. Havia magnólias gigantes em toda parte e flores tardias nos arbustos.

Virei na altura da loja de conveniência e caminhei pela rua principal. As calçadas haviam sido varridas. Dava para ver equipes de jardineiros nas pequenas áreas de estacionamento. Eles estavam tirando regadores e carrinhos de mão de dentro de picapes verdes com inscrições em dourado nas quais se lia "Fundação Kliner". Dois sujeitos estavam pintando as cercas. Acenei para os dois velhos barbeiros na barbearia. Eles estavam encostados no vão da porta, como que esperando por clientes. Ambos acenaram de volta e eu segui em frente.

O Eno apareceu no meu campo de visão. As laterais polidas de alumínio brilhavam ao sol. O Chevy de Roscoe estava no estacionamento. Ao seu lado, no meio dos cascalhos, estava a perua preta que eu vira no dia anterior, no lado de fora da cafeteria. Cheguei na cantina e empurrei a porta. Eu havia sido tocado para fora dali na sexta-feira, com a espingarda de Stevenson apontada para a minha barriga. Saí algemado. Fiquei me perguntando se o pessoal da cantina se lembrava de mim. Imaginei que, provavelmente, iriam lembrar. Margrave era um lugar muito sossegado. Não ficava cheio de forasteiros andando de um lado para outro.

Roscoe estava numa das baias, a mesma que eu havia usado na sexta-feira. Estava novamente com seu uniforme e mesmo assim parecia a coisa mais sexy do planeta. Andei em sua direção. Ela me deu um sorriso carinhoso e eu me curvei para beijar sua boca. A moça empurrou o descanso de vinil na direção da janela. Havia duas xícaras de café em cima da mesa. Passei-lhe a dela.

O motorista da picape preta estava sentado ao balcão. O filho de Kliner, o enteado da mulher pálida. Ele havia girado o banco, e suas costas estavam apoiadas no balcão. Estava sentado com as pernas abertas, os cotovelos para trás, a cabeça levantada e os olhos faiscantes, olhando para mim novamente. Dei-lhe as costas e beijei Roscoe de novo.

— Isso não vai arruinar a sua autoridade? — perguntei. — Ser vista com um vagabundo que foi preso aqui na sexta-feira?

— Provavelmente. Mas... e daí?

Então a beijei novamente. O moleque Kliner estava observando. Dava para sentir seu bafo na minha nuca. Virei-me para encará-lo de volta. Ele me fitou por mais um segundo para depois escorregar do banco em que estava e se mandar. Parou no vão da porta e me olhou mais uma vez. Depois, saiu apressado rumo à sua picape e se mandou. Ouvi o rugido do motor e logo a cantina ficou mais tranqüila. Estava mais ou menos vazia que nem na sexta-feira. Uns dois coroas e uma dupla de garçonetes. Eram as mesmas da sexta. Ambas eram louras, uma mais alta e mais pesada que a outra. Usavam uniformes de garçonete. A mais baixa estava com óculos de sol. Não eram exatamente iguais, mas parecidas. Como irmãs ou primas. As duas tinham os mesmos genes em algum lugar. A cidade era pequena, a quilômetros de qualquer lugar.

— Tomei uma decisão — anunciei. — Tenho que descobrir o que aconteceu com Joe. Por isso, quero me desculpar antecipadamente no caso disso atrapalhar o que existe entre nós, ok?

Roscoe deu de ombros e abriu um sorriso carinhoso. Para mim ela parecia preocupada.

— Não irá atrapalhar — disse ela. — Não há por quê.

Tomei um gole de café. Era dos bons. Lembrei-me de sexta-feira.

— Conseguimos identificar o segundo corpo — acrescentou a moça. — Suas impressões bateram com as de um elemento que foi preso há dois anos na Flórida. Seu nome era Sherman Stoller. Esse nome significa alguma coisa para você?

Balancei a cabeça.

— Nunca ouvi falar dele.

Então o bipe começou a apitar. Era um pequeno pager negro que ela trazia no cinto. Não o havia visto antes. Talvez só precisasse usá-lo durante o horário de trabalho. Estava apitando sem parar. Roscoe o desligou.

— Droga. Preciso ligar. Desculpe. Vou usar o telefone do carro.

Escorreguei do banco e me encostei para deixá-la passar.

— Peça alguma comida para mim, ok? Vou comer o que você pedir.

— Ok. Qual delas é a nossa garçonete?

— A de óculos.

Minha parceira saiu da cantina. Vi que estava se recostando no carro e usando o telefone. Então ela gesticulou para mim do estacionamento. Dizendo que era urgente. Que precisava voltar. E que eu devia ficar onde estava. Ela pulou dentro do carro e seguiu para o sul. Acenei vagamente, não olhando de fato, porque na verdade estava olhando para a garçonete. Havia quase parado de respirar. Precisava de Hubble. E Roscoe acabara de me dizer que Hubble estava morto.

11

FIQUEI OLHANDO, CONFUSO, PARA AS DUAS GARçonetes louras, uma, talvez, sete centímetros mais alta do que a outra. Talvez com uns sete quilos a mais. Uns dois anos mais velha. A mulher menor parecia baixinha em comparação. Mais atraente. Tinha o cabelo mais comprido e claro. Olhos mais bonitos por trás das lentes dos óculos. Como par, as duas garçonetes eram superficialmente semelhantes. Mas não eram iguais. Havia um milhão de diferenças entre ambas. Não era nem um pouco difícil distinguir uma da outra.

Eu havia perguntado a Roscoe qual era a nossa garçonete. E como ela respondeu? Não disse que era a menor, a de cabelo longo, a loura, a mais magra, a mais bonita ou a mais jovem. Disse que era a que usava óculos. Uma estava usando, e a outra não. A nossa era a de óculos. O uso de óculos era a principal diferença entre as duas. Isso anulava todas as outras diferenças. As outras eram questões de qualidade. Mais alta, mais cheinha, mais esbelta, mais baixa, mais bonita, mais morena, mais jovem. Os óculos não eram uma questão de qualidade. Uma mulher os usava, a outra não. Uma diferença perfeita. Sem fazer confusão. Nossa garçonete era a que usava óculos.

Foi isso que Spivey viu na noite de sexta-feira. Spivey havia entrado na carceragem pouco depois das dez horas. Com uma espingarda e uma prancheta em suas mãos grandes e vermelhas de fazendeiro. Havia perguntado qual de nós dois era Hubble. Lembro-me de sua voz estridente na calmaria do *bunker*. Não havia motivo para tal pergunta. Por que diabos Spivey se importaria em saber quem de nós era quem? Ele não precisava saber. Mas perguntara. Hubble levantara a mão. Spivey o olhou dos pés à cabeça com seus pequenos olhos de cobra. Havia reparado que Hubble era menor, mais leve, mais louro, mais careca e mais jovem do que eu. Mas a que diferença ele mais se apegou? Hubble usava óculos. Eu não. Os pequenos aros dourados. Uma diferença fundamental. Spivey disse para si mesmo naquela noite: Hubble é o de óculos.

Mas, na manhã seguinte, era eu que estava usando óculos, não Hubble. Pois os aros dourados de Hubble haviam sido esmagados pelos crioulos no lado de fora da nossa cela. Assim que amanheceu. Os pequenos aros dourados haviam desaparecido. Eu havia pego o óculos de sol de um deles como troféu. Havia pego e esquecido. Encostei na pia do banheiro enquanto examinava minha testa ferida no espelho de aço. Senti que os óculos estavam no meu bolso. Eu os havia tirado e os experimentado. Não eram escuros porque deveriam reagir à luz do sol. Pareciam óculos normais. Fiquei ali em pé com eles quando os arianos invadiram o banheiro. Spivey lhes dissera: procurem os presos novos e matem o que usa óculos. Eles se esforçaram bastante. Esforçaram-se muito para matar Paul Hubble.

Atacaram a mim porque a descrição que haviam recebido subitamente se tornou a descrição errada. Spivey lhes dera a dica muito tempo antes. Quem quer que lhe pedira para acabar com Hubble não havia desistido. Por isso fizeram uma segunda tentativa. E tal tentativa foi bem-sucedida. Todo o Departamento de Polícia deve ter sido enviado para a Beckman Drive. Na altura do número 25. Provavelmente porque alguém havia encontrado uma cena apavorante por lá. Carnificina. Ele estava morto. Todos os quatro estavam mortos. Torturados e massacrados. A culpa havia sido minha. Eu não pensara bem o suficiente.

Corri para o balcão. Falei com a nossa garçonete. A que usava óculos.

— Você pode me chamar um táxi? — perguntei.

O cozinheiro estava olhando tudo. Talvez ele fosse o próprio Eno. Baixo, forte, escuro, careca. Mais velho do que eu.

— Não, não podemos — gritou o sujeito. — Onde você acha que estamos? Num hotel? Isto aqui não é o Waldorf-Astoria, camarada. Se quiser um táxi, procure sozinho. Você não é especialmente bem-vindo por aqui. A sua presença é encrenca na certa.

Olhei de volta friamente. Estava cansado demais para esboçar uma reação. Mas a garçonete simplesmente riu dele. E colocou a mão no meu braço.

— Não dê bola para o Eno — disse ela. — Ele não passa de um velho ranzinza. Vou chamar o táxi para você. É só esperar no estacionamento, ok?

Fiquei esperando no meio da rua. Durante cinco minutos. O táxi encostou. Era novo e impecável, como tudo o mais em Margrave.

— Para onde, senhor? — perguntou o motorista.

Dei-lhe o endereço de Hubble e ele fez uma curva lenta e aberta, ombro a ombro com a estrada do condado. E voltou para o centro da cidade. Passamos pelo corpo de bombeiros e pela delegacia. O estacionamento estava vazio. O Chevy de Roscoe não estava lá. As viaturas também não. Todos os carros haviam partido. Para a casa de Hubble. Fizemos a curva para a direita na altura da praça e passamos voando pela igreja silenciosa. Direto para a Beckman. Em pouco mais de um quilômetro eu veria um congestionamento em frente ao número 25. As viaturas com suas luzes piscando e disparando. Os carros sem placas de

Finlay e Roscoe. Uma ou duas ambulâncias. O médico-legista estaria lá, vindo direto do seu escritório em Yellow Springs.

Mas a rua estava vazia. Entramos na alameda de Hubble. O táxi manobrou e voltou para a cidade. E então um silêncio se fez. Aquele silêncio pesado que se nota numa rua tranqüila num dia quente e calmo. Dei a volta nos jardins inclinados. Não havia ninguém por lá. Nada de carros de polícia, ambulâncias ou gritos. Nada de unidades móveis ou gente suspirando de medo. Nada de fotógrafos da polícia ou faixas impedindo o acesso.

O Bentley grande e escuro estava estacionado no meio dos cascalhos. Passei por ele no meu caminho em direção à casa. A porta da frente se abriu num estampido. Charlie Hubble saiu correndo. Estava gritando. Estava histérica. Mas estava viva.

— Hub desapareceu — gritou.

Correu no meio do terreno de cascalhos. Ficou em pé bem na minha frente.

— Hub sumiu — continuou gritando. — Ele desapareceu. Não consigo encontrá-lo.

Era apenas Hubble e sua iniciativa própria. Eles o haviam levado e jogado num lugar qualquer. Alguém havia encontrado o corpo e chamado a polícia. Um telefonema gritado e abafado. O amontoado de carros e ambulâncias estava lá. Não aqui na Beckman. Em um outro lugar. Mas era apenas Hubble e sua iniciativa própria.

— Algo está errado — queixou-se Charlie. — Esse negócio da prisão. Alguma coisa não deu certo no banco. Deve ser isso. Hub tem andado muito nervoso. E agora sumiu. Desapareceu. Tenho certeza de que algo aconteceu.

Ela apertou os olhos. Começou a gritar. Estava perdendo o controle. Ficando cada vez mais histérica. Eu não sabia como lidar com ela.

— Ele voltou muito tarde na noite passada — gritou. — Ainda estava por aqui hoje de manhã. Levei Ben e Lucy para a escola. E agora ele sumiu. Não foi para o trabalho. Recebeu uma ligação do escritório pedindo para que ficasse em casa, e sua maleta ainda está aqui, seu celular ainda está aqui, seu paletó ainda está aqui, sua carteira ainda está aqui, seus cartões de crédito estão dentro dela, assim como sua carteira de motorista, e suas chaves estão na cozinha. A porta da frente ficou aberta. Ele não foi trabalhar. Simplesmente desapareceu.

Fiquei em silêncio. Paralisado. Ele havia sido arrastado à força de lá e assassinado. Charlie fraquejava na minha frente. E depois começou a sussurrar. O sussurro foi pior do que os gritos.

— Seu carro ainda está aqui. Ele não pode ter ido para parte alguma. Nunca vai a pé para lugar nenhum. Sempre vai de Bentley.

Ela acenou vagamente na direção dos fundos da casa.

— O Bentley de Hub é verde. Ainda está na garagem. Eu mesma chequei. Você tem que nos ajudar. Precisa encontrá-lo. Pelo amor de Deus, Sr. Reacher. Estou lhe pedindo para nos ajudar. Hub está em perigo, eu sei disso. Ele desapareceu. E disse que você podia ajudar. Você salvou sua vida. Ele me disse que você sabia como agir.

Ela estava histérica. E implorando. Mas eu não podia ajudá-la. Em breve ela saberia por quê. Baker ou Finlay viria até aqui logo que fosse possível. E lhe daria a notícia devastadora. Talvez a responsabilidade ficasse para Finlay. Provavelmente ele era bom nisso. Provavelmente já o tinha feito milhares de vezes em Boston. Era um sujeito digno e sóbrio. Iria dar a notícia, encobrir os detalhes e levá-la de carro até o necrotério para identificar o corpo. O pessoal de lá cobriria o corpo com uma gaze pesada para esconder os ferimentos mais chocantes.

— Você vai nos ajudar? — perguntou Charlie.

Resolvi não ficar esperando com ela. Decidi ir até a delegacia. Para descobrir detalhes sobre onde, quando e como. Mas voltaria com Finlay. A culpa havia sido minha, e por isso eu devia voltar.

— Você fica aqui — afirmei. — E terá que me emprestar o seu carro, tudo bem?

Ela enfiou a mão na bolsa e puxou um grande molho de chaves. Passou-as para mim. A chave do carro tinha uma grande letra "B" gravada em relevo. Charlie acenou levemente com a cabeça e ficou no mesmo lugar. Andei até onde estava o Bentley e me sentei no banco do motorista.

Dei marcha a ré e fiz a curva da alameda. Desci a Beckman em silêncio. Virei à esquerda na rua principal, na direção da delegacia.

Havia viaturas e outras unidades não emplacadas espalhadas pelo estacionamento da polícia. Deixei o Bentley de Charlie no meio-fio e entrei. Estavam todos se movimentando desordenadamente dentro da sala do pelotão. Vi Baker, Stevenson, Finlay. E vi Roscoe. Reconheci a equipe de reforço da sexta-feira. Morrison não estava lá. Nem o sujeito que ficava na mesa. O longo balcão estava abandonado. Todos estavam atordoados. Os olhares eram vagos e pasmos. Horrorizados. Perturbados. Ninguém falava comigo. Só me observavam vaga e friamente. Nem chegavam a me evitar, era como se não estivessem me vendo de fato. O silêncio era total. Até que, finalmente, Roscoe apareceu. Ela andara chorando. E veio andando na minha direção. Encostou seu rosto no meu peito. Estava ardendo. Abraçou-me e assim ficou.

— Foi horrível — afirmou. E não disse mais nada.

Eu a conduzi até sua mesa e fiz com que se sentasse. Acariciei seu ombro e fui ao encontro de Finlay. Ele estava sentado a uma mesa, estupefato. Acenei para que ele fosse até o escritório dos fundos. Precisava saber o que estava acontecendo, e Finlay era o cara que iria me contar. Ele me acompanhou. Sentou-se na cadeira em frente à mesa. Onde eu havia ficado algemado na sexta. Sentei atrás da mesa. Os papéis se inverteram.

Observei-o por um instante. Ele estava realmente agitado. Fiquei mais uma vez gelado por dentro. Hubble deve ter ficado num estado muito lamentável para deixar Finlay assim. Era um homem que havia trabalhado durante vinte anos numa cidade grande. Deve ter visto tudo que se tem para ver. Mas agora estava realmente inquieto. Sentei-me ali ardendo de vergonha. Tranqüilo, Hubble, dissera eu, você está seguro o bastante.

— E então, o que houve? — perguntei.

Ele levantou a cabeça com algum esforço e me encarou.

— Por que você devia se importar? — respondeu o detetive. — O que ele representava para você?

Boa pergunta. Do tipo que eu não tinha como responder. Finlay não tinha noção do que eu sabia sobre Hubble. Continuei na minha. Dessa forma, Finlay não veria por que Hubble era tão importante para mim.

— Só me diga o que aconteceu.

— Foi algo muito ruim — disse ele. E não prosseguiu.

O homem da lei estava me preocupando. Meu irmão havia morrido com um tiro na cabeça. Dois enormes ferimentos de saída de bala arrancaram o seu rosto. E depois alguém transformou seu cadáver num saco de pancada. Mas Finlay não se deixou abater por isso. O outro sujeito fora todo devorado por ratos. Não havia sequer uma gota de sangue em seu corpo. Mas Finlay também não se deixou abater por isso. Hubble era um sujeito da localidade, o que tornava as coisas um pouco piores, dava para ver. Mas, na sexta-feira, Finlay nem sequer sabia quem era Hubble. E agora estava agindo como se tivesse visto um fantasma. Devem ter feito um serviço espetacular.

Isso significava que devia estar acontecendo algo muito sério em Margrave. Pois não havia sentido fazer um serviço espetacular sem uma razão aparente. A ameaça feita de antemão funciona assim. E certamente funcionara com Hubble. O que não faltou para ele foram avisos. É para isso que servem as ameaças. Mas levar a cabo algo assim tem um outro sentido. Uma razão diferente. Não tem nada a ver com o sujeito propriamente dito. Diz respeito a voltar a ameaça para quem encabeça a fila. E com isso afirma: "Viu o que fizemos com aquele outro sujeito? Isso é o que podemos fazer com você." Então, ao fazer tal serviço espetacular com Hubble, alguém havia acabado de revelar que um jogo de alto risco estava em curso, com outros caras esperando a sua vez na fila, bem ali, no coração da cidade.

— Diga-me o que aconteceu, Finlay — repeti.

Ele se inclinou para a frente. Colocou as mãos sobre a boca e o nariz e suspirou pesadamente.

— Ok — afirmou. — Foi realmente horrível. Uma das piores coisas que eu já vi. E já vi algumas coisas muito bizarras, posso garantir. Já vi barbaridades antes, mas isso foi demais. Ele estava nu. Foi pregado na parede. Seis ou sete grandes pregos de carpinteiro atravessando suas mãos e subindo pelos braços. Atravessando as partes carnudas. Pregaram seus pés no chão. Depois cortaram suas bolas. Simplesmente as entalharam. Foi sangue para todo lado. A coisa foi muito feia. E depois cortaram a sua garganta. De orelha a orelha. É gente muito ruim, Reacher. Muito ruim mesmo. Não dá para ser pior do que isso.

Fiquei estarrecido. Finlay estava esperando por um comentário meu. Mas eu não conseguia pensar em nada. Estava pensando em Charlie. Ela me perguntaria se eu descobri alguma coisa. Finlay teria que ir até lá. Devia ir imediatamente lhe dar a notícia. Era seu trabalho, não o meu. Dava para ver por que ele relutava. Era uma notícia difícil de se dar. Detalhes difíceis de encobrir. Mas era o seu trabalho. Eu iria junto com ele. Porque a culpa era minha. Não havia como fugir disso.

— Sim — concordei. — Eles parecem ser gente muito ruim.

O detetive inclinou a cabeça para trás e olhou em volta. Deu outro suspiro na direção do teto. Era um homem triste.

— E isso não foi o pior. Você devia ter visto o que fizeram com sua esposa.

— Sua esposa? De que diabos você está falando?

— Da esposa dele. A casa deles ficou parecida com um açougue.

Por um instante não consegui dizer nada. O mundo estava girando para trás.

— Mas eu acabei de vê-la. Há vinte minutos. Ela está bem. Nada lhe aconteceu.

— Quem você viu?

— Charlie.

— Quem diabos é Charlie?

— Charlie. Charlie Hubble. Sua esposa. Ela está bem. Ninguém a pegou.

— O que Hubble tem a ver com isso?

Fiquei ali, encarando-o.

— De quem estamos falando? Quem foi assassinado?

Finlay olhou para mim como se eu fosse maluco.

— Achei que você sabia. Foi o chefe Morrison. O chefe de polícia. Morrison. E sua esposa.

12

FIQUEI OBSERVANDO FINLAY COM MUITO CUIDADO, tentando decidir até que ponto deveria confiar nele. Seria uma decisão de vida ou morte. No fim das contas, concluí que sua resposta a uma simples pergunta me faria tomar uma decisão.

— E agora, você será efetivado como chefe? — perguntei.

Ele balançou a cabeça.

— Não — disse o detetive. — Eles não vão fazer de mim o chefe.

— Tem certeza?

— Tenho.

— Quem toma essa decisão?

— O prefeito. É o prefeito da cidade que indica quem vai ser o chefe de polícia. Ele está a caminho. O sujeito se chama Teale. Pertence a uma família tradicional da Geórgia. Um de seus ancestrais era magnata do transporte ferroviário e dono de tudo que se vê por aqui.

— É desse cara que vocês têm estátuas espalhadas por aí?

Finlay acenou positivamente com a cabeça.

— Caspar Teale. Ele foi o primeiro. Desde então tem havido uma sucessão de Teales. O prefeito atual deve ser seu bisneto ou coisa parecida.

Eu estava num campo minado. Precisava encontrar uma passagem segura para poder seguir.

— Qual é a história por trás desse tal de Teale? — perguntei.

Finlay deu de ombros. Tentou descobrir uma maneira de explicar.

— Ele é só um babaca sulista. Pertence a uma tradicional família da Geórgia, provavelmente uma longa linhagem de babacas sulistas. Eles têm sido prefeitos por aqui desde o princípio dos tempos. Ouso dizer que este de agora não é pior do que os outros.

— Ele ficou perturbado? Quando você telefonou para lhe falar sobre Morrison?

— Preocupado, creio. Ele odeia confusão.

— Por que ele não faria de você chefe? Você é o mais experiente daqui, certo?

— Simplesmente não irá fazê-lo. O motivo não me interessa.

Fiquei observando-o por algum tempo. Era uma questão de vida ou morte.

— Há algum lugar onde possamos conversar? — perguntei.

Ele olhou para mim do outro lado da mesa.

— Você achou que Hubble tinha sido morto, não é? — retrucou o detetive. — Por quê?

— Hubble foi morto. O fato de Morrison também ter morrido não muda nada.

Andamos até a loja de conveniência. Sentamos lado a lado no balcão vazio, perto da janela. Sentei-me no mesmo lugar que a pálida Sra. Kliner havia ocupado quando estive lá no dia anterior. Parecia que muito tempo havia se passado. O mundo havia mudado bastante desde então. Pedimos canecas enormes de café e uma porção grande de rosquinhas.

Não olhamos diretamente um para o outro. Encaramo-nos através do espelho que ficava atrás do balcão.

— Por que não lhe dão a promoção? — perguntei.

Seu reflexo deu de ombros. Ele parecia confuso. Não conseguia ver onde estava a ligação entre uma coisa e outra. Mas a veria em breve.

— Eu devia recebê-la — afirmou Finlay. — Sou mais qualificado do que todos os outros juntos. Trabalhei durante vinte anos numa cidade grande. Uma verdadeira delegacia. O que diabos eles fizeram? Veja Baker, por exemplo. Ele se acha muito esperto. Mas o que fez até hoje? Quinze anos no meio do mato? Neste lugar atrasado? O que diabos ele sabe?

— Então por que você não a recebe?

— Isso é um assunto particular.

— Você acha que vou vender essa história para o jornal local?

— É uma longa história.

— Então conte para mim. Preciso saber.

Ele olhou para mim no espelho. Respirou bem fundo.

— Saí de Boston em março. Trabalhei os meus vinte anos devidos. Sem deixar manchas. Oito menções de louvor. Eu era um baita de um detetive, Reacher. Tinha como me aposentar recebendo pensão integral. Mas minha esposa estava ficando maluca. Desde o último outono, vinha ficando cada vez mais agitada. Que ironia. Ficamos casados ao longo de todos esses vinte anos. Eu estava me matando de trabalhar. A delegacia de Boston era um verdadeiro hospício. Trabalhávamos sete dias por semana. O dia e a noite inteiros. Via os casamentos dos meus colegas de trabalho caindo por terra. Todos estavam se divorciando. Um atrás do outro.

Ele fez uma pausa para tomar um longo gole de café. E mordeu uma rosquinha.

— Mas não eu. Minha esposa conseguia segurar a barra. Jamais reclamou, nem uma vez. Ela era um milagre da natureza. Nunca me deu trabalho.

Ele ficou em silêncio mais uma vez. Pensei no que significavam vinte anos em Boston. Trabalhar contra o relógio naquela cidade velha e caótica.

Distritos policiais sujos, do século dezenove. Unidades sobrecarregadas. Pressão constante. Um desfile interminável de aberrações, vilões, políticos, problemas. Finlay se saiu muito bem para conseguir sobreviver.

— Tudo começou no outono passado — repetiu. — Estávamos a seis meses do fim. Tudo iria acabar. Estávamos pensando em talvez passar um tempo numa cabana num lugar qualquer. Férias. Um monte de tempo juntos. Mas ela começou a entrar em pânico. Não queria passar tanto tempo ao meu lado. Não queria que eu me aposentasse. Não me queria em casa. Ela disse que despertou para o fato de que não gostava de mim. Não me amava. Não me queria por perto. Ela havia adorado aqueles vinte anos. Não queria que as coisas mudassem. Não dava para acreditar. Aquilo fora o meu sonho. Vinte anos de trabalho para depois me aposentar aos quarenta e cinco. Quem sabe mais vinte anos gozando a vida antes de ficarmos velhos demais, entende? Era o meu sonho, e fiquei trabalhando nele durante vinte anos. Mas ela não me queria mais. Acabou dizendo que a idéia de passar mais vinte anos comigo numa cabana no meio do mato fazia a sua pele pinicar. As coisas ficaram realmente amargas. Acabamos nos separando. Fiquei me sentindo como se meus membros tivessem sido amputados.

Ele fraquejou novamente. Pedimos mais café. Era uma história triste. Histórias sobre sonhos destruídos sempre são.

— Então, obviamente, nos divorciamos — prosseguiu. — Não havia mais nada a fazer. Ela exigiu. Foi terrível. Fiquei totalmente fora de mim. Então, no meu último mês na chefatura, comecei a ver a lista de empregos da União novamente. E vi que havia esse emprego por aqui. Liguei para um velho camarada que trabalhava no FBI de Atlanta e perguntei sobre a vaga. Ele me alertou. Disse que eu deixasse pra lá. Falou que era uma delegacia insignificante numa cidade que nem estava no mapa. A descrição do emprego dizia chefe dos detetives, mas só havia um único detetive. O sujeito que ocupava o cargo anteriormente era um debilóide que se enforcou. A delegacia era chefiada por um cara gordo e retardado. A cidade era administrada por um velho da Geórgia que não conseguia se lembrar de que a escravidão havia sido abolida. Meu amigo em

Atlanta me disse para esquecer. Mas eu estava com a vida tão fodida que queria tentar. Achei que poderia me isolar aqui como punição, entende? Uma espécie de penitência. Além disso, precisava de dinheiro. Eles estavam oferecendo uma boa grana e eu precisava pagar a pensão e as contas do advogado. Por isso solicitei a vaga e vim para cá. Foram o prefeito Teale e Morrison que me receberam. Eu me sentia totalmente incapaz, Reacher. Estava destroçado. Não conseguia encadear duas palavras numa frase. Deve ter sido a pior entrevista de emprego da história da humanidade. Devo ter passado como um idiota. Mas eles me deram o emprego. Acho que precisavam de um negro para passar uma boa impressão. Sou o primeiro tira negro da história de Margrave.

Virei o banco e o encarei de frente.

— Então você acha que seu cargo é apenas simbólico? — perguntei. — É por isso que Teale não irá efetivá-lo como chefe?

— É óbvio, imagino. Ele considera o meu cargo simbólico e me trata como um idiota. Não sou daqueles que têm que ser promovidos. De uma certa forma isso faz sentido. Não acredito que ganhei o emprego em primeira instância, simbólico ou não.

Acenei para o sujeito do balcão para que trouxesse a conta. Estava satisfeito com a história de Finlay. Ele não iria se tornar chefe. Por isso acreditei nele. E acreditei em Roscoe. Seríamos nós três contra quem quer que fosse. Balancei a cabeça para ele no espelho.

— Você está errado — afirmei. — Esse não é o verdadeiro motivo. Você não será chefe porque não é um criminoso.

Paguei a conta com uma nota de dez e recebi o troco em moedas de vinte e cinco centavos. O sujeito ainda não tinha notas. Então eu disse para Finlay que precisava ver a casa de Morrison. Falei que precisava de todos os detalhes possíveis. Ele simplesmente deu de ombros e me levou para fora. Viramos e andamos rumo ao sul. Passamos pela praça e deixamos a cidade para trás.

— Fui o primeiro a chegar lá — contou o detetive. — Cerca de dez da manhã. Não via Morrison desde sexta-feira e precisava deixar o cara a par das novidades, mas não conseguia encontrá-lo pelo telefone. Estávamos no meio da manhã de segunda e não tínhamos feito porcaria nenhuma em relação ao duplo homicídio na noite de quinta. Precisávamos tirar nossos traseiros da inércia. Por isso fui até sua casa.

Ele ficou quieto e continuou a andar. Repassando em sua mente o cenário que encontrara.

— A porta da frente estava aberta — prosseguiu Finlay. — Talvez uns centímetros. A sensação era ruim. Entrei e os encontrei no andar de cima no quarto principal. Parecia um açougue. Sangue para todo lado. Ele estava pregado na parede, meio que pendurado. Ambos estavam retalhados, ele e a esposa. Foi terrível. Cerca de vinte e quatro horas de decomposição. Clima quente. Muito desagradável. Por isso chamei toda a equipe, repassamos cada detalhe e juntamos as peças. Estou literalmente temeroso.

Ele fraquejou mais uma vez. E ficou em silêncio.

— Então tudo aconteceu na manhã de domingo? — perguntei.

Finlay acenou positivamente.

— O jornal de domingo estava na mesa da cozinha. Um caderno ou outro estava aberto e o resto permanecia intocado. A mesa do café da manhã estava posta. O médico-legista disse que as mortes aconteceram às dez da manhã de domingo.

— Alguma pista foi deixada?

Ele acenou novamente. Severamente.

— Pegadas no sangue. O local parecia um lago vermelho. Litros e mais litros. Parte do sangue já secou, é claro. Os caras deixaram pegadas por toda parte. Mas estavam usando galochas de borracha, sacou? Sabe aquelas que são usadas no Norte durante o inverno? Não há nenhuma chance de rastreá-las. Devem vender milhões delas todo ano.

Eles vieram preparados. Sabiam que haveria muito sangue. Trouxeram galochas. Devem ter trazido casacos. Como aqueles de náilon que são usados em matadouros. No corredor da morte. Grandes casacos brancos de náilon, com capuz, o náilon branco molhado e manchado de sangue vermelho-vivo.

— Eles usaram luvas também — acrescentou Finlay. — Há manchas feitas por algo semelhante à borracha no sangue que está nas paredes.

— Quantos eram? — perguntei. Estava tentando traçar um quadro da situação.

— Quatro. As pegadas são confusas, mas acho que dá para deduzir que foram quatro.

Acenei positivamente. Quatro parecia um número adequado. No mínimo, calculei. Morrison e sua esposa devem ter lutado para salvar suas vidas. Seriam necessários pelo menos quatro homens para segurá-los. Quatro dos dez que Hubble havia mencionado.

— Que meio de transporte usaram? — questionei.

— Não dá para dizer. A pista de entrada era de cascalhos, cheia de sulcos aqui e acolá. Mas deu para ver uns sulcos mais largos que pareciam recentes. As rodas deviam ser grandes. Talvez tenha sido usado um veículo com tração nas quatro rodas ou um furgão.

Estávamos a uns duzentos metros do fim da rua principal. Viramos para oeste numa pista de cascalhos que devia ser mais ou menos paralela à Beckman Drive. No final da rua estava a casa de Morrison. Era um lugar grande e de arquitetura tradicional, com colunas na frente, sempre-vivas simétricas espalhadas por toda parte. Havia um Lincoln novo estacionado perto da porta e um monte de fitas de isolamento amarradas entre uma coluna e outra pela polícia, na altura da cintura.

— Vamos entrar? — perguntou Finlay.

— Podemos — respondi.

Passamos por baixo de uma fita e entramos na casa de Morrison pela porta da frente. A casa estava em frangalhos. O pó cinzento e metálico para identificar impressões digitais estava espalhado por toda parte. Todo o lugar havia sido revistado, vasculhado e fotografado.

— Você não vai encontrar nada — disse o detetive. — Reviramos a casa inteira.

Acenei com a cabeça e segui na direção da escada. Subimos e achamos o quarto principal. Paramos na porta e olhamos o seu interior.

Não havia nada para ver, a não ser as marcas dos buracos feitos pelos pregos na parede e as enormes manchas de sangue. O sangue estava ficando preto. Parecia que alguém havia jogado baldes de piche para todo lado. O carpete estava com uma crosta de sangue pisado. No assoalho do vão da porta era possível ver as marcas das galochas. Dava para distinguir o padrão intricado das pegadas. Desci para o andar de baixo e encontrei Finlay recostado numa coluna da varanda.

— Tudo bem? — perguntou.

— Sinistro. Você revistou o carro?

Ele balançou a cabeça.

— Pertence a Morrison — respondeu o detetive. — Só ficamos procurando coisas que os intrusos pudessem ter deixado para trás.

Aproximei-me do Lincoln e tentei abrir a porta. Não estava trancada. Em seu interior senti um cheiro forte de automóvel que havia acabado de sair da fábrica e não encontrei muito mais. Era um carro de chefe. Não poderia estar cheio de papel para embalar cheeseburger e latas de refrigerante como o de um policial que costuma fazer rondas. Mas mesmo assim eu o revistei. Enfiei a mão nos bolsos das portas e embaixo dos bancos. Não encontrei nada. Então abri o porta-luvas e achei uma coisa. Um canivete. Era uma bela peça. Tinha um cabo de marfim com o nome de Morrison gravado em ouro. Saquei a lâmina. Cortava dos dois lados, tinha uns dezoito centímetros e era feita de um aço cirúrgico japonês. Parecia ter qualidade. E estava novo em folha, nunca havia sido usado. Fechei-o e coloquei-o no meu bolso. Eu estava desarmado e corria grande perigo. O canivete de Morrison poderia fazer alguma diferença. Saí de dentro do Lincoln e me juntei novamente a Finlay na pista de cascalhos.

— Encontrou alguma coisa? — perguntou ele.

— Não. Vamos embora.

Começamos a descer a pista juntos, ruidosamente, e viramos para o norte, na avenida do condado. Seguimos de volta para a cidade. Dava para ver a torre da igreja e a estátua de bronze ao longe, esperando por nós.

13

— TEM ALGO QUE EU PRECISO CHECAR COM você — afirmei.

A paciência de Finlay estava se esgotando. Ele olhou para o seu relógio.

— É melhor que você não esteja fazendo com que eu perca o meu tempo, Reacher.

Estávamos andando para o norte. O sol já não estava mais sobre as nossas cabeças, mas o calor ainda era violento. Não sei como Finlay conseguia usar um paletó de lã. E um colete de fustão. Eu o conduzi até a praça. Cruzamos o gramado e nos encostamos na estátua do velho Caspar Teale, um ao lado do outro.

— Eles cortaram as bolas do cara, correto? — perguntei.

O detetive acenou positivamente. E olhou para mim, esperando.

— Ok — prossegui. — A pergunta é a seguinte: você encontrou os colhões do sujeito?

O detetive balançou a cabeça.

— Não. Vasculhamos o lugar de cima a baixo. Nós e o médico-legista. Eles não estavam lá. Seus testículos desapareceram.

Ele ria enquanto dizia isso. Estava recuperando o senso de humor típico dos tiras.

— Ok. Era isso que eu queria saber.

Seu sorriso ficou mais largo. Ia de orelha a orelha.

— Por quê? — perguntou ele. — Você sabe onde estão?

— Quando é a autópsia?

Finlay ainda estava sorrindo.

— A autópsia não vai ajudar — afirmou. — Eles foram arrancados. Não estão mais ligados ao corpo. Não estavam lá. Sumiram. Como vão poder encontrá-los na autópsia?

— Não na dele. Na dela. Na da esposa. Quando checarem o que ela comeu.

Finlay parou de rir. Ficou quieto. E olhou para mim.

— Fale, Reacher.

— Ok. Foi por isso que viemos até aqui, lembra? Então me responda outra pergunta. Quantos homicídios já ocorreram em Margrave?

Ele pensou bastante. E deu de ombros.

— Nenhum. Pelo menos não nos últimos trinta anos. Não desde os dias em que os eleitores começaram a se registrar, creio.

— E agora você teve quatro em quatro dias. E logo estará investigando o quinto.

— Quinto? Qual é o quinto?

— Hubble. Meu irmão, esse tal de Sherman Stoller, os dois Morrison e mais Hubble dão cinco. Nenhum homicídio em trinta anos e agora temos cinco de uma vez só. Isso não pode ser uma simples coincidência, pode?

— De jeito nenhum. É claro que não. Estão todos enterligados.

— Certo. Agora vou lhe falar sobre outras ligações. Mas, antes de mais nada, você precisa entender uma coisa, pode ser? Eu só estava de passagem por aqui. Desde sexta, sábado e domingo, até a hora em que descobriram que aquelas impressões digitais pertenciam ao meu irmão, eu não estava dando a mínima importância para isso. Só estava esperando a hora certa para me mandar daqui o mais rápido possível.

— E daí?

— Então fiquei sabendo de umas histórias. Hubble me disse algumas coisas em Warburton, mas não prestei muita atenção. Não estava interessado nele, ok? Contou-me algumas coisas, mas eu não acompanhei tudo, e provavelmente não me lembro de muitas delas.

— Tipo o quê?

Então lhe contei aquilo de que me lembrava. Comecei da mesma maneira que Hubble havia começado. Que estava preso dentro de um esquema qualquer de extorsão, e andava sendo aterrorizado por uma ameaça contra ele e sua esposa. Uma ameaça que englobava as mesmas barbaridades, palavra por palavra, que Finlay vira com seus próprios olhos naquela manhã.

— Você tem certeza disso? Exatamente a mesma coisa?

— Palavra por palavra. Tudo igual. Que seria pregado na parede, teria as bolas arrancadas, sua esposa seria forçada a comer as bolas e depois teriam suas gargantas cortadas. O discurso era idêntico, palavra por palavra, Finlay. Então, a não ser que tenhamos dois sujeitos fazendo a mesma ameaça ao mesmo tempo no mesmo lugar, essa seria outra ligação.

— Então Morrison estava envolvido na mesma operação fraudulenta de Hubble?

— Controlada e executada pelas mesmas pessoas.

Então lhe contei que Hubble vinha falando com um investigador. Disse a ele que o tal investigador andou falando com Sherman Stoller, fosse quem fosse.

— Quem era o investigador? — perguntou ele.

— Joe era o investigador. Hubble me disse que o sujeito alto de cabeça raspada era um investigador que estava tentando salvá-lo.

— Que tipo de investigador era o seu irmão? Para quem diabos ele trabalhava?

— Não sei. Na última vez que soube dele, estava trabalhando para o Departamento do Tesouro.

Finlay se afastou da estátua e começou a andar rumo ao norte novamente.

— Tenho que fazer algumas ligações. É hora de voltar a trabalhar nesse caso.

— Ande devagar. Eu ainda não terminei.

Finlay estava na calçada. Eu estava no asfalto, tentando me esquivar dos toldos baixos que havia nas fachadas de todas as lojas. Não havia trânsito na rua para me deixar preocupado. Segunda-feira, duas horas da tarde, e a cidade estava deserta.

— Como você sabe que Hubble está morto? — perguntou o detetive.

Então lhe contei o que sabia. Ele pensou. E concordou comigo.

— Porque ele estava falando com um investigador? — retrucou.

Balancei a cabeça. E parei em frente à barbearia.

— Não — afirmei. — Eles não sabiam de nada. Se soubessem, teriam chegado a ele muito antes. Quinta-feira, no mais tardar. Acho que tomaram a decisão de apagá-lo na sexta, às cinco horas da tarde, aproximadamente. Porque você o prendeu por causa do número de telefone que estava no sapato de Joe. E concluíram que ele não podia conversar com tiras ou guardas de prisão. Por isso armaram com Spivey. Mas os rapazes de Spivey estragaram tudo, e por isso tentaram novamente. Sua esposa disse que ele recebeu uma ligação dizendo para que esperasse em casa hoje. Estavam armando tudo para fazer uma segunda tentativa. Parece que funcionou.

Finlay acenou lentamente com a cabeça.

— Merda. Ele era o único contato que tínhamos com toda essa sujeira que está acontecendo por aqui. Você devia tê-lo pressionado enquanto teve chance, Reacher.

— Obrigado, Finlay. Se eu soubesse que o cadáver era de Joe, o teria imprensado com tanta vontade que você acabaria ouvindo os gritos do sujeito daqui.

Ele simplesmente resmungou. Mudamos de lugar e nos sentamos no banco que ficava debaixo da janela da barbearia.

— Perguntei a ele o que era Pluribus — afirmei. — Ele não iria responder. Mas acabou dizendo que havia dez pessoas da cidade envolvidas na fraude, além de gente de fora paga para intervir caso fosse necessário. E acrescentou que o esquema estaria vulnerável até domingo, quando algo iria acontecer. De alguma maneira desprotegido.

— O que vai acontecer no domingo? — perguntou Finlay.

— Ele não me disse — respondi.

— E você não o pressionou?

— Não estava muito interessado. Já lhe disse isso.

— E ele não deu nenhuma idéia do que seria essa fraude?

— Nada.

— Ele falou quem seriam essas dez pessoas?

— Não.

— Meu Deus, Reacher, você está ajudando muito, sabia?

— Lamento, Finlay. Achava que Hubble era um babaca qualquer. Se pudesse voltar e fazer tudo novamente, agiria de um modo completamente diferente, pode acreditar.

— Dez pessoas?

— Sem contar ele. Sem contar Sherman Stoller também. Mas acredito que o chefe Morrison estava incluído.

— Que ótimo. Com isso me restam mais nove para encontrar.

— Você encontrará um deles hoje.

A picape negra que eu vira pela última vez deixando o estacionamento do Eno parou no meio-fio do outro lado da rua. Ficou ali esperando, com o motor ligado. O filho de Kliner apoiou a cabeça no antebraço e ficou olhando para mim. Finlay não o viu. Estava com o olhar voltado para a calçada.

— Você devia estar pensando em Morrison — disse a ele.

— Sobre o quê? Ele está morto, não está?

— Mas foi morto como? O que isso devia estar lhe dizendo?

Ele deu de ombros.

— Alguém está fazendo dele um exemplo? — questionou o detetive.
— Uma mensagem?

— Correto, Finlay. Mas o que ele fez de errado?

— Estragou alguma operação, creio.

— Correto, Finlay — repeti. — Mandaram ele acobertar o que aconteceu no armazém na quinta-feira à noite. Aquela foi a sua tarefa do dia. Ele estava lá à meia-noite, você sabe.

— Estava mesmo? Você disse que isso era besteira.

— Não, ele só não me viu lá. Essa parte é que foi besteira. Mas que estava lá, estava. E viu Joe.

— Sério? Como você sabe disso?

— A primeira vez em que ele me viu foi na sexta, correto? No escritório? Estava me olhando como se já tivesse me visto antes, mas não conseguia lembrar onde. Isso foi porque ele viu Joe. E notou uma semelhança. Hubble disse a mesma coisa. Falou que eu lembrava muito o seu investigador.

— Então Morrison estava lá? Será que foi ele que atirou?

— Não consigo ver as coisas dessa maneira. Joe era um cara relativamente esperto. Não deixaria um gordo idiota como Morrison atirar nele. O atirador deve ter sido uma outra pessoa. Também não consigo ver Morrison como o maníaco. Tanto esforço físico poderia lhe provocar um ataque do coração. Acho que ele era o terceiro sujeito. O da limpeza. Mas não procurou os sapatos de Joe. E por causa disso Hubble foi detido. Isso deixou alguém furioso. Significa que alguém tinha que apagar Hubble. Por isso Morrison foi assassinado de castigo.

— E bota castigo nisso.

— E para dar um recado. Pense nisso.

— Pensar no quê? O recado não era para mim.

— Então, para quem era?

— Para quem esse tipo de mensagem está sendo enviada, ora? Para o próximo da fila, certo?

Acenei positivamente.

— Entendeu agora por que eu estava preocupado com quem seria o próximo chefe? — perguntei.

Finlay deixou a cabeça cair novamente e ficou olhando para a calçada.

— Meu Deus. Você acha que o próximo chefe estará envolvido na falcatrua?

— Tem que estar. Por que Morrison estava por dentro de tudo? Não era por causa da sua personalidade exuberante, correto? Ele estava por dentro porque precisavam do chefe a bordo da operação. Porque lhes seria útil de alguma maneira. E não teriam apagado Morrison, a não ser que tivessem um substituto na manga. Seja quem for, estamos falando de um sujeito muito perigoso. Ele assumirá o posto com o exemplo de Morrison o encarando, olho no olho. Alguém já lhe deve ter cochichado: Viu o que fizemos com Morrison? É isso que faremos com você se fizer merda que nem ele.

— De quem estamos falando? Quem será o novo chefe?

— É isso que eu estava querendo saber de você.

Ficamos sentados e calados no banco em frente à barbearia durante um tempo. Sentindo o calor do sol que se insinuava debaixo do toldo listrado.

— Somos eu, você e Roscoe — afirmei. — No momento, a única coisa segura a fazer é supor que todos os outros estão envolvidos.

— Por que Roscoe?

— Por várias razões. Mas principalmente porque ela se esforçou para me tirar de Warburton. Morrison me queria lá como bode expiatório para o sujeito de quinta-feira, certo? Portanto, se Roscoe estivesse mancomunada, teria me deixado na cadeia. Mas ela se esforçou para me tirar de lá. Agiu na contramão de Morrison. Por isso, ele estava do outro lado, ela não.

O detetive olhou para mim. Resmungando.

— Só nós três? Você é um sujeito cauteloso, Reacher.

— Pode apostar que sou um cara cauteloso, Finlay. Pessoas vêm sendo mortas por aqui. Uma delas foi o meu único irmão.

Levantamos do banco e fomos para a calçada. Do outro lado da rua, o jovem Kliner desligou o motor e saiu da picape. Começou a vir lentamente em nossa direção. Finlay esfregou o rosto com as mãos, como se o estivesse lavando sem água.

— E agora? — perguntou.

— Você tem coisas a fazer — afirmei. — Precisa levar Roscoe para um canto e deixá-la a par dos detalhes, ok? Peça para que ela tenha muito cuidado. Depois então, você precisará fazer algumas ligações e descobrir em Washington o que Joe estava fazendo por aqui.

— Ok — disse Finley. — E quanto a você?

Acenei na direção do jovem Kliner.

— Vou ter uma conversa com esse cara. Ele não pára de me olhar.

Duas coisas aconteceram enquanto o rapaz se aproximava. Em primeiro lugar, Finlay partiu apressado. Simplesmente saiu andando a passos largos rumo ao norte sem dizer uma palavra. Depois, ouvi as cortinas da barbearia descendo na janela atrás de mim. Olhei em volta. Não poderia ter mais nenhum terráqueo por perto, exceto eu e o rapaz.

De perto, o garoto era uma aula de anatomia. Não era nenhum peso-leve. E devia ter um metro e noventa, aproximadamente, repletos de uma espécie de energia inquieta. Havia muita inteligência em seu olhar, assim como uma espécie de luz misteriosa queimando em seu interior. Seus olhos me diziam que talvez ele não fosse um dos sujeitos mais racionais que eu iria conhecer em toda a minha vida. O moço se aproximou e parou na minha frente. E simplesmente me encarou.

— Você está passando dos limites — disse ele.

— Esta calçada é sua? — perguntei.

— Com certeza. A fundação do meu pai pagou cada centímetro dela. Cada tijolo. Mas não estou falando da calçada. Estou falando da Srta. Roscoe. Ela é minha. Ela é minha desde que a vi pela primeira vez. E está esperando por mim. Já esperando por mim há cinco anos, até chegar a hora certa.

Olhei de volta.

— Você é alfabetizado? — perguntei.

O garoto ficou tenso. Já estava pulando de pé em pé.

— Sou um cara razoável — prossegui. — Assim que a Srta. Roscoe me disser que quer você, em vez de mim, eu caio fora. Até lá, fique bem longe. Entendeu?

O moleque estava fervendo. Mas então mudou de postura. Era como se ele funcionasse por controle remoto e alguém tivesse apertado o botão que muda de canal. O sujeito relaxou, deu de ombros e abriu um sorriso largo e juvenil.

— Ok — afirmou. — Sem ressentimentos, certo?

Ele estendeu a mão para que eu a apertasse e quase me enganou. Na última hora afastei a minha um pouco e a fechei em torno das suas articulações, não da palma. É um velho truque militar. Eles vêm apertar a sua mão, mas querem esmagá-la. Um ritual típico de macho dominante. A saída é estar pronto. Você puxa um pouco a mão para trás e aperta de volta. Acabará apertando suas juntas, não a palma da mão. O que neutraliza o ataque. Se pegar de jeito, não terá como perder.

O garoto começou a apertar, mas não chegou a ter chance. Optou por um aperto firme, para que pudesse me encarar enquanto eu agüentava as pontas. Mas não chegou nem perto do que queria. Esmaguei suas articulações uma, duas vezes, com um pouco mais de força, e dei meia-volta antes de deixar a mão cair. Já tinha andado uns sessenta metros para o norte quando ouvi o motor da caminhonete dar partida. Ele roncou rumo ao sul e seu barulho se perdeu no meio do calor.

14

DE VOLTA À DELEGACIA, PUDE VER UM GRANDE Cadillac branco estacionado em frente à entrada. Novinho em folha, totalmente equipado. Revestido de um couro negro e macio, com detalhes imitando madeira. Parecia um inferninho de Las Vegas em comparação com a clássica madeira de nogueira do Bentley de Charlie Hubble. Precisei de cinco passos largos para contornar sua capota e chegar à porta.

Lá dentro, todos se acotovelavam em volta de um coroa altão, de cabelo prateado. Ele usava um terno antiquado. Os sapatos eram presos por fivelas prateadas. Uma baita pinta de babaca. Uma espécie de político. O motorista do Cadillac. Devia ter cerca de setenta e cinco anos de idade, estava mancando e se apoiava numa bengala grossa com um enorme castão de prata na ponta. Imaginei que fosse o prefeito Teale.

Roscoe estava saindo do grande escritório nos fundos. Ficara bastante abalada depois de ter estado na casa de Morrison. Não estava com uma boa aparência agora, mas acenou para mim e esboçou um sorriso. Num gesto, disse para eu me aproximar. Queria que eu entrasse no escritório com ela. Dei mais uma rápida olhada para o prefeito Teale e andei na direção dela.

— Tudo bem? — perguntei.

— Já tive dias melhores — respondeu ela.

— Está a par dos fatos? Finlay contou os detalhes?

A moça acenou positivamente.

— Finlay me contou tudo — afirmou.

Enfiamo-nos no escritório de pau-rosa. Finlay estava sentado à mesa, debaixo do velho relógio. Este mostrava que eram quinze para as quatro. Roscoe fechou a porta e olhou de um lado para outro.

— E então, quem foi escolhido? — perguntei. — Quem é o novo chefe?

Finlay olhou para mim de onde estava sentado. E balançou a cabeça.

— Ninguém — respondeu o detetive. — O próprio prefeito Teale vai chefiar o departamento.

Voltei para a porta e abri uma fresta. Olhei para fora e fiquei vendo Teale no meio do salão. Ele havia encostado Baker na parede. Parecia que estava lhe dando uma dura por causa de alguma coisa. Fiquei observando-o por um instante.

— O que vocês concluíram? — perguntei.

— Que todo mundo na delegacia está limpo — disse Roscoe.

— Acredito — retruquei. — Mas prova que o próprio Teale está envolvido. Teale é o substituto, e por isso Teale é o fantoche.

— Como podemos saber que ele é apenas um fantoche? — perguntou Roscoe. — Talvez seja o manda-chuva. Talvez esteja chefiando toda a operação.

— Não — afirmei. — O manda-chuva deu um recado apagando Morrison. Se Teale fosse o chefe, por que mandaria uma mensagem para si próprio? Ele trabalha para alguém. Foi posto aqui para interferir.

— Com certeza — constatou Finlay. — E já começou. Disse que os casos de Joe e Stoller ficariam temporariamente em segundo plano. Que iríamos nos dedicar inteiramente ao caso de Morrison. E teríamos que fazer tudo por conta própria, sem nenhuma ajuda externa, sem FBI, sem nada. Ele disse que o orgulho do Departamento de Polícia estava em jogo. E já está nos guiando para um beco sem saída. Afirmou que é óbvio que Morrison foi morto por alguém que acabou de sair da prisão. Alguém que Morrison trancafiou há tempos e resolveu se vingar.

— Estamos num baita de um beco sem saída — completou Roscoe. — Temos que ficar revirando arquivos velhos de vinte anos e checar cuidadosamente cada nome em cada um deles, relacionando-os com todo mundo que se beneficiou de alguma condicional em todo o país. Podemos levar meses nessa tarefa. Ele se livrou de Stevenson para isso. Até que tudo acabe, ele ficará pilotando uma mesa. Assim como eu.

— É pior do que um beco sem saída — afirmou Finlay. — É um aviso em código. Ninguém em nosso destacamento parece ser capaz de se vingar de uma forma violenta. Nunca houve esse tipo de crime por aqui. Sabemos disso. E Teale sabe que sabemos disso. Mas não podemos dizer que ele está blefando, correto?

— Não dá simplesmente para ignorá-lo? — perguntei. — E só fazer o que precisa ser feito?

Ele se recostou em sua cadeira. Suspirou enquanto olhava para o teto e balançou a cabeça.

— Não. Estamos trabalhando bem debaixo do nariz do inimigo. Neste momento, Teale não tem nenhum motivo para achar que sabemos algo sobre o que aconteceu. E temos que manter as coisas desse jeito. Temos que fingir que somos burros e agir inocentemente, certo? E isso irá limitar o nosso campo de ação. Mas o verdadeiro problema é a autorização. Se eu precisar impetrar um mandado ou algo parecido, vou precisar da assinatura dele. E não vou conseguir, ou vou?

Dei de ombros.

— Não estou pensando em impetrar mandados — retruquei. — Você ligou para Washington?

— Eles irão me retornar. Só espero que Teale não pegue o telefone antes que eu o faça.

Acenei positivamente.

— O que você precisa é de um outro lugar para trabalhar. E quanto àquele seu colega no FBI de Atlanta? Aquele do qual você me falou? Você não poderia usar seu escritório como uma espécie de unidade secreta?

Finlay pensou nisso. E concordou com a cabeça.

— Não é má idéia. Terei que fazer tudo num esquema confidencial. Não posso pedir a Teale para que faça um pedido formal, correto? Vou ligar de casa hoje à noite. O sujeito se chama Picard. Bom sujeito, você vai gostar dele. Ele é do French Quarter, de Nova Orleans. Já passou um tempão em Boston, há um milhão de anos. É um grande sujeito, durão e esperto.

— Diga a ele que precisamos manter tudo no mais profundo sigilo. Não queremos seus agentes por aqui até estarmos preparados.

— O que vamos fazer com Teale? — perguntou Roscoe. — Ele trabalha para os caras que mataram o seu irmão.

Dei de ombros novamente.

— Depende do quanto estiver envolvido. Não foi ele quem atirou.

— Não foi? — perguntou Roscoe. — Como você sabe disso?

— Ele não é rápido o suficiente — expliquei. — Fica mancando de um lado para outro com uma bengala na mão. É lento demais para puxar um revólver. Lento demais para pegar Joe desprevenido. Também não foi o chutador. É velho demais, não possui o vigor necessário. E também não foi o sujeito que serviu de faz-tudo. Esse foi Morrison. Mas se ele começar a mexer comigo vai acabar arrumando encrenca. Caso contrário, deixo ele em paz.

— E agora? — insistiu Roscoe.

Dei de ombros. E fiquei em silêncio.

— Acho que o lance acontece no domingo — disse Finlay. — No domingo eles irão ter alguma espécie de problema resolvido. Para mim, esse negócio do Teale ter sido colocado aqui me parece bem temporário. O cara tem setenta e cinco anos. Não tem nenhuma experiência como policial. É uma armação temporária para que eles resolvam tudo até domingo.

O alarme na mesa disparou. A voz de Stevenson surgiu no interfone, chamando Roscoe. Eles tinham arquivos para checar. Abri a porta para a moça. Mas ela parou. Havia acabado de pensar em algo.

— E quanto a Spivey lá em Warburton? Ele recebeu ordens para armar a investida contra Hubble, certo? Por isso deve saber de quem partiu a ordem. Você devia ir até lá e fazer algumas perguntas. Pode dar em alguma coisa.

— Talvez — refleti. E fechei a porta.

— Perda de tempo — concluiu Finlay. — Você acha que Spivey vai lhe contar alguma coisa?

Dei um sorriso.

— Se ele souber, irá me dizer. O importante é saber como fazer as perguntas, correto?

— Tenha cuidado, Reacher. Se souberem que você está perto de saber o que Hubble sabia, irão apagá-lo assim como fizeram com ele.

Charlie e as crianças me vieram à mente e me fizeram estremecer. Eles deviam estar pensando que Charlie estava prestes a saber no que o marido estava envolvido. Isso era inevitável. Talvez até mesmo os seus filhos. Uma pessoa cautelosa iria supor que eles podiam ter ouvido alguma coisa sem querer. Eram quatro horas. As crianças deviam estar na escola. Havia pessoas andando por aí e armadas de galochas de borracha, casacos justos de náilon e luvas cirúrgicas. E facas afiadas. E um saco de pregos. E um martelo.

— Finlay, chame o seu colega Picard imediatamente — afirmei. — Precisamos da ajuda dele. Temos que levar Charlie Hubble para um lugar seguro. E seus filhos também. Imediatamente.

Finlay acenou pesadamente. Imaginou e entendeu.

— É claro. Vá correndo para a Beckman. Agora. Fique por lá. Vou armar tudo com Picard. Não saia de lá até ele aparecer, ok?

O detetive pegou o telefone. Discou um número de Atlanta que sabia de cor.

Roscoe estava de volta a sua mesa. O prefeito Teale lhe passou um maço grande de fichas de arquivo. Aproximei-me dela e puxei uma cadeira que estava dando sopa. E me sentei ao seu lado.

— A que horas você termina? — perguntei.

— Por volta das seis, imagino.

— Leve um par de algemas para casa, ok?

— Você é um bobão, Jack Reacher.

Teale estava olhando. Por isso me levantei e beijei seu cabelo. Saí no meio da tarde e segui na direção do Bentley. O sol estava se pondo e o calor já havia ido embora. As sombras estavam ficando mais compridas. Parecia que o outono estava se despedindo. Ouvi um grito vindo por trás de mim. O prefeito Teale havia me seguido até o lado de fora do prédio. E me chamou de volta. Fiquei onde estava. Fiz com que ele viesse até mim. O sujeito mancava e batia sua bengala, sorrindo. Estendeu a mão e se apresentou. Disse que seu nome era Grover Teale. Tinha aquele jeito de político, de prender a atenção com um olhar, e um sorriso que parecia um holofote. Como se estivesse vibrando só por estar falando comigo.

— Que bom que eu o alcancei — disse ele. — O sargento Baker me deixou a par dos homicídios no armazém. Tudo agora me parece bastante claro. Cometemos um erro grosseiro ao prendê-lo, todos lamentamos muito a morte do seu irmão e certamente o deixaremos informado assim que chegarmos a alguma conclusão. Por isso, antes que se vá, ficaria grato se você aceitasse as minhas desculpas em nome de todo o departamento. Não gostaria que ficasse com má impressão de nós. Será que poderíamos simplesmente considerar tudo isso um grande erro?

— Ok, Teale. Mas por que você está achando que eu vou embora?

Ele retrucou calmamente. Nada além de uma leve hesitação.

— Pelo que entendi, você só estava de passagem. Não temos nenhum hotel aqui em Margrave, e imaginei que não encontraria oportunidade para ficar.

— Ficarei sim. Recebi um generoso convite. Entendo que é por essa razão que o Sul é famoso, correto? Pela hospitalidade?

Ele sorriu de um jeito radiante e segurou sua lapela bordada.

— Oh, isso é verdade, sem sombra de dúvida. O Sul como um todo, a Geórgia em particular, é realmente famoso pela acolhida calorosa de sua gente. No entanto, como você bem sabe, estamos, neste presente momento, numa situação difícil e estranha. Em tais circunstâncias, um hotel em Atlanta ou Macon realmente lhe cairia bem melhor. Naturalmente, ficaremos em contato e daremos toda a ajuda que pudermos para preparar o funeral do seu irmão assim que chegar esse momento tão triste. Aqui em Margrave, temo eu, estaremos todos muito ocupados. Será tudo muito maçante para você. A oficial Roscoe terá muito trabalho pela frente. Não pode ter a atenção desviada no momento, você não acha?

— Não irei distraí-la — afirmei calmamente. — Sei que o trabalho que ela está fazendo é de vital importância.

Ele olhou para mim. Um olhar fixo e inexpressivo. Era para ele estar me encarando, mas não era alto o bastante. Acabaria ficando com uma cãibra em seu velho e esquelético pescoço. E, se continuasse a me encarar daquela maneira, eu acabaria quebrando seu velho e esquelético pescoço. Dei um sorriso discreto e andei na direção do Bentley. Abri a porta do carro e entrei. Acionei o enorme motor e abri a janela.

— A gente se vê mais tarde, Teale — gritei enquanto me afastava.

O fim do dia escolar era o mais movimentado que vi desde que cheguei na cidade. Passei por duas pessoas na rua principal e vi outras quatro num grupinho perto da igreja. Devia ser uma espécie de clube vespertino. Para ler a Bíblia ou preparar compotas de pêssego para o inverno. Passei por eles enquanto dirigia e entrei com o carro na luxuosa Beckman Drive. Passei pela caixa de correio branca dos Hubble e virei o antigo volante de baquelita nas curvas da pista de entrada.

O problema em alertar Charlie era que eu não sabia o quanto queria lhe contar. Com certeza não estava disposto a lhe dar detalhes. Também não sentia que era correto lhe dizer que Hubble já estava morto. Estávamos empacados numa espécie de limbo. Mas não dava para deixá-la distante dos fatos para sempre. Ela precisava ter alguma noção do contexto. Ou então não ouviria o aviso.

Estacionei seu carro em frente à porta e toquei a campainha. As crianças vieram correndo de algum lugar enquanto Charlie abria a porta e me convidava a entrar. Ela parecia muito tensa e cansada. As crianças, no entanto, aparentavam estar bastante felizes. Não haviam absorvido as preocupações de sua mãe. Ela as tocou para dentro enquanto eu a seguia até a cozinha. Era um cômodo moderno e espaçoso. Pedi para que ela preparasse um pouco de café. Dava para ver que estava ansiosa para falar, mas tinha problemas para começar. Fiquei observando-a enquanto ajustava o filtro na cafeteira.

— Você não tem empregada? — perguntei.

Ela balançou a cabeça.

— Não quero ter. Gosto de fazer as coisas sozinha.

— É uma casa grande.

— Acho que é porque gosto de me manter ocupada.

E então ficamos em silêncio. Charlie ligou a máquina de café, que começou a funcionar com um leve silvo. Sentei-me a uma mesa que ficava perto do canto da janela. Através dela dava para ver um acre de grama aveludada. Ela veio e se sentou na minha frente. E cruzou as mãos.

— Eu soube dos Morrison — disse ela, enfim. — Meu marido está envolvido nisso?

Tentei pensar no que iria exatamente lhe dizer. Ela esperava por uma resposta. A máquina de café borbulhava na grande e silenciosa cozinha.

— Sim, Charlie. Temo que sim. Mas ele não queria estar envolvido, ok? Está rolando uma espécie de chantagem.

Ela agüentou firme. Já devia ter chegado a essa conclusão sozinha. Deve ter feito toda espécie de especulação possível em sua mente. Essa explicação era a que mais fazia sentido. Era por isso que ela não parecia surpresa ou ultrajada. Simplesmente acenou com a cabeça. E depois relaxou. Parecia que tinha lhe feito um certo bem ouvir uma outra pessoa dizendo isso. Agora tudo estava em aberto. E percebido. Era uma situação com a qual ela podia lidar.

— Temo que isso faça sentido — afirmou.

A Sra. Hubble se levantou para servir o café. Enquanto o fazia, continuou a falar:

— Essa é a única maneira de explicar o comportamento dele. Será que ele está em perigo?

— Charlie, temo não ter a menor idéia de onde ele esteja.

Ela me passou uma caneca de café. Sentou-se novamente ao balcão da cozinha.

— Ele está em perigo? — perguntou ela novamente.

Eu não podia responder. Não conseguia fazer as palavras saírem. Ela deixou o balcão e se sentou novamente à minha frente na mesa da cozinha. Pegou a sua xícara. Era uma mulher atraente. Loura e bonita. Dentes perfeitos, belo porte, magra, atlética. E tinha muita vitalidade. Eu a vira como uma espécie de empresária rural. Aquilo que chamam de beldade. Havia dito para mim mesmo que há uns cento e cinqüenta anos ela teria sido dona de escravos. Comecei a mudar essa opinião. Sentia nela uma leve dureza. Charlie gostava de ser rica e ociosa, estava claro. Salões de beleza e almoços com as garotas em Atlanta. O Bentley e os cartões de crédito *platinum*. A cozinha enorme que custava mais do que eu jamais consegui ganhar em um ano. Mas, se fosse necessário, aqui estava uma mulher que poderia cair na lama e lutar. Talvez, há cento e cinqüenta anos, ela poderia estar num comboio de carroças, seguindo para oeste. Tinha disposição suficiente. E olhava fixamente para mim do outro lado da mesa.

— Entrei em pânico hoje de manhã — contou ela. — Eu não sou assim de verdade. Temo ter lhe dado uma impressão muito ruim. Depois que você foi embora eu me acalmei e pensei melhor nas coisas. Cheguei à mesma conclusão que o seu relato de agora. Hub se meteu em alguma encrenca e já está envolvido até o pescoço. O que eu vou fazer? Bem, vou deixar de entrar em pânico e começar a pensar. Estou em frangalhos desde sexta-feira e me sinto envergonhada por causa disso. Esta não é a minha verdadeira face. Por isso fiz uma coisa, e espero que você me perdoe por isso.

— Prossiga.

— Liguei para Dwight Stevenson. Ele havia mencionado que vira um fax do Pentágono sobre o tempo em que você serviu como policial militar. Pedi para que ele o encontrasse e o lesse para mim. Achei a sua ficha excelente.

Ela sorriu para mim. E puxou sua cadeira para mais perto da minha.

— Por isso quero contratá-lo. Gostaria de contratá-lo num esquema particular para resolver o problema do meu marido. Você poderia considerar essa possibilidade?

— Não. Não posso fazer isso, Charlie.

— Não pode ou não quer?

— Haveria uma espécie de conflito de interesses. O que significa que eu não poderia fazer um trabalho apropriado para você.

— Um conflito? Como assim?

Fiz uma longa pausa. Tentava encontrar uma maneira de explicar.

— Seu marido se sentia mal, ok? Entrou em contato com uma espécie de investigador, um cara do governo, e os dois estavam tentando dar um jeito na situação. Mas o cara do governo foi morto. E temo que o meu interesse esteja no cara do governo, mais do que no seu marido.

Ela acompanhava o que eu ia dizendo e depois acenou com a cabeça.

— Mas por quê? Você não trabalha para o governo.

— O cara do governo era meu irmão. É apenas uma coincidência maluca, eu sei, mas já resolvi como será minha linha de conduta.

Charlie ficou quieta. Ela percebeu qual era o conflito.

— Lamento muito. Você não está dizendo que Hub traiu o seu irmão, está?

— Não. Essa é a última coisa que ele teria feito. Dependia dele para cair fora da encrenca em que estava. Algo deu errado, só isso.

— Posso lhe fazer uma pergunta? Por que você se refere ao meu marido no passado?

Olhei bem em sua direção.

— Porque ele está morto. Lamento muito.

Charlie ficou parada onde estava. Ficou pálida e apertou as mãos até suas articulações ficarem brancas que nem cera. Mas não desabou.

— Não creio que ele esteja morto — disse ela, cochichando. — Eu saberia. E sentiria. Acredito que esteja apenas escondido em algum lugar. Quero que você o encontre. Pagarei o que quiser.

Eu apenas balancei a mão em sua direção.

— Por favor — insistiu.

— Não farei isso, Charlie. Não irei me apropriar do seu dinheiro. Estaria me aproveitando da situação. Não posso ficar com o seu dinheiro porque sei que ele já está morto. Lamento muito, mas é a mais pura verdade.

Fez-se um longo silêncio na cozinha. Fiquei ali sentado à mesa, tomando o café que ela havia preparado.

— Você o faria se eu não o pagasse? Talvez você pudesse procurá-lo enquanto tenta descobrir o que houve com o seu irmão.

Pensei nisso. Não havia como negar tal pedido.

— Ok. Eu o farei, Charlie. Mas, como já lhe disse, não espere por milagres. Creio que estamos enfrentando uma situação bastante desagradável.

— Acho que ele está vivo. Eu saberia se não estivesse.

Comecei a me preocupar com o que poderia acontecer quando seu corpo fosse encontrado. Ela teria que enfrentar a realidade frente a frente da mesma forma que um furgão desgovernado faz quando bate no muro lateral de um prédio.

— Você precisará de dinheiro para as despesas — disse Charlie.

Não estava certo se deveria pegá-lo, mas ela me passou um envelope pesado.

— Você acha que isso vai dar? — perguntou.

Olhei dentro do envelope. Havia um maço grande de notas de cem dólares. Acenei positivamente. Aquilo ia dar.

— E, por favor, fique com o carro. Use-o enquanto precisar.

Concordei com a cabeça mais uma vez. Pensei no que mais eu tinha para dizer e me forcei a usar o presente do indicativo.

— Onde ele trabalha?

— No Sunrise International. É um banco.

Ela rabiscou um endereço de Atlanta.

— Ok, Charlie. Agora deixe eu lhe fazer uma outra pergunta. É muito importante. O seu marido chegou alguma vez a usar a palavra "Pluribus"?

Ela pensou e deu de ombros.

— Pluribus? Isso não tem a ver com política? Como quando o presidente sobe no palanque para fazer um discurso? Nunca ouvi Hub falando sobre isso. Ele se especializou em estudos bancários.

— Você nunca o ouviu usando essa palavra? — perguntei novamente. — No telefone, enquanto dormia ou em algum outro lugar?

— Jamais.

— E quanto ao domingo que vem? Ele mencionou alguma coisa relativa ao próximo domingo? Algo sobre o que está prestes a acontecer?

— No domingo que vem? Não creio que ele tenha mencionado isso. Por quê? O que vai acontecer no domingo que vem?

— Não sei. É isso que estou tentando descobrir.

Ela refletiu sobre isso mais uma vez durante algum tempo, mas acabou balançando a cabeça e dando de ombros, com as palmas das mãos voltadas para cima, como se aquilo não tivesse significado algum para ele.

— Lamento — completou.

— Não se preocupe com isso. Agora você precisa fazer uma coisa.

— O que eu tenho que fazer?

— Precisa fugir daqui.

As juntas de seus dedos ainda estavam esbranquiçadas, mas ela manteve o controle.

— Tenho que fugir e me esconder? Mas onde?

— Um agente do FBI está vindo até aqui para pegá-la.

Ela me encarou com pânico nos olhos.

— FBI? — Ela ficou ainda mais pálida. — Isso é sério mesmo, não?

— É uma questão de vida ou morte. Você precisa se aprontar para sair daqui imediatamente.

— Está bem — disse ela, lentamente. — Não acredito que isso esteja acontecendo.

Saí da cozinha e entrei no jardim-de-inverno onde havíamos tomado chá gelado no dia anterior. Saímos pela porta envidraçada e percorremos lentamente toda a área externa da casa. Descemos a alameda de entrada, passando pelo pomar, até chegarmos na Beckman Drive. Apoiei o ombro na caixa de correio branca. O silêncio pairava. Não dava para ouvir nada, a não ser o farfalhar seco da grama que esfriava sob os meus pés.

Então pude ouvir um carro vindo do oeste, de fora da cidade. Ele reduziu antes de chegar no topo do aclive e deu para ouvir a caixa de câmbio mudando de marcha enquanto a velocidade diminuía. O carro surgiu por sobre a elevação. Era um Buick marrom, muito simples, com dois sujeitos. Eram dois morenos baixinhos, hispânicos, usando camisas berrantes. Estavam indo devagar, andando no meio-fio do lado esquerdo da rua, procurando a caixa de correio dos Hubble. Eu estava encostado na própria, encarando-os. Os olhares me encontraram. O carro acelerou novamente e deu uma guinada para o lado. Acabou adentrando o pomar de pessegueiros vazio. Andei em sua direção e os vi partindo. Deu para ver uma nuvem de poeira subindo enquanto eles saíam do asfalto imaculado de Margrave e seguiam pela pista de terra. Depois disso, voltei correndo para dentro da casa. Queria que Charlie se apressasse.

Ela estava lá dentro, agitada, tagarelando como uma criança que está de férias. Fazendo listas em voz alta. Era uma espécie de mecanismo para abafar o pânico que estava sentindo. Na sexta-feira ela era uma mulher rica e desocupada casada com um ricaço. Agora, na segunda, um estranho lhe havia dito que o ricaço estava morto e que se apressasse a fim de salvar sua vida.

— Leve o celular — gritei.

Ela nada respondeu. O silêncio era preocupante. Passos e portas de cômodos batendo. Fiquei sentado em sua cozinha com o resto do café durante mais de uma hora. Eis que então ouvi a buzina de um carro e o som ruidoso de passos pesados sobre os cascalhos. Uma batida forte na porta da frente. Coloquei a mão no bolso e a fechei em torno do cabo de marfim do canivete de Morrison. Andei pelo corredor da entrada e abri a porta.

Havia um sedã azul parado ao lado do Bentley e um crioulo gigantesco na entrada. Era tão alto quanto eu, talvez até maior, mas devia ter uns quarenta e cinco quilos a mais. Quem sabe uns cento e quarenta ou cento e quarenta e cinco. Perto dele eu era um peso-pena. O brutamontes deu um passo à frente com a agilidade e a elasticidade de um atleta.

— Reacher? — perguntou o gigante. — Prazer em conhecê-lo. Sou Picard, do FBI.

O sujeito apertou a minha mão. Era enorme. Tinha uma competência informal que me fez ficar feliz por ele estar do meu lado. Parecia ser dos meus. Poderia ser muito útil numa esquina apinhada. De repente senti uma injeção de ânimo. Deixei-o passar para que entrasse na casa de Charlie.

— Ok — disse Picard. — Finlay me deu todos os detalhes. Lamento muito pelo seu irmão, companheiro. Lamento muito mesmo. Existe algum lugar onde possamos conversar?

Levei-o até a cozinha. Ele veio trotando atrás de mim e cobriu a distância com dois passos largos. Olhou em volta e serviu-se da borra do café. Depois se aproximou de mim e colocou a mão no meu ombro. Parecia que alguém havia me atingido com um saco de cimento.

— Regras básicas — anunciou. — Toda essa operação é confidencial, correto?

Acenei afirmativamente. Sua voz tinha a ver com seu corpanzil. Era um som surdo e grave. Era assim que seria a voz de um urso marrom caso aprendesse a falar. Não dava para dizer qual era a idade do sujeito. Era um daqueles homens grandes e saudáveis, cujo auge da forma se prolonga por décadas a fio. Ele acenou com a cabeça e se afastou. Apoiou seu corpo giganteco no balcão.

— Isso pode vir a ser um grande problema para mim — prosseguiu. — O FBI não pode agir sem uma ligação do oficial responsável pela jurisdição local. Seria o tal do Teale, certo? E, pelo que Finlay me disse, presumo que o velho Teale não irá fazer essa ligação. Por isso, posso me meter numa grande roubada. Mas, por Finlay, desobedecerei as regras. E você precisa se lembrar, nada disso é oficial, combinado?

Acenei positivamente mais uma vez. Estava satisfeito. Muito feliz. Uma ajuda não-oficial caía muito bem. Faria com que o trabalho fosse executado sem que eu tivesse que me ocupar com o procedimento. Eu teria cinco dias livres até o domingo. Naquela manhã, cinco dias pareciam uma cota mais do que generosa. Mas, com Hubble desaparecido, sentia meu tempo se esvaindo. Muito pouco tempo para perder com qualquer procedimento.

— Para onde você irá levá-los? — perguntei.

— Para uma casa segura em Atlanta. Pertence ao FBI, já a temos há anos. Lá eles ficarão seguros, mas não lhe direi exatamente onde fica e terei que lhe pedir para não pressionar a Sra. Hubble a revelar sua localização depois, ok? Tenho que zelar pela minha retaguarda. Se eu comprometer a segurança de uma casa como essa, estarei numa grande merda.

— Ok, Picard. Não lhe causarei problemas. E fico muito grato.

Ele acenou, pesadamente, como se estivesse prestes a arrumar confusão para o seu lado. Nesse instante, Charlie e as crianças apareceram. Estavam carregando malas arrumadas às pressas. Picard se apresentou. Dava para ver que Charlie estava apavorada com o tamanho do sujeito. O olho do moleque se arregalou enquanto olhava para o distintivo de agente especial do FBI que Picard ostentava. Depois, nós cinco carregamos as malas até lá fora e as arrumamos no bagageiro do sedã azul. Apertei as mãos de Picard e de Charlie. Até que todos entraram no carro. Picard os levou para longe dali. E eu fiquei acenando.

15

SEGUI PARA WARBURTON NUMA VELOCIDADE bem maior do que o motorista da prisão e cheguei lá em menos de cinqüenta minutos. Era a visão do inferno. Havia uma tempestade vindo rapidamente do oeste e feixes de raios solares do fim de tarde rompiam as nuvens e batiam no lugar. As torres cintilantes de metal absorviam os raios alaranjados. Reduzi a velocidade e fui freando em frente ao acesso que dava para a prisão. Parei do lado de fora da primeira gaiola para veículos. Não iria entrar. Já estava farto daquele lugar. Spivey teria que sair e vir até onde eu estava. Saí do Bentley e andei na direção do guarda. Ele pareceu bastante amigável.

— Spivey está trabalhando? — perguntei.

— O que você quer? — retrucou o guarda.

— Diga a ele que o Sr. Reacher está aqui.

O sujeito se enfiou debaixo de um toldo rígido e fez uma ligação. Ao sair, foi logo gritando para mim:

— Ele não conhece nenhum Sr. Reacher.

— Diga que o chefe Morrison me mandou. Lá de Margrave.

O guarda entrou debaixo do toldo novamente e começou a falar. Um minuto depois estava de volta.

— Ok, pode entrar com o carro. Spivey o encontrará na recepção.

— Diga a ele que terá que vir aqui fora. E me encontrar no meio da estrada.

Afastei-me e fiquei em pé no meio da poeira no acostamento da estrada. Era uma guerra de nervos. Estava apostando que Spivey sairia. Eu saberia em cinco minutos. Esperei. Dava para sentir o cheiro da chuva vindo do oeste. Em uma hora, ela cairia sobre nós. Fiquei ali parado, esperando.

Spivey saiu. Ouvi as grades da gaiola de veículos rangendo. Virei-me e vi um Ford imundo saindo. O veículo em questão parou ao lado do Bentley. Spivey se levantou e saiu do carro. E veio andando em minha direção. Era um sujeito grande, suado, com o rosto e as mãos vermelhos. Seu uniforme estava sujo.

— Lembra-se de mim? — perguntei.

Seus pequenos olhos de cobra se moviam, inquietos. Ele estava desorientado e preocupado.

— O tal do Reacher. O que foi?

— Certo. Esse mesmo. Da sexta-feira. Qual foi a armação?

Seus pés não paravam quietos. Ele iria jogar duro. Mas já havia posto as cartas na mesa. Veio me encontrar. Já havia perdido o jogo. Mas não disse nada.

— Qual foi a armação da sexta-feira? — perguntei novamente.

— Morrison está morto — afirmou o sujeito. Depois, deu de ombros e apertou seus lábios finos. Não iria dizer mais nada.

Dei um passo para a minha esquerda, como quem não quer nada. Só um pé, para colocar o corpanzil de Spivey entre o meu e o do guarda do portão, de modo que este último não pudesse me ver. O canivete de

Morrison apareceu na minha mão. Por um segundo, segurei-o na altura dos olhos de Spivey. Tempo suficiente para que ele pudesse ler o que estava gravado a ouro no cabo de marfim. Então a lâmina foi ejetada com um estalo mais alto. Os olhos pequenos do sujeito não conseguiam se desviar dela.

— Você acha que eu usei isso em Morrison? — perguntei.

Ele estava olhando para a lâmina, que emitia um brilho azulado sob o sol tempestuoso.

— Não foi você — afirmou. — Mas talvez tivesse um bom motivo.

Apenas sorri. Ele sabia que eu não havia assassinado Morrison. Portanto, sabia quem o tinha feito. Portanto, sabia quem eram os chefes de Morrison. Simples assim. Três pequenas palavras e eu estava chegando em algum lugar. Movi a lâmina um pouco mais para perto do seu rosto grande e corado.

— Quer que eu use isso em você? — perguntei.

Spivey olhou em volta freneticamente. Viu o guarda do portão a uns trinta metros.

— Ele não vai poder ajudá-lo — continuei. — Não vai com a sua cara gorda e inútil. É apenas um guarda. Você puxou o saco de todo mundo e ganhou uma promoção. Ele o despreza. Por que deveria ser diferente?

— O que você quer então?

— Sexta-feira — insisti. — Qual foi a armação?

— E se eu contar?

Dei de ombros.

— Depende do que você me disser. Se me contar a verdade, deixo você voltar lá para dentro. Quer me contar a verdade?

Ele não respondeu. Estávamos simplesmente em pé ali no meio da estrada. Travando uma guerra de nervos. Os dele estavam em frangalhos. Por isso Spivey estava perdendo. Seus olhos pequenos se moviam para todo lado. Mas sempre voltavam para a lâmina.

— Ok, vou lhe contar. De vez em quando eu lhe dava uma força. Ele me ligou na sexta-feira. Disse que estava mandando dois caras para cá. Os nomes não significavam nada para mim. Nunca tinha ouvido falar de você ou do outro sujeito. Supostamente eu tinha que encomendar a morte do tal de Hubble. Só isso. Não havia nada armado para você, juro.

— E então, o que deu errado?

— Meus homens fizeram merda. Isso é tudo, juro. Estávamos atrás do outro cara. Não devia acontecer nada com você. Você saiu de lá, correto? Sem maiores ferimentos, correto? Então por que está me colocando na parede?

Aproximei rapidamente a lâmina do seu rosto e fiz um talho no seu queixo. Ele ficou chocado, paralisado. Pouco depois, um sangue escuro e gosmento brotou do corte.

— Qual foi o motivo? — perguntei.

— Sei lá o motivo. Eu só faço o que me mandam fazer.

— Você faz o que mandam?

— Eu faço o que me mandam fazer. Não quero saber quais são os motivos.

— Então quem foi que lhe disse o que tinha que ser feito?

— Morrison. Foi Morrison que me disse o que fazer.

— E quem foi que disse para Morrison o que devia ser feito?

Fiquei com a lâmina a um centímetro do seu rosto. Ele estava quase chorando de tanto medo. Encarei seus olhos pequenos de cobra. Ele sabia a resposta. Dava para ver bem no fundo daquele olhar. Ele sabia quem dera as ordens para Morrison.

— Quem lhe disse o que devia ser feito? — perguntei novamente.

— Não sei. Juro pelo túmulo da minha mãe.

Encarei-o por um bom tempo. Balancei a cabeça.

— Errado, Spivey. Você sabe. E vai me dizer.

Agora era Spivey que balançava a cabeça. Seu rosto largo e vermelho se movia de um lado para outro. O sangue escorria do seu queixo e caía sobre a papada.

— Eles irão me matar se eu contar.

Desloquei a lâmina para o seu estômago. Fiz um corte na sua camisa ensebada.

— E eu irei matar você se não me contar — ameacei.

Sujeitos como Spivey pensam a curto prazo. Se ele me contasse tudo, morreria amanhã. Se não me contasse, morreria hoje. Era assim que ele pensava. A curto prazo. Por isso começou a me contar. Seu pomo-de-adão começou a se mover para cima e para baixo, como se a garganta estivesse seca demais para ele falar. Encarei-o. Ele não conseguia pronunciar palavra alguma. Agia como aqueles caras no cinema que rastejam por uma duna no meio do deserto procurando água. Mas ele iria me contar.

E então não ia mais. Pude ver, às suas costas, uma nuvem de poeira vindo do leste. Depois, ouvi o ronco baixo de um motor a diesel. Até perceber os contornos cinzentos do ônibus da prisão que se aproximava. Spivey virou a cabeça para contemplar a sua salvação. O guarda do portão saiu do seu posto para receber o ônibus. Spivey virou a cabeça de volta para me encarar. Havia um verdadeiro brilho de triunfo em seus olhos. O ônibus estava se aproximando.

— Quem foi, Spivey? — insisti. — Diga-me agora ou voltarei para lhe pegar.

Mas ele simplesmente me deu as costas e saiu apressado na direção do seu Ford imundo. O ônibus roncou na minha frente e jogou um monte de poeira em cima de mim. Fechei o canivete e o coloquei de volta no meu bolso. Corri para o Bentley e me mandei.

A tempestade que se aproximava me perseguiu o tempo todo enquanto eu seguia para o leste. Sentia que havia mais do que uma tempestade no meu encalço. Estava irritado por causa da frustração. Naquela manhã eu estive a uma conversa de ficar sabendo de tudo. Agora não sabia de nada. Subitamente a situação havia se complicado.

Eu não tinha retaguarda, recursos ou ajuda de qualquer espécie. Não podia contar com Roscoe ou Finlay. Não podia esperar que ambos fossem concordar com os meus métodos. E eles tinham os seus próprios problemas na delegacia. O que Finlay teria dito? Trabalhando debaixo do nariz do inimigo? E não poderia esperar muito de Picard. Ele já estava envolvido em grandes apuros. Eu não podia contar com ninguém, a não ser comigo mesmo.

Por outro lado, não tinha lei alguma para me incomodar, nenhuma inibição e nada que pudesse me distrair. Não teria mais que recorrer à Lei de Miranda, a uma causa provável ou a direitos constitucionais. Não precisaria mais pensar em dúvidas aceitáveis ou em regras de evidência. Nada de apelar para nenhuma autoridade superior. Isso era justo? Pode apostar. Essa gente não prestava. Eles já haviam passado dos limites. Há muito tempo. E não prestavam. O que Finlay havia dito? Um era pior do que o outro. E haviam assassinado Joe Reacher.

Virei na leve inclinação que dava na casa de Roscoe. Estacionei na rua, longe de sua casa. Ela não estava. O Chevy também não. O grande relógio cromado no painel do Bentley indicava que eram dez para as seis. Dez minutos para esperar. Saí do banco da frente e fui para o de trás. E me estiquei no velho assento de couro daquele carrão enorme.

Queria me mandar de Margrave ao anoitecer. Queria ficar longe da Geórgia. Encontrei um mapa num compartimento atrás do banco do motorista. Dei uma olhada e descobri que, se seguíssemos por uma hora, uma hora e meia, para o oeste, passando novamente por Warburton, cruzaríamos a divisa do Alabama. Era isso que eu queria fazer. Seguir rumo ao oeste com Roscoe para o Alabama e parar no primeiro bar com música ao vivo que avistássemos. Deixar para me preocupar com a vida amanhã. Comer uma refeição barata, beber um pouco de cerveja gelada, ouvir uma música de raiz. Com Roscoe. Essa era a minha idéia de uma grande noitada. Recostei-me para esperá-la. Estava escurecendo. Senti um leve arrepio no ar do fim de tarde. Às seis horas, mais ou menos, gotas começaram a martelar o toldo do Bentley. Parecia que uma grande tempestade noturna estava se aproximando, mas não chegou a cair. Foram só aquelas gotas grandes e prematuras que respingaram, como se o céu estivesse se esforçando para aliviar uma carga que simplesmente não descia. Estava muito escuro e o carro pesado balançou suavemente ao sabor do vento úmido.

* * *

Roscoe estava atrasada. Uma tempestade ficou ameaçando cair durante cerca de vinte minutos antes de eu ver seu Chevy descendo a ladeira. As luzes dos faróis balançavam da esquerda para a direita. Passaram por mim enquanto ela virava para entrar na pista que dava acesso a sua casa. Resplandeceram quando iluminaram a porta da garagem e se apagaram quando ela desligou a ignição. Saí do Bentley e fui em sua direção. Abraçamo-nos e nos beijamos. E depois entramos em casa.

— Tudo bem? — perguntei.

— Acho que sim. Foi um dia terrível.

Acenei positivamente. Havia sido mesmo.

— Magoada?

Ela ficou circulando pela casa, acendendo lâmpadas. Puxando as cortinas.

— A manhã de hoje foi a pior coisa que eu já vi — contou ela. — Foi de longe foi a pior. Mas vou lhe dizer uma coisa que jamais diria para alguém. Não fiquei perturbada. Não com Morrison. Não dá para ficar perturbada por causa de um sujeito como aquele. Mas estou abalada com a morte de sua esposa. Já foi ruim demais ela viver com um cara como Morrison e ainda teve que morrer por sua causa?

— E quanto ao resto? Teale?

— Não estou surpresa. Aquela família vem revelando um monte de gente desprezível há duzentos anos. Sei tudo sobre eles. Sua família e a minha vêm de muito tempo atrás. Por que ele devia ser diferente? Mas, meu Deus, fico feliz que todo mundo na delegacia esteja limpo. Temia descobrir que um dos rapazes pudesse também estar envolvido nisso. Não sei se agüentaria enfrentar tal situação.

Ela entrou na cozinha e eu a segui. Roscoe ficou quieta. Não estava se descabelando, mas não se sentia feliz. Abriu a porta da geladeira num gesto que dizia que a despensa estava vazia. E então me dirigiu um sorriso de quem se sentia muito cansada.

— Você quer pagar o meu jantar? — perguntou.

— Claro. Mas não aqui. No Alabama.

Disse a ela o que queria fazer. Ela gostou do plano. Ficou radiante e entrou no chuveiro. Achei que poderia tomar um banho também, e por isso entrei junto com ela no boxe. Acabamos nos atrasando um pouco, pois, assim que ela começou a desabotoar seu uniforme enrugado, minhas prioridades mudaram. A sedução que um bar no Alabama representava podia esperar. E o banho também. Ela usava uma *lingerie* preta por baixo do uniforme. Nada muito aparente. Acabamos num frenesi no chão do banheiro. A tempestade finalmente começou a cair. A chuva fustigava a casinha. Os relâmpagos cintilavam e os trovões fazam barulho.

Finalmente, fomos para o chuveiro. Naquela altura, estávamos realmente precisando. Depois disso eu me deitei na cama enquanto Roscoe se arrumava. Vestiu um jeans surrado e uma camisa de seda. Desligamos as luzes novamente, trancamos a casa e embarcamos no Bentley. Eram sete e meia da noite e a tempestade estava seguindo para o leste, na direção de Charleston, antes de evaporar rumo ao Atlântico. Talvez chegasse nas Bermudas amanhã. Seguimos para oeste na direção de um céu mais rosado. Encontrei a estrada que me levou de volta para Warburton. Cruzei as vias rurais em meio aos intermináveis campos enegrecidos e passei a todo vapor em frente à prisão. Ela me fitava com sua medonha luz amarelada.

Meia hora depois de Warburton, paramos para encher o gigantesco tanque do velho carro. Atravessamos com dificuldade uma plantação de fumo qualquer e cruzamos o Chattahoochee por uma velha ponte que atravessava o rio em Franklin. E depois seguimos voando para a fronteira do estado. Chegamos no Alabama antes das nove da noite. Concordamos em arriscar e paramos no primeiro bar.

Vimos uma velha estalagem um quilômetro e meio depois. Paramos no estacionamento e saímos do carro. Parecia boa. Era um lugar bem grande, amplo e baixo, feito com tábuas unidas por alcatrão. O lugar tinha muito néon, muitos carros parados em frente, e dava para ouvir a música rolando. A placa na porta dizia *O TANQUE, música ao vivo sete noites por semana às nove e meia*. Roscoe e eu demos as mãos e entramos.

Ficamos envolvidos pelo barulho do bar, pela música de um jukebox e pelo ar que cheirava a cerveja. Fomos para os fundos, encontramos diversas baias dispostas ao redor da pista de dança e um palco mais à frente. Este último não passava de uma plataforma baixa de concreto. Podia ter sido outrora uma espécie de baía de descarga. O teto era baixo e a luz era turva. Encontramos uma baia vazia e nos acomodamos. Ficamos vendo a banda passando o som enquanto esperávamos para sermos atendidos. As garçonetes andavam de um lado para outro como jogadoras de basquete. Uma delas se aproximou e pedimos cervejas, cheeseburgers, batatas fritas e rodelas de cebola à doré. Quase que imediatamente ela voltou carregando uma bandeja cheia com os nossos pedidos. Comemos, bebemos e pedimos mais.

— E então, o que vamos fazer em relação a Joe? — perguntou-me Roscoe.

Eu iria terminar o trabalho que ele começara. O que quer que fosse. Faria tudo que fosse necessário. Era esta a decisão que eu havia tomado em sua cama naquela manhã. Mas Roscoe era uma oficial de polícia. Havia jurado defender todos os tipos de lei. Leis que foram criadas para me atrapalhar. Eu não sabia o que dizer. Mas ela não esperou que eu dissesse nada.

— Acho que você devia descobrir quem foi que o matou — disse ela.

— E depois? — perguntei.

Mas não passamos disso. A banda começou a tocar. Não dava mais para conversar. Roscoe deu um sorriso como quem estivesse lamentando muito e balançou a cabeça. O grupo tocava alto. Ela deu de ombros e pediu desculpas pelo fato de eu não conseguir ouvi-la falar. Ela fez um gesto do tipo conversamos-mais-tarde e nos viramos de frente para o palco. Gostaria de ter ouvido sua resposta para a minha pergunta.

O bar se chamava O Tanque e o nome da banda era Vida no Tanque.

Eles começaram muito bem. Um trio clássico. Guitarra, baixo e bateria. No mais puro estilo Stevie Ray Vaughan. Como Stevie Ray morreu numa viagem de helicóptero sobre Chicago, parecia que era só contar todos os homens brancos com menos de quarenta anos nos estados do Sul, dividir por três, que daria o número de bandas que prestam tributo ao guitarrista. Todo mundo estava fazendo isso. Não se exigia muito. Não importava a sua aparência, não importava o seu equipamento. Tudo que você precisava era abaixar a cabeça e tocar. Os melhores conseguiam copiar as mudanças de estilo de Stevie Ray, o rock de ritmo mais solto até o velho blues texano.

Os caras eram bons. Vida no Tanque. Eles estavam à altura daquele nome irônico. O baixista e o baterista eram dois caras grandes e porcos, cabeludos, gordos e sujos. O guitarrista era um sujeito negro de baixa estatura, em nada parecido com o próprio Stevie Ray. O mesmo sorriso cheio de lacunas. E tocava bem o danado. Tinha uma cópia da Les Paul preta e um grande *combo* Marshall. Um som bonito e nostálgico. Aquelas cordas soltas e pesadas, sem contar os captadores enormes que sobrecarregavam as antigas válvulas dos Marshall, obtinham aquele som estridente, glorioso, gordo e sussurrado que não dá para tirar de outra maneira.

Estávamos nos divertindo bastante. Bebemos um monte de cerveja e ficamos bem coladinhos na baia. Depois ficamos dançando por algum tempo. Não dava para resistir. O salão ficou quente e encheu de gente. A música foi ficando mais alta e rápida. As garçonetes ficavam indo e vindo com garrafas long neck.

Roscoe estava demais. Sua camisa de seda estava encharcada. E ela não estava usando nada por baixo. Dava para ver por causa do jeito que a seda úmida aderia a sua pele. Eu me sentia como no paraíso. Num bom e velho bar com uma mulher estonteante e uma banda decente. Só iria pensar em Joe amanhã. Margrave estava a milhões de quilômetros. Eu não tinha problemas. Não queria que a noite acabasse.

A banda ficou tocando até bem tarde. O som deve ter rolado até depois de meia-noite. Estávamos animados e suados. Não dava para encarar uma volta de carro. Estava chovendo de novo, levemente. Não queria dirigir uma hora e meia debaixo de chuva. Não depois de ter bebido tanta cerveja. Poderia acabar numa vala. Ou na cadeia. Havia uma placa indicando um hotel a pouco mais de um quilômetro. Roscoe disse que devíamos ir para lá. E falou em meio a algumas risadinhas. Como se estivéssemos fugindo para casar ou coisa parecida. Como se eu a tivesse levado para além da fronteira com tal propósito. Especificamente falando, não havia feito isso. Mas não estava disposto a criar muitos empecilhos.

Por isso saímos cambaleando do bar com os ouvidos ressoando e entramos no Bentley. Manobramos cuidadosamente aquele carro grande e antigo e seguimos lentamente pela pista escorregadia por pouco mais de um quilômetro. Vimos o hotel mais à frente. Era uma construção velha e comprida, como se tivesse saído de um filme. Entrei no estacionamento e fui até a recepção. Acordei o recepcionista da noite em sua mesa. Dei-lhe o dinheiro e pedi para que nos despertasse pela manhã. Peguei a chave e voltei para o carro. Dirigi até nossa cabine e entramos. Era um lugar decente, familiar. Podia estar em qualquer parte da América. Mas era quente e aconchegante com a chuva batendo no teto. E possuía uma cama grande.

Não queria que Roscoe pegasse um resfriado. Ela tinha que tirar aquela camisa molhada. Foi isso que lhe disse. Ela deu uma risadinha. E afirmou que não tinha percebido que eu possuía aptidões médicas. Retruquei dizendo que havíamos sido bastante treinados para agir no caso de emergências básicas.

— Isso é uma emergência básica? — perguntou ela, rindo.

— Logo será. — Dei uma gargalhada. — Se você não tirar essa blusa.

E então ela tirou. E logo caí em cima. Roscoe era tão linda, tão provocante. Estava pronta para qualquer coisa.

Pouco depois, deitamos entrelaçados e ficamos conversando. Sobre quem éramos, o que havíamos feito. Sobre quem queríamos ser e o que gostaríamos de fazer. Ela me falou sobre sua família. Era uma história cheia de reveses que se prolongava por gerações a fio. Eles pareciam gente decente, fazendeiros, pessoas que quase chegaram lá, quase.

Gente que sobreviveu às intempéries antes dos agrotóxicos, do maquinário, refém dos poderes da natureza. Algum antigo ancestral quase se deu muito bem, mas perdeu suas melhores terras quando o bisavô do prefeito Teale construiu a rodovia. Depois, algumas hipotecas venceram e o rancor foi se acumulando ao longo dos anos, de modo que ela amava Margrave, mas odiava ver Teale andando por aí como se fosse o dono de tudo — o que era verdade, há algumas gerações.

Falei para ela sobre Joe. Contei-lhe coisas que nunca havia dito para ninguém. Tudo aquilo que havia guardado dentro de mim. Tudo sobre os meus sentimentos por ele e por que me senti impelido a fazer alguma coisa depois de sua morte. E como estava feliz por fazê-lo. Falamos bastante sobre coisas muito pessoais. Conversamos durante um bom tempo e depois adormecemos um nos braços do outro.

Parecia que o cara iria bater na porta mais ou menos a qualquer momento para nos despertar de manhã bem cedo. Terça-feira. Levantamos e cambaleamos. O sol da manhã se esforçava para romper a alvorada úmida. Em cinco minutos estávamos de volta ao Bentley, indo para o leste. O sol nascente nos ofuscava através do vidro orvalhado.

Lentamente fomos despertando. Atravessamos a fronteira estadual e voltamos para a Geórgia. Cruzamos o rio em Franklin. Começamos a acelerar enquanto percorríamos aquela vasta área de cultivo vazia. Os campos estavam escondidos sob uma colcha flutuante de névoa matinal. Esta pairava sobre a terra vermelha como se fosse vapor. O sol subira e já estava começando a queimar.

Nenhum de nós falou coisa alguma. Queríamos preservar aquele casulo tranqüilo de intimidade pelo máximo de tempo possível. Logo nossa chegada em Margrave o estouraria. Por isso fiquei dirigindo aquele carro grande e imponente por aquelas estradas rurais enquanto alimentava uma esperança. De que houvesse muitas outras noites como aquela. E manhãs tranqüilas como esta. Roscoe estava encolhida no banco do passageiro. Perdida em pensamentos. Parecia muito contente. Era o que eu esperava.

Passamos voando por Warburton novamente. A prisão flutuava como uma cidade alienígena no carpete de neblina baixa. Passamos pelo pequeno matagal que eu vira do ônibus da prisão. Passamos por fileiras de arbustos invisíveis nos campos. Alcançamos o entroncamento e viramos para o sul, na avenida do condado. Passamos pela Cantina do Eno, pela delegacia e pelo corpo de bombeiros. Descendo pela rua principal. Viramos à esquerda na estátua do homem que pegou uma boa terra para a ferrovia. E descemos a ladeira que dava na casa de Roscoe. Estacionei no meio-fio e saímos, bocejando e alongando o corpo. Sorrimos rapidamente um para o outro. Havíamos nos divertido. Andamos de mãos dadas pelo caminho de entrada.

A porta da casa estava aberta. Não escancarada, mas uns cinco centímetros entreaberta. Estava assim porque a fechadura havia sido destruída. Alguém havia usado um pé-de-cabra para arrombá-la. A fechadura quebrada e as lascas de madeira não permitiam que a porta se fechasse normalmente. Roscoe colocou a mão na boca e suspirou em silêncio. Seus olhos se arregalaram. E se voltaram para mim.

Agarrei-a pelo cotovelo e puxei-a, afastando-a dali. Encostamo-nos na porta da garagem. Agachamos. Não desgrudamos da parede e demos a volta na casa. Ficamos tentando escutar alguma coisa toda vez que passávamos por uma janela e corremos riscos levantando a cabeça para olhar rapidamente dentro de cada cômodo. Até que voltamos para a porta da frente destruída. Estávamos molhados por termos nos agachado no chão úmido e nos esfregado nas sempre-vivas encharcadas. Levantamos. Olhamos um para o outro e demos de ombros. Empurramos a porta e entramos.

Olhamos em toda parte. Não havia ninguém dentro da casa. Nenhum dano. Nada bagunçado. Nada fora roubado. O aparelho de som ainda estava lá, assim como a TV. Roscoe deu uma olhada em seu closet. O revólver da polícia ainda estava em seu coldre. Ela checou as gavetas e a escrivaninha. Nada havia sido tocado. Ninguém procurou nada. E a dona da casa não deu falta de nada. Ficamos parados no corredor de entrada e olhamos um para o outro. Foi então que notei algo que havia ficado para trás.

O sol baixo da manhã estava atravessando a porta aberta e lançava um feixe de luz sobre o chão. Dava para ver uma linha de pegadas no assoalho de tacos. Um monte de pegadas. Várias pessoas haviam entrado pela porta da frente e circulado até a sala de estar. As pegadas desapareciam no capacho da sala de estar. E reapareciam no chão de madeira que dava no quarto. Voltavam pela sala de estar e continuavam no caminho até a porta da frente. Foram feitas por pessoas que entraram no meio da noite chuvosa. Uma leve camada de água barrenta da chuva havia secado na madeira, deixando marcas sutis. Sutis, porém perfeitas. Dava para ver as pegadas de, pelo menos, quatro pessoas. Entrando e saindo. E dava para ver o contorno dos passos que elas deixaram para trás. Todos estavam usando galochas de borracha. Como as que se usam no Norte durante o inverno.

16

ELES VIERAM ATRÁS DE NÓS DURANTE A NOITE. Esperavam um banho de sangue. Vieram com todo o equipamento. Galochas de borracha e blusas justas de náilon. Facas, martelo, saco de pregos. Vieram para se livrar de nós, como fizeram com Morrison e sua esposa.

Eles haviam aberto a porta proibida. Haviam cometido um segundo erro fatal. E agora eram homens mortos. Eu iria caçá-los e sorrir enquanto morriam. Porque me atacar era a mesma coisa que atacar Joe pela segunda vez. Ele não estava mais aqui para zelar por mim. Era um segundo desafio. Uma segunda humilhação. Isso não tinha nada a ver com autodefesa. Tinha sim a ver com honrar a memória de Joe.

Roscoe estava seguindo a trilha das pegadas. E tendo uma reação clássica. De rejeição. Quatro homens haviam vindo para assassiná-la no meio da noite. Ela sabia disso, mas estava ignorando o fato. Tentando tirar tal idéia da cabeça. Lidando, mas ao mesmo tempo não lidando com a coisa. Não era uma boa estratégia, mas logo acabaria caindo da corda bamba. Até lá, ela se manteria ocupada tentando rastrear as sutis pegadas em seu assoalho.

Eles haviam vasculhado a casa, pois estavam atrás de nós. Haviam se separado no quarto e dado uma geral na casa toda. Reagruparam-se no quarto e se mandaram. Procuramos pegadas no meio da rua, mas não havia nada. O calçamento liso estava molhado e enevoado. Voltamos para dentro. Não havia nenhuma evidência, a não ser a fechadura arrancada e as leves pegadas pela casa.

Ficamos em silêncio. Eu estava fervendo de ódio. E ainda observava Roscoe. Achava que não pudesse mais me conter. Ela havia visto os corpos dos Morrison. Eu não. Finlay me descrevera todos os detalhes. Isso já havia sido ruim o bastante. Ele esteve lá. Ficou balançado com tudo aquilo.

— E então, eles estavam atrás de quem? — perguntou ela finalmente. — De mim, de você ou de nós?

— Estavam atrás de nós dois. Imaginam que Hubble me contou tudo na prisão. E que eu contei tudo para você. Por isso, eles acham que nós dois sabemos seja lá o que Hubble sabia.

Ela acenou vagamente com a cabeça. Depois se afastou e se recostou na porta dos fundos. E ficou olhando para o seu belo jardim de sempre-vivas. Vi que a moça estava ficando pálida. Até que estremeceu. Suas defesas caíram por terra. Ela se apertou contra o canto que ficava perto da porta. Tentou achatar o corpo contra a parede. Voltou-se para o nada como se estivesse vendo todos aqueles horrores inomináveis. Começou a chorar como se alguém tivesse partido o seu coração. Fui em sua direção e a abracei com força. Apertei-a contra o meu corpo e a segurei enquanto ela chorava e botava para fora o medo e a tensão. Ela chorou por um bom tempo. Ardia por dentro e sentia-se fraca. Minha camisa ficou molhada com suas lágrimas.

— Graças a Deus que não estávamos aqui na noite passada — sussurrou Roscoe.

Eu precisava passar segurança a ela. O medo não iria levá-la a lugar algum. Simplesmente iria sugar sua energia. Ela precisava levar a melhor sobre aquilo. Levar a melhor sobre a escuridão e o silêncio mais uma vez hoje à noite, como em todas as outras noites de sua vida.

— Gostaria que estivéssemos aqui — afirmei. — Poderíamos ter obtido algumas respostas.

Ela olhou para mim como se eu fosse maluco. E balançou a cabeça.

— O que você teria feito? Assassinado quatro homens?

— Só três. O quarto iria nos dar as respostas.

Eu disse isso enfatizando minha certeza. Total convicção. Como se não existisse mais nenhuma outra possibilidade. Ela olhou para mim. Queria que ela visse aquele sujeito enorme. Que foi soldado durante treze anos. Que era capaz de matar alguém com as próprias mãos. Olhos frios e azuis. Eu estava dando tudo o que tinha naquela empreitada. Estava disposto a exibir toda a invencibilidade, toda a crueldade, toda a proteção que eu sentia. Estava desferindo o olhar fixo e implacável que costumava paralisar dois fuzileiros bêbados de uma vez só. Queria que Roscoe se sentisse segura. Por tudo que estava me dando, eu queria lhe dar algo em troca. Não queria que sentisse medo.

— Vão ser necessários mais de quatro matutos para me pegar. Quem estão querendo sacanear? Já tive oponentes muito melhores do que esses. Se vierem aqui novamente, vão acabar todos dentro de uma caçamba. E vou te dizer uma coisa, Roscoe: se alguém sequer pensar em te machucar, vai morrer antes de concluir o pensamento.

Estava funcionando. Eu a estava convencendo. Era importante para mim que ela permanecesse radiante, dura na queda, autoconfiante. Estava querendo levantar o ânimo da minha parceira. E estava dando certo. Seus fantásticos olhos se enchiam de vida.

— Estou falando sério, Roscoe. Fique comigo que você vai ficar bem.

Ela olhou para mim novamente. Jogou o cabelo para trás.

— Promete? — perguntou a moça.

— É isso aí, gata. — Prendi a respiração.

Ela suspirou, cansada. Desencostou-se da parede e deu um passo para a frente. Tentou dar um belo sorriso. A crise havia passado. Já estava pronta para outra.

— Agora vamos dar o fora — afirmei. — Não podemos ficar aqui como alvos parados. Por isso, pegue o que você mais precisa e jogue dentro de uma bolsa.

— Ok. Será que não devíamos consertar a minha porta antes?

Pensei em sua pergunta. Era uma questão tática importante.

— Não. Se a consertarmos, isso significará que a vimos. Se a vimos, isso indicará que sabemos que estamos correndo risco. É melhor que eles pensem que não sabemos de nada disso. Porque daí vão imaginar que não precisaremos ter muito cuidado da próxima vez. Por isso não reagiremos. Vamos fingir que nem estivemos aqui. Vamos continuar agindo de forma tola e inocente. Se eles continuarem a achar que estamos agindo assim, agirão com menos cautela. Será mais fácil avistá-los na próxima vez que vierem.

— Está bem.

Ela não parecia convencida, mas estava concordando.

— Então jogue as coisas de que você mais precisa dentro de uma bolsa — repeti.

Ela não estava nada feliz, mas foi pegar alguns pertences. O jogo estava apenas começando. Não sabia exatamente quem eram os outros jogadores. Nem mesmo sabia exatamente que jogo era aquele. Mas sabia como jogar. Minha primeira jogada seria fazer com que eles pensassem que estávamos sempre um passo atrás.

— Será que eu devia ir trabalhar hoje? — perguntou Roscoe.

— Deve. Você não pode fazer nada diferente do normal. E precisamos falar com Finlay. Ele está esperando a tal ligação de Washington. E precisamos saber o que pudermos sobre Sherman Stoller. Mas não se preocupe, eles não irão apontar as armas para nós no meio da delegacia. Irão nos procurar num lugar quieto e isolado, provavelmente à noite.

Teale é o único bandido que há por lá. Por isso tente não ficar a sós com ele. Fique perto de Finlay, Baker ou Stevenson, certo?

Ela concordou com a cabeça. Foi tomar uma ducha e se vestiu para trabalhar. Vinte minutos depois, saiu do quarto já de uniforme. Afaguei-a. Ela estava pronta para o dia. E olhou para mim.

— Promete mesmo? — perguntou.

Do jeito que ela falou, parecia que era uma pergunta, uma desculpa e a confiança restabelecida numa só palavra. Olhei-a novamente.

— Pode apostar — respondi e pisquei.

Ela acenou com a cabeça e piscou de volta. Estava tudo bem. Saímos pela porta da frente e a deixamos levemente entreaberta, assim como a encontramos.

Escondi o Bentley em sua garagem para manter a ilusão de que ainda não tínhamos voltado. Depois, entramos no Chevy e decidimos começar o dia com um café da manhã no Eno. Ela deu a partida e apontou o carro ladeira acima. Ele parecia de brinquedo em comparação com o velho e aprumado Bentley. Descendo o morro, bem na nossa direção, havia uma perua. Era verde-escura e estava muito limpa, novinha em folha. Parecia uma daquelas vans usadas em serviços públicos, mas na lateral havia uma placa com caprichosas letras douradas que diziam: FUNDAÇÃO KLINER. A mesma que eu vira os jardineiros usando.

— Que carro é aquele? — perguntei para Roscoe.

Ela virou à direita na cafeteria. E pegou a rua principal.

— A fundação possui um monte de caminhonetes — afirmou.

— Que tipo de trabalho eles fazem? — perguntei.

— Grandes negócios aqui na cidade. É tudo coisa do velho Kliner. A cidade lhe vendeu o terreno para montar seus armazéns, e parte do acordo estabelecia que ele tinha que montar um programa comunitário. Teale o coordena fora do escritório da prefeitura.

— Teale o coordena? Mas Teale é o inimigo.

— Ele o coordena porque é o prefeito, não porque é Teale. O programa distribui um monte de dinheiro, que é gasto com coisas públicas, como ruas, jardins, a biblioteca, subvenções empresariais locais. E ajuda muito o Departamento de Polícia. Recebo o subsídio de uma hipoteca só porque faço parte dele.

— E dá a Teale muito poder. Que história é essa com o filho do Kliner? Ele tentou me avisar para que eu me afastasse de você. Entendi que ele tinha uma certa prioridade.

Roscoe estremeceu.

— Ele é um idiota. Eu o evito sempre que posso. Você devia fazer o mesmo.

Ela continuou dirigindo, parecendo irritada. Continuou olhando em volta, assustada. Como se estivesse se sentindo ameaçada. Como se alguém fosse pular na frente do carro a qualquer momento e atirar em nós. Sua vida tranqüila no interior da Geórgia havia acabado. Quatro homens que invadiram sua casa no meio da noite haviam estragado tudo.

Paramos no estacionamento do Eno e o grande Chevy sacudiu de leve sobre seus amortecedores. Levantei-me daquele banco baixo e moemos os cascalhos com os nossos pés enquanto seguíamos até a porta da cantina. Era um dia cinzento. A chuva noturna havia esfriado o ar e deixou restos de nuvens por todo o céu. A lateral da cantina refletia o embotamento da paisagem. Fazia frio. Parecia uma nova estação.

Entramos. A lanchonete estava vazia. Sentamos numa mesa e a mulher de óculos nos trouxe café. Pedimos ovos, bacon e tudo a que tínhamos direito. Uma picape preta estava estacionando lá fora. A mesma picape preta que eu já vira três vezes. O motorista era outro. Não era o jovem Kliner. Tratava-se de um homem mais velho. Talvez estivesse se aproximando dos sessenta, mas tinha os ossos proeminentes e era magro. Seu cabelo era grisalho e cortado bem rente. Parecia um rancheiro usando jeans. Como se vivesse ao ar livre, sob o sol. Mesmo através da janela do Eno dava para sentir seu poder e seu olhar fixo e penetrante. Roscoe me cutucou e acenou com a cabeça na direção do sujeito.

— Aquele ali é o Kliner. O próprio.

Ele abriu a porta, entrou e parou por um instante. Olhou para a esquerda, para a direita, e andou até o balcão. Eno saiu da cozinha e veio ao seu encontro. Os dois conversaram discretamente. Suas cabeças estavam curvadas e bem próximas. Pouco depois, Kliner se levantou novamente. Virou para a porta. Parou e olhou para a esquerda e para a direita. Fitou Roscoe por um instante. Seu rosto era magro, duro e achatado. Sua boca não passava de uma linha entalhada. E depois o sujeito se voltou para mim. Senti como se estivesse sendo iluminado por um holofote. Seus lábios se abriram num sorriso curioso. Seus dentes eram incríveis. Ele possuía longos caninos, curvados para dentro, e incisivos chatos e quadrados. Amarelados, como os de um velho lobo. Seus lábios se fecharam novamente e ele desviou o olhar. Kliner abriu a porta e triturou os cascalhos com seus pés enquanto seguia na direção da picape. Deu a partida fazendo o motor roncar em alto e bom som, pulverizando pequenas pedras.

Fiquei vendo-o partir e me virei para Roscoe.

— Então, fale-me mais sobre esses Kliner.

Ela ainda parecia irritada.

— Por quê? Estamos lutando para salvar nossas vidas e você quer falar sobre os Kliner?

— Estou atrás de informações. O nome dos Kliner está em toda parte. Ele parece ser um sujeito interessante. Seu filho é metido e desprezível. E vi sua esposa. Ela parecia infeliz. Fico me perguntando se tudo isso tem a ver com alguma coisa.

Ela deu de ombros e balançou a cabeça.

— Não vejo como. Eles são recém-chegados, só estão aqui há cinco anos. A família fez fortuna com processamento de algodão, há muitas gerações, no Mississippi. Inventou uma espécie de substância química, de fórmula nova. Algo com cloro ou sódio, não sei bem. Fez uma grande fortuna, mas tiveram problemas com a Agência de Proteção do Meio Ambiente local há cerca de cinco anos, algo ligado à poluição ou coisa parecida. Havia peixes morrendo ao longo de toda Nova Orleans por causa de detritos que eram jogados no rio.

— E o que aconteceu?

— Kliner mudou a fábrica de lugar. A empresa já era dele àquela altura. Cancelou toda a operação no Mississippi e a recomeçou na

Venezuela ou em algum lugar parecido. E depois tentou diversificar. Chegou aqui na Geórgia há cinco anos com esse lance de armazéns, bens de consumo, eletroeletrônicos e coisas do tipo.

— Então eles não são da região.

— Nunca os vira antes dos últimos cinco anos. Não sei muita coisa sobre eles. Mas nunca ouvi nada ruim. Kliner provavelmente é um cara meio durão, talvez até seja insensível, mas imagino que não tenha nada de condenável, a não ser que você seja peixe, creio eu.

— Então por que a esposa dele tem tanto medo?

Roscoe fez uma careta.

— Ela não tem medo. É doente. Talvez tenha medo porque é doente. Ela vai morrer, certo? A culpa não é de Kliner.

A garçonete chegou com a comida. Comemos em silêncio. As porções eram fartas. As frituras estavam maravilhosas. Os ovos, deliciosos. Esse tal de Eno sabia preparar ovos. Comi tudo com xícaras e mais xícaras de café. Fiz com que a garçonete ficasse indo e voltando com novas jarras.

— Pluribus não significa nada para você? — perguntou Roscoe. — Vocês nunca aprenderam nada sobre esse negócio de Pluribus? Quando eram menores?

Pensei bastante e balancei a cabeça.

— Será que é latim? — perguntou ela.

— É uma parte do lema dos Estados Unidos, certo? "E Pluribus Unum" significa "de muitos, um". Uma nação feita com muitas antigas colônias.

— Então Pluribus significa muitas? Será que Joe sabia latim?

Dei de ombros.

— Não tenho a menor idéia. Provavelmente. Ele era um cara esperto. Provavelmente sabia uma coisa ou outra de latim. Não tenho certeza.

— Ok. Você não tem nenhuma outra explicação para o fato de Joe ter vindo para cá.

— Dinheiro, talvez. É tudo no que consigo pensar. Joe trabalhava no Departamento do Tesouro, até onde sei. Hubble trabalhava para um banco. A única coisa que os dois poderiam ter em comum era dinheiro. Talvez venhamos a descobrir por Washington. Se não, teremos que começar tudo de novo.

— Ok. Você precisa de alguma coisa?

— Vou precisar daquele mandado de prisão da Flórida.

— Para Sherman Stoller? Mas isso foi feito há dois anos.

— Temos que começar de algum lugar.

— Tudo bem, vou solicitá-lo — disse Roscoe, dando de ombros. — Vou ligar para a Flórida. Mais alguma coisa?

— Preciso de um revólver.

Ela não respondeu nada. Larguei uma nota de vinte em cima do tampo laminado da mesa e nos levantamos. Andamos até onde estava o carro não emplacado.

— Preciso de um revólver — repeti. — A situação exige isso, certo? Então vou precisar de uma arma. Não posso simplesmente ir até a loja e comprar uma. Não tenho identidade e nem endereço.

— Ok. Vou conseguir uma para você.

— Não tenho posse de arma. Você terá que fazer tudo por baixo dos panos, certo?

Ela acenou positivamente.

— Tudo bem. Há uma que ninguém sabe onde está.

Demos um longo e caloroso beijo no estacionamento da delegacia. Depois, saímos do carro e entramos pela porta pesada de vidro. Demos mais ou menos de cara com Finlay, que contornava o balcão da recepção enquanto saía.

— Tenho que voltar para o necrotério — disse ele. — E vocês vêm comigo, ok? Precisamos conversar. Temos muito para conversar.

Então voltamos para aquela manhã pesada. Entramos novamente no Chevy de Roscoe. O mesmo esquema da outra vez. Ela foi dirigindo. Eu me sentei no banco de trás. E Finlay ficou no banco do passageiro, com o corpo virado para o lado a fim de que pudesse falar com os dois ao mesmo tempo. Roscoe deu a partida e seguiu para o sul.

— Conversei longamente com o Departamento do Tesouro — contou o detetive. — Devo ter ficado uns vinte minutos no telefone, talvez uma meia hora. Estava nervoso por causa de Teale.

— O que eles disseram? — perguntei.

— Nada. Gastaram meia hora do meu tempo para não me dizer nada.

— Nada? O que diabos isso quer dizer?

— Que eles não iriam me dizer nada. Precisam de uma porrada de autorizações formais antes de abrir o bico e que só podem ser assinadas por Teale.

— Confirmaram que Joe trabalhou lá, certo?

— Claro, até aí eles foram. Seu irmão saiu da Inteligência Militar há dez anos. Eles o recrutaram. Recrutaram-no para uma função específica.

— Qual?

Finlay simplesmente deu de ombros.

— Não me disseram. Ele começara a desenvolver um projeto novo havia cerca de um ano, mas toda a operação estava sob o mais profundo sigilo. Joe era uma espécie de figurão por lá, Reacher, disso eu tenho certeza. Você devia ouvir o jeito que os caras falavam dele. Como se estivessem falando de Deus.

Fiquei calado por alguns instantes. Não sabia nada sobre Joe. Nada mesmo.

— Então foi isso? Isso foi tudo que você conseguiu?

— Não. Continuei insistindo até chegar numa mulher chamada Molly Beth Gordon. Já ouviu esse nome antes?

— Não. Será que eu devia?

— Tive a impressão de que ela era muito íntima de Joe. Parece que os dois tinham uma relação especial. Ela estava muito triste. Chorando rios de lágrimas.

— Então, o que foi que ela lhe disse?

— Nada. Não estava autorizada. Mas ela prometeu lhe contar o que pudesse. Molly disse que ia romper o silêncio por sua causa, já que você é o irmãozinho de Joe.

Acenei com a cabeça.

— Ok. Assim é melhor. Quando eu irei falar com ela?

— Ligue para ela por volta de uma e meia. Na hora do almoço, quando sua sala estará vazia. A moça irá correr um grande risco, mas falará com você. Foi isso que ela disse.

— Ok. Ela falou mais alguma coisa?

— Deixou escapar mais uma coisinha. Joe tinha uma grande reunião de prestação de contas marcada. Para a próxima segunda, pela manhã.

— Segunda-feira? Um dia depois do domingo.

— Correto. Parece que Hubble tinha razão. Algo está marcado para o domingo ou antes. Fosse que diabos ele estivesse fazendo, parece que até lá Joe saberia se teria vencido ou perdido. Mas Molly não me disse mais nada. Ela estava falando comigo em *off*, mas parecia que estava sendo escutada. Enfim, ligue para ela, mas não fique alimentando muitas esperanças, Reacher. Ela pode não saber de nada. A mão esquerda não sabe o que a direita está fazendo por lá. Tudo é para ficar em sigilo, correto?

— Burocracia. Quem diabos precisa dela? Tudo bem, temos que admitir que estamos agindo por conta própria. Pelo menos por enquanto. Vamos precisar de Picard novamente.

Finlay acenou com a cabeça.

— Ele fará o que puder. Recebi uma ligação dele na noite passada. Os Hubble estão seguros. Neste momento ele está parado, mas nos ajudará assim que precisarmos.

— Ele devia começar a rastrear Joe. Meu irmão deve ter usado um carro. Provavelmente veio de avião de Washington para Atlanta, arrumou um quarto de hotel, alugou um carro, correto? Devíamos procurar o carro. Deve ter dirigido até aqui na quinta-feira à noite. O veículo deve ter sido abandonado em algum lugar por aí. Pode nos levar até o hotel. Talvez haja alguma coisa no quarto de Joe. Arquivos, quem sabe.

— Picard não pode fazer isso. O FBI não está equipado para procurar carros alugados e abandonados. E não podemos fazer isso por conta própria, não com Teale por perto.

Dei de ombros.

— Seremos obrigados — afirmei. — Não tem outro jeito. Você pode inventar uma história para Teale. Dá para enganá-lo em dose dupla. Diga que você acha que o preso que escapou, o qual ele sustenta ter dado cabo de Morrison, deve ter usado um carro alugado. Diga a ele que precisa checar. O sujeito não terá como dizer não ou então enfraquecerá a história que inventou, certo?

— Ok. Vou tentar. Deve funcionar, imagino.

— Joe devia ter alguns números de telefone. O número que você encontrou em seu sapato foi rasgado de uma folha impressa por computador, certo? Então cadê o resto da impressão? Aposto que está em seu quarto de hotel, abandonada, cheia de outros números de telefone, com o de Hubble rasgado no topo. Então vá atrás do carro e depois faça com que Picard descubra qual foi o caminho que ele fez do hotel até a locadora de automóveis, fechado?

— Fechado. Farei o melhor possível.

Em Yellow Springs, pegamos a pista de entrada do hospital e diminuímos de velocidade nos quebra-molas. Seguimos cuidadosamente até chegar no estacionamento dos fundos. Paramos perto da porta do necrotério. Eu não queria entrar. Joe ainda estava lá. Comecei a pensar vagamente nos preparativos para o funeral. Nunca tive que cuidar desse tipo de coisa antes. A marinha se encarregou do enterro do meu pai. Joe organizou o da minha mãe.

Mas resolvi sair do carro com os dois e andamos no ar frio até a porta. Acabamos nos dirigindo para o mesmo escritório desarrumado. O mesmo médico estava à mesa. Ainda de jaleco. Ainda parecendo cansado. Ele acenou para que entrássemos e nos sentássemos. Fiquei em um dos bancos. Não queria sentar ao lado do fax novamente. O médico olhou para todos nós. E o encaramos.

— O que você tem para a gente? — perguntou Finlay.

O homem cansado na mesa se aprumou todo para responder. Como se estivesse preparando uma conferência. Pegou três pastas de arquivo que estavam a sua esquerda e as largou em cima do seu livro de registro policial. Abriu a de cima. Puxou a segunda e a abriu também.

— Morrison — disse ele. — Senhor e senhora.

Ele olhou novamente para nós três. Finlay acenou com a cabeça.

— Torturados e mortos — disse o patologista. — A seqüência é bastante clara. A mulher foi segura. Dois homens, diria eu, seguraram, agarraram e apertaram cada braço. Ferimentos graves nos braços e antebraços, alguns danos nos ligamentos pelo fato de terem sido puxados com muita força para trás. É claro que os ferimentos foram piorando do momento em que ela foi pega pela primeira vez até a hora da morte. Os ferimentos param de aumentar quando a circulação cessa, entendido?

Acenamos positivamente com a cabeça. Havíamos entendido.

— Diria que tudo durou uns dez minutos — continuou o legista. — Dez minutos, do começo até o fim. A mulher estava presa. O homem pregado à parede. Diria que, na hora, ambos estavam despidos. E usavam roupas de dormir antes do ataque, correto?

— Robes — disse Finlay. — Eles estavam tomando o café da manhã.

— Ok, os robes foram arrancados bem no começo — prosseguiu o médico. — O homem foi pregado na parede, tecnicamente ao chão também, pelos pés. Sua área genital foi atacada. O saco escrotal foi arrancado. Evidências na autópsia sugerem que a mulher foi forçada a engolir os testículos amputados.

O escritório ficou em silêncio. Silencioso como um túmulo. Roscoe olhou para mim. Ficou me encarando por um bom tempo. E depois se voltou novamente para o médico.

— Eu os encontrei no seu estômago — afirmou o doutor.

Roscoe estava tão branca quanto o jaleco do sujeito. Achei que fosse cair do banco em que estava. Ela fechou os olhos e segurou a onda. Estava ouvindo o que alguém havia planejado para nós na noite passada.

— E? — perguntou Finlay.

— A mulher foi mutilada. Os seios arrancados, a área genital lacerada, a garganta cortada. Este foi o último ferimento a ser feito. Dava para ver o sangue arterial borrifado de seu pescoço por cima de todas as outras manchas de sangue na sala.

Fez-se um silêncio mortal. Que durou por um bom tempo.

— Armas? — perguntei.

O sujeito sentado à mesa virou seu olhar cansado na minha direção.

— Algo afiado, obviamente — afirmou o legista. Com um leve sorriso. — Reto, talvez com uns doze centímetros de comprimento.

— Um estilete? — insisti.

— Não. Com certeza algo tão afiado quanto um estilete, porém rígido, não dobrável e com dois gumes.

— Por quê? — continuei perguntando.

— Há evidências de que foi usado para a frente e para trás — disse o médico. Sua mão se movia de um lado para outro, traçando um pequeno arco. — Assim. Nos seios da mulher. Cortando com ambos os lados. Como se estivesse fatiando um salmão.

Concordei com a cabeça. Roscoe e Finlay permaneceram em silêncio.

— E quanto ao outro sujeito? — lembrei. — Stoller?

O patologista empurrou as duas pastas de arquivo dos Morrison para o lado e abriu a terceira. Passou os olhos por esta e se voltou na minha direção. A terceira era mais grossa do que as duas primeiras.

— O nome dele era Stoller? — perguntou o doutor. — Nós o identificamos como John Doe.

Roscoe levantou os olhos.

— Mandamos um fax para você ontem — disse ela. — Ontem de manhã. Identificamos suas impressões.

O patologista ficou revirando sua mesa bagunçada. Encontrou um rolo de fax. Leu e acenou com a cabeça. Riscou o nome John Doe da pasta e escreveu Sherman Stoller. E nos sorriu sem graça novamente.

— Estou com ele desde domingo. Tive como fazer um trabalho mais meticuloso, entendem? Foi meio devorado por ratos, mas não descarnado como o primeiro cara, e, no todo, bem menos dilacerado do que os Morrison.

— O que pode nos dizer então? — perguntei.

— Nós falamos sobre balas, certo? — afirmou. — Não há mais nada a acrescentar sobre a causa exata da morte.

— O que mais você sabe? — perguntei.

A pasta estava grossa demais para alguém que só havia levado uns tiros, corrido e sangrado até a morte. Aquele cara com certeza tinha mais para nos contar. Eu o vi colocando os dedos nas páginas e apertando-as de leve. Como se estivesse tentando sentir vibrações ou quisesse ler um arquivo em braile.

— Ele era motorista de furgão — disse o médico.

— Era? — perguntei.

— Acho que sim — respondeu com segurança.

Finlay levantou os olhos. Estava interessado. Ele idolatrava o processo da dedução. Aquilo o fascinava. Como quando eu chutara e fizera gols ao falar da sua temporada em Harvard, do seu divórcio, de quando ele parou de fumar.

— Prossiga — disse ele.

— Ok, serei breve — anunciou o patologista. — Descobri certos fatores convincentes. Ele fazia um trabalho sedentário, pois sua musculatura era fraca, sua postura era ruim e suas nádegas eram flácidas. Mãos levemente ásperas, uma boa quantidade de diesel enraizado na pele. Também havia vestígios de óleo diesel nas solas dos seus sapatos. Internamente, deu para ver que sua alimentação era pobre, rica em gorduras, e que havia uma quantidade muito grande de sulfeto de hidrogênio nos gases sangüíneos e nos tecidos. O sujeito passou a vida na estrada, respirando os catalisadores dos outros. Fiz dele um motorista de caminhão por causa do óleo diesel.

Finlay acenou positivamente. Eu também. Stoller havia surgido sem identidade, sem história, nada além do seu relógio. Esse médico era bom mesmo. Viu que demos nosso sinal de aprovação. Parecia satisfeito. E tinha algo mais para dizer.

— Mas ele já estava sem trabalhar há algum tempo.

— Por quê? — perguntou Finlay.

— Porque todas essas evidências são antigas. Parece que ele passou um bom tempo dirigindo e depois parou. Acho que dirigiu muito pouco nos últimos nove meses, talvez no último ano. Por isso, volto a dizer, fiz dele um motorista de caminhão. No caso, um motorista desempregado.

— Ok, doutor, bom trabalho — afirmou o detetive. — Você tem cópias disso para todos nós?

O médico fez com que um envelope grande deslizasse pela mesa. Finlay deu um passo à frente e o pegou. E depois todos nós nos levantamos. Eu queria sair. Não estava a fim de voltar para aquele depósito refrigerado novamente. Não queria ver mais desgraça. Roscoe e Finlay sentiram isso e acenaram com a cabeça. Saímos apressados, como se estivéssemos dez minutos atrasados. O sujeito à mesa nos deixou partir. Ele já havia visto um monte de gente saindo correndo do seu escritório como se estivessem dez minutos atrasados para alguma coisa.

Entramos no carro de Roscoe. Finlay abriu o envelope grande e tirou o que dizia respeito a Sherman Stoller. Dobrou a papelada e colocou em seu bolso.

— Isto é nosso, por enquanto. Pode nos levar a alguma coisa.

— Vou tentar obter o relatório de apreensão na Flórida — afirmou Roscoe. — E vamos encontrar um endereço dele em algum lugar. Todo motorista de furgão é cheio de papelada, não é? Sindicato, médicos, licenças. Deve ser bem fácil.

Percorremos em silêncio o resto do caminho até Margrave. A delegacia estava deserta, tirando o sujeito à mesa. Era hora do almoço em Margrave e em Washington. Mesmo fuso horário. Finlay me deu um pedaço de papel que estava em seu bolso e ficou montando guarda na porta do escritório de pau-rosa. Entrei no intuito de ligar para a mulher que pode ter sido amante do meu irmão.

O número que Finlay me passou era o da linha particular de Molly Beth Gordon. Ela atendeu assim que o telefone tocou. Dei-lhe o meu nome. E a moça desatou a chorar.

— Sua voz parece tanto com a de Joe.

Não respondi nada. Não queria ficar falando muito sobre o passado. Nem ela devia, pois estava saindo da linha e correndo o risco de ser grampeada. Molly só tinha que me dizer o que era necessário e desligar o telefone.

— Então, o que Joe estava fazendo por aqui? — perguntei.

Deu para ouvi-la fungando até sua voz retornar em alto e bom som.

— Ele estava fazendo uma investigação. Sobre o que eu não sei, especificamente falando.

— Mas que tipo de coisa era? Qual era a função dele?

— Você não sabe?

— Não. Lamento lhe dizer que raramente nos falávamos. Você terá que começar do princípio.

Fez-se uma longa pausa na linha.

— Ok, acho que não devia lhe dizer isso. Não sem autorização. Mas direi. Tinha a ver com falsificação. Ele chefiava a operação antifalsificação do Tesouro.

— Falsificação? Você está falando de dinheiro falso?

— Sim. Ele era o chefe do departamento. Chefiava tudo. Era um sujeito incrível, Jack.

— Mas o que ele estava fazendo aqui na Geórgia? — perguntei.

— Não sei. Realmente não sei. O que pretendo fazer é descobrir para você. Posso copiar seus arquivos. Eu sei qual é a senha de computador dele.

Fez-se uma outra pausa. Agora eu sabia algo sobre Molly Beth Gordon. Boa parte do meu tempo foi gasta estudando senhas de computador. Qualquer policial militar o faz. Havia estudado sua psicologia. A maior parte dos usuários escolhe mal suas senhas. Muitos deles escrevem a maldita palavra num Post-It e a grudam no monitor. Aqueles que são espertos demais para fazer isso usam o nome da esposa, o nome do cachorro, a placa do carro, o número do jogador de futebol predileto ou o nome da ilha na qual passaram a lua-de-mel ou transaram com a secretária. Aqueles que se julgam realmente espertos usam números, não palavras, mas escolhem o dia do nascimento, do aniversário de casamento ou algo bem óbvio. Se você consegue descobrir algo sobre o usuário, normalmente tem uma chance maior de descobrir qual é sua senha.

Mas isso jamais funcionaria com Joe. Ele era um profissional. Havia passado anos importantes na Inteligência Militar. Sua senha devia ser uma mistura aleatória de números, letras e sinais gráficos, em caixa alta e baixa. Sua senha seria indecifrável. Se Molly Beth Gordon sabia qual era, Joe deve ter lhe dito. Não havia outro jeito. Ele realmente confiava na moça. E ambos devem ter sido muito íntimos. Por isso, coloquei um pouco de ternura na minha voz.

— Molly, isso seria ótimo. Preciso muito dessa informação.

— Eu sei. Espero tê-la amanhã. Ligarei novamente, assim que puder. Assim que souber de algo.

— Há algum tipo de falsificação rolando por aqui? Será que a vinda dele para cá tinha a ver com isso?

— Não. As coisas não acontecem dessa forma. Não dentro dos Estados Unidos. Todo esse negócio de sujeitos baixinhos com óculos escuros esverdeados escondidos em celeiros imprimindo notas de dólar é bobagem. O processo simplesmente não é mais assim. Joe acabou com isso. Seu irmão era um gênio, Jack. Há anos ele estabeleceu procedimentos em relação às vendas de papel especial e de tintas. Se houver indícios de que esse tipo de comércio está sendo feito em algum lugar do país, os responsáveis serão presos em questão de dias. É um método cem por cento seguro. Ninguém mais imprime dinheiro nos Estados Unidos. Joe se certificou disso. Tudo acontece fora das nossas fronteiras. Todas as notas falsas que apreendemos vêm do exterior. Era disso que Joe passava seu tempo correndo atrás. Tráfico internacional. Por que ele estava na Geórgia eu não sei. Realmente não sei. Mas descobrirei amanhã, prometo a você.

Dei-lhe o número da delegacia e lhe expliquei que não podia falar com ninguém, a não ser Roscoe e Finlay. Depois disso ela desligou apressada, como se alguém tivesse aparecido. Fiquei sentado por um instante e tentei imaginar como era Molly.

* * *

Teale havia voltado à delegacia. E o velho Kliner entrou junto. Os dois estavam perto do balcão de recepção, com as cabeças próximas. Kliner conversava com Teale da mesma forma que eu o vira falando com Eno na cantina. Talvez os dois estivessem tratando de negócios da fundação. Roscoe e Finlay estavam juntos perto das celas. Andei na direção deles. Fiquei no meio dos dois e falei em voz baixa:

— Falsificação — afirmei. — Tudo tem a ver com dinheiro falsificado. Joe estava cuidando disso no Departamento do Tesouro. Vocês sabem se esse tipo de coisa rola por aqui?

Ambos deram de ombros e balançaram a cabeça. Ouvi a porta de vidro se abrir. E levantei os olhos. Kliner estava saindo. Teale estava vindo em nossa direção.

— Estou saindo — anunciei.

Passei por Teale e andei na direção da porta. Kliner estava parado no estacionamento, do lado da picape negra. Esperando por mim. E sorriu. Mostrando os dentes de lobo.

— Lamento muito pela sua perda — disse ele.

Sua voz tinha um tom tranqüilo e civilizado. Educado. Com uma leve sibilação. Não era o tipo de voz que eu esperava de alguém com aquele bronzeado.

— Você deixou o meu filho chateado — afirmou.

Ele olhou para mim. Algo estava queimando em seus olhos. Dei de ombros.

— O moleque me deixou chateado antes.

— Como é que é? — perguntou Kliner. Na lata.

— Ele havia nascido, vivia e respirava.

Segui pelo estacionamento. Kliner entrou na picape preta. Deu partida e saiu em disparada. Virou para o norte. E eu para o sul. Comecei a caminhar até a casa de Roscoe. Era quase um quilômetro no meio da recém-chegada friagem de outono. Dez minutos em ritmo acelerado. Tirei o Bentley da garagem. Guiei-o ladeira acima rumo à cidade. Entrei à direita na rua principal e segui em frente. Fiquei olhando para a esquerda e para a direita, sob os toldos listrados, procurando uma loja de roupas. Encontrei-a três portas ao norte, depois da barbearia. Deixei o Bentley na rua e entrei. Dei uma parte do dinheiro de Charlie Hubble a um sujeito mal-humorado de meia-idade para comprar duas calças, uma camisa e uma jaqueta. As roupas tinham um leve tom castanho-amarelado, eram de algodão, estavam bem passadas e eram formais o suficiente para as minhas necessidades. Nada de gravata. Vesti-as na cabine que ficava nos fundos da loja. Coloquei as roupas que estava usando numa bolsa e joguei-a no porta-malas do Bentley assim que passei pelo carro.

Desci a rua até a barbearia. O mais novo dos dois senhores estava saindo. Ele parou e colocou a mão no meu braço.

— Qual é o seu nome, filho? — perguntou.

Não havia motivo para não lhe dizer. Não que eu soubesse.

— Jack Reacher — respondi.

— Você tem algum amigo hispânico na cidade?

— Não.

— Bem, então agora você tem. Dois caras o estão procurando por toda a parte.

Encarei o sujeito. E esquadrinhei a rua.

— Quem eram eles? — perguntei.

— Nunca os vi antes — disse o mais velho. — Eram uns sujeitos de baixa estatura, num carro marrom, com roupas elegantes. Estão rodando por toda parte, perguntando por um tal de Jack Reacher. Dissemos a eles que nunca ouvimos falar de Jack Reacher nenhum.

— Quando foi isso?

— Hoje mais cedo. Depois do café da manhã.

Acenei com a cabeça.

— Ok — agradeci. — Obrigado.

O sujeito segurou a porta para que eu passasse.

— Pode entrar. Meu parceiro vai cuidar de você. Ele estava um pouco nervoso hoje de manhã. É a idade.

— Obrigado — repeti. — Vejo vocês por aí.

— Espero que sim, filho.

Ele saiu caminhando pela rua principal e eu entrei na barbearia. O cara mais velho estava lá dentro. O coroa cheio de rugas, cuja irmã havia cantado com Blind Blake. Não havia outros clientes. Acenei para o velho e me sentei em sua cadeira.

— Bom-dia, meu amigo — cumprimentou-me o dono do estabelecimento.

— Lembra-se de mim? — perguntei.

— Claro que sim. Você foi o nosso último cliente. Não veio mais ninguém para me confundir.

Pedi para que ele me barbeasse e o sujeito foi logo bater a espuma.

— Eu fui o seu último cliente? Mas isso foi no domingo. Hoje é terça-feira. O movimento é sempre ruim assim?

O velho fez uma pausa e um gesto com a navalha.

— Tem sido ruim há anos. O velho prefeito Teale nunca vem aqui, e aquilo que o velho prefeito não faz nenhum branco quer fazer. A não ser o velho Sr. Gray da delegacia, que vinha aqui assiduamente, três ou quatro vezes por semana, até resolver se enforcar. Que Deus esteja zelando pela sua alma. Você é o primeiro branco que entra aqui desde fevereiro, sim senhor, com certeza.

— Por que Teale não vem aqui?

— O sujeito tem um problema. Acho que ele não gosta de ficar sentado aqui, coberto por uma toalha, enquanto há um homem negro à sua frente com uma navalha. Talvez fique preocupado com a possibilidade de que algo ruim venha a lhe acontecer.

— Você acha que isso é possível?

O velho deu uma gargalhada curta.

— Imagino que haja um sério risco. Ele é um merda.

— Então você tem clientes negros suficientes para ganhar a vida?

Ele colocou a toalha por sobre os meus ombros e começou a passar espuma.

— Olha, não precisamos de clientes para ganhar a vida.

— Não? Por que não?

— Temos o dinheiro da comunidade.

— Sério? O que é isso?

— Mil dólares.

— Quem dá isso para vocês?

Ele começou a passar a navalha no meu queixo. Suas mãos tremiam como normalmente acontece com as mãos dos idosos.

— A Fundação Kliner — sussurrou. — O programa comunitário. É uma subvenção comercial. Todos os lojistas a recebem. Recebo há cinco anos.

Acenei com a cabeça.

— Isso é bom. Mas mil dólares por ano não dá para manter a loja. É melhor do que nada, mas vocês também precisam de clientes, certo?

Só estava jogando conversa fora, como normalmente se faz com barbeiros. Mas aquilo tirou o cara do sério. Ele tremia e falava desarticuladamente. Teve bastante dificuldade para terminar de fazer a minha barba. Fiquei olhando para o espelho. Depois da noite passada, seria muito desagradável ter a garganta cortada por acidente.

— Cara, não devia estar lhe falando isso — sussurrou. — Mas como você é amigo da minha irmã vou lhe contar um grande segredo.

Ele estava se confundindo. Eu não era amigo de sua irmã. Nem sequer a conhecia. O sujeito havia me falado sobre ela, só isso. E está ali em pé com a navalha. Estávamos olhando um para o outro no espelho. Como fiz com Finlay na cafeteria.

— Não são mil dólares por ano — cochichou o velho para depois se agachar perto da minha orelha. — São mil dólares por semana.

Ele começou a bater com os pés no chão, gargalhando como um demônio. Encheu a pia e se livrou da espuma que sobrou. Bateu de leve no meu rosto com um pano quente e molhado. Depois, tirou bruscamente a toalha dos meus ombros como se fosse um mágico fazendo um truque.

— É por isso que não precisamos de clientes — disse, rindo.

Paguei o serviço e saí. O cara era maluco.

— Dê um alô para a minha irmã — gritou enquanto eu saía.

17

A VIAGEM PARA ATLANTA TOMOU A MAIOR PARTE dos oitenta quilômetros. Levou quase uma hora. A estrada me levava direto para o coração da cidade. Segui rumo aos prédios mais altos. Assim que comecei a ver os foyers de mármore, larguei o carro, andei até a esquina mais próxima e perguntei a um guarda onde ficava o centro comercial.

Ele fez com que eu desse uma caminhada de oitocentos metros, e ao final dei com um banco atrás do outro. O Sunrise International tinha o seu próprio prédio. Era uma imensa torre de vidro que ficava atrás de uma praça com uma fonte. Essa parte me lembrava Milão, mas a portaria da torre era toda feita com pedras pesadas, tentando parecer com Frankfurt ou Londres. Dava a impressão de que aquele era um banco sólido. O foyer era cheio de tapetes escuros e couro. A recepcionista estava atrás de um balcão de mogno. Aquele lugar poderia ser um sossegado hotel.

Perguntei onde era o escritório de Paul Hubble e a recepcionista olhou numa lista. Ela disse que lamentava muito, mas era nova na função e não havia me reconhecido. Por isso pediu que eu esperasse enquanto obtinha uma autorização para que eu subisse. Discou um número e começou a conversar em voz baixa. E depois cobriu o fone com a mão.

— Posso saber a que o senhor veio?

— Sou um amigo — respondi.

Ela retomou a conversa telefônica e depois me guiou até um elevador. Eu teria que ir à recepção no décimo sétimo andar. Entrei no elevador e apertei o botão. Fiquei parado em pé enquanto ele me levava para cima.

O décimo sétimo parecia ainda mais com um clube de cavalheiros do que o foyer de entrada. Era acarpetado, apainelado e escuro. Cheio de antigüidades cintilantes e quadros antigos. Enquanto eu andava pelo tapete felpudo e espesso, uma porta se abriu e um sujeito de terno saiu para me encontrar. Apertou a minha mão e me conduziu até uma pequena ante-sala. Apresentou-me a um gerente qualquer e nos sentamos.

— E então, como posso ajudá-lo? — perguntou o sujeito.

— Estou procurando Paul Hubble.

— Posso saber por quê?

— Ele é um velho amigo. Uma vez me disse que trabalhava aqui. Por isso pensei em fazer-lhe uma visita enquanto estava de passagem.

O cara de terno acenou com a cabeça. E olhou para baixo.

— O negócio é que... o Sr. Hubble não trabalha mais aqui. Tivemos que dispensá-lo há dezoito meses.

Apenas acenei vagamente. Depois me sentei no pequeno escritório privativo, olhei para o sujeito de terno e fiquei esperando. Um pouco de silêncio poderia fazê-lo falar. Se eu lhe fizesse perguntas diretas, ele poderia ficar calado por timidez. Poderia manter tudo em segredo, como os advogados fazem. Mas dava para ver que era um cara que gostava de conversar. Típico dos empresários. Eles gostam de impressionar quando têm chance. Por isso fiquei sentado esperando. Até que o sujeito começou a se desculpar porque eu era amigo de Hubble.

— A culpa não foi dele, entende? Ele fez um excelente trabalho, mas foi numa área da qual nos afastamos. Decisão comercial, estratégica, bastante lamentável para quem estava envolvido.

Acenei positivamente, como se tivesse entendido.

— Não o vejo há bastante tempo — afirmei. — Não sabia disso. Nem mesmo sabia o que ele fazia por aqui.

Sorri para o sujeito. Tentei parecer amável e ignorante. Por estar num banco, não era muito difícil agir assim. Dirigi a ele o meu melhor olhar compreensivo. Uma garantia de que o tagarela iria continuar falando. Já funcionara comigo de outras vezes.

— Ele fazia parte da nossa antiga operação de varejo. Resolvemos interrompê-la.

Olhei para ele de um jeito inquisidor.

— Varejo? — perguntei.

— Um banco paralelo. Você sabe, dinheiro em *cash*, cheques, empréstimos, clientes particulares.

— E você o fechou? Por quê?

— Era caro demais. As despesas gerais eram muito grandes, a margem de lucro, pequena. Tinha que acabar.

— E Hubble fazia parte disso?

Ele concordou com a cabeça.

— O Sr. Hubble era o nosso gerente de câmbio. Era uma posição importante. Ele era muito bom.

— Qual era exatamente a função que ele exercia?

O sujeito não sabia como explicar. Não sabia por onde começar. Fez umas duas tentativas e desistiu.

— Você entende de dinheiro? — perguntou.

— Tenho um pouco. Não sei exatamente se o entendo.

Ele se levantou e gesticulou como se estivesse irrequieto. Queria que eu me juntasse a ele na janela. Ficamos juntos olhando para as pessoas que passavam na rua, dezessete andares abaixo. Apontou para um sujeito de terno, correndo pela calçada.

— Peguemos aquele cavalheiro, por exemplo — disse ele. — Vamos fazer algumas suposições, ok? Ele provavelmente vive nos bairros mais afastados, talvez possua uma casa de veraneio num lugar qualquer, duas grandes hipotecas, dois carros, meia dúzia de fundos de investimento, uma pensão, algumas ações de primeira linha, planos de cursar uma faculdade, cinco ou seis cartões de crédito, cartões de lojas, cartões de débito. Isso tudo daria meio milhão líquido, podemos dizer?

— Ok.

— Mas quanto dinheiro em *cash* ele tem?

— Não faço a menor idéia.

— Provavelmente cerca de cinqüenta dólares. Que estão dentro de uma carteira de couro que lhe custou uns cento e cinqüenta dólares.

Olhei para ele. Não estava acompanhando seu pensamento. O sujeito mudou de abordagem. Estava sendo muito paciente comigo.

— A economia americana é imensa. A massa falida e os passivos líquidos são incalculavelmente altos. Trilhões de dólares. Mas quase nada deles está representado por dinheiro em *cash*. Aquele cavalheiro tinha meio milhão de dólares líquido, mas apenas cinqüenta eram dinheiro de fato. Todo o resto está em papéis ou computadores. O fato é que não há muito dinheiro em *cash* circulando por aí. Há apenas cento e trinta bilhões de dólares em *cash* nos Estados Unidos.

Dei de ombros novamente.

— Parece-me o bastante — afirmei.

O sujeito olhou para mim com um ar severo.

— Mas quantas pessoas há por aí? — perguntou-me. — Quase trezentos milhões. Há de fato apenas quatrocentos e cinqüenta dólares por cabeça. Esse é o problema que um banco que trabalha com varejo tem que enfrentar no dia-a-dia. Quatrocentos e cinqüenta dólares é um valor bastante modesto, mas, se todo mundo sacasse esse valor, os bancos de toda a nação ficariam sem dinheiro em caixa num piscar de olhos.

Ele parou e olhou para mim. Acenei com a cabeça.

— Ok. Entendo.

— E a maior parte desse dinheiro não está nos bancos. Está em Las Vegas ou nas pistas de corrida. Está concentrado naquilo que chamamos de "setores de dinheiro vivo" da economia. Por isso, um bom gerente de câmbio, e o Sr. Hubble era um dos melhores, luta constantemente só para deixar à mão dólares em *cash* suficientes para abastecer o nosso sistema. Ele tinha que ir atrás deles e encontrá-los. Precisava saber onde localizá-los. Tinha que achá-los. Não é fácil. No fim das contas, foi um dos fatores que fizeram com que as operações de varejo se tornassem tão dispendiosas. Foi um dos motivos que fizeram com que nos retirássemos. Mantivemos o serviço enquanto pudemos, mas no fim das contas tivemos que cancelar a operação. E fomos praticamente obrigados a dispensar o Sr. Hubble. Lamentamos muito.

— Você tem alguma idéia de onde ele está trabalhando agora?

Ele balançou a cabeça.

— Nenhuma.

— Deve estar trabalhando em algum lugar, não?

O sujeito balançou a cabeça novamente.

— Profissionalmente ele sumiu de vista. Não está trabalhando com bancos. Estou certo disso. O título da instituição que ele possuía prescreveu na mesma hora e nunca fomos solicitados para fazer nenhum tipo de recomendação. Lamento, mas não posso ajudá-lo. Se ele estivesse trabalhando em algo ligado à área financeira, eu saberia, posso garantir. Hubble deve estar trabalhando em algo diferente.

Dei de ombros. No que dizia respeito a localizar Hubble eu estava bastante frio. E não havia mais nada que esse sujeito pudesse me dizer. Sua linguagem corporal indicava isso. Ele se inclinava para a frente, pronto para se levantar e se mandar dali. Levantei-me também. Agradeci pelo tempo que me havia sido dispensado. Apertei sua mão. Segui pela sala escura cheia de antigüidades e entrei no elevador. Apertei o botão que me levava até a rua e saí andando sob o clima nublado e cinzento.

Minhas suposições estavam todas erradas. Vira Hubble como um bancário, fazendo um trabalho honesto. Quem sabe fazendo vista grossa para um vigarista qualquer que agia orbitando ou então com meio dedo em algo sujo. Talvez fazendo umas licitações espúrias. Com o braço torcido nas costas. Envolvido, conivente, corrompido, mas de algum modo não estava no centro de tudo. Mas ultimamente ele não vinha sendo bancário. Não no último ano e meio. Ele vinha sendo um criminoso. O tempo todo. Profundamente envolvido numa operação fraudulenta. Bem no núcleo. De jeito nenhum exercia uma função periférica.

Peguei o carro e segui direto para a delegacia de Margrave. Estacionei e fui atrás de Roscoe. Teale estava andando pela sala do pelotão, mas o cara da mesa piscou e acenou para mim, apontando para a sala de arquivo. Roscoe estava lá. Parecia cansada. Estava com as mãos cheias de pastas. E sorriu.

— Olá, Reacher. Veio me tirar daqui?

— Quais são as novidades?

Ela jogou a pilha de papéis em cima do armário. Tirou a poeira do corpo e jogou o cabelo para trás. Olhou para a porta.

— Há algumas. Teale terá uma reunião com o pessoal da fundação daqui a dez minutos. Irei receber o fax da Flórida assim que ele sair daqui. E estamos prestes a receber uma ligação da polícia estadual sobre carros abandonados.

— Cadê a arma que você ia me dar?

Ela fez uma pausa. Mordeu o lábio. Estava se lembrando de por que eu precisava de uma.

— Está numa caixa. Na minha mesa. Teremos que esperar que Teale vá embora. E não a abra aqui, ok? Ninguém está sabendo disso.

Saímos da sala do arquivo e andamos na direção do escritório de pau-rosa. A sala do pelotão estava calma. Os dois caras que vieram como reforço na sexta estavam vasculhando dados no computador. Pilhas de pastas de arquivo estavam espalhadas para todos os lados. A busca falsa ao assassino do chefe estava em curso. Vi um novo quadro de avisos na parede. Nele estava marcado: Morrison. Estava vazio. Ninguém vinha tendo muito progresso.

Ficamos esperando com Finlay no escritório. Cinco minutos. Dez. Até que ouvimos alguém batendo, e Baker enfiou a cabeça pelo vão da porta. Ele nos sorriu. Deu para novamente ver seu dente de ouro.

— Teale se foi — afirmou.

Fomos para a sala do pelotão, Roscoe ligou o aparelho de fax e pegou o telefone, a fim de ligar para a Flórida. Finlay discou para a polícia estadual em busca de notícias sobre carros alugados e abandonados. Sentei-me na mesa que ficava ao lado da de Roscoe e liguei para Charlie Hubble. Disquei o número do celular que Joe havia impresso e escondido no sapato. Não obtive resposta. Apenas uma mensagem eletrônica com uma gravação me dizendo que o telefone com o qual eu queria falar estava desligado.

Olhei para o lado na direção de Roscoe.

— Desligaram o maldito celular.

Roscoe deu de ombros e foi até o fax. Finlay ainda estava conversando com a polícia estadual. Vi Baker andando à toa no meio do triângulo do qual nós três éramos as pontas. Levantei e me juntei a Roscoe.

— Baker está querendo participar disso? — perguntei a ela.

— Parece que sim. Finlay tem feito com que ele aja como uma espécie de vigia. Será que devíamos envolvê-lo?

Pensei por um segundo e balancei a cabeça.

— Não — respondi. — Quanto menos gente souber do que estamos fazendo, melhor.

Sentei-me novamente à mesa que havia pego emprestado e tentei ligar novamente para o celular. Deu na mesma. Ouvi uma voz eletrônica qualquer me dizendo que o telefone estava desligado.

— Droga — reclamei. — Não é possível!

Precisava saber o que Hubble havia feito durante o último ano e meio. Charlie poderia ter me dado alguma idéia. A hora em que ele saía de casa de manhã, a hora em que voltava à noite, tíquetes de pedágio, contas de restaurante, coisas assim. E ela podia ter se lembrado de algo ligado ao domingo ou a Pluribus. Era possível que a moça me saísse com algo útil. E eu precisava de algo útil. Precisava muito. E ela havia desligado o maldito celular.

— Reacher? — chamou-me Roscoe. — Tenho informações sobre Sherman Stoller.

Ela segurava algumas folhas de fax. Densamente datilografadas.

— Ótimo — retruquei. — Vamos dar uma olhada.

Finlay largou o telefone e se aproximou.

— O pessoal da estadual vai ligar de volta. Pode ser que tenham alguma coisa para nós.

— Ótimo — repeti. — Talvez estejamos chegando em algum lugar.

Voltamos todos para o escritório de pau-rosa. Jogamos a documentação sobre Sherman Stoller em cima da mesa e nos curvamos sobre ela. Era um extenso relatório de prisão feito pela delegacia de Jacksonville, na Flórida.

— Blind Blake nasceu em Jacksonville — afirmei. — Você sabia disso?

— Quem é Blind Blake? — perguntou Roscoe.

— Um cantor — respondeu Finlay.

— Guitarrista, Finlay — corrigi.

Sherman Stoller fora avisado por um carro que fazia ronda na área para que parasse, por ter ultrapassado o limite de velocidade na ponte fluvial entre Jacksonville e a praia local, às quinze para a meia-noite, numa noite de setembro, há dois anos. Ele dirigia uma pequena caminhonete dezessete quilômetros acima da velocidade permitida. E ficara extremamente agitado e insultara a equipe da viatura. Isso fez com que eles o prendessem por suspeita de estar dirigindo alcoolizado. Chegou a ser fichado e fotografado na Central de Jacksonville, e tanto ele como o seu veículo foram revistados. O sujeito dera um endereço de Atlanta e declarou que trabalhava como motorista de furgão.

A revista acabou gerando um resultado negativo. A caminhonete foi revistada também com a ajuda de cães e nada de mais foi encontrado. O furgão não continha nada além de uma carga de vinte novos aparelhos de ar condicionado encaixotados a fim de serem exportados para o litoral de Jacksonville. As caixas estavam hermeticamente fechadas e marcadas com o logotipo do fabricante, e cada uma trazia impresso o número de série.

Depois de ser enquadrado na Lei de Miranda, Stoller chegou a fazer uma ligação telefônica. Vinte minutos depois da ligação, um advogado chamado Perez, da respeitada firma Zacarias Perez, em Jacksonville, chegou à delegacia, e dez minutos depois Stoller estava solto. Desde que o pararam na rua até ele sair com o advogado, cinqüenta e cinco minutos se passaram.

— Interessante — disse Finlay. — O sujeito está a quase quinhentos quilômetros de casa e consegue um advogado em vinte minutos à meia-noite? De um escritório respeitado? Stoller não era um motorista de caminhão qualquer, com certeza.

— Você reconhece o seu endereço? — perguntei para Roscoe.

Ela balançou a cabeça.

— Não mesmo. Mas consegui encontrá-lo.

A porta se entreabriu novamente e mais uma vez Baker enfiou a cabeça.

— Polícia estadual na linha. Parece que encontraram um carro para você.

Finlay checou seu relógio. Resolveu que havia tempo antes de Teale voltar.

— Ok. Transfira-a para cá, Baker.

Finlay pegou o telefone na grande mesa e ficou escutando. Rabiscou alguma coisa e grunhiu um agradecimento. Desligou e saiu de sua cadeira.

— Tudo bem. Vamos dar uma olhada.

Saímos rapidamente os três. Tínhamos que estar a uma boa distância antes de Teale voltar e começar a nos fazer perguntas. Baker ficou nos vendo partir. E gritou:

— O que digo para Teale?

— Diga a ele que localizamos o carro — respondeu Finlay. — O tal que o presidiário maluco usou para ir à casa de Morrison. Diga a ele que estamos fazendo progresso de verdade, certo?

Desta vez foi Finlay que dirigiu. Estava usando um Chevy não emplacado, igual ao de Roscoe. Saiu do estacionamento e seguiu para o sul. Acelerou no meio da cidadezinha. Reconheci os primeiros quilômetros como sendo a rota para Yellow Springs, até que viramos numa trilha que ia para o leste. Ela dava na rodovia e acabava numa espécie de área de manutenção, logo abaixo da estrada. Havia pilhas de barris de alcatrão e de asfalto espalhados para todo lado. E um carro. Este havia rolado para fora da estrada e estava de cabeça para baixo. Totalmente incinerado.

— Eles o encontraram na sexta-feira de manhã — disse Finlay. — Não estava aqui na quinta, isso é certo. Pode ter sido o de Joe.

Examinamos o automóvel cuidadosamente. Não havia mais muita coisa para se ver. O veículo estava completamente destruído. Tudo que não era de aço desaparecera. Não dava nem para dizer quem era o fabricante. Pelo formato, Finlay achou que se tratasse de um GM, mas não dava para dizer o modelo. Outrora fora um sedã médio, e, uma vez que o acabamento de plástico havia desaparecido, não dava para dizer se era um Buick, um Chevy ou um Pontiac.

Pedi para Finlay segurar o pára-lama dianteiro e me arrastei sob a capota virada para baixo. Procurei o número que fica gravado logo abaixo do capô. Tive que raspar umas lascas chamuscadas, mas encontrei a pequena tira de alumínio e pude ver grande parte do número. Rastejei para fora e o cantei para Roscoe. Ela o anotou.

— E então, o que você acha? — perguntou Finlay.

— Pode ser o próprio — afirmei. — Digamos que ele o tenha alugado na quinta-feira à noite, no aeroporto de Atlanta, com o tanque cheio. Dirigia até os armazéns do trevo de Margrave, e alguém o trouxe para cá depois. Com alguns litros a menos, quem sabe uns seis. Ainda tinha muito combustível para queimar.

Finlay acenou com a cabeça.

— Faz sentido. Mas teria que ser gente da área. Este é um ótimo lugar para largar um carro. E só puxá-lo para o acostamento, rodas na lama, empurrá-lo para longe da beirada, virá-lo de cabeça para baixo e tacar fogo; depois é só voltar para o parceiro que está esperando em seu próprio veículo e você já está longe. Mas só se conhecer essa pequena pista de manutenção. E só alguém da região poderia conhecê-la, certo?

Deixamos os restos do automóvel lá mesmo. E voltamos para a delegacia. O sargento da recepção estava esperando Finlay.

— Teale quer que você vá até a sala dele.

O detetive resmungou e foi até lá, quando o segurei pelo braço.

— Deixe ele falar por um tempo — sugeri. — Dê a Roscoe uma chance de ligar para aquele número do carro.

Ele concordou com a cabeça e seguiu para os fundos. Roscoe e eu fomos até a sua mesa. Ela pegou o fone, mas eu a detive.

— Dê-me a arma — disse sussurrando. — Antes que Teale termine o que tem que tratar com Finlay.

A moça concordou com a cabeça e olhou em volta do recinto. Sentou-se e pegou as chaves que estavam presas em seu cinto. Destravou sua mesa e abriu uma gaveta bem funda. Apontou para uma fina caixa de papelão. Peguei-a. Era uma caixa para guardar artigos de escritório, com cerca de cinco centímetros de profundidade. O papelão fora impresso numa textura de fibras de madeira bem trabalhadas. Alguém havia escrito um nome que atravessava a tampa da caixa de um lado para outro. Gray. Enfiei-a debaixo do braço e fiz um aceno de cabeça para Roscoe. Ela empurrou a gaveta, fechando-a, e trancou-a novamente.

— Obrigado — agradeci. — Agora faça aquelas ligações, ok?

Andei até a entrada e usei minhas costas para abrir a pesada porta de vidro. Carreguei a caixa até o Bentley. Coloquei-a no capô do carro e abri a porta. Deixei-a no banco do passageiro e entrei. Trouxe-a para o meu colo. Vi um sedã marrom diminuindo de velocidade na avenida, a cerca de cem metros para o norte.

Havia dois hispânicos dentro dele. Era o mesmo carro que eu vira no lado de fora da casa de Charlie Hubble no dia anterior. Os mesmos sujeitos. Não havia dúvida disso. O automóvel parou a cerca de setenta e cinco metros da delegacia. Como se o motor tivesse sido desligado. Nenhum dos dois saiu de dentro. Ficaram apenas sentados ali, a setenta e cinco metros de distância, olhando para o estacionamento da delegacia. Tive a impressão de que se voltavam na direção do Bentley. Parecia que meus novos amigos haviam me encontrado. Passaram a manhã inteira me procurando. Agora não tinham mais que procurar. Não se moveram. Apenas ficaram ali, observando. Olhei de volta durante mais cinco minutos. Eles não iriam sair. Dava para ver. Estavam ali estacionados. Por isso voltei novamente minha atenção para a caixa.

Ela estava vazia, exceto pela arma e uma caixa menor cheia de balas. Era uma bela arma. Uma Desert Eagle automática. Já havia usado uma antes. Elas vêm de Israel. Costumávamos recebê-las em troca por todos os tipos de coisas que mandávamos para lá. Peguei-a. Era muito pesada, trinta e cinco centímetros de cano, mais de quarenta e cinco de extensão de uma ponta a outra. Dei um clique na câmara de repetição. Era uma versão de oito tiros para uma 44 milímetros. Levava oito cápsulas Magnum calibre .44. Não é o que se chamaria de uma arma sutil. A bala pesa mais ou menos o dobro de uma .38 num revólver da polícia. Faz com que o cano faça disparos mais rápidos do que a velocidade da luz. Atinge o alvo com mais força do que qualquer coisa que se possa imaginar. Nem um pouco sutil. Munição não é problema. Você tem opções. Caso resolva carregá-la com balas de ponta dura, elas poderão atravessar o sujeito no qual você está atirando e provavelmente um outro que esteja cem metros atrás. Mas se usar uma de ponta macia poderá abrir um buraco na sua vítima do tamanho de uma lata de lixo. A escolha é sua.

As balas na caixa eram todas de ponta macia. Para mim, tudo bem. Chequei a arma. Era dura, mas estava em bom estado. Tudo funcionava. No cabo havia um nome gravado. Gray. O mesmo que estava na caixa. O detetive morto, o cara que antecedera Finlay. Que se enforcara em fevereiro. Deve ter sido um colecionador de armas. Não era a que ele usava no serviço. Nenhuma chefatura de polícia do mundo permitiria o uso de um canhão como esse. De todo jeito, era algo muito pesado.

Carreguei a arma enorme do detetive morto com oito das suas cápsulas. Botei a munição reserva de volta na caixa e a deixei no chão do carro. Armei o cão e apertei a trava de segurança. Armei e travei, como costumávamos dizer. Faz com que você economize uma fração de segundos antes do primeiro tiro. Pode salvar a sua vida. Coloquei a arma no porta-luvas que imitava nogueira. Ficou meio apertada lá dentro.

Depois me sentei por um tempo e fiquei observando os dois sujeitos no carro. Eles ainda me fitavam. Ficamos nos entreolhando, separados por setenta e cinco metros. Estavam relaxados e à vontade. Mas estavam olhando para mim. Saí do Bentley e o tranquei novamente. Andei até a entrada e puxei a porta. Olhei para trás na direção do sedã marrom. Ainda estava lá. Ainda observando.

Roscoe estava em sua mesa, falando ao telefone. Ela acenou. Parecia animada. Levantou a mão, pedindo para que eu esperasse. Olhei para a porta que dava no escritório de pau-rosa. Esperava que Teale saísse antes dela terminar sua ligação.

Ele saiu assim que ela desligou. Estava com o rosto corado. Parecia enlouquecido. Começou a bater com o pé na sala do pelotão e com a sua pesada bengala no chão, enquanto olhava para o enorme quadro de avisos vazio. Finlay enfiou a cabeça para fora do escritório e acenou para que eu entrasse. Dei de ombros na direção de Roscoe e fui ver o que o detetive tinha a dizer.

— O que foi? — perguntei.

Ele deu uma gargalhada.

— Eu o estava enrolando — disse Finlay. — Perguntou o que estávamos fazendo olhando um carro. Disse que não era nada disso. Expliquei que havíamos dito a Baker que não iríamos muito longe, mas ele ouviu mal e entendeu que iríamos dar uma olhada num carro.

— Tome cuidado, Finlay. Eles estão matando pessoas. O negócio é sério.

Ele deu de ombros.

— Isso está me deixando maluco. A gente precisa se divertir de vez em quando, você não acha?

Ele sobreviveu vinte anos em Boston. Poderia sobreviver a isso.

— O que está acontecendo com Picard? — perguntei. — Teve alguma notícia dele?

— Nada. Está de sobreaviso.

— Nenhuma possibilidade de que ele venha a colocar mais uns dois caras espionando?

Finlay balançou a cabeça. Parecia que tinha resolvido a questão em relação a isso.

— De jeito nenhum. Não sem me dizer antes. Por quê?

— Há dois sujeitos vigiando este lugar. Chegaram aqui há dez minutos. Estão num sedã marrom. Foram à casa de Hubble ontem e ficaram circulando pela cidade hoje de manhã, perguntando por mim.

Ele balançou a cabeça novamente.

— Não são de Picard. Ele teria me dito.

Roscoe entrou e bateu a porta. Ficou segurando-a com a mão, como se Teale pudesse irromper no seu encalço.

— Liguei para Detroit — disse ela. — Era um Pontiac. Foi entregue há quatro meses. Fizeram um pedido grande para uma locadora de automóveis. O Departamento de Veículos Motores está rastreando o registro. Pedi para que eles dessem um retorno para Picard em Atlanta. O pessoal da locadora pode lhe contar a história sobre onde ele foi alugado. Acho que estamos chegando a algum lugar.

Senti que estava ficando mais próximo de Joe. Como se ouvisse um leve eco.

— Ótimo — disse a ela. — Bom trabalho, Roscoe. Estou saindo. Encontro você aqui novamente às seis. E fiquem bem próximos um do outro, ok? E de olho nos traseiros.

— Aonde você vai? — perguntou Finlay.

— Vou pegar o carro e dirigir por aí.

Deixei-os no escritório e andei novamente até a entrada. Empurrei a porta e saí. Dei uma olhada na estrada, na direção norte. O sedã ainda estava lá, a setenta e cinco metros de distância. Os dois sujeitos ainda estavam dentro do veículo. Ainda observando. Andei até o Bentley. Abri a porta e entrei. Saí do estacionamento e peguei a avenida do condado. Lentamente. Passei bem devagar do lado dos dois caras e segui para o norte. No espelho retrovisor, pude ver o sedã dando a partida. Eu o vi saindo do lugar e pegando o asfalto. Ele acelerou para o norte e ficou bem na minha traseira. Como se eu o estivesse puxando com uma corda longa e invisível. Eu diminuía, ele diminuía. Eu acelerava, ele acelerava. Como se fosse um jogo.

18

PASSEI PELA CANTINA DO ENO E SEGUI PARA O norte, afastando-me da cidade. O sedã me seguia. Estava uns quarenta metros atrás. Não fazia nenhum esforço para disfarçar sua presença. Os dois sujeitos simplesmente vinham no meu encalço. Olhando para a frente. Segui rumo a oeste na estrada que ia para Warburton. Diminuí a velocidade. O sedã vinha atrás. Seguíamos para o oeste. Éramos as únicas coisas que se moviam naquele vasto cenário. Dava para ver os dois caras no espelho. Olhando fixamente para mim. Ambos eram iluminados pelo sol poente da tarde. A luz baixa e cintilante os deixava vívidos. Eram jovens hispânicos usando camisas berrantes, cabelo preto, muito limpos, muito parecidos. Seu carro continuava firme no meu encalço.

Viajei quase treze quilômetros. Estava procurando um lugar. Havia estradinhas de terra cheias de buracos e calombos para a esquerda e para a direita a cada oitocentos metros ou coisa parecida. Elas davam nos campos. Ficavam dando voltas a esmo. Não sabia para que serviam. Talvez levassem até pontos de ajuntamento, onde fazendeiros guardavam seu maquinário para as colheitas. Qualquer que fosse a época. Estava procurando uma trilha específica que já havia visto antes. Ela passava por trás de um pequeno agrupamento de árvores na mão direita da estrada. A única área coberta em quilômetros. Eu a vira do ônibus da prisão na sexta-feira. E a vi novamente enquanto voltava dirigindo do Alabama. Um grupo de árvores robustas. Hoje de manhã eles pareciam flutuar no meio da neblina. Um pequeno matagal oval, perto da estrada, à direita, uma pista de terra passando atrás, que depois dava novamente na rodovia.

Eu o vi a alguns quilômetros. As árvores eram uma mancha no horizonte. Dirigi em sua direção. Abri o porta-luvas e saquei a automática de seu interior. Coloquei-a entre o meu assento e o do lado. Os dois caras vinham atrás. Ainda a quarenta metros de distância. Quando faltavam uns quatrocentos metros para chegar no matagal, engatei uma segunda e pisei fundo. O velho carro deu um solavanco e seguiu num estalo. No rastro, virei o volante e pulei com o Bentley para fora da estrada. Guiei o carro para trás do matagal. Parei de repente. Peguei a arma e saltei. Deixei a porta do motorista aberta como se tivesse pulado e mergulhado no meio das árvores.

Mas fui para o outro lado. Para a direita. Corri em volta do capô, me lancei uns quatro metros e meio adentro e deitei no chão. Arrastei-me no meio dos arbustos e me coloquei num ponto onde o carro deles teria que parar na pista, atrás do Bentley. Fiquei comprimido no meio das hastes vigorosas das plantas, bem abaixo das folhas, em cima da terra úmida. E depois esperei. Imaginei que fossem sair do veículo uns sessenta ou setenta metros atrás. Não haviam acompanhado minha súbita aceleração. Soltei a trava de segurança. Até que ouvi o Buick marrom. Notei o barulho do motor e o som da suspensão. Um deles saltou e ficou visível bem na minha frente. Parou atrás do Bentley, que estava estacionando bem ao lado das árvores. A cerca de seis metros do meu esconderijo.

Eram caras razoavelmente espertos. De jeito nenhum os piores que eu já vira em ação. O passageiro havia descido na estrada antes do carro virar. Ele achava que eu estava no meio do matagal. Achava que me pegaria por trás. O motorista se mexeu com uma certa dificuldade dentro do carro e saiu rolando pela porta do passageiro, do lado oposto ao das árvores. Bem na minha frente. Segurava uma arma e estava agachado no meio da lama, virado de costas para mim, e pensava estar escondido atrás do Buick, olhando para a mata através do carro. Eu tinha que fazer com que ele se movesse. Não queria que ficasse do lado do automóvel. O carro tinha que permanecer em boas condições. Não queria que sofresse danos.

Os dois estavam tendo muita cautela para se enfiar no meio das árvores. Aquela era a idéia. Por que eu percorreria todos aqueles quilômetros até o matagal e depois me esconderia num campo de plantação? Uma distração clássica. Eles haviam caído no truque sem pestanejar. O sujeito perto do carro estava olhando para o mato. E eu para as suas costas. Estava com a Desert Eagle apontada bem na sua direção, respirando em silêncio. Seu parceiro se arrastava lentamente no meio das árvores, procurando por mim. Logo apareceria no meu campo de visão.

Ele voltou mais ou menos cinco minutos depois. Segurava uma arma bem na sua frente. Deu a volta pela traseira do Buick. Guardou distância entre si próprio e o Bentley. Agachou-se ao lado do parceiro e os dois deram de ombros um para o outro. Depois começaram a examinar o Bentley. Estavam preocupados por achar que eu poderia estar deitado no chão ou agachado atrás da imponente frente cromada. O cara que havia acabado de sair de dentro do mato rastejava no meio da lama, deixando o Buick entre ele e as árvores, bem na minha reta, olhando debaixo do Bentley, procurando pelos meus pés.

O sujeito se arrastou por toda a extensão do Bentley. Dava para ouvi-lo resmungando e arfando enquanto se erguia apoiado nos cotovelos.

Depois se arrastou de volta por onde viera e se agachou novamente ao lado do parceiro. Ambos se arrastaram para o lado e lentamente se levantaram ao lado da capota do Buick. Deram um passo à frente e resolveram olhar dentro do Bentley. Andaram juntos até a beirada do matagal e fitaram o interior do veículo no meio da escuridão. Não conseguiam me encontrar. Então voltaram e ficaram em pé, lado a lado, naquela pista esburacada, longe dos carros, com o céu alaranjado servindo de moldura, olhando para as árvores, de costas para o campo e para mim.

Eles não sabiam o que fazer. Eram garotos da cidade. Talvez de Miami. Usavam roupas da Flórida. Estavam acostumados com becos iluminados por luzes de néon e áreas com prédios em construção. Estavam acostumados a agir debaixo de rodovias elevadas, nos terrenos baldios que os turistas nunca viam. Não sabiam o que fazer no meio de um pequeno matagal cercado por milhões de acres de plantações de amendoim.

Atirei nas costas dos dois enquanto estavam ali em pé. Dois tiros rápidos. Mirei bem no meio das omoplatas de ambos. A grande automática fez um som parecido com o de granadas de mão detonando. Pássaros rodopiaram pelo ar nas redondezas. Os estrondos idênticos reviraram aquela região campestre como um trovão. Os coices quase trituraram a minha mão. Os dois sujeitos foram arremessados para longe. Aterrissaram e bateram com o rosto nas árvores, bem longe da pista de terra. Levantei a cabeça e observei-os atentamente. Eles tinham aquele olhar indolente e vazio que fica para trás quando a vida se esvai.

Segurei a arma com firmeza e andei em sua direção. Estavam mortos. Já havia visto um monte de gente morta, e aqueles dois estavam tão mortos quanto qualquer um dos outros. As enormes cápsulas Magnum os haviam pego no topo de suas costas. Onde ficam as grandes veias e artérias que vão para dentro da cabeça. As balas fizeram um baita estrago. Olhei em silêncio para baixo, na direção dos dois sujeitos, e pensei em Joe.

Depois disso eu tinha coisas a fazer. Voltei para o Bentley. Apertei a trava de segurança e joguei a Desert Eagle novamente no assento do passageiro. Fui até o Buick dos caras e puxei as chaves. Abri a mala. Acho que esperava encontrar algo lá dentro. Não guardava ressentimentos dos dois rapazes. Mas iria me sentir ainda melhor se encontrasse alguma coisa. Como uma .22 milímetros automática com silenciador. Ou como quatro pares de galochas de borracha e quatro blusas justas de náilon. Algumas lâminas de doze centímetros. Coisas assim. Mas não encontrei nada disso. Encontrei Spivey.

Ele já estava morto há algumas horas. Havia levado um tiro na testa com uma .38. À queima-roupa. O cano do revólver devia estar a uns quinze centímetros da sua cabeça. Esfreguei meu polegar na pele em volta do buraco feito pela bala. Olhei para ele. Não havia fuligem e sim minúsculas partículas de pólvora que explodiram pele adentro. Não dava para removê-las. Aquele tipo de tatuagem significava que o tiro havia sido realmente dado à queima-roupa. Quinze centímetros provavelmente, talvez vinte. Alguém erguera subitamente uma arma, e o lento e pesado assistente do diretor do presídio não fora rápido o bastante para se esquivar.

Havia uma cicatriz no seu queixo onde eu o cortara com o canivete de Morrison. Seus pequenos olhos de cobra estavam abertos. Ainda usava seu uniforme sujo. Sua barriga branca e peluda aparecia bem no ponto onde eu cortara sua camisa. Ele era um sujeito grande. Para que coubesse na mala do carro tiveram que quebrar suas pernas. Provavelmente com uma pá. Eles as quebraram e as dobraram lateralmente na altura dos joelhos para que o corpo pudesse caber. Olhei para o defunto e fiquei furioso. Ele sabia de tudo e não havia me contado. Mas acabaram matando-o do mesmo jeito. O fato dele ter ficado de boca fechada de nada valeu. Eles estavam em pânico. Vinham silenciando todo mundo, enquanto o relógio contava lentamente as horas que faltavam para o domingo. Fitei os olhos mortos de Spivey, como se ainda retivessem as informações das quais eu precisava.

Depois corri até os corpos que estavam na beira do matagal e os revistei. Duas carteiras e um contrato de aluguel de automóvel. Um telefone celular. Isso era tudo. O contrato era pelo Buick. Alugado no aeroporto de Atlanta, às oito horas da manhã de segunda-feira. Um vôo matutino vindo de algum lugar. Olhei as carteiras. Nada de passagens de avião. Carteiras de motorista da Flórida, ambas com endereços de Jacksonville. Fotografias insípidas, nomes sem sentido. Os respectivos cartões de crédito. Um monte de dinheiro nas carteiras. Roubei tudo. Eles não teriam como gastar.

Tirei a bateria do celular, coloquei o telefone no bolso de um dos caras e a bateria no do outro. Depois arrastei os corpos até o Buick e os coloquei dentro da mala, junto com Spivey. Não foi fácil. Não eram sujeitos altos, mas eram desengonçados e desajeitados. Fizeram com que eu suasse, apesar do frio. Tive que empurrá-los para que se encaixassem no espaço que Spivey deixava. Fiz uma busca ao redor e encontrei seus revólveres. Ambos calibre .38. Um estava totalmente carregado. O outro dera apenas um tiro. Estavam com cheiro de novos. Joguei as armas na mala. Encontrei os sapatos do passageiro. A Desert Eagle o arremessou com tanta força que eles ficaram no chão. Joguei-os na mala e fechei a tampa. Voltei ao campo de plantio, até o meu esconderijo no meio dos arbustos. De onde eu havia atirado. Revirei tudo e peguei as duas cápsulas de munição. Coloquei-as no bolso.

Depois tranquei o Buick e o deixei ali. Abri a mala do Bentley. Tirei a bolsa com minhas roupas antigas. Meus trajes novos estavam cobertos de barro e manchados com o sangue dos cadáveres. Vesti novamente as roupas velhas. Enfiei as que estavam sujas e manchadas de sangue na bolsa. Joguei-a na mala do Bentley e fechei a tampa. A última coisa que fiz foi usar um galho de árvore para varrer todas as pegadas que consegui enxergar.

Guiei o Bentley lentamente de volta para o leste, rumo a Margrave, e usei o tempo para me acalmar. Foi uma emboscada feita de modo franco, sem dificuldades técnicas ou perigo real. Eu tinha treze anos de vida dura nas costas. Estava capacitado a detonar amadores como aqueles com os olhos fechados. Mas meu coração batia mais forte do que devia e uma fria rajada de adrenalina me sacudia por dentro. A visão de Spivey ali deitado com as pernas dobradas fora responsável por isso. Respirei fundo e retomei meu autocontrole. Meu braço direito estava dolorido. Como se alguém tivesse batido na palma da minha mão com um martelo. Ele tremia até a altura do ombro. Aquela Desert Eagle me deu um baita de um coice. Meus ouvidos ainda ressoavam por causa das duas explosões. Mas eu me sentia bem. Fora um trabalho bem-feito. Dois sujeitos durões haviam me seguido até lá. E não estavam me seguindo na volta.

Estacionei na vaga que ficava mais longe da porta de entrada da delegacia. Coloquei minha arma de volta no porta-luvas e saí do carro. Estava ficando tarde. A melancolia da noite ia ganhando força. O enorme céu da Geórgia estava escurecendo. Assumindo um tom negro e profundo. A lua começava a surgir.

Roscoe estava em sua mesa. Ela se levantou quando me viu e veio na minha direção. Saímos porta afora. Demos alguns passos. Nos beijamos.

— Alguma novidade sobre o pessoal da locadora de automóveis? — perguntei.

Ela balançou a cabeça.

— Amanhã. Picard está correndo atrás. Está fazendo o melhor que pode.

— Ok. Que hotéis vocês têm no aeroporto?

A policial me deu uma lista deles. A mesma lista que se consegue em qualquer aeroporto. Peguei o primeiro nome que ela havia indicado. Depois lhe contei o que havia acontecido com os dois rapazes da Flórida. Na semana passada ela me teria posto em cana por isso. Chegaria até a me mandar para a cadeira elétrica. Mas agora sua reação foi diferente. Aqueles quatro homens que percorreram sua casa com galochas de borracha haviam mudado radicalmente sua maneira de pensar. Por isso, ela acenou com a cabeça e deu um sorriso firme e tenso de satisfação.

— Dois a menos. Bom trabalho, Reacher. Foram eles?

— Os da noite passada? Não. Não eram daqui da região. Não podemos incluí-los entre os dez de Hubble. Eram capangas contratados de fora.

— Eram bons?

Dei de ombros. Balancei a mão de um lado para outro, demonstrando que não tanto.

— Na verdade, não. Não bons o suficiente, se é que você me entende.

Depois eu lhe disse o que havia encontrado na mala do Buick. Ela estremeceu novamente.

— Então ele é um dos dez? O Spivey?

Balancei a cabeça.

— Não. Dá para ver bem. Mas ajudava por fora. Ninguém teria uma lesma como essa por perto sabendo de todos os segredos.

Ela concordou. Abri a porta do Bentley e tirei a arma do porta-luvas. Era grande demais para caber no meu bolso. Coloquei-a de volta na caixa, junto com as balas. Roscoe botou tudo na mala do seu Chevy. Peguei a bolsa com as roupas manchadas. Tranquei o Bentley e o deixei ali no estacionamento da polícia.

— Vou ligar para Molly novamente. Estou indo fundo demais. Preciso de algumas informações. Há coisas que não entendo.

A delegacia estava tranqüila, e por isso usei o escritório de pau-rosa. Liguei para o número de Washington, e Molly atendeu no segundo sinal.

— Você pode falar? — perguntei.

Ela me disse para esperar, e pude ouvi-la se levantando para fechar a porta de sua sala.

— É cedo demais, Jack. Só vou conseguir saber alguma coisa amanhã.

— Preciso de informações. Preciso entender essa jogada internacional que Joe estava investigando. Preciso saber uns porquês, há coisas acontecendo aqui e a ação pode até estar transcorrendo no exterior.

Percebi que ela tentava encontrar uma maneira de começar.

— Ok, informações. Creio que Joe supunha que talvez tudo fosse controlado daqui de dentro do país. É um problema muito difícil de ser explicado, mas vou tentar. A falsificação acontece no exterior e o truque é que a maior parte dela fica longe das nossas fronteiras. Só uma pequena parte das notas falsas volta para cá, o que não é grande coisa em nível doméstico, mas obviamente é algo que queremos que pare. Mas, fora daqui, isso configura um tipo de problema completamente diferente. Você sabe quanto dinheiro existe dentro dos Estados Unidos, Jack?

Pensei no que o sujeito do banco havia me dito.

— Cento e trinta bilhões de dólares — respondi.

— Certo. Mas precisamente o dobro desse valor está no exterior. Isso é fato. Pessoas de todo o mundo detêm duzentos e sessenta bilhões de dólares em dinheiro americano. Eles estão depositados em cofres de Londres, Roma, Berlim, Moscou, enfiados dentro de colchões por toda a América do Sul e Europa Oriental, escondidos debaixo de tábuas de assoalho, paredes falsas, em bancos, agências de viagem, por toda parte. E por quê?

— Não sei.

— Porque o dólar é a moeda mais confiável do mundo. As pessoas acreditam nele. Elas o querem. E, naturalmente, o governo fica muito, mas muito feliz com isso.

— Isso é bom para o ego, certo?

Ouvi ela trocando o fone de mão.

— Não se trata de algo emocional. São negócios. Pense nisso, Jack. Se há uma nota de cem dólares na cômoda de alguém em Bucareste, isso significa que alguém em alguma parte a trocou por cem dólares em ativos no exterior. Isso significa que o nosso governo lhes vendeu um pedaço de papel com tinta verde e preta por cem pratas. Um bom negócio. E por ser uma moeda confiável são grandes as chances de que essa nota de cem dólares fique, provavelmente, nessa cômoda de Bucareste por muitos anos. Os Estados Unidos jamais terão que devolver os ativos novamente. Enquanto o dólar continuar confiável, jamais perderemos.

— Qual é o problema, então?

— É difícil explicar. Tudo tem a ver com fé e confiança. É quase metafísico. Se os mercados estrangeiros estão sendo inundados com dólares falsos, isso, por si só, não importa de verdade. Mas, se as pessoas nesses mercados descobrirem, aí importa. Porque aí entrarão em pânico. Perderão sua fé. Perderão a confiança. Não irão mais querer dólares. Preferirão o iene japonês e o euro para rechear seus colchões. Irão se livrar dos seus dólares. Como efeito, o governo terá que, da noite para o dia, reembolsar um empréstimo de duzentos e sessenta bilhões de dólares feito no exterior. Da noite para o dia. E não teríamos como fazer isso, Jack.

— Problemaço.

— Essa é a verdade. E um problema distante. As notas falsas são todas feitas no exterior, e em grande parte são distribuídas pelo mundo afora. Isso só faz sentido assim. As fábricas estão escondidas em alguma região remota que não conhecemos e as falsificações são distribuídas para estrangeiros que ficam felizes, contanto que fiquem vagamente parecidas com dólares de verdade. É por isso que poucas delas são importadas. Apenas as melhores falsificações voltam para os Estados Unidos.

— Quantas voltam? — perguntei.

Pude vê-la dando de ombros. Respirando em silêncio, como se tivesse franzido os lábios.

— Não muitas. Alguns bilhões, de vez em quando, imagino.

— Alguns bilhões? Isso não é muito?

— Uma gota no oceano. De acordo com um ponto de vista macroeconômico. Comparado com o tamanho da economia, quero dizer.

— E o que exatamente estamos fazendo em relação a isso? — perguntei.

— Duas coisas. A primeira tinha a ver com o trabalho de Joe, que estava tentando de forma enlouquecida impedir que isso acontecesse. Os motivos por trás disso são óbvios. A segunda é fingir que nem doidos que isso não está acontecendo. Como se estivéssemos mantendo a fé.

Acenei com a cabeça. Comecei a ter alguma noção dos segredos de Estado que não saem de Washington.

— Ok — afirmei. — E se eu ligasse para o Tesouro e perguntasse sobre isso?

— Negariam tudo. Perguntariam: falsificação? Que falsificação?

* * *

Caminhei pela sala silenciosa do pelotão e me juntei a Roscoe em seu carro. Pedi que ela seguisse para Warburton. Estava escuro quando chegamos no pequeno aglomerado de árvores. Havia apenas luar suficiente para localizá-lo. Roscoe parou bem onde pedi. Beijei-a e saí do automóvel. Disse-lhe que a veria no hotel. Bati de leve no teto do Chevy e acenei, me despedindo. Ela pegou a estrada. E se afastou lentamente.

Entrei direto no matagal. Não queria deixar pegadas na pista de areia. A bolsa cheia deixava tudo mais difícil. Ela ficou várias vezes presa no mato. Saí bem na frente do Buick. Ainda estava lá. Intocado. Abri a porta do motorista com a chave e entrei. Dei partida no carro e segui pela trilha aos solavancos. A suspensão traseira ficou batendo nos sulcos. Isso não me surpreendeu nem um pouco. Devia haver uns duzentos e tantos quilos dentro da mala.

Andei aos solavancos pela estrada e guiei para o leste, rumo a Margrave. Mas virei à esquerda na avenida do condado e segui para o norte. Percorri o resto dos vinte e poucos quilômetros até a rodovia. Passei pelos armazéns e juntei-me ao fluxo que seguia para o norte, na direção de Atlanta. Estava dirigindo em velocidade tranqüila. Não queria ser notado. O Buick era bastante discreto. Bastante imperceptível. Era assim que eu queria deixá-lo.

Depois de uma hora segui as placas que me levavam para o aeroporto. Achei o caminho para a área do estacionamento que permitia que os carros ficassem parados por períodos indeterminados. Peguei um tíquete na pequena catraca automática e entrei. Era uma área gigantesca. Nada podia ser melhor. Encontrei uma vaga bem perto do meio, cerca de cem metros da grade mais próxima. Limpei o volante e o câmbio. Saí e levei junto a bolsa. Tranquei o Buick e me afastei.

Um minuto depois, olhei para trás. Não conseguia apontar para o carro que havia acabado de abandonar. Qual é o melhor lugar para se esconder um carro? No estacionamento de um aeroporto, onde muitos outros automóveis ficavam mofando. É a mesma coisa que perguntar qual é o melhor lugar para esconder um grão de areia? Na praia. O Buick poderia ficar um mês ali parado. Ninguém iria desconfiar.

Andei de volta até a grade de entrada. Joguei a bolsa na primeira lata de lixo que vi. Na segunda me livrei do tíquete de estacionamento. Peguei o pequeno ônibus gratuito perto da grade e segui até o terminal de embarque. Adentrei-o e encontrei um banheiro. Embrulhei as chaves do Buick numa toalha de papel e as joguei no lixo. Depois, segui para o salão de desembarque e saí na noite úmida novamente. Peguei o ônibus de cortesia do hotel e fui ao encontro de Roscoe.

Encontrei-a no meio do resplendor do néon do saguão do hotel. Paguei um quarto em *cash*. Usei uma nota que havia tomado dos rapazes da Flórida. Entramos no elevador. O quarto era escuro e sombrio. Grande o suficiente. Dava para ver toda a extensão do aeroporto pela janela, que possuía o vidro reforçado para abafar o barulho dos aviões. O lugar era realmente abafado.

— Primeiro vamos comer — afirmei.

— Primeiro vamos tomar banho — retrucou Roscoe.

Então tomamos banho. Isso nos deu uma outra disposição. Bastante sabão e espuma e começamos as preliminares. Acabamos fazendo amor no boxe com a água batendo em nossos corpos. Depois, eu só queria me envolver naquela paixão ardente. Mas estávamos com fome. E tínhamos coisas a fazer. Roscoe colocou as roupas que havia trazido da sua casa de manhã. Jeans, camiseta, jaqueta. Estava maravilhosa. Muito feminina, mas também ostentava um certo ar de mulher durona. Ela tinha muita vitalidade.

Seguimos para um restaurante que ficava no último andar. Uma beleza. Lá se admirava uma bela vista panorâmica da região onde ficava o aeroporto. Sentamos à luz de velas, perto da janela. Um garçom estrangeiro e animado nos trouxe comida. Empanturrei-me. Estava faminto. Tomei uma cerveja e meio litro de café. Estava começando a me sentir mais ou menos humano novamente. Paguei pela refeição com mais dinheiro dos defuntos. Depois seguimos para o saguão e pegamos um mapa com as ruas de Atlanta na recepção. Andamos até o carro de Roscoe.

O ar noturno estava frio, úmido, e fedia a querosene. Cheiro de aeroporto. Entramos no Chevy e olhamos atentamente para o mapa. Seguimos para noroeste. Roscoe dirigia e eu tentava orientá-la. Enfrentamos o trânsito e acabamos mais ou menos no lugar certo. Era uma grande fileira de casas baixas. O tipo de lugar no qual você repara quando está dentro de um avião pousando. Casas miúdas em terrenos pequenos, cercas de proteção contra furacões, piscinas acima do nível do chão. Alguns belos jardins, alguns depósitos de lixo. Montes de carros velhos. Tudo banhado por um clarão amarelo.

Encontramos a rua certa. Encontramos a casa certa. Um lugar decente. Bem cuidado. Limpo e claro. Uma pequena casa de um só andar. Um jardim modesto, com uma garagem para um carro só. Um portão estreito no meio da cerca de arame. Entramos. Tocamos a campainha. Uma senhora entreabriu a porta, que estava presa por uma corrente.

— Boa-noite — disse Roscoe. — Estamos procurando Sherman Stoller.

Roscoe olhou para mim depois de fazer essa saudação. Devíamos ter dito que estávamos procurando sua casa. Sabíamos onde Sherman Stoller estava. No necrotério de Yellow Springs, a cento e dez quilômetros dali.

— Quem é você? — perguntou a senhora, educadamente.

— Madame, somos policiais — disse Roscoe. Uma meia-verdade.

A senhora largou a porta e retirou a corrente.

— É melhor vocês entrarem. Ele está na cozinha. Comendo, acredito.

— Quem? — perguntou minha parceira.

A senhora parou e a encarou. Confusa.

— Sherman. É ele que vocês querem, não?

Nós a acompanhamos até a cozinha. Havia um velho jantando à mesa. Quando nos viu, parou e esfregou um guardanapo nos lábios.

— Policiais, Sherman — anunciou a senhora.

O velho levantou os olhos e nos encarou francamente.

— Há outro Sherman Stoller? — perguntei.

O velho acenou positivamente. Parecia preocupado.

— Nosso filho — respondeu.

— Tem cerca de trinta anos? — perguntei. — Trinta e cinco?

O velho acenou com a cabeça mais uma vez. A senhora foi para trás do marido e colocou a mão sobre o braço dele. Pais.

— Ele não mora aqui — disse ele.

— Ele está em perigo? — perguntou a mãe.

— Vocês podiam nos dar seu endereço? — pediu Roscoe.

Eles ficaram alvoroçados como normalmente ficam as pessoas idosas. Bastante reverentes à figura da autoridade. Muito respeitosos. Queriam nos fazer um monte de perguntas, mas simplesmente nos deram o endereço.

— Ele não mora mais aqui há dois anos — informou o velho.

Ele estava com medo. Tentava se distanciar do perigo no qual seu filho estava envolvido. Acenamos para os dois e nos retiramos. Enquanto fechávamos a porta da frente, o velho veio atrás de nós, gritando:

— Ele se mudou há dois anos.

Saímos pelo portão e entramos de novo no carro. Olhamos para o mapa da cidade novamente. O novo endereço não estava lá.

— O que você achou desses dois? — perguntou-me Roscoe.

— Os pais? Eles sabem que o seu garoto está em maus lençóis. Sabem que ele estava fazendo algo condenável. Provavelmente não sabem exatamente o quê.

— Foi isso que pensei. Vamos encontrar esse novo lugar.

Demos partida no carro e nos mandamos. Roscoe saltou, encheu o tanque e pediu informações no primeiro posto que vimos.

— Cerca de oito quilômetros para o outro lado — disse ela quando voltou. Deu meia-volta com o carro e começou a se afastar da cidade. — Nos novos condomínios que foram erguidos perto de um campo de golfe.

Ela ficou observando a tudo atentamente no meio da escuridão, procurando os pontos de referência que o funcionário do posto lhe dera. Oito quilômetros depois ela virou e saiu da via principal. Seguiu por uma nova estrada e parou em frente ao letreiro de uma imobiliária. Este anunciava condomínios de alta qualidade, construídos bem no meio do campo de golfe. Gabava-se de que apenas alguns apartamentos não haviam sido vendidos. Além do tapume havia fileiras de prédios novos. Muito aprazíveis, não tão grandes, mas lindamente acabados. Sacadas, garagens, belos detalhes. Paisagens exuberantes assomavam no meio da escuridão. Vias iluminadas seguiam na direção de um spa. Do outro lado não havia nada. Devia ser o campo de golfe.

Roscoe desligou o motor. Ficamos sentados no carro. Estiquei o braço sobre a parte traseira do seu banco. Coloquei a mão no seu ombro. Eu estava cansado. Passara o dia inteiro ocupado. Queria ficar sentado assim por algum tempo. Era uma noite calma e triste. Estava quente dentro do carro. Queria ouvir música. Algo que tivesse a ver com o momento. Mas tínhamos coisas a fazer. Precisávamos encontrar Judy. A mulher que havia comprado o relógio para Sherman Stoller e gravado a mensagem. Para Sherman, com amor, Judy. Tínhamos que encontrar Judy e lhe dizer que o homem que ela amara havia sangrado até a morte debaixo de uma rodovia.

— O que você acha? — perguntou Roscoe. Ela estava desperta e radiante.

— Não sei — respondi. — Estão à venda, não são para alugar. Parecem caros. Será que um motorista de furgão teria condições de comprar imóveis como esses?

— Duvido muito. Essas casas provavelmente custam o mesmo que a minha, e eu não poderia pagar as minhas contas sem os subsídios que recebo. E ganho muito mais do que um motorista de furgão, com certeza.

— Ok. Então nossa hipótese é de que o velho Sherman estava recebendo alguma espécie de subsídio também, certo? Caso contrário não teria como viver aqui.

— Claro. Mas que tipo de subsídio?

— Do tipo que leva as pessoas a serem mortas.

O prédio de Stoller ficava bem nos fundos. Provavelmente pertencia à primeira leva que foi construída. O velho, na parte pobre da cidade, dissera que seu filho se mudara há dois anos. Isso era quase verdade. Esse primeiro bloco devia ter quase dois anos de construído. Andamos com dificuldade no meio de aléias e contornando canteiros de flores altas. Seguimos por um caminho que dava na porta de Sherman Stoller. A trilha era de degraus sobre a grama fibrosa. O que nos forçava a andar de um jeito pouco natural. Tive que dar passos curtos, com muito cuidado. Roscoe tinha que esticar os seus, de uma laje para outra. Alcançamos a porta. Era azul. Bem simples. Uma pintura até meio antiquada.

— Vamos contar tudo para ela? — perguntei.

— Não podemos deixar de lhe contar, podemos? — retrucou Roscoe. — Ela precisa saber.

Bati na porta. Esperei. Bati novamente. Ouvi o chão rangendo no interior da casa. Alguém estava vindo. A porta se abriu. Uma mulher apareceu ali em pé. Talvez tivesse uns trinta anos, mas parecia mais velha. Baixa, nervosa, cansada. Loura oxigenada. Encarou-nos.

— Somos policiais, madame — disse Roscoe. — Estamos procurando a residência de Sherman Stoller.

Por um instante fez-se o silêncio.

— Bem, vocês a encontraram, imagino — devolveu a mulher.

— Podemos entrar? — perguntou minha parceira, educadamente.

Mais uma vez fez-se o silêncio. Nenhum movimento. Então a loura nos deu as costas e andou de volta, pelo corredor. Roscoe seguiu-a. E eu segui Roscoe. Fechei a porta.

A mulher nos levou até uma sala de estar. Um espaço de tamanho considerável. Móveis e tapetes caros. Uma TV grande. Nada de aparelhos de som ou livros. Tudo parecia um pouco sem graça. Como se alguém tivesse gasto vinte minutos com um catálogo e dez mil dólares na mão. Um disso, um daquilo, dois daquilo outro. Tudo entregue numa só manhã e meio que amontoado no interior da casa.

— É a Sra. Stoller? — perguntou Roscoe para a mulher. Ainda com delicadeza.

— Mais ou menos. Não sou exatamente a Sra. Stoller, mas isso não faz mais a menor diferença.

— Seu nome é Judy? — perguntei.

Ela concordou com a cabeça. Ficou acenando com a cabeça por um tempo. Pensando.

— Ele está morto, não está? — perguntou Judy.

Não respondi nada. Essa era a parte na qual eu não era bom. Era a função de Roscoe. Mas ela também não disse nada.

— Ele está morto, certo? — indagou Judy novamente, falando mais alto.

— Sim — afirmou Roscoe. — Lamento muito.

Judy acenou na direção da minha parceira e olhou em volta daquela sala medonha. Ninguém falou nada. Ficamos apenas ali parados. Judy se sentou. E pediu para que nos sentássemos também. Sentamos, em cadeiras separadas. Estávamos os três sentados, formando um triângulo.

— Precisamos fazer algumas perguntas — disse Roscoe. Ela estava sentada na frente, inclinando-se na direção da loura. — Podemos?

Judy gesticulou que sim. Parecia um tanto estupefata.

— Há quanto tempo você conhecia Sherman? — perguntou Roscoe.

— Há cerca de quatro anos, creio. Eu o conheci na Flórida, onde eu vivia. Vim para cá a fim de ficar com ele há quatro anos. Desde então estou aqui.

— No que Sherman trabalhava?

Judy deu de ombros, dando a entender que não era um trabalho bem definido.

— Ele era motorista. Tinha uma espécie de grande contrato de trabalho por aqui. Supostamente era um emprego fixo, sabe? Por isso compramos uma casinha. Seus pais vieram junto. Moraram conosco por um tempo. Depois nos mudamos para cá. Deixamos seus pais na casa antiga. Ele ganhou um bom dinheiro durante três anos. Passava o tempo todo ocupado. Depois parou, há cerca de um ano. Mal trabalhou desde então. Apenas bicos e muito de vez em quando.

— Vocês são donos das duas casas?

— Não sou dona de coisa alguma. Sherman era o dono das casas. Sim, de ambas.

— Então ele se deu bem nos três primeiros anos?

Judy lhe dirigiu um olhar.

— Você está supondo que ele se deu bem? Se liga, pelo amor de Deus. Ele era um picareta. Estava tomando dinheiro de alguém.

— Você tem certeza? — perguntei, entrando na conversa.

Judy se virou na minha direção. Como uma peça de artilharia girando.

— Não precisa ser muito inteligente para se chegar a essa conclusão. Em três anos ele comprou duas casas com dinheiro vivo, dois lotes de mobília, carros, Deus sabe mais o quê. E esta casa também não foi barata. Temos advogados, médicos e todo tipo de gente morando por aqui. E ele tinha economizado o bastante para que não tivesse que trabalhar em nada de setembro para cá. Se ele fez tudo isso de modo correto, então eu sou a primeira-dama, se é que você me entende.

Ela nos lançava olhares desafiadores. Sabia de tudo o tempo todo. Sabia o que aconteceria quando ele fosse descoberto. Estava nos desafiando a negar-lhe o direito de culpá-lo.

— Com quem era o seu maior contrato? — perguntou Roscoe.

— Com uma firma chamada Island Condicionadores de Ar. Ele passou três anos levando aparelhos de ar condicionado de um lado para outro do país. Levando-os para a Flórida. Talvez estivessem indo para as ilhas, sei lá. Ele costumava roubá-los. Há duas caixas velhas na garagem. Querem ver?

Ela não esperou uma resposta. Simplesmente pulou do sofá e saiu a passos largos. Nós a seguimos. Todos descemos por alguns lances de escada nos fundos da casa e entramos pela porta de um porão. Que dava numa garagem. Estava vazia, exceto por duas caixas de papelão encostadas numa parede. Caixas que deviam ter um ou dois anos. Marcadas com o logotipo do fabricante. Island Condicionadores de Ar. Este lado para cima. A fita do lacre estava arrancada e dependurada. Cada caixa tinha um longo número de série escrito a mão. Cada uma delas devia ter uma só unidade. Do tipo que você enfia numa armação perto da janela e que faz um barulho enorme. Judy olhou para as caixas e depois se voltou para nós. Era um olhar que dizia: eu lhe dei um relógio de ouro e ele só me deu preocupação.

Avancei um pouco mais e examinei as caixas. Estavam vazias. Senti um leve cheiro azedo dentro delas. Depois voltamos para cima. Judy tirou um álbum de dentro de um armário. Sentou-se e olhou para uma fotografia de Sherman.

— O que houve com ele? — perguntou ela.

Era uma pergunta simples. Merecia uma resposta simples.

— Levou um tiro na cabeça — menti. — Morreu na mesma hora.

Judy concordou com a cabeça. Como se não tivesse ficado surpresa.

— Quando?

— Na quinta-feira à noite — disse Roscoe. — À meia-noite. Ele disse aonde estava indo na quinta?

Judy balançou a cabeça.

— Ele raramente me dizia muita coisa.

— Ele chegou a mencionar que iria encontrar um investigador? — insistiu minha parceira.

Judy balançou a cabeça novamente.

— E quanto a Pluribus? — perguntei. — Ele alguma vez chegou a usar essa palavra?

Ela parecia estupefata.

— Isso é uma doença? Dos pulmões ou algo parecido?

— E quanto ao domingo? — insisti. — Este domingo? Ele chegou a falar alguma coisa sobre isso?

— Não. Ele nunca falava sobre o trabalho.

Ela se sentou e olhou para as fotografias do álbum. A sala estava quieta.

— Ele conhecia algum advogado na Flórida? — perguntou Roscoe.

— Advogado? Na Flórida? Por que deveria?

— Ele foi preso em Jacksonville. Há dois anos. Violação das leis do trânsito com seu furgão. Um advogado veio socorrê-lo.

Judy deu de ombros, como se dois anos atrás fosse um passado remoto.

— Há advogados metendo o nariz em toda parte, certo? Nada de mais.

— O sujeito não era um assistente qualquer que cuidava de questões relativas a indenizações de acidentes de trânsito — disse Roscoe. — Era sócio de uma firma grande de lá. Você tem alguma idéia de como Sherman podia ter entrado em contato com ele?

Judy deu de ombros novamente.

— Talvez seu patrão tenha feito isso. A Island Condicionadores de Ar. Eles nos davam um bom plano de saúde. Sherman me deixava ir ao médico sempre que eu precisava.

Todos ficamos calados. Não havia mais nada a dizer. Judy se sentou e ficou olhando para as fotografias do álbum.

— Querem ver uma foto dele?

Dei a volta atrás da cadeira em que ela estava sentada e me agachei para olhar a fotografia. Ela mostrava um homem ruivo com cara de rato. Baixo, fraco, dando um sorriso. Estava em pé na frente de um furgão amarelo. Sorrindo e piscando para a câmera. O sorriso dava pungência à foto.

— Este é o furgão que ele dirigia — afirmou Judy.

Mas eu não estava olhando para o furgão ou para o sorriso pungente de Sherman Stoller. Olhava para uma figura que estava mais ao fundo. Estava fora de foco e meio de lado para a câmera, mas dava para ver quem era. Era Paul Hubble.

Chamei Roscoe e ela se curvou ao meu lado a fim de olhar para a fotografia. Vi uma expressão de surpresa passar pelo seu rosto logo que reconheceu Hubble. Depois ela se inclinou ainda mais. Olhou fixamente para a imagem. Vi uma segunda expressão de surpresa. Ela havia reconhecido algo mais.

— Quando foi tirada esta foto? — perguntou.

Judy deu de ombros.

— No verão do ano passado, creio.

Roscoe tocou na figura borrada de Hubble com a ponta das unhas.

— Sherman lhe disse quem era este sujeito?

— O novo patrão. Ficou lá seis meses, depois deu um pé na bunda de Sherman.

— O novo chefão da Island Condicionadores de Ar? — perguntou Roscoe. — Havia algum motivo para ele dispensar Sherman?

— Sherman me disse que não precisavam mais dele. Ele nunca falava muito.

— Era aqui a sede da Island Condicionadores de Ar? — insistiu minha parceira. — Onde esta foto foi tirada?

Judy deu de ombros e, hesitante, acenou com a cabeça.

— Acho que sim. Sherman não chegou a me falar muito sobre isso.

— Precisamos ficar com essa foto — anunciou Roscoe. — Nós a devolveremos depois.

Judy tirou-a de dentro do plástico. E lhe deu a fotografia.

— Pode ficar com ela. Não a quero mais.

Roscoe pegou a foto e a colocou dentro do bolso da jaqueta. Voltamos para o meio da sala e ficamos ali em pé.

— Um tiro na cabeça — filosofou Judy. — É isso que acontece quando você faz bobagem. Eu lhe disse que o acabariam pegando, mais cedo ou mais tarde.

Roscoe acenou com simpatia.

— Vamos manter contato — disse a policial. — Você sabe, as providências para o funeral, e pode ser que precisemos de uma declaração.

Judy nos fitou novamente.

— Deixa pra lá. Não irei ao seu enterro. Não era sua esposa, e por isso não sou sua viúva. Vou esquecer que um dia o conheci. Esse sujeito era encrenca do começo ao fim.

Ela ficou ali nos observando. Saímos a passos largos, pelo corredor, na direção da porta. Atravessamos aquela trilha esquisita. Demos as mãos enquanto voltávamos para onde o carro estava.

— O quê? — perguntei. — O que havia na foto?

Ela andava apressada.

— Espere um pouco. Vou lhe mostrar no carro.

19

ENTRAMOS NO CHEVY E ELA ACENDEU A LUZ INterna. Tirou a fotografia do bolso. Inclinou-se para a frente e virou a foto para que a luz refletisse na superfície brilhosa. Examinou-a cuidadosamente. E passou-a para mim.

— Olha bem no canto. À esquerda.

A foto mostrava Sherman Stoller em pé na frente de um furgão amarelo. Paul Hubble estava virado de lado, no fundo. As duas figuras e o furgão enchiam todo o quadro, exceto por um bloco de asfalto na parte de baixo. E uma pequena margem de fundo à esquerda. O cenário ao fundo estava muito mais fora de foco do que Hubble, mas dava para ver o contorno de um prédio moderno de metal, com laterais prateadas. Uma árvore alta mais ao longe. A moldura de uma porta. Era uma grande porta industrial, recuada. A moldura era vermelho-escura. Um tipo de revestimento industrial endurecido. Parte decorativo, parte impermeabilizante. Uma espécie de porta de galpão. Por dentro tudo era muito escuro.

— Este é o armazém de Kliner — disse ela. — No final da avenida do condado.

— Você tem certeza?

— Estou reconhecendo a árvore.

Olhei mais uma vez. Era uma árvore muito peculiar. Morta de um lado. Talvez tivesse sido partida ao meio por um raio.

— Este é o armazém de Kliner — repetiu a moça. — Não tenho dúvida disso.

Então ela ligou do telefone do automóvel e pegou a foto de volta. Discou para o Departamento de Veículos Motores em Atlanta e pediu para que identificassem o número da placa do furgão de Stoller. Esperou um bom tempo, enquanto batia com o indicador no volante. Ouvi o estalido da resposta no fone. Logo ela desligou o aparelho e se voltou para mim.

— O furgão está em nome das Indústrias Kliner — disse ela. — E o endereço registrado é Zacarias Perez, Advogados, Jacksonville, Flórida.

Concordei com a cabeça. Ela concordou de volta. Os amigos de Sherman Stoller. Aqueles que o tiraram da prisão de Jacksonville em exatos cinqüenta e cinco minutos, há dois anos.

— Ok — disse ela. — Vamos juntar tudo. Hubble, Stoller, a investigação de Joe. Estão falsificando cédulas no armazém de Kliner, certo?

Balancei a cabeça.

— Errado — afirmei. — Não se imprime dinheiro dentro dos Estados Unidos. Tudo acontece fora daqui. Molly Beth Gordon me disse isso, e ela devia saber do que estava falando. A moça disse que Joe tornou isso impossível. E o que quer que Stoller estivesse fazendo, Judy disse que ele parou de fazê-lo há um ano. E Finlay disse que Joe começou a se envolver com isso há um ano. Mais ou menos no mesmo momento em que Hubble demitiu Stoller.

Roscoe acenou com a cabeça. E deu de ombros.

— Precisamos da ajuda de Molly — afirmou. — Precisamos de uma cópia dos arquivos de Joe.

— Ou da ajuda de Picard. Podemos descobrir qual foi o quarto de hotel de Joe e nos apoderarmos do original. Será uma corrida para ver quem irá nos ligar primeiro, Molly ou Picard.

Roscoe desligou a luz interna do automóvel. Deu a partida para fazer a viagem de volta ao hotel do aeroporto. Eu simplesmente me espreguicei ao seu lado, bocejando. Dava para sentir que ela estava ficando ansiosa. Não havia mais nada a fazer. Não havia mais distrações. E agora ela tinha que encarar as horas tranqüilas e vulneráveis da noite. A primeira noite depois da anterior. A expectativa estava deixando-a agitada.

— Você está com aquela arma, Reacher?

Virei-me no banco para encará-la.

— Está na mala. Naquela caixa. Você a colocou lá, lembra-se?

— Traga-a para dentro, sim? Isso fará com que eu me sinta melhor.

Sorri com sono no meio da escuridão. Bocejei.

— Também faz com que eu me sinta melhor. É uma baita duma máquina.

Depois disso ficamos em silêncio. Roscoe encontrou o estacionamento do hotel. Saímos do carro e nos levantamos, enquanto nos espreguiçávamos no meio do breu. Abri a mala. Tirei a caixa de dentro e bati a tampa. Adentrei o saguão e subi no elevador.

Quando chegamos no quarto, simplesmente capotamos. Roscoe colocou sua reluzente .38 no tapete ao lado da cama. Eu, por minha vez, recarreguei minha gigantesca .44 e a pus do meu lado. Armei e travei. Colocamos uma cadeira como tranca debaixo da maçaneta da porta. Roscoe se sentia mais segura dessa maneira.

Acordei tarde e fiquei deitado, pensando em Joe. Quarta-feira de manhã. Ele já estava morto há cinco dias. Roscoe havia levantado. Estava em pé, se alongando. Era um lance meio parecido com ioga. Havia tomado uma ducha e estava apenas parcialmente vestida. Estava só de calcinha e camiseta. E estava de costas para mim. Enquanto se esticava, sua camiseta levantava. De repente parei de pensar em Joe.

— Roscoe?

— O quê?

— Você tem a bunda mais linda do planeta.

Ela deu uma risadinha. E pulei em cima da policial. Não consegui me conter. Não dava para fazer outra coisa. Ela me deixava maluco. Aquela risadinha me levava à loucura. Puxei-a de volta para a grande cama do hotel. O prédio poderia ter caído que não teríamos notado. Acabamos exaustos. E ficamos entrelaçados durante um bom tempo. Até que Roscoe se levantou novamente e tomou seu segundo banho naquela manhã. Vestiu-se. Calças e tudo o mais. Sorriu para mim como se estivesse me poupando de qualquer tentação adicional.

— Então, você estava falando sério? — perguntou ela.

— Sobre o quê? — rebati com um sorriso.

— Você sabe — sorriu a moça de volta. — Quando me disse que eu tinha uma bunda bonita.

— Eu não disse que você tinha uma bunda bonita. Já vi um monte de bundas bonitas. Disse que a sua era a mais linda de todo o planeta.

— Você está falando sério?

— Pode apostar. Não subestime o fascínio da sua bunda, Roscoe, em qualquer coisa que fizer.

Chamei o serviço de quarto e pedi o café da manhã. Tirei a cadeira da maçaneta da porta a fim de me preparar para a chegada do carrinho. Puxei as pesadas cortinas. Era uma manhã magnífica. Um céu azul cintilante, sem nuvens à vista, um sol de outono radiante. O quarto estava cheio de luz. Entreabrimos a janela para que o ar entrasse junto com os odores e os ruídos do dia. A vista era espetacular. Dava para ver o aeroporto de cima e a cidade mais ao fundo. Os carros nos estacionamentos refletiam a luz do sol e pareciam pequenas jóias num tecido de veludo bege. Os aviões rasgavam o céu e se afastavam lentamente como se fossem pássaros de tamanho considerável. Os prédios do centro da cidade ficavam ainda mais altos e imponentes sob o sol. Que manhã magnífica! Mas era a sexta que meu irmão não estava mais vivo para ver.

Roscoe usou o telefone para falar com Finlay em Margrave. Ela lhe falou sobre a foto de Hubble e Stoller sob o sol no pátio do armazém. Depois lhe deu o número do nosso quarto e pediu para que nos ligasse caso Molly retornasse a ligação de Washington. Ou caso Picard nos trouxesse informações do pessoal da locadora de automóveis sobre o Pontiac incendiado. Concluí que devíamos ficar em Atlanta no caso de Picard se antecipar a Molly e obter algo sobre o hotel onde Joe se hospedara. Eram grandes as chances de que ele havia ficado na cidade, talvez perto do aeroporto. Não fazia sentido dirigir até Margrave e depois voltar para Atlanta novamente. Por isso esperamos. Fiquei mexendo num rádio que estava sob a luminária ao lado da cama. Acabei encontrando uma estação que tocava algo mais ou menos decente. Parecia que estavam tocando um disco antigo do Canned Heat de cabo a rabo. Animado, radiante e na medida para uma manhã cintilante e vazia.

O café da manhã chegou e o devoramos. Totalmente. Panquecas, melado, bacon. Canecas e mais canecas de café tirado de um bule de porcelana cheio. Depois, deitei novamente na cama. Logo comecei a ficar impaciente. Comecei a achar que havíamos cometido um erro em ficar esperando. Parecia que não estávamos fazendo nada. Dava para ver que Roscoe estava sentindo a mesma coisa. Ela pegou a foto de Hubble, Stoller e do furgão amarelo, colocou-a debaixo da luminária e ficou observando-a. Olhei para o telefone. Não estava tocando. Ficamos vagando pelo quarto, esperando. Depois me inclinei e peguei a Desert Eagle que estava no chão ao lado da cama. Senti seu peso na minha mão. Fiquei traçando o nome gravado no cabo com o dedo. Olhei para o lado na direção de Roscoe. Estava curioso em relação ao sujeito que havia comprado essa automática poderosa.

— Como era Gray? — perguntei.

— Gray? Era muito perfeccionista. Você quer ver os arquivos de Joe? Devia ver a papelada de Gray. Há vinte e cinco dos seus arquivos na delegacia. Tudo tão meticuloso, tão abrangente. Gray era um bom detetive.

— Por que ele se enforcou?

— Não sei. Nunca entendi.

— Ele estava deprimido?

— Não. Quer dizer, ele sempre andava meio deprimido. Era lúgubre, entende? Um sujeito muito triste. E entediado. Era um bom detetive e estava sendo totalmente desperdiçado em Margrave. Mas não estava pior em fevereiro do que em qualquer outra época. Para mim, sua morte foi uma surpresa total. Fiquei muito triste.

— Vocês eram próximos?

Ela deu de ombros.

— Sim, éramos. De uma certa forma, éramos bastante chegados. Ele era um cara triste, sabe como é, não se aproximava muito de ninguém. Nunca se casou, sempre viveu sozinho e não tinha parentes. Era abstêmio, e por isso nunca saía para tomar cerveja ou coisa parecida. Era quieto, vivia sujo e estava sempre um pouco acima do peso. Quase careca e possuía uma barba grande e rala. Era um sujeito muito reservado que não tinha muitas necessidades. Um solitário, de fato. Mas era tão chegado a mim quanto poderia ser de qualquer um. Gostávamos um do outro, de um jeito bem tranqüilo.

— E ele nunca disse nada? Simplesmente um dia resolveu se enforcar?

— Foi assim mesmo. Um choque total. Jamais irei entender.

— Por que a arma dele estava na sua mesa?

— Ele me pediu para guardá-la. Não havia espaço em sua mesa. Ele produzia uma grande quantidade de documentos. Simplesmente me perguntou se eu podia guardar uma caixa com a sua arma dentro. Era sua arma particular. Ele me disse que não poderia ser aprovada pelo departamento porque o calibre era alto demais. Fez com que parecesse uma espécie de grande segredo.

Coloquei a arma secreta do defunto mais uma vez em cima do tapete e o silêncio foi quebrado pela campainha do telefone. Corri para a mesa da luminária e o atendi. Ouvi a voz de Finlay. Segurei o fone com força e prendi a respiração.

— Reacher? — perguntou o detetive. — Picard tem o que precisamos. Ele rastreou o carro.

Soltei o ar e acenei para Roscoe.

— Ótimo, Finlay. E aí, qual é a história?

— Vá ao seu escritório. Ele lhe dará todos os detalhes, pessoalmente. Não quero muita conversa nos telefones por aqui.

Fechei meus olhos por um segundo e senti um pico de energia.

— Obrigado, Finlay. Falo com você mais tarde.

— Ok. Tome cuidado.

Depois disso ele desligou e me deixou ali sentado segurando o telefone e sorrindo.

— Achei que ele nunca fosse ligar — disse Roscoe às gargalhadas. — Mas creio que dezoito horas não é nada mau, mesmo para o FBI, certo?

A sede do FBI em Atlanta era num prédio federal novo, no centro da cidade. Roscoe estacionou no meio-fio. A recepção do bureau ligou para baixo e nos disse que o agente especial Picard desceria para nos encontrar. Esperamos por ele no saguão. Era uma sala grande com uma decoração vistosa, mas ainda mantinha aquela atmosfera taciturna que os prédios do governo normalmente possuem. Picard saiu de um dos elevadores três minutos depois. Veio trotando em nossa direção. Parecia encher o salão com seu corpanzil. Acenou para mim e segurou na mão de Roscoe.

— Finlay me falou muito de você — disse a ela.

Sua voz de urso ressoava. Roscoe fez um aceno com a cabeça e sorriu.

— O carro que Finlay encontrou? — afirmou ele. — Foi na Pontiac Aluguéis. Saiu para Joe Reacher, aeroporto de Atlanta, quinta-feira à noite, às oito.

— Ótimo, Picard. Tem alguma idéia de onde ele se entocou?

— Mais do que uma idéia, meu amigo. Eles tinham a localização exata. Já estava reservado. Foi entregue diretamente no hotel.

Ele mencionou um lugar que ficava a pouco mais de um quilômetro do hotel onde estávamos hospedados, só que para o outro lado.

— Obrigado, Picard. Te devo essa.

— Sem problema, meu amigo. Tome cuidado, ok?

Ele saiu trotando para o elevador novamente e corremos de volta na direção do hotel, rumo ao sul. Roscoe virou na estrada que contornava a cidade e acelerou junto com o fluxo. Uma picape preta passou rente, na pista ao lado. Estava novinha em folha. Virei-me e pude vê-la de relance, desaparecendo por trás de um monte de vans. Preta. Quase zero. Provavelmente não era nada. Eles vendem mais picapes por aqui do que qualquer outra coisa.

Roscoe mostrou seu distintivo no mesmo balcão em que Picard disse que Joe havia feito o check-in na quinta-feira. O recepcionista digitou alguma coisa no computador e nos disse que ele esteve no 621, sexto andar, no final do corredor. Disse que um gerente nos encontraria ali. Por isso subimos no elevador e andamos por toda a extensão de um corredor escuro. Ficamos em frente à porta do quarto de Joe.

O gerente chegou mais ou menos no mesmo instante e abriu a porta com seu cartão. Entramos. O quarto estava vazio. Havia sido limpo e arrumado. Parecia estar pronto para novos ocupantes.

— Onde estão as coisas dele? — perguntei. — Cadê?

— Esvaziamos o quarto no sábado. O sujeito entrou na quinta-feira à noite e deveria deixá-lo às onze horas da manhã de sexta. O que fazemos é dar um dia a mais, e depois, caso não apareça, nós o esvaziamos e levamos tudo para a administração.

— Então quer dizer que as coisas dele estão numa despensa qualquer? — perguntei.

— Lá embaixo — disse o gerente. — Vocês deviam ver o que temos por lá. As pessoas esquecem coisas o tempo todo.

— Então quer dizer que podemos dar uma olhada. — afirmei.

— No porão. Usem as escadas no saguão. Vocês as encontrarão logo.

O gerente se afastou. Roscoe e eu percorremos toda a extensão do corredor novamente e voltamos para onde estávamos pelo elevador. Encontramos a escada de serviço e descemos até o porão. A administração era uma sala gigantesca com roupas de cama e toalhas empilhadas.

Havia cestos grandes e pequenos cheios de sabonetes e daqueles sachês de brinde que você sempre encontra nos chuveiros. Criadas entravam e saíam empurrando as mesas com rodinhas que elas usam para fazer o serviço de quarto. Havia um escritório envidraçado num canto próximo onde uma mulher estava sentada a uma pequena mesa. Andamos até lá e batemos no vidro. Ela levantou os olhos. Roscoe exibiu o distintivo.

— Posso ajudá-la? — perguntou a mulher.

— Quarto seis-dois-um — anunciou a minha parceira. — Vocês tiraram algumas coisas de lá no sábado de manhã. Elas estão aqui?

Prendi a respiração novamente.

— Seis-dois-um? Ele já veio pegá-las. Não estão mais aqui.

Soltei o ar. Havíamos chegado tarde demais. Fiquei estarrecido de tão decepcionado.

— Quem veio? — perguntei. — Quando?

— O hóspede. Hoje de manhã, talvez às nove, nove e meia.

— Quem era ele? — insisti.

Ela puxou um livro pequeno que estava numa prateleira e o folheou. Lambeu um dedo curto e apontou para uma linha.

— Joe Reacher. Assinou o livro e pegou as coisas.

A funcionária do hotel virou o livro ao contrário e fez com que ele deslizasse pela mesa até onde estávamos. Havia uma assinatura rabiscada em cima da linha.

— Como era esse Reacher? — continuei o interrogatório.

Ela deu de ombros.

— Estrangeiro. Uma espécie de latino. Talvez de Cuba? Era um sujeito baixo e moreno, esbelto, com um belo sorriso. Pelo que me lembro, era muito educado.

— Você possui uma listagem das coisas?

Ela deslizou o dedo gordo pela linha. Havia uma pequena coluna cheia de garranchos. Relacionava uma bolsa cheia de roupas, com oito peças, uma *nécessaire*, quatro sapatos. O último item listado era: uma maleta.

Afastamo-nos e encontramos as escadas que davam novamente no saguão. Saímos no meio do sol da manhã. Já não parecia mais um grande dia.

Chegamos no carro. Ficamos lado a lado em frente aos pára-lamas dianteiros. Fiquei ponderando se Joe teria sido esperto e cuidadoso o suficiente para fazer o que eu teria feito. Concluí que sim, provavelmente. Meu irmão, afinal de contas, havia passado um bom tempo convivendo com pessoas espertas e cuidadosas.

— Roscoe? Se você fosse o sujeito que saiu daqui com as coisas de Joe, o que faria?

Ela parou, com a porta do carro entreaberta. Pensou na pergunta.

— Ficaria com a maleta. E a levaria para onde quer que devesse levá-la. E me livraria do resto das coisas.

— É isso que eu faria também. Onde você as despacharia?

— No primeiro lugar que visse, imagino.

Havia uma estrada vicinal entre o hotel e a que vinha em seguida. Ela passava por trás dos hotéis e depois dava na via principal. Havia uma fileira de latas de lixo ao longo de uns vinte metros da estrada. Apontei.

— Suponha que ele tenha saído pelo caminho mais fácil — afirmei. — E se tiver parado e jogado a bolsa dentro de uma daquelas latas?

— Mas teria ficado com a maleta, certo?

— Talvez nós não estejamos atrás da maleta. Ontem, eu dirigi quilômetros e mais quilômetros até chegar àquele matagal cheio de árvores, mas me escondi no meio do campo. Uma distração, correto? É um hábito. Talvez Joe tivesse o mesmo hábito. Quem sabe estivesse carregando uma maleta, mas guardando as coisas importantes junto com as roupas.

Roscoe deu de ombros. Não estava convencida. Começamos a andar pela estrada vicinal. De perto, as latas de lixo eram enormes. Tinha que me apoiar na beirada de cada uma delas para poder olhar em seu interior. A primeira estava vazia. Não havia nada dentro, exceto a sujeira acumulada de anos de uso pela cozinha do hotel. A segunda estava cheia. Encontrei um vergalhão de uma parede construída sem argamassa e usei-o para cutucar o interior da lata. Não dava para ver nada. Desci e fui olhar a próxima.

Havia uma bolsa cheia de roupas em seu interior. Bem em cima de algumas caixas de papelão usadas. Fisguei-a com o pedaço de vergalhão que havia obtido anteriormente. Tirei-a. Joguei-a no chão aos pés de Roscoe. Caiu bem ao seu lado. Era uma bolsa surrada e já bastante viajada. Gasta e arranhada. Cheia de etiquetas coladas por várias companhias aéreas. Havia uma pequena placa identificadora na forma de uma medalha em miniatura amarrada à alça. Nela estava escrito: Reacher.

— Ok, Joe — disse para mim mesmo. — Vamos ver se você era um cara esperto.

Fiquei procurando os sapatos. Eles estavam num compartimento externo da bolsa. Dois pares. Quatro sapatos, do jeito que estava escrito na lista da administração do hotel. Tirei as palmilhas de cada um deles. Debaixo do terceiro, encontrei um pequeno saco plástico com ziplock. Com uma folha de papel de computador dobrada em seu interior.

— Muito esperto esse meu irmão — falei sozinho e dei uma gargalhada.

20

ROSCOE E EU DANÇAMOS JUNTOS PELO BECO como se fôssemos torcedores vendo um jogador de futebol marcando o gol da vitória e sumindo de vista. Depois, saímos apressados para o Chevy e percorremos pouco mais de um quilômetro até o nosso hotel. Corremos saguão adentro e entramos no elevador. Abrimos a porta do nosso quarto e entramos. O telefone estava tocando. Era Finlay, ligando de Margrave novamente. Ele parecia tão animado quanto nós.

— Molly Beth Gordon acabou de ligar. Ela conseguiu. Encontrou os arquivos dos quais precisávamos. Neste momento, está voando para cá. Disse que o material era incrível. Parecia tão nas nuvens quanto uma pipa. Desembarca em Atlanta, às duas horas. Encontro vocês lá. Vôo da Delta, de Washington. Picard lhes deu alguma coisa?

— Claro que sim — respondi. — Ele é um grande sujeito. Acho que estou com a parte que faltava do material impresso.

— Você acha? — perguntou Finlay. — Ou tem certeza?

— Apenas o recuperei. Ainda não abri.

— Então o examine, pelo amor de Deus. É importante, não?

— Vejo você mais tarde, aluno de Harvard.

Sentamos à mesa que ficava perto da janela. Abrimos o pequeno saco plástico e tiramos o papel. E então o desdobramos cuidadosamente. Era uma página impressa de computador. O pedaço direito do topo havia sido arrancado. Metade do título havia ficado para trás. E dizia: Operação E Unum.

— Operação E Unum Pluribus — disse Roscoe.

Na parte de baixo havia uma lista de iniciais, com três linhas de espaço entre uma e outra, e números de telefone na outra coluna. O primeiro da lista de iniciais era P.H. O número do telefone estava arrancado.

— Paul Hubble — minha parceira matou. — Seu número e a outra metade do título foram o que Finlay encontrou.

Acenei positivamente. Depois havia mais quatro grupos de iniciais. As duas primeiras eram W.B. e K.K. Ambas possuíam números de telefone ao lado. Reconheci o código de área de Nova York ao lado do número de K.K. Concluí que devia procurar o código de área de W.B. O terceiro grupo de iniciais era J.S. O código era 504. Nova Orleans. Estive lá há menos de três meses. O quarto grupo de iniciais era M.B.G. Havia um número de telefone com o código de área 202. Apontei para que Roscoe visse.

— Molly Beth Gordon — disse ela. — Washington.

Concordei novamente. Não era o número para o qual eu havia ligado do escritório de pau-rosa. Talvez fosse seu telefone residencial. Os dois últimos itens do papel dobrado não eram iniciais e não havia números de telefone correspondentes. O penúltimo era composto de apenas três palavras: Garagem dos Stoller. O último de outras quatro: Arquivo Kliner de Gray. Olhei para as letras maiúsculas cuidadosamente desenhadas e pude sentir a personalidade nítida e pedante do meu irmão morto irrompendo da página.

Paul Hubble nós conhecíamos. Ele estava morto. Também sabíamos quem era Molly Beth Gordon. Ela estaria aqui às duas horas. Havíamos visto a garagem de Sherman Stoller no campo de golfe. Lá não havia nada, a não ser duas caixas de papelão. Com isso sobravam o título sublinhado, três grupos de iniciais com três números de telefone e as quatro palavras Arquivo Kliner de Gray. Chequei a hora. Havia acabado de passar do meio-dia. Cedo demais para relaxar e esperar Molly Beth chegar. Achei que devíamos começar a investigar.

— Primeiro vamos pensar no título — afirmei. — E Unum Pluribus.

Roscoe deu de ombros.

— Esse é o lema dos Estados Unidos, certo? A tal expressão em latim?

— Não. É o lema de trás para a frente. Isso significa, mais ou menos, de um vêm muitos. Não de muitos vem um.

— Será que Joe poderia ter escrito errado?

Balancei a cabeça.

— Duvido. Não creio que Joe cometeria tal tipo de erro. Isso deve significar alguma coisa.

Roscoe deu de ombros novamente.

— Não significa nada para mim. O que mais?

— Arquivo Kliner de Gray. Será que Gray possuía um arquivo sobre Kliner?

— Provavelmente. Ele tinha arquivos sobre tudo. Se alguém cuspisse na calçada, acabava indo parar num de seus arquivos.

Concordei com a cabeça. Fui até a cama novamente e peguei o telefone. Liguei para Finlay em Margrave. Baker me disse que ele já havia saído. Então liguei para os outros números que estavam na página impressa por Joe. O número de W.B. era de Nova Jersey. Universidade de Princeton. Faculdade de História Moderna. Desliguei na mesma hora. Não consegui estabelecer conexão. O número de K.K. era de Nova York.

Universidade de Columbia. Faculdade de História Moderna. Desliguei novamente. Depois liguei para J.S. em Nova Orleans. Ouvi o telefone tocar e a voz de uma pessoa que atendeu e parecia ocupada.

— Décima quinta divisão, detetives — disse a voz.

— Detetives? — perguntei. — Esse é o Departamento de Polícia de Nova Orleans?

— Décima quinta divisão. Posso ajudá-lo?

— Vocês têm alguém com as iniciais J.S.?

— J.S.? Temos três. Com qual deles você quer falar?

— Não sei. O nome de Joe Reacher significa alguma coisa para vocês?

— Que diabos é isso? Um interrogatório ou o quê?

— Pergunte a eles, por favor? Pergunte a cada J.S. se conhece Joe Reacher. É possível? Ligo daqui a pouco, ok?

Em Nova Orleans, o sujeito que ficava no balcão de recepção da décima quinta divisão resmungou e desligou. Dei de ombros para Roscoe e coloquei o telefone de volta na mesa-de-cabeceira.

— Vamos esperar por Molly? — perguntou ela.

Acenei positivamente. Estava um pouco nervoso em relação ao encontro com Molly. Seria como encontrar um fantasma ligado a outro fantasma.

Ficamos esperando na mesa apertada que ficava perto da janela. Vendo o sol se afastar do seu pico de meio-dia. Tempo que perdemos passando a folha impressa e dobrada de Joe de uma mão para outra. Olhei para o título. E Unum Pluribus. De um vêm muitos. Aquilo era Joe Reacher, em três palavras. Algo importante, relacionado provavelmente a um anagrama pequeno e esquisito.

— Vamos — disse Roscoe.

Era cedo, mas estávamos ansiosos. Juntamos nossas coisas. Descemos de elevador até o saguão e deixamos os mortos resolvendo o que iriam fazer com as nossas ligações telefônicas. Depois andamos até o Chevy de Roscoe. Começamos a procurar o caminho que nos levava até a área de desembarque. Não era fácil. Os hotéis de aeroportos eram planejados para pessoas que saíam da área de desembarque e seguiam para a plataforma de embarque. Ninguém havia pensado em gente como nós.

— Não sabemos como Molly é — disse Roscoe.

— Mas ela sabe como eu sou. Parecido com Joe.

O aeroporto era vasto. Vimos grande parte dele enquanto virávamos no quarteirão à direita. Era maior do que algumas cidades nas quais eu já havia estado. Dirigimos por quilômetros a fio. Encontramos o terminal correto. Erramos a entrada e entramos pelo estacionamento rotativo. Demos a volta e andamos colados na grade de proteção. Roscoe pegou o tíquete e entrou calmamente.

— Vá para a esquerda — sugeri.

O estacionamento estava lotado. Levantei a cabeça e fiquei girando o pescoço para todos os lados, procurando uma vaga. Foi então que vi uma forma vaga e negra passando à minha direita. Enxerguei-a com o canto do olho.

— Vá para a direita, para a direita — orientei.

Achei que fosse a traseira de uma picape preta. Novinha em folha. Passando à minha direita. Roscoe girou o volante e entramos na passagem seguinte. Num vislumbre, vimos as luzes vermelhas da lanterna dos freios piscando numa chapa de metal preta. Uma picape se perdeu de vista. Roscoe passou cantando pneus pela passagem e fez uma curva arriscada.

A passagem seguinte estava vazia. Nada se movia. Havia apenas automóveis parados e enfileirados sob o sol. A mesma coisa na passagem seguinte. Nada se movia. Não havia nenhuma picape preta. Dirigimos por todo o estacionamento. Perdemos bastante tempo. Estávamos sendo bloqueados pelos carros que entravam e saíam. Mas cobrimos toda a área. Não conseguíamos encontrar a picape negra em parte alguma.

Mas encontramos Finlay. Estacionamos e começamos a longa caminhada até o terminal. Finlay havia parado seu carro num outro quarteirão e estava andando numa diagonal diferente. E andou o resto do caminho conosco.

O terminal era muito movimentado. E enorme. Mesmo sendo baixo, estendia-se horizontalmente por uma enorme área. O lugar estava superlotado. Telas bruxuleantes mais acima anunciavam os desembarques. O vôo da Delta das duas horas, vindo de Washington, havia chegado e estava taxiando. Andamos na direção do portão. Parecia uma caminhada de oitocentos metros. Estávamos num longo corredor com um piso de borracha cheio de reentrâncias. Um par de esteiras rolantes corria pelo centro do corredor. À direita havia uma fileira interminável de anúncios berrantes e espalhafatosos falando das atrações do Sul dos Estados Unidos. Fossem empresariais ou de lazer, estavam todos ali, com certeza. À esquerda havia uma divisória de vidro, que ia do chão ao teto, com uma faixa branca gravada na altura dos olhos para impedir que as pessoas tentassem atravessar a vidraça.

Atrás do vidro estavam os portões. Havia uma seqüência interminável deles. Os passageiros saíam dos aviões e andavam do seu lado do vidro. Metade deles desaparecia quando ia para o lado, na direção das áreas de retirada de bagagens. Depois eles se mandavam e encontravam portas de saída na divisória de vidro que davam no corredor principal. A outra metade era de gente que fazia conexões e que somente trazia bagagem de mão. Estes seguiam direto para as portas. Cada saída era tumultuada por causa dos grandes nós formados por quem vinha encontrar ou receber alguém. Abrimos caminho entre estes últimos enquanto seguíamos em frente.

Passageiros transbordavam das portas a cada trinta metros. Amigos e parentes se aproximavam, e os dois fluxos de gente colidiam. Enfrentamos umas oito aglomerações distintas antes de chegarmos ao portão certo. Eu simplesmente empurrava todo mundo. Estava ansioso. O vislumbre que tive da picape negra no estacionamento havia me deixado inquieto.

Alcançamos o nosso destino. Andamos pelo nosso lado do vidro bem em frente à porta. Bem na altura do final da passarela que ligava a área de desembarque à aeronave. As pessoas já estavam saindo do avião. Vi quando elas transbordavam da passarela e viravam para seguir rumo à área das bagagens e às portas de saída. Do nosso lado do vidro, as pessoas andavam na direção dos portões que ficavam mais adiante. E nos empurravam enquanto passavam. Estávamos sendo arrastados pelo corredor. Como se estivéssemos nadando num mar revolto. Ficamos andando para trás o tempo todo só para permanecermos no mesmo lugar.

Havia um fluxo de gente por trás do vidro. Vi uma mulher se aproximando que bem poderia ser Molly. Tinha cerca de trinta e cinco anos, estava bem-vestida com um conjunto típico de executiva e carregava uma maleta e uma bolsa com roupas. Eu estava ali em pé, tentando ser reconhecido, mas ela subitamente viu alguém, apontou e acenou intensamente por trás do vidro, mandando um beijo para um sujeito que estava há dez metros de mim. Ele se recostou num pilar que ficava na altura da porta para esperá-la.

Depois disso, parecia que qualquer uma das mulheres podia ser Molly. Deve ter havido mais de vinte candidatas. Louras e morenas, altas e baixas, moças belas e simples. Todas vestidas como executivas, todas carregando bagagens modernas, todas andando a passos largos com aquele ar cansado e proposital de mulheres de negócios esgotadas no meio de um dia atribulado. Olhei para todas elas. Fluíam junto com o fluxo por trás do vidro, algumas olhando para fora em busca de maridos, amantes, motoristas, contatos; outras olhando para a frente. Todas levadas pela multidão que fervilhava.

Uma delas trazia uma bagagem de couro de cor vinho, uma maleta pesada numa mão e na outra uma sacola com rodinhas que puxava com uma alça. Era baixa, loura e estava agitada. Diminuiu o ritmo assim que saiu da passarela e varreu a multidão através do vidro. Seus olhos passaram por mim. Depois responderam bruscamente. A moça olhou bem na minha direção. Parou. As pessoas se amontoavam atrás dela. Que foi empurrada para a frente. Lutou para chegar até o vidro. Aproximei-me do lado em que estava. Ela me encarou. Sorriu. Cumprimentou o irmão do seu amante morto com os olhos.

— Molly? — movimentei os lábios através do vidro.

Ela ergueu a maleta pesada como se fosse um troféu. Acenou positivamente em sua direção. Deu um sorriso largo de triunfo e entusiasmo. Foi empurrada nas costas. Carregada pela multidão na direção da saída. Olhou para trás, a fim de ver se eu estava acompanhando tudo. Roscoe, Finlay e eu lutamos para ir ao seu encalço.

No lado do vidro em que Molly estava, o fluxo a acompanhava. Do nosso nos empurrava no sentido contrário. Estávamos sendo separados com o dobro da velocidade. Havia uma turba maciça de colegiais que nos forçava para trás. Ansiosa para sair voando por um portão mais adiante. Eram garotos grandes e bem alimentados, carregando bagagens pesadas, arruaceiros. Fomos jogados cinco metros para trás. Do outro lado do vidro, Molly estava bem na frente. De repente eu a perdi de vista. Tentei jogar o corpo à força para o lado e saltei para a passagem móvel. Ela estava indo para o lado errado. Fui carregado mais cinco metros antes que pudesse alcançar o corrimão da que ia no sentido inverso.

Agora eu seguia na direção certa, mas a passagem era apenas uma massa sólida de gente parada, satisfeita com o passo de lesma com o qual o piso de borracha os carregava. Havia sempre três pessoas lado a lado. Não havia como abrir caminho. Subi no corrimão estreito e tentei andar sobre ele como se estivesse numa corda bamba. Tive que ficar agachado porque não conseguia me equilibrar. Caí pesadamente para a direita. Fui carregado cinco metros para o lado errado antes que pudesse me levantar. Olhei em volta, em pânico. Através do vidro, dava para ver que Molly estava cercada pela multidão que se dirigia para a área de restituição de bagagens. Também pude ver que Roscoe e Finlay estavam bem atrás de mim. Estava me movendo lentamente na direção errada.

Não queria que Molly fosse para lá. Ela havia voado para cá apressada. Tinha notícias urgentes para nos dar. Não havia como trazer uma grande valise. Não havia por que verificar qualquer bagagem que pudesse ter trazido. Não devia estar indo reaver bagagem alguma. Abaixei a cabeça e corri. Fui abrindo caminho sem pedir licença. Estava andando no sentido contrário ao da velocidade da esteira rolante. Meus sapatos ficavam presos nos degraus de borracha. Cada passo fazia com que eu perdesse mais tempo. As pessoas reclamavam, incomodadas. Não liguei. Fui abrindo caminho entre elas, deixando-as desequilibradas. Saltei da passagem e abri caminho no meio da multidão, rumo às portas de saída.

A área de restituição de bagagens era um salão amplo e baixo, iluminado por luzes amarelas e embotadas. Abri caminho no meio da pista de saída. Procurei Molly por toda parte. Não conseguia encontrá-la. O salão estava entulhado de pessoas. Devia haver uns cem passageiros em volta da esteira giratória, umas três camadas de gente. O cinturão se apertava sob um carregamento pesado de malas. Havia filas desiguais de carrinhos com bagagens na parede lateral. As pessoas as formavam para entrar no meio de vãos e tentar sair dali. Elas os arrastavam no meio da multidão. Carrinhos se chocavam e se enroscavam. As pessoas empurravam e atropelavam umas às outras.

Eu passava com dificuldade no meio da massa. Abria caminho à base de cotoveladas e empurrava as pessoas para o lado, procurando por Molly. Via-a entrando. Não a vira saindo. Mas ela não estava lá. Chequei cada rosto. Procurei por todo o salão. Deixei-me ser carregado para fora junto com o fluxo descontrolado. Lutei para chegar até a saída. Roscoe se agarrava firmemente à entrada da porta, lutando contra o fluxo.

— Ela saiu? — perguntei.

— Não — respondeu ela. — Finlay foi para o final do corredor. Está esperando lá. Estou esperando aqui.

Ficamos ali em pé com pessoas passando ao nosso lado. Então, a multidão que vinha na nossa direção saindo do portão foi, subitamente, afunilando. As bagagens do avião já haviam sido despachadas. Os últimos passageiros errantes vagavam de um lado para outro. Uma senhora idosa numa cadeira de rodas vinha por último. Estava sendo empurrada por um funcionário da companhia aérea. O sujeito teve que fazer uma pausa e manobrar em torno de algo que estava caído perto da entrada do salão das bagagens. Era uma sacola de couro, vinho. Estava largada bem ao seu lado. Sua alça estendida ainda estava puxada para fora. Dava para ler o luxuoso monograma dourado a uns quatro metros de distância. Lia-se: M.B.G.

Roscoe e eu nos lançamos novamente para dentro da área de bagagens. Nos poucos minutos em que fiquei distante, o lugar havia quase esvaziado. Não mais de uma dúzia de pessoas transitava por ali. A maior parte estava tirando suas bagagens da esteira e saindo enquanto entrávamos. Em um minuto, o salão ficou deserto. A esteira das bagagens girava, vazia. E depois parou. O salão ficou em silêncio. Roscoe e eu paramos no meio da súbita calmaria e nos entreolhamos.

O salão possuía quatro paredes, um piso e um teto. Havia uma porta de entrada e outra de saída. A esteira giratória serpenteava através de um buraco de um metro quadrado e saía por um outro buraco com a mesma área. Ambos estavam cobertos com cortinas pretas de borracha cortadas em tiras de alguns centímetros de largura. Ao lado da esteira havia uma porta que dava para o compartimento de carga. Do nosso lado, estava vazia. Sem maçaneta. Trancada.

Roscoe correu e pegou a sacola de Molly Beth. Abriu-a. Em seu interior havia uma muda de roupas e uma *nécessaire*. E uma fotografia. Vinte por vinte e cinco, envolta por uma moldura de metal. Era Joe. Ele continuava parecido comigo, mas estava um pouco mais magro. Tinha uma careca bronzeada. E um sorriso torto de quem estava se divertindo.

O salão estremeceu com o som alto de uma sirene. Esta ficou soando por um instante e logo depois a esteira de bagagens começou a girar novamente. Olhamos para ela. Olhamos para o buraco encoberto pelo qual as malas vinham. As cortinas de borracha levantaram. Uma maleta saiu. Couro vinho. As correias haviam sido arrancadas. A maleta estava aberta. E vazia.

Ela se agitava mecanicamente enquanto vinha em nossa direção. Nós a vimos. Olhamos para as correias arrancadas. Haviam sido cortadas com uma lâmina afiada. Cortadas por alguém que estava com muita pressa para abrir as lingüetas.

Pulei sobre a esteira rolante. Corri no sentido contrário em que a esteira girava e mergulhei como um nadador por entre as tiras de borracha que cobriam o buraco de um metro quadrado. Caí pesadamente e a esteira começou a me afastar. Arrastei-me como uma criança usando as mãos e os joelhos. Rolei para fora e pulei. Eu estava no compartimento de carga. Deserto. A tarde ardia lá fora. Havia um fedor de querosene e óleo diesel que vinha das engrenagens que carregavam as bagagens vindas dos aviões no macadame.

Havia, à minha volta, pilhas altas de carga abandonada e valises esquecidas. Estavam todas empilhadas em compartimentos de três faces. Velhos rótulos e longos códigos de barra estavam espalhados pelo chão de borracha. O lugar era de uma bagunça e de uma imundície sem par. Fiquei desviando e escorregando, procurando desesperadamente por Molly. Corria de uma pilha para outra. De um compartimento para outro. Agarrava os porta-bagagens de metal e subia para cruzar os cantos mais apertados. Olhava em volta desesperadamente. Não havia ninguém ali. Ninguém em parte alguma. Continuei correndo, deslizando e escorregando na sujeira.

Encontrei seu sapato esquerdo. Estava caído de lado na entrada de um compartimento escuro. Adentrei-o. Não havia nada lá. Tentei no seguinte. Nada ali. Fiquei me agarrando às prateleiras, respirando pesadamente. Tinha que me compor. Corri até a outra extremidade do corredor. Comecei a mergulhar em um compartimento de cada vez. Da esquerda para a direita, tentando seguir o meu caminho o mais rápido possível, num ziguezague esbaforido e desesperado.

Encontrei o pé direito quando faltavam três compartimentos para o fim. Depois encontrei seu sangue. Na entrada do seguinte, ele formava uma poça no chão, viscosa, já espalhada. Molly estava jogada no fundo do compartimento, virada para cima na escuridão, comprimida entre duas torres de engradados. Estatelada no piso de borracha. O sangue vertia do seu corpo. Suas vísceras estavam abertas. Alguém havia lhe enfiado uma faca e a rasgado de um jeito brutal, de baixo para cima, por sob suas costelas.

Mas ela estava viva. Uma mão pálida palpitava. Seus lábios estavam manchados com bolhas vivas de sangue. Sua cabeça estava parada, mas seus olhos divagavam. Corri em sua direção. Segurei sua cabeça. Ela me fitou. Forçou sua boca a trabalhar.

— Vocês têm que entrar antes do domingo — sussurrou.

E depois morreu nos meus braços.

21

ESTUDEI QUÍMICA EM, TALVEZ, SETE ESCOLAS secundárias diferentes. Não consegui aprender muito. Só consegui sair com impressões gerais. Uma coisa da qual me lembro é como colocar uma coisinha a mais num tubo de vidro e fazer tudo explodir com um estrondo. Um tiquinho de pólvora produz um resultado muito maior do que deveria.

Era assim que me sentia em relação a Molly. Nunca a havia encontrado antes. Nunca cheguei a ouvir falar dela. Mas estava furioso, muito além de qualquer medida. Sentia-me pior em relação a ela do que me senti em relação a Joe. O que aconteceu com o meu irmão foi conseqüência do cumprimento do seu dever. Joe sabia disso. Ele teria aceitado. Joe e eu sabíamos, desde sempre, o que era risco e o que era dever. Mas o caso de Molly era diferente.

A outra coisa que me lembro do laboratório de química diz respeito à pressão. Ela transforma carvão em diamante. A pressão é capaz de fazer muitas coisas. Estava fazendo coisas comigo. Deixando-me furioso e com pouco tempo. Na minha mente, eu via Molly saindo daquela passarela. Andando a passos largos, determinada a encontrar o irmão de Joe e ajudá-lo. Sorrindo largamente por conta do seu triunfo. Segurando uma maleta cheia de arquivos que não deve ter copiado. Correndo um grande risco. Por mim. Por Joe. Tal imagem em minha mente crescia como a pressão constante que é exercida sobre uma fenda geológica qualquer. Eu tinha que decidir como faria para me valer de tal pressão. Tinha que resolver se ela iria me esmagar ou me transformar num diamante.

Estávamos encostados no pára-lama dianteiro do carro de Roscoe no estacionamento do aeroporto. Atordoados e mudos. Quarta-feira à tarde, quase três horas. Eu tive que agarrar o braço de Finlay. Ele queria ficar lá dentro e se envolver. Disse que era o seu dever. Eu gritara dizendo que não tínhamos tempo. Arrastara-o para fora do terminal à força. E o conduzira na direção do carro, pois sabia que o que fizéssemos naqueles poucos e próximos segundos faria a diferença entre vencer e perder.

— Temos que pegar o arquivo de Gray — afirmei. — É o melhor que temos a fazer.

Finlay deu de ombros. Desistiu de lutar.

— É tudo o que temos — disse ele.

Roscoe acenou positivamente.

— Vamos — a moça ordenou.

Ela e eu fomos em seu carro. Finlay foi na frente o tempo todo. Não trocamos uma só palavra. Mas o detetive ficou falando sozinho a viagem inteira. Ele gritava e dizia palavrões. Dava para ver sua cabeça indo para a frente e para trás. Falando palavrões, gritando e berrando, como era possível ver pelo reflexo do pára-brisa.

Teale estava esperando perto da entrada da delegacia. Encostado no balcão da recepção. Segurando a bengala com sua mão velha e manchada. Ele nos viu entrando e saiu mancando na direção da grande sala aberta do pelotão. Sentou-se a uma mesa. A que ficava mais próxima da porta da sala do arquivo.

Passamos por ele e seguimos para o escritório de pau-rosa. Sentamos para ficar esperando. Tirei o documento impresso e amassado de Joe do bolso e fiz com que deslizasse pela mesa. Finlay o examinou.

— Não diz muito, né? — afirmou o detetive. — O que significa o título? E Unum Pluribus? Está de trás para a frente, certo?

Concordei com a cabeça.

— De um vêm muitos — respondi. — Não entendo o significado.

Ele deu de ombros. Começou a ler tudo de novo. Observei-o enquanto estudava o documento. Depois se ouviu uma batida forte na porta e Baker entrou.

— Teale está saindo do prédio — disse ele. — Está conversando com Stevenson no estacionamento. Vocês precisam de alguma coisa?

Finlay lhe passou a página impressa amassada.

— Faça uma cópia disso para mim, por favor.

Baker saiu para atender o pedido e Finlay ficou batendo com os dedos na mesa.

— De quem são essas iniciais? — perguntou.

— Só conhecemos as dos mortos — respondi. — Hubble e Molly Beth. Dois são números de universidades. Princeton e Columbia. O último é de um detetive de Nova Orleans.

— E quanto à garagem dos Stoller? — continuou Finlay. — Você deu uma olhada nela?

— Nada. Só havia duas caixas de papelão vazias, de aparelhos de ar-condicionado, ano passado. Ele levava para a Flórida e as roubava.

Finlay resmungou e Baker entrou novamente. Passou-me a folha de papel de Joe junto com uma cópia. Guardei a original e dei uma cópia para Finlay.

— Teale se foi — anunciou Baker.

Saímos apressados do escritório. Vimos o Cadillac branco de relance, saindo do estacionamento. E abrimos a porta da sala do arquivo.

Margrave era uma cidadezinha no meio do nada, mas Gray havia passado vinte e cinco anos enchendo aquela sala de papéis. Havia mais papel ali dentro do que eu vira nos últimos anos. Todas as quatro paredes possuíam armários até o teto, com portas pintadas de tinta esmalte branca. Abrimos todas elas. Cada prateleira estava cheia de fileiras de caixas de arquivo. Devia haver ali umas mil caixas do tamanho de papel ofício. Caixas de plástico, com etiquetas nas lombadas, pequenos puxadores de plástico debaixo das etiquetas para que se pudesse puxá-las quando necessário. À esquerda da porta, na prateleira superior, estava a letra "A". À direita, bem lá embaixo, o último item da letra "Z". A letra "K" estava no armário encostado na parede que ficava bem em frente à porta, ligeiramente à esquerda, na altura dos olhos.

Encontramos uma caixa identificada como "Kliner". Bem no meio de três caixas etiquetadas com "Klan" e de outra em cuja etiqueta lia-se "Klipspringer x Estado da Geórgia". Enfiei o dedo no pequeno puxador. Puxei a caixa. Era pesada. Passei-a para Finlay. Corremos de volta para o escritório de pau-rosa. Largamos a caixa em cima da mesa. E a abrimos. Estava cheia de papéis amarelados.

Mas eram os papéis errados. Aquilo não tinha nada a ver com Kliner. Nem um pouco. Era uma pilha de sete centímetros de antigos memorandos do Departamento de Polícia. Umas bobagens operacionais. Coisas que deviam ter sido jogadas no lixo há décadas. Uma fatia da história. Procedimentos que deveriam ser seguidos caso a União Soviética apontasse um míssil para Atlanta. Procedimentos para o caso de um homem negro querer andar no banco da frente de um ônibus. Um monte de besteiras. Mas nenhum dos títulos começava com a letra "K". Nenhuma das palavras tinha alguma ligação com Kliner. Olhei para aquela pilha de sete centímetros e senti a pressão aumentando.

— Alguém nos passou para trás — disse Roscoe. — Pegaram as coisas de Kliner e substituíram por esta porcaria.

Finlay acenou positivamente. Mas discordei.

— Não — afirmei. — Isso não faz o menor sentido. Eles teriam puxado a caixa inteira e simplesmente a jogado no lixo. Foi o próprio

Gray que fez isso. Ele precisava esconder essa tralha, mas não podia se permitir quebrar a seqüência na sala de arquivo. Por isso tirou o conteúdo desta caixa e colocou no lugar essas velharias. Mantendo tudo limpo e arrumado. Você disse que ele era um sujeito meticuloso, certo?

Roscoe deu de ombros.

— Gray escondeu isso? — perguntou a moça. — Ele poderia tê-lo feito. E escondia sua arma na minha mesa. Não se importava em esconder coisas.

Olhei para ela. Algo que dissera havia feito soar um alarme.

— Quando foi que ele lhe deu a arma? — perguntei.

— Depois do Natal. Não muito tempo antes de sua morte.

— Há algo errado em relação a isso. O sujeito era um detetive com vinte e cinco anos de profissão, certo? Um bom detetive. Um veterano, um cara respeitado. Por que um sujeito como ele achava que ter uma arma particular devia ser um segredo? Isso não era problema para ele. Ele lhe deu a caixa porque ela continha algo que precisava ficar escondido.

— Estava escondendo a arma — insistiu Roscoe. — Já lhe contei isso.

— Não creio. A arma era um chamariz para garantir que você manteria a caixa trancada numa gaveta. Ele não precisava esconder a arma. Um sujeito como Gray, se quisesse, poderia ter uma ogiva nuclear como arma particular. A arma não era o grande segredo. O grande segredo era uma outra coisa que estava na caixa.

— Mas não há mais nada na caixa. Tenho certeza de que não há nenhum arquivo dentro.

Ficamos imóveis por um segundo. Depois corremos na direção das portas. Saímos e fomos até o Chevy de Roscoe, que estava estacionado. Tiramos a caixa de Gray de dentro da mala do carro. E então a abrimos. Passei a Desert Eagle para Finlay. Examinei a caixa de balas. Nada. Não havia mais nada dentro da caixa. Sacudi-a. Examinei a tampa. Nada. Rasguei a caixa. Puxei as pontas que estavam coladas e arranquei o papelão. Nada. Depois, rasguei a tampa. Havia uma chave escondida num dos cantos. Colada com uma fita adesiva na face interior. Onde jamais poderia ser vista. Onde fora cuidadosamente escondida por um homem morto.

Não sabíamos o que aquela chave abria. Eliminamos qualquer coisa dentro da delegacia. E qualquer coisa na casa de Gray. Achamos que tais locais eram óbvios demais para terem sido escolhidos por um homem cauteloso. Olhei para a chave e senti a pressão aumentar. Fechei os olhos e imaginei Gray abrindo o canto da tampa e prendendo a chave com uma fita adesiva. Passando a caixa para sua amiga Roscoe. Vendo sua colega colocando-a em sua gaveta. Vendo a gaveta se fechar. Vendo a colega trancando-a. Relaxando. Montei aquele quadro como se fosse um filme, fechei os olhos e passei-o na minha mente duas vezes antes, até que ele me disse onde a chave se encaixava.

— Algo na barbearia — afirmei.

Tomei a Desert Eagle das mãos de Finlay e fiz com que ele e Roscoe entrassem rapidamente no carro. Roscoe foi dirigindo. Deu a partida e girou o volante para sair do estacionamento. Virou para o sul, na direção da cidade.

— Por quê? — perguntou ela.

— Ele costumava ir lá. Três, quatro vezes por semana. O velho me disse isso. Era o único branco que ia lá. Parecia um território seguro. Longe de Teale, de Kliner e de todos os outros. E ele não precisava ir lá, certo? Você mesma disse que ele tinha uma barba grande e maltratada, e nenhum cabelo. Não ia até lá para se barbear. Ia até lá porque gostava dos coroas. E lhes deu uma tarefa. Deu-lhes algo para esconder.

Roscoe parou o Chevy na rua que ficava bem em frente à barbearia. Pulamos do carro e entramos correndo. Não havia nenhum cliente. Só os dois sujeitos sentados em suas próprias cadeiras, sem fazer nada. Mostrei-lhes a chave.

— Viemos pegar as coisas de Gray — afirmei.

O mais novo balançou a cabeça.

— Não podemos dá-las para você, meu amigo — disse ele.

Ele veio andando em minha direção e me tomou a chave. Deu um passo para o lado e a pôs na mão de Roscoe.

— Agora podemos. O bom e velho Sr. Gray nos pediu para não dar para ninguém que não fosse a sua amiga, a Srta. Roscoe.

Com isso ele tirou a chave das mãos dela. Foi até a pia e se curvou para baixo, a fim de abrir uma pequena gaveta de mogno que havia na parte inferior. Dela retirou três pastas. Eram bem grossas, feitas de couro de búfalo. Deu uma para mim, outra para Finlay e outra para Roscoe. Depois, fez um sinal para o seu parceiro e ambos foram para os fundos. Deixaram-nos a sós. Roscoe se sentou no banco estofado que ficava perto da janela. Finlay e eu nos acomodamos nas cadeiras de barbeiro. Colocamos nossos pés nos descansos cromados. Começamos a ler.

A minha pasta tinha uma série enorme de relatórios policiais. Todos haviam sido xerocados e enviados por fax. Duplamente manchados. Mas estavam legíveis. Formavam um dossiê organizado pelo detetive James Spirenza, da décima quinta divisão do Departamento de Polícia de Nova Orleans, Homicídios. Spirenza fora designado para investigar um assassinato, há oito anos. Depois, fora designado para investigar outros sete. Acabara com um caso que envolvia oito homicídios. Não esclareceu nenhum deles. Nem ao menos um. Fracasso total.

Mas se esforçava bastante. Sua investigação havia sido meticulosa. Esmerada. A primeira vítima era o dono de uma fábrica de produtos têxteis. Um especialista, envolvido numa nova espécie de processamento químico para algodão. A segunda vítima era capataz da primeira. Deixara de trabalhar para ele e estava tentando levantar capital para iniciar o seu próprio negócio.

As seis vítimas seguintes eram pessoas do governo. Funcionários da Agência de Proteção ao Meio Ambiente. Vinham cuidando de um caso fora da alçada do escritório de Nova Orleans. Tratava-se de um caso que dizia respeito à poluição do delta do Mississipi. Os peixes estavam morrendo. A causa havia sido rastreada quatrocentos quilômetros rio acima.

Uma fábrica de processamento de têxteis no estado do Mississipi estava jogando produtos químicos no rio, hidróxido de sódio, hipoclorito de sódio e cloro, tudo misturado com a água do rio, formando um coquetel acidífero mortal.

Todas as oito vítimas haviam morrido da mesma maneira. Dois tiros na cabeça disparados por uma pistola automática com silenciador. Calibre .22. Foram tiros precisos e meticulosos. Spirenza supusera que foram dados por profissionais. Ele foi atrás do atirador de duas maneiras. Pediu todo tipo de favor que podia e sacudiu todas as árvores. Atiradores profissionais são raridade. Spirenza e seus amigos conversaram com todos eles. Ninguém sabia de nada.

O segundo caminho usado por Spirenza foi o clássico. Descobrir quem estava sendo beneficiado. Não demorou muito para ele juntar as peças. O processador de algodão no estado do Mississipi parecia uma boa aposta. Ele estava sob ataque dos oito que morreram. Dois deles o atacavam comercialmente. Os outros seis estavam ameaçando fechar suas instalações. Spirenza começou a encurralar o cara severamente. Virou sua vida de cabeça para baixo. Ficou um ano inteiro no seu rastro. A papelada em minhas mãos era prova disso. Spirenza havia envolvido o FBI e a Receita Federal. Eles haviam vasculhado cada centavo em cada conta em busca de pagamentos em dinheiro feitos sem motivo aparente para o esquivo atirador.

Fizeram buscas durante um ano e não encontraram nada. No caminho, deram de cara com um monte de dados repugnantes. Spirenza estava convencido de que o sujeito havia assassinado sua esposa. Concluiu que o facínora a havia espancado até a morte. O cara se casou novamente e Spirenza mandou um fax para o departamento de polícia local com um aviso. O filho único do sujeito era um psicopata. Pior que o pai, de acordo com o detetive. Um psicopata de sangue-frio. O processador de algodão havia protegido o filho durante todo o tempo. E o acobertava. Pagou alto para tirá-lo de encrencas. O garoto tinha ficha em uma dúzia de instituições diferentes.

Mas nada iria vazar. O FBI de Nova Orleans havia perdido o interesse no caso. Spirenza já o havia encerrado. Esquecera-se de tudo, até que um velho detetive de uma obscura jurisdição da Geórgia lhe enviou um fax, pedindo informações sobre a família Kliner.

Finlay fechou seu arquivo. Virou sua cadeira de barbeiro na minha direção.

— A Fundação Kliner é um engodo — disse ele. — Totalmente espúria. Serve para acobertar uma outra coisa. Está tudo aqui. Gray a devassou completamente. Fez auditorias em todos os escalões, do mais alto até o mais baixo. A fundação gasta milhões todo ano, mas sua receita contabilizada é zero. Precisamente zero.

Ele escolheu uma folha da pasta ao acaso. Inclinou-se. Passou-a para mim. Era uma espécie de balancete, mostrando as despesas da fundação Kliner.

— Está vendo isso? — prosseguiu. — É incrível. É com isso que eles estão gastando.

Olhei para o documento. Ele continha um número enorme. Acenei com a cabeça.

— Talvez com um pouco mais do que isso — afirmei. — Já estou por aqui há cinco dias, certo? Antes disso, vaguei por todos os Estados Unidos durante os últimos seis meses. Antes disso, percorri o mundo inteiro. Margrave é, de longe, o lugar mais limpo, conservado e bem tratado que já vi. Está mais bem cuidado do que o Pentágono ou a Casa Branca. Pode acreditar, já estive em ambos. Tudo em Margrave é novinho em folha ou perfeitamente remodelado. É um lugar totalmente perfeito em aparência. É tão perfeito que se torna assustador. Isso deve ter custado uma verdadeira fortuna.

Ele acenou positivamente.

— E Margrave é um lugar muito esquisito — continuei. — Está deserto a maior parte do tempo. Não há vida. Praticamente não há nenhuma atividade comercial em toda a cidade. De fato, nada acontece por aqui. Ninguém faz dinheiro.

Ele parecia estupefato. Não havia acompanhado o meu raciocínio.

— Pense nisso — afirmei. — Veja o Eno, por exemplo. É um lugar novinho em folha. Cintilante, um restaurante dos mais modernos. Mas nunca tem cliente algum. Já estive lá algumas vezes. Nunca havia mais do que duas outras pessoas no local. Normalmente, há mais garçonetes por lá do que clientes. Então, como é que Eno paga as contas? As despesas gerais? A hipoteca? O mesmo vale para tudo o mais que existe na cidade. Você já viu filas de clientes entrando e saindo de alguma das lojas?

Finlay refletiu sobre isso. E balançou a cabeça.

— O mesmo vale para esta barbearia. Estive aqui nas manhãs de domingo e de terça-feira. O coroa me disse que nenhum cliente apareceu nesse ínterim. Nenhum cliente em quarenta e oito horas.

Então parei de falar. Pensei no que mais o velho havia dito. Aquele barbeiro velho e calejado. De repente, comecei a pensar em tudo sob uma nova luz.

— Aquele velho barbeiro — prossegui. — Ele me disse algo. Que era muito estranho. Achei que estava maluco. Perguntei como fazia para sobreviver sem clientes. Ele disse que não precisava de clientes para ganhar a vida por causa do dinheiro que recebe da Fundação Kliner. Então, perguntei quanto. Ele falou em mil dólares. Falou que todos os comerciantes recebiam a mesma quantia. Então imaginei que estivesse se referindo a uma espécie de subvenção, mil pratas por ano, certo?

Finlay acenou positivamente. Aquilo lhe parecia correto.

— Eu só estava jogando conversa fora — afirmei. — Como se faz numa cadeira de barbeiro. Então eu disse que mil dólares por ano estava bom, mas que não daria para se manter só com aquilo. Você sabe o que ele me disse então?

O detetive balançou a cabeça e ficou esperando. Concentrei-me para me lembrar exatamente das palavras do velho. Queria ver se ele iria descartá-las tão facilmente quanto eu.

— Ele fez com que aquilo parecesse um grande segredo — contei. — Como se estivesse em maus lençóis só por mencioná-lo. Por isso, disse tudo cochichando. E acrescentou que não devia me dizer nada, mas o faria, porque eu conhecia sua irmã.

— Você conhece a irmã dele? — perguntou Finlay. Surpreso.

— Não. Ele estava agindo de um jeito bastante confuso. No domingo, andei fazendo perguntas sobre Blind Blake, lembra, o antigo guitarrista, e ele disse que sua irmã conhecera o sujeito, há sessenta anos. Daí em diante, começou a confundir as coisas, deve ter pensado que eu disse que conheci sua irmã.

— Mas qual era então o grande segredo?

— Ele disse que não eram mil dólares por ano. Eram mil dólares por semana.

— Mil dólares por semana?!? Por semana? Será que isso é possível?

— Não sei. Na hora, achei que o coroa estava maluco. Mas, agora, creio que só estava falando a verdade.

— Mil por semana? Isso é uma baita de uma subvenção. São cinqüenta e dois mil dólares por ano. Isso é dinheiro pra burro, Reacher.

Pensei nisso. Apontei para o total levantado por Gray.

— Eles precisariam de valores como este — acrescentei. — Se isto aqui é quanto estão gastando, precisariam de valores desse montante para livrar a cara.

Finlay ficou pensativo. Raciocinando.

— Eles compraram a cidade inteira. Muito lenta e silenciosamente. Compraram a cidade a mil dólares por semana, aqui e acolá.

— Certo. A Fundação Kliner se tornou a galinha dos ovos de ouro. Ninguém quer correr o risco de matá-la. Todos mantêm a boca calada e desviam o olhar do que quer que precisem desviar.

— Isso. Os Kliner poderiam começar a cometer assassinatos.

Olhei para ele.

— Eles já começaram a cometer assassinatos.

— E o que podemos fazer em relação a isso? — perguntou Finlay.

— Primeiro precisamos descobrir exatamente o que diabos eles estão fazendo.

Ele olhou para mim como se eu fosse maluco.

— Nós sabemos o que eles estão fazendo, certo? Estão imprimindo uma porrada de dinheiro sujo naquele armazém.

Balancei a cabeça em sua direção.

— Nada disso. Não há nenhum indício de que estejam imprimindo cédulas falsas nos Estados Unidos. Joe acabou com isso. O único lugar onde pode acontecer é no exterior.

— Então... o que está acontecendo? Achava que tudo isso tinha a ver com dinheiro falsificado. Por que diabos seu irmão estaria envolvido?

Roscoe, que estava sentada no banco perto da janela, olhou em nossa direção.

— Tudo tem a ver com dinheiro falsificado — disse a moça. — Sei exatamente o que está por trás de tudo isso. Cada pequeno detalhe.

Ela segurou o arquivo de Gray com uma das mãos.

— Parte da resposta está aqui — prosseguiu.

Depois, pegou o jornal diário dos barbeiros com a outra mão.

— E o resto da resposta está aqui.

Finlay e eu nos juntamos a ela no banco. Estudamos o arquivo que ela andara lendo. Era um relatório de vigilância. Gray havia se escondido debaixo do trevo da estrada para ver o tráfego de furgões que entravam e saíam dos armazéns. Em trinta e dois dias distintos. Os resultados foram cuidadosamente listados, em três partes. Nas onze primeiras ocasiões, ele viu um furgão chegando por dia, vindo do sul, bem cedinho. E avistou vários deles saindo o dia inteiro, seguindo para o norte e para o oeste. Chegou a listar os furgões que saíam por destino, baseando-se em suas placas. O cara devia estar usando um binóculo. A lista de destinos abrangia todos os lugares imagináveis. Tratava-se de uma rede completa, que ia da Califórnia até acima, e depois de Massachusetts. Naqueles onze primeiros dias, ele registrou a chegada de onze veículos e a saída de sessenta e sete. Uma média de um por dia chegando e seis saindo; até pequenos caminhões, que talvez transportassem uma tonelada de carga por semana.

A primeira parte do diário de Gray cobria o primeiro ano fiscal. A segunda cobria o segundo ano. Ele havia se escondido em nove diferentes ocasiões. Havia visto cinqüenta e três carretas saindo diariamente, as mesmas seis de antes, com uma lista semelhante de destinos. Mas o diário das que chegavam era diferente. Na primeira metade do ano, chegava um caminhão por dia, como era de esperar. Mas, na segunda metade, as entregas aumentaram. Numa média de dois caminhões chegando por dia.

Os doze últimos dias da investigação foram novamente diferentes. Estavam incluídos nos cinco últimos meses da sua vida. Entre setembro e fevereiro, ele ainda registrava aumento de tráfego, seis caminhões saindo por dia para a mesma gama de destinos. Mas não havia nenhum caminhão chegando listado. Nem unzinho. De setembro para cá, as coisas estavam sendo enviadas para fora, mas não estavam chegando.

— E daí? — perguntou Finlay para Roscoe.

Ela se recostou e sorriu. Já estava com tudo esclarecido.

— É óbvio ou não? Estão trazendo dinheiro falsificado para dentro do país. Ele é impresso na Venezuela, em alguma gráfica que Kliner montou perto da sua nova fábrica de produtos químicos que fica lá. Chega de barco e, depois que ancora na Flórida, a carga é transportada até o armazém de Margrave. Depois, ela é distribuída pelos vários caminhões que seguem para o norte e para o oeste, chegando nas grandes cidades, Los Angeles, Chicago, Detroit, Nova York, Boston. Eles abastecem o fluxo de caixa das grandes cidades. É uma rede internacional de distribuição de dinheiro falsificado. É óbvio, Finlay.

— Será? — perguntou o detetive.

— Será?!? É claro que sim — repetiu a bela moça. — Pense em Sherman Stoller. Ele dirigia de cima a baixo para a Flórida a fim de encontrar o barco que chegava do mar, na praia de Jacksonville. Ele estava indo para lá quando foi pego por ultrapassar o limite de velocidade na ponte, lembra? Era por isso que ele estava tão agitado. Foi por isso que conseguiu o advogado de primeira linha com tanta rapidez, você não acha?

Finlay concordou, acenando com a cabeça.

— Tudo se encaixa — prosseguiu Roscoe. — Imagine um mapa dos Estados Unidos. O dinheiro é impresso na América do Sul e vem pelo mar. Desembarca na Flórida. Segue pelo sudoeste e, depois, meio que se ramifica para fora de Margrave. Vai para Los Angeles, no oeste, para Chicago, no meio do mapa, para Nova York e Boston, no leste. Ramificações distintas, entende? Que lembram as de um candelabro ou de uma menorá. Sabe o que é uma menorá?

— Claro — respondeu o detetive. — É aquele candelabro que os judeus usam.

— Certo. É com ele que a rede se parece no mapa. O eixo da Flórida até Margrave é a base. Então, cada braço leva para fora e para cima na direção das grandes cidades, de Los Angeles para Chicago e depois para Boston. É uma rede de importação, Finlay.

Ela estava ajudando bastante. Suas mãos desenhavam formas no ar que lembravam menorás. A geografia da coisa me parecia perfeita. Fazia sentido. Um fluxo de produtos importados, seguindo para o Norte em caminhões, vindo da Flórida. Precisaria usar aquele nó de rodovias em volta de Atlanta para se estender para fora e alcançar as cidades grandes do norte e do oeste. A idéia da menorá era boa. O braço esquerdo do candelabro teria que se curvar horizontalmente para alcançar Los Angeles. Como se alguém largasse o objeto no chão e uma outra pessoa pisasse nele acidentalmente. Mas a idéia fazia sentido. Era quase certo que a própria Margrave fosse o eixo central. Era quase certo que aquele armazém fosse, de fato, o centro de distribuição. A geografia estava certa. Usar Margrave, um lugar sossegado no fim do mundo, como centro de distribuição era uma estratégia inteligente. E eles teriam uma grande quantidade de dinheiro em caixa à disposição. Isso com certeza. Dinheiro forjado, mas que seria gasto do mesmo jeito. E havia muito. Eles estavam distribuindo uma tonelada por semana. Era uma operação em escala industrial. Enorme. Explicava os gastos vultosos da Fundação Kliner. Se um dia ficassem sem capital, era só imprimir mais. Mas Finlay ainda não estava convencido.

— E quanto aos doze últimos meses? — perguntou ele. — Não tem havido nenhum fluxo de importação. Veja a lista de Gray. As entregas não têm acontecido. Pararam há exatamente um ano. Sherman Stoller foi demitido, certo? Há um ano que nada tem vindo à tona. Mas eles ainda estão distribuindo alguma coisa. Ainda havia seis caminhões saindo por dia. Nada entrando, mas seis saindo por dia? O que isso quer dizer? Que espécie de fluxo de importação é esse?

Roscoe simplesmente lhe sorriu e pegou o jornal.

— A resposta está aqui — afirmou ela. — Está nos jornais desde sexta-feira. A guarda costeira. No último mês de setembro, ela começou sua grande operação contra o contrabando, certo? Houve um monte de publicidade antecipada. Kliner devia saber que ela estava a caminho. Por isso, começou a aumentar o estoque antes da hora. Viu a lista de Gray? Ao longo dos seis meses que antecederam setembro, ele dobrou a quantidade de entregas. Estava aumentando o estoque no armazém. Continuou distribuindo-o ao longo de todo o ano. É por isso que estavam apavorados com toda aquela exposição. Passaram o ano sentados em cima de uma pilha enorme de dinheiro falsificado. Agora a guarda costeira irá abandonar a sua operação, certo? Com isso eles poderão recomeçar suas importações como de costume. É isso que vai acontecer no domingo. É isso que a pobre Molly queria dizer quando afirmou que tínhamos que entrar antes de domingo. Temos que entrar no armazém enquanto o resto do estoque ainda está lá.

22

FINLAY ACENOU POSITIVAMENTE COM A CABEÇA. Depois sorriu. Ele se levantou do banco que ficava perto da janela da barbearia e segurou na mão de Roscoe. Apertou-a de um jeito bastante formal.

— Bom trabalho — disse ele. — Uma análise perfeita. Sempre disse que você era sagaz, Roscoe. Concorda, Reacher? Não disse para você que ela era o melhor que tínhamos à disposição?

Acenei positivamente, sorri e Roscoe ficou corada. Finlay continuava segurando sua mão e sorrindo. Mas dava para ver que ele estava passando e repassando a teoria da colega, procurando pontas soltas. Só encontrou duas.

— E quanto a Hubble? — perguntou. — Onde ele se encaixa? Não iriam requisitar o executivo de um banco apenas para encher caminhões, ou iriam?

Balancei a cabeça.

— Hubble foi gerente de câmbio — afirmei. — Estava ali para se livrar do dinheiro falso. E o usava para abastecer o sistema. Sabia por onde ele poderia entrar. Onde era necessário. Como no seu antigo trabalho, só que no sentido inverso.

Ele acenou positivamente.

— E quanto aos aparelhos de ar condicionado? Sherman Stoller os estava pegando na Flórida. Foi o que aquela mulher lhe disse. Sabemos que é verdade porque você viu as duas caixas de papelão na garagem. E seu furgão estava cheio delas quando a polícia de Jacksonville o revistou. O que isso tinha a ver?

— Era um negócio legítimo — afirmei. — Uma isca. Escondia a parte ilegal da transação. Como se fosse uma fachada. Explicava o tráfego de furgões e caminhões que ia e vinha da Flórida. Caso contrário, teria que ir para o sul vazio.

Finlay concordou com a cabeça.

— Bela jogada, creio — disse ele. — Nada de viagens sem carga alguma. Vendem-se alguns poucos aparelhos de ar condicionado e ganha-se dinheiro de ambas as maneiras, certo?

Ele acenou mais uma vez com a cabeça e largou a mão de Roscoe.

— Precisamos de amostras do dinheiro — disse ele.

Sorri em sua direção. Havia acabado de perceber uma coisa.

— Tenho amostras — afirmei. Coloquei a mão no bolso e tirei um maço de notas de cem. Tirei uma do topo e outra de baixo. Dei as duas notas para Finlay.

— Essas são falsificações? — perguntou.

— Só podem ser — afirmei. — A esposa de Hubble me deu um maço de notas de cem para as minhas despesas. Provavelmente as recebeu de Hubble. Depois peguei mais um outro que estava com os caras que me perseguiram na terça-feira.

— E isso quer dizer que elas são falsificadas? Por quê?

— Pense nisso. Kliner precisa de dinheiro para tocar em frente suas operações. Por que ele deveria usar notas de verdade? Aposto que pagou

Hubble com grana falsificada. E também aposto que deu notas falsas para as despesas daqueles rapazes de Jacksonville.

Finlay segurou as duas notas de cem na direção da luz brilhante que vinha pela janela. Roscoe e eu nos acotovelamos para olhar.

— Você tem certeza? — perguntou a moça. — Elas me parecem reais.

— São falsas — afirmei. — Tem que ser. Sejam razoáveis. Notas de cem são o que os falsificadores mais gostam de imprimir. Qualquer valor maior é difícil de ser repassado, qualquer valor menor não vale o esforço. E por que eles iriam usar notas de verdade se possuem cargas e mais cargas de falsificações à disposição?

Demos uma boa olhada nelas. E as examinamos, as palpamos, as cheiramos, as esfregamos entre nossos dedos. Finlay abriu sua carteira e puxou uma das suas notas de cem. Comparamos as três cédulas. De cabo a rabo. Não dava para ver nenhuma diferença.

— Se estas aí são falsas, então são muito bem feitas — concluiu Finlay. — Mas o que você disse faz sentido. Provavelmente, toda a Fundação Kliner é financiada com falsificações. Milhões por ano.

Ele colocou sua nota de cem de volta na carteira. E enfiou as falsas no bolso.

— Vou voltar para a delegacia. Vocês dois apareçam amanhã, por volta do meio-dia. Teale irá sair para almoçar. De lá em diante recomeçaremos o nosso trabalho.

Roscoe e eu dirigimos quase uns oitenta quilômetros para o sul, rumo a Macon. Eu queria permanecer em constante movimento. É uma regra básica de sobrevivência. Ficar circulando. Escolhemos um hotel desconhecido no sudoeste. O mais longe de Margrave que podíamos ficar em Macon, com toda a extensão da cidade entre nós e os nossos inimigos. O velho prefeito Teale havia dito que um hotel em Macon iria me servir bem. Naquela noite ele estava certo.

Tomamos uma ducha fria e caímos na cama. Mas não conseguimos dormir bem. O quarto era quente. Passamos a maior parte da noite inquietos, sem que conseguíssemos parar de nos mexer. Desistimos e levantamos novamente assim que amanheceu. Ficamos bocejando à meia-luz. Era quinta-feira de manhã. Parecia que não tínhamos dormido nada. Andamos às apalpadelas e nos vestimos no escuro. Roscoe colocou seu uniforme. E eu vesti minhas velhas roupas. Percebi que logo teria que comprar outras novas. E o faria com as falsificações de Kliner.

— O que vamos fazer? — perguntou minha parceira.

Não respondi. Estava pensando em outra coisa.

— Reacher? O que vamos fazer quanto a tudo isso?

— Como Gray fez?

— Enforcou-se.

Pensei um pouco mais.

— Será?

Fez-se o silêncio.

— Meu Deus. Você acha que há alguma dúvida em relação a isso?

— Talvez. Pense bem. Imagine que Gray tenha confrontado alguns deles. Suponha que tenha sido pego espiando algum lugar onde não deveria estar.

— Você acha que o mataram? — Havia um certo pânico na voz dela.

— Quem sabe. Acho que eles mataram Joe, Stoller, os Morrison, Hubble e Molly Beth Gordon. Acho que até tentaram matar nós dois. Se alguém se apresenta como uma ameaça, eles matam. É assim que Kliner trabalha.

Roscoe ficou calada por um tempo. Pensando no seu velho colega. Gray, o detetive paciente e persistente. Vinte e cinco anos de trabalho meticuloso. Um cara assim só podia ser uma ameaça. Um sujeito que tinha paciência para gastar trinta e dois dias com o intuito de checar cuidadosamente uma suspeita só podia ser uma ameaça. Roscoe levantou os olhos e concordou com a cabeça.

— Ele deve ter feito um movimento em falso.

Acenei delicadamente com a cabeça em sua direção.

— Eles o executaram sumariamente. E fizeram parecer com que fosse suicídio.

— Não dá para acreditar nisso.

— Foi feita uma autópsia?

— Acho que sim.

— Então vamos checar. Teremos que falar com aquele médico novamente. Lá em Yellow Springs.

— Mas ele teria dito alguma coisa, não é? Se tivesse dúvidas, não as levantaria na época?

— Deve tê-las levantado com Morrison. E ele provavelmente as ignorou. Pois, a princípio, foi o seu próprio pessoal que as levantou. Teremos que checar por conta própria.

Roscoe deu de ombros.

— Eu estive em seu enterro. Todos estávamos lá. O chefe Morrison fez um discurso no gramado que fica em frente à igreja. O prefeito Teale também. Todos disseram que ele havia sido um excelente oficial. E concordaram que ele era um dos melhores de Margrave. Mas o mataram.

Ela disse aquilo com lágrimas nos olhos. Roscoe gostava de Margrave. Sua família trabalhou duro por lá ao longo de muitas gerações. Ela estava enraizada. E gostava do seu trabalho. Gostava da sensação de estar contribuindo para alguma coisa. Mas a comunidade para a qual servia estava podre. Era suja e corrupta. Não era uma comunidade. Era um pântano, onde todos chafurdavam em dinheiro sujo e sangue. Sentei-me e fiquei vendo seu mundo desmoronar.

Fomos de carro para o norte, pela estrada que ia de Macon até Margrave. No meio do caminho, Roscoe virou à direita e seguimos até Yellow Springs por uma via alternativa. Direto para o hospital. Eu estava faminto. Não havíamos tomado o café da manhã. Não era o melhor estado para visitar novamente o necrotério. Entramos no estacionamento. Passamos lentamente pelos quebra-molas e seguimos para os fundos. Paramos bem perto da grande porta giratória de metal.

Saímos do carro. Esticamos as pernas enquanto seguíamos por um caminho cheio de desvios em busca da porta do escritório. O sol estava deixando o dia mais quente. Teria sido agradável ficar do lado de fora. Mas adentramos o prédio e ficamos procurando o doutor. Acabamos encontrando-o no escritório, que continuava em petição de miséria. Ele estava sentado em frente a sua mesa toda arrebentada. Ainda parecia cansado. Ainda usava um jaleco branco. Levantou os olhos e acenou para que entrássemos.

— Bom-dia, colegas — cumprimentou-nos. — O que posso fazer por vocês?

Sentamos nos mesmos bancos de terça-feira. Fiquei longe do aparelho de fax. Deixei Roscoe falar. Era melhor assim. Eu não possuía nenhum cargo oficial.

— Em fevereiro deste ano — disse ela —, o chefe de detetives na delegacia de Margrave se matou. Você se lembra?

— Era um sujeito chamado Gray?

Roscoe concordou com a cabeça, e o médico se levantou e andou até um armário cheio de arquivos. Abriu uma gaveta apertada que emitiu um som agudo. O doutor passou os dedos pelas fichas, uma a uma.

— Fevereiro — falou o sujeito. — Gray.

Ele puxou um arquivo e o levou até a mesa. Largou-o em cima do registro policial. Sentou-se pesadamente e o abriu. Era bem fino. Não havia muita coisa.

— Gray — repetiu. — Sim, me lembro desse sujeito. Enforcou-se, não? Foi a primeira vez em trinta anos que tivemos um caso vindo de Margrave. Ligaram para que eu fosse até sua casa. Na garagem, certo? Numa viga?

— Isso — confirmou Roscoe. E se calou.

— Então, como posso ajudá-los?

— Há algo errado aí?

O médico olhou para seu arquivo. Virou uma página.

— Um cara se enforca, há sempre algo errado numa situação como essa.

— Algo *especialmente* errado? — perguntei.

O médico desviou seu olhar cansado de Roscoe e se voltou para mim.

— Suspeito? — perguntou ele.

Ele estava quase dando aquele sorriso amarelo que usara na terça.

— Há alguma coisa suspeita nesse arquivo? — insisti.

Ele balançou a cabeça.

— Não. Suicídio por enforcamento. É óbvio. Estava num banco de cozinha em sua garagem. Fez um laço sozinho e pulou do banco. Tudo era compatível. Ouvimos a história contada pelas pessoas que moravam na vizinhança. Não vejo onde possa haver um problema.

— E o que a vizinhança contou? — Roscoe perguntou ao médico.

Ele virou o rosto e encarou a policial, olhos nos olhos. Durante o movimento deu uma vista nos arquivos.

— Ele estava deprimido — disse. — E não era de hoje. Naquela noite saiu para beber com seu superior, o tal Morrison, que acabou de passar por aqui, e também com um outro sujeito, o prefeito. Um tal de Teale. Os três tentavam consolá-lo. Gray estava fodido, não conseguia solucionar um caso. Estava caindo de bêbado e acabou sendo levado por seus companheiros. Deixaram ele em casa e partiram. Ele devia estar péssimo. Foi até a garagem e se enforcou.

— Que história foi essa? — perguntou Roscoe.

— Morrison deixou uma declaração. Estava realmente triste. Achava que podia ter feito alguma coisa, sei lá, ficado com ele ou...

— Isso lhe parece correto? — insistiu minha parceira.

— Eu não conhecia Gray. Esta unidade lida com uma dúzia de departamentos de polícia. Nunca havia visto ninguém de Margrave antes. É um lugar bem sossegado, não? Pelo menos costumava ser. Mas o que houve com esse cara é o que normalmente acontece. A bebida faz com que as pessoas ajam de forma impensada.

— Alguma evidência física? — perguntei.

O médico olhou mais uma vez para o seu arquivo. E se voltou na minha direção.

— O cadáver fedia a uísque. Alguns ferimentos leves nos membros superiores e inferiores. Isso bate com o fato dele ter sido carregado até sua casa por dois homens enquanto estava inconsciente. Não vejo problema nisso.

— Você fez uma autópsia? — perguntou Roscoe.

O médico balançou a cabeça.

— Não havia necessidade. Tudo estava muito claro, e estávamos muito ocupados. Como já lhe disse, temos mais com o que nos preocupar aqui do que com suicídios em Margrave. Em fevereiro, tivemos casos vindos de toda parte. Estávamos sobrecarregados. Seu chefe Morrison pediu para que fizéssemos o mínimo de estardalhaço. Acho que ele nos enviou um bilhete. Disse que se tratava de uma situação um tanto delicada. Não queria que a família de Gray soubesse que o bom e velho sujeito era alcoólatra. Queria preservar alguma dignidade. Para mim estava tudo bem. Não vi problema nisso, e estávamos muito atarefados, então liberei seu corpo para que fosse cremado imediatamente.

Roscoe e eu ficamos ali sentados, olhando um para o outro. O doutor voltou ao armário e guardou o arquivo. Fechou a gaveta, gesto que foi acompanhado de mais um som agudo.

— Ok, colegas? Se me dão licença, tenho coisas a fazer.

Despedimo-nos e agradecemos pelo tempo dispensado. Depois nos mandamos daquele escritório apertado. Voltamos para o sol quente do outono. Ficamos andando à toa, olhando rapidamente um para o outro. Não trocamos uma só palavra. Roscoe estava arrasada. Havia acabado de ouvir que seu velho amigo fora assassinado.

— Lamento muito — afirmei, me solidarizando.

— Papo furado, do início ao fim — retrucou ela. — Ele não estava fodido porra nenhuma. De fato, sempre solucionava os casos. E não estava *especialmente* deprimido. Não bebia uma gota sequer. Nunca tocou num copo de bebida. Por isso, com certeza, não estava "caindo de bêbado". E jamais se dera bem com Morrison. Nem com o maldito prefeito. Não sairiam juntos de jeito nenhum. Não gostava deles. Nunca, nem em um milhão de anos conviveria socialmente com qualquer um dos dois durante uma noite. E não tinha família alguma. Por isso, toda aquela merda de família, sensibilidade e dignidade era pura conversa fiada. Eles o mataram e enrolaram o legista para que não fizesse um exame mais minucioso.

Fiquei ali sentado no carro e deixei minha parceira botar a raiva para fora. Até que, num dado momento, ela ficou quieta e parada. Estava imaginando o que eles tinham feito.

— Você acha que Morrison e Teale estiveram por trás de tudo? — perguntou.

— E mais alguém. Havia três sujeitos envolvidos. Imagino que os três tenham ido até a sua casa e batido na porta. Gray a abriu e Teale puxou uma arma. Morrison e o terceiro sujeito o agarraram e o seguraram pelos braços. Isso explica os ferimentos. Talvez Teale tenha despejado uma garrafa de uísque pela sua goela abaixo ou pelo menos a esparramado em suas roupas. Depois o empurraram até a garagem e o enforcaram.

Roscoe deu a partida no carro e saiu do estacionamento do hospital. Dirigiu lentamente por sobre os quebra-molas. Depois, virou o volante e pegou a estrada que atravessava o campo na direção de Margrave a todo vapor.

— Eles o mataram — afirmou. Numa simples frase. — Assim como mataram Joe. Acho que sei como você deve estar se sentindo.

Concordei com a cabeça.

— Eles irão pagar por isso — afirmei. — Pelos dois.

— Isso eu garanto!

Ficamos em silêncio. Aceleramos rumo ao norte por um tempo, até chegarmos na estrada do condado. Vinte quilômetros em linha reta até Margrave.

— Coitado do Gray — disse Roscoe. — Mal posso acreditar. Ele era tão esperto, tão cauteloso.

— Não foi esperto o suficiente. Ou cauteloso o bastante. Temos que nos lembrar disso. Você conhece as regras, certo? Não fique sozinha. Se vir alguém vindo, corra desesperadamente. Ou atire no canalha. Fique com Finlay se puder, ok?

Ela estava concentrada na direção. Corria desenfreadamente na pista reta. Pensando em Finlay.

— Finlay — repetiu. — Você sabe o que eu não consigo descobrir?

— O quê?

— Lá estão os dois, certo? Teale e Morrison. Governam a cidade para Kliner. Chefiam o Departamento de Polícia. Os três mandam em tudo. Seu chefe de detetives é Gray. Um sujeito calejado, sábio, esperto e persistente. Já estava lá há vinte e cinco anos, muito antes de toda essa merda começar. Herdaram-no e não conseguiram acabar com ele. Então, com certeza, um dia o detetive esperto e persistente descobriu os podres de seus superiores. Constatou que algo estava acontecendo. E eles perceberam que ele havia constatado. Por isso se livraram dele. E o assassinaram para que sua operação continuasse segura. E o que fizeram depois?

— Prossiga.

— Contrataram um substituto. Finlay, de Boston. Um sujeito que é mais esperto e ainda mais persistente do que Gray. Por que diabos fariam isso? Se Gray lhes representava algum perigo, então Finlay seria duas vezes mais perigoso. Por que fizeram isso então? Por que contrataram alguém ainda mais esperto do que o sujeito que o antecedeu no cargo?

— Isso é fácil. Eles achavam que Finlay era um verdadeiro idiota.

— Um idiota? Como diabos podiam achar isso?

Então lhe contei a história que Finlay havia me contado na segunda, enquanto comíamos rosquinhas no balcão da loja de conveniência. Sobre o seu divórcio. Sobre seu estado mental na época. O que ele disse? Que era um incapaz. Um idiota. Não conseguia articular duas palavras em seqüência.

— O chefe Morrison e o prefeito Teale o entrevistaram — contei. — Ele achou que foi a pior entrevista de emprego já concedida em toda a história. Julgou ter feito papel de idiota. Ficou absolutamente pasmo com o fato deles o terem contratado. Agora entendo por que o fizeram. Estavam realmente procurando um idiota.

Roscoe deu uma gargalhada. Isso fez com que eu me sentisse melhor.

— Meu Deus. Que ironia. Eles devem ter se sentado e planejado tudo. Gray era um problema, afirmaram. Melhor substituí-lo por um palerma. É melhor pegar o pior candidato que se apresentar.

— Isso mesmo. Foi o que fizeram. Pegaram o idiota neurótico e estressado de Boston. Na hora em que começou a trabalhar, acalmou-se e voltou a ser o sujeito ponderado e inteligente que sempre foi.

Ela passou mais de três quilômetros rindo por causa disso. Depois, subimos um leve aclive e começamos a descer a longa trilha circular que dava em Margrave. Estávamos tensos. Era como se estivéssemos entrando numa zona de guerra. Estivemos fora dela por um tempo. Voltar não caía muito bem. Esperava que fosse me sentir melhor assim que identificasse os oponentes. Mas não era nada do que eu esperava. Não era eu contra eles, jogando num território neutro. O território não era neutro. O território era do adversário. Toda a cidade estava dentro dele. Todo aquele lugar havia sido comprado e estava pago. Ninguém era neutro. Estávamos descendo o aclive em alta velocidade, a cento e dez quilômetros por hora, rumo a uma perigosa desordem. Mais perigosa do que eu poderia esperar.

Roscoe diminuiu a velocidade quando alcançou os limites da cidade. O grande Chevy planou sobre o asfalto apático de Margrave. Os arbustos de magnólias e cornáceas à esquerda e à direita haviam sido substituídos por gramados aveludados e cerejeiras ornamentais. Aquelas árvores com troncos lisos e brilhantes. Como se tivessem sido polidas. Em Margrave, provavelmente o foram. A Fundação Kliner provavelmente estava pagando um salário generoso para alguém fazer isso.

Passamos por diversos quarteirões de lojas, todas bem conservadas, mas vazias, sobrevivendo à custa dos mil dólares por semana da fundação. Demos uma volta rápida em torno do gramado que tinha a estátua de Caspar Teale. Fomos levados a fazer uma curva mais adiante e passamos em frente à casa de Roscoe com sua porta da frente destruída. Passamos pela lanchonete. Pelos bancos, sob os toldos elegantes. Pelas áreas onde havia parques, bares e estalagens, num tempo em que Margrave era uma cidade honesta. Até que chegamos na delegacia.

Entramos no estacionamento e paramos o carro. O Bentley de Charlie Hubble ainda estava onde eu o havia deixado.

Roscoe desligou o motor e ficamos sentados por um minuto. Não queríamos sair. Apertamos a mão um do outro, sua direita, a minha esquerda. Um gesto breve de boa sorte. Saímos do carro. Para dentro do campo de batalha.

A delegacia estava fria e deserta, exceto por Baker em sua mesa e Finlay a caminho do escritório de pau-rosa nos fundos. Ele nos viu e se apressou.

— Teale volta daqui a dez minutos — anunciou. — E temos um pequeno problema.

O detetive nos conduziu até sua sala. Entramos e ele bateu a porta.

— Picard ligou.

— Qual é o problema? — perguntei.

— É o esconderijo. Onde Charlie e as crianças estão. A situação precisa continuar não-oficial, correto?

— Ele me disse isso — afirmei. — Está em maus lençóis.

— Exatamente. É esse o problema. Ele não tem mais como botar ninguém lá. Precisa de alguém para ficar lá com Charlie. Tem feito o serviço ele mesmo. Mas não pode mais. Não tem mais como dispor do seu tempo. E crê que sua presença não é muito apropriada. Você entende, por Charlie ser mulher, a garotinha e coisa e tal. As crianças morrem de medo dele.

Ele olhou na direção de Roscoe. Minha parceira já estava vendo aonde aquela conversa iria chegar.

— Ele quer que eu fique por lá, certo? — perguntou ela.

— Só durante vinte e quatro horas — afirmou Finlay. — É isso que ele está pedindo. Você faria esse favor?

Roscoe deu de ombros. E sorriu.

— É claro que sim. Sem problemas. Posso dispor de um dia. Contanto que você prometa que vai me pegar de volta quando a diversão começar, ok?

— Automaticamente. A diversão não poderá começar enquanto não tivermos os detalhes, e, assim que os tivermos, a missão de Picard passará a ser oficial e ele colocará seus próprios agentes dentro do esconderijo. E você voltará para cá.

— Tudo bem. Quando é que eu parto?

— Imediatamente. Ele chegará aqui a qualquer momento.

A moça lhe sorriu.

— Então você já estava imaginando que eu iria concordar?

Ele sorriu de volta.

— Como eu disse para Reacher, você é o melhor que temos.

Eu e ela atravessamos novamente a sala do pelotão e saímos pelas portas de vidro. Roscoe tirou sua valise do Chevy e colocou-a no meio-fio.

— Te vejo amanhã, creio — disse ela.

— Você vai ficar bem? — perguntei.

— Claro. Vou ficar legal. Não dá para ficar num lugar mais seguro do que um esconderijo do FBI, certo? Mas vou sentir a sua falta, Reacher. Ainda não estava nos imaginando algum tempo separados.

Apertei sua mão. Ela me beijou no rosto. E se esticou toda para dar um rápido selinho. Finlay empurrou e abriu a porta da delegacia. Ouvi o som da trava de borracha. Ele colocou a cabeça para fora e chamou Roscoe.

— É melhor deixar Picard a par das novidades, ok?

Roscoe acenou em sua direção. Depois ficamos em pé sob o sol. Não tivemos que esperar muito. Poucos minutos depois, o sedã azul de Picard entrou guinchando no estacionamento. Parou bem ao nosso lado. O homenzarrão se dobrou todo para sair do seu assento e se levantou. Quase bloqueou a luz do sol.

— Fico muito grato por isso, Roscoe — disse ele. — Você está realmente me ajudando.

— Não tem problema. Você também está nos ajudando, certo? Onde é esse lugar para onde vou?

Picard sorriu como se tivesse ficado incomodado. Acenou na minha direção.

— Não posso dizer onde é. Não na frente de civis, certo? Já passei muito das medidas por hoje. E vou ter que lhe pedir que não diga a ele onde é, ok? E, Reacher, não a obrigue a contar nada depois, certo?

— Ok — respondi. — Jamais faria esse tipo de pressão. Ela me contaria de qualquer jeito.

— Muito bem — concluiu Picard.

Ele acenou e se despediu do jeito que faz uma pessoa muito ocupada e pegou a bolsa de Roscoe. Jogou-a no banco traseiro. Então, os dois entraram no sedã azul e o carro deu a partida. Saíram do estacionamento e seguiram para o norte. Acenei para ambos. Logo o carro se perdeu de vista.

23

DETALHES. REUNIR EVIDÊNCIAS. INVESTIGAÇÃO. São a base de tudo. Você tem que manter a calma, ficar observando tudo atentamente durante um bom tempo até conseguir o que precisa. Enquanto Roscoe preparava xícaras de café para Charlie Hubble e Finlay ficava sentado no escritório de pau-rosa, eu teria que investigar a operação do armazém. Longa e atentamente, até que eu tivesse uma noção exata de como eles a realizavam. Isso poderia me tomar vinte e quatro horas sem parar. Podia ser que Roscoe voltasse antes de eu conseguir alguma coisa.

Entrei no Bentley e percorri os vinte e dois quilômetros até o trevo. Diminuí de velocidade assim que passei pelos armazéns. Precisava encontrar um ponto de observação. A rampa de entrada que ia para o norte passava por baixo da rampa de saída que ia para o sul. Havia uma espécie de ponte baixa. Pilares de concreto largos e não tão altos faziam com que a estrada ficasse suspensa. Imaginei que o melhor fosse ficar entocado atrás de um desses pilares. Eu ficaria bem escondido na escuridão e a leve elevação me daria uma boa visão de toda a área dos armazéns. Essa era a minha posição.

Acelerei o Bentley enquanto subia a ladeira e segui para o norte, rumo a Atlanta. Levei uma hora. Estava começando a ter uma vaga idéia da geografia local. Buscava a área comercial, aluguéis baratos, e a encontrei com bastante facilidade. Vi o tipo de rua que eu queria. Oficinas mecânicas, atacadista de mesas de bilhar, mobília de escritório recuperada. Estacionei na rua em frente a uma loja de artigos religiosos. Do lado oposto havia duas lojas de venda de material militar de segunda mão. Escolhi a da esquerda e entrei.

Quando a porta era aberta, ouvia-se uma campainha. O sujeito no balcão levantou os olhos. Parecia saído de uma obra de ficção. Branco, barba negra, uniforme camuflado, botas. Possuía uma enorme argola de ouro numa das orelhas. Parecia uma espécie de pirata. Poderia ter sido um veterano de guerra. Devia realmente ter sido a sua vontade há muito tempo. Ele acenou para mim com a cabeça.

Vendia o tipo de coisa que eu queria. Peguei calças militares cor-de-azeitona e uma camiseta. Encontrei uma jaqueta de camuflagem grande demais para o meu tamanho. Olhei para os bolsos cuidadosamente. Precisava ter como enfiar a Desert Eagle num deles. Depois encontrei um cantil e uns binóculos decentes. Levei tudo para a caixa registradora e empilhei minhas compras. Puxei meu maço de notas de cem. O sujeito barbudo me encarou.

— Gostaria de um cassetete curto, de cabo flexível — afirmei.

Ele olhou para mim e para as minhas notas de cem. Depois se agachou e ergueu uma caixa. Parecia pesada. Escolhi um bastão grosso com vinte e cinco centímetros. Era um cilindro de couro. Com uma fita numa ponta para servir de alça. Que envolvia uma mola de encanador. Era aquele negócio que colocam dentro de canos antes de curvá-los. Fora envolto com chumbo. Uma arma eficaz. Acenei positivamente.

Paguei por tudo e saí. A campainha soou novamente assim que abri a porta.

Andei com o Bentley mais uns cem metros e estacionei em frente à primeira loja de artigos para automóveis que anunciava tintas. Toquei a buzina e desci para falar com o sujeito que saía porta afora.

— Você pode passar uma tinta nisso para mim? — perguntei.

— Nisso? — retrucou. — É claro que sim. Eu passo tintas em tudo.

— Demora muito tempo?

O cara foi até o carro e passou o dedo pela carroceria lustrosa.

— Para um automóvel como esse, imagino que você vá querer um trabalho de primeira linha. Dê-me uns dois dias, talvez três.

— Quanto sai?

Ele continuou sentindo a textura da pintura original e aspirou em meio aos dentes cerrados, como fazem todos os sujeitos que cuidam de automóveis quando você pergunta o preço de alguma coisa.

— Uns duzentos — respondeu. — Isso por um trabalho de primeira linha, afinal você não vai querer nada menos numa beleza como essa.

— Vou lhe dar duzentos e cinqüenta. Isso por um serviço melhor que o de primeira linha e para você me arranjar um carro durante os dois ou três dias que vai levar para terminar tudo, ok?

O sujeito respirou um pouco mais fundo e depois bateu de leve na capota do Bentley.

— Fechado, meu amigo.

Tirei a chave do Bentley do chaveiro de Charlie e troquei-o por um Cadillac de oito anos, cuja cor lembrava um abacate bem maduro. Parecia andar bem e era o automóvel mais discreto que eu poderia esperar. O Bentley era um carro belíssimo, mas não era o mais adequado caso a investigação passasse a ser móvel. Era muito imponente, chamava muito a atenção.

Transpus a periferia ao sul da cidade e parei num posto de gasolina. Enchi o enorme tanque do velho Cadillac e comprei barras de chocolate, nozes e garrafas d'água. Depois, usei aquele cubículo que eles chamavam de toalete para mudar de roupa. Vesti o traje militar e joguei minhas roupas velhas na cesta de papéis. Voltei para o carro. Coloquei a Desert Eagle no bolso interno da jaqueta. Armei e travei o cão. Pus as balas reserva no bolso externo de cima. O canivete de Morrison estava no bolso do lado esquerdo e por isso botei o cassetete no direito.

Espalhei as nozes e as barras de chocolate pelos outros bolsos. Esvaziei uma garrafa d'água no cantil e saí para trabalhar. Levei mais uma hora para voltar a Margrave. Contornei o trevo com o Cadillac. Subi a rampa de entrada novamente, seguindo para o norte. Dei marcha a ré por cerca de cem metros no acostamento e parei exatamente naquela terra de ninguém entre as rampas de entrada e de saída. Onde ninguém passaria, mesmo se estivesse deixando ou adentrando a rodovia. Ninguém veria o carro, exceto as pessoas que estivessem passando batido por Margrave. E essas não dariam a mínima.

Abri a trava do capô e o levantei. Tranquei o carro e o deixei assim. Isso fez com que o automóvel parecesse invisível. Apenas um velho sedã quebrado no acostamento. Uma visão tão comum que nem dava para prestar atenção. Depois, subi pela mureta baixa de concreto que ladeava o acostamento. Saltei sobre aquela barreira alta com dificuldade. Corri para o sul e percorri a curta extensão da rampa de entrada. Continuei correndo até conseguir me esconder na ponte baixa. Atravessei toda a extensão da rodovia e me escondi atrás de um pilar mais largo. Por sobre a minha cabeça, os furgões que saíam da estrada passavam fazendo um estrondo quando pegavam a antiga via do condado. Depois, engatavam a marcha e viravam à direita, na direção dos armazéns.

Acomodei-me e tentei ficar mais à vontade atrás do pilar. Eu havia escolhido um ótimo ponto de observação. Talvez a uns duzentos metros, a uns nove metros de altura. O local todo estava disposto lá embaixo como se fosse um diagrama. O binóculo que eu havia comprado era bastante potente e deixava as imagens bem nítidas. Havia, de fato, quatro armazéns distintos, todos idênticos e alinhados obliquamente. Toda a área era protegida por uma cerca de tamanho considerável. Havia bastante arame farpado no topo. Cada armazém era protegido por grades.

Cada um deles tinha o seu próprio portão. Na cerca externa estava o portão principal, que dava de frente para a estrada. O lugar inteiro fervilhava, em plena atividade.

O primeiro armazém deixava sua porta corrediça sempre aberta. Os furgões das fazendas da região entravam e saíam, fazendo barulho. Dava para ver perfeitamente as pessoas carregando e descarregando. Sacos de estopa robustos e cheios. Talvez com algum produto específico, talvez com sementes ou fertilizantes. O que quer que os fazendeiros usassem. Eu não tinha a menor idéia. Mas não havia nada secreto. Nada escondido. Todos os veículos eram da região. Havia placas da Geórgia em todos eles. Nenhum de outro estado. Nada grande o bastante para cruzar toda a extensão da nação, de norte a sul. O primeiro armazém estava limpo, não havia dúvida quanto a isso.

O mesmo podia se dizer do segundo e do terceiro. Seus portões ficavam o tempo todo abertos, com as portas levantadas. A atmosfera era de muita animação. Nada secreto. Dava para ver tudo perfeitamente. Eram caminhões diferentes, mas todos da região. Não dava para ver o que estavam levando. Artigos para venda no atacado nas pequenas lojas da região, quem sabe. Possivelmente bens manufaturados indo para algum lugar. Algo parecido com tambores de óleo no terceiro galpão. Mas nada muito misterioso.

O quarto armazém era o que eu estava procurando. O do final da fila. Não havia dúvida. Era uma ótima localização. Fazia bastante sentido. Estava encoberto pelo caos que reinava nos três primeiros. Mas, por ser o último da fila, nenhum dos fazendeiros ou comerciantes locais precisaria passar por ele. Ninguém sequer o observava. Era uma ótima localização. Era, definitivamente, perfeita. Mais adiante, a talvez setenta e cinco metros no meio de um gramado, estava a maldita árvore. A que Roscoe apontou na fotografia que mostrava Stoller, Hubble e o furgão amarelo. Uma câmera no vestíbulo pegaria a árvore do outro lado da extremidade da estrutura. Dava para perceber. Aquele era o lugar, não havia dúvida.

A grande porta rolante na frente estava fechada. O portão estava fechado. Havia dois sujeitos vigiando a entrada do galpão. Mesmo a duzentos metros, o binóculo captava seus olhares atentos e a tensão circunspecta em seu caminhar. Eram meio que seguranças. Fiquei observando-os por um bom tempo. Eles andavam de um lado para outro, mas nada estava acontecendo. Por isso me voltei para a estrada. Fiquei esperando até que chegasse um caminhão cujo destino fosse o quarto galpão.

Foi uma boa e longa espera. Estava ansioso por causa do tempo que se esvaía, e por isso cantei para mim mesmo. Lembrei-me de todas as versões de *Rambling on My Mind* que pude. Todo mundo tem uma versão. Esta canção é sempre considerada "tradicional". Ninguém sabe quem a escreveu. Ninguém sabe de onde ela veio. Provavelmente dos primórdios do blues. É uma canção para os errantes. Muito embora talvez haja um bom motivo para se fixar. Pessoas como eu. Já estava em Margrave há praticamente uma semana. Era o máximo de tempo que eu ficava de livre e espontânea vontade num só lugar. Devia ficar aqui para sempre. Com Roscoe, pois ela era boa para mim. Estava começando a imaginar um futuro ao seu lado. Isso fazia com que eu me sentisse bem.

Mas haveria problemas. Quando o dinheiro sujo de Kliner fosse tomado, a cidade inteira iria à bancarrota. Não restaria nenhum lugar para ficarmos. E eu teria que continuar a vagar a esmo. Como na canção que eu cantava na minha cabeça. Eu teria que voltar a andar sem destino. Uma canção tradicional. Uma canção que poderia ter sido escrita para mim. No meu coração, eu acreditava que Blind Blake a havia escrito. Ele foi um errante. Havia passado por este lugar, quando os pilares de concreto eram árvores frondosas. Há sessenta anos, ele caminhara pela estrada que eu contemplava, quem sabe cantando a canção que eu cantava naquele momento.

Joe e eu costumávamos entoar essa velha canção. Nós a cantávamos como se estivéssemos fazendo um comentário sobre nossa vida familiar no exército. Descíamos de um avião num lugar qualquer e pegávamos uma condução até uma casa vazia e pouco arejada na base. Vinte minutos depois de nos mudarmos, começávamos a cantar essa canção. Como se já estivéssemos por lá tempo suficiente e prontos para nos mudar novamente. Por isso, recostei-me no pilar de concreto e cantei-a para ele, assim como para mim também.

Levei trinta e cinco minutos para repassar todas as versões daquela velha canção, uma vez para mim e outra para Joe. Durante aquele tempo, vi cerca de meia dúzia de furgões entrarem na passagem que dava no armazém. Todos da região. Todos eram pequenos furgões empoeirados da Geórgia. Nenhum deles estava encardido como normalmente ficam os veículos que fazem viagens muito longas. Nenhum deles seguia para o último prédio. Fiquei cantando e sussurrando durante trinta e cinco minutos e não consegui obter nenhuma informação.

Mas recebi alguns aplausos. Terminei a última canção e ouvi palmas lentas e irônicas vindo da escuridão às minhas costas. Girei em volta do pilar de concreto e olhei no meio da escuridão. As palmas cessaram e ouvi o som de alguém se arrastando. Consegui notar a forma vaga de um homem que rastejava na minha direção. A silhueta ficou mais nítida. Era uma espécie de vagabundo. Cabelo longo, grisalho e emaranhado, e várias camadas de roupas pesadas. Olhos brilhantes e ardentes num rosto sujo e cheio de cicatrizes. O cara parou onde estava, mas ficou fora de alcance.

— Quem diabos é você? — perguntei.

Ele jogou a cortina de fios de cabelo para o lado e sorriu para mim.

— E quem diabos é você? Vem à minha casa e fica gritando desse jeito?

— Isto aqui é a sua casa? Você mora aqui?

Ele se agachou e deu de ombros.

— Temporariamente. Estou aqui há um mês. Tem algum problema?

Balancei a cabeça. Isso não era da minha conta. O cara tinha que morar em algum lugar.

— Lamento tê-lo incomodado. Sairei daqui em breve.

Seu cheiro vinha flutuando na minha direção. Não era agradável. Aquele cara tinha um odor de quem passou a vida inteira na estrada.

— Fique o quanto quiser. Acabamos de resolver que vamos nos mudar. Estamos desocupando o recinto.

— Nós? Tem mais alguém aqui?

O sujeito me olhou de um jeito estranho. Virou-se e apontou para o ar ao seu lado. Não havia ninguém. Meus olhos haviam se acostumado com o breu. Dava para ver tudo, até a viga de concreto sob a estrada elevada. Só havia o vazio.

— Minha família. Ficamos felizes por conhecê-lo. Mas temos que ir. Hora de mudança.

Ele se espreguiçou e depois arrastou uma mochila enorme de lona do meio da escuridão. Coisa do exército. Ela estava meio gasta. "Primeira classe" alguma coisa, com um número de série e um indicativo da unidade. O sujeito trouxe-a para perto de si e depois começou a se afastar.

— Espera aí — interrompi o sujeito. — Você estava aqui na semana passada? Quinta-feira?

O sujeito parou e se virou de lado.

— Já estou aqui há um mês. Não vi nada na última quinta-feira.

Olhei para ele e para sua enorme mochila. Um soldado. Soldados não contam nada involuntariamente. É uma regra básica. Por isso saí de trás do pilar de concreto e tirei uma barra de chocolate do bolso. Embrulhei-a numa nota de cem. Joguei-a em sua direção. Ele pegou e colocou-a dentro do casaco. Acenou para mim, em silêncio.

— E então, o que você não viu na última quinta-feira? — perguntei.

Ele deu de ombros.

— Não vi nada. Essa é a mais pura verdade. Mas minha esposa viu. Viu muitas coisas.

— Ok — afirmei lentamente. — Você poderia perguntar a ela o quê?

Ele acenou positivamente. Virou-se e ficou cochichando com o vazio que havia atrás. E se voltou para mim novamente.

— Ela viu alienígenas. Uma nave inimiga, disfarçada de picape negra lustrosa. Dois alienígenas vestidos que nem terráqueos normais em seu interior. Viu luzes no céu. Fumaça. A nave espacial descendo, transformando-se num carro grande, o comandante da frota saindo vestido de tira, um sujeito gordo e baixinho. Até que um carro branco veio da estrada; na verdade era uma nave de combate aterrissando, com dois sujeitos em seu interior, terráqueos, piloto e co-piloto. Eles faziam uma dança, bem ali perto do portão, porque vinham de outra galáxia. Ela disse que foi emocionante. Minha esposa adora esse tipo de coisa. Vê alienígenas em toda parte.

Ele acenou com a cabeça para mim. Estava falando sério.

— Perdi tudo. — O sujeito gesticulou para o vazio mais atrás. — O bebê precisava tomar banho. Mas isso foi o que a minha esposa viu. Ela adora esse negócio.

— Ela ouviu alguma coisa?

Ele perguntou à esposa. Obteve a resposta e balançou a cabeça como se fosse maluco.

— Seres espaciais não produzem sons. Mas o co-piloto da nave de combate foi atingido várias vezes com raios paralisantes e se arrastou até aqui depois. Sangrou até a morte bem onde você está sentado. Tentamos ajudá-lo, mas não há nada que se possa fazer quando alguém é atingido por raios paralisantes, né? Os médicos o levaram no domingo.

Acenei positivamente. Ele saiu dali rastejando, arrastando sua enorme mochila. Fiquei olhando-o enquanto partia e voltei para trás do pilar. Observei a estrada. Refleti sobre a história de sua esposa. O relato de uma testemunha ocular. O sujeito não teria convencido a Corte Suprema, mas com certeza convenceu a mim. Não foi o irmão do juiz que havia voado até aqui numa nave estelar e feito uma dança no portão do armazém.

Passou-se uma hora antes de algo acontecer. Eu havia comido uma barra de chocolate e bebido quase meio litro d'água. Estava apenas sentado e esperando. Um furgão de entregas de tamanho considerável se aproximou, vindo do sul. Começou a diminuir de velocidade à medida que se aproximava dos armazéns. Vi a placa, era de Nova York, pelas lentes do binóculo. Retângulos brancos e sujos. O furgão seguiu cuidadosamente pelo macadame e esperou no quarto portão. Os sujeitos no armazém o abriram e fizeram sinal para que o veículo entrasse. Ele parou e os dois fecharam o portão novamente. Nisso o motorista encostou na porta rolante e parou. Saltou. Um dos sujeitos que estava de guarda entrou no veículo enquanto o outro se enfiou por uma porta lateral, acionou uma manivela e abriu a porta corrediça. O furgão adentrou a escuridão e a porta rolante desceu outra vez. O motorista nova-iorquino ficou na entrada, alongando-se no meio do sol. Foi isso. Cerca de trinta segundos, do começo ao fim. Nada estava à mostra.

Fiquei olhando e esperando. O furgão ficou dezoito minutos lá dentro. Então a porta rolante foi novamente aberta e o porteiro saiu com o veículo. Tão logo ele saiu, a porta desceu outra vez e o vigia saiu da cabine. O nova-iorquino subiu e se acomodou de volta enquanto o porteiro seguia em frente para abrir os portões. O furgão o atravessou, saiu esmerilhando e voltou para a estrada do condado. Seguiu para o norte e passou a uns vinte metros de onde eu estava, encostado no pilar de concreto que sustentava a passagem. Virou na rampa de entrada e o motor roncou antes de se juntar ao fluxo que seguia rumo ao norte.

Pouco tempo depois, um outro furgão vinha com o motor roncando pela pista de saída, deixando o fluxo que vinha do norte. Era um furgão mais ou menos parecido com o outro. Mesmo modelo, mesmo tamanho, mesma fuligem da estrada. Movia-se devagar e manobrando enquanto se aproximava do armazém. Fiquei espiando tudo pelo binóculo. Placa de Illinois. Ele passou pelo mesmo ritual. Parou em frente aos portões. Encostou na porta rolante. O motorista foi substituído pelo porteiro. A porta ficou erguida tempo suficiente para que o veículo sumisse dentro da escuridão. Rápido e eficaz. Cerca de trinta segundos mais uma vez, do começo ao fim da operação. Discretamente. Não era permitida a entrada no armazém dos motoristas que vinham de longas jornadas. Eles tinham que ficar esperando do lado de fora.

O furgão de Illinois saiu mais rápido. Dezesseis minutos. O motorista voltou ao seu lugar no volante e se mandou para a estrada. Fiquei vendo-o passar, a vinte metros.

Nossa teoria dizia que ambos os furgões haviam sido carregados e estavam seguindo para o norte. Voltavam rapidamente para as grandes cidades que havia no caminho, prontos para descarregar. Até aí, nossa teoria parecia boa. Não dava para ver defeito nela.

Na hora seguinte, nada aconteceu. O quarto armazém permaneceu fechado. Comecei a ficar de saco cheio. Comecei a desejar que o sem-teto não tivesse ido embora. Poderíamos ter conversado por mais algum tempo. Então vi o terceiro furgão do dia se aproximando. Ergui o binóculo e vi a placa da Califórnia. O mesmo tipo de veículo, vermelho e sujo, o motor roncando enquanto saía da rodovia, seguindo para o último armazém. Cumpriu uma rotina diferente dos dois primeiros. Atravessou os portões, mas não houve mudança de motorista. O furgão simplesmente transpôs a porta rolante. O sujeito em questão estava obviamente autorizado a ver o galpão por dentro. Depois houve uma certa demora. Contei vinte e dois minutos. Até que a porta rolante foi aberta e o veículo saiu novamente. Seguiu através dos portões e pegou a estrada.

Tomei rapidamente uma decisão. Era hora de partir. Queria ver o interior de um desses caminhões. Por isso me levantei, peguei o binóculo e o cantil. Corri sob a ponte até o lado da estrada que seguia para o norte. Cruzei rapidamente o declive e pulei o muro de concreto. Estava de volta ao velho Cadillac. Bati o capô e entrei. Dei a partida e comecei a andar no acostamento. Esperei uma brecha e disparei o enorme motor. Estiquei os braços contra o volante e acelerei rumo ao norte.

Imaginei que o furgão vermelho pudesse estar uns três ou quatro minutos na minha frente. Não muito mais do que isso. Passei voando por uma penca de veículos e toquei o velho carro em frente. Depois, foi só manter uma velocidade alta e constante. Percebi que estava ganhando todo o tempo possível. Alguns quilômetros depois, avistei o veículo. Diminuí a marcha e fiquei logo atrás, a prováveis trezentos metros. Deixei que uma meia de dúzia de automóveis ficasse entre nós. Mantive o ritmo e relaxei. Estávamos indo para Los Angeles, de acordo com a teoria da menorá que Roscoe havia desenvolvido.

Seguíamos lentamente para o norte. Não fazendo muito mais do que oitenta por hora. O tanque do Cadillac estava quase cheio. Dava para andar uns quatrocentos e oitenta quilômetros, quem sabe passar dos quinhentos. Se continuássemos mantendo tal ritmo, talvez até mais. Acelerar era o problema. Ter que acionar aquele motor V-8 de oito anos gastaria gasolina com mais rapidez do que um café leva para sumir de uma xícara. Mas uma velocidade constante me daria uma quilometragem razoável. Poderia permitir que eu percorresse mais de seiscentos quilômetros. Suficiente para chegar a Memphis, talvez.

Continuamos seguindo. O furgão vermelho e sujo continuava grande e evidente, trezentos metros à minha frente. Ele seguia para a esquerda, contornando a orla ao sul de Atlanta. Preparando-se para sumir rumo ao oeste, atravessando o país. A teoria da distribuição parecia boa. Diminuí de velocidade e parei no trevo rodoviário. Não queria que o motorista suspeitasse que estava sendo seguido. Mas dava para ver que, pelo jeito que mudava de faixa, aquele sujeito não era do tipo que fazia muito uso do seu espelho retrovisor. Por isso me aproximei mais um pouco.

O furgão vermelho seguia em frente. Deixei que oito carros ficassem entre nós. O tempo ia passando. Já estávamos no final da tarde. Devia ser o começo da noite. Jantei minhas barras de chocolate e bebi água enquanto dirigia. Não consegui ligar o rádio. Era de uma boa marca japonesa. O cara da loja de automóveis deve tê-lo transplantado para lá. Talvez estivesse quebrado. Gostaria de saber como ele estava se saindo com a pintura do Bentley. Fiquei pensando no que Charlie iria dizer quando recebesse seu carro de volta, e com vidros fumê. Imaginei que talvez viesse a ser a menor de suas preocupações. Prosseguimos.

Andamos por quase seiscentos e quarenta quilômetros. Oito horas. Saímos da Geórgia, cruzamos o Alabama, adentrando a extremidade noroeste do Mississipi. A estrada começou a ficar um breu. O sol do outono já havia se posto mais adiante. Os motoristas haviam acendido seus faróis. Dirigimos durante horas no meio da escuridão. Parecia que eu vinha seguindo o sujeito por toda a minha vida. Mais tarde, à medida que a meia-noite ia se aproximando, o furgão vermelho foi diminuindo de velocidade. Uns oitocentos metros mais à frente, eu o vi entrando numa parada de caminhões no meio do nada. Perto de um lugar chamado Myrtle. Talvez a uns cem quilômetros da divisa do Tennessee. Talvez a uns cento e dez de Memphis. Segui o veículo e também entrei no estacionamento. Parei bem longe.

Vi o motorista saindo. Era um sujeito alto e forte. Pescoço e ombros largos. Bem moreno, na casa dos trinta. Braços afastados que nem os de um macaco. Eu sabia quem era o cara. Era o filho de Kliner. Um psicopata de sangue frio. Fiquei observando-o. Ele deu uma alongada e uma bocejada no escuro, em pé ao lado do furgão. Fiquei olhando-o fixamente e o imaginei na quinta-feira à noite, dançando no portão do armazém.

O jovem Kliner trancou o furgão e saiu a passos lentos na direção da parada. Esperei um tempo e o segui. Imaginei que ele fosse direto para o banheiro, e por isso fiquei esperando perto de uma banca de jornais, sob uma luz de néon brilhante, olhando para a porta. Eu o vi saindo e andando lentamente até a área do restaurante. Ele se instalou numa mesa e se espreguiçou novamente. Pegou o menu com o ar expansivo de um sujeito que estava com tempo sobrando. Ele estava lá para jantar depois da hora. Imaginei que fosse levar vinte e cinco minutos. Talvez uma meia hora.

Saí e voltei para o estacionamento. Queria entrar no furgão vermelho e dar uma olhada no seu interior. Mas logo vi que não havia chance de fazê-lo ali. Nenhuma chance. Pessoas andavam para todo lado enquanto uns dois carros de polícia faziam a sua ronda. O lugar era bastante iluminado. Teria que esperar uma melhor oportunidade para entrar naquele furgão.

Voltei para a parada. Enfiei-me numa cabine telefônica e liguei para a delegacia em Margrave. Finlay atendeu imediatamente. Ouvi seu sotaque típico de Harvard. Ele estava sentado ao lado do telefone, esperando um contato meu.

— Onde você está? — perguntou.

— Não muito longe de Memphis. Vi um furgão ser carregado e estou seguindo-o até que apareça uma chance de espiar o seu interior. O motorista é o filho de Kliner.

— Ok. Tive notícias de Picard. Roscoe está devidamente instalada. Deve estar dormindo profundamente, se tiver algum juízo. Ele me disse que ela está lhe mandando um beijo.

— Mande outro para ela se você tiver chance. E se cuide, garoto de Harvard.

— Cuide-se você também. — E desligou.

Voltei para onde estava o Cadillac. Entrei e fiquei esperando. O filho de Kliner ainda iria demorar mais meia hora para voltar. Eu o vi seguindo na direção do furgão vermelho. Ele secava a boca com as costas da mão. Parecia que tinha jantado muito bem. Com certeza, levou um bom tempo para comer tudo. Andou até sumir de vista. Um minuto depois, o furgão saiu vociferando e deu uma guinada na direção da pista de saída. Mas o garoto não voltou para a rodovia. Entrou numa estradinha à esquerda. Estava seguindo na direção de um motel. Iria passar a noite lá.

Dirigiu até uma fileira de chalés. Estacionou em frente ao penúltimo chalé. Bem embaixo de um poste de iluminação. O sujeito saiu e trancou o carro. Tirou uma chave do bolso e abriu a porta. Entrou e se trancou. Vi a luz se acender e a cortina abaixar. Ele já estava com a chave no bolso. Não chegou a entrar na recepção. Deve ter pedido o quarto quando estava lá dentro jantando. Deve ter pago e pego a chave. Foi por isso que ele demorou tanto tempo lá dentro.

Isso me criou um problema. Eu precisava ver o interior do furgão. Precisava da evidência. Precisava saber se estava certo. E precisava saber logo. Faltavam quarenta e oito horas para o domingo. E eu tinha coisas para fazer até lá. Muitas coisas. Teria que entrar naquele furgão, bem ali sob o brilho da luz do poste. Enquanto o filho psicopata de Kliner estava a trezentos e poucos metros em seu quarto no motel. Não era a coisa mais segura a se fazer no mundo. Eu teria que esperar a hora certa. Até que o garoto pegasse firme no sono e não ouvisse o estrondo e os ruídos que eu faria assim que começasse a trabalhar.

Esperei uma meia hora. Não dava para esperar mais. Dei a partida no velho Cadillac e segui no meio da calmaria. A válvula de combustão interna estava meio solta e os pistões batiam. O motor fazia um baita barulho naquele silêncio. Estacionei o carro bem ao lado do furgão vermelho. Com a parte da frente virada para a porta do quarto de motel. Saí do carro pela porta do passageiro. Fiquei quieto, tentando ouvir alguma coisa. Nada.

Tirei o canivete de Morrison do bolso da jaqueta e subi no pára-lama dianteiro do Cadillac. Subi no capô e pelo pára-brisa. Até chegar no teto do Cadillac. Fiquei quieto no alto. De ouvidos ligados. Nada. Inclinei-me sobre o furgão e me lancei sobre o seu teto.

Um furgão como aquele devia ter um teto translúcido. Uma espécie de chapa em fibra de vidro. Ainda se fabricam tetos com esse material, ou pelo menos uma espécie de teto solar naquela chapa de metal. Serve para permitir que um pouco de luz entre na área onde está a carga. Ajuda na hora de carregar e descarregar. Talvez seja mais leve. Talvez mais barata. Os fabricantes fazem qualquer coisa para economizar. Entrar pelo teto é a melhor maneira de invadir um furgão como este.

A parte superior do meu corpo estava totalmente estendida sobre o painel de fibra de vidro enquanto meus pés se arrastavam por sobre o Cadillac. Estiquei-me o máximo que pude e abri o canivete. Rasguei o painel de plástico bem no meio do teto. Usei a lâmina para abrir uma espécie de aba com vinte e cinco centímetros de profundidade e quarenta e cinco de largura. Dava para empurrá-la para baixo e dar uma olhada no interior. Como se eu estivesse espiando através de uma fenda com pouca profundidade.

A luz no quarto se acendeu. A cortina da janela projetou um quadrado amarelo de luz sobre o Cadillac. Sobre a lateral do furgão vermelho. Sobre as minhas pernas. Resmunguei e me lancei. Caí no teto do furgão. Fiquei ali deitado em silêncio. Prendi a respiração.

A porta do quarto se abriu. O filho de Kliner saiu. Olhou para o Cadillac. Curvou-se e examinou o seu interior. Andou em volta do carro e checou o furgão. Checou as portas da cabine. Puxou os trincos. O veículo sacudiu e balançou. Ele deu a volta e tentou abrir as portas traseiras. Puxou os trincos. Ouvi as portas chacoalhando contra as trancas.

Ele deu uma volta em torno do furgão. Fiquei ali em cima escutando o ruído dos seus passos lá embaixo. O sujeito checou mais uma vez o Cadillac. E então voltou para dentro do quarto. Bateu a porta. As luzes se apagaram. O quadrado amarelo de luz sumiu.

Esperei cinco minutos. Fiquei simplesmente ali em cima do teto, esperando. Depois, ergui-me sobre os cotovelos. Estiquei-me até encontrar novamente a fenda que havia acabado de cortar na fibra de vidro. Forcei a aba para baixo e enfiei os dedos em seu interior. Arrastei-me para que pudesse olhar por dentro.

O furgão estava vazio. Totalmente vazio. Não havia nada lá dentro.

24

A DISTÂNCIA ATÉ A DELEGACIA DE MARGRAVE era de mais de seiscentos e cinqüenta quilômetros. Percorri todos eles o mais rápido que podia. Precisava ver Finlay. Precisava discorrer sobre uma teoria novinha em folha. Estacionei o velho Cadillac numa vaga bem ao lado do carro novo de Teale. Entrei e acenei para o balconista. Ele acenou de volta.

— Finlay está? — perguntei.

— Lá nos fundos. O prefeito está com ele.

Dei a volta no balcão da recepção e corri pela sala do pelotão até o escritório de pau-rosa. Finlay estava lá dentro com Teale. Finlay tinha más notícias para me dar. Dava para ver em seus ombros inclinados. Teale olhou para mim, surpreso.

— Voltou ao exército, Sr. Reacher? — perguntou o prefeito.

Levei um segundo para entender a piada. Ele estava falando sobre as minhas calças e a minha jaqueta camuflada. Olhei-o de cima a baixo. O sujeito vestia um terno cinzento e brilhante com desenhos bordados em toda a sua extensão. Gravata tipo laço de sapato e um fecho prateado.

— Não venha me falar sobre roupas, seu babaca — respondi.

Ele baixou os olhos e olhou surpreso para si próprio. Tirou uma mancha de poeira que não existia. E levantou os olhos na minha direção.

— Poderia prendê-lo por usar um linguajar como esse.

— E eu poderia arrancar seus olhos — devolvi. — E depois poderia enfiá-los no seu rabo velho e imundo.

Levantamos e nos encaramos por um bom tempo. Teale segurava sua bengala pesada como se quisesse erguê-la e usá-la para me agredir. Dava para ver sua mão apertando-a e seu olhar mirando a minha cabeça. Mas no fim das contas ele simplesmente saiu a passos largos do escritório e bateu a porta. Eu a abri novamente e, por uma fresta, fiquei espiando-o. Ele estava pegando um telefone em uma das mesas da sala do pelotão. Iria ligar para Kliner. Iria lhe perguntar o que diabos iria fazer comigo. Bati a porta novamente e me voltei para Finlay.

— Qual é o problema? — perguntei.

— Uma bela de uma merda. Mas você chegou a dar uma olhada no furgão?

— Daqui a um minuto eu falo sobre isso. Qual é o problema aqui?

— Você quer o probleminha antes? Ou o problemão?

— O menor.

— Picard pediu para Roscoe ficar mais um dia. Não tem outra opção.

— Merda. Queria vê-la. Ela está satisfeita com isso?

— Segundo Picard, está.

— Merda. E qual é o problemão?

— Alguém está na nossa frente — disse ele, sussurrando.

— Na nossa frente? O que você quer dizer com isso?

— A lista do seu irmão. As iniciais e o bilhete falando sobre a garagem de Sherman Stoller. A primeira coisa é que, hoje de manhã, chegou um telex vindo da delegacia de Atlanta. A casa de Stoller foi incendiada ontem à noite. Aquela perto do campo de golfe, onde você foi com Roscoe. Está totalmente destruída, a garagem e tudo o mais. Foi incendiada. Alguém espalhou gasolina por toda parte.

— Meu Deus. E quanto a Judy?

— Um vizinho disse que ela fugiu na terça-feira à noite. Logo depois que vocês conversaram. E não voltou mais. A casa estava vazia.

Concordei com a cabeça.

— Judy é uma mulher esperta. Mas isso não os põe na nossa frente. Já tínhamos visto o interior da garagem. Se eles estivessem tentando esconder alguma coisa, estariam muito atrasados. Não havia nada lá para ser escondido, certo?

— As iniciais? As universidades? Identifiquei o cara da Princeton hoje de manhã. W.B. era Walter Bartholomew. Professor. Foi morto na noite passada, na frente de casa.

— Merda. Foi morto como?

— Apunhalado. A polícia de Nova Jersey está dizendo que foi um assalto. Mas nós sabemos mais do que eles, né?

— Mais alguma *boa* notícia?

Ele balançou a cabeça.

— Só fica pior. Bartholomew sabia de alguma coisa. Eles o pegaram antes que pudesse falar conosco. Estão na nossa frente, Reacher.

— Ele sabia de alguma coisa? Do quê?

— Não sei. Quando liguei para o número, quem atendeu foi um pesquisador assistente qualquer que trabalhava para Bartholomew. Parecia que Walter estava empolgado com alguma coisa, ficava no escritório até tarde da noite, trabalhando. Esse assistente estava lhe enviando todo tipo de material antigo. Bartholomew estava checando tudo. Mais tarde, ele arrumou suas coisas, mandou um e-mail para o computador de Joe e foi para casa. Acabou dando de cara com o tal "assaltante" e foi o que foi.

— O que o e-mail dizia?

— Dizia para que aguardasse um telefonema na manhã seguinte. O assistente achava que Bartholomew havia descoberto algo importante.

— Merda. E quanto às iniciais de Nova York? K.K.?

— Ainda não sei. Imagino que seja um outro professor. Se é que ainda não o pegaram.

— O.k. Vou até Nova York para encontrá-lo.

— Por que o pânico? Houve algum problema com o caminhão?

— Houve um problema sério. O furgão estava vazio.

O escritório ficou em silêncio por um bom tempo.

— Ele estava voltando vazio? — perguntou Finlay.

— Consegui olhar em seu interior logo depois que liguei para você. Estava vazio. Não havia nada lá dentro. Só ar.

— Meu Deus.

Ele parecia triste. Não podia acreditar. Havia se afeiçoado à teoria de distribuição de Roscoe. Chegou a felicitá-la. A apertar sua mão. O formato da menorá. Era uma boa teoria. Era tão boa que ele não podia acreditar que estivesse errada.

— Não podemos estar errados — afirmou. — Faz todo o sentido do mundo. Pense no que Roscoe disse. Pense no mapa. Pense nos desenhos de Gray. Tudo se encaixa. É tudo tão óbvio que posso sentir. Posso até mesmo ver. É um fluxograma de tráfego. Não pode ser outra coisa. Já repassei tudo tantas vezes.

— Roscoe tinha razão — concordei. — E tudo que você disse está certo. O formato da menorá está correto. Margrave é o centro. É um fluxograma de tráfego. Só nos escapou um pequeno detalhe.

— Que detalhe?

— Invertemos a direção. Pensamos o tempo todo no sentido contrário. O fluxo segue exatamente na direção oposta. Ele se dá da mesma forma, mas flui para cá. Não sai daqui.

O detetive acenou com a cabeça. Havia entendido.

— Então o carregamento não está sendo feito aqui — disse ele. — Estão é descarregando. Não estão dispersando um carregamento. Estão montando um estoque. Bem aqui em Margrave. Mas um estoque de quê? Você tem certeza de que eles não estão imprimindo dinheiro em algum lugar e trazendo para cá?

Balancei a cabeça.

— Isso não faz nenhum sentido. Molly disse que ninguém está imprimindo dinheiro nos Estados Unidos. Joe acabou com isso.

— Então o que estão trazendo para cá?

— Precisamos descobrir. Mas sabemos que chega a uma tonelada por semana. E sabemos que cabe em caixas de ar-condicionado.

— Sabemos?

— Foi isso que mudou no ano passado. Antes do último mês de setembro, eles estavam fazendo contrabando para fora do país. Era isso que Sherman Stoller estava fazendo. O transporte de aparelhos de ar condicionado não era um chamariz. Era a própria operação. Eles estavam exportando algo que ia dentro de caixas de ar-condicionado. Sherman Stoller as estava levando todo dia para a Flórida e ia ao encontro de um barco. Foi por isso que ele ficou tão nervoso quando o detiveram por excesso de velocidade. Foi por isso que o advogado veio correndo. Não porque estava indo carregar a picape. E sim porque estava indo descarregar. Ele ficou com a polícia de Jacksonville nos seus calcanhares durante cinqüenta e cinco minutos.

— Mas era uma carga de quê?

— Não sei. Os tiras não pensaram em olhar. Viram um monte de caixas de papelão hermeticamente fechadas com aparelhos de ar condicionado, novinhas em folha, com números de série e tudo o mais, e supuseram que a carga fosse legal. As tais caixas eram um baita de um disfarce. Era muito plausível que tal tipo de produto fosse enviado para o sul. Ninguém suspeitaria de aparelhos de ar condicionado novos indo para o sul, certo?

— Mas eles não pararam com tudo há um ano?

— Correto. Eles sabiam que o lance da guarda costeira estava perto de rolar, e por isso mandaram o máximo possível de carga antes da hora. Lembra-se das jornadas duplas nas anotações de Gray? Depois, há cerca de um ano, elas acabaram totalmente. Porque eles se sentiam tão vulneráveis contrabandeando para fora, passando pela guarda costeira, quanto imaginamos que se sentiriam contrabandeando para dentro.

Finlay acenou com a cabeça. Parecia insatisfeito consigo próprio.

— Não percebemos isso — afirmou.

— Não percebemos um monte de coisas. Eles demitiram Sherman Stoller porque não precisavam mais dele. Decidiram se acomodar e esperar que a operação da guarda costeira terminasse. É por isso que estão vulneráveis agora. É por isso que estão em pânico, Finlay. O que eles irão guardar lá até domingo não se trata dos últimos restos de um estoque. É todo o maldito carregamento.

Finlay ficou de guarda na porta do escritório. Sentei-me à mesa de pau-rosa e liguei para a Universidade de Colúmbia em Nova York. O número que tínhamos era o do Departamento de História Moderna. A primeira parte da ligação foi bem fácil. Consegui falar com uma mulher bastante disposta a ajudar no escritório de administração. Perguntei se eles tinham um professor com as iniciais K.K. Imediatamente ela identificou um cara chamado Kelvin Kelstein. Trabalhava lá há muitos anos. Parecia que era um sujeito bastante eminente. Até que a ligação começou a ficar difícil. Perguntei se ele podia vir ao telefone. A mulher disse que não. Que ele estava muito ocupado e não poderia ser perturbado novamente.

— Novamente? — perguntei. — Quem já o perturbou antes?

— Dois detetives de Atlanta, Geórgia — respondeu ela.

— Quando foi isso?

— Hoje de manhã. Eles vieram até aqui perguntando por ele e disseram que não aceitariam uma resposta negativa.

— Você poderia me descrever esses dois homens?

Houve uma pausa enquanto ela tentava se lembrar.

— Eram hispânicos. Não me lembro de mais detalhes. O que falou comigo era muito elegante e educado. Um homem discreto, aparentemente.

— Eles já o encontraram?

— Marcaram um encontro para daqui a uma hora. Acredito que irão levá-lo para almoçar num lugar qualquer.

Segurei o fone com mais força.

— Ok. Isto é muito importante. Eles o chamaram pelo nome? Ou pelas iniciais KK? Do mesmo jeito que eu fiz?

— Eles fizeram exatamente a mesma pergunta que você. Perguntaram se tínhamos alguém do corpo docente com essas iniciais.

— Ouça-me. Ouça-me com muita atenção. Quero que você vá atrás do professor Kelstein. Imediatamente. Interrompa-o, seja lá no que estiver fazendo. Diga que é uma questão de vida ou morte. Diga a ele que esses detetives de Atlanta são falsos. Eles estiveram em Princeton na noite passada e assassinaram o professor Walter Bartholomew.

— Você está brincando? — perguntou a mulher, quase aos berros.

— Estou falando sério. Meu nome é Jack Reacher. Acredito que Kelstein tenha estado em contato com meu irmão, Joe Reacher, do Departamento do Tesouro. Diga a ele que meu irmão também foi assassinado.

A mulher fez outra pausa. Engoliu em seco. E depois voltou a falar, mais calma:

— O que eu devo pedir para o professor Kelstein fazer?

— Duas coisas. Em primeiro lugar, ele não deve, repito, não deve em hipótese alguma se encontrar com os dois hispânicos de Atlanta. De jeito nenhum. Entendeu?

— Sim.

— Bom. Em segundo lugar, ele deve ir imediatamente para a área de segurança do campus. Imediatamente, ok? Deve ficar lá esperando por mim. Chegarei aí em cerca de três horas. Kelstein deve ficar sentado na sala de segurança e esperar por mim com um guarda do lado. Você pode me garantir que ele fará exatamente isso?

— Sim — repetiu ela.

— Diga a ele para ligar para Princeton direto da sala de segurança. Diga a ele para chamar Bartholomew. Isso deverá convencê-lo.

— Sim. Irei me certificar para que ele faça exatamente o que você está dizendo.

— E dê o meu nome para o pessoal da segurança. Não quero que haja nenhum problema quando eu chegar. O professor Kelstein poderá me identificar. Diga a ele que sou muito parecido com o meu irmão.

Desliguei. Gritei para Finlay do outro lado da sala:

— Eles estão com a lista de Joe. Dois dos seus capangas estão em Nova York. Um deles é o mesmo que pegou a maleta de Joe. Elegante e educado. Eles têm a lista.

— Mas como? A lista não estava na maleta.

Veio-me então um calafrio. Eu sabia o porquê. A resposta estava na minha cara.

— Baker — afirmei. — Baker está envolvido no estratagema. Ele fez uma xerox a mais. Você o mandou copiar a lista de Joe. Ele fez duas cópias e deu uma para Teale.

— Meu Deus. Você tem certeza?

Acenei positivamente.

— Há outros indícios. Teale blefou. Imaginávamos que todos na delegacia estavam limpos. Mas ele só os estava mantendo às escondidas. Agora não sabemos quem diabos está envolvido e quem não está. Temos que sair daqui imediatamente. Vamos.

Saímos correndo do escritório. Atravessamos a sala do pelotão. Passamos pelas grandes portas envidraçadas e entramos no carro de Finlay.

— Para onde vamos? — perguntou ele.

— Atlanta. Para o aeroporto. Tenho que chegar em Nova York.

Ele deu partida no carro e seguiu para o norte pela estrada do condado.

— Baker estava envolvido desde o começo. Estava na cara.

Repassei tudo com Finlay enquanto ele dirigia. Passo a passo. Na última sexta eu havia ficado sozinho na pequena sala de interrogatório da delegacia com Baker. Cheguei a esticar meus pulsos em sua direção. Ele removeu minhas algemas. Tirou as algemas de um sujeito que ele devia acreditar que era um assassino. Um assassino que havia reduzido o corpo da sua vítima a uma pasta. Ele estava disposto a ficar sozinho numa sala com tal sujeito. Depois, mais tarde, eu o chamara e fizera com que me conduzisse até o banheiro. Ele fora otário e negligente. Eu tive oportunidades de desarmá-lo e escapar. Tomei isso como um indício de que ele havia me ouvido responder às perguntas de Finlay e aos poucos foi se convencendo de que eu era inocente.

Mas ele sempre soube que eu era inocente. Sabia exatamente quem era e quem não era. Foi por isso que agiu de maneira tão despreocupada. Ele sabia que eu era apenas um conveniente bode expiatório. Sabia que eu não passava de um transeunte inocente. Quem se preocupa em tirar as algemas de um transeunte inocente? Quem toma um monte de precauções para conduzir um transeunte inocente ao banheiro?

E ele havia trazido Hubble para ser interrogado. Notei sua linguagem corporal. Estava todo retorcido por causa do conflito. Imaginei que ele estivesse se sentindo estranho porque Hubble era colega de Stevenson e virou parente por causa do casamento. Mas não era isso. Estava meio quebrado porque havia caído numa armadilha. Sabia que o fato de ter trazido Hubble era um desastre. Mas não podia desobedecer Finlay sem alertá-lo. Estava encurralado. Condenado se o fizesse, condenado se não o fizesse.

E houve uma tentativa clara de esconder a identidade de Joe. Baker havia falsificado deliberadamente as impressões no computador para que Joe permanecesse não identificado. Ele sabia que Joe era um investigador do governo. Sabia que as impressões de Joe estariam no banco de dados de Washington. Por isso se esforçou bastante para fazer com que elas não fossem identificadas. Mas estragou sua armação anunciando o resultado nulo cedo demais. Aquilo era inexperiência. Ele sempre deixava o trabalho mais técnico para Roscoe. Por isso não conhecia o sistema. Mas eu não cheguei a somar dois e dois. Fiquei muito chocado quando a segunda tentativa com as impressões mandou de volta o nome do meu irmão.

Desde então ele tem remexido e se intrometido em tudo, pairando no limite da nossa investigação secreta. Queria ser incluído e tem sido um bom ajudante. Finlay o vinha usando como vigia. E o tempo todo ia correndo para Teale com as pequenas informações que obtinha conosco.

Finlay estava seguindo a todo vapor para o norte, numa velocidade desenfreada. Contornou o trevo com o Chevy e enfiou o pé no acelerador. O carrão se lançou estrada acima.

— Será que devíamos tentar a guarda costeira? — perguntou o detetive. — Fazer com que eles fiquem de alerta no domingo para quando o embarque começar? Uma espécie de patrulha extra?

— Você está brincando. Com todo o bombardeio político que o presidente recebeu por causa disso, ele não irá mudar sua postura logo no primeiro dia só porque você está pedindo.

— Então o que faremos?

— Ligue para Princeton de volta. Tente entrar em contato com aquele pesquisador assistente de novo. Pode ser que ele consiga encaixar as peças e recuperar o que Bartholomew descobriu na noite passada. Esconda-se num lugar seguro e se mantenha ocupado.

Ele riu.

— Que lugar é seguro neste momento? — perguntou.

Aconselhei-o para que usasse o hotel do Alabama que usamos na segunda-feira. Ficava no meio do nada e era o mais seguro que ele conseguiria. Falei que o encontraria por lá quando voltasse. Pedi para que ele levasse o Bentley para o aeroporto e deixasse a chave e o tíquete do estacionamento no balcão de informações do desembarque. Repetiu o que foi combinado para confirmar que estava tudo certo. Ele andava a mais de cento e cinqüenta quilômetros por hora, mas virava a cabeça para me olhar a cada vez que falava.

— Olhe para a estrada, Finlay. Não será bom para nenhum de nós se morrermos nesse maldito carro.

Ele sorriu e virou para a frente. Pisou forte no freio. O Chevy da polícia diminuiu de velocidade. E então o detetive se virou novamente e olhou bem no fundo dos meus olhos durante uns trezentos metros.

— Medroso — disse ele.

25

NÃO ERA FÁCIL PASSAR PELA SEGURANÇA DO aeroporto com uma faca e uma arma grande de metal. Por isso deixei minha jaqueta camuflada no carro de Finlay e pedi que a deixasse no Bentley. Ele adentrou a área de embarque comigo e colocou grande parte dos setecentos dólares no seu cartão de crédito para a passagem de ida e volta para Nova York, pela Delta. Depois se mandou para o tal hotel enquanto eu atravessava o portão a fim de pegar o avião para La Guardia.

Fiquei no ar por mais de duas horas e trinta e cinco minutos num táxi. Cheguei em Manhattan pouco depois das quatro e meia. Havia estado por lá em maio e tudo parecia exatamente igual em setembro. O calor do verão havia ficado para trás e a cidade estava de volta ao trabalho. O táxi cruzou a Ponte Triborough e seguiu para oeste pela 116.

Passou pelo Parque Morningside e me deixou na entrada principal da Universidade de Colúmbia. Entrei e encontrei a área de segurança do campus. Bati na porta de vidro.

Um segurança olhou para uma prancheta e me deixou entrar. Guiou-me até uma sala nos fundos e apontou para o professor Kelvin Kelstein. Vi um sujeito bem idoso, baixo, mirrado por causa da idade, usando um topete alto, de cabelo branco. Parecia exatamente igual àquele faxineiro que eu vira no terceiro andar em Warburton, exceto pelo fato de que era branco.

— Os dois hispânicos voltaram? — perguntei para o segurança.

Ele balançou a cabeça.

— Não os vi. A secretária do escritório do coroa lhes disse que o almoço estava cancelado. Talvez tenham ido embora.

— Espero que sim. Enquanto isso você terá que vigiar aquele sujeito por um tempo. Até domingo.

— Por quê? O que está acontecendo?

— Não sei exatamente. Espero que o velho possa me dizer.

O guarda nos conduziu até o próprio gabinete de Kelstein e nos deixou lá. Era uma sala pequena e desarrumada, cheia de livros e diários grossos até o teto. Kelstein se sentou numa velha poltrona e pediu para que eu me sentasse ao seu lado em outra.

— O que de fato aconteceu com Bartholomew? — perguntou.

— Não sei bem. A polícia de Nova Jersey disse que ele foi apunhalado durante um assalto em frente à sua casa.

— Mas você não crê nessa versão?

— Meu irmão fez uma lista de contatos. Você é o único deles que ainda está vivo.

— Seu irmão era o Sr. Joe Reacher?

Concordei com a cabeça.

— Ele foi assassinado na última quinta-feira. Estou tentando descobrir o porquê.

Kelstein inclinou a cabeça e olhou por uma janela encardida.

— Tenho certeza de que você sabe a razão — disse o professor. — Ele era um investigador. Com certeza foi morto durante uma investigação. O que você precisa saber é o que ele estava investigando.

— Você pode me dizer o que era?

O velho mestre sacudiu a cabeça.

— Só em termos gerais. Não posso ajudá-lo com informações mais específicas.

— Ele não discutia especificidades com você?

— Usava-me como caixa de ressonância. Estávamos fazendo especulações juntos. Eu gostava imensamente disso. Seu irmão Joe era um parceiro estimulante. Tinha uma mente muito aguçada e uma precisão muito cativante no jeito como se expressava. Era um prazer trabalhar ao seu lado.

— Mas vocês não discutiam especificidades? — perguntei novamente.

Kelstein mostrou as palmas das mãos como se estivesse segurando uma vasilha.

— Discutíamos tudo. Mas não chegamos a nenhuma conclusão.

— Ok. Será que podemos começar do início? A discussão era sobre moeda falsificada, certo?

Kelstein inclinou a cabeça para o lado. Parecia distraído.

— Obviamente. O que mais eu e o Sr. Joe Reacher iríamos discutir?

— Por que você?

O velho professor deu um sorriso modesto que acabou se fechando numa carranca. E depois voltou a sorrir, mas de um jeito irônico.

— Porque eu sou o maior falsificador da história. Eu ia dizer que era um dos dois maiores da história, mas, infelizmente, depois dos eventos da última noite em Princeton agora estou sozinho.

— Você e Bartholomew? Ambos eram falsificadores?

O velho sorriu novamente.

— Não por opção. Durante a Segunda Guerra, jovens como eu e Walter acabaram ficando com estranhas ocupações. Ele e eu fomos considerados mais úteis em funções de inteligência do que no combate direto. Fomos recrutados pelo Serviço de Inteligência, o qual você deve saber que foi a primeira encarnação da CIA. Outras pessoas foram responsáveis pelo ataque ao inimigo com armas e bombas. A nós foi dada a função de atacar a economia do inimigo. Bolamos um plano para destruir a economia nazista com uma investida contra o valor de seu papel-moeda. Nosso projeto fabricou centenas de bilhões de marcos falsificados. Bombardeiros as espalharam por toda a Alemanha. Elas caíam do céu como se fossem confete.

— Deu certo?

— Sim e não. Com certeza, a economia foi arrasada. A moeda local rapidamente perdeu o valor. Mas, evidentemente, grande parte de sua produção usava mão-de-obra escrava. E os escravos não querem saber se o salário de alguém vale ou não alguma coisa. Por isso, é claro, moedas alternativas foram detectadas. Chocolate, cigarros, qualquer coisa. No fim das contas, foi apenas um sucesso parcial. Mas fez com que eu e Walter nos tornássemos dois dos maiores falsificadores da história. Quer dizer, se você tomar o volume como uma medida. Não posso reivindicar nenhum grande talento para o lado sujo do processo.

— Então Joe estava se valendo da sua inteligência?

— Walter e eu ficamos obcecados. Estudamos a história da falsificação do dinheiro. Ela começou no dia seguinte à criação do papel-moeda. E jamais teve fim. Tornamo-nos especialistas. Continuamos com o mesmo interesse depois da guerra. Desenvolvemos um amplo relacionamento com o governo. Finalmente, há alguns anos, uma subcomissão do Senado nos incumbiu de preparar um relatório. Com toda a devida modéstia, posso alegar que se tornou a bíblia da antifalsificação do Tesouro. Seu irmão a conhecia muito bem, é claro. Era por isso que vivia conversando comigo e com Walter.

— Mas sobre o que ele conversava com você?

— Joe era o oficial que havia acabado de ser designado. Foi indicado para resolver problemas. Era, de fato, um homem muito talentoso. Seu trabalho era erradicar a falsificação. Agora, isso se tornou uma tarefa impossível. Walter e eu lhe dissemos isso. Mas ele quase foi bem-sucedido.

Raciocinava muito e realizava façanhas de uma simplicidade contundente. Quase acabou com todas as gráficas ilegais nos Estados Unidos.

Sentei-me naquele gabinete abarrotado e fiquei ouvindo o velho. Kelstein conhecera Joe melhor do que eu. Partilhou dos sonhos e dos planos do meu irmão. Celebrou os seus sucessos. Compadeceu-se dos seus reveses. Conversavam longa e animadamente, raciocinando juntos. A última vez em que falei com Joe, cara a cara, foi muito rapidamente, depois do enterro de nossa mãe. Não perguntei o que vinha fazendo. Só o via como meu irmão mais velho. Só o via como Joe. Não via a realidade da sua vida como agente sênior, com centenas de pessoas sob a sua liderança, indicado pela Casa Branca para resolver grandes problemas, capaz de impressionar um macaco velho como Kelstein. Fiquei ali sentado na poltrona me sentindo mal. Havia perdido algo que nunca soube que tivera.

— Seus sistemas eram brilhantes — prosseguiu o professor. — Suas análises eram precisas. Tinha só em vista a tinta e o papel. No fim das contas, tudo se resume a tinta e papel, não? Se alguém comprava o tipo de tinta ou papel que poderia ser usado para forjar uma nota, o pessoal de Joe ficava sabendo em poucas horas. Ele prendia pessoas em poucos dias. Dentro dos Estados Unidos, reduziu a atividade de falsificação em noventa por cento. E rastreou os dez por cento restantes de forma tão vigorosa que quase conseguiu pegá-los todos antes que começassem a distribuir as falsificações. Isso me impressionou profundamente.

— Então qual era o problema?

Kelstein fez dois gestos precisos e sutis com suas mãos brancas e pequenas, como se estivesse pondo um cenário de lado e introduzindo outro.

— O problema estava longe daqui. Fora dos Estados Unidos. A situação lá é muito diferente. Você sabia que, no exterior, há dois dólares para cada um que circula dentro do nosso país?

Acenei positivamente. Resumi o que Molly havia me contado sobre ações em outros países. A confiança e a fé. O medo de um colapso súbito no desejo de possuir dólares. Kelstein acenava com a cabeça como se eu fosse seu aluno e estivesse gostando da minha tese.

— Exatamente — afirmou. — Tem mais a ver com política do que com crime. No fim das contas, o primeiro dever de um governo é defender o valor de sua moeda. Temos duzentos e sessenta bilhões de dólares circulando no exterior. O dólar é a moeda não-oficial de dezenas de nações. Na nova Rússia, por exemplo, há mais dólares do que rublos. Na verdade, é como se Washington tivesse feito um empréstimo gigantesco para o estrangeiro. Levantado de qualquer outra maneira, tal empréstimo nos custaria vinte e seis bilhões de dólares por ano só no pagamento de juros. Mas, dessa forma, não nos custa nada, exceto o que gastamos imprimindo figuras de políticos mortos em pequenos pedaços de papel. É isso, Sr. Reacher. Imprimir moeda para os estrangeiros comprarem é o melhor ato de extorsão no qual um governo pode se envolver. Por isso, o trabalho de Joe, na verdade, valia vinte e seis bilhões de dólares por ano para este país. E ele o desempenhava com uma energia proporcional a esse alto valor.

— Então onde estava o problema? Geograficamente.

— Principalmente em dois lugares. Primeiro, o Oriente Médio. Joe acreditava que havia uma fábrica no Vale do Bekaa que produzia notas de cem que eram praticamente perfeitas. Mas havia muito pouco que ele podia fazer em relação a isso. Você já esteve lá?

Balancei a cabeça. Cheguei a ficar em Beirute por um tempo. Conhecera algumas pessoas que foram para o Vale do Bekaa por um ou outro motivo. Poucas voltaram.

— É a parte do Líbano controlada pela Síria — afirmou Kelstein. — Joe a chamava de Terra Erodida. Fazem de tudo por lá. Campos de treinamento para terroristas, laboratórios de processamento de drogas, é só falar alguma coisa que eles têm. Incluindo uma réplica perfeita da nossa própria Casa da Moeda.

Pensei nisso. Pensei no tempo que passei por lá.

— Era protegida por quem? — perguntei.

Kelstein sorriu para mim novamente. Acenou com a cabeça.

— Uma pergunta perspicaz. Instintivamente, você entende que uma operação daquele tamanho é tão visível, tão complexa, que deve ser de algum modo patrocinada. Joe acreditava que ela era protegida ou até mesmo bancada pelo governo sírio. Portanto, seu envolvimento era marginal. Sua conclusão foi de que a única solução seria diplomática. Caso não funcionasse, ele se mostraria favorável a um ataque aéreo. Podemos viver para ver tal solução um dia.

— E o segundo lugar?

Ele apontou para a janela encardida do seu escritório. Apontava para o sul, na direção da Avenida Amsterdam.

— América do Sul. A segunda fonte é a Venezuela. Joe a havia localizado. Era nisso que ele estava trabalhando. Notas de cem dólares falsificadas e absolutamente impressionantes de tão boas estão vindo da Venezuela. Mas trata-se de uma empresa estritamente particular. Não foi sugerido nenhum tipo de envolvimento do governo.

Concordei com a cabeça.

— Chegamos até esse ponto — afirmei. — Um sujeito chamado Kliner, cuja base de operações fica na Geórgia, onde Joe foi morto.

— Exatamente. O engenhoso Sr. Kliner. Trata-se de sua operação. É ele quem controla tudo. Disso já sabemos com certeza. Como ele está?

— Está em pânico. Matando gente.

Kelstein acenou com a cabeça com tristeza.

— Achávamos que Kliner poderia entrar em pânico. Ele está protegendo uma megaoperação. A melhor que já vimos.

— A melhor?

Kelstein acenou entusiasmado.

— Mega — repetiu. — Quanto você sabe sobre falsificação?

Dei de ombros.

— Mais do que sabia na semana passada. Mas não o suficiente, creio.

Kelstein acenou positivamente e chegou seu corpo leve e frágil para a frente. Seus olhos se iluminaram. Ele estava prestes a dar uma aula sobre seu assunto favorito.

— Há somente dois tipos de falsificações. As boas e as más. Nas boas tudo é feito seguindo as normas. Você sabe a diferença entre gravação e litografia?

Dei de ombros e sacudi a cabeça. Kelstein pegou uma revista que estava no meio de uma pilha e passou para mim. Era um boletim trimestral de uma sociedade de história.

— Abra — pediu ele. — Em qualquer página. Passe seus dedos pelo papel. É liso, não? Isso é uma impressão litográfica. É assim que quase tudo é impresso. Livros, revistas, jornais, tudo. Uma rotativa cheia de tinta passa em cima do papel em branco. Mas a gravação é diferente.

De repente ele bateu as mãos. Eu dei um pulo. Naquele escritório silencioso, aquele som era muito alto.

— A gravação é assim — prosseguiu. — Uma chapa de metal se choca com o papel usando uma força considerável. Deixa uma sensação definitiva de relevo no produto final. A imagem impressa parece tridimensional. A sensação é tridimensional. Não dá para se enganar.

Ele relaxou e tirou a carteira do bolso que ficava na altura dos quadris. Sacou uma nota de dez dólares. Passou-a para mim.

— Você consegue sentir? As chapas de metal são de níquel e cromadas. Linhas muito finas estão gravadas no cromo e ficam cheias de tinta. A chapa bate no papel e a tinta é impressa em sua superfície superior. Entendeu? A tinta está nos vãos da chapa, e por isso é transferida para os sulcos no papel. A impressão por gravação é a única na qual se obtém essa imagem em relevo. A única maneira de fazer com que a falsificação seja boa. É assim que a coisa é feita na realidade.

— E quanto à tinta?

— Há três cores. Preto e dois verdes. A parte de trás da nota é impressa antes, com o verde mais escuro. Depois o papel é posto para secar e, no dia seguinte, a parte da frente é impressa com a tinta preta. Esta seca e depois se imprime o verde mais claro na parte da frente. São as outras coisas que você vê na frente da nota, incluindo o número de série. Mas o verde mais claro é impresso num processo diferente, chamado tipografia. É uma ação de cunhagem, assim como a gravação, mas a tinta é gravada nos vãos do papel, não nos picos.

Concordei com a cabeça e olhei para a nota de dez dólares, frente e verso. Passei cuidadosamente meus dedos por toda a sua extensão. Jamais havia realmente estudado uma delas.

— Então são quatro problemas — prosseguiu o estudioso. — A prensa, as chapas, as tintas e o papel. A prensa pode ser comprada, nova ou usada, em qualquer parte do mundo. Há centenas de fontes. A maior parte dos países imprime dinheiro, apólices e ações nelas. Então as prensas são obtidas no exterior. E podem ser improvisadas. Joe descobriu uma operação de gravação na Tailândia que estava usando uma máquina de processamento de lulas modificada. Suas notas de cem eram absolutamente impecáveis.

— E quanto às chapas?

— As chapas são o problema número dois. Mas é uma questão de talento. Há pessoas no mundo que podem falsificar pinturas de um velho mestre e há outras capazes de tocar um concerto de Mozart para piano depois de tê-lo ouvido uma única vez. E, com certeza, há gravadores capazes de reproduzir cédulas. É uma afirmação perfeitamente lógica, não? Se um ser humano em Washington pode gravar a nota original, certamente há um ser humano em outra parte que pode copiá-la. Mas são raros. E copistas realmente bons são mais raros ainda. Há alguns na Armênia. A operação tailandesa que usava um processador de lulas recrutou um malaio para fazer as chapas.

— Ok. Então Kliner comprou uma prensa e encontrou um gravador. E quanto às tintas?

— As tintas são o problema número três. Você não pode comprar algo vagamente semelhante nos Estados Unidos. Joe verificou isso. Mas, no exterior, elas estão disponíveis. Como eu disse, cada país possui, virtualmente, a sua própria indústria de impressão de cédulas monetárias. E, obviamente, Joe não podia se valer de seus métodos em todos os países do mundo. Por isso as tintas são muito fáceis de serem encontradas. Os verdes são apenas uma questão de cor. Eles os misturam e fazem experiências até obter o que lhes serve bem. A tinta preta é magnética, você sabia disso?

Balancei a cabeça novamente. Olhei atentamente para a nota de dez. Kelstein sorriu.

— Não dá para ver. Uma substância química líquida e ferrosa é misturada à tinta preta. É assim que os contadores eletrônicos de dinheiro funcionam. Eles fazem uma varredura em busca do entalhe bem no meio do retrato, e a máquina lê o sinal que ele emite, como um cabeçote de gravador lê os sons que há numa fita cassete.

— E eles podem obter essa tinta?

— Em qualquer parte do mundo. Todo mundo a usa. Estamos atrasados em relação a outros países. Não gostamos de admitir que nos preocupamos com falsificação.

Lembrei-me do que Molly havia dito. Fé e confiança. Acenei positivamente.

— A moeda deve parecer estável — disse Kelstein. — É por isso que ficamos tão relutantes para mudá-la. Ela precisa parecer confiável, sólida, imutável. Vire essa nota de dez ao contrário e dê uma olhada.

Olhei para a figura verde no verso da nota. O prédio do Tesouro estava no meio de uma rua deserta. Apenas um carro passava em frente. Parecia um Modelo T da Ford.

— Quase nada mudou desde 1929 — prosseguiu o professor. — Psicologicamente isso é muito importante. Optamos por colocar a segurança aparente acima da seguridade. Isso tornou o trabalho de Joe muito difícil.

Acenei novamente.

— Certo. Então falamos da prensa, das chapas e das tintas. E quanto ao papel?

Kelstein se iluminou e juntou as mãos pequenas como se tivéssemos chegado na parte realmente interessante.

— O papel é o problema número quatro. Na verdade, devíamos realmente dizer que se trata do problema número um. É de longe o maior problema. É a coisa que eu e Joe não conseguíamos entender na operação de Kliner.

— Por que não?

— Porque seu papel é perfeito. É cem por cento perfeito. Seu papel é melhor do que a impressão. E disso nunca se ouviu falar.

Ele começou a sacudir sua cabeça grande e branca em sinal de espanto. Como se estivesse perdido de admiração pelo feito de Kliner. Ficamos ali sentados, em silêncio, com os joelhos de um apontados para os do outro nas velhas poltronas.

— Perfeito? — incitei-o.

Ele acenou e recomeçou sua aula:

— É algo de que nunca ninguém ouviu falar. O papel é a parte mais difícil de todo o processo. Não se esqueça, não estamos falando de amadorismo aqui. Estamos falando de uma operação em escala industrial. Em um ano, eles estarão imprimindo quatro bilhões de dólares em notas de cem.

— Isso tudo? — perguntei, surpreso.

— Quatro bilhões. Quase a mesma coisa que na operação do Líbano. Esses são os cálculos de Joe. Ele estava na posição certa para saber disso. O que torna tudo ainda mais inexplicável. Quatro bilhões em notas de cem são quarenta milhões de notas. Isso é muito papel. É uma quantidade de papel completamente inexplicável, Sr. Reacher. E o papel deles é perfeito.

— De que tipo de papel eles precisariam?

Ele se esticou e tirou novamente a nota de dez das minhas mãos. Amassou-a, puxou-a e mordeu-a.

— É uma mistura de fibras. Bastante engenhosa e totalmente única. Cerca de oitenta por cento algodão e vinte por cento linho. Não possui nenhuma polpa de madeira. Tem mais em comum com a camisa que você está usando do que com um jornal, por exemplo. Possui um corante químico bastante engenhoso, que lhe dá um tom único e perolado. Além de fibras com polímeros azuis e vermelhos aleatoriamente distribuídos, tão finas quanto seda. O papel-moeda possui uma qualidade sensacional. Durável, permanece intacto durante anos e não se desfaz na água, no calor ou no frio. Absorvência absolutamente precisa, capaz de aceitar os relevos mais sutis feitos pelos fabricantes de chapas.

— Então o papel seria difícil de ser copiado?

— Virtualmente impossível. De uma certa forma, é tão difícil de ser copiado que até mesmo o fornecedor oficial do governo não é capaz de fazê-lo. Tem uma dificuldade tremenda apenas para mantê-lo consistente, de lote em lote, e é de longe o fabricante de papel mais sofisticado do mundo inteiro.

Repassei tudo aquilo em minha mente. Prensa, chapas, tinta e papel.

— Então o fornecedor de papel é a chave de tudo? — perguntei.

Kelstein acenou pesaroso.

— Essa foi a nossa conclusão. Concordamos que o fornecimento de papel era crucial e que não tínhamos idéia de como eles o estavam gerenciando. É por isso que eu não posso ajudá-lo de verdade. Não pude ajudar Joe e não posso ajudar você. Lamento tremendamente.

Olhei em sua direção.

— Eles possuem um armazém cheio de alguma coisa — afirmei. — Poderia ser papel?

Ele bufou, menosprezando a informação. E moveu a cabeçorra na minha direção.

— Você não ouviu? Não se pode obter papel-moeda. É completamente impossível. Não dá para se conseguir quarenta folhas de papel-moeda, quanto mais quarenta milhões. Toda essa história é um completo mistério. Joe, Walter e eu quebramos a cabeça durante um ano inteiro e não chegamos a lugar nenhum.

— Acho que Bartholomew descobriu alguma coisa.

Kelstein acenou a cabeça com tristeza. Levantou-se lentamente da poltrona e andou até sua mesa. Apertou o botão de "replay" da sua secretária eletrônica. A sala foi preenchida com um bipe eletrônico e depois com a voz do homem morto.

"Kelstein?", disse a voz. "Aqui é Bartholomew. É tarde da noite de quinta-feira. Vou ligar para você de manhã e lhe dizer a resposta. Sabia que eu a conseguiria antes. Boa-noite, meu velho."

A voz exalava um profundo entusiasmo. Kelstein ficou em pé, olhando para o nada, como se o espírito de Bartholomew estivesse ali por perto, flutuando no ar parado. Parecia triste. Não dava para dizer se era por causa do velho colega que estava morto ou porque ele havia obtido a resposta antes.

— Pobre Walter. Eu o conhecia há cinqüenta e seis anos.

Fiquei sentado e calado por algum tempo. E depois me levantei também.

— Vou descobrir o que houve.

O professor inclinou a cabeça para o lado e olhou para mim repentinamente.

— Você realmente acha que vai? Quando Joe não conseguiu?

Dei de ombros na direção do velho.

— Talvez Joe tenha conseguido — retruquei. — Não sabemos o que ele havia descoberto antes de o pegarem. De qualquer maneira, vou voltar imediatamente para a Geórgia. Continue com a sua pesquisa.

Kelstein acenou e suspirou. Parecia estressado.

— Boa sorte, Sr. Reacher. Espero que o senhor termine o trabalho do seu irmão. Talvez venha a fazê-lo. Ele falava do senhor de vez em quando. E gostava do senhor, sabe?

— Ele falava de mim?

— De vez em quando. Tinha muita afeição. Lamentava que seu trabalho os mantivesse tão distantes.

Por um instante não consegui falar nada. Sentia-me insuportavelmente culpado. Anos iriam se passar e eu não pensaria nele. Mas ele estava pensando em mim.

— Joe era mais velho, mas era o senhor que zelava por ele — continuou. — Foi isso que seu irmão me disse. Dizia que o senhor era muito impetuoso. Muito duro. Creio que, se Joe quisesse alguém para dar cabo dos Kliner, ele o teria convocado.

Concordei com a cabeça.

— Estou saindo.

Apertei sua mão frágil e o deixei com os guardas na sala de segurança.

* * *

Estava tentando descobrir onde Kliner conseguia seu papel perfeito, se eu mesmo conseguiria pegar o vôo das seis horas para Atlanta se me apressasse, e estava tentando ignorar o que Kelstein havia me dito sobre o fato de Joe ter falado carinhosamente sobre mim. As ruas estavam entupidas e eu ocupado, pensando sobre isso tudo e procurando um táxi vazio, e foi por isso que percebi tarde demais dois hispânicos vindo na minha direção. Mas o que notei foi a arma que o sujeito da frente apontava para mim. Era uma pequena automática numa mão pequena, escondida sob uma daquelas capas de chuva cáqui que as pessoas carregavam nos braços em setembro.

Ele me mostrou a arma, e seu parceiro sinalizou para um carro que esperava a uns duzentos metros no meio-fio. O carro deu uma guinada para a frente e o tal parceiro se preparou para abrir uma porta, como faziam os sujeitos que usavam cartolas em frente aos prédios luxuosos que havia por lá. Eu olhava para a arma e para o carro, fazendo escolhas.

— Entre no carro — disse delicadamente o homem que segurava a arma. — Ou irei atirar em você.

Fiquei ali em pé e tudo que passava pela minha cabeça era que eu poderia perder o meu vôo. Estava tentando me lembrar de quando saía o próximo sem escalas. Sete horas, pensei.

— Entre no carro — repetiu o sujeito.

Eu tinha toda a certeza de que ele não dispararia a arma no meio da rua. Era um revólver pequeno, que não possuía um silenciador. Faria um barulho danado e aquela era uma rua movimentada. As mãos do outro cara estavam vazias. Talvez houvesse uma arma em seu bolso. Dentro do carro só havia o motorista. Talvez houvesse uma arma no banco ao seu lado. E eu estava desarmado. Minha jaqueta com o cassetete, a faca e a Desert Eagle estavam a mil e trezentos quilômetros dali, em Atlanta. Escolhas.

Optei por não entrar. Fiquei em pé no meio da rua, apostando a minha vida que o sujeito não iria atirar em público. Ele ficou ali parado, segurando a capa na minha direção. O carro parou bem na nossa frente. Seu parceiro estava do outro lado. Eram dois caras de baixa estatura.

Juntos não davam um de mim. O carro ficou esperando, parado no meio-fio. Ninguém se mexia. Estávamos ali congelados como se fôssemos manequins numa vitrine. Como se usássemos a nova moda do outono, velhas calças do exército combinadas com capas de chuva Burberry.

Aquilo gerou um enorme problema para os dois sujeitos. Numa situação como aquela, você tem uma fração de segundos para levar adiante a sua ameaça. Se você diz que vai atirar, então tem que atirar. Se não, sua ameaça perde a força. Seu blefe está acabado. Se não atira, você não é nada. E o sujeito não atirou. Simplesmente ficou ali, pressionado pela indecisão. As pessoas passavam por nós naquela calçada congestionada. Carros tocavam suas buzinas para o sujeito parado no meio-fio.

Eram caras espertos. Espertos o suficiente para não atirar em mim numa rua movimentada de Nova York. Espertos o suficiente para saber que eu havia acabado com o seu blefe. Espertos o suficiente para nunca mais fazer uma ameaça que não pudessem cumprir. Mas não espertos o suficiente para fugir. Simplesmente ficaram ali.

Por isso me inclinei, como se estivesse dando um passo para trás. A arma sob a capa me cutucou. Percebi o movimento e peguei o pulso do baixinho com a mão esquerda. Puxei o braço armado dele para as minhas costas e dei-lhe uma gravata. Parecia que estávamos dançando uma valsa juntos ou éramos amantes numa estação ferroviária. Depois disso, caí para a frente e o esmaguei contra o carro. O tempo todo eu apertava seu pulso com toda a força que eu possuía, cravando as unhas bem fundo. Era a mão esquerda, mas eu o estava ferindo. Meu peso por cima fazia com que ele se esforçasse para respirar.

Seu parceiro ainda estava com a mão na porta do carro. Seu olhar se movia de um lado para outro. Foi então que sua outra mão se dirigiu para o bolso. Joguei então o corpo para trás, rolei pela mão do sujeito que segurava a arma e o joguei contra o carro. E depois saí numa carreira desabalada. Com cinco passos largos, eu já estava perdido no meio da multidão. Aos trancos e barrancos fui abrindo caminho no meio da massa humana. Entrei correndo por alguns vãos e me esquivei de outros, cercado pelos sons das buzinas e pelo tráfego enlouquecedor nas ruas.

Os dois sujeitos ficaram no meu encalço por um tempo, mas o trânsito acabou por detê-los. Eles não estavam correndo os mesmos riscos que eu.

Consegui um táxi a oito quadras de onde havia partido e peguei o vôo sem escalas das seis horas, de La Guardia para Atlanta. A volta foi mais longa, por algum motivo. Fiquei ali sentado por duas horas e meia. Pensei em Joe o tempo todo, enquanto sobrevoava Jersey, Maryland e Virgínia. Acima das Carolinas e já dentro da Geórgia eu pensei em Roscoe. Queria ela de volta. Sentia loucamente a sua falta.

Descemos em meio a nuvens de tempestade que tinham uns quinze quilômetros de espessura. A escuridão da noite de Atlanta virou um breu por causa das nuvens. Eu sentia a proximidade de uma massa fria vindo na minha direção. Quando saímos do avião, o ar no pequeno túnel estava espesso e pesado, além de cheirar a tempestade e a querosene ao mesmo tempo.

Peguei a chave do Bentley no balcão de informações do salão de desembarque. Estava num envelope junto com um tíquete de estacionamento. Andei para procurar o carro. Senti um vento quente soprando do norte. A tempestade ia ser das grandes. Dava para senti-la se aproximando por causa dos relâmpagos. Encontrei o carro no estacionamento rotativo. As janelas traseiras estavam pintadas de preto. O sujeito não havia filmado os vidros laterais dianteiros nem o pára-brisa. Fez com que o carro se parecesse com algo que a realeza poderia usar, com um chofer no volante. Minha jaqueta estava dentro da mala. Eu a vesti e senti novamente o peso tranqüilizador das armas nos meus bolsos. Sentei no banco do motorista, saí do estacionamento e rumei para o sul pela rodovia, na escuridão. Eram nove horas da noite de sexta-feira. Talvez trinta e seis horas antes que pudessem embarcar o carregamento no domingo.

Eram dez horas quando voltei para Margrave. Faltavam trinta e seis horas. Eu havia passado a última hora pensando em algumas das coisas que havíamos aprendido no centro de treinamento militar. Havíamos estudado filosofias militares, em grande parte escritas por uns velhos alemães que adoravam aquele negócio. Não havia prestado muita atenção, mas me lembro de uma frase importante qualquer que dizia que, mais cedo ou mais tarde, você tinha que atacar a força principal do inimigo. Você não ganha a guerra a não ser que faça isso. Mais cedo ou mais tarde, você vai ao encontro da força principal, a enfrenta e a destrói.

Sabia que sua força principal havia começado com dez pessoas. Hubble havia me dito isso. Então ficaram nove, depois que se livraram de Morrison. Sabia dos dois Kliner, Teale e Baker. Com isso restavam cinco nomes para eu descobrir. Sorri para mim mesmo. Saí da estrada do condado e parei no estacionamento de cascalhos em frente ao Eno. Deixei o carro na ponta da fileira de carros e saí. Alonguei-me e espreguicei-me no meio do ar noturno. A tempestade estava distante, mas logo viria para cá. O céu ainda estava espesso e pesado. Ainda dava para sentir a eletricidade nas nuvens. Ainda dava para sentir o vento quente nas minhas costas. Fui para o banco de trás do automóvel. Estiquei-me no banco de couro e fui dormir. Queria descansar por uma hora, uma hora e meia.

Comecei a sonhar com John Lee Hooker. Nos velhos tempos, quando voltou a ficar famoso. Ele possuía um velho violão de cordas de aço e o tocava sentado num banquinho. O banquinho ficava em cima de uma plataforma quadrada de madeira. Ele costumava prender tampinhas de garrafas velhas de cerveja nas solas dos seus sapatos para que fizessem barulho. Como se fossem calçados para sapateado feitos em casa. Gostava de sentar no banquinho e tocar seu violão no seu estilo ágil e arrojado. O tempo todo batia no assoalho de madeira com seus sapatos barulhentos. Sonhava com ele segurando o ritmo e se valendo daquelas batidas.

Mas não eram os sapatos de John Lee que faziam o ruído. Era alguém batendo no pára-brisa do Bentley. Acordei num estalo e levantei com dificuldade. O sargento Baker estava olhando para mim do lado de fora. O grande relógio cromado no painel marcava dez e meia. Eu havia dormido meia hora. Era tudo que eu teria.

A primeira coisa que fiz foi mudar os meus planos. Um outro bem melhor havia caído de pára-quedas no meu colo. Os velhos alemães teriam aprovado. A flexibilidade tática contava muito para eles. A segunda coisa que fiz foi colocar a mão no bolso e puxar o gatilho da Desert Eagle. Depois saí pela porta oposta e olhei para Baker por sobre o teto do carro. Ele dava o seu sorriso amigável, com dente de ouro e tudo o mais.

— Como vai você? — perguntou. — Dormir em lugar público por aqui pode fazer com que você seja preso por vadiagem.

Devolvi o seu sorriso amigável com outro.

— Segurança nas estradas — respondi. — Dizem por aí que não se deve dirigir quando se está cansado. Por isso resolvi parar e tirar uma soneca, entendido?

— Entre que eu lhe pago uma xícara de café. Se quiser acordar, o café do Eno resolverá o seu problema.

Tranquei o carro. Continuei com a mão no bolso. Andamos ruidosamente sobre os cascalhos e entramos na cantina. Sentamos na última cabine. A mulher de óculos nos trouxe café. Não havíamos pedido nada. Ela parecia saber.

— Como vai você? — perguntou novamente. — Sentindo-se mal em relação ao seu irmão?

Dei de ombros. Bebi o meu café com a xícara na mão esquerda. A direita estava dentro do bolso, segurando a Desert Eagle.

— Não éramos próximos — afirmei.

Baker acenou positivamente.

— Roscoe ainda está ajudando o FBI?

— Acho que sim.

— E onde está o velho Finlay?

— Jacksonville. Ele teve que ir à Flórida para checar uma coisa.

— Jacksonville? O que ele precisa checar em Jacksonville?

Dei de ombros novamente. Tomei uns goles do meu café.

— Sei lá. Ele não me conta nada. Não estou na folha de pagamento. Sou apenas um menino de recados. Agora mesmo ele me mandou ir na casa de Hubble para pegar algo.

— Na casa de Hubble? O que você tem que pegar lá?

— Alguns papéis velhos. Tudo que puder encontrar, creio.

— E depois? Você irá para a Flórida também?

Balancei a cabeça. Bebi um pouco mais de café.

— Finlay me pediu para colocá-los no correio. Para um endereço qualquer em Washington. Vou dormir na casa de Hubble e enviá-los pela manhã.

Baker acenou lentamente com a cabeça. E depois deu seu sorriso amigável mais uma vez. Mas era forçado. Terminamos de beber nossos cafés. Baker deixou uns dois dólares em cima da mesa, levantamos e fomos embora. Ele entrou em seu carro de radiopatrulha. Acenou para mim enquanto saía. Deixei-o se afastar e voltei para o Bentley. Rumei para o sul, para o final daquela pequena cidade sombria, e virei à direita na Beckman Drive.

26

TINHA QUE TOMAR MUITO CUIDADO COM O lugar onde deixaria o Bentley. Queria que desse a impressão de que ele havia sido largado casualmente. Mas tinha que ficar num local onde ninguém circulasse. Fiquei andando bem devagar, de um lado para outro, durante algum tempo. Deixei-o no final da alameda de Hubble, com as rodas viradas. Parecia que eu havia dirigido com pressa e deslizado para o lado até parar.

Queria que desse a impressão de que eu estava dentro da casa. Nada é mais óbvio do que uma casa vazia. Aquele visual quieto e abandonado denuncia tudo. Há uma calmaria. Nenhuma vibração humana. Por isso abri a porta da frente com uma das chaves do enorme molho que Charlie me dera. Andei em seu interior e acendi algumas luzes ao acaso. No escritório, liguei a televisão e deixei-a num volume baixo. A mesma coisa com o rádio na cozinha. Abri algumas cortinas. Voltei para fora. A aparência era boa. Parecia que havia alguém lá dentro.

A primeira parada foi o closet onde estavam os casacos, ao lado do corredor principal. Estava atrás de luvas. Não era fácil encontrá-las no sul dos Estados Unidos. Não havia uma demanda muito grande. Mas Hubble tinha algumas. Dois pares, dispostos numa prateleira. Um deles era um par de luvas de esqui. Em tons verde-limão e lilás. Não gostei muito. Queria algo mais escuro. O outro par era o que eu procurava. Algo mais aristocrático em couro preto fino. As luvas de um executivo. Muito delicadas. Como se fossem uma segunda pele.

As luvas de esqui me fizeram ir atrás de algo para vestir a cabeça. Se os Hubble haviam feito viagens para o Colorado, deviam ter todo o equipamento. Encontrei uma caixa cheia de chapéus. Havia algo que lembrava uma boina de marinheiro, feita com uma espécie de fibra sintética. Nas laterais havia abas que, ao serem soltas, serviam para proteger as orelhas. O chapéu havia sido fabricado num tom verde-escuro. Iria servir.

A próxima parada foi no quarto do casal. Encontrei a mesa onde Charlie se maquiava. Aquele cômodo era maior do que muitos locais nos quais eu havia morado. Ela possuía uma infinidade de cosméticos. Todos os tipos. Peguei um tubo de rímel à prova d'água no banheiro. Espalhei o seu conteúdo por todo o rosto. Depois, fechei a jaqueta, coloquei o chapéu e pus as luvas. Voltei ao banheiro e chequei o resultado nos espelhos compridos das portas do closet. Nada mal. Perfeito para o trabalho noturno.

Saí pela segunda vez. Tranquei novamente a porta da frente. Dava para ver as enormes nuvens de tempestade se firmando no céu. Estava muito escuro. Fiquei em pé na porta da frente e fiz uma inspeção em mim mesmo. Coloquei a pistola no bolso interno da jaqueta. Abri o zíper e saquei a arma para fazer um teste. Tudo ok. Carregada, armada. Trava de segurança acionada. Balas reserva no bolso superior direito externo. Canivete no bolso esquerdo. Porrete no direito. Sapatos bem amarrados.

Andei pela alameda, afastando-me da casa, uns doze ou quinze metros depois do local onde o Bentley estava estacionado. Fui abrindo caminho no meio do viveiro de plantas e me instalei num ponto onde poderia ver a parte superior e inferior da pista. Sentei-me na terra fria e me preparei para esperar. Numa situação de emboscada, a espera é o que garante a vitória numa batalha. Se o inimigo for precavido, virá bem cedo ou bem tarde. Quando imaginar que você não o está esperando. Por mais cedo que ele possa chegar, você deve fazê-lo antes. Por mais tarde que ele possa aparecer, você precisa esperar. Tal espera deve se dar numa espécie de transe. Você precisa de uma paciência infinita. Não adianta se irritar ou se preocupar. Tudo se resume a esperar. Sem fazer ou pensar em nada e sem queimar energia. E então você entra em ação. Depois de uma hora, cinco horas, um dia, uma semana. Esperar é uma habilidade como qualquer outra.

Eram quinze para a meia-noite quando me ajeitei para esperar. Dava para sentir a tempestade se armando sobre a minha cabeça. O ar parecia completamente enevoado. Estava um verdadeiro breu. Por volta de meia-noite, a tempestade caiu. Gotas pesadas do tamanho de moedas respingavam nas folhas à minha volta. Em segundos aquilo virou um dilúvio. Era como se eu estivesse sentado num boxe, debaixo do chuveiro. Raios impressionantes caíam fazendo estrondos. Rasgavam o céu, batiam violentamente no chão, e os relâmpagos brilhavam em profusão. O jardim à minha volta ficava iluminado durante alguns segundos como se fosse dia. Fiquei sentado debaixo daquela chuva fustigante e esperei. Dez minutos. Quinze.

Eles vieram atrás de mim à meia-noite e vinte. A chuva ainda estava pesada, os relâmpagos ainda caíam e o som era assustador. Não escutei a caminhonete até ela chegar na alameda. Já a tinha ouvido fazendo um som ruidoso sobre os cascalhos a pouco mais de um quilômetro. Era um furgão verde-escuro. Letras douradas. Fundação Kliner. Como o que eu vira perto da casa de Roscoe na terça-feira de manhã. Ele passou ruidoso ao meu lado a uns cento e oitenta metros. Rodas largas sobre os cascalhos. Era isso que Finlay havia visto na casa de Morrison. Marcas no terreno feitas por rodas largas.

O veículo parou a alguns metros de onde eu estava. Parou bem atrás do Bentley. Não tinha como passar. Exatamente onde eu o queria. Ouvi o motor parando e o freio de mão sendo puxado.

O primeiro a sair foi o motorista. Usava uma blusa justa branca de náilon. Além de um capuz cobrindo o rosto. Sobre a sua face havia uma máscara cirúrgica. Nas mãos, luvas finas de borracha. Nos pés, galochas de borracha. Saiu num só pulo do banco do motorista e andou na direção da porta dos fundos. Eu conhecia aquele caminhar. Conhecia aquele corpo alto e aquelas formas brutas. Conhecia aqueles braços longos e musculosos. Era o filho do Kliner. O próprio Klinerzinho havia vindo me matar.

Ele bateu com a palma da mão na porta dos fundos. Foi um baque surdo. Então, resolveu virar a maçaneta e a abriu. Quatro homens saíram do carro. Todos vestidos da mesma maneira. Blusas de náilon brancas e justas, capuzes puxados para baixo, máscaras, luvas, galochas de borracha. Dois deles carregavam sacos. Outros dois traziam longas espingardas. Cinco homens no total. Eu esperava quatro. Cinco seria mais difícil. Porém, mais produtivo.

A chuva os açoitava. Dava para ouvir os leves respingos quando estes batiam nos trajes de náilon colantes. Dava para ouvir o clangor do metal quando as gotas mais pesadas caíam sobre o teto da caminhonete. Vi-os quando mais um relâmpago caiu. Pareciam um bando de *banshees*. Como se fossem seres que haviam escapado do inferno. Era uma visão aterrorizante. Pela primeira vez, fiquei na dúvida se os teria derrotado na segunda-feira à noite. Mas hoje acabaria com eles. Hoje à noite, a vantagem da surpresa seria minha. E eu seria uma figura invisível e apavorante solta no meio deles.

O filho de Kliner os liderava. Enfiou a mão na traseira do furgão e tirou um pé-de-cabra. Apontou para três dos seus soldados e andou com eles no meio do aguaceiro até a casa. O quinto ficaria esperando no carro. Por causa da chuva, teria que voltar para o banco do motorista. Vi-o olhando para o céu escuro e depois começou a caminhar em direção à porta do carro. Saquei o porrete. Forcei a passagem no meio dos arbustos. O sujeito não podia me ouvir. A chuva rugia em seus ouvidos.

Ele me deu as costas e um passo na direção da porta do motorista. Fechei os olhos por um segundo e vi Joe deitado na laje do necrotério, completamente desfigurado. Vi Roscoe tremendo de pavor quando viu as pegadas no piso do seu corredor. Então, num estalo, saí de trás da mata. Pulei nas costas do sujeito. Dei-lhe uma paulada bem na base do crânio. Era um porrete dos bons, e o acertei com toda a força que tinha. Senti o osso explodir. O cara caiu sobre os cascalhos como se fosse uma árvore. Ficou com a cara no chão enquanto a chuva martelava sua roupa de náilon. Quebrei seu pescoço com um golpe único e certeiro. Menos um.

Arrastei o corpo do meliante pelos cascalhos e o deixei na carroceria do furgão. Dei a volta e tirei as chaves da ignição. Aproximei-me da casa rastejando. Coloquei o cassetete de volta no bolso. Saquei o canivete e o carreguei na minha mão direita. Não queria usar a arma de fogo dentro da casa. Era muito barulhenta, mesmo com as trovoadas. Parei depois que passei pela porta da frente. A tranca havia sido forçada e a madeira estava quebrada em lascos. Vi o pé-de-cabra no chão do corredor de entrada.

Era uma casa grande. Ia levar algum tempo para que os caras a vasculhassem. Minha aposta era de que eles iriam se manter unidos num grupo de quatro. Fariam a busca juntos. Depois se separariam. Dava para ouvi-los andando no piso superior. Fui lá para fora, a fim de esperar que um deles descesse até o corredor. Esperei, encostado na parede perto da porta quebrada. Estava protegido pela saliência do teto. A chuva ainda era torrencial. Era tão pesada quanto uma tempestade tropical.

Esperei quase cinco minutos até que o primeiro descesse. Ouvi o rangido dos seus passos no corredor. Ouvi-o abrindo a porta do closet. Entrei na casa. Ele estava de costas para mim. Era um dos que carregavam espingardas, alto, porém mais leve do que eu. Caí sobre ele. Agarrei-o pelo topo da cabeça com minha mão esquerda. Enfiei meus dedos em seus olhos. Ele largou a espingarda. Caiu fazendo um baque surdo no carpete. Arrastei-o para trás, virei-o e o toquei porta afora. Para o aguaceiro. Enfiei meus dedos ainda mais fundo nos seus globos oculares. Joguei sua cabeça para trás. Cortei sua garganta. Não se faz isso com um golpe violento. Não é como nos filmes. Nenhuma faca é afiada o bastante para tal. Há todos os tipos de cartilagem resistentes na garganta humana. É preciso cortar de um lado para outro usando muita força. Demora um tempo. Mas funciona. Funciona bem. Na hora em que a lâmina começar a cortar o osso, o sujeito está morto. Este aqui não foi exceção. Seu sangue espirrou e se misturou com a chuva. Ele tombou de encontro ao meu punho. Menos dois.

Arrastei o corpo pela relva segurando-o pelo topo do capuz. Não valia a pena segurá-lo pelos joelhos ou pelos ombros. Sua cabeça se teria refestelado e caído. Deixei-o no gramado. Voltei para dentro. Peguei a espingarda e fiz uma careta. Era uma arma sensacional. Uma Ithaca Mag-10. Havia visto uma no exército. Elas disparam cartuchos enormes. Chamamnas de Obstrutoras. Há poder de fogo suficiente nelas para matar quem está dentro de um veículo. No confronto direto, então, são devastadoras. Só conseguem agüentar três cartuchos, mas, como costumávamos dizer, na hora em que você der o terceiro tiro a batalha já acabou.

Por opção, continuei armado apenas com a lâmina. Em silêncio. Mas a espingarda seria melhor do que a Desert Eagle como arma reserva. O negócio é que, com uma espingarda, mirar é um luxo. Uma arma como essa dispara uma rajada de chumbo em forma de cone. Com uma Mag-10 que esteja vagamente apontada na direção certa você irá acertar o alvo.

Recuei um pouco, atravessando a porta destruída, e me apertei contra a parede, protegendo-me do dilúvio. Esperei. Agora minha aposta era de que começariam a sair da casa. Não me encontrariam em seu interior e sentiriam a falta do sujeito que eu acabara de mandar para o inferno. Por isso começariam a sair. Era inevitável. Não poderiam ficar lá dentro para sempre. Esperei. Dez minutos. Dava para ouvir o rangido no chão lá dentro. Ignorei-o. Mais cedo ou mais tarde eles sairiam.

Eles saíram. Dois caras juntos. Vieram em par. Isso fez com que eu hesitasse por uma fração de segundo. Os dois saíram no meio da chuvarada e eu comecei a ouvir as gotas respingando em seus capuzes de náilon. Saquei o porrete de novo. Peguei-o com minha mão direita.

O primeiro sujeito caiu facilmente. Peguei-o bem no meio da nuca e quase arranquei sua cabeça. Mas o segundo reagiu e se esquivou de modo que errei o golpe seguinte. O cassetete apenas esmagou sua clavícula e o fez cair de joelhos. Apunhalei-o no rosto usando a mão esquerda. Ajeitei-me para dar mais alguns golpes com o porrete. Precisei de mais dois para quebrar seu pescoço. Era um sujeito resistente. Mas não o bastante. Menos quatro.

Arrastei os dois corpos no meio do temporal até uma parte do gramado que ficava na beirada da pista de cascalhos. Coloquei ambos em cima do outro cara. Havia apagado quatro meliantes e me apoderado de uma espingarda. As chaves do furgão estavam no meu bolso. O filho do Kliner, que estava com a outra arma, continuava à solta.

Não conseguia encontrá-lo. Não sabia onde ele estava. Entrei na casa, saí da chuva e fiquei escutando. Não dava para ouvir nada. A chuva estrepitosa caindo sobre o teto e sobre os cascalhos era bem pesada. Abafava tudo. Se o garoto estivesse alerta e se arrastando pela casa, eu não o escutaria. Isso seria um problema.

Rastejei dentro do jardim-de-inverno. A chuva martelava o teto. Fiquei quieto tentando ouvir alguma coisa. Ouvi o garoto no corredor. Ele estava de saída. Saindo pela porta da frente. Se virasse à direita, passaria ao lado dos seus três soldados mortos empilhados na relva. Mas virou à esquerda. Passou ao lado das janelas do jardim-de-inverno. Estava seguindo pela grama molhada na direção da área do pátio. Eu o vi caminhando, no meio do dilúvio, a talvez uns dois metros e meio. Parecia um demônio saído do inferno. Um demônio segurando à frente uma espingarda preta de cano longo.

Eu estava com a chave do jardim-de-inverno no meu bolso, no mesmo chaveiro onde estavam as do Bentley. Abri a porta e saí. A chuva caiu sobre mim como se fosse um banho dado por uma mangueira de incêndio. Arrastei-me pelo pátio. O filho do Kliner estava ali em pé, olhando na direção da enorme piscina. Agachei-me na chuva e fiquei observando-o. A uns seis metros, dava para ouvir a chuva batendo no seu traje branco de náilon. Relâmpagos rasgavam o céu e os trovões eram uma constante.

Não queria atirar nele com a Mag-10 que estava segurando. Tinha que me livrar dos corpos. Tinha que deixar o velho Kliner perturbado. Precisava fazer com que ele ficasse tentando adivinhar o que havia acontecido. Sem saber qual era o paradeiro do filho. Isso iria tirá-lo do sério. E era crucial para a minha própria segurança. Não podia me dar ao luxo de deixar a menor sombra de prova para trás. Usar a grande Ithaca contra o garoto iria fazer um baita estrago. Livrar-se do seu corpo seria um grande problema. Encontrar todas as partes seria difícil. Esperei.

O moleque desceu pelo longo declive que dava na piscina. Fiquei circundando a área sem sair da grama molhada. O garoto andava lentamente. Ele estava preocupado. Estava por conta própria. Sua visão não era boa. O capuz apertado sobre o rosto limitava o seu campo de visão. Ele ficava virando a cabeça de um lado para outro, todo torto, como se fosse algo mecânico. Parou na beira da piscina. Eu estava um metro atrás. Movendo-me da esquerda para a direita, tentando permanecer fora do alcance da sua visão enquanto ele olhava para todos os lados. Ele virava sua enorme espingarda, da esquerda para a direita, sobre a piscina que transbordava.

Nos livros que eu costumava ler, nos filmes que as pessoas vêem, eu deveria ter lutado nobremente com ele. Estava ali para defender os interesses do meu irmão. E bem na minha frente estava o sujeito que havia chutado seu corpo como se fosse um monte de trapos. Deveríamos resolver isso com os punhos, cara a cara. Ele tinha que saber quem era o seu oponente. Deveria ficar sabendo por que teria que morrer. Todo aquele lance nobre de combate corpo a corpo. Mas a vida real não era assim. Joe teria dado gargalhadas de tudo isso.

Bati com o porrete em sua cabeça com toda a força. Bem na hora em que ele se virava para voltar à casa. O cassetete resvalou no náilon escorregadio e a força cinética da bisnaga pesada cheia de chumbo me desequilibrou. Eu estava caindo como um homem no gelo. O garoto se virou e ergueu a espingarda. Colocou um cartucho na câmara. Eu, por minha vez, levantei o braço e joguei o cano da arma para o alto. Rolei embaixo do seu campo de fogo. Ele apertou o gatilho e houve uma enorme explosão, mais alta do que o pior dos trovões. Ouvi folhas sendo arrancadas e rasgadas enquanto o tiro despedaçava as árvores acima de nós.

O coice violento o jogou para trás, mas ele conseguiu carregar a arma com o segundo cartucho. Ouvi o ruído duplo e ameaçador do mecanismo. Eu estava deitado sobre os ladrilhos da beira da piscina, mas consegui dar o bote e agarrei a arma com ambas as mãos. Forcei o cano para cima e a coronha para baixo, e ele atirou para o alto novamente. Outra explosão aterrorizante. Desta vez aproveitei o coice para usar a força de reação e arranquei a arma de suas mãos. Forcei a barra e bati com a coronha no rosto do sujeito. Não foi um grande golpe. A Ithaca tinha uma grande almofada de borracha na coronha. Servia para proteger o ombro do atirador do coice violento. Agora protegeu a cabeça do garoto do meu golpe. Ele apenas virou para trás. Mergulhei em suas pernas e dei uma rasteira que o jogou na piscina. Ele caiu de costas dentro d'água. Mergulhei sobre ele.

Estávamos na parte funda da piscina, batendo os pés, lutando para ver quem conseguia segurar o adversário. A chuva martelava. O cloro queimava os meus olhos e o meu nariz. Lutei até pegar sua garganta. Rasguei o capuz de náilon e consegui pôr as mãos direto em seu pescoço. Travei os braços e empurrei a cabeça do moleque bem no fundo da água. Estava esmagando sua garganta com toda a minha força. Aquele neonazista em Warburton achava que estava acabando comigo, mas aquilo havia sido uma carícia em comparação com o que eu estava fazendo com o filho de Kliner. Eu estava arrancando sua cabeça. Apertei, torci e agarrei o meliante um metro abaixo do nível da piscina até que o dito-cujo morreu. Não demorou muito. Nunca durava muito numa situação como aquela. O primeiro sujeito que afunda fica no fundo. Poderia ter sido eu.

Eu estava andando dentro d'água e ofegando no meio daquele fedor de cloro. A chuva rasgava a superfície. Era difícil dizer onde a água acabava e o ar começava. Deixei seu corpo flutuando e nadei para o lado.

Agarrei-me na beirada e consegui respirar. O temporal era digno de um pesadelo. A trovoada agora era um estrondo contínuo e os raios brilhavam em feixes. A chuva era um aguaceiro impiedoso. Ficaria mais seco se permanecesse na piscina. Mas eu tinha coisas a fazer.

Nadei de volta para pegar o corpo do garoto, que estava imerso a um metro da superfície. Reboquei-o para a beirada. Pulei para fora. Agarrei-o pelo náilon com cada uma das mãos e arrastei o corpo junto comigo. Pesava uma tonelada. Acabou ficando na beira da piscina, enquanto a água jorrava para fora do traje na altura dos pulsos e dos tornozelos. Deixei-o ali e cambaleei de volta para a garagem.

Andar não era fácil. Minhas roupas estavam frias e encharcadas. Era como se eu estivesse andando com uma cota de malha de ferro. Mas consegui chegar na garagem e encontrei a chave. Abri a porta e acendi a luz. Era uma garagem para três carros. Só havia o outro Bentley em seu interior. O carro de Hubble, do mesmo ano do de Charlie. Era de um suntuoso verde-escuro, carinhosamente polido até ficar com um brilho profundo. Dava para ver meu reflexo na pintura enquanto eu andava. Estava procurando um carrinho de mão ou algo parecido. O que quer que jardineiros usassem. A garagem estava cheia de equipamentos para cuidar do jardim. Um grande cortador de grama tipo carrinho, mangueiras, ferramentas. Bem lá no canto, uma espécie de padiola com grandes pneus que nem os de uma bicicleta.

Saí com o carrinho no meio da tempestade até a piscina. Fiz uma pequena busca e encontrei as duas espingardas e o porrete molhados. Larguei as armas de fogo no carrinho e coloquei o cassetete novamente no bolso. Constatei que o cadáver do garoto ainda usava sapatos e o joguei na padiola. Carreguei-o na direção da casa, seguindo pela alameda. Passei pelo Bentley e fui dirigindo até os fundos do furgão. Abri as portas traseiras e ergui o cadáver para jogá-lo em seu interior. A chuva ressoava ao bater no teto. Depois, levantei o corpo da minha primeira vítima e o arrastei até que ficasse ao lado do jovem Kliner. Joguei as espingardas sobre ambos. Dois a menos.

Em seguida, levei a padiola até onde havia empilhado os outros três. Estes estavam estatelados na relva molhada enquanto a chuva batia em seus trajes medonhos. Carreguei-os de volta para o furgão do qual eles haviam saído. Consegui dispor todos os cinco em seu interior.

Depois levei, debaixo do dilúvio, o carrinho improvisado de volta para a garagem. Coloquei-o no canto onde o havia encontrado. Peguei uma lanterna da bancada. Queria dar uma olhada nos quatro sujeitos que o jovem Kliner havia trazido consigo. Voltei para o furgão debaixo de chuva e entrei. Acendi a lanterna e me agachei sobre a fileira de infelizes.

O filho de Kliner eu já conhecia. Tirei os capuzes dos outros quatro e arranquei suas máscaras. Apontei a lanterna para seus rostos. Dois deles eram os porteiros do armazém. Eu os observara através do binóculo na quinta-feira e estava certo disso. Talvez não fizesse tal juramento perante a Corte Marcial, mas, hoje à noite, não estava interessado nesse tipo de procedimento judicial.

Os outros dois eu já conhecia, com certeza. Não tinha dúvidas. Eram policiais. Faziam parte da equipe de retaguarda de sexta-feira. Vieram com Baker e Stevenson até o café para me prender. Já os tinha visto perto da delegacia algumas vezes desde então. Faziam parte do esquema. Eram mais alguns membros das tropas ocultas do prefeito Teale.

Saí da picape com dificuldade e levei a lanterna de volta à garagem. Tranquei as portas e corri no meio da chuva até a porta da frente. Catei os dois sacos que eles haviam trazido. Esvaziei-os no corredor de Hubble e acendi a luz. Olhei em seu interior. Luvas e máscaras reservas. Uma caixa de cápsulas de espingarda calibre dez. Um martelo. Uma caixa de pregos de quinze centímetros. E quatro facas. Uma espécie de equipamento médico. Bastava olhar para já se sentir pregado na parede.

Peguei o pé-de-cabra onde eles o haviam largado depois de quebrar a tranca. Coloquei-o em um dos sacos. Carreguei-os até a picape e os joguei em cima dos cinco corpos. Depois, bati e tranquei as portas traseiras do veículo e corri de volta para a casa no meio da chuva fustigante.

Corri e tranquei a porta do jardim-de-inverno. Fui novamente para a cozinha. Abri o forno e esvaziei os meus bolsos. Coloquei tudo no chão. Encontrei duas fôrmas de assar no armário seguinte. Desmontei a Desert Eagle e coloquei as partes cuidadosamente em uma das fôrmas. Amontoei as balas reserva ao seu lado. Coloquei a faca, o porrete, as chaves do Bentley e meu dinheiro e papéis na outra bandeja. Coloquei ambas no forno e o acendi numa temperatura bem baixa.

Saí pela frente e fechei o máximo possível a porta estilhaçada. Passei pelo Bentley e entrei no furgão da Fundação Kliner. Peguei a chave com a qual não estava familiarizado e dei a partida. Engatei uma ré pela alameda e cheguei na Beckman Drive. Desci a ladeira rumo à cidade. Os limpadores de pára-brisa batiam furiosamente contra a chuva. Margeei a grande praça da igreja. Virei à direita mais lá embaixo e segui para o sul. O lugar estava deserto. Não havia mais ninguém na estrada.

Virei na alameda da casa de Morrison, trezentos metros ao sul do gramado. Entrei com a picape e a estacionei ao lado do seu Lincoln abandonado. Tranquei a porta. Corri até a cerca de Morrison e joguei as chaves no meio do gramado que havia do outro lado. Encolhi-me com minha jaqueta e comecei a andar novamente no meio da chuva. Comecei a pensar sem parar.

A primeira hora do sábado já havia se passado. Portanto, faltava menos de um dia para chegar o domingo. O formato da coisa estava claro. Eu tinha três fatos, com certeza. Um, Kliner precisa de um papel especial. Dois, ele não estava disponível nos Estados Unidos. Três, o armazém estava cheio de uma coisa qualquer.

E o que havia escrito naquelas caixas de ar-condicionado estava me incomodando. Não era a logomarca da Island Condicionadores de Ar. Nem o texto impresso. Eram os outros escritos. Os números de série. As caixas que eu havia visto possuíam números de série escritos a mão em retângulos impressos. Eu os vira claramente. Os tiras de Jacksonville haviam notado a mesma coisa nas caixas do furgão de Stoller quando ele ultrapassou os limites de velocidade. Longos números de série escritos a mão. Mas por quê? As caixas por si sós eram um bom disfarce. Uma boa camuflagem. Levar algo em segredo para a Flórida e para mais além em caixas de ar-condicionado era uma bela jogada. Não havia produto mais plausível para os mercados locais. As caixas haviam enganado os tiras de Jacksonville. Eles não pensaram duas vezes. Mas os números de série me incomodavam. Se não havia aparelhos elétricos nas caixas, por que era necessário escrever números de série nelas? Isso estava levando a camuflagem a limites absurdos. O que diabos significavam os números de série? O que diabos havia naquelas malditas caixas?

Essa era a pergunta que eu estava me fazendo. No fim das contas, foi Joe que a respondeu para mim. Estava andando no meio da chuva, pensando no que Kelstein havia dito sobre precisão. Ele dissera que Joe possuía uma precisão muito cativante em relação ao jeito com que se expressava. Eu sabia disso. Estava pensando sobre a pequena e precisa lista que ele havia imprimido para si. As letras maiúsculas e imponentes. As fileiras de iniciais. A coluna com os números de telefone. As duas notas no pé de página. A garagem dos Stoller. O arquivo de Gray sobre Kliner. Precisava checar a lista novamente. Mas subitamente tive a certeza de que Joe estava me dizendo que, se eu quisesse saber o que Kliner vinha botando nessas caixas, poderia valer a pena ir até a garagem dos Stoller para dar uma segunda olhada.

27

A PRIMEIRA COISA QUE FIZ QUANDO VOLtei à casa foi me acomodar na cozinha luxuosa de Charlie Hubble e preparar um café. Liguei a máquina para que fervesse. Depois, abri o forno. Tirei todas as minhas coisas. Elas ficaram esquentando durante quase uma hora e já estavam totalmente secas. O couro do porrete e o chaveiro haviam se retesado um pouco. Além disso, não houve nenhum dano a mais. Guardei a arma novamente e a carreguei. Deixei-a na mesa da cozinha. Armei e travei.

Depois chequei a folha impressa do computador de Joe para tentar obter a confirmação que eu achava que estava lá. Mas havia um problema. Um grande problema. O papel estava seco e enrugado, e o que estava escrito havia sumido. O papel estava completamente em branco. A água da piscina havia apagado toda a tinta. Havia manchas levemente borradas, mas não dava para ler o que estava escrito. Dei de ombros. Havia lido aquilo umas mil vezes. Teria que contar com a minha memória para me lembrar do que havia ali.

A parada seguinte foi no porão. Fiquei mexendo na calefação até ela funcionar. Depois, tirei a roupa e joguei-a dentro da secadora elétrica de Charlie. Ajustei-a para operar em intensidade baixa durante uma hora. Não tinha idéia do que estava fazendo. No exército, um cabo qualquer cuidava dos serviços de lavanderia. Ele pegava a minha roupa e a trazia de volta limpa e dobrada. Desde então só comprei trapos vagabundos para usar e simplesmente jogar fora depois.

Subi pelado para o andar de cima e entrei no banheiro de Hubble. Tomei um banho longo e quente, e lavei o rímel que sujava o meu rosto. Fiquei um bom tempo debaixo do chuveiro. Enrolei-me numa toalha e desci para tomar café.

Não dava para ir a Atlanta naquela noite. Não conseguiria chegar lá, quem sabe, antes das três e meia da manhã. Essa era a hora errada para adentrar qualquer recinto. Não tinha identidade para mostrar e nenhum status apropriado. Uma visita noturna poderia resultar num problema. Só poderia partir amanhã, assim que acordasse. Eu não tinha escolha.

Então pensei em dormir. Desliguei o rádio da cozinha e perambulei até chegar ao escritório de Hubble. Desliguei a televisão. Olhei em volta. Era um quarto escuro e aconchegante. Vários quadros com moldura de madeira e grandes cadeiras estofadas com couro. Do lado da televisão havia uma aparelhagem de som. Era uma espécie de equipamento japonês. Prateleiras e mais prateleiras de CDs e fitas cassete. Um grande destaque para os Beatles. Hubble dissera que era fã de John Lennon. Havia estado no Dakota, em Nova York, e em Liverpool, na Inglaterra. Ele tinha, simplesmente, tudo. Todos os discos, alguns piratas, aquela coleção de compactos em CD que era vendida numa caixa de madeira.

Acima da mesa havia uma estante de livros. Pilhas de periódicos profissionais e uma fileira de livros mais pesados. Diários contábeis e relatórios técnicos. Os periódicos ocupavam uns sessenta centímetros de espaço na estante. Pareciam um tanto maçantes. Cópias desarrumadas de algo que se chamava *Banking Journal*. Duas edições de uma revista mais grossa intitulada *Bank Management*. Uma chamada *Banker*. *Banker's Magazine*, *Banker's Monthly*, *Business Journal*, *Business Week*, *Cash Management Bulletin*, *The Economist*, *The Financial Post*. Todas enfileiradas em ordem alfabética, na ordem numérica correta. Eram edições fortuitas, publicadas ao longo dos últimos anos. Nada de coleções completas. No final da fileira havia alguns despachos do Departamento do Tesouro dos Estados Unidos e uns dois números de algo chamado *World of Banking*. Uma coleção curiosa. Parecia algo muito seletivo. Talvez fossem apenas números pesados e especiais. Talvez Hubble os lesse quando não conseguia dormir.

Eu não teria nenhum problema para dormir. Estava saindo do escritório, em busca de uma cama emprestada, quando algo me ocorreu. Voltei para a mesa e olhei para a estante novamente. Passei o dedo pela fileira de revistas e periódicos. Chequei as datas impressas nas lombadas sob os títulos bombásticos. Algumas delas eram edições bem recentes. A seqüência aleatória continuava até a última edição de duas delas. Mais de uma dúzia de revistas eram do ano em que estávamos. Um terço delas foi lançado depois que Hubble deixou seu emprego no banco. Depois que foi demitido. Elas eram publicadas por banqueiros, mas naquela altura ele não era mais um executivo. Mas ainda continuava encomendando esses pesados periódicos profissionais. Ainda os estava recebendo. Ainda lia aquelas publicações complicadas. Por quê?

Tirei dois daqueles periódicos da estante. Olhei para as capas. Eram revistas grossas e impressas em papel de alta qualidade. Segurei-as com meus dedos, no topo e na parte de baixo das lombadas. Elas acabavam se abrindo nas páginas que Hubble havia consultado. Olhei para essas páginas. Peguei mais algumas edições. Deixei que elas caíssem abertas. Sentei-me na cadeira de couro de Hubble. Fiquei ali sentado, enrolado em sua toalha, lendo. Passei os olhos em todas as revistas que estavam na estante. Da esquerda para a direita, do começo ao fim. Todos os periódicos. Levei uma hora.

Depois comecei a olhar os livros. Passei o dedo pela fileira empoeirada. Parei e fiquei um pouco chocado quando avistei dois nomes que conhecia. Kelstein e Bartholomew. Um volume grande e antigo. Encadernado em couro vermelho. Era o seu relatório para o subcomitê do Senado. Puxei-o e comecei a virar as páginas. Era uma publicação incrível. Kelstein a havia descrito, modestamente, como a bíblia dos antifalsificadores. E era mesmo. Ele fora muito modesto. Era totalmente completa. Uma relato esmerado de todas as técnicas conhecidas de falsificação. Exemplos e casos abundantes foram tirados de cada operação de extorsão conhecida. Levantei o livro e o coloquei no meu colo. Passei mais uma hora lendo só aquele volume.

Primeiro me concentrei nos problemas ligados ao papel. Kelstein havia dito que o papel era a chave de tudo. Ele e Bartholomew produziram um longo apêndice que falava sobre papel. O segmento desenvolvia tudo que o professor me havia dito cara a cara. As fibras de algodão e de linho, os corantes químicos, a introdução dos filetes de polímeros vermelhos e azuis. O papel era produzido em Dalton, Massachusetts, por uma firma chamada Crane and Company. Acenei com a cabeça. Já havia ouvido falar deles. Acho que eu já havia comprado alguns cartões de Natal impressos com essa marca. Lembrava-me dos cartões grossos e pesados e dos envelopes de cor creme. Gostava deles. A empresa fazia papel-moeda para o Tesouro desde 1879. Por mais de um século, ele era levado de caminhão para Washington, sob uma vigilância pesada feita por carros blindados. Nada chegou a ser roubado. Nem uma única folha.

Depois, abri o livro no final, no apêndice, e comecei a olhar para o texto principal. Empilhei a pequena biblioteca de Hubble em cima de sua mesa. Olhei tudo novamente. Algumas coisas eu li duas, três vezes. Voltava seguidamente à pilha desordenada de artigos e relatórios densos. Checando, fazendo referências cruzadas, tentando entender a linguagem arcana. Voltei várias vezes para o grande relatório vermelho do Senado. Houve três parágrafos que li repetidas vezes. O primeiro era sobre uma antiga rede de falsificação em Bogotá, na Colômbia. O segundo falava sobre uma operação libanesa bem anterior. A Falange Cristã havia se unido a alguns gravadores armênios durante uma antiga guerra civil. O terceiro falava sobre uma certa noção básica de química. Um monte de fórmulas complicadas, mas havia algumas palavras que eu reconheci. Li muitas vezes os três parágrafos. Fui até a cozinha. Peguei a lista de Joe que havia sumido. Olhei-a durante um bom tempo. Voltei para o escritório escuro e sossegado, sentei-me sob uma luminária, pensei e fiquei lendo no meio da noite.

Aquilo não me deixou com sono. Teve exatamente o efeito contrário. Deixou-me acordado. Literalmente ligado. Tremendo de choque e entusiasmo. Pois, na hora em que terminei de ler, sabia exatamente onde eles estavam obtendo o seu papel. Sabia exatamente onde o estavam conseguindo. Sabia o que havia naquelas caixas de ar-condicionado no ano passado. Não precisava ir para Atlanta e ver. Eu sabia. Sabia o que Kliner estava guardando em seu armazém. Sabia o que todos aqueles caminhões estavam trazendo diariamente. Sabia o que o título de Joe queria dizer. E Unum Pluribus. Sabia por que ele havia escolhido esse lema ao contrário. Sabia tudo, com vinte e quatro horas de antecedência. Tudo, do começo ao fim. Do topo até a base. De dentro para fora. E era uma baita de uma operação engenhosa. O velho professor Kelstein me disse que não havia como obter o papel. Mas Kliner provou que ele estava errado. Kliner havia descoberto uma maneira de obtê-lo. Um jeito muito simples.

Pulei da mesa e corri para o porão. Abri a porta da secadora com um puxão e tirei as minhas roupas. Fui me vestindo enquanto pulava com um pé só no piso de concreto. Deixei a toalha no lugar onde caiu. Corri de volta para a cozinha. Coloquei na minha jaqueta as coisas das quais iria precisar. Saí correndo, deixando a porta lascada balançando. Corri sobre os cascalhos até onde o Bentley estava. Dei a partida e segui de ré pela alameda. Fiz o motor roncar na Beckman e cantei pneus para virar à esquerda na rua principal. Segui à toda pela cidade silenciosa e passei batido pelo café. Virei novamente à esquerda e caí na estrada que ia para Warburton, acelerando o imponente clássico o máximo que podia.

Os faróis do Bentley eram antiquados. Design de vinte anos. A noite era irregular em termos de intensidade. Faltavam algumas horas para o amanhecer, e as últimas nuvens da tempestade passavam em frente à lua. A estrada nunca foi muito plana. Não havia inclinação e a superfície era cheia de protuberâncias. E estava escorregadia por causa da água que caiu durante a tempestade. O velho carro estava deslizando e chafurdando. Por isso diminuí a velocidade. Percebi que era mais inteligente levar uns dez minutos a mais para chegar do que sair da estrada e ir parar num campo qualquer. Não queria me juntar a Joe. Não queria ser outro irmão Reacher que sabia de tudo, mas estava morto.

Passei pelo matagal cheio de árvores. Era um trecho ainda mais escuro sob a escuridão do céu. A quilômetros de distância dali, dava para ver as luzes que contornavam a prisão. Elas resplandeciam no meio do cenário noturno. Passei batido. Depois, por mais alguns quilômetros, pude ver o seu brilho no espelho, atrás de mim. Até que atravessei a ponte, por cima do Franklin, saindo da Geórgia e entrando no Alabama. Passei voando pela velha estalagem na qual eu e Roscoe havíamos estado. O Tanque. Estava fechada e escura. Um quilômetro e meio depois cheguei no motel. Deixei o motor ligado e entrei na recepção para acordar o funcionário da noite.

— Você tem um hóspede chamado Finlay aqui? — perguntei.

Ele esfregou os olhos e olhou para o registro.

— No onze — respondeu.

O lugar num todo tinha aquele visual noturno. Parado, silencioso e adormecido. Encontrei o chalé de Finlay. Número 11. Seu Chevy da polícia estava estacionado em frente. Fiz bastante barulho batendo em sua porta. Tive que ficar batendo por um bom tempo. Até que ouvi um gemido irritado. Não deu para ouvir exatamente o que foi dito. Bati um pouco mais.

— Vamos, Finlay — gritei.

— Quem está aí? — ouvi-o berrar de volta.

— É o Reacher. Abra esta maldita porta.

Houve uma pausa. E então a porta se abriu. Finlay estava ali em pé. Eu o havia acordado. Ele usava um pulôver cinza e um short de pugilista. Fiquei estupefato. Esperava que ele dormisse com seu terno de algodão. E com o colete de fustão.

— Que diabos você quer?

— Tenho uma coisa para lhe mostrar.

Ele se levantou bocejando e piscando.

— Que horas são?

— Não sei. Cinco horas, seis, talvez. Vista-se. Vamos num lugar.

— Vamos aonde?

— Atlanta. Tenho uma coisa para lhe mostrar.

— Que coisa? É só me dizer, não pode?

— Vista-se, Finlay — repeti. — Temos que ir.

Ele resmungou, mas foi se vestir. Demorou algum tempo. Quinze minutos, talvez. Desapareceu dentro do banheiro. Entrou parecendo um cara normal que havia acabado de acordar. Saiu parecido com Finlay. Com terno de algodão e tudo o mais.

— Ok — disse ele. — É bom que isso valha muito a pena, Reacher.

Saímos no meio do amanhecer. Andei até o carro enquanto ele trancava a porta do seu chalé. E depois se juntou a mim.

— Você vai dirigir? — perguntou ele.

— Por quê? Tem algum problema?

Ele parecia imensamente irritado. E olhou para o Bentley que brilhava.

— Não gosto que ninguém dirija para mim. Você quer que eu assuma o volante?

— Tanto faz quem vai dirigir. Só quero que você entre neste maldito carro, dá pra ser?

Ele entrou pela porta do motorista e lhe passei as chaves. Estava bastante feliz por fazer isso. Sentia-me muito cansado. Ele deu a partida no Bentley e saiu do estacionamento. Virou para o leste. Ajeitou-se para dirigir. Ele corria. Muito mais do que eu. Era um belo de um motorista.

— E então, o que está acontecendo? — perguntou Finlay.

Olhei-o de lado. Dava para ver seus olhos com o brilho que vinha do painel.

— Descobri tudo. Sei o que está acontecendo.

Ele me encarou de volta.

— E então, vai me contar?

— Você ligou para Princeton?

Ele resmungou e bateu no volante do Bentley, irritado.

— Fiquei no telefone durante uma hora. O cara sabia muita coisa, mas no fim das contas não sabia de nada.

— O que ele lhe disse?

— Deu-me todo o quadro da situação. Era um sujeito inteligente. Pós-graduação em história, trabalhava para Bartholomew. Acaba que Bartholomew e o outro cara, Kelstein, eram os bambambãs do estudo sobre a falsificação. Joe os vinha usando como orientadores.

Acenei em sua direção.

— Já soube de tudo isso com Kelstein.

Ele se voltou novamente para mim. Ainda irritado.

— Então por que está me perguntando?

— Quero saber quais são as suas conclusões. Quero ver até aonde você chegou.

— Não chegamos a lugar nenhum. Eles se falaram durante um ano e concluíram que não havia como Kliner conseguir tanto papel de boa qualidade.

— Isso foi exatamente o que Kelstein disse. Mas descobri.

Finlay me olhou novamente. Havia uma expressão de surpresa em seu rosto. Dava para ver, a uma boa distância, o brilho das luzes da prisão em Warburton.

— Então me conte tudo.

— Acorde e tente descobrir por conta própria, cara de Harvard.

Ele resmungou novamente. Ainda irritado. Continuou dirigindo. Lançamo-nos no meio dos feixes de luz que transbordavam das grades da prisão. Passamos pelo acesso que dava na penitenciária. Até que aquele brilho amarelo e ameaçador ficou para trás.

— Então comece me dando uma pista, pode ser? — disse Finlay.

— Vou lhe dar duas pistas. O título que Joe usou na sua lista. E Unum Pluribus. E depois pense no que é único na moeda americana.

Ele acenou com a cabeça. Pensou no que eu havia dito. Ficou batendo com os dedos no volante.

— E Unum Pluribus. É o lema dos Estados Unidos ao contrário. Então devemos pressupor que de um vêm muitos, certo?

— Correto. E o que é único nas notas americanas, em comparação com qualquer outro país no mundo?

Ele pensou. Estava pensando em algo tão familiar que não conseguia ver. Continuamos dirigindo. Passamos pelo grupo de árvores à esquerda. Mais à frente podíamos vislumbrar o amanhecer a leste.

— O quê?

— Morei pelo mundo afora. Seis continentes, se você contar um breve período que passei numa estação meteorológica da força aérea na Antártida. Dezenas de países. Já tive um monte de moedas diferentes no meu bolso. Ienes, marcos, libras, liras, pesos, wons, francos, siclos, rupias. Agora tenho dólares. O que eu noto?

Finlay deu de ombros.

— O quê?

— Dólares têm o mesmo tamanho. Notas de cinqüenta, cem, dez, vinte, cinco ou um. Todas têm o mesmo tamanho. Nenhum outro país que já vi faz isso. Em qualquer outro lugar, as moedas de valor mais alto são maiores do que as de menor valor. Há uma progressão, entende? Em qualquer outro lugar, a de um é uma nota pequena, a de cinco é maior, a de dez é maior ainda, e daí por diante. As de valor mais alto são sempre folhas grandes de papel. Mas os dólares americanos possuem todos o mesmo tamanho. A nota de cem tem o mesmo tamanho da de um dólar.

— E daí?

— Então onde eles estão conseguindo o seu papel?

Esperei. Ele olhou para fora da janela. Para longe de mim. Não estava entendendo aonde eu queria chegar, e isso o estava irritando.

— Estão comprando. Estão comprando o papel a um dólar a folha.

Ele suspirou e me encarou.

— Não o estão comprando, pelo amor de Deus. O cara que trabalhava com Bartholomew deixou isso muito claro. Ele é fabricado em Dalton e toda a operação é mais segura do que cofre de banco. Não perderam uma só nota em cento e vinte anos. Ninguém as está vendendo no mercado negro, Reacher.

— Errado, Finlay. Elas estão à venda no mercado livre.

Ele resmungou novamente. Continuamos dirigindo. Chegamos na curva que dava na estrada do condado. Finlay reduziu e virou à esquerda. Seguiu para o norte, na direção da rodovia. Agora, vislumbrávamos a alvorada à nossa direita. Cada vez mais forte.

— Eles estão percorrendo o país atrás de notas de um dólar — afirmei. — Foi esse o papel que Hubble assumiu há um ano e meio. Essa costumava ser sua função no banco, gerência de câmbio. Ele sabia como obter dinheiro. Por isso descobriu uma maneira de arrumar notas de um dólar com bancos, shopping centers, varejistas, supermercados, eventos esportivos, cassinos, onde quer que pudesse. Era um grande trabalho. Eles precisavam de muitas notas. Estão usando ordens de pagamento, transferências eletrônicas e notas de cem falsas para comprar notas de um dólar genuínas em todos os Estados Unidos. Cerca de uma tonelada por semana.

Finlay me encarou. Acenou positivamente. Estava começando a entender.

— Uma tonelada por semana? Quanto dá isso?

— Uma tonelada em notas de um dá um milhão de dólares. Eles precisam de quarenta toneladas por ano. Quarenta milhões de dólares em notas de um.

— Prossiga.

— Os caminhões as trazem para Margrave. Vão buscá-las em qualquer lugar onde Hubble as encontra. E vêm para o armazém.

Finlay continuou acenando. Estava entendendo. Ele podia ver.

— E então, depois de captadas, elas eram enviadas novamente nas caixas de ar-condicionado — concluiu o detetive.

— Correto. Até há um ano. Até a guarda costeira os impedir. Eram caixas novas e intactas, provavelmente encomendadas de alguma fábrica de caixas de papelão a uns três mil quilômetros. Eles as embalavam, lacravam e enviavam. Mas costumavam contá-las antes de as despachar.

Ele acenou mais uma vez com a cabeça.

— Para não perder o controle da contabilidade — afirmou. — Mas como diabos se faz para contar uma tonelada de dólares por semana?

— Eles as pesavam. Toda vez que enchiam uma caixa, colocavam numa balança e pesavam. Se formos pensar em notas de um, uma onça vale trinta dólares. Uma libra equivale a quatrocentos e oitenta. Li tudo sobre isso na noite passada. Eles pesavam, calculavam o valor e, depois, o escreviam na lateral da caixa.

— Como você sabe?

— Os números de série. Diziam quanto dinheiro havia na caixa.

Finlay deu um sorriso pesaroso.

— Ok. Então as caixas iam para a praia de Jacksonville, certo?

Acenei positivamente.

— Eram colocadas num barco. E levadas para a Venezuela.

Depois ficamos em silêncio. Estávamos nos aproximando do complexo de armazéns no topo da velha estrada do condado. Ele assomava à esquerda como se fosse o centro do nosso universo. As laterais de metal refletiam o tênue crepúsculo. Finlay diminuiu a velocidade. Examinamos superficialmente o local. Nossas cabeças viraram assim que passamos em frente. Depois, demos a volta e subimos a rampa que dava na rodovia. Seguimos rumo ao norte para Atlanta. Finlay pisou fundo e o velho e imponente automóvel começou a acelerar.

— O que tem na Venezuela? — perguntei.

Ele deu de ombros.

— Muitas coisas, certo?

— As fábricas de produtos químicos de Kliner. Foram transferidas para lá depois do problema com a Agência de Proteção ao Meio Ambiente.

— E daí?

— Pois é. O que ela faz? Para que serve essa indústria química?

— Tem algo a ver com algodão.

— Certo. Envolve hidróxido de sódio, hipoclorito de sódio, cloro e água. O que você obtém quando mistura todos esses elementos químicos?

Finlay deu de ombros. Ele era um tira, não um químico.

— Um alvejante — prossegui. — Um alvejante bem forte, age especialmente sobre fibras de algodão.

— E daí?

— O que o ajudante de Bartholomew lhe falou sobre papel-moeda?

Finlay respirou repentinamente. Era praticamente um suspiro.

— Meu Deus — concluiu. — O papel-moeda é em grande parte fibra de algodão. Com um pouco de linho. Eles estão alvejando os dólares. Meu Deus, Reacher, estão apagando a tinta. Não acredito. Estão descolorindo as notas de um dólar e ficando com quarenta milhões de genuínas folhas de papel em branco para fazer o que quiserem.

Sorri em sua direção enquanto ele estendia a mão direita. Batemos as palmas e gritamos um com o outro a sós dentro do carro que corria.

— Você conseguiu, cria de Harvard. É isso que eles estão fazendo. Não há dúvida. Descobriram como se dá o processo químico e estão reimprimindo as cédulas em branco como notas de cem. Era isso que Joe queria dizer. De um vêm muitos. De um dólar vêm cem dólares.

— Meu Deus — repetiu Finlay. — Estão descolorindo e fazendo a tinta desaparecer. Coisa séria, Reacher. E você sabe o que isso quer dizer? Neste instante, o armazém está cheio até o teto com quarenta toneladas de notas de dólar genuínas. Há quarenta milhões de dólares lá dentro. Quarenta toneladas, todas empilhadas, esperando a guarda costeira recuar. Nós os pegamos com as calças arriadas, certo?

Dei uma gargalhada, satisfeito.

— Certo — afirmei. — Na altura dos tornozelos. Suas bundas estão expostas à brisa. É isso que os estava deixando tão preocupados. É por isso que entraram em pânico.

Finlay balançou a cabeça. Sorriu na direção do pára-brisa.

— Como você descobriu tudo isso?!? — perguntou.

Não respondi imediatamente. Continuamos dirigindo. A rodovia nos levava para um ponto onde dava para ver a crescente área urbana do sudoeste de Atlanta. Blocos de concreto começavam a preencher a paisagem. A construção e o comércio estavam à toda, confirmando a força crescente dos estados do Sul. Guindastes prontos para escorar a muralha a sudoeste da cidade contra o vazio rural que vinha de fora.

— Vamos fazer as coisas dando um passo de cada vez — afirmei. — Em primeiro lugar, irei lhe provar o que estou dizendo. Vou lhe mostrar uma caixa de ar-condicionado cheia de notas de um dólar genuínas.

— Vai mesmo? Onde?

Encarei-o.

— Na garagem dos Stoller.

— Pelo amor de Deus, Reacher. Ela foi incendiada. E não havia nada em seu interior, certo? Mesmo se houvesse, agora há policiais e bombeiros de Atlanta cercando-a completamente.

— Não tenho nada, nenhuma informação confirmando que ela foi incendiada.

— De que diabos você está falando? Eu já lhe disse, estava no fax.

— Onde você estudou?

— O que isso tem a ver?

— Precisão. É um hábito mental. Pode ser reforçada com um bom aprendizado. Você viu a folha impressa de Joe, certo?

Finlay acenou positivamente.

— Lembra-se do penúltimo item?

— Garagem *dos* Stoller.

— Certo. Mas pense na gramática. Se houvesse um "do" antes de "Stoller", significaria que a garagem pertence a uma pessoa chamada Stoller. Trata-se da junção da preposição "de" com o artigo "o" no singular.

— E daí?

— E daí que estava escrito "dos" e não "do". Isso significa que a garagem pertence aos Stoller. Preposição mais artigo no plural. A garagem pertence a duas pessoas chamadas Stoller. E não havia duas pessoas chamadas Stoller vivendo na casa perto do campo de golfe. Judy e Sherman não eram casados. O único lugar no qual vamos encontrar duas pessoas chamadas Stoller é na pequena casa onde moram os pais de Sherman. E eles têm uma garagem.

Finlay dirigiu em silêncio. Tentando repassar a gramática que havia aprendido na graduação.

— Você acha que ele deixou uma caixa com os pais? — perguntou o detetive.

— É lógico. As caixas que vimos em sua casa estavam vazias. Mas Sherman não sabia que ia morrer na quinta-feira. Por isso é razoável supor que ele tinha mais economias guardadas num outro lugar. O sujeito achava que iria viver anos sem trabalhar.

Já estávamos quase entrando em Atlanta. O grande intercâmbio estava começando.

— Dê uma volta perto do aeroporto — pedi.

Margeamos a cidade sobre um elevado. Passamos perto do aeroporto. Voltei para a parte pobre da cidade. Eram quase sete e meia da manhã. O lugar parecia bacana sob a luz suave da manhã. O sol baixo lhe deu um brilho falso. Encontrei a rua e a casa certas, baixas e sem fazer mal a ninguém por trás da proteção contra furacões.

Saímos do carro e eu guiei Finlay até o portão na cerca de arame farpado. No meio da trilha que dava na porta, acenei para meu colega. Ele sacou seu distintivo e bateu. Ouvimos o piso do corredor de entrada ranger. Ouvimos pequenas trancas e correntes crepitando e retinindo. Então a porta se abriu. Era a mãe de Sherman Stoller. Parecia acordada. Não dava a impressão de que a havíamos tirado da cama. Ela não falou nada. Apenas nos encarou.

— Bom-dia, Sra. Stoller. Lembra-se de mim?

— Você é oficial de polícia — disse a senhora.

Finlay estendeu seu distintivo na direção da dona da casa. Ela acenou com a cabeça.

— É melhor vocês entrarem.

Nós dois a seguimos pela sala até a cozinha apertada.

— O que posso fazer por vocês?

— Gostaríamos de ver o interior da sua garagem, madame — afirmou Finlay. — Temos motivos para acreditar que o seu filho pode ter guardado pertences roubados.

A mulher ficou em silêncio dentro de sua cozinha por um instante. Depois se virou e tirou uma chave que estava pendurada num prego na parede. Passou-a para nós sem dizer uma só palavra. Saiu andando pelo corredor apertado e sumiu ao entrar num outro quarto. Finlay deu de ombros na minha direção. Logo saímos pela porta da frente e andamos até a garagem.

Era uma pequena estrutura que estava prestes a desabar, grande o bastante para apenas um carro. Finlay enfiou a chave na tranca e abriu a porta. A garagem estava vazia, exceto por duas caixas altas de papelão. Estavam colocadas lado a lado e encostadas na parede dos fundos. Eram idênticas às caixas vazias que eu vira na casa nova de Sherman Stoller. Island Condicionadores de Ar. Mas essas ainda estavam lacradas com fita adesiva. Possuíam longos números de série escritos a mão. Dei uma boa olhada neles. De acordo com esses números, havia cem mil dólares em cada caixa.

Finlay e eu ficamos ali olhando para as caixas. Apenas olhando. Então andei em sua direção e arrastei uma delas da parede. Tirei o canivete de Morrison do bolso e pus a lâmina para fora. Empurrei a ponta por baixo da fita adesiva, fiz um corte e abri a parte de cima. Levantei as abas no topo e derrubei a caixa.

Ela caiu com um baque pesado no chão de concreto, levantando poeira, trazendo uma avalanche de papel-moeda. O dinheiro forrou o chão. Cédulas em massa. Milhares e milhares de notas de dólar. Um rio de notas de um dólar, algumas novas, outras amassadas, algumas em rolos grossos, outras em blocos pesados, algumas soltas e que ficaram flutuando. A caixa de papelão derramou o seu conteúdo, e a torrente de grana chegou até os sapatos engraxados de Finlay. Ele se agachou e mergulhou as mãos no lago de dinheiro. Pegou dois punhados de cédulas ao acaso e os ergueu. A pequena garagem era mal iluminada. Só havia uma pequena vidraça suja deixando entrar a pálida luz da manhã. Finlay ficou no chão com suas mãos cheias de dólares. Olhamos para o dinheiro e depois olhamos um para o outro.

— Quanto há ali dentro? — perguntou Finlay.

Dei um chute na caixa para que ela virasse, a fim de encontrar o número escrito a mão. Mais notas verteram de dentro e caíram no chão.

— Quase cem mil — respondi.

— E na outra?

Olhei para a outra caixa. Li o longo número escrito a mão.

— Cem mil mais uns trocados. As notas devem estar bem prensadas.

Ele balançou a cabeça. Largou as notas e começou a enterrar as mãos no fundo da pilha. Então se levantou e começou a chutá-las para todo lado. Como faz uma criança com as folhas do outono. Juntei-me a ele. Estávamos rindo e chutando grandes bolos de notas para todo lado. O ar estava ficando espesso por causa disso. Estávamos gritando e batendo um nas costas do outro. Ficamos beijando várias notas e dançando em meio a cem mil dólares no piso da garagem.

Finlay deu ré com o Bentley para dentro da garagem. Fiquei amontoando as notas e comecei a enfiá-las de volta na caixa de ar-condicionado. Nem todas iriam caber. O problema era que os rolos apertados e os blocos haviam se desfeito. Era apenas um amontoado de notas de dólar soltas. Coloquei a caixa em pé e prensei o dinheiro o máximo possível, mas foi em vão. Devo ter deixado uns trinta mil no chão da garagem.

— Vamos levar a caixa lacrada — disse Finlay. — Voltamos para pegar o resto depois.

— É uma gota no balde. Devíamos deixar o resto para os coroas. Como se fosse um fundo de pensão. Uma herança do seu garoto.

Ele pensou nisso. Deu de ombros, como se não tivesse importância. O dinheiro estava ali jogado, como se fosse lixo. Havia tanto em jogo que aquilo ali não parecia ser nada.

— Ok — concordou finalmente.

Arrastamos a caixa lacrada para fora, para a luz da manhã. Erguemos a dita-cuja e a colocamos na mala do Bentley. Não era uma tarefa fácil. A caixa era muito pesada. Cem mil dólares pesam cerca de noventa quilos. Descansamos por algum tempo, ofegantes. Depois fechamos a porta da garagem. Deixamos os outros cem mil lá dentro.

— Vou ligar para Picard — anunciou o detetive.

Ele voltou para a casa do velho casal para fazer uma ligação. Recostei-me na capota quente do Bentley e aproveitei o sol matinal. Dois minutos depois, ele estava de volta.

— Temos que ir ao seu escritório. Reunião estratégica.

Finlay dirigiu. Saiu com dificuldade pelo labirinto desordenado formado pelas pequenas ruas que seguiam para o centro. Girou o enorme volante de baquelita e rumou para as torres.

— Ok — resignou-se o policial. — Você provou tudo. Agora me diga como descobriu.

Contorci-me no banco de couro para poder encará-lo.

— Queria checar a lista de Joe. Aquele negócio da preposição e do artigo da garagem dos Stoller. Mas a lista havia ficado encharcada por causa da água clorada. Tudo o que estava escrito foi apagado.

Ele me lançou um olhar repentino.

— Você desvendou tudo a partir daí?

Balancei a cabeça.

— Li tudo no relatório do Senado. Havia uns dois parágrafos pequenos. Um falava de uma velha operação fraudulenta em Bogotá. Depois um outro sobre uma operação no Líbano feita há anos. Ambas fizeram a mesma coisa, alvejaram notas verdadeiras para que pudessem usar o papel alvejado para reimpressões.

Finlay parou num sinal fechado. Voltou-se novamente para mim.

— Então quer dizer que a idéia de Kliner não era original?

— Não totalmente. Mas todos aqueles sujeitos eram fichinha. Falsificadores de baixíssimo escalão. Kliner montou uma operação em larga escala. Industrial até. Ele é o Henry Ford da falsificação. Henry Ford não inventou o automóvel, certo? Mas inventou a linha de produção.

Ele parou no sinal vermelho seguinte. Havia tráfego na transversal.

— Esse lance do alvejante estava no relatório do Senado? — perguntou Finlay. — Então como é que Bartholomew ou Kelstein não o percebeu? Foram eles que escreveram o maldito livro, não?

— Acho que Bartholomew se tocou. Creio que foi isso que ele acabou percebendo. O e-mail era sobre isso. Ele havia acabado de se lembrar desse detalhe. Foi um relatório muito longo. Milhares de páginas, escrito há muito tempo. O lance do alvejante era apenas uma pequena nota de pé de página no meio de um monte de outras informações. E se referia a operações em escala muito diminuta. Não há comparação com o volume com o qual Kliner está envolvido. Não dá para culpar Bartholomew ou Kelstein. São dois velhos senhores. Não têm imaginação.

Finlay deu de ombros. Estacionou perto de um hidrante e em local proibido.

28

PICARD NOS ENCONTROU EM SUA SOMBRIA SALA de espera e nos levou para um canto. Repassamos tudo o que sabíamos. Ele acenou com a cabeça e seus olhos brilharam. Estava procurando um grande caso.

— Excelente trabalho, meus amigos — disse ele. — Mas com quem estamos lidando agora? Acho que poderíamos supor que todos esses hispânicos são forasteiros. Eles são capangas. Não estão ocultos. Mas, localmente falando, ainda temos cinco dos dez originais escondidos por aí. Não os identificamos. Isso pode tornar as coisas muito traiçoeiras para nós. Sabemos de Morrison, Teale, Baker e os dois Kliner, certo? Mas quem são os outros cinco? Pode ser qualquer um, não?

Balancei a cabeça na direção do agente do FBI.

— Só precisamos identificar mais um — afirmei. — Descobri mais quatro na noite passada. Só não sabemos quem é o décimo.

Picard e Finlay ficaram sentados.

— Quem são? — perguntou o primeiro.

— Os dois porteiros do armazém. E dois outros tiras. A equipe de retaguarda que me prendeu na sexta-feira da semana passada.

— Mais tiras? — comentou Finlay. — Merda.

Picard acenou com a cabeça. E colocou as palmas das mãos enormes em cima da mesa.

— Ok — disse o gigante. — Quero que vocês dois voltem para Margrave imediatamente. Tentem ficar longe de qualquer confusão, mas, se não conseguirem, então façam as prisões. Mas tenham muito cuidado com esse décimo sujeito. Pode ser qualquer um. Estarei logo atrás de vocês. Dêem-me vinte minutos para pegar Roscoe de volta e os vejo por lá.

Todos nos levantamos. Apertamos as mãos uns dos outros. Picard seguiu para o andar de cima enquanto eu e Finlay voltamos para o Bentley.

— Como? — perguntou-me o homem de Harvard.

— Baker. Ele me encontrou na noite passada. Contei-lhe uma história, dizendo que iria passar a noite na casa de Hubble atrás de alguns documentos, depois fui até lá para ver o que iria acontecer. Mais tarde chegaram o filho de Kliner e quatro dos seus amigos. Eles vieram me pregar na parede do quarto de Hubble.

— Meu Deus do céu. E o que aconteceu?

— Eu os matei.

Ele fez aquele gesto de olhar para o lado a cento e quarenta por hora.

— Você os matou? Você matou o filho do Kliner?

Acenei positivamente. Ele ficou quieto por um tempo. Reduziu para cento e trinta e cinco.

— Como foi?

— Eu lhes armei uma emboscada. Acertei a cabeça de três deles. Do outro eu cortei a garganta. O Klinerzinho eu afoguei na piscina. Foi assim que molhei a lista de Joe. A água apagou toda a tinta.

— Meu Deus do céu! — repetiu. — Você matou cinco homens. Isso é muito para uma pessoa só, Reacher. Como está se sentindo?

Dei de ombros. Pensei no meu irmão Joe. Pensei nele como um garoto alto e desajeitado de dezoito anos de idade, que estava partindo para servir na Academia Militar de West Point, em Nova York. Pensei em Molly Beth Gordon segurando sua maleta pesada de couro da Borgonha, sorrindo para mim. Olhei para Finlay e respondi sua pergunta com uma das minhas:

— Como você se sente quando apaga a bagana de um baseado?

Ele balançou a cabeça num espasmo, como se fosse um cão esfregando o pêlo molhado de água fria.

— Só restam quatro.

Ele começou a apertar o volante do velho automóvel como se fosse um padeiro misturando a massa. Olhou através do pára-brisa e deu um enorme bocejo.

— Tem alguma idéia de quem seja esse décimo sujeito?

— Não importa quem seja. No momento ele está no armazém com os outros três. O *staff* está bem pequeno, não? Todos ficarão de guarda durante a noite. E amanhã irão encher as picapes. Todos os quatro.

Liguei o rádio do Bentley. Era um aparelho cromado. De um fabricante inglês de vinte anos atrás. Mas funcionava. Estava numa estação decente. Fiquei sentado ouvindo música, tentando não pegar no sono.

— É inacreditável — disse Finlay. — Como diabos algo assim começou num lugar como Margrave?

— Como começou? Começou com Eisenhower. A culpa é dele.

— Eisenhower? O que ele tem a ver com tudo isso?

— Foi ele que construiu as vias interestaduais. Ele matou Margrave. Há muito tempo, aquela velha estrada do condado era a única. Tudo e todos tinham que passar por Margrave. O lugar era cheio de pensões e bares, as pessoas passavam por lá, gastavam dinheiro. Depois as rodovias foram construídas, as viagens aéreas ficaram mais baratas e de repente a cidade morreu. Definhou até virar um ponto no mapa, pois a rodovia passa a vinte e dois quilômetros de distância.

— Então a culpa é da rodovia?

— A culpa é do prefeito Teale. A cidade vendeu suas terras para que os armazéns faturassem algum, certo? O velho Teale intermediou o acordo. Mas não teve coragem de dizer *não* quando viu que o dinheiro novo era dinheiro falso. Kliner o estava imprimindo para usar na operação fraudulenta que estava montando, e o velho Teale acabou deitando na sua cama.

— Ele é um político. Eles nunca dizem *não* para dinheiro. E era uma baita de uma grana. Teale reconstruiu a cidade inteira com ela.

— Afundou a cidade inteira com a grana, essa é a verdade. O lugar virou uma fossa negra. Todos estão flutuando à sua volta. Desde o prefeito até o sujeito que dá o tratamento nas cerejeiras.

Paramos de falar novamente. Fiquei girando o *dial* e ouvi Albert King me dizer que, se não fosse pelo azar, ele não teria sorte alguma.

— Mas por que Margrave? — perguntou Finlay novamente.

O velho Albert me disse que o azar e o transtorno foram os seus únicos amigos.

— Geografia e oportunidade — afirmei. — Ela está no lugar certo. Todos os tipos de rodovia se encontram nas redondezas, e daqui até os ancoradouros da Flórida é uma linha reta. É um lugar sossegado e as pessoas que governam a cidade são gente baixa e gananciosa que faz o que lhe for mandado.

O detetive ficou calado. Pensando na torrente de notas de dólar que seguiam para o sul e para o leste. Como uma tempestade sendo drenada após uma inundação. Uma pequena onda de maré. Uma pequena e incômoda força de trabalho em Margrave prolongando-a. Bastou o menor impedimento para que dezenas de milhares de dólares ficassem acumuladas e bloqueadas. Como se estivessem em um cano de esgoto. Dinheiro suficiente para inundar toda uma cidade. Ele bateu seus dedos longos no volante. E dirigiu o resto do caminho em silêncio.

Estacionamos na vaga mais próxima à porta da delegacia. O carro estava refletido no vidro espelhado. Um Bentley preto antigo, que por si só valia uns cem mil. Levando outros cem mil na mala. O veículo mais valioso do estado da Geórgia. Abri a tampa da mala. Coloquei minha jaqueta em cima da caixa de ar-condicionado. Esperei Finlay e andei até a porta.

O lugar estava deserto, exceto pelo sargento que ficava no balcão. Ele acenou para nós. Contornamos o balcão da recepção. Andamos pelo enorme e silencioso salão do pelotão até o escritório de pau-rosa nos fundos. Entramos e fechamos a porta. Finlay parecia inquieto.

— Quero saber quem é esse décimo sujeito — afirmou. — Poderia ser qualquer um. Poderia ser o sargento. Já há quatro policiais envolvidos nesse negócio.

— Não é ele — afirmei. — Ele nunca faz nada. Só fica com seu traseiro gordo sentado naquele banco. Poderia ser Stevenson, porém. Ele era ligado a Hubble.

Finlay balançou a cabeça.

— Não — retrucou o detetive. — Teale puxou o seu tapete quando assumiu. Ele o queria onde pudesse vê-lo. Por isso não é Stevenson. Acho que poderia ser qualquer um. Poderia ser o Eno. O do café. Ele é um sujeito mal-humorado.

Olhei para ele.

— Você é um sujeito mal-humorado, Finlay. Mau humor não faz de ninguém um criminoso.

Ele deu de ombros. Ignorou a zombaria.

— Então o que faremos? — perguntou.

— Vamos esperar Roscoe e Picard. Começar a partir daí.

Sentei-me na beirada da grande mesa de pau-rosa, balançando a perna. Finlay olhava para cima e para baixo na direção do tapete luxuoso. Ficamos esperando assim durante vinte minutos até que a porta se abriu. Picard ficou ali parado. Era tão grande que preencheu todo o vão da porta. Vi que Finlay o encarava, como se houvesse algo errado com o gigante. Acompanhei seu olhar.

Havia duas coisas erradas com Picard. Em primeiro lugar, não estava com Roscoe ao seu lado. Em segundo, estava segurando uma .38 fornecida pelo governo em sua mão gigante. Segurava-a firme como uma rocha e a apontava bem na direção de Finlay.

29

— VOCÊ?!? — EXCLAMOU FINLAY, OFEGANTE.

Picard lhe dirigiu um sorriso com frieza.

— Eu mesmo — disse ele. — O prazer é todo meu, pode acreditar. Vocês dois foram de muita valia, ambos. Tiveram muita consideração. Mantiveram contato o tempo todo. Deram-me os Hubble e a oficial Roscoe. Realmente, o que mais eu poderia querer?

Finlay estava petrificado, mas tremia.

— Você? — repetiu o detetive.

— Devia ter percebido na quarta-feira, babaca — disse Picard. — Mandei o sujeitinho para o hotel de Joe duas horas antes de lhes falar sobre isso. Você me decepcionou. Já esperava estar fazendo essa cena há muito tempo.

Ele olhou para nós e sorriu. Finlay se virou. Olhou na minha direção. Eu não conseguia pensar em nada para lhe dizer. Não conseguia pensar em nada, ponto. Só fiquei olhando para a enorme massa corporal de Picard no vão da porta e tive a estranha sensação de que aquele seria o último dia da minha vida. Hoje ela iria terminar.

— Vá para lá — disse Picard, voltando-se para mim. — Fique ao lado de Finlay.

Ele dera dois passos gigantes para dentro do escritório e apontava a arma bem na minha direção. Notei mecanicamente que se tratava de uma .38 cano curto nova. Calculei que ela seria precisa a curta distância. Mas não se podia confiar numa .38 para abater um alvo. E éramos dois enquanto ele era um só. E Finlay tinha uma arma num coldre em seu ombro, debaixo do paletó de algodão. Passei uma fração de segundos calculando quais eram as nossas probabilidades. Depois abandonei os cálculos porque o prefeito Teale entrou pela porta aberta atrás de Picard. Estava com sua bengala pesada na mão esquerda. Mas carregava, na mão direita, uma espingarda fornecida pela polícia. Era uma Ithaca Mag-10. Não importava para onde ele a estivesse apontando.

— Vá para lá — repetiu Picard.

— Onde está Roscoe? — perguntei.

Ele riu na minha cara. Simplesmente deu uma gargalhada e, com o cano da arma, fez um gesto para que eu me levantasse e ficasse ao lado de Finlay. Levantei-me da mesa e dei um passo à frente. Sentia-me pesado por causa do chumbo que podia me acertar a qualquer momento. Apertei os lábios e me movi com a determinação inflexível de um aleijado que tentava caminhar.

Fiquei ao lado de Finlay. Teale nos manteve rendidos com a espingarda gigante. Picard enfiou a mão debaixo da jaqueta de Finlay. Tirou o revólver do seu coldre. Enfiou-o no bolso de sua enorme jaqueta, que pendeu e ficou aberta por causa do peso. Era do tamanho de uma barraca. Deu um passo para o lado e me apalpou. Eu estava desarmado. Minha jaqueta estava lá fora, na mala do Bentley. Depois, deu um passo atrás e ficou ao lado de Teale. Finlay olhou para Picard como quem estava com o coração partido.

— O que isso tudo quer dizer? — perguntou Finlay. — Conhecemo-nos há muito tempo, certo?

Picard simplesmente deu de ombros em sua direção.

— Eu lhe disse para ficar longe daqui — afirmou o grandalhão. — Em março eu tentei impedi-lo de vir para cá. Eu o avisei. Isso é verdade, não? Mas você não quis ouvir, hein, seu babaca teimoso? Então vai ter o que merece, meu amigo.

Ouvi Picard resmungando e me senti pior por Finlay do que por mim mesmo. Mas aí Kliner entrou pela porta. Seu rosto duro cedeu aos impulsos e conseguiu esboçar um sorriso. Seus dentes de animal selvagem resplandeciam. Seu olhar me atravessava. Ele estava carregando outra Ithaca Mag-10 na mão esquerda. Na direita, carregava a arma que havia assassinado Joe. Estava apontada bem na minha direção.

Era uma Ruger Mark II. Uma pequena e furtiva automática calibre .22. Equipada com um baita silenciador. É o tipo de arma para o assassino que gosta de se aproximar da vítima. Olhei para ela. Há nove dias, a ponta daquele silenciador havia tocado a têmpora do meu irmão. Não havia dúvida quanto a isso. Dava para sentir.

Picard e Teale foram para trás da mesa. Teale se sentou. Picard se ergueu acima do seu ombro. Kliner estava pedindo para que eu e Finlay nos sentássemos. Usava o cano de sua espingarda como bastão. Fazia movimentos curtos, aos trancos, para que nos mexêssemos. Sentamos. Estávamos lado a lado em frente à grande mesa de pau-rosa. Olhamos bem na direção de Teale. Kliner fechou a porta do escritório e nela se recostou. Segurou a espingarda com uma mão só, na altura dos quadris. Apontava-a para a lateral da minha cabeça. A .22 com silenciador estava apontada para o chão.

Eu, por minha vez, olhava fixamente para os três. O velho Teale me encarava com todos os tipos de ódio à mostra em seu rosto velho e rígido. Estava agitado. Parecia estar sob um estresse terrível. Aparentava o mais completo desespero. Como se estivesse à beira de um colapso.

Parecia ter vinte anos a mais do que o velho de rosto liso que eu conhecera na segunda-feira. Picard parecia melhor. Tinha a calma de um grande atleta. Como um astro do futebol ou um campeão olímpico numa visita a sua velha escola secundária. Mas havia algo que fazia seus olhos se apertarem. Ele batia com o polegar na coxa. Havia uma certa tensão ali.

Olhei de lado para Kliner. Encarei-o profundamente. Mas não havia nada à mostra. Ele estava magro, rígido e seco. Não se movia. Estava absolutamente parado. Seu rosto e seu corpo não o traíam de maneira alguma. Era como se fosse uma estátua entalhada na mais nobre madeira. Mas seus olhos ardiam com uma espécie de energia cruel. Eles me fitavam do seu rosto vazio e inflexível.

Teale abriu uma gaveta da mesa de pau-rosa, fazendo barulho. Tirou de dentro o pequeno gravador que Finlay havia usado comigo. Passou-o para Picard, que estava atrás. Este colocou seu revólver em cima da mesa e ficou mexendo nos fios. Ligou o aparelho. Não se importou com o microfone. Eles não iriam gravar nada. Iam tocar algo para que nós ouvíssemos. Teale se inclinou para a frente e apertou o botão do interfone que estava acoplado à mesa. Naquele silêncio, ouvi a campainha soar levemente lá fora, na sala do pelotão.

— Baker? — disse Teale. — Entre aqui, por favor.

Kliner se afastou da porta e Baker entrou. Estava usando uniforme. Com uma .38 no coldre. Olhou para mim. Não sorriu. Carregava duas fitas cassetes. Teale as tirou de sua mão. Escolheu a segunda.

— Uma fita — disse ele. — Ouça. Você vai achar isso interessante.

Ele enfiou a fita no gravador e fechou a tampa. Apertou *play*. O gravador começou a zumbir e o falante a sibilar. Por baixo do chiado dava para ouvir uma ressonância. Depois disso ouvimos a voz de Roscoe. Estava alta e em pânico. Preencheu todo o silêncio do escritório.

— Reacher? — disse a voz de Roscoe. — Esta mensagem é para você, ok? A mensagem é a seguinte: é melhor você fazer o que eles estão mandando ou estarei em apuros. Se você tiver alguma dúvida do tipo de risco que eu corro, é bom voltar ao necrotério e dar uma olhada no resultado da autópsia da Sra. Morrison. É esse tipo de risco que estou correndo. Por isso me ajude, ok? Fim da mensagem, Reacher.

Sua voz foi diminuindo no meio da gravação. Ouvi um leve gemido de dor como se ela tivesse sido forçada a se afastar do microfone. Depois disso, Teale desligou o gravador. Olhei para ele. Minha temperatura havia despencado para zero. Não me sentia mais humano.

Picard e Baker estavam olhando para mim. Sorrindo satisfeitos. Como se estivessem segurando a carta do jogo. Teale abriu a tampa do gravador e tirou a fita de dentro. Colocou-a num dos lados da mesa. Segurou a outra fita para que eu visse e depois a colocou na máquina. Fechou a tampa e apertou o *play*.

— Mais uma — disse ele. — Ouça com atenção.

Ouvimos o mesmo chiado. A mesma ressonância. E depois surgiu a voz de Charlie Hubble. Ela estava histérica. Como na segunda-feira de manhã, quando estava em pé na alameda cheia de cascalhos da sua casa.

— Hub? — disse a voz de Charlie. — Aqui é Charlie. Estou com as crianças. Não estou em casa, entende o que quero dizer? Tenho que lhe falar uma coisa. Se você não voltar, algo acontecerá com as crianças. Eles me disseram que você sabe o que é. É a mesma coisa que disseram que fariam comigo e com você, mas desta vez será com as crianças. Por isso você tem que voltar imediatamente, ok?

A gravação terminou com a voz de Charlie emitindo uma nota crescente de pânico, que depois morreu no meio da gravação e do chiado. Teale apertou o botão para parar. Tirou a fita de dentro e a colocou cuidadosamente no canto da mesa. Bem na minha frente. Depois disso, Kliner veio andando até entrar no meu campo de visão e se pronunciou:

— Você vai levar essa fita consigo — disse ele para mim. — Vai levar para onde quer que tenha escondido Hubble e tocá-la para o sujeito.

Eu e Finlay olhamos um para o outro. Ficamos nos olhando atônitos. Em seguida, respondi bruscamente, na direção de Kliner:

— Vocês já mataram Hubble.

Kliner hesitou por um segundo.

— Não tente me enrolar com essa merda. Nós íamos fazê-lo, mas você o salvou. E o está escondendo. Charlie nos contou.

— Charlie contou a vocês? — perguntei, espantado.

— Nós perguntamos a ela onde ele estava. Ela garantiu que você teria como encontrá-lo. Insistiu muito nisso. Estávamos com uma faca no meio das pernas da garotinha nessa hora. Ela ficou muito ansiosa para nos convencer de que seu marido não estava fora do nosso alcance. Disse que você havia lhe dado todo tipo de conselho e orientação. Disse que você lhe deu toda a ajuda possível. E que teria como encontrá-lo. Espero, para o bem de todos, que ela não esteja mentindo.

— Você o matou — repeti. — Não sei nada sobre isso.

Kliner acenou com a cabeça e suspirou. Seu tom de voz era baixo:

— Vamos encurtar essa bosta. Você o está escondendo e nós o queremos de volta. Precisamos dele imediatamente. É caso de vida ou morte. Temos um negócio para tocar. Por isso temos algumas opções. Poderíamos arrancar a informação na base da violência. Já discutimos isso. É um problema tático, certo? Mas concluímos que você poderia nos mandar na direção errada, pois o prazo, no momento, está bastante apertado. Você pode achar que essa era a sua melhor opção, correto?

Ele esperava que eu fizesse algum tipo de comentário. Não foi feliz.

— Então o que vamos fazer é o seguinte. Picard irá com você para pegá-lo. Quando vocês o alcançarem, onde quer que seja, Picard irá me ligar. Para o meu celular. Ele sabe o número. Então vocês três irão voltar para cá, ok?

Não respondi.

— Onde ele está? — perguntou Kliner subitamente.

Comecei a falar, mas ele estendeu a mão e me conteve.

— Como já lhe disse, vamos encurtar essa bosta — prosseguiu. — Por exemplo, você está aí sentado pensando com o máximo de concentração possível. Não há dúvida de que está tentando descobrir uma maneira de acabar com o Picard. Mas não conseguirá.

Dei de ombros. Não disse nada.

— Dois problemas — disse Kliner. — Duvido que você consiga matar Picard. Duvido que alguém consiga. Muitos já tentaram. E o meu número de celular não está escrito em lugar nenhum. Está na cabeça de Picard.

Dei de ombros novamente. Kliner era um cara esperto. Da pior espécie.

— Deixe-me acrescentar duas coisas. Não sabemos exatamente onde Hubble está. E você não vai nos dizer a verdade. Então vou lhe dizer o que vamos fazer. Vamos lhe dar um limite de tempo.

Ele se calou e andou até onde Finlay estava sentado. Ergueu a .22 e encostou a ponta do silenciador no ouvido do policial. Empurrou-o com força até Finlay ficar inclinado em sua cadeira.

— O detetive aqui vai ficar trancafiado — prosseguiu Kliner. — Será algemado às barras da cela. Se Picard não tiver me ligado até uma hora antes do amanhecer de amanhã, vou apontar minha pistola para a cela do detetive e apagá-lo. Depois, farei com que a encantadora oficial Roscoe limpe suas tripas da parede dos fundos com uma esponja. Depois vou lhe dar mais uma hora. Se Picard não me ligar até a hora em que o sol nascer, vou começar a brincar com a belíssima oficial Roscoe. Ela acabará sentindo muita dor, Reacher. Mas antes disso vamos abusar muito dela... sexualmente. Muito. Você tem a minha palavra, Reacher. Vai ser um negócio muito sujo. Muito sujo mesmo. Eu e o prefeito Teale passamos uma hora nos divertindo e planejando o que exatamente iremos fazer com ela.

Kliner estava praticamente forçando Finlay a cair da cadeira com a pressão da automática no seu ouvido. Os lábios de Finlay estavam apertados. Kliner sorria com desprezo para mim. E eu sorria de volta. Kliner era um homem morto. Estava tão morto quanto um homem que havia acabado de pular de um prédio alto. Ainda não havia atingido o solo. Mas já havia pulado.

— Entendido? — perguntou Kliner. — Ligue às seis horas amanhã de manhã para salvar a vida do Sr. Finlay, às sete para salvar a da Srta.

Roscoe. E vê se não mexe com Picard. Ninguém mais sabe o meu número de telefone.

Dei de ombros novamente.

— Entendido? — repetiu o facínora.

— Creio que sim. Hubble se mandou e você não tem a mínima idéia de como encontrá-lo, certo? É isso que está me dizendo?

Ninguém falou nada.

— Vocês não conseguem encontrá-lo, é isso? Kliner, você é inútil. Um merda de um inútil. Você acha que é muito esperto, mas não consegue encontrar Hubble. Não conseguiria encontrar o seu cu, nem se eu lhe desse uma vara com um espelho preso na ponta.

Dava para perceber que Finlay não estava respirando. Ele devia estar achando que eu estava brincando com sua vida. Mas o velho Kliner o deixou sozinho. Voltou para o meu campo de visão novamente. Havia empalidecido. Dava para sentir o seu estresse. Estava começando a me acostumar com a idéia de que Hubble ainda estava vivo. Passara a semana inteira morto e agora estava vivo novamente. Estava vivo e escondido em algum lugar. Ficara escondido a semana inteira em algum lugar enquanto o procuravam. Estava em fuga. Não havia sido arrastado de sua casa na segunda-feira de manhã. Saíra por conta própria. Recebeu aquele telefonema do tipo "fique em casa", suspeitou de uma tramóia e fugiu para salvar a vida. E eles não conseguiram encontrá-lo. Paul Hubble me dera a pequena vantagem da qual eu iria precisar.

— O que Hubble tem que vocês querem tanto? — perguntei.

Kliner deu de ombros na minha direção.

— Ele é a única ponta solta — respondeu. — Já cuidei de tudo o mais. E não vou perder o meu negócio só porque um babaca como Hubble está andando por aí em algum lugar, abrindo a sua boca estúpida. Por isso preciso dele em casa. Onde é o seu lugar. Por isso você irá resgatá-lo para mim.

Inclinei-me para a frente e olhei bem no fundo dos seus olhos.

— Será que o seu filho não poderia pegá-lo para você? — perguntei, calmamente.

Ninguém falou nada. Inclinei-me um pouco mais.

— Diga para o seu filho ir pegá-lo — insisti.

Kliner ficou em silêncio.

— Onde está o seu filho, Kliner? — perguntei.

Ele não disse nada.

— O que aconteceu com ele? — continuei. — Você sabe?

Ele sabia, mas não queria dizer. Dava para ver. Ele não tinha aceitado. Havia mandado o moleque atrás de mim, e ele não havia voltado. Por isso sabia, mas não admitira. Seu rosto endurecido foi ficando mais relaxado. Ele queria saber. Mas não podia me perguntar. Queria me odiar por ter assassinado seu filho. Mas também não podia fazer isso. Porque fazê-lo seria admitir que era verdade.

Encarei-o. Ele queria levantar aquela espingarda enorme e atirar em mim até eu começar a chorar sangue. Mas não podia. Pois precisava de mim para trazer Hubble de volta. Estava todo remexido por dentro. Queria atirar em mim naquele instante. Mas quarenta toneladas de dinheiro eram mais importantes para ele do que a vida do seu filho.

Olhei dentro dos seus olhos moribundos. Sem piscar. Falei delicadamente:

— Onde está o seu filho, Kliner?

O escritório ficou silencioso por um bom tempo.

— Tirem-no daqui — ordenou Kliner. — Se você não sair daqui em um minuto, Reacher, vou atirar no detetive agora mesmo.

Levantei-me. Olhei para todos os cinco. Acenei com a cabeça na direção de Finlay. Saí porta fora. Picard veio atrás de mim e fechou a porta calmamente.

30

PICARD E EU ANDAMOS JUNTOS PELA SALA DO pelotão. Estava deserta. Silenciosa. O sargento que ficava no balcão havia sumido. Teale deve tê-lo expulsado. A máquina de café estava ligada. Dava para sentir o cheiro. Vi a mesa de Roscoe. E o grande quadro de avisos. A investigação de Morrison. Ainda estava vazio. Nenhum progresso. Desviei do balcão de recepção. Abri a porta pesada de vidro. Saí no meio da tarde cintilante.

Picard sinalizou com o cano de revólver que eu deveria entrar no Bentley e dirigir. Não discuti com o sujeito. Apenas segui andando pelo estacionamento até chegar no carro. Eu estava mais perto de entrar em pânico do que jamais estivera em toda a minha vida. Meu coração batia forte e eu respirava com pequenas inalações. Colocava um pé na frente do outro e usava toda a energia que eu tinha só para manter o controle.

Dizia a mim mesmo que, quando chegasse naquela porta do motorista, era melhor que tivesse alguma boa idéia sobre o que diabos iria fazer em seguida.

Entrei no Bentley e dirigi até o café do Eno. Enfiei a mão no bolso que havia no banco e encontrei o mapa. Saí andando sob o sol brilhante da tarde, empurrei a porta e entrei no Eno. Acomodei-me numa baia vazia. Pedi café e ovos.

Estava gritando comigo mesmo para que ouvisse o que havia aprendido ao longo de treze duros anos. Quanto menor o tempo, mais calmo você tem que estar. Se você só tiver um tiro para dar, tem que fazer com que seja certeiro. Não pode se permitir errar, porque estragaria todo o plano. Ou porque ficaria sem açúcar no sangue, enjoado e tonto durante as primeiras horas da manhã. Por isso engoli os ovos rapidamente e bebi o café. Depois, empurrei a caneca vazia e o prato para o lado e abri o mapa em cima da mesa. Comecei a procurar Hubble. Ele poderia estar em qualquer lugar. Mas eu tinha que encontrá-lo. Só tinha uma chance. Não poderia ficar andando de um lado para outro. Tinha que encontrá-lo dentro da minha cabeça. Teria que ser um processo mental. Teria que encontrá-lo na minha cabeça antes, e depois seguir direto para onde ele estava. Por isso me curvei sobre a mesa do Eno. Olhei para o mapa. Fiquei olhando-o por um bom tempo.

Fiquei quase uma hora estudando o mapa. Depois o dobrei até que ficasse quadrado em cima da mesa. Peguei a faca e o garfo do prato que veio com os ovos. Escondi-os no bolso da minha calça. Olhei à minha volta. A garçonete se aproximou. A que usava óculos.

— Planejando uma viagem, querido? — perguntou ela.

Olhei em sua direção. Dava para ver o meu reflexo em seus óculos. Dava para ver o corpanzil de Picard, que me olhava furioso na cabine de trás. Dava para ver sua mão em volta da extremidade mais grossa da sua .38. Acenei para a mulher.

— A idéia é essa — afirmei. — Uma maldita viagem. A viagem de toda uma vida.

Ela não sabia o que dizer.

— Bem, cuide-se, ok?

Levantei-me e deixei uma das notas de cem de Charlie em cima da mesa para ela. Talvez fosse real, talvez não. Ela a gastaria do mesmo jeito. Queria lhe deixar uma boa gorjeta. Eno estava ganhando uns mil dólares de dinheiro sujo por semana, mas eu não sabia se ele estava passando boa parte da grana adiante. Provavelmente não, vendo como era o sujeito.

— A gente se vê, cavalheiro — disse a que usava óculos.

— Talvez — retruquei.

Picard me empurrou porta afora. Eram quatro horas da tarde. Apressei-me para chegar ao Bentley, cruzando o terreno de cascalhos. Picard me seguiu com a mão no bolso. Entrei no carro e dei partida. Saí do estacionamento e segui à toda pela velha estrada do condado. Cruzei os vinte e dois quilômetros em cerca de vinte minutos.

Picard havia me obrigado a usar o Bentley. Não o seu próprio carro. Tinha que haver um motivo para isso. Não era porque queria um espaço a mais para esticar as pernas e sim porque era um carro inconfundível. O que significava que haveria mais segurança. Olhei no espelho e vi que atrás de mim havia um sedã comum. Há cerca de cem metros. Com dois sujeitos em seu interior. Dei de ombros. Diminuí a velocidade e olhei para a esquerda na direção dos armazéns no topo da estrada do condado. Subi rapidamente a rampa e contornei o trevo. Peguei a rodovia a toda velocidade. O tempo era crucial.

A estrada fazia com que margeássemos a costa sudoeste de Atlanta. Atravessei com dificuldade os trevos rodoviários. Segui para o leste na I-20. Prossegui viagem, com os dois sujeitos em seu sedã a cem metros, quilômetro após quilômetro.

— E então, onde ele está? — perguntou Picard.

Era a primeira vez que ele falava desde que deixamos a delegacia. Lancei os olhos rapidamente em sua direção e dei de ombros.

— Não tenho a menor idéia. O melhor que posso fazer é tentar encontrar um amigo seu em Augusta.

— Quem é esse amigo?

— Um sujeito chamado Lennon.

— Em Augusta?

— Sim, Augusta. É para lá que estamos indo.

Picard resmungou. Seguimos viagem. Os dois caras continuavam na nossa cola.

— Então, quem é esse sujeito em Augusta? — perguntou Picard. — Lennon?

— Um amigo de Hubble. Como eu lhe disse.

— Ele não tem nenhum amigo em Augusta. Você não acha que já checamos esse tipo de coisa?

Dei de ombros. Não respondi.

— É melhor que isso não seja conversa mole, meu amigo. Kliner não ia gostar disso. Vai fazer com que as coisas sejam piores para a mulher. Ele tem uma veia para a crueldade que possui um quilômetro de comprimento. Acredite em mim, já o vi em ação.

— Quando, por exemplo?

— Várias vezes. Como na quarta-feira, no aeroporto. Aquela mulher, Molly Beth. Gritava muito, ele gostava disso. Como no domingo. Na casa dos Morrison.

— Kliner estava lá no domingo?

— Ele adorou. Ele e seu maldito filho. Você fez um favor ao mundo matando o garoto. Você devia tê-lo visto no domingo. Demos àqueles dois tiras um dia de folga. Não seria certo para eles apagar o próprio chefe. Os Kliner e eu os substituímos. O coroa amou cada minuto. É uma veia de crueldade, com um quilômetro de comprimento, como já lhe disse. É melhor você se certificar de que farei a tal ligação a tempo ou sua amiga estará em grandes apuros.

Fiquei quieto por um instante. Eu havia visto o filho de Kliner no domingo. Fora pegar sua madrasta na lanchonete. Por volta das dez e meia. Ficou me olhando. Estava voltando para casa depois de ter mutilado os Morrison.

— Foi o velho Kliner que atirou no meu irmão? — perguntei a Picard.

— Na quinta-feira à noite? Com certeza. Era a arma dele, a .22 com silenciador.

— E depois o rapaz o ficou chutando?

Picard deu de ombros.

— O garoto ficou furioso. Tinha um problema na cabeça.

— E depois Morrison teria que limpar a cena?

— Teria — resmungou Picard. — Cabia ao babaca queimar os corpos no carro. Mas não conseguia encontrar o corpo de Stoller. Por isso deixou os dois por lá mesmo.

— E Kliner matou oito caras na Louisiana, certo?

Picard deu uma gargalhada.

— Oito, pelo que dizem. Aquele babaca do Spirenza ficou no seu traseiro durante um ano. Procurando indícios de que havia um matador de aluguel. Mas nunca houve matador nenhum. Kliner fez tudo sozinho. Como *hobby*, entende?

— Você já conhecia Kliner naquela época?

— Conheço Kliner desde que me entendo por gente. Fui designado como contato dentro do escritório de Spirenza. Deixava tudo limpo e em ordem.

Dirigimos em silêncio durante dois ou três quilômetros. Os dois caras no sedã mantinham sua posição cem metros atrás do Bentley. Então Picard olhou para mim.

— E esse tal de Lennon? Ele não é outro maldito agente do Tesouro que trabalha para o seu irmão, certo?

— É um amigo de Hubble.

— Amigo é o cacete! Já checamos, ele não tem nenhum amigo em Augusta. Merda, ele não tem amigos em parte alguma. Pensava que Kliner era seu amigo, quando lhe deu um emprego e tudo o mais.

Picard começou a rir sozinho no banco do passageiro. Seu corpanzil tremia de alegria.

— Como Finlay pensava que você era seu amigo, correto? — afirmei.

Ele deu de ombros.

— Tentei mantê-lo longe disso. Tentei avisá-lo. O que eu devia fazer? Morrer em seu nome?

Não respondi àquilo. Viajamos em silêncio. O sedã continuava firme, cem metros atrás.

— Precisamos encher o tanque — avisei.

Picard esticou o pescoço e olhou para o ponteiro do marcador de gasolina. Estava no vermelho.

— Pare no próximo posto — falou.

Vi um aviso indicando que havia um posto perto de um lugar chamado Madison. Saí da estrada e dirigi o Bentley até as bombas de gasolina. Escolhi a pista mais distante e parei.

— Dá para você fazer isso? — perguntei a Picard.

Ele olhou para mim, surpreso.

— Não. Quem diabos você pensa que eu sou? Um maldito frentista? Faça você mesmo.

Era a resposta que eu queria ouvir. Saí do carro. Picard saiu pelo outro lado. O sedã parou bem perto e os dois caras saíram. Olhei para ambos da cabeça aos pés. Eram os mesmos com quem eu havia lutado em Nova York, naquela calçada movimentada em frente à universidade na qual Kelstein lecionava. O mais baixo estava usando a capa de chuva cáqui. Acenei cordialmente para ambos. Percebi que eles tinham menos de uma hora de vida. Vieram em nossa direção e ficaram com Picard num grupo de três. Tirei a mangueira do gancho e a enfiei no tanque do Bentley.

Era um tanque bem grande. Tinha pra lá de oitenta litros. Coloquei o dedo embaixo do gatilho da mangueira para que ela não bombeasse o combustível muito rapidamente. Segurava-a mecanicamente e me encostei no carro enquanto a gasolina escorria para dentro. Fiquei me perguntando quando deveria começar a assobiar. Picard e os dois hispânicos perderam o interesse. Havia uma brisa soprando e eles ficaram andando de um lado para outro no meio do frio leve do anoitecer.

Tirei os talheres de Eno do bolso e enfiei a ponta da faca na banda de rodagem do pneu que estava ao lado do meu joelho direito. Do ponto de vista de Picard, parecia que eu estava esfregando a minha perna. Depois, peguei o garfo e dobrei uma das pontas para fora. Enfiei-a no corte que havia feito e a arranquei. Enfiei pouco mais de um centímetro dela dentro do pneu. Depois disso, terminei de abastecer e prendi a mangueira novamente na bomba.

— Você vai pagar? — gritei para Picard.

Ele olhou em volta e deu de ombros. Tirou uma nota do meio do seu rolo e deu-a para o sujeito de capa pagar a conta. Depois voltamos para dentro do carro.

— Espere — disse Picard.

Esperei até o sedã dar a partida atrás e acender duas vezes os faróis. Depois, saí dali e acelerei suavemente o carro para pegar novamente a rodovia e seguir no mesmo curso. Continuamos seguindo, e as placas começaram a aparecer. Augusta, cento e doze quilômetros. O velho Bentley prosseguia. Firme como uma rocha. Os dois caras atrás. O sol que se punha atrás de mim estava vermelho no espelho. O horizonte mais à frente estava negro. Já era noite sobre o oceano Atlântico. Continuamos dirigindo.

O pneu traseiro começou a esvaziar a cerca de trinta quilômetros de Augusta. Já passava das sete e meia e estava ficando escuro. Ambos sentimos que um ribombar vinha do volante e que o carro não conseguia seguir em linha reta.

— Merda — falei. — Pneu furado.

— Encosta — disse Picard.

Virei e parei no acostamento. O sedã também saiu da estrada e parou atrás de nós. Nós quatro saímos. A brisa havia refrescado e virado um vento frio que vinha do leste. Eu tremia, e abri a mala do carro. Peguei minha jaqueta e a vesti, com prazer, como se estivesse grato pelo calor.

— O estepe está debaixo, no fundo da mala — informei a Picard. — Quer me ajudar a tirar essa caixa?

O grandalhão deu um passo à frente e olhou para a caixa de dólares.

— Incendiamos a casa errada — disse ele, antes de dar uma gargalhada.

Juntos erguemos a caixa pesada e a colocamos na beira do acostamento. Depois, ele sacou sua arma e a apontou para mim. Sua jaqueta enorme batia ao vento.

— Vamos deixar os pequeninos trocarem o pneu. Você fica quieto, bem ali, ao lado da caixa.

Picard acenou para os dois hispânicos e os mandou fazer o trabalho. Eles encontraram o macaco e a chave para os parafusos. Levantaram o carro e tiraram a roda. Depois, pegaram o estepe e o colocaram no lugar. Apertaram os parafusos cuidadosamente. Eu estava ali em pé, ao lado da caixa de papelão cheia de dinheiro, tremendo no meio do frio, fechando cada vez mais o casaco à minha volta. Com minhas mãos enfiadas no fundo dos bolsos e andando de pé em pé, tentando parecer um sujeito em pé e com frio, sem nada para fazer.

Esperei até Picard se virar para ver se os parafusos estavam bem apertados. Ele colocou seu peso na alavanca e pude ouvir o metal rangendo. Nisso saquei o canivete de Morrison, já desembainhado, e cortei umas das laterais da caixa de ar-condicionado. Depois cortei em cima. E depois a outra lateral. Antes que Picard pudesse sacar sua arma, a caixa tombou como uma caldeira e o vento espalhou cem mil notas de um dólar por toda a rodovia como se fosse um temporal.

Então mergulhei atrás do muro de concreto na beira do acostamento e rolei pelo pequeno declive. Saquei a Desert Eagle. Atirei no sujeito que usava capa de chuva quando este pulou o muro para vir atrás de mim, mas errei a mira e só consegui arrebentar sua perna. Mais adiante vi um caminhão saindo da estrada com notas de dólar cobrindo todo o pára-brisa e batendo no sedã atrás do Bentley. Picard estava tentando se proteger da tempestade de notas enquanto seguia girando até o muro. Dava para ouvir os pneus cantando enquanto os carros na rodovia freavam e desviavam dos destroços do caminhão. Rolei para o lado, mirei para cima e atirei no segundo hispânico. Acertei-o no meio do peito e ele veio caindo sobre mim. O cara que usava a capa de chuva estava se contorcendo no topo do declive, gritando, apertando sua perna dilacerada, tentando sacar a pequena automática que havia me mostrado em Nova York. Atirei uma terceira vez e acertei em sua cabeça. Dava para ver Picard mirando em mim com sua .38. O tempo todo o vento uivava e os carros paravam no meio da estrada. Pude ver motoristas saindo e pulando para todo lado, tentando apanhar o dinheiro que rodopiava no ar. Era um caos.

— Não atire em mim, Picard — gritei. — Você não terá Hubble se o fizer.

Ele sabia disso. E sabia que seria um homem morto se não pegasse Hubble. Kliner não toleraria o fracasso. Ele ficou ali em pé com a .38 apontada para a minha cabeça. Mas não atirou. Subi pelo declive e dei a volta no carro, forçando-o a sair do tráfego com a Desert Eagle.

— E você não atire em mim também — gritou Picard. — A única coisa que pode salvar aquela mulher é o meu telefonema. Disso você pode ter certeza. É bom acreditar.

— Eu sei disso, Picard — retruquei em voz alta. — Eu acredito. Não vou atirar em você. Você vai atirar em mim?

Ele balançou a cabeça por trás da .38.

— Não vou atirar em você, Reacher.

Parecia um beco sem saída. Demos a volta no Bentley com nossos dedos no gatilho, dizendo um para o outro que não iríamos atirar.

Ele estava falando a verdade. Mas eu estava mentindo. Esperei até ele se postar ao lado dos destroços do caminhão e eu ficar perto do Bentley. E então puxei o gatilho. A bala de calibre .44 o pegou em cheio no peito e jogou seu corpanzil para trás sobre o metal retorcido. Não fiquei esperando para dar um segundo tiro. Bati a tampa da mala e pulei no banco do motorista. Liguei o carro e queimei borracha. Saí do acostamento e me esquivei das pessoas que corriam atrás das notas de dólar. Enfiei o pé e me lancei para o leste.

Eu ainda tinha trinta e dois quilômetros pela frente. Levaria vinte minutos. Estava ofegante e tremia por causa da adrenalina. Concentrei-me para me acalmar e respirei profundamente. Depois gritei sozinho em triunfo. Gritei e berrei o mais alto possível. Picard havia dançado.

31

JÁ ESTAVA ESCURO QUANDO CHEGUEI NOS BAIRROS da periferia de Augusta. Saí da estrada assim que os prédios mais altos começaram a assomar. Dirigi pelas ruas da cidade e parei no primeiro hotel que vi. Tranquei o Bentley e fui direto para a recepção. Aportei o balcão. O funcionário levantou os olhos.

— Você tem um quarto? — perguntei.

— Trinta e seis pratas — respondeu o sujeito.

— Tem telefone no quarto?

— Claro. Ar-condicionado e TV a cabo.

— E Páginas Amarelas?

Ele acenou positivamente.

— Você tem um mapa de Augusta?

Ele apontou o polegar para uma prateleira ao lado da máquina de cigarros. Ela estava cheia de mapas e panfletos. Tirei trinta e seis dólares do rolo que havia no bolso da minha calça. Deixei o dinheiro em cima do balcão. Preenchi a ficha de registro. Assinei como Roscoe Finlay.

— Quarto doze — anunciou o sujeito antes de me passar a chave.

Parei para pegar um mapa e saí apressado. Corri pela fileira de quartos até chegar no doze. Entrei e tranquei a porta. Nem olhei para o quarto. Apenas procurei o telefone e as Páginas Amarelas. Caí na cama e abri o mapa. Abri as Páginas Amarelas em "H" para procurar os hotéis da cidade.

Era uma grande lista. Em Augusta, havia centenas de lugares onde você poderia pagar para ter uma cama e passar a noite. Literalmente centenas. Páginas e mais páginas deles. Por isso olhei para o mapa. Concentrei-me numa área que tinha uns oitocentos metros e quatro quarteirões, à esquerda e à direita da via principal que vinha do oeste. Essa foi a área a que eu visei. Descartei de cara os hotéis que ficavam na própria via. Dei mais atenção aos que ficavam a um ou dois quarteirões. Priorizei os lugares que estavam de quatrocentos a oitocentos metros distantes. Estava voltando minha atenção para um quadrado irregular, com quatrocentos metros de extensão e a mesma distância afastado da via. Coloquei o telefone e o mapa lado a lado e fiz uma lista dos melhores.

Dezoito hotéis. Um deles era exatamente o local onde eu estava. Por isso peguei o telefone e disquei zero para falar com a recepção. O recepcionista atendeu.

— Vocês têm um sujeito chamado Paul Lennon registrado aqui? — perguntei.

Fez-se uma pausa. Ele estava checando o livro.

— Lennon? Não, senhor.

— Ok. — Desliguei o telefone.

Respirei fundo e liguei para o primeiro hotel da minha lista.

— Vocês têm um sujeito chamado Paul Lennon registrado aí? — perguntei para o cara que atendeu a ligação.

Fez-se mais uma pausa.

— Não, senhor.

Comecei então a ligar para o resto da lista. Disquei para um lugar atrás do outro.

"Vocês têm um sujeito chamado Paul Lennon registrado aí?", perguntei para cada funcionário de recepção que ia atendendo.

Sempre havia pausas enquanto eles checavam os registros. Às vezes eu conseguia ouvir as páginas virando. Alguns dos hotéis tinham computadores. Dava para ouvir o barulho de dedos batendo no teclado.

"Não, senhor", responderam todos. Um atrás do outro.

Deitei ali na cama com o telefone apoiado no peito. Já estava no número treze da minha lista de dezoito.

— Vocês têm um sujeito chamado Paul Lennon registrado aí?

Houve uma pausa. Dava para ouvir o som de páginas virando.

— Não, senhor — disse o décimo terceiro funcionário de recepção.

— Ok. — Coloquei o fone no gancho.

Peguei-o novamente e disquei o décimo quarto número. Obtive um sinal de ocupado. Por isso apertei o gancho, esperei o sinal e liguei para o décimo quinto.

— Vocês têm um sujeito chamado Paul Lennon registrado aí?

Fez-se uma pausa.

— Quarto 120 — disse o décimo quinto atendente.

— Muito obrigado — desliguei.

Fiquei ali deitado. Fechei os olhos. Respirei fundo. Coloquei o telefone de volta na mesa-de-cabeceira e chequei o mapa. O décimo quinto hotel estava a três quadras de distância. Ao norte da via principal. Deixei a chave do quarto na cama e voltei para o carro. O motor ainda estava quente. Havia ficado hospedado durante vinte e cinco minutos.

Eu tinha que seguir três quadras para leste com o carro antes de poder entrar à esquerda. E depois três quarteirões para o norte antes de poder entrar em outra. Percorri uma espécie de espiral recortada. Encontrei o décimo quinto hotel e estacionei na porta. Entrei pelo saguão adentro. Era um lugar meio esquisito. Não era limpo, nem bem-iluminado. Parecia uma caverna.

— Posso ajudá-lo? — perguntou o recepcionista.

— Não — respondi.

Segui uma seta que dava numa série de corredores. Encontrei o quarto 120. Bati na porta. Ouvi o chacoalhar de uma corrente. Fiquei ali parado. A porta se abriu com um rangido.

— Olá, Reacher — disse ele.

— Olá, Hubble — respondi.

Ele começou a me encher de perguntas, mas eu simplesmente o empurrei para fora na direção do carro. Tínhamos quatro horas de estrada para botar a conversa em dia. Precisávamos nos apressar. Eu tinha duas horas de sobra. Queria deixar as coisas assim. Queria ficar com essas duas horas sobrando. Achei que poderia precisar delas mais tarde.

Ele parecia estar bem. Não estava um trapo. Vinha fugindo há seis dias e aquilo lhe fizera bem. Havia descartado aquele falso brilho elitista que ostentara. O que o deixou um pouco mais firme e esbelto. Um pouco mais duro. Estava mais parecido com um dos meus. Usava roupas compradas numa loja de departamentos e calçava meias. Além de um velho par de óculos feitos de aço inoxidável. Um relógio digital de sete dólares cobria a faixa de pele branca onde estivera o Rolex. Ele parecia um encanador ou o dono da oficina mais próxima.

Não levava bagagem alguma. Viajava leve. Só olhou em volta do quarto e saiu junto comigo. Como se não pudesse acreditar que sua vida na estrada havia acabado. Como se pudesse perdê-la até um certo ponto. Passamos pelo saguão escuro e caímos na noite. Ele parou quando viu o carro estacionado na porta.

— Você veio no carro de Charlie?

— Ela estava preocupada com você. Pediu para que eu o encontrasse.

Ele acenou com a cabeça. Parecia estupefato.

— E quanto a esse vidro fumê?

Sorri em sua direção e dei de ombros.

— Depois te conto. É uma longa história.

Dei a partida e me afastei do hotel. Ele devia ter me perguntado imediatamente como Charlie estava, mas algo o estava incomodando. Pude ver, assim que ele abriu a porta do quarto, que uma maré de alívio o havia atingido. Mas Hubble tinha muito pouca reserva. Era um lance de orgulho. Vinha correndo e se escondendo. Achava que o estava fazendo muito bem. Mas não estava, porque eu o havia encontrado. Ele pensava nisso. Ficou aliviado e desapontado ao mesmo tempo.

— Como diabos você me encontrou? — perguntou ele.

Dei de ombros novamente.

— Fácil. Eu tive muita prática. Encontrei um monte de sujeitos. Passei anos resgatando desertores para o exército.

Eu estava tendo dificuldades para encontrar o caminho de volta à rodovia em meio a tantos cruzamentos. Dava para ver a fileira de luzes seguindo para o oeste, mas a pista de entrada era como um prêmio no centro de um labirinto. Estava desatando a mesma espiral na qual eu fora forçado a entrar quando cheguei.

— Mas como você conseguiu? Eu poderia estar em qualquer lugar.

— Não mesmo. Esse era o ponto exato. Foi isso que tornou as coisas mais fáceis. Você não tinha cartões de crédito, carteira de motorista ou identidade. Tudo que tinha era dinheiro. Por isso não estava usando aviões ou carros alugados. Estava limitado aos ônibus.

Encontrei a rampa de subida para a rodovia. Concentrei-me para mudar de pista, empurrando de leve o volante. Acelerei quando subi e me misturei ao fluxo de carros que seguiam para Atlanta.

— Isso me deu um ponto de partida — continuei. — Depois me coloquei em seu lugar. Você estava aterrorizado por causa da sua família. Por isso imaginei que ficou dando voltas em torno de Margrave, guardando uma certa distância. Queria sentir que ainda estava ligado, consciente ou inconscientemente. Você pegou um táxi até o terminal de ônibus de Atlanta, certo?

— Certo. O primeiro ônibus que saía daqui ia para Memphis, mas esperei o próximo. Memphis era longe demais. Não queria ir para um lugar tão distante.

— Foi isso que deixou as coisas mais fáceis. Você estava circundando Margrave. Não muito perto, mas nem tão longe. E seguindo no sentido inverso do movimento dos ponteiros de um relógio. Se você dá às pessoas o direito de escolher como rondar, elas sempre seguem no sentido inverso ao do relógio. Isso é uma verdade universal, Hubble. Tudo que tive que fazer foi contar os dias, estudar o mapa e prever que viagem você faria a cada vez. Imaginei que na segunda você estaria em Birmingham, no Alabama. Terça em Montgomery, quarta em Columbus. Tive um problema com a quinta-feira. Apostei em Macon, mas achei que talvez fosse perto demais de Margrave.

Ele acenou com a cabeça.

— A quinta foi um pesadelo — disse Hubble. — Estava em Macon, numa verdadeira espelunca, mal pisquei o olho.

— Então na sexta de manhã você veio aqui para Augusta. Minha outra grande aposta é de que você havia ficado aqui durante duas noites. Imaginei que estivesse abalado com o que aconteceu em Macon e, talvez, ficado sem energia. Eu não tinha mesmo muita certeza. Quase fui para Greenville hoje à noite, lá na Carolina do Sul. Mas adivinhei certo.

Hubble ficou quieto. Ele achava que havia ficado invisível, mas vinha dando uma volta em torno de Margrave, como se fosse um farol brilhando ao longe no céu noturno.

— Mas eu usei um nome falso — afirmou em tom desafiador.

— Você usou cinco nomes falsos. Cinco noites, cinco hotéis, cinco nomes. O quinto nome era igual ao primeiro, certo?

Ele estava pasmo. Pensou no que havia feito e acenou positivamente.

— Como diabos você sabia disso? — repetiu Hubble.

— Já cacei um monte de caras. E sabia um pouco sobre você.

— Sabia o quê?

— Você é beatlemaníaco. Falou para mim que havia ido ao edifício Dakota e a Liverpool, na Inglaterra. Você tem no seu escritório quase todos os discos que os Beatles gravaram. Por isso, na sua primeira noite, estava no balcão de um hotel qualquer e se registrou como Paul Lennon, certo?

— Certo.

— Não John Lennon. As pessoas geralmente conservam o seu primeiro nome. Não sei por quê, mas elas normalmente fazem isso. Então você foi Paul Lennon. Na terça, foi Paul McCartney. Na quarta-feira, foi Paul Harrison. E na quinta foi Paul Starr. Na sexta-feira, em Augusta, começou tudo de novo se identificando como Paul Lennon, correto?

— Isso. Mas há um milhão de hotéis em Augusta. Centros de convenções, clubes de golfe. Como diabos você sabia onde me procurar?

— Pensei nisso. Você chegou na sexta, no final da manhã, vindo do oeste. Um sujeito como você anda a pé pelo caminho que já conhece. Sente-se mais seguro assim. Passou quatro horas num ônibus, estava se sentindo apertado, queria um pouco de ar. Por isso ficou andando durante um bom tempo, talvez uns quatrocentos metros. Até que começou a sentir um certo pânico e se afastou um ou dois quarteirões da rua principal, razão por que a minha área-alvo ficou bastante restrita. Dezoito lugares. Você estava no número quinze.

Ele balançou a cabeça. Estava dividido. Seguíamos muito rapidamente pela estrada na escuridão. O grande e velho Bentley corria e se sacudia, um pouco acima do limite de velocidade.

— Como estão as coisas em Margrave agora? — perguntou ele.

Esta era a grande pergunta. Hubble a fez com cautela, como se estivesse nervoso. Eu estava nervoso demais para respondê-la. Diminuí a velocidade. No caso de ele ficar muito perturbado, a ponto de me agarrar. Não queria bater o carro. Não havia tempo para isso.

— Estamos numa grande merda — afirmei. — Temos cerca de sete horas para consertá-la.

Deixei a pior parte para o final. Disse a ele que Charlie e as crianças haviam partido com um agente do FBI na segunda-feira. Por causa do perigo. E depois lhe disse que o agente do FBI era Picard.

Houve um silêncio no carro. Dirigi cinco, seis quilômetros em silêncio. Era mais do que um silêncio. Era um vácuo esmagador de quietude. Como se toda a atmosfera tivesse sido sugada do planeta. Era um silêncio que rugia e zumbia nos meus ouvidos.

Ele começou a apertar e abrir as mãos. Começou a se sacudir para a frente e para trás no grande banco de couro que ficava do meu lado. Até que sossegou. Sua reação nunca chegou a vir de fato. Jamais chegou a pegar. Seu cérebro simplesmente desligou e se recusou a reagir. Como um interruptor desligado. Era algo grande e medonho demais para gerar alguma reação. Ele simplesmente olhou para mim.

— Ok — disse ele. — Então você terá que resgatá-los, não?

Acelerei novamente. Embiquei rumo a Atlanta.

— Vou salvá-los — afirmei. — Mas vou precisar da sua ajuda. Foi por isso que o peguei antes.

Ele acenou com a cabeça novamente. Havia se espatifado contra o muro. Parou de se preocupar e começou a relaxar. Estava naquele campo minado onde só se faz o que precisa ser feito. Eu conhecia esse lugar. Havia vivido lá.

A trinta e dois quilômetros de Augusta, vimos luzes piscando mais à frente e alguns sujeitos mostrando sinais luminosos de perigo. Houve um acidente do outro lado da pista. Um caminhão havia colidido com um sedã que estava estacionado. Um monte de outros veículos circundava a área. Havia montes de algo que parecia com lixo dispostos por toda parte. Uma multidão movia-se desordenadamente, recolhendo o que podia. Passamos lentamente, presos pelo tráfego. Hubble ficou vendo tudo pela janela.

— Lamento muito pelo seu irmão — disse ele. — Não tinha a menor idéia. Acho que fui eu que provoquei a sua morte, não?

Hubble afundou em seu assento. Mas eu queria que ele continuasse falando. Ele tinha que continuar no assunto. Por isso lhe fiz a pergunta que esperei uma semana para fazer:

— Como diabos você se envolveu nisso?

Ele deu de ombros. Suspirou longamente em frente ao pára-brisa. Como se fosse impossível imaginar uma maneira de se envolver nisso. Como se fosse impossível imaginar uma maneira de sair disso.

— Perdi meu emprego — afirmou. Foi uma declaração simples. — Fiquei arrasado. Senti-me furioso e descontrolado. E apavorado, Reacher. Vínhamos vivendo um sonho, sabe? Um sonho dourado. Era uma vida perfeita e idílica. Estava ganhando uma fortuna e gastando uma fortuna. Era totalmente fabuloso. Mas então comecei a ouvir coisas. O setor de câmbio estava para ser extinto. Meu departamento estava sob fiscalização. De repente percebi que estava a um passo do desemprego. Até que o departamento foi extinto. Fui demitido. E me vi sem meu salário.

— E?

— Perdi a cabeça. Estava muito furioso. Havia trabalhado que nem um condenado para aqueles filhos-da-puta. Eu era bom no que fazia. Havia feito com que eles ganhassem uma fortuna. E eles me dispensaram de repente, como se eu fosse cocô nos seus sapatos. Estava com medo. Iria perder tudo, certo? E estava cansado. Não podia começar tudo de novo em outro lugar, vindo de baixo. Era velho demais e não tinha mais energia. Simplesmente não sabia o que fazer.

— E então Kliner apareceu?

Ele acenou com a cabeça. Parecia pálido.

— Ele ouvira falar do que aconteceu. Acho que foi Teale que lhe contou. Teale sabe tudo sobre todo mundo. Kliner me ligou dois dias depois. Nessa altura eu não havia contado nada para Charlie. Não consegui. Ele me ligou e me pediu para que o encontrasse no aeroporto. Estava num jatinho particular, voltando da Venezuela. Voamos até as Bahamas para almoçar e conversamos. Fiquei lisonjeado, para ser honesto.

— E?

— Ele disse um monte de merda. Ficou me convencendo de que aquilo era uma oportunidade de cair fora. Falou que eu devia largar esse negócio de corporações, fazer um trabalho de verdade e ganhar algum dinheiro de verdade, junto com ele. Não conhecia bem o sujeito. Sabia da fortuna da família e da fundação, obviamente, mas nunca o havia encontrado frente a frente. Mas ele era claramente um sujeito muito rico e bem-sucedido. E muito, mas muito esperto. Lá estava ele, sentado num jato particular, chamando-me para trabalhar com ele. Não *para ele* e sim *com ele*. Fiquei lisonjeado e, por também estar desesperado e preocupado, disse sim.

— E depois?

— Ele me ligou novamente no dia seguinte. Estava mandando um avião para me buscar. Tive que voar até a fábrica de Kliner na Venezuela para encontrá-lo. E o fiz. Só fiquei lá durante um dia. Não consegui ver nada. Depois, ele me fez embarcar para Jacksonville. Fiquei no escritório do advogado durante uma semana. Depois disso, já era tarde demais. Não dava mais para pular fora.

— Por que não?

— Foi uma semana muito intensa. Parece pouco tempo, certo? Só uma semana. Mas ele fez um trabalho de verdade em cima de mim. No primeiro dia, foi tudo bajulação. Tudo tentação. Ele me contratou para ganhar um alto salário, com bônus, tudo que eu quisesse. Fomos a clubes e hotéis, e ele gastava dinheiro como se a grana saísse de uma torneira. Na terça, eu comecei a trabalhar. O trabalho de fato era um desafio. Era muito difícil depois de tudo que andei fazendo no banco. Era algo muito especializado. Ele queria dinheiro, claro, mas só queria dólares. Nada além de notas de um. Não tinha a menor idéia do porquê. E queria registros. Regras muito rígidas e restritas. Mas dava para levar. E ele era um chefe bem tranqüilo. Nada de pressões ou problemas. Os problemas começaram na quarta-feira.

— Como?

— Na quarta, eu lhe perguntei o que estava acontecendo. E ele me contou. Explicou exatamente o que estava fazendo. Mas me disse que agora eu o estava fazendo também. Eu estava envolvido. E tinha que ficar quieto. Na quinta, comecei a ficar bastante preocupado. Não dava para acreditar. Disse a ele que queria abandonar o barco. Então Kliner me levou de carro para um lugar pavoroso. Seu filho estava lá. Havia dois sujeitos hispânicos com ele. E havia um outro sujeito acorrentado numa sala nos fundos. Kliner me disse que aquele era um cara que havia passado dos limites. Disse-me para observar tudo cuidadosamente. Seu filho chutou o sujeito até ele virar pasta. Por todo o salão, bem na minha frente. Então, os hispânicos sacaram suas facas e começaram a retalhar o infeliz. Foi sangue para todo lado. Foi horrível. Não dava para acreditar. Vomitei por toda parte.

— Prossiga.

— Foi um pesadelo. Não pude dormir naquela noite. Achei que jamais fosse dormir novamente, em noite alguma. Na sexta-feira de manhã, voamos de volta para casa. Sentamos no jatinho e ele me disse o que iria acontecer. Falou que eu não seria retalhado sozinho. Charlie também seria. Ele ficou discutindo o assunto comigo. Qual dos seus mamilos ele cortaria primeiro? O direito ou o esquerdo? Então, depois que estivéssemos mortos, com qual das crianças ele iria começar tudo de novo? Lucy ou Ben? Foi um pesadelo. Ele disse que me pregaria na parede. Eu estava me cagando de medo. Depois que aterrissamos, Kliner ligou para Charlie e insistiu para que fôssemos jantar com ele. Disse a ela que estávamos fazendo negócios juntos. Charlie ficou entusiasmada, pois Kliner é uma figura de prestígio no condado. Foi um pesadelo total porque eu tive que fingir que não havia nada de errado. Nem sequer contei para minha esposa que havia perdido o emprego. Tinha que fingir que ainda estava no banco. E durante toda a noite aquele filho-da-puta ficou perguntando educadamente como ela vinha passando e como estavam as crianças enquanto sorria para mim.

Ficamos quietos. Margeamos a extremidade sudoeste de Atlanta novamente, procurando pela rodovia que ia para o sul. A cidade grande brilhava e resplandecia à direita. À esquerda víamos a massa vazia e escura do sudoeste rural. Encontrei a rodovia e acelerei rumo ao sul. Bem na direção de um pequeno ponto no meio daquela massa vazia.

— E então? — perguntei.

— Comecei a trabalhar no armazém. Era lá que ele me queria.

— Fazendo o quê?

— Gerenciando o estoque. Eu possuía um pequeno escritório ali e tinha que arranjar um jeito de obter os dólares para então supervisionar as cargas e os envios.

— Sherman Stoller era o motorista?

— Sim. Ele estava incumbido de fazer as viagens até a Flórida. Costumava mandá-lo para lá com um milhão de notas de um dólar por semana. Às vezes os porteiros o faziam, caso Sherman estivesse num dia de folga. Mas normalmente era ele. O sujeito me ajudava com as caixas e a carga. Tínhamos que trabalhar que nem loucos. Um milhão de dólares em notas de um é uma visão incrível. Você não tem idéia. Era como tentar esvaziar uma piscina com uma pá.

— Mas Sherman estava roubando Kliner, não?

Ele concordou com a cabeça. Vi um brilho repentino nos seus óculos de aço por causa da luz que vinha do painel.

— O dinheiro era devidamente contado na Venezuela. Eu costumava obter totais precisos um mês depois ou coisa parecida. Usava-os para checar cuidadosamente minha fórmula de pesagem. Muitas vezes ficávamos com cerca de cem mil a menos. Não havia como cometer tal tipo de erro. Era uma quantia trivial, pois estávamos gerando quatro bilhões em falsificações excelentes do outro lado. Então quem dava importância para isso? Mas era cerca de uma caixa cheia toda vez. Essa acabaria se tornando uma grande margem de erro, e com isso percebi que Sherman estava roubando uma caixa de vez em quando.

— E?

— Eu o avisei. Quer dizer, eu não ia contar isso para ninguém. Só lhe disse para tomar cuidado, pois Kliner iria matá-lo se descobrisse. Isso também poderia me deixar em apuros. Eu sempre me preocupava bastante com o que estava fazendo. A coisa no todo era insana. Kliner estava importando um monte de notas falsas. Não conseguia resistir. Eu achava que aquilo estava expondo demais o esquema. Teale gastava as notas falsas como se fossem confetes para embelezar a cidade.

— E quanto aos últimos doze meses?

Ele deu de ombros e balançou a cabeça.

— Tivemos que interromper o envio. A coisa da guarda costeira tornou tudo impossível. Kliner resolveu armazenar o que tinha. Achava que a interdição não iria durar muito tempo. Ele sabia que o orçamento da guarda costeira não seria suficiente para uma operação mais longa. Mas simplesmente durou e durou. Foi um ano terrível. A tensão era medonha. E agora a guarda costeira estava finalmente recuando, o que nos pegou de surpresa. Kliner imaginava que, se durou tanto tempo, tal interdição poderia durar até depois das eleições em novembro. Ainda não estamos prontos para enviar nada. Nem um pouco. Está tudo empilhado por lá. Nada foi encaixotado.

— Quando você entrou em contato com Joe?

— Joe? Era esse o nome do seu irmão? Eu o conhecia como Polo.

Acenei a cabeça.

— Palo — afirmei. — É o lugar onde ele nasceu. Uma cidade em Leyte, nas Filipinas. O hospital era uma velha catedral que foi transformada. Tomei injeções contra malária por lá quando tinha sete anos.

Ele ficou calado por um quilômetro e meio, como se estivesse me dando os seus pêsames.

— Eu liguei para o Tesouro há um ano. Não sabia para quem mais poderia ligar. Não podia ligar para a polícia por causa de Morrison, nem para o FBI por causa de Picard. Por isso liguei para Washington e acabei chegando nesse sujeito chamado Polo. Era um cara esperto. Achei que ele fosse resolver tudo. Pensei que sua melhor chance seria atacar enquanto eles estavam estocando. Quando ainda havia evidências por lá.

Vi uma placa indicando a aproximação de um posto de gasolina e decidi parar na última hora. Hubble encheu o tanque. Encontrei uma garrafa de plástico numa lata de lixo e fiz com que ele a enchesse de combustível também.

— Para que isso? — perguntou.

Dei de em sua direção.

— Emergências? — respondi.

Ele não voltou mais ao assunto. Simplesmente pagamos sem sair do carro e voltamos para a estrada. Continuamos dirigindo rumo ao sul. Estávamos a meia hora de Margrave. A meia-noite se aproximava.

— Então, o que fez você se mandar na segunda-feira?

— Kliner me ligou. Disse-me para ficar em casa. Falou que dois caras iriam me visitar. Perguntei o porquê e ele disse que havia um problema na Flórida, e que eu teria que ir até lá resolvê-lo.

— Mas?

— Não acreditei nele. Assim que ele mencionou dois sujeitos, veio na minha mente o que acontecera em Jacksonville na primeira semana. Entrei em pânico. Chamei um táxi e fugi.

— Você fez bem, Hubble. Salvou a sua vida.

— Quer saber de uma coisa?

Fitei-o com um ar inquisidor.

— Se ele tivesse dito um homem, eu não teria notado — prosseguiu. — Você sabe, se ele tivesse dito para ficar em casa, pois alguém iria passar por lá, eu teria caído. Mas ele se referiu a dois caras.

— Ele cometeu um erro.

— Eu sei. Mal pude acreditar. Ele nunca comete erros.

Balancei a cabeça. Sorri no meio da escuridão.

— Ele cometeu o maior de todos na última quinta-feira.

O grande relógio cromado no painel do Bentley dizia que era meia-noite. Precisava resolver tudo isso por volta das cinco da manhã. Por isso eu tinha cinco horas. Se tudo saísse bem, isso era muito mais do que o necessário. Se eu estragasse tudo, tanto faria se tivesse cinco horas, cinco dias ou cinco anos. Só haveria uma única chance. Tudo se resolveria nos detalhes. No serviço, costumávamos dizer: faça uma vez e faça certo. Hoje à noite eu acrescentaria: e faça rápido.

— Hubble? Preciso da sua ajuda.

Ele se sentiu incitado e virou para me encarar.

— Como? — perguntou.

Passei os últimos dez minutos de viagem discorrendo sobre o que tinha em mente. Repassei tudo várias vezes até que ficasse bem claro para ele. Saí da rodovia no ponto em que ela cruzava com a estrada do condado. Passei pelos armazéns e percorri os vinte e dois quilômetros até o centro da cidade. Diminuí de velocidade assim que passei em frente à delegacia. Estava tudo quieto, com as luzes apagadas. Não havia carros no estacionamento. O corpo de bombeiros ao lado parecia calmo. A cidade estava silenciosa e deserta. A única luz que havia era a da barbearia.

Entrei à direita na Beckman e subi a pequena ladeira que dava na casa de Hubble. Virei na caixa de correio branca e familiar e manobrei no meio das curvas da alameda. Parei na porta.

— As chaves do meu carro estão em casa — disse Hubble.

— Ela está aberta.

Ele entrou para checar. Empurrou a porta estilhaçada cuidadosamente com um dedo, como se pudesse haver uma armadilha. Eu o vi entrar. Um minuto depois, ele estava de volta. Trazia suas chaves, mas não foi até a garagem. Voltou até onde eu estava e encostou no carro.

— Está a maior bagunça lá dentro. O que houve?

— Usei a sua casa para armar uma emboscada. Quatro caras a revistaram enquanto me procuravam. Estava chovendo na hora.

Ele se curvou e olhou para mim.

— Eram eles? — perguntou. — Aqueles que Kliner teria mandado se eu tivesse falado?

Acenei positivamente.

— Estavam com todo o equipamento — afirmei.

Dava para ver seu rosto no meio do brilho turvo que vinha dos marcadores no painel. Seus olhos estavam arregalados, mas ele não me via. Imaginava o que havia presenciado em seus pesadelos. Acenou lentamente com a cabeça. Depois, estendeu o braço e colocou a mão em cima do meu. Apertou-o. Não disse nada. Depois, evadiu-se e sumiu. Fiquei ali sentado, perguntando a mim mesmo como diabos podia ter detestado o sujeito uma semana atrás.

Usei o tempo que tinha para recarregar a Desert Eagle. Substituí os quatro cartuchos que havia usado na rodovia perto de Augusta. Depois vi Hubble dirigindo seu velho Bentley verde, saindo da garagem. O motor estava frio e soltava uma fumaça branca de vapor. Ele levantou o polegar enquanto passava na minha direção, e com isso segui a nuvem branca pela alameda e pela Beckman. Passamos pela igreja e, num cortejo grandioso, viramos à esquerda na rua principal. Dois belos carros antigos seguindo em fila pela cidade adormecida, prontos para a guerra.

Hubble parou a quarenta metros da delegacia. Parou bem no meio-fio, onde eu havia pedido que o fizesse. Desligou suas luzes e ficou esperando com o motor ligado. Passei por ele e entrei no estacionamento da delegacia. Parei numa vaga e saí do carro. Deixei todas as quatro portas destrancadas. Tirei a enorme automática do meu bolso. O ar noturno era frio e o silêncio era esmagador. Dava para ouvir o motor de Hubble em ponto morto a quarenta metros. Destravei a Desert Eagle e o clique soou ensurdecedor no meio da calmaria.

Corri para a parede da delegacia e me abaixei. Caminhei até que pudesse olhar através da porta de vidro pesada. Olhei e fiquei escutando. Prendi a respiração. Olhei e escutei o bastante para me certificar.

Levantei-me e travei a arma novamente. Coloquei-a de volta no bolso. Fiquei ali em pé e fiz um cálculo. O Corpo de Bombeiros e a delegacia ficavam juntos a trezentos metros da extremidade norte da rua principal. Mais além, na estrada, o Café do Eno estava a oitocentos metros. Imaginei que o mais rápido que alguém poderia chegar ali seria, talvez, três minutos. Dois minutos para reagir e um minuto para uma rápida corrida pela rua principal. Assim, tínhamos três minutos. Dividindo o tempo por dois como margem de segurança, digamos que tivéssemos noventa segundos, do começo ao fim. Corri para o meio da estrada do condado e fiz um sinal para Hubble. Vi seu carro saindo do meio-fio e corri para a entrada do corpo de bombeiros. Fiquei ao lado da grande porta vermelha e esperei.

Hubble passou e virou seu Bentley fazendo uma manobra fechada no meio da estrada. Acabou traçando um ângulo reto, ficando quase na reta da entrada do prédio dos bombeiros. Vi o carro balançar enquanto ele mudava a marcha para poder andar no sentido contrário. Depois, Hubble pisou no acelerador e o grande e velho sedã veio voando de ré, bem na minha direção.

Veio acelerando sem parar e bateu com sua traseira na porta do Corpo de Bombeiros. Aquele velho Bentley devia pesar umas duas toneladas e, sem nenhum problema, praticamente arrebentou a porta de metal na base. Deu para ouvir um tremendo estrondo e o som de metal sendo dilacerado, além da destruição das lanternas traseiras do automóvel e do clangor do pára-lama assim que ele caiu e bateu no piso de concreto. Eu já havia atravessado o vão da porta antes de Hubble manobrar e se livrar dos destroços. Estava escuro lá dentro, mas encontrei o que queria. Estava preso na lateral do carro de bombeiros, horizontalmente, na altura da cabeça. Uma enorme serra de metal, devia ter cerca de um metro e vinte. Arranquei-a do seu suporte e corri na direção da porta.

Assim que Hubble me viu saindo, seguiu em frente com o carro e fez uma manobra no meio da rua, traçando um enorme círculo. A traseira do seu Bentley estava destruída. A tampa da mala estava batendo e a chapa de metal estava moída, rangendo. Mas o carro cumpriu parte de sua missão. Portanto, fez uma curva grande até ficar de frente para a entrada da delegacia. Hubble fez uma pausa e pisou fundo. Acelerou bem na direção das pesadas portas de vidro. Desta vez de frente.

O velho Bentley destruiu as portas, espalhando cacos de vidro para todo lado, e demoliu o balcão da recepção. Invadiu a sala do pelotão e parou. Entrei rapidamente atrás. Finlay estava na cela do meio. Paralisado de medo com o choque. Sua mão esquerda estava algemada às barras que o separavam da última cela. Bem no fundo. Não podia ser melhor.

Corri e empurrei os destroços do balcão para o lado, a fim de abrir caminho atrás de Hubble. Acenei para ele. Hubble girou o volante e veio com o carro de ré pelo espaço que eu havia aberto. Levantei e empurrei para longe as mesas da sala do pelotão para que ele pudesse ter espaço para seguir em frente. Virei e lhe dei o sinal.

A parte da frente do seu carro estava tão estraçalhada quanto a traseira. A capota estava amassada e o radiador, destruído. Uma água verde pingava de baixo e uma fumaça saía por cima, fazendo o motor assobiar. Os faróis estavam arrebentados e o pára-lama friccionava o pneu. Mas

Hubble estava fazendo o seu trabalho. Segurando o carro no freio e acelerando o motor. Exatamente como eu lhe havia pedido.

Dava para ver o carro estremecendo enquanto freava. Até que ele seguiu em frente e se lançou contra Finlay na cela do meio. Chocou-se com as barras de titânio num ângulo que as partiu como um machado faria com uma fileira de estacas. A capota do Bentley voou e o pára-brisa explodiu. O metal retorcido clangorou e rangeu de um jeito estridente. Hubble conseguiu parar a um metro de onde Finlay estava. O carro destruído começou a apitar muito alto devido ao vapor. O ar estava espesso por causa da poeira.

Saltei para dentro do vão da cela e trabalhei com a serra de metal bem no elo que prendia o pulso de Finlay às barras. Inclinei-me sobre aquela serra de cerca de um metro e vinte, até as algemas estarem bem cortadas. Dei a serra para Finlay e o puxei através do vão e para fora da cela. Hubble estava saindo pela janela do Bentley. O impacto havia deixado a porta torta e ele não conseguia abri-la. Puxei-o para fora, inclinei-me para dentro e tirei as chaves. Depois disso, nós três corremos pelo meio da sala do pelotão destruída e caminhamos sobre os estilhaços de vidro onde outrora havia duas portas enormes. Corremos na direção do carro e mergulhamos nele. Dei a partida e saí de ré cantando pneus pelo estacionamento. Comecei a dirigir e saí em disparada rumo à cidade.

Finlay estava livre. Noventa segundos, do começo ao fim.

32

REDUZI A VELOCIDADE NA EXTREMIDADE NORte da rua principal e virei levemente para o sul, cruzando a cidade adormecida. Ninguém falava. Hubble estava deitado no banco de trás, tremendo. Finlay estava ao meu lado no banco do passageiro. Apenas sentado ali, firme, olhando pelo pára-brisa. Estávamos todos respirando pesadamente. Todos naquele estado de tranqüilidade que vem depois de uma intensa situação de risco de vida.

O relógio no painel mostrava que era uma da manhã. Eu queria ficar entocado até as quatro. Tinha uma superstição em relação às quatro horas da manhã. Costumávamos chamá-la de Hora KGB. Dizem que era a hora que eles escolhiam para bater nas portas. Quatro da manhã. Dizem que isso sempre dava certo. Suas vítimas estavam sempre vulneráveis nesse horário. Avançar era fácil. Nós experimentávamos isso de vez em quando. Para mim sempre funcionou. Por isso queria esperar até as quatro, uma última vez.

Fiquei zanzando com o carro da esquerda para a direita, pelas vielas atrás do último quarteirão comercial. Desliguei todas as luzes do automóvel e parei atrás da barbearia. Desliguei o motor. Finlay olhou em volta e deu de ombros. Ir ao barbeiro à uma da manhã não era uma loucura maior do que enfiar um Bentley que valia cem mil dólares dentro de um prédio. Não era uma loucura maior do que passar dez horas dentro de uma cela, depois de ter sido colocado dentro dela por um debilóide. Depois de vinte anos em Boston e seis meses em Margrave, não havia muita coisa na vida que poderia surpreender Finlay.

Hubble se inclinou para a frente sem sair do banco de trás. Estava tremendo bastante. Havia batido com o carro, deliberadamente, três vezes. Os três impactos o deixaram moído e chocado. E exaurido. Ele teve que fazer muito esforço para ficar com o pé no acelerador para colidir com um objeto sólido atrás do outro. Mas o fizera. Nem todo mundo teria sido capaz. Mas ele estava sofrendo por causa disso. Saí do carro e fiquei em pé no meio da ruela. Pedi para Hubble sair também. Ele ficou ao meu lado na escuridão. Saiu, mas estava um pouco inseguro.

— Tudo bem com você? — perguntei.

Ele deu de ombros.

— Acho que sim. Bati com meu joelho e meu pescoço está doendo pra burro.

— Ande para cima e para baixo. Relaxe.

Ficamos subindo e descendo a viela escura a pé. Dez passos para lá, dez para cá, algumas vezes. Ele estava puxando da perna esquerda. Talvez a porta tivesse cedido e atingido seu joelho esquerdo. Hubble girava a cabeça, tentando distender os músculos do pescoço que doíam.

— Ok? — perguntei.

Ele sorriu. Fez uma careta assim que o tendão chiou.

— Vou sobreviver — afirmou.

Finlay saiu e se juntou a nós no meio da alameda. Estava voltando a si. Alongando-se enquanto caminhava. Ficando mais animado. Ele sorriu para mim no meio da escuridão.

— Bom trabalho, Reacher. Estava me perguntando o que diabos você iria fazer para me soltar. O que aconteceu com Picard?

Valendo-me de mímica, fiz um revólver com a mão. Ele acenou para mim de um jeito que os parceiros fazem. Reservado demais para ir além. Apertei sua mão. Parecia a coisa certa a fazer. Depois me virei e bati delicadamente na porta de serviço nos fundos da barbearia. Ela se abriu imediatamente. O sujeito mais idoso ficou ali em pé como se estivesse esperando que fôssemos bater a qualquer momento. Segurou a porta tal qual uma espécie de velho mordomo. Pediu para que entrássemos. Seguimos juntos por uma passagem que dava numa despensa. Ficamos esperando ao lado de estantes cheias de coisas de barbeiro. O idoso foi até onde estávamos.

— Precisamos da sua ajuda — anunciei.

O senhor deu de ombros. Estendeu a palma da mão branca pedindo que esperássemos mais um pouco. Arrastou os pés até a parte da frente da loja e voltou com seu parceiro. O senhor mais novo. Ambos discutiram o meu pedido em sussurros altos e ásperos.

— Para cima — disse o mais novo.

Marchamos em fila por uma escada estreita. Demos num apartamento acima da loja. Os dois velhos barbeiros nos apontaram a sala de estar. Fecharam as cortinas e acenderam duas luzes fracas. Pediram para que sentássemos. A sala era pequena e simples, porém limpa. Era aconchegante. Imaginei que, se tivesse um quarto, gostaria que ele tivesse essa aparência. Sentamos. O mais novo se sentou conosco e o mais velho se arrastou novamente. Fechou a porta. Nós quatro nos sentamos e ficamos olhando um para o outro. Até que o barbeiro se curvou para a frente.

— Vocês, rapazes, não são os primeiros a se esconder conosco.

Finlay olhou em volta. Nomeou-se como interlocutor.

— Não somos?

— Não senhor, não mesmo. Já tivemos vários rapazes se escondendo aqui conosco. E garotas também, para falar a verdade.

— Quem, por exemplo? — perguntou Finlay.

— É só nos perguntar quem, que já tivemos. Hospedamos rapazes do sindicato dos agricultores que trabalhavam nos campos de amendoim. Assim como uns outros do sindicato que cultivavam pêssegos. Já tivemos meninas dos direitos civis do registro de eleitores. Assim como garotos que não queriam ser enviados para o Vietnã. É só nos perguntar quem, que já tivemos por aqui.

Finlay acenou positivamente.

— E agora você está nos recebendo.

— Problemas por aqui? — perguntou o barbeiro.

Finlay concordou com a cabeça mais uma vez.

— Dos grandes. Tem coisa graúda vindo a caminho.

— Venho esperando por isso. Nós dois vimos esperamos por isso há anos.

— Vêm mesmo?

O barbeiro acenou com a cabeça e se levantou. Andou até um closet enorme. Abriu a porta e gesticulou para que déssemos uma olhada. Era um closet grande, cheio de gavetas fundas. As gavetas estavam cheias de dinheiro. Blocos e mais blocos de dinheiro presos com elásticos. Eles enchiam o armário do chão até o teto. Devia haver uns duzentos mil dólares ali dentro.

— Dinheiro da Fundação Kliner — disse o velho. — Eles simplesmente ficam jogando-o nas nossas mãos. Há algo errado com isso. Tenho setenta e quatro anos de idade. As pessoas passaram setenta anos curtindo com a minha cara. E agora estão me enchendo de dinheiro. Há algo errado nisso, não acha?

Ele fechou a porta onde estava o dinheiro.

— Nós não o gastamos. Não gastamos um centavo que não ganhamos. Simplesmente o colocamos no armário. Vocês, rapazes, estão indo atrás da Fundação Kliner?

— Amanhã não haverá mais Fundação Kliner — afirmei.

O velho simplesmente acenou positivamente. Olhei para a porta do closet enquanto ele me ignorava e balançava a cabeça. Fechou a porta e nos deixou sozinhos na pequena e aconchegante sala.

— Não vai ser fácil — disse Finlay. — Somos três e eles também. Estão com quatro reféns. Dois são crianças. Não sabemos exatamente onde eles os estão mantendo.

— Estão no armazém — afirmei. — Disso eu tenho certeza. Onde mais eles estariam? Não há homens suficientes para mantê-los em outro lugar. E você ouviu aquela fita. Aquele eco enorme. Aquilo era o armazém, com certeza.

— Que fita? — perguntou Hubble.

Finlay olhou em sua direção.

— Eles obrigaram Roscoe a gravar uma fita para Reacher — afirmou o detetive. — Uma mensagem. Para provar que a tinham sob seu poder.

— Roscoe? — perguntou Hubble. — E quanto a Charlie?

Finlay balançou a cabeça.

— Só Roscoe — mentiu. — Nada de Charlie.

Hubble acenou com a cabeça. Belo gesto, garoto de Harvard, pensei. A imagem de Charlie seqüestrada falando num microfone com uma faca na garganta teria tirado o executivo do sério. De volta a um lugar onde o pânico o tornaria inútil.

— Eles estão no armazém — repeti. — Não há dúvida quanto a isso.

Hubble conhecia bem o armazém. Havia trabalhado por lá durante a maior parte do último ano e meio. Por isso fizemos com que ele descrevesse a planta, meticulosamente. Encontramos papel e lápis e fizemos com que ele a desenhasse. Repassamos a planta várias e várias vezes, colocando todas as portas, escadas, as distâncias, os detalhes. Acabamos com um desenho que teria deixado um arquiteto com inveja.

O depósito tinha o seu próprio armazém, o último de um grupo de quatro. Estava muito perto do terceiro, onde ocorriam atividades ligadas à agricultura. Havia uma cerca entre os dois, cuja distância entre ela e a lateral de metal era de uma pequena passagem. Os outros três lados estavam cercados pela cerca principal que envolvia todo o complexo. Tal cerca ficava rente ao armazém nos fundos e à outra lateral, mas havia bastante espaço na frente para que os caminhões fizessem manobras.

A grande porta rolante cobria quase toda a parede frontal. Havia uma pequena porta para a entrada do pessoal bem na extremidade mais distante, que por sua vez dava acesso ao piso principal. Havia uma cabine logo depois da porta dos funcionários, onde ficava a manivela da porta rolante. Era só entrar pela tal porta e virar à esquerda que havia uma escada aberta de metal que dava num escritório. Este ficava em cima de um cantiléver no canto superior dos fundos do enorme galpão, suspenso a doze metros do piso principal. O escritório tinha janelas grandes e uma sacada com grades que permitia que um observador inspecionasse o que estava ocorrendo no balcão. Nos fundos, a tal sala tinha uma porta que dava para uma saída de incêndio externa, que era uma outra escada aberta de metal aparafusada à parede traseira externa.

— Ok. Tudo está devidamente claro, certo?

Finlay deu de ombros.

— Estou preocupado com possíveis reforços — disse o detetive. — Guardas na face externa.

Foi a minha vez de dar de ombros.

— Não haverá reforços — afirmei. — Estou mais preocupado com as espingardas. É muito espaço. E há duas crianças lá dentro.

Finlay acenou positivamente. Parecia inflexível. Sabia do que eu estava falando. Aquelas espingardas atiravam balas de chumbo, cobrindo uma área ampla. Não se misturam crianças com espingardas. Ficamos quietos. Eram quase duas da manhã. Esperaríamos mais uma hora e meia. Partiríamos às três e meia. Chegaríamos lá às quatro. Minha hora favorita para atacar.

O período de espera. Como soldados numa trincheira. Como pilotos aguardando a luz verde. O silêncio imperava. Finlay tirou um cochilo. Ele já havia feito isso antes. Provavelmente muitas vezes. Esparramou-se na cadeira. Seu braço esquerdo estava caído para o lado. Metade da algema destruída estava dependurada em seu pulso. Como um bracelete de prata.

Hubble estava totalmente ereto. Nunca havia feito isso antes. Simplesmente ficou ali, impaciente, queimando energia. Não dava para culpá-lo. Ficou olhando para mim. Com perguntas nos olhos. Fiquei dando de ombros em sua direção.

Às duas e meia, alguém bateu na porta. Delicadamente. A porta abriu uns trinta centímetros. Era o mais velho dos dois barbeiros. Apontou um dedo áspero e trêmulo para dentro da sala. Bem na minha direção.

— Alguém quer falar com você, filho — disse ele.

Finlay se sentou e Hubble parecia apavorado. Sinalizei para que ambos ficassem a postos. Levantei-me e tirei a enorme automática do meu bolso. Destravei-a. O velho bateu com a mão de leve nas minhas costas e se mostrou incomodado.

— Você não irá precisar disso, filho. De jeito nenhum.

Nosso anfitrião estava impaciente, fazendo um sinal para que eu saísse e me juntasse a ele. Guardei a arma. Dei de ombros na direção dos meus companheiros e saí com o velho.

Ele me levou até uma pequena cozinha. Havia uma mulher muito idosa lá, sentada num banquinho. Tinha a mesma cor de mogno do velho e era magra que nem um palito. Parecia uma árvore velha no inverno.

— Esta é a minha irmã — disse o velho barbeiro. — Vocês a acordaram com sua conversa.

Depois disso ele foi ao seu encontro. Abaixou-se e falou bem ao seu ouvido:

— Era desse garoto que eu estava lhe falando.

Ela levantou os olhos e sorriu para mim. Era como se o sol estivesse nascendo. Notei um traço da beleza que ela devia ter possuído há muito tempo. A senhora estendeu sua mão e eu a peguei. Pareciam fios bem finos dentro de uma luva fina e macia. O velho barbeiro nos deixou sozinhos na cozinha. Parou assim que passou ao meu lado.

— Faça perguntas sobre ele — disse o velho antes de sair de cena.

Eu ainda segurava a mão da senhora. Agachei-me ao seu lado. Ela não tentou soltá-la. Simplesmente a deixou ali, aninhada, como um graveto marrom na minha enorme pata.

— Não escuto muito bem — disse ela. — Você precisa se aproximar mais.

Falei em seu ouvido. Ela tinha o cheiro de uma flor antiga. Uma flor que murchava.

— Que tal assim? — perguntei.

— Assim está bom, filho. Posso ouvir bem.

— Estava perguntando ao seu irmão sobre Blind Blake.

— Eu sei, filho. Ele me contou tudo.

— Ele me disse que você o conheceu.

— Com certeza. Eu o conheci muito bem.

— Dava para você me contar alguma coisa sobre ele?

Ela virou a cabeça e olhou para mim com tristeza.

— O que há para dizer? Ele já se foi há um bom tempo.

— Como ele era?

Ela ainda me fitava. Seus olhos se encheram de lágrimas enquanto ela voltava sessenta, setenta anos no passado.

— Ele era cego.

Ela não disse mais nada durante um tempo. Seus lábios palpitavam silenciosamente e eu pude sentir a pressão martelando no seu pulso raquítico. A senhora moveu a cabeça como se estivesse tentando ouvir algo vindo de muito longe.

— Ele era cego — repetiu. — E era um doce de menino.

Estava com mais de noventa anos. Era quase tão velha quanto o século vinte. Por isso estava remetendo aos seus vinte ou trinta anos. Não à infância ou à adolescência. Estava se lembrando da sua condição de mulher. E estava se referindo a Blake como um doce menino.

— Eu era cantora. E ele tocava violão. Você conhece aquela velha expressão que diz que ele tocava violão como se estivesse tocando um sino? Era isso que eu usava para descrever Blake. Ele pegava aquele seu velho instrumento, e as notas simplesmente vinham mais rápido do que você podia cantá-las. E cada nota era como um sino de metal pequenino e perfeito, flutuando no ar. Costumávamos cantar e tocar a noite toda, até que, de manhã, eu o levava para uma campina, sentávamos a uma sombra de árvore qualquer e cantávamos e tocávamos um pouco mais. Só pelo prazer. Só porque eu podia cantar e ele podia tocar.

Ela começou a cantar, com os lábios fechados, alguns compassos de algo em voz baixa. Sua voz estava cerca de uma quinta mais grave do que deveria ter sido. Aquela senhora era tão magra e frágil que eu esperava uma nota alta e vacilante de soprano. Mas ela estava cantando num tom grave e sussurrado de contralto. Voltei no tempo junto com ela e os coloquei numa velha campina da Geórgia. O cheiro forte de flores silvestres em plena floração, o zumbido de insetos preguiçosos ao meio-dia, os dois encostados numa árvore, cantando e tocando só pelo prazer da coisa. Cantando em voz alta as canções estranhas e provocadoras que Blake havia escrito e que eu amava tanto.

— O que aconteceu com ele? — perguntei. — Você sabe?

Ela acenou positivamente.

— Duas pessoas neste mundo sabem — sussurrou. — Eu sou uma delas.

— Você pode me contar? Eu meio que vim para cá só para descobrir.

— Sessenta e dois anos. Nunca falei sobre isso para nenhuma alma em sessenta e dois anos.

— Você pode me contar? — perguntei novamente.

Ela acenou com a cabeça. Estava triste. Havia lágrimas em seus olhos cansados e enevoados.

— Sessenta e dois anos. Você é a primeira pessoa que me faz essa pergunta.

Prendi a respiração. Seus lábios tremiam e sua mão arranhava a palma da minha.

— Era cego — prosseguiu a senhora. — Mas era espirituoso. Você conhece essa palavra? Espirituoso? Significava que ele possuía uma espécie de altivez. Altivez junto com um sorriso resulta numa pessoa espirituosa. Blake era espirituoso. Era muito espirituoso e tinha muita energia

Andava e falava com rapidez, estava sempre em movimento, sempre dando aquele seu sorriso escancarado. Uma vez, porém, ele saiu de um lugar aqui na cidade e caminhava pela calçada, às gargalhadas. Não havia mais ninguém por perto, a não ser dois sujeitos brancos que vinham em nossa direção. Um homem e um garoto. Eu os vi e saímos da calçada, como era esperado da nossa parte. Fiquei em pé na lama para deixá-los passar. Mas o pobre Blake era cego. Não os viu. E simplesmente se chocou de frente com o garoto branco. Um menino branco, devia ter apenas dez, talvez doze anos. Blake fez com que ele caísse na lama. O menino cortou sua cabeça numa pedra e deu um grito como você jamais ouviu. O pai do garoto branco estava ao seu lado. Era um homem importante na cidade. Seu filho gritou como se estivesse a ponto de explodir. Gritou para que seu pai punisse o negro. Nisso o pai perdeu a calma e começou a bater enlouquecidamente em Blake com uma bengala. Ela possuía um punho grande de prata. O sujeito bateu no pobre Blake com o punho de prata até sua cabeça se abrir como se fosse uma melancia. Matou-o a sangue-frio. Pegou o garoto e se virou na minha direção. Mandou que eu fosse até o cocho dos cavalos para lavar sua bengala e livrá-la dos fios de cabelo, do sangue e dos miolos que nela ficaram. E me ameaçou dizendo para ficar de boca calada, caso contrário iria me matar também. Por isso me escondi e esperei até alguém encontrar o pobre Blake ali na calçada. Depois saí correndo, falando alto e cantando junto com o resto das pessoas. Nunca havia dito nada sobre isso para outra alma viva, até hoje.

Grandes lágrimas verteram dos seus olhos e rolavam pelo rosto magro. Aproximei-me ainda mais e as sequei com as costas do meu dedo. Peguei sua outra mão.

— Quem era o garoto? — perguntei.

— Alguém que vejo por aí de vez em quando. Alguém que vejo por aí, sorrindo desdenhosamente todo dia desde então, fazendo-me lembrar do meu pobre Blake deitado, com sua cabeça aberta ao meio.

— Quem era ele?

— Foi um acidente. Qualquer um poderia ter visto isso. O pobre Blake era cego. O garoto não precisava fazer tanto escândalo. Não se machucou tanto assim. Tinha idade suficiente para não reagir daquela maneira. A culpa foi dele por ter gritado daquele jeito.

— Quem era o garoto? — perguntei novamente.

Ela se virou para mim e olhou bem no fundo dos meus olhos. Contou-me o segredo de sessenta e dois anos:

— Grover Teale. Cresceu e virou prefeito, assim como seu pai. Acha que é rei deste maldito mundo, mas é apenas um menino mimado e escandaloso que fez com que meu pobre Blake fosse morto sem motivo algum, exceto pelo fato de ser cego e negro.

33

VOLTAMOS A NOS ACOMODAR NO INTERIOR DO Bentley preto de Charlie na viela atrás da barbearia. Ninguém falou nada. Dei a partida. Fiz uma curva e segui para o norte. Mantive os faróis apagados e andei lentamente. Aquele sedã preto e enorme seguia pela noite como se fosse um animal arisco deixando a sua toca. Como um submarino grande e negro saindo calmamente do ancoradouro e deslizando na água gelada. Dirigi no meio da cidade e parei cheio de cautela em frente à delegacia. Estava silenciosa como uma tumba.

— Quero pegar uma arma — disse Finlay.

Abrimos caminho em meio aos destroços que estavam espalhados pela entrada. O Bentley de Hubble estava parado na sala do pelotão, inerte no meio da escuridão. Os pneus da frente haviam estourado e o automóvel jazia embicado, enterrado nos destroços das celas. Havia um fedor de gasolina. O tanque devia ter furado. A tampa do porta-malas estava levantada por causa do jeito que a traseira ficou amassada. Hubble nem olhou para o carro.

Finlay passou pelo veículo destruído e seguiu até o grande escritório que havia nos fundos. Sumiu. Esperei por ele junto com Hubble em cima do monte de cacos de vidro que outrora foram as portas da delegacia. Finlay saiu com um revólver de aço inoxidável e uma caixa de fósforos. E um sorriso. Acenou para nós dois que estávamos perto do carro e acendeu um fósforo. Jogou-o debaixo da traseira do Bentley verde arrebentado e veio se juntar a nós.

— Diversão, certo? — disse o detetive.

Vimos o fogo começar enquanto saíamos do estacionamento. Chamas azuis e brilhantes rolavam pelo carpete como uma onda na praia. O fogo logo se espalhou pela madeira em estilhaços e veio para fora, alimentando-se na enorme mancha de gasolina. As chamas ficaram amarelas e laranja e o ar começou a ser sugado pelo buraco onde antes era a entrada. Em um minuto, todo o prédio estava em chamas. Segui e peguei a estrada do condado.

Usei os faróis durante a maior parte dos vinte e dois quilômetros. Dirigi velozmente. Levei talvez doze minutos. Apaguei as luzes a uns quatrocentos metros do alvo. Fiz a volta no meio da estrada e me afastei um pouco mais. Deixei o carro embicado para o sul. Na direção da cidade. Com as portas destrancadas. As chaves dentro.

Hubble carregava a serra de metal. Finlay checava o revólver que havia pego na delegacia. Enfiei a mão embaixo do banco e peguei a garrafa de plástico que havíamos enchido com gasolina. Enfiei-a no meu bolso da jaqueta junto com o porrete. Estava pesada. Puxei minha jaqueta para baixo à direita e deixei a Desert Eagle bem na altura do meu peito. Finlay me deu os fósforos. Coloquei-os no outro bolso.

Ficamos juntos na escuridão, no meio da lama e na lateral da estrada. Trocamos acenos. Subimos pelo campo até a árvore que foi destruída. Sua silhueta estava projetada contra a lua. Levamos alguns minutos para chegar lá. A caminhada sobre a terra fofa foi difícil. Paramos ao lado do tronco torto. Peguei a serra de metal que estava com Hubble, trocamos acenos novamente e seguimos até a cerca, até o ponto em que ela mais se aproximava dos fundos do armazém. Eram dez para as quatro da manhã. Ninguém havia falado nada desde que deixamos a delegacia incendiada.

A distância da árvore até a cerca era de uns setenta e cinco metros. Levamos um minuto. Continuamos seguindo até ficarmos defronte à base da saída de incêndio. Bem onde ela estava aparafusada à trilha de concreto que corria em volta de toda a estrutura. Finlay e Hubble seguraram a corrente para lhe dar alguma tensão, e então cortei um elo de cada vez com a serra. Foi como se eu estivesse cortando uma raiz centenária. Cortei um grande pedaço, com dois metros de extensão, bem onde começava a cerca de arame farpado, talvez uns dois metros e meio.

Passamos pelo vão. Andamos até a base das escadas. Esperei. Dava para ouvir sons vindos de dentro. Sons de movimento e de algo raspando, abafados pelo espaço amplo e transformados numa leve ressonância. Respirei fundo. Orientei os outros para que encostassem na lateral metálica. Ainda não estava certo de que havia guardas do lado de fora. Meu instinto me dizia que não haveria nenhum reforço adicional. Mas Finlay estava preocupado com isso. E aprendi há muito tempo a levar em consideração as coisas que deixavam pessoas como Finlay preocupadas.

Então orientei meus parceiros para que mantivessem suas posições enquanto eu rastejava até a extremidade da enorme estrutura. Agacheime e deixei a serra de metal cair sobre a trilha de concreto de uma altura de trinta centímetros. O barulho foi no volume certo. Parecia que alguém estava tentando entrar dentro do armazém. Encostei-me na parede e esperei com o porrete na mão direita.

Finlay estava certo. Havia um sentinela do lado de fora. E eu estava certo. Não havia reforços. O sentinela em questão era o sargento Baker. Ele estava de guarda, patrulhando a área externa do galpão. Ouvi-o antes de vê-lo. Ouvi sua respiração tensa e seus pés andando no concreto. Surgiu depois de cruzar a extremidade da estrutura e parou a um metro de onde eu estava. Olhou para a serra de metal. Estava com sua .38 na mão. Olhou para a serra e depois se voltou para o pedaço que estava faltando na grade. Depois começou a correr em sua direção.

Pouco depois ele morreu. Eu o atingi em cheio com o porrete. Mas ele não caiu. Largou seu revólver. Ficou oscilando numa curva sobre as suas pernas que pareciam de borracha. Finlay veio de trás de mim. Agarrou-o pelo pescoço. Parecia um garoto do interior torcendo o pescoço de uma criança. Fez um bom trabalho. Baker ainda estava usando o crachá plástico com o seu nome sobre o bolso do uniforme. Foi a primeira coisa que notei, há nove dias. Deixamos o seu corpo na trilha. Esperamos cinco minutos. Esperamos atentamente. Ninguém mais veio.

Voltamos para onde Hubble estava esperando. Respirei fundo mais uma vez. Coloquei o pé na escada de incêndio. Subi. Plantava cada pé delicada e silenciosamente em cada degrau. Fui ganhando terreno calmamente. A escada era feita de algum tipo de ferro ou aço. Caminhamos a passos largos. Um alarme iria tocar para todo lado caso andássemos de uma maneira meio desajeitada. Finlay estava atrás de mim, segurando no corrimão com a mão direita e a arma na esquerda. Atrás dele vinha Hubble, apavorado demais para respirar.

Nós nos arrastávamos. Levamos minutos para chegar aos doze metros de altura. Estávamos agindo com muita cautela. Ficamos naquela pequena plataforma no topo. Encostei meu ouvido na porta. Silêncio. Não havia som algum. Hubble sacou as chaves da sua sala. Apertou-as na mão para que elas não chacoalhassem. Escolheu a chave certa lenta e cuidadosamente. Enfiou-a na fechadura. Prendemos a respiração. A tranca fez um clique. A porta abriu. Prendemos a respiração. Nenhum som. Nenhuma reação. Silêncio. Hubble a moveu para trás, lenta e cuidadosamente. Finlay assumiu a tarefa e a abriu mais ainda. Passou o bastão para mim. Movi a porta até ela encostar na parede. Deixei-a aberta o tempo todo, escorando-a com a garrafa de gasolina que estava no meu bolso.

A luz jorrava para fora do escritório, transbordando sobre a escada de incêndio e lançando uma faixa de luz contra a cerca e o campo quarenta metros abaixo. Lâmpadas de arco voltaico estavam acesas no interior do armazém e sua luz transbordava através das grandes janelas do escritório. Dava para ver tudo em seu interior. E o que vi fez meu coração parar.

Jamais acreditei na sorte. Nunca tive motivo para tal. E nunca contei com ela, pois nunca poderia. Mas agora eu tinha tirado a sorte grande. Trinta e seis anos de azar e confusão haviam sido apagados com uma única visão. Os deuses estavam ao meu lado, incentivando-me com gritos e me orientando. Naquele exato instante, eu percebi que havia vencido.

Isso porque as crianças estavam dormindo no andar do escritório. Os filhos de Hubble. Ben e Lucy. Esparramados sobre uma pilha de sacos de aniagem vazios. Dormindo profundamente, de um jeito inocente como só crianças com sono são capazes de fazer. Estavam imundas e com as roupas em farrapos. Ainda usavam os uniformes de colégio de segunda-feira. Pareciam maltrapilhos numa daquelas fotos em sépia da antiga Nova York. Estateladas, a sono solto. Quatro horas da manhã. Era o meu horário de sorte.

As crianças morriam de medo de mim. Eram elas que tornavam aquela missão algo praticamente impossível. Fiquei pensando nisso umas mil vezes. Havia promovido jogos de guerra dentro da minha cabeça, tentando encontrar um que desse certo. Não havia conseguido. Sempre me vinha alguma espécie de conseqüência ruim. Aquilo que os instrutores de centros de treinamento militar chamavam de resultados insatisfatórios. Sempre me vinha na cabeça que as crianças seriam dilaceradas pelas enormes espingardas. Crianças e espingardas não são coisas que se misturam. E eu sempre visualizara os quatro reféns e as duas espingardas no mesmo lugar ao mesmo tempo. Visualizara crianças em pânico, Charlie gritando e as enormes Ithacas disparando. Tudo no mesmo lugar. Não me vinha nenhuma espécie de solução. Se eu tivesse que dar tudo que já tive ou que teria, eu o faria para que tivesse as crianças adormecidas e sozinhas em algum lugar. E isso havia acontecido. Havia acontecido. O júbilo zunia nos meus ouvidos como se fosse uma multidão histérica dentro de um ginásio enorme.

Voltei-me para os outros dois. Cochichei nos ouvidos de cada um. Falei no mais leve dos sussurros:

— Hubble, leve a menina. Finlay, leve o menino. Coloquem a mão em cima de suas bocas. Não quero ouvir som algum. Leve-as até a árvore. Hubble, leve-as de volta para o carro. Fique com elas e espere. Finlay, volte aqui. Façam isso agora. O mais rápido possível.

Saquei a Desert Eagle e a destravei. Firmei meu pulso contra a moldura da porta e mirei na porta interna que ficava no outro canto do escritório. Finlay e Hubble o adentraram. Fizeram tudo certo. Mantiveram a voz baixa. Mantiveram o silêncio. Colocaram as mãos sobre as boquinhas. Pegaram as crianças no colo. Saíram rastejando. Endireitaram-se quando passaram ao lado do cano da minha enorme .44. As crianças acordaram e se debateram. Seus olhos arregalados me fitaram. Hubble e Finlay as carregaram para o topo da longa escada. Abriram caminho calmamente para descer. Recuei de onde estava, no vão da porta, até o canto mais afastado da plataforma de metal. Encontrei um lugar onde poderia lhes dar cobertura o tempo todo. Eu os vi descendo calmamente a escada de incêndio, até o chão, até a cerca, atravessando a fenda e escapando. Eles andaram pela faixa de luz que caía sobre o campo, doze metros abaixo de onde eu estava, e sumiram no meio da noite.

Relaxei. Abaixei a arma. Fiquei ouvindo tudo atentamente. Era só silêncio, a não ser os leves ruídos que vinham do enorme galpão de metal. Rastejei pelo escritório. Arrastei-me pelo chão até chegar nas janelas. Levantei lentamente a cabeça e olhei para fora e para baixo. Tive uma visão que jamais irei esquecer.

Havia uma centena de luzes de arco voltaico afixadas no topo do armazém. Elas deixavam o ambiente mais claro do que a luz do sol poderia seria capaz. Era um grande espaço. Devia ter uns trinta metros de comprimento, talvez uns vinte e cinco de profundidade. Quem sabe uns dezoito de altura. E estava cheio de notas de dólar. Uma duna gigantesca de dinheiro enchia o galpão. A pilha devia ter cerca de quinze metros e estava no canto mais distante. Havia um declive até o chão que a deixava parecida com uma encosta de montanha. Era uma montanha de dinheiro. Erguia-se como um gigantesco iceberg verde. Era enorme.

Vi Teale numa das pontas do galpão. Estava sentado num declive mais baixo da montanha, talvez a três metros de altura. Com a espingarda no meio dos joelhos. Parecia um anão perto da enorme pilha verde que se erguia acima dele. Quinze metros mais próximo de mim, deu para ver o velho Kliner. Sentado no ponto mais alto do declive. Em cima de quarenta toneladas de dinheiro. Com a espingarda no meio dos joelhos.

As duas espingardas eram para Roscoe e Charlie Hubble. Eram dois pequenos alvos a doze metros abaixo de onde eu observava. Estavam sendo forçadas a trabalhar. Roscoe manuseava uma pá de neve. Uma daquelas coisas curvadas que são usadas nos estados onde neva para limpar as pistas de entrada das casas. Ela empurrava montes de dólares na direção de Charlie. A Sra. Hubble estava usando uma outra pá para colocá-los dentro de caixas de papelão e socava-os com um ancinho. Havia uma fileira de caixas lacradas atrás das duas mulheres. Na sua frente havia uma pilha imensa. Trabalhavam muito abaixo de onde eu estava, pareciam duas formiguinhas no sopé da montanha de dólares.

Prendi a respiração. Estava pasmo. Era uma visão completamente inacreditável. Dava para ver o furgão preto de Kliner. Havia entrado de ré e estava bem em frente à porta rolante. Ao seu lado estava o Cadillac branco de Teale. Ambos eram grandes automóveis. Mas não eram nada em comparação com aquela montanha de dinheiro. Eram como brinquedos numa praia. Era impressionante. Uma cena fantástica para um conto de fadas. Como uma enorme caverna subterrânea numa mina cintilante de esmeraldas de alguma fábula. Tudo iluminado intensamente por uma centena de luzes de arco voltaico. Figuras minúsculas lá embaixo. Mal dava para acreditar. Hubble dissera que um milhão de dólares em notas de um era uma visão impressionante. Eu estava olhando para quarenta milhões. Foi a altura da pilha que me deixou assim. E se elevava cada vez mais. Dez vezes mais alta do que as duas figuras pequenas que trabalhavam no nível do solo. Mais alta do que uma casa. Mais alta do que duas casas. Era incrível. Era um armazém gigantesco. E continha uma massa sólida de dinheiro. Quarenta milhões de notas genuínas de um dólar.

As duas mulheres se moviam com a lentidão de quem estava sofrendo de fadiga extrema, como se fossem membros exaustos de uma tropa militar no final de uma manobra dolorosa. Praticamente estavam dormindo em pé, movendo-se automaticamente enquanto suas mentes imploravam por um descanso. Estavam empacotando braçadas e mais braçadas de dólares do estoque gigantesco dentro das caixas. Era uma manobra desesperada. A retirada da guarda costeira havia pego Kliner de surpresa. Ele não estava preparado. O armazém estava incorrigivelmente superlotado. Roscoe e Charlie estavam sendo exploradas à exaustão como se fossem escravas. Teale e Kliner as observavam como capatazes, indiferentemente, como se soubessem que estavam no fim da linha. A pilha enorme de dinheiro os iria enterrar. Iria tragá-los e sufocá-los até a morte.

Ouvi o leve som dos pés de Finlay na escada de incêndio. Arrastei-me para fora do escritório e o encontrei na plataforma de metal lá fora.

— Elas estão no carro — sussurrou o detetive. — Como estamos aqui?

— Duas espingardas preparadas para atirar — sussurrei. — Roscoe e Charlie parecem bem.

Ele se voltou na direção das luzes brilhantes e do leve ruído.

— O que estão fazendo lá dentro? — perguntou-me num cochicho.

— Venha dar uma olhada. Mas prenda a respiração.

Arrastamo-nos juntos. Rastejamos pelo chão até as janelas. Levantamos lentamente nossas cabeças. Finlay olhou para baixo e contemplou aquela cena fantástica. Ficou olhando por um bom tempo. Seus olhos vasculharam todo o terreno. Depois se voltou para mim. Prendendo a respiração.

— Meu Deus — disse ele num sussurro.

Acenei para que recuássemos. Rastejamos até a plataforma da escada de incêndio.

— Meu Deus — repetiu. — Dá para acreditar nisso?

Balancei a cabeça.

— Não — sussurrei de volta. — Não dá para acreditar

— O que vamos fazer?

Levantei minha mão, sinalizando para que Finlay esperasse na plataforma. Arrastei-me para dentro e olhei pela janela. Vasculhei toda a área. Vi onde Teale estava sentado, olhei para a porta interna do escritório, chequei a área que estava ao alcance da arma de Kliner e imaginei onde Roscoe e Charlie poderiam acabar. Calculei ângulos e distâncias estimadas. Cheguei a uma conclusão definitiva. Era um baita de um problema.

O velho Kliner era a pessoa que estava mais perto de nós. Roscoe e Charlie estavam trabalhando entre ele e Teale. Este último era o mais perigoso porque estava na outra ponta do armazém. Quando eu aparecesse no topo das escadas internas, todos os quatro iriam levantar os olhos na minha direção. Kliner iria levantar sua espingarda. Teale faria o mesmo. Ambos atirariam em mim.

Kliner teria um tiro certeiro para dar, sessenta graus para cima, como se fosse um caçador de patos. Mas Roscoe e Charlie estavam lá embaixo entre mim e Teale. Teale atiraria em mim de uma espécie de baixio. Ele já estava posicionado a uns três metros do chão, num declive. Acabaria procurando outros nove metros de elevação de uma distância de trinta metros. Um ângulo horizontal. Talvez de quinze ou vinte graus. Sua grande Ithaca foi projetada para que suas rajadas se expandissem por mais de quinze ou vinte graus. Um tiro pegaria as mulheres em cheio. E as mataria. Quando Teale levantasse os olhos e atirasse, Roscoe e Charlie iriam morrer.

Rastejei para fora do escritório e me juntei a Finlay na escada de incêndio. Agachei-me e peguei a garrafa plástica cheia de gasolina. Entreguei-a junto com a caixa de fósforos. Inclinei-me em sua direção e lhe disse o que fazer. Sussurramos juntos e ele foi descer o longo lance de degraus de metal. Arrastei-me pelo escritório e coloquei a Desert Eagle cuidadosamente no chão, perto da porta interna. Destravada. Rastejei novamente até a janela. Levantei a cabeça e fiquei esperando.

Três minutos se passaram. Fiquei olhando para a outra extremidade, onde estava a porta rolante. Observando e esperando. Vendo a fenda entre a parte de baixo da porta e o concreto, bem na outra ponta, oposta a mim diagonalmente dentro daquele espaço enorme. Observei e esperei. Quatro minutos haviam se passado. As figuras minúsculas lá embaixo continuavam trabalhando pesado. Roscoe e Charlie enchiam caixas, sob o olhar cuidadoso de Teale. Kliner escalava a encosta da montanha no intuito de chutar um novo lote de dinheiro ladeira abaixo, na direção das mulheres. Cinco minutos haviam se passado. Kliner havia largado sua espingarda. Estava a nove metros de altura, arrastando-se na pilha, dando início a uma pequena avalanche que rolou até parar nos pés de Roscoe. Seis minutos haviam se passado. Sete.

Então eu vi a mancha escura e molhada de gasolina infiltrando-se por debaixo da porta rolante. Fluía formando uma piscina em forma de semicírculo. Continuava vindo. Alcançou a base da enorme duna de dólares, três metros abaixo de onde Teale estava esparramado nos declives mais baixos. Continuava crescendo para fora. Uma mancha escura no concreto. Kliner ainda estava trabalhando, a doze metros de distância de onde Teale estava. Ainda a nove metros de sua arma.

Rastejei de volta até a porta interna. Puxei a maçaneta para baixo. A lingüeta se abriu. Peguei minha arma. Abri metade da porta. Rastejei de volta até a janela. Observei a poça de gasolina que ia ficando cada vez maior.

Temi que Teale fosse sentir seu cheiro imediatamente. Essa era a parte ruim do plano. Mas ele não poderia senti-lo. Porque todo o galpão exalava um fedor poderoso e pavoroso. Ele me atingiu como se fosse um martelo assim que abri a porta. Um cheiro pesado, azedo e gorduroso. O cheiro do dinheiro. Milhões e milhões de notas de um dólar amassadas e gordurosas exalavam o fedor de mãos suadas e bolsos sujos. O cheiro empesteava o ar. Era o mesmo cheiro que eu havia sentido nas caixas vazias da garagem de Sherman Stoller. O cheiro azedo de dinheiro usado.

Até que vi a chama brotar por debaixo da porta. Finlay havia largado o fósforo. Era uma chama baixa e azul. Corria por debaixo da porta e brotava do meio da mancha enorme como se fosse uma flor se abrindo. Atingiu a base da enorme montanha verde. Vi Teale virar rapidamente a cabeça e olhar para a cena, paralisado e horrorizado.

Saí porta afora e me espremi. Fiz mira com a arma. Apoiei o pulso na grade da sacada. Puxei o gatilho e estourei a cabeça de Teale, a trinta metros de distância. O projétil o atingiu bem na têmpora e fez seu crânio explodir, espalhando os miolos pela parede de metal que estava atrás dele.

Depois disso, as coisas começaram a dar errado. Vi tudo acontecer de maneira terrível e em câmera lenta, quando a sua mente trabalha mais rápido do que você é capaz de se mover. Minha mão que segurava a arma estava desviando para a esquerda a fim de rastrear Kliner enquanto este voltava para pegar sua própria arma. Mas Kliner mergulhou para a direita. Lançou-se num pulo desesperado montanha abaixo até o lugar onde Teale havia largado sua espingarda. Não voltaria para pegar a sua arma. Iria usar a de Teale. Usaria a mesma geometria letal que Teale teria usado. Vi minha mão mudando de direção. Estava traçando um arco gracioso no meio do ar, bem atrás de Kliner, que caía e deslizava sobre uma avalanche de dólares. Então ouvi um estrondo causado pelo arrombamento da porta dos funcionários lá embaixo. Tal estrondo se comparava ao eco do tiro que havia matado Teale, quando vi Picard cambaleando no piso do armazém.

Sua jaqueta havia sumido e deu para ver o sangue encharcando sua enorme camisa branca. Eu o vi dando passos gigantescos na direção das mulheres. Sua cabeça se virava e seu braço direito se movia tal qual um moinho de vento para cima, apontando na minha direção. Vi a .38 virar uma arma de brinquedo em sua mão. A trinta metros dele, vi Kliner pegar a espingarda de Teale no lugar onde este havia caído e se enterrado na pilha de dinheiro.

Vi as chamas azuis subindo, vindo da base da enorme duna de dólares. Vi Roscoe girar lentamente o corpo para me ver. Vi Charlie Hubble girando lentamente para o outro lado e vendo Teale. Eu a vi começando a gritar. Suas mãos lentamente se dirigiam para o rosto, sua boca estava se abrindo e seus olhos fechando. O som do seu grito flutuou delicadamente até onde eu estava e superou o eco da bala da Desert Eagle e o estrondo da porta arrombada.

Segurei na grade da sacada à minha frente e me ergui com uma mão só. Virei a outra mão que segurava a arma verticalmente para baixo, atirei e acertei Picard em cheio no ombro direito, uma fração de segundos antes dele apontar sua .38 na minha direção. Eu o vi caindo no chão numa explosão de sangue enquanto voltava minha atenção para Kliner.

Minha mente agia de forma imparcial. Tratava tudo aquilo como um mero problema mecânico. Havia travado meu ombro de modo que o coice daquela enorme automática o chutaria para cima. Isso fez com que eu ganhasse uma pequena fração de segundos enquanto levantava o olhar para a outra extremidade do armazém. Senti um estalo na palma da mão enquanto a cápsula usada caía no chão e a bala seguinte entrava na agulha. Kliner levantou o cano da Ithaca, enquanto as notas de um dólar flutuavam em câmera lenta, e carregou sua arma. Ouvi o barulho do mecanismo da espingarda mais alto do que o estrondo do tiro que deteve o grandalhão.

Deduzi que Picard iria atirar pouco acima da linha horizontal para me atingir com a parte de cima da rajada e decapitar Roscoe e Charlie com a parte de baixo. Deduzi ainda que minha bala levaria pouco mais de sete centésimos de segundo para cobrir toda a extensão do armazém e que deveria mirar no lado direito do seu corpo, a fim de afastar a mira da espingarda das mulheres.

Depois disso, meu cérebro parou de funcionar. Deu-me toda a informação necessária e relaxou para frustrar minha tentativa de levantar meu braço mais rápido do que Kliner poderia erguer o cano da Ithaca. Era uma corrida agonizante em câmera lenta. Estava com metade do corpo inclinado para fora da sacada e levantava meu braço lentamente como se estivesse erguendo um peso enorme. A cem metros de distância, Kliner estava, em câmera lenta, erguendo o cano da espingarda como se estivesse atolado num lamaçal. Eles vinham juntos, lentamente, centímetro a centímetro. Subindo e subindo. Levou uma eternidade. Aquilo durou a minha vida inteira. As chamas estavam queimando e arruinavam a base da montanha. Espalhavam-se para cima e para fora em meio ao dinheiro. Num sorriso voraz, percebiam-se os dentes amarelados de Kliner.

Charlie estava gritando. Roscoe flutuava lentamente na direção do piso de concreto como se estivesse presa numa teia de aranha. Meu braço e a espingarda de Kliner se erguiam lentamente, centímetro a centímetro.

Fui mais rápido. Atirei em Kliner na parte superior à direita do tórax e a enorme bala calibre .44 o tirou do chão. O cano da Ithaca moveu-se para o lado na hora em que ele puxou o gatilho. A espingarda disparou e acertou a enorme montanha de dinheiro. O ar instantaneamente ficou mais espesso com os pequenos pedaços de papel. Fragmentos de notas de dólar voaram para todo lado. Rodopiaram como num temporal e pegaram fogo assim que caíram sobre as chamas.

O tempo voltou ao normal na hora em que comecei a descer as escadas que davam no piso principal do armazém. As chamas estavam se espalhando por aquela montanha sebosa mais rápido do que um homem poderia correr. Abri caminho em meio à fumaça e peguei Roscoe com um braço e Charlie com o outro. Fiz com que elas ficassem de pé e as carreguei até a escada. Dava para sentir uma rajada de oxigênio vindo por debaixo da porta rolante para alimentar o fogo. O enorme galpão estava em chamas. A gigantesca duna de dinheiro estava sendo destruída. Enquanto isso, eu corria em linha reta na direção das escadas, arrastando as duas mulheres comigo.

Dei um encontrão em Picard. Ele havia se levantado do chão bem na minha frente e o impacto fez com que eu me estatelasse. Ele estava ali de pé como um gigante ferido que urrava furioso. Jorrava sangue do seu ombro direito estraçalhado. Sua camisa estava tingida de um pavoroso tom vermelho. Levantei cambaleando e ele me atingiu com sua mão esquerda. Foi um impacto que me fez estremecer e me jogou para trás. Em seguida, o brutamontes acertou outra esquerda no meu braço e fez com que a Desert Eagle caísse no chão de concreto. O fogo aumentava à nossa volta, meus pulmões ardiam, e só dava para ouvir Charlie Hubble gritando histérica.

Picard havia perdido o seu revólver. Estava trôpego na minha frente, balançando de um lado para outro, preparando seu enorme braço esquerdo para dar outro golpe. Antes que pudesse me atingir, me joguei sobre ele e atingi sua garganta com o cotovelo. Bati nele com mais força do que jamais havia batido em qualquer coisa ao longo de toda a minha vida. Mas o brutamontes apenas balançou e se aproximou mais. Girou seu enorme punho esquerdo e me acertou de lado, jogando-me na direção do fogo.

Eu respirava fumaça pura quando me levantei. Picard se aproximou mais. Estava em pé no meio de um monte de dinheiro em chamas. Curvou-se para a frente e me deu um chute no peito. Foi como se eu tivesse sido atingido em cheio por um caminhão. Minha jaqueta pegou fogo. Tirei-a do corpo e joguei-a sobre ele. Mas o monstro a jogou para o lado e tomou impulso para dar o chute que iria me matar. Eis que então seu corpo começou a tremer, como se alguém estivesse atrás acertando-o com um machado. Vi Finlay atirando em Picard com o revólver que havia pego na delegacia. Deu seis tiros nas costas do colete do agente corrupto do FBI. Picard se virou e o encarou. Deu um passo em sua direção. As balas de Finlay haviam acabado.

Arrastei-me até onde estava a minha enorme automática israelense. Ergui-a do concreto quente e atirei na nuca de Picard. Seu cérebro explodiu sob o impacto da bala. Suas pernas se dobraram e ele começou a cair. Atirei nele com minhas quatro últimas balas, antes que o brutamontes caísse no chão.

Finlay agarrou Charlie e saiu correndo no meio das chamas. Levantei Roscoe do chão e me lancei na direção das escadas, arrastando-a para cima e no meio do escritório. Saí e desci pela escada de incêndio enquanto as chamas queimavam a porta que ficou para trás. Lançamo-nos através da fenda na cerca. Carreguei Roscoe nos meus braços e corri pelo campo até a árvore.

Atrás de nós, o ar superaquecido arrancou o teto do galpão e as chamas subiram uns trinta metros no meio do céu noturno. À nossa volta, fragmentos queimados das notas de dólar caíam depois de terem sido carregadas pelo vento. O armazém explodia como uma fornalha. Dava para sentir o calor nas minhas costas enquanto Roscoe afastava os papéis flamejantes que caíam sobre nós. Corremos até a árvore. Não paramos. Corremos para a estrada. Duzentos metros. Cem metros. Mais atrás dava para ouvir sons estridentes e dilacerantes enquanto o galpão de metal desabava e explodia. Mais à frente, Hubble estava em pé ao lado do Bentley. Abriu rapidamente as portas traseiras e correu para o banco do motorista.

Nós quatro nos apertamos nos bancos de trás enquanto Hubble pisava no acelerador. O carro acelerou e as portas se fecharam. As crianças estavam na frente. Ambas gritando. Charlie também gritava. Assim como Roscoe. E eu notei, com uma espécie de curiosidade desinteressada, que estava gritando também.

Hubble andou por um quilômetro e meio de estrada. Então parou para que nos desembaraçássemos e saíssemos do automóvel. Cambaleando. Todos nos abraçamos, nos beijamos e choramos, cambaleando no meio da lama que margeava a velha estrada do condado. Os quatro Hubble se abraçaram. Assim como eu, Roscoe e Finlay. Depois, o detetive começou a dançar, gritando e rindo como se fosse um debilóide. Toda a sua discrição foi para o espaço. Roscoe estava aconchegada nos meus braços. Fiquei olhando para o fogo, a mais de um quilômetro. Estava piorando. Ficando mais alto. Estava se espalhando para os galpões dos fazendeiros que ficavam ao lado. Sacos de fertilizante à base de nitrogênio e tambores de óleo para tratores explodiam como se fossem bombas.

Todos nos viramos para ver o inferno e as explosões. Nós sete formando uma fila de gente esfarrapada no meio da estrada. A um quilômetro e meio, ficamos olhando para a tempestade de fogo. Rajadas de chamas gigantescas davam saltos de trezentos metros. Tambores de óleo explodiam como se fossem morteiros. O céu noturno estava cheio de cédulas em chamas, como se fossem um milhão de estrelas alaranjadas. Parecia o inferno na Terra.

— Meu Deus — disse Finlay. — Será que provocamos mesmo tudo isso?

— Foi você que fez, Finlay — afirmei. — Você que acendeu o fósforo.

Rimos e nos abraçamos. Dançamos, demos boas gargalhadas e batemos nas costas um do outro. Jogamos as crianças no ar, além de as abraçarmos e as beijarmos. Levantei Roscoe do chão e a beijei longa e fortemente. Sem parar. Ela me envolveu com as pernas em torno da minha cintura e colocou os braços em volta da minha cabeça. Beijamo-nos como se fôssemos morrer se parássemos.

Depois disso, dirigi o carro lenta e calmamente de volta para a cidade. Finlay e Roscoe se apertavam comigo na frente. Os Hubble se acomodaram no banco de trás. Assim que perdemos de vista o brilho do fogo às nossas costas, percebemos o brilho do incêndio na delegacia mais à frente. Diminuí a velocidade assim que passamos em frente ao prédio em chamas. Queimava ferozmente. E iria queimar até o fim. Centenas de pessoas formavam um círculo em volta do incêndio. Ninguém estava fazendo nada para apagá-lo.

Acelerei novamente enquanto andávamos pela cidade calada. Entrei à direita na Beckman, passando em frente à estátua de Caspar Teale. Contornei a igreja branca e silenciosa. Percorri o quilômetro e meio até a caixa de correio branca e familiar do número 25. Virei e subi pela alameda. Parei na porta o tempo suficiente para que os Hubble saíssem. Dei meia-volta com o velho carro e percorri novamente a alameda. Peguei novamente a Beckman e parei na parte mais baixa.

— Fora, Finlay — afirmei.

Ele deu um sorriso e saiu. Caminhando pela noite. Fui até o final da rua principal e desci a rua de Roscoe. Parei em frente à pista de entrada da sua casa. E a adentramos cambaleando. Arrastamos uma cômoda pelo corredor e a colocamos na sala para bloquear a porta estilhaçada. Fechamo-nos para o mundo.

34

NÃO DEU CERTO PARA ROSCOE E PARA MIM. Aquilo realmente não tinha a menor chance de dar certo. Havia problemas demais. Durou pouco mais de vinte e quatro horas. Logo eu estaria de volta à estrada.

Já eram cinco horas da manhã de domingo quando arrastamos aquela cômoda para segurar a porta destruída. Estávamos exaustos. Mas a adrenalina ainda fervia em nosso interior. Por isso não conseguíamos dormir. Em vez disso, conversamos. E quanto mais conversávamos, pior ia ficando.

Roscoe havia passado a maior parte das últimas sessenta e quatro horas como prisioneira. Não chegou a ser maltratada. Disse-me que eles nem sequer a tocaram. Ela ficou aterrorizada, mas o máximo que fizeram foi obrigá-la a trabalhar que nem uma escrava. Na quinta-feira, Picard a havia levado embora de carro. Eu os vi partindo. Acenei, me despedindo.

Ela o deixou atualizado em relação aos nossos progressos. Depois de seguir um quilômetro e meio pela estrada do condado, ele apontou uma arma em sua direção. Desarmou-a, algemou-a e a levou para o armazém. Seguiu direto para a porta rolante e foi posta imediatamente para trabalhar com Charlie Hubble. As duas passaram o tempo todo que fiquei sentado debaixo da rodovia, vigiando o local, trabalhando lá dentro. A própria Roscoe esvaziou o furgão vermelho que o filho de Kliner havia trazido. Depois eu o segui até aquela parada de caminhões perto de Memphis e fiquei me perguntando por que diabos ele estava vazio.

Charlie Hubble passou quatro dias e meio lá dentro trabalhando. Desde a noite de segunda-feira. Kliner, então, já havia começado a entrar em pânico. A retirada da guarda costeira havia chegado cedo demais. Ele sabia que teria que trabalhar rápido para esvaziar o estoque. Por isso Picard levou os Hubble direto para o armazém. Kliner fez as reféns trabalharem. Elas dormiam apenas algumas horas por noite, deitadas na duna de dólares, algemadas à base das escadas do escritório.

No sábado de manhã, ao ver que seu filho e os dois porteiros não haviam voltado, Kliner enlouqueceu. Agora ele não tinha mais uma equipe. Por isso fez com que as reféns trabalhassem dia e noite. Elas não dormiram no sábado à noite. Simplesmente prosseguiram com a tarefa desesperada de tentar encaixotar a pilha inteira. E iam perdendo cada vez mais terreno. A cada vez que um caminhão chegava e descarregava uma nova carga no piso do armazém, Kliner ia ficando cada vez mais fora de si.

Com isso, Roscoe passou grande parte dos três últimos dias trabalhando como escrava. Temendo por sua vida, em perigo, exausta e humilhada durante três longos dias. E aquilo foi por minha culpa. Eu lhe disse isso. Quanto mais eu falava, mais ela me dizia que não me culpava. Era minha culpa, eu estava dizendo. Não é sua culpa, dizia ela. Lamento, dizia eu. Não fique assim, retrucava Roscoe.

Ouvimos um ao outro. Aceitamos bem o que estava sendo dito. Mas eu ainda achava que a culpa era toda minha. Não tinha cem por cento de certeza de que ela não pensava da mesma forma. Apesar do que estava dizendo. Não brigamos por causa disso. Mas era o primeiro leve sinal de que tínhamos um problema.

Tomamos banho juntos em seu pequeno boxe. Ficamos lá quase uma hora. Estávamos nos ensaboando bastante para nos livrarmos do fedor do dinheiro, do suor e do fogo. E ainda estávamos conversando. Estava lhe falando sobre a sexta-feira à noite. A emboscada na casa de Hubble no meio da tempestade. Contei-lhe tudo. Falei sobre os sacos com as facas, o martelo e os pregos. Disse a ela o que havia feito com os cinco. Achei que aquilo fosse deixá-la feliz.

Esse foi o segundo problema. Não foi grande coisa enquanto estávamos ali com a água quente caindo sobre nossas cabeças. Mas ouvi algo em sua voz. Apenas um leve tremor. Não era choque ou um gesto de desaprovação. Apenas a sugestão de uma pergunta. De que talvez eu tivesse ido longe demais. Dava para sentir em sua voz.

Achei que, de algum modo, havia feito aquilo por ela e por Joe. Não o fizera porque queria. Era o trabalho de Joe, mas aquela era a cidade dela e aquelas eram pessoas do local. Eu o fizera porque a vi desmoronando na cozinha, chorando como se seu coração tivesse se partido. Havia feito aquilo por Joe e Molly. Ao mesmo tempo em que sentia que não precisava de nenhuma justificativa, foi dessa forma que justifiquei tudo aquilo para mim mesmo.

Na hora não pareceu que era um problema. O chuveiro nos aliviou. Devolveu-nos um pouco de energia. Fomos para a cama. Deixamos as cortinas abertas. Estava fazendo um dia maravilhoso. O sol brilhava no céu azul e o ar parecia fresco e limpo. Tudo estava como deveria estar. Como se fosse um novo dia.

Fizemos amor com muita ternura, muita energia, muita alegria. Se alguém me dissesse que eu estaria de volta à estrada na manhã seguinte, teria achado que esse alguém enlouquecera. Disse a mim mesmo que não havia problemas. Eu os estava imaginando. E se houvesse problemas haveria boas razões para tal. Talvez os efeitos colaterais do estresse e da adrenalina. Talvez a fadiga profunda. Talvez porque Roscoe fora uma refém. Talvez ela estivesse reagindo como um monte de reféns fazia. Eles sentem uma espécie de ciúme sufocado de alguém que não foi refém junto com eles. Uma espécie de leve ressentimento. Talvez isso estivesse alimentando a culpa que eu carregava por ter deixado que ela fosse capturada. Talvez fosse um monte de coisas. Adormeci certo de que acordaríamos felizes e eu ficaria aqui para sempre.

Acordamos felizes. Dormimos até o final da tarde. Depois passamos duas horas maravilhosas com o sol da tarde entrando pela janela, cochilando e nos espreguiçando, rindo e nos beijando. Fizemos amor novamente. Estávamos abastecidos de alegria por estarmos seguros, vivos e sozinhos. Foi a melhor trepada que demos. Também foi a última. Mas não sabíamos disso na hora.

Roscoe pegou o Bentley e foi até o Eno comprar comida. Sumiu por uma hora e voltou com notícias. Ela havia visto Finlay. Estava falando sobre o que iria acontecer em seguida. Esse era o grande problema. Aquilo fez com que todos os pequenos problemas não parecessem nada.

— Você devia ver a delegacia — disse ela. — Não sobrou nada.

Ela colocou a comida numa bandeja e comemos sentados na cama. Frango a passarinho.

— Todos os quatro armazéns pegaram fogo — prosseguiu. — Há escombros por toda a rodovia. A polícia estadual está envolvida. Tiveram que chamar carros do corpo de bombeiros desde Atlanta até Macon.

— A polícia estadual está envolvida? — perguntei.

Roscoe deu uma gargalhada.

— Todo mundo está envolvido. Virou meio que uma bola de neve. O chefe dos bombeiros de Atlanta chamou o esquadrão de bombas por causa das explosões, porque não sabia exatamente quem as havia provocado. O esquadrão de bombas não pode ir a parte alguma sem notificar o FBI. No caso é terrorismo, daí o bureau estar interessado. A Guarda Nacional entrou em cena hoje de manhã.

— A Guarda Nacional? Por quê?

— Esta é a melhor parte. Finlay disse que, quando o teto do armazém explodiu na noite passada, a corrente de ar espalhou dinheiro por toda parte. Lembra-se daqueles pedaços em chamas que não paravam de cair sobre nós? Há milhões de notas de um dólar por toda parte. Por quilômetros a fio. O vento espalhou as notas para todo lado, pelos campos, por toda a rodovia. A maior parte delas está parcialmente queimada, é claro, mas algumas não. Assim que o sol nasceu, milhares de pessoas vieram do nada e se espalharam por toda parte para pegar o dinheiro que caía do céu. Por isso a Guarda Nacional foi chamada para dispersar a multidão.

Comi um pouco. Pensei nisso.

— O governador chamou a guarda, foi isso? — perguntei.

Roscoe acenou positivamente. Com a boca cheia de asa de frango.

— O governador está envolvido. Ele está na cidade nesse exato momento. E Finlay chamou o Departamento do Tesouro por causa de Joe. Estão mandando uma equipe para cá agora. Eu já lhe disse, a coisa virou uma bola de neve.

— O que mais, caramba?

— Há grandes problemas por aqui, é claro. Boatos circulam por toda parte. Parece que todo mundo sabe que a fundação acabou. Finlay disse que metade deles finge que nunca soube o que estava acontecendo e metade está pau da vida porque seus suprimentos de dólares semanais vão acabar. Você devia ter visto o velho Eno quando fui lá pegar a comida. Parecia furioso.

— Finlay está preocupado?

— Ele está bem. Ocupado, é claro. Viramos um departamento de polícia com quatro pessoas. Finlay, eu, Stevenson e o cara do balcão. Finlay disse que isso é metade do que precisamos, por causa da crise, mas o dobro do que podemos bancar, pois o subsídio da fundação irá acabar. De qualquer maneira, não há nada que se possa fazer em relação a contratações e demissões sem a aprovação do prefeito, e não temos mais prefeito, ou temos?

Fiquei ali sentado na cama, comendo. Os problemas estavam começando a ficar pesados para mim. Não os vira claramente antes. Mas estava vendo agora. Uma grande pergunta começava a se formar na minha mente. Era uma pergunta para Roscoe. Queria fazê-la de forma bem direta e obter uma resposta honesta e espontânea. Não queria lhe dar tempo algum para pensar na resposta.

— Roscoe?

Ela levantou os olhos na minha direção. Esperou.

— O que você vai fazer?

Ela me encarou como se aquela fosse uma pergunta estranha.

— Vou me matar de trabalhar, creio. Há muito o que fazer. Teremos que reconstruir a cidade inteira. Talvez consigamos fazer algo melhor do que era antes, criar algo que valha a pena. E poderei ter um papel importante nisso. Estou muito entusiasmada. Não vejo a hora de começar. Esta é a minha cidade e irei mergulhar de cabeça nisso. Talvez eu entre para a Câmara Municipal. Quem sabe não venha me candidatar a prefeita? Isso seria demais, você não acha? Depois de todos esses anos, uma Roscoe para prefeita em vez de um Teale?

Olhei para ela. Era uma grande resposta, mas era a resposta errada. Errada para mim. Não queria tentar fazer com que ela mudasse de idéia. Não queria fazer nenhuma espécie de pressão. Foi por isso que fiz uma pergunta direta, antes de lhe contar o que iria fazer. Queria sua resposta honesta e natural. E a obtivera. Estava certo para ela. Aquela era a sua cidade. Se alguém poderia consertá-la, era Roscoe. Se alguém deveria ficar por perto e se matar de trabalhar, era ela.

Mas aquela foi a resposta errada para mim. Porque soube naquele instante que tinha que ir embora. Soube na hora que teria que me mandar rápido. O problema era o que iria acontecer em seguida. A coisa no todo havia saído do controle. Antes, o problema era Joe. Era algo particular. Agora era público. Era como aquelas notas de dólar queimadas pela metade. Estavam espalhadas por toda parte.

Roscoe havia mencionado o governador, o Departamento do Tesouro, a Guarda Nacional, a polícia estadual, o FBI, a brigada de incêndio do Alabama. Meia dúzia de agências competentes, todas de olho no que havia acontecido em Margrave. E olhariam com muita atenção. Chamariam Kliner de falsificador do século. Descobririam que o prefeito havia desaparecido. Descobririam que quatro policiais estiveram envolvidos. O FBI estaria atrás de Picard. A Interpol iria se envolver por causa da conexão com a Venezuela. Nitroglicerina pura. Haveria seis agências competindo loucamente para obter algum resultado. Virariam o lugar de cabeça para baixo.

E uma ou outra dessas instituições poderia complicar as coisas para mim. Eu era um estranho no lugar errado e na hora errada. Levaria um minuto e meio para que percebessem que eu era o irmão do investigador do governo morto que havia começado tudo. Olhariam para a minha agenda. Alguém iria pensar: vingança. Eu seria detido, e eles iriam me interrogar.

Não seria condenado. Não havia risco disso acontecer. Não havia nenhuma evidência pendente. Eu tomara cuidado o tempo todo. E sabia como usar uma conversa mole. Poderiam ficar falando comigo até eu ganhar uma barba longa e branca que não arrancariam nada. Disso eu tinha certeza. Mas tentariam. Tentariam desesperadamente. E me mandariam para uma temporada de dois anos em Warburton. Dois anos no andar dos detidos. Dois anos da minha vida. Esse era o problema. Não haveria jeito de aceitar isso tranqüilamente. Havia acabado de receber minha vida de volta. Tive seis meses de liberdade em trinta e seis anos. Esses seis meses foram os momentos mais felizes que eu já tive.

Por isso, eu estava indo embora. Antes que qualquer um deles soubesse que passei por aqui. Minha decisão estava tomada. Tinha que ficar invisível novamente. Tinha que me afastar o máximo possível dos holofotes em Margrave, onde essas agências diligentes jamais iriam me procurar. Isso significava que meu sonho de um futuro com Roscoe estava morto e enterrado antes mesmo de começar. Tinha que dizer a ela que não valia a pena ficar com ela e correr o risco de perder dois anos da minha vida. Tinha que tocar no assunto.

Falamos sobre isso na noite passada. Não brigamos, apenas conversamos. Ela sabia que o que eu iria fazer era certo para mim. Assim como eu sabia que o que ela iria fazer era bom para ela. Roscoe me pediu para ficar. Pensei muito, mas disse não. Pedi que ela viesse comigo. Ela pensou bastante, mas disse não. Não havia mais nada a dizer.

Depois falamos sobre outras coisas. Falamos sobre o que eu iria fazer e sobre o que ela iria fazer. E lentamente fui percebendo que ficar aqui iria me deixar tão arrasado quanto estava me sentindo por estar indo embora. Isso porque eu não queria nenhuma das coisas às quais ela estava se referindo. Não queria eleições, prefeitos, votos, câmaras e comitês. Não queria impostos sobre propriedades, taxas de manutenção, câmaras de comércio e estratégias. Não queria ficar ali sentado, entediado e irritado. Não com os pequenos ressentimentos, culpas e reprimendas aumentando a ponto de nos sufocar. Queria aquilo que eu vinha falando. Queria a estrada aberta à minha frente e um novo lugar a cada dia. Queria quilômetros para viajar e não ter absolutamente nenhuma idéia de onde poderia ir. Queria ficar andando sem destino. Aquilo vagava no meu pensamento.

Ficamos sentados conversando, muito tristes, até o amanhecer. Pedi para que ela fizesse uma última coisa por mim. Queria que organizasse um funeral para Joe. Disse-lhe que queria Finlay por lá, os Hubble, os dois velhos barbeiros e ela. Também pedi para que ela fosse até a irmã do mais velho dos barbeiros e lhe pedisse para cantar uma canção triste no funeral, em memória de Joe. E também pedi para que perguntasse à velha senhora onde era a campina na qual ela cantara acompanhada pela guitarra de Blind Blake, há sessenta e dois anos. Queria que as cinzas de Joe fossem jogadas nesse gramado.

Roscoe me levou até Macon no Bentley. Às sete da manhã. Não dormimos nada. A viagem durou uma hora. Sentei-me no banco de trás, protegido pelo vidro fumê. Não queria que ninguém me visse. Subimos a pequena ladeira na qual ela morava e pegamos um certo trânsito. A cidade estava ficando lotada. Mesmo antes de chegarmos na rua principal, dava para ver que o local estava fervilhando. Havia dezenas de carros estacionados em toda parte. Havia caminhões de várias redes de televisão e da CNN. Agachei-me no banco de trás. As pessoas estavam se amontoando em toda parte, mesmo às sete da manhã. Havia filas de sedãs azuis-escuros do governo para todo lado. Viramos na esquina onde ficava a lanchonete. As pessoas estavam fazendo fila na calçada, esperando para poder tomar o café da manhã.

Seguimos de carro no meio da cidade ensolarada. A rua principal estava cheia de carros estacionados. Havia veículos nas calçadas. Vi carros da brigada de incêndio e viaturas da polícia estadual. Olhei dentro da barbearia assim que passamos por ela, mas os velhos não estavam lá. Sentiria falta deles. Sentiria saudades do velho Finlay. Ficaria sempre me perguntando o que aconteceu com ele. Boa sorte, garoto de Harvard, pensei. Boa sorte também para os Hubble. Esta manhã era o começo de uma longa jornada para eles. Precisariam de muita sorte. Boa sorte também para Roscoe. Fiquei ali sentado, em silêncio, desejando a ela o melhor de tudo. Ela merecia. Realmente merecia.

Ela seguiu o tempo todo para o sul, na direção de Macon. Encontrou a rodoviária. Estacionou. Deu-me um pequeno envelope. Disse que não era para eu abrir imediatamente. Coloquei-o no bolso. Dei-lhe um beijo de despedida. Saí do carro. Não olhei para trás. Ouvi o som das rodas grandes no asfalto e percebi que ela tinha ido embora. Andei pela rodoviária. Comprei uma passagem. Depois, atravessei a rua e comprei roupas novas numa loja vagabunda. Troquei de roupa no provador e deixei o uniforme de serviço imundo na lata de lixo. Depois dei meia-volta e entrei num ônibus que ia para a Califórnia.

Fiquei com lágrimas nos olhos ao longo de mais de cento e cinqüenta quilômetros. Até que o velho ônibus cruzou a fronteira estadual. Olhei para o sudoeste do Alabama. Abri o envelope de Roscoe. Era a fotografia de Joe. Ela a havia tirado da valise de Molly Beth. Tirado da moldura. Aparou-a com a tesoura para que coubesse no meu bolso. No verso ela escreveu o seu número de telefone. Mas eu não precisava disso. Já o havia decorado.

Impresso no Brasil pelo
Sistema Cameron da Divisão Gráfica da
DISTRIBUIDORA RECORD DE SERVIÇOS DE IMPRENSA S.A.
Rua Argentina 171 – Rio de Janeiro, RJ – 20921-380 – Tel.: 2585-2000